李商隱選集

周振甫　选注

上海古籍出版社

图书在版编目（CIP）数据

李商隐选集 / 周振甫选注. -- 上海 ： 上海古籍出版社，2025. 6. --（中国古典文学名家选集）. -- ISBN 978-7-5732-1649-6

Ⅰ. I222.742

中国国家版本馆 CIP 数据核字第 2025A4F202 号

中国古典文学名家选集

李商隐选集

周振甫　选注

上海古籍出版社出版发行

（上海市闵行区号景路 159 弄 1-5 号 A 座 5F　邮政编码 201101）

（1）网址：www.guji.com.cn

（2）E-mail：guji1@guji.com.cn

（3）易文网网址：www.ewen.co

徐州绪权印刷有限公司印刷

开本 890×1240　1/32　印张 16.625　插页 4　字数 431,000

2025 年 6 月第 1 版　2025 年 6 月第 1 次印刷

印数：1—2,100

ISBN 978-7-5732-1649-6

I·3933　定价：69.00 元

李義山

義山能為古文不喜偶對從事令狐楚幕楚能章奏遂以其道授之自是始為今體章奏博學強記下筆不能自休尤善為誄奠之辭與太原溫庭筠南郡段成式齊名時號三十六體文思清麗視庭筠過之

清上官周绘李商隐像

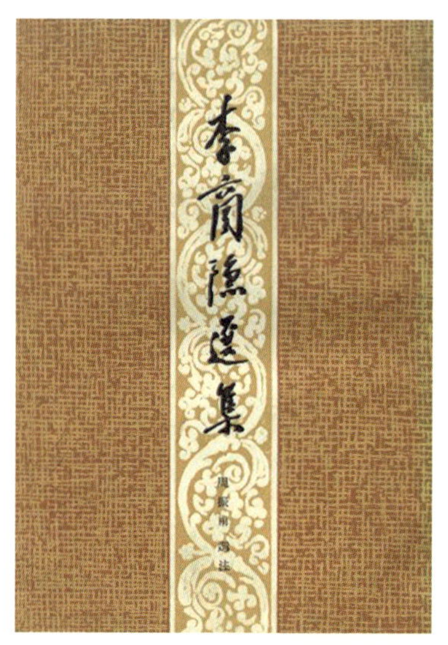

我社历年各版书影

（1986 年、1999 年、2012 年）

出 版 说 明

上海古籍出版社及其前身中华书局上海编辑所一向重视中国古典文学的普及工作。早在20世纪60年代，在出版“古典文学普及读物”丛书等基础性读本的同时，又出版了兼顾普及与研究的中级选本，该系列选本首批出版的是周汝昌先生选注的《杨万里选集》和朱东润先生选注的《陆游选集》。

1979年，时值百废俱举，书业重兴，我社为满足研究者及爱好者的迫切需要，修订重印了上述两书，继而约请王汝弼、聂石樵、周振甫、陈新、杜维沫、王水照等先生选辑白居易、杜甫、李商隐、欧阳修、苏轼等唐宋文学名家的作品，略依前书体例，加以注释。该套选本规模在此期间得以壮大，丛书渐成气候，初名“古典文学名家选集”。此后，王达津、郁贤皓、孙昌武等先生先后参与到选注工作中来，丛书陆续收入王维、孟浩然、李白、韩愈、柳宗元、杜牧、黄庭坚、辛弃疾等唐宋文学名家的选本近十种，且新增了清代如陈维崧、朱彝尊、查慎行等重要作家的作品选集，品种因而更加丰富，并最终定名为“中国古典文学名家选集”。

本丛书作品的选注者多是长期从事古典文学研究的名家，功力扎实，勤勉严谨，选辑精当，注释、笺评深浅适宜，选本既有对古典文学名家生平、作品特色的总论，又或附有关名家生平简谱或相关研究成果，所以推出伊始即获好评。至上世纪 90 年代，本丛书品种蔚然成林，在业界同类型选集中以其特色鲜明而著称：既可供研究者案头参阅，也可作为古典文学爱好者品评赏鉴的优秀版本。

"中国古典文学名家选集"自问世以来，嘉惠学林，广受青睐，2012 年改版重排并稍加修订，以全新面貌展现，获得新世纪读者的肯定。2021 年本丛书中的《杜甫选集》《苏轼选集》入选全国古籍整理出版规划领导小组办公室公布的"首批向全国推荐经典古籍及其整理版本"。为了响应新时代读者的多元化诉求，我社首次推出简体版，并增加两种新品——钱仲联、钱学增的《沈曾植选集》和谭正璧、纪馥华的《阴铿何逊选集　庾信选集》，期待这些由一流专家精选注释的一流作者作品能相伴更多的文史爱好者涵泳讽诵、含英咀华。

上海古籍出版社

2025 年 4 月

前　言

《唐人选唐诗》十种中，唐末韦庄选的《又玄集》、韦縠选的《才调集》里都选了李商隐的诗，尤其是《才调集》里选了李商隐诗四十首，选得比李白的二十八首、白居易的二十七首多得多。韦縠在叙里说："暇日因阅李杜集、元白诗，其间天海混茫，风流挺特。"但他对李白、白居易诗选得不多，对杜甫诗一首未选。纪昀在《四库提要》里指出："实以杜诗高古，与其书体例不同，故不采录。"它要选的是"韵高而桂魄争光，词丽而春色斗美"，认为商隐的诗，是符合这个要求的，在韵高词丽上商隐已占相当高的地位。但当时李、杜的地位早已确立，所以他虽不选杜诗，在序里不得不首先提"李杜集"。李、杜作为伟大诗人的地位，在中唐已经确立。元稹在《杜君墓系铭序》里称："时人谓之李杜。"韩愈在《调张籍》里提到"李杜文章在，光焰万丈长"。正由于在光焰万丈的李、杜照耀下，使得后来的诗人难以措手，所以韩愈在《荐士》里说："勃兴得李杜，万类困陵暴。后来相继生，亦各臻阃奥。"李、杜以后的诗人，各各要别辟阃奥，另开新途。韩愈以文为诗，呈奇崛之态；白居易提出"风雅比兴"，他的歌行继承四杰的音节流美，加以风情取胜；李贺以鲸吸鳌掷的虚荒诞幻呈现奇幻的色采；李商隐以俪叶骈花的骈俪文为诗，加以精纯，卓然成为晚唐诗坛一大家。所以崔珏《哭李商隐》称“虚负凌云万丈才，一生襟抱未曾开”，又称“词林枝叶三春尽，学海波澜一夜干”，把商隐的去世，称作诗坛无人。在杜甫成为诗圣以后，叶梦得《石林诗话》称：“唐人学老杜，惟商隐一人而已，虽未尽造其妙，然精密华丽亦自得其仿佛。”既称精密华丽，说明商隐与杜不完全相同，实际上他不仅是学杜第一，并且是学杜而自成风貌。叶燮《原诗》：“七言绝句，古今推李白、王昌龄。李俊爽，王含蓄。两人辞、调、意俱不同，各有至处。李商隐七绝，寄托深而措辞婉，实可空百代，无其匹也！”这样推尊商隐，虽未免稍过，亦可见商隐诗的为人尊重。吴乔《西昆发微序》：“夫唐人能自辟宇宙者，惟李、杜、昌黎、义山，义山始虽取法少陵，而晚能规模屈、宋，优柔敦厚，为此道之瑶草琪花。”指出商隐诗在李、杜外能独辟一种新的境界，可与韩愈抗衡，这是很有见地的评价。商隐的诗真是诗国中的瑶草琪花，艺苑中的奇葩。

一　李商隐的诗文

韩愈以文为诗，加以奇崛，在李杜外另辟新径。钱锺书先生提出商隐“以骈文为诗”，足与韩愈比美，这是论商隐诗从来没有人看到的，是钱先生的创见。因此，在谈商隐诗前，先谈一下他的骈文。

（一）清新峻拔的骈文

商隐在《樊南乙集序》里说：“此事非平生所尊尚，应求备卒（猝），不足以为名。”他认为他的四六文，应府主的要求仓猝写成，不值得称道。因此章学诚在《李义山文集书后》引了上面的话，说："盖有志古人，穷移其业，亦可慨也。"说明商隐的志趣不在这里，这也有助于说明他不满于在幕府中的生活。但这不能说明他的四六文的突出成就。章学诚又说：

> 辞命之学，本于纵横。六朝书记，文士犹有得其遗者。至四六工而羔雁先资，专为美锦，古人诵诗专对，言婉多风，行人之义微矣。然自苏（颋）、张（说）以还，长辞命者类鲜特立之操，则诗人六义之教不明，而兴起好善恶恶之心，学者未尝以身体也。徒取其长于风谕，以便口给，孔子所由恶夫佞矣。

在这里，章学诚误信《旧唐书·文苑传》说商隐"无特操"，所以提到"长辞命者类鲜特立之操"，贬低商隐的四六文是"羔雁先资"，等于府主送人礼品前的礼单，没有"言婉多风"的作用。这样说是不符合实际的。按商隐的四六文，往往骈散结合，有情韵声势，高出于当时的四六文，可以称为骈文。

朱鹤龄对商隐的四六文是有研究的，他在《新编李义山文集序》里说：

> 唐初四杰以及燕（张说）、许（苏颋）诸公，踵事增华，号称绝盛。其体裁宏博，音响琳琅，较过前人，而清新俊拔，则微有间焉。……义山四六，其源出于（庾）子山，故章摛造次之华，句挟惊人之艳，以礫裂为工，以纤妍为态。迄于宋初，杨（亿）、刘（筠）刀笔，犹沿习其制，诚厥体中之栴檀（香木）薝卜（香花）

也已。若夫雪皇太子书、谕刘稹檄，则侃论正辞，有风情张日、霜气横秋之概；及读张懿仙一启，又见其悟通禅悦，所得于知玄本师之教深矣。此岂区区妃青俪白、镂月裁云者所能及，而唐史称其文，第以繁缛恢谲目之，岂得为知言哉？

在这里，朱鹤龄认为初唐王、杨、卢、骆和张说、苏颋的四六文同六朝的浮靡不同，内容宏博，音节响亮，突破六朝，可是清新俊拔还不够。这里，含有商隐的四六文和初唐作者的又有不同，即具有清新俊拔的风格。又指出商隐的四六文出于庾信，庾信时还没有四六文的名称，只称为骈文或丽辞。庾信的骈文有两方面：一方面是“清新庾开府”，一方面是“凌云健笔意纵横”。朱鹤龄指出他有清新的一面，也指出他句挟惊人之艳，实际上也包括了这两方面，所谓“侃论正辞”，“霜气横秋”，就指后一方面，所以称为香花。从章学诚的话里，有轻视四六文的意味，所以钱先生说“商隐以骈文为诗”，而不提四六文。商隐的四六文确实高出于一般的四六文而当称为骈文。至于说“以磔裂为工，以纤妍为态”，割裂典实，陷于纤靡，这是商隐四六中偶有的小疵，并不损害瑾瑜的美好。

商隐的骈文清新而不浮靡，挺拔而不纤弱，华藻而不淫荡，虽称四六而骈散兼行，托体较尊，有情韵之美。他在《樊南甲集序》里说：“后又两为秘省房中官，恣展古集，往往咽噱于任（昉）、范（云）、徐（陵）、庾（信）之间。有请作文，或时得好对切事，声势物景，哀上浮壮，能感动人。”他对于梁陈任昉、范云、徐陵以及由梁入北周的庾信，被人推重的骈文家，都加以嗤笑，可见他并不满意于他们的骈文。他的骈文，调谐声律，有气势，善写景物，感情昂扬而强烈，能感动人。骈文讲对偶声律，却写得有气势，这很难办到。加上“哀上浮壮，能感动人”，正说明他的骈文是骈散兼行，得错综之美，富有情韵的。

在《重祭外舅司徒公（岳父王茂元）文》里说：

> 苟或以变而之有（指生），变而之无（指死），若朝昏之相交，若春夏之相易；则四时见代，尚动于情，岂百生莫追，遂可无恨。

这样的骈文所谓有“声势”，既有声律，又有气势，虽有对偶，已使人忘其对偶，已经超越了骈散的隔阂，富有感情，不再为任、范、徐、庾所限了。

再像《太尉卫公会昌一品集序》：

> 帝又曰：“舜何人也？回何人哉？朕思丕承，汝勉善继，无忝乎尔之先！”公复拜稽首曰：“《易》曰‘中心愿也’，《诗》曰‘何日忘之’，臣敢不夙夜在公，以扬鸿烈。”

这正是骈散兼行，在对偶中引语来表达两人的心情，措辞得体，无骈文板滞的毛病。

又同篇写泽潞帅刘从谏死，他的侄子刘稹抗拒朝命，据地自立，德裕主张发兵进讨道：

> 公乃挺身而进曰：“重耳在丧，不闻利父；卫朔受贬，只以

拒君。今天井雄藩，金桥故地，跨摇河北，胁倚山东。岂可使明皇旧宫，坐为污俗，文宗外相，行有匪人?”忠谋既陈，上意旋定。

这里也是骈散结合，以骈为主来叙述德裕提出讨伐的论点，由于用典贴切，借典故来发议论，能这样得心应手，极见商隐的工于骈文，叙事议论，无不如意。

商隐的骈文，还有即景抒情。如《谢河东公（柳仲郢）和诗启》：

某前因暇日，出次西溪，既惜斜阳，聊裁短什。盖以徘徊胜境，顾慕佳辰，为芳草以怨王孙，借美人以喻君子。

这里虽是骈文，几乎不觉得在用典，芳草王孙，美人君子，当时人熟极，已成常识。这里情景结合，又写出作者的用意，有情韵之美。

又有即事抒情的，如《上河东公启》：

至于南国妖姬，丛台妙妓，虽有涉于篇什，实不接于风流。况张懿仙本自无双，曾未独立，既从上将，又托英僚。汲县勒铭，方依崔瑗；汉庭曳履，犹忆郑崇。宁复河里飞星，云间堕月，窥西家之宋玉，恨东舍之王昌。诚出恩私，非所宜称。

这是商隐妻死后，府主柳仲郢把无双的歌女张懿仙嫁给他，他写信婉谢。即事抒情，情文并茂。其中“虽有涉于篇什，实不接于风流”，成为研究商隐艳情诗的重要准则。这段写得情意真挚，终于使柳仲郢打消了他的主意。

论骈文的，首推刘勰《文心雕龙·丽辞》，他推本自然："造化赋形，支体必双。"双是出于自然，奇也是出于自然，四肢是成双的，头和躯干又是奇的，奇偶配合，更合于自然，所以他指出"奇偶适变，不劳经营"。又说："若气无奇类，文乏异采，碌碌丽辞，则昏睡耳目。必使理圆事密，联璧其章，叠用奇偶，节以杂佩，乃其贵耳。"对骈文要求"理圆事密"，已经不易；还要求有气势，要求"叠用奇偶"，合于自然美的法则，奇偶错综，这是极高的要求。商隐的骈文完全做到了这一步。正因为他的骈文达到了这样的成就，所以钱先生提出了商隐以骈文为诗。

在这里，附带谈一下商隐的古文。他在《樊南甲集序》里说："樊南生十六，能著《才论》、《圣论》，以古文出诸公间。"他在年轻时就以古文著名。章学诚《李义山文集书后》："义山古文，今不多见。集中所存，如《元次山集序》、《李长吉小传》、《白傅墓志铭》，其文在孙樵、杜牧间；纪事五首、析微二首，颇近元、柳杂喻，小有理致。大约不能持论，故无卓然经纬之作，亦其佐幕业工，势有以夺之也。"他把商隐的古文排列在孙樵、杜牧间，把商隐的小品文，认为接近元次山、柳宗元的杂喻，这个评价是符合实际的。孙樵的古文，钱子泉师《韩愈文读》称为"清言奥旨，出以镕铸，笔峭而韵流"，"以笔势紧健为奇"。杜牧的古文，也是笔峭韵流，可以用来说明商隐古文的特点。商隐古文在思想上更有特出表现。他在《上崔华州书》里说：

夫所谓道，岂古所谓周公、孔子者独能耶？盖愚与周、孔俱身之耳。以是有行道不系今古，直挥笔为文，不爱攘取经史，讳忌时世，百经万书，异品殊流，又岂能意分出其下哉！

商隐讲的道，主张亲身体会，认为自己同周公、孔子都在亲身体会，不主张学习周公、孔子的道。对于作文，他不肯居于经史百家之下，要从亲身体会中直挥笔为文。这是一方面。他在《与陶进士书》里，又说："尝于《春秋》法度，圣人纲纪，久羡怀藏，不敢薄贱。联缀比次，手书口咏。"这又是一方面。他既辛勤地学习古代的著作，又不以它为限，要注重亲身体验。又赞赏刘迅说的："是非系于褒贬，不系于赏罚；礼乐系于有道，不系于有司。"把理论上的是非有道同王朝的赏罚礼乐分开，把是非有道看得高于王朝的赏罚礼乐。这些见解在当时是非常突出的。跟当时人只看重向周公、孔子学道，向经史百家学文，只尊重朝廷的礼乐赏罚的不同，说明他的见识高出于当时人。他既尊重孔子的《春秋》，又不局限于学孔子之道，这也显示他的辩证观点。

商隐的这种观点，在《容州经略使元结文集后序》里也有阐述道："而论者徒曰：次山不师孔氏为非。呜呼！孔氏于道德仁义外有何物？""孔氏固圣矣，次山安在其必师之耶！"这是对道要靠亲身体验的说法。又说："次山之作，其绵远长大，以自然为祖，元气为根，变化移易之。"即不论学道学文，都是效法自然，即反对从经史百家中学文的意思。这也说明他的骈文，"往往咽噱于任、范、徐、庾之间"，所以有新的成就。

（二）以骈文为诗

钱锺书先生提出"商隐以骈文为诗"，这是前人从未谈到过，亦见钱先生论学多创辟之见。他在信里说："樊南四六与玉溪诗消息相通，犹昌黎文与韩诗也。杨文公（亿）之昆体与其骈文，此物此志。末派挦扯晦昧，义山不任其咎，亦如乾隆'之乎者也'作诗，昌黎不任其咎。所谓'学我者病'，未可效东坡之论荀卿李斯也。"

商隐论诗，见于《献侍郎钜鹿公启》："夫玄黄备采者绣之用，清越为乐者玉之奇。固已虑合玄机，运清俗累；陟降于四始之际，优游于六艺之中。"他是主张文采音韵，还要求合乎自然的变化，清除庸俗的思虑。这些说明，他的骈文与诗是消息相通的。他的诗与骈文都写得玄黄备采，音韵铿锵，善用比喻，思合自然。他在骈文和诗里，都把议论、叙事和典故结合，如《哭遂州萧侍郎二十四韵》：

> 遥作时多难，先令祸有源。初惊逐客议，旋骇党人冤。密侍荣方入，司刑望愈尊。皆因优诏用，实有谏书存。苦雾三辰没，穷阴四塞昏。虎威狐更假，隼击鸟愈喧。

从萧澣的贬斥中看到祸难发作的根源，属于党祸，含冤被贬。萧澣以有谏书，选拔为刑部侍郎，岂意在小人的蒙蔽中，朝廷昏暗，狐假虎威，终遭搏击，被贬斥。这里就把说明、议论、抒情同典故结合，用典和对偶都很灵活，避免板滞。他的骈文也这样，如《为濮阳公与刘稹书》：

> 语有之曰：政乱则勇者不为斗，德薄则贤者不为谋。故吴濞有奸而邹阳去，燕惠无德而乐生奔。晋宠大夫，卒成分国之祸；卫多君子，孰救渡河之灾。此之前车，得不深镜。

这里的引事引言都跟议论和说理结合，引事不但不觉堆砌，反而起到例证的作用，完全化板滞为灵活。

诗里还结合典实来抒情，如《泪》：

> 永巷长年怨绮罗，离情终日思风波。湘江竹上痕无限，岘首碑前洒几多。人去紫台秋入塞，兵残楚帐夜闻歌。朝来灞水桥边问，未抵青袍送玉珂。

以上六句用了六个下泪的事，只在结句点明正意，正对李德裕被贬官说的，指青袍寒士送贵人李德裕贬官时的悲痛，胜过以上各式各样的悲痛。有这一转，以上的各种下泪，不再成为堆砌，起到衬托作用，加强抒情的力量。他在《太尉卫公会昌一品集序》里说：

> 许靖廊庙之器，黄宪师表之姿，何晏神仙，叔夜龙凤，宋玉闲丽，王衍白皙，马援之眉宇，卢植之音声，此其妙水镜而为言，托丹青而为裕。

这里汇集了许多典故，像才具、风姿、品貌、识鉴，用来说明李德裕的“庆是全德”，也是化堆砌为灵活。只是“庆是全德”放在前面，“青袍送玉珂”放在后面罢了。运用这些典实，表达作者对德裕无限倾慕的感情。

再说商隐的诗，清新绮艳，挺拔凝炼，跟他的骈文一致，这点在上文谈骈文时已论及，下文谈诗时还要谈到。这里试举商隐骈文中用比喻的一例来作说明。在《献相国京兆公启》里，提出“昔师旷荐音，玄鹤下舞，后夔作乐，丹凤来仪”，认为别的人奏乐，不闻有鹤和凤来，难道鹤和凤对师旷、后夔“或有所私”，“不能无党”，举了两个比喻，提出了疑问。第二段讲京兆公杜悰赞赏诗文，是“师旷之玄鹤，后夔之丹凤”，指出师旷、后夔比作者，玄鹤、丹凤比杜悰。第三段讲自己向杜悰献诗，得到赞赏，归到“是以疑玄鹤之有私，意丹凤之犹党者，盖在此也”，归结到“故欲仰青田（指鹤）之叙感，瞻丹穴（指凤）以兴怀”，表示对杜悰的感激。这样用了两个比喻提出疑问，贯穿全篇。既用玄鹤、丹凤来赞美杜悰，又用师旷、后夔来自占身份。全篇就是围绕这两个比喻写的。这种写法，在诗里也有，如《玉山》：

玉山高与阆风齐，玉水清流不贮泥。何处更求回日驭？此中兼有上天梯。珠容百斛龙休睡，桐拂千寻凤要栖。闻道神仙有才子，赤箫吹罢好相携。

玉山、玉水比令狐绹的地位崇高而清贵。回日驭、上天梯，比绹有回天之力，可以推荐人入朝。珠容百斛和桐拂千寻比喻朝廷可以容纳大批人才。神仙的才子比绹，相携比盼望绹的提携。“何处”是提出问题，上天梯是回答。龙比绹，凤比自己，点出自己的愿望。全篇通过比喻来写，说明自己用意。同玄鹤、丹凤比李悰，师旷、后夔自比，通过疑问来表达正意的写法相似。从风格、辞藻到讽喻的手法，可以看到商隐的以骈文为诗来。

（三）“笔补造化”、“选春梦”

商隐的杰出成就自然是诗，他的诗的美学观点可以用钱先生的两段话来作说明。钱先生《谈艺录》论李贺诗：

> 长吉《高轩过》篇有“笔补造化天无功”一语，此不特长吉精神心眼之所在，而于道术之大原，艺事之极本，亦一言道著矣。夫天理流行，天功造化，无所谓道术学艺也。学与术者，人事之法天，人定之胜天，人心之通天者也。

钱先生讲艺术，分法天，即摹仿自然；胜天，即胜过自然；通天，即通于自然。艺术首先是摹仿自然，但仅限于摹仿还不够，《文心雕龙·物色》里说：“物色尽而情有馀者，晓会通也。”物色有尽，光是摹仿自然的物色是会穷尽的，所以要情景结合，补造化的不足，这就是胜天，就是“笔补造化天无功”。但这种胜天有一定的限度，不能漫无限制，这种限度就是通天，即通于自然，超于自然而又合于生活真实，不背离自然。

钱先生在《谈艺录补订稿》里说：

> 长吉尚有一语，颇与“笔补造化”相映发。《春怀引》云：“宝枕垂云(发)选春梦。”情景即《美人梳头歌》之“西施晓梦绡帐寒，香鬟堕髻半沉檀”，而“选”字奇创。曾益注：“先期为好梦。”近似而未透切。夫梦虽人作，却不由人作主。太白《白头吟》曰：“且留琥珀枕，或有梦来时。”言“或”则非招之即来者也。唐僧尚颜《夷陵即事》曰：“思家乞梦多。”言“乞”则求而不必得者也。放翁《蝶恋花》亦曰“只有梦魂能再遇，堪嗟梦不由人做”。作梦而许操“选”政，若选将选色或点菜点戏然，则人自专由，梦

> 可随心而成，如愿以作（弗洛伊德论梦为“愿欲补偿”）。醒时生涯之所缺欠，得使梦完“补”具足焉，正犹造化之以笔“补”矣。

醒时所得不到的愿欲，在梦中得到补偿。但梦不由人做主，诗人却能选梦，使不由人做主的梦，通过创作得以实现。这也是笔补造化。从“笔补造化”到“选梦”，都是钱先生论艺术创作的特点。这种特点也表现在商隐的诗里。

商隐的诗有摹写自然的。

> 日射纱窗风撼扉，香罗拭手春事违。回廊四合掩寂寞，碧鹦鹉对红蔷薇。（《日射》）
>
> 无事经年别远公，帝城钟晓忆西峰。烟炉消尽寒灯晦，童子开门雪满松。（《忆住一师》）

这两首诗都是摹写环境的，“碧鹦鹉对红蔷薇”，红碧映照极写色彩的鲜艳；加上回廊四合，想见屋宇的环抱；“日射纱窗风撼扉”，日光明净，风吹不到；香罗拭手，虽在拭手时还用香罗帕，写出其中的一位妇人来。这是从她的居处、花鸟、用物来衬出她的富丽生活，是摹写她所处的生活环境。在“春事违”和“掩寂寞”里又写出她孤独寂寞的心情。那末他的反映生活，不光写了生活环境，还写出人物的心情来。另一首写住一师，炉烟消尽了，灯暗了，门外松树上积满了雪，这也摹写了住一师的生活环境，写出一种高寒清冷的境界，从这个境界里衬出住一师清高绝俗的品格来。通过生活环境来写人物，写出人物的心情或品格，从中表现出商隐对妇人的同情和对住一师尊敬的心情。这样的反映生活，是摹写自然而又不限于摹写自然。因为妇人和住一师的生活环境，接触他们的人都可以看到，但他们的心情和品格不是一般人所能看到的，从生活环境中写出人物的心情和品格来，已经超过了摹写自然。不过这样写，其他著名的诗人都可达到，不能显示商隐诗的特色。

再就摹写自然说，像杨万里《晓出净慈寺送林子方》："毕竟西湖六月中，风光不与四时同。接天莲叶无穷碧，映日荷花别样红。"这是看到自然之美，把它摹写出来，是摹写自然的佳作。再看商隐的《宿骆氏亭寄怀崔雍崔衮》："竹坞无尘水槛清，相思迢递隔重城。秋阴不散霜飞晚，留得枯荷听雨声。"荷花的盛开和枯落这是自然，赞美盛开的荷花，这是摹写自然之美。这首诗结合自己的心情，希望秋阴不散，能够下雨，要留得枯荷来听雨声，这种独特的想望，表达出他的独特感受，对雨打枯荷声的爱好，是不是对盛开荷花的赞赏的一种补充。这种补充，是商隐所独创，是不是"笔补造化天无功"？但又符合自然。这诗所表达的风格，还不是商隐所独具的风格。

商隐的《锦瑟》诗："庄生晓梦迷蝴蝶，望帝春心托杜鹃。沧海月明珠有泪，蓝田日暖玉生烟。"庄周想望的逍遥游，在现实生活中只是一种想望，是很难实现的，他通过晓梦，化为蝴蝶，实现了他的栩栩自得的逍遥，这就是选梦，这种选梦也是补造化的不足。望帝的春心无法永远表达出来，寄托到杜鹃的哀鸣里，就可以长期不断的表达出来，这又是一种补造化。珠圆玉润，这是自然之美，归功于造化。但玉冷珠圆，是没有感情的。珠不会生出热泪来，玉不会有蓬勃如烟的生气。诗人使珠有情，有热泪，玉有生气，玉生烟，这是"笔补造化天无功"。这种笔补造化是不是又符合自然呢？庄周有逍遥游的想望，因而见于梦中，这是符合自然的。望帝的哀怨使人感念不忘，因听到杜鹃的哀鸣，就想象出望帝化为杜鹃的神话，这也是符合神话产生的自然的。珠虽然没有热泪，但人们往往称热泪为珠泪，以泪比珠，因此想象珠有泪也是自然。玉是冷的，但人们想象蓝田日暖时，蕴藏的良玉一定有所表现会生出烟来，这也是自然的。所以这些话虽然是笔补造化，但又符合人民心意的自然，是补天而通于自然的。这又是商隐的创造。因为"迷蝴蝶"的不是庄生，是作者，是作者在"思华年"中有栩栩自得的情事，但这种情事却像庄生的晓梦。"托杜鹃"的不是望帝，是作者，是作者一生中有像望帝的哀怨，托杜鹃来哀鸣。"珠有泪"不是一般说的珠泪，一般人说的"珠泪"不过说泪如珠，是一种比喻，其实并没有珠。"珠有泪"是作者的创造，跟"玉生烟"一致。"玉生烟"不是"玉化烟"，玉化烟是玉化为烟，玉已经消失了。也不真是"良玉生烟"，因为这里不在讲珠玉，在讲他自己的作品，既珠圆玉润，又有热泪和蓬勃生气（见《锦瑟》说明，用钱先生说），所以是创造。这种创造，是笔补造化而又合于自然，即补天而又通天，贯彻了商隐的美学观点。这种美学观点，构成了商隐诗的独特风格，扩大了唐诗中的境界，成为商隐诗在艺术的独特成就。

钱先生在《谈艺录》里又接着说：

> 莎士比亚尝曰："人艺足补天功，然而人艺即天功也。"圆通妙澈，圣哉言乎！人出于天，故人之补天，即天之假手自补；天之自补，则必人巧能泯；造化之秘，与心匠之运，沆瀣融会，无分彼此。

这是对“人心之通天”作进一步阐述。“人事之法天”是摹仿自然，这种摹仿就创作说，要像“清水出芙蓉，自然去雕饰”，不露斧凿痕迹而出于自然。不论是色彩鲜艳的“碧鹦鹉对红蔷薇”，或意境高寒的“童子开门雪满松”，都是自然而没有斧凿痕的。在“人定之胜天”里即“人之补天”，这种补天即“天之假手自补”，就假手于人来说，还是人的补天，还是“笔补造化天无功”，还是作家的创造；就“天之自补”来说，这种“笔补造化”又要求“人巧能泯”，出于自然，不是刻意雕饰。商隐的《无题》诗，不是雕绘满眼，而是写得补天功而泯人巧，合于自然，像“春蚕到死丝方尽，蜡炬成灰泪始干”，“风波不信菱枝弱，月露谁教桂叶香”，“身无彩凤双飞翼，心有灵犀一点通”，都做到了“造化之秘与心匠之运沆瀣融会，无分彼此”，达到“人心之通天”的艺术境界。

商隐论诗，在前引《献侍郎钜鹿公启》里提出“虑合玄机”，已经看到“造化之秘”，要求匠心独运合于造化之秘。“玄机”即造化之秘，《庄子·至乐》：“万物皆出于机，皆入于机。”疏：“机者发动，所谓造化也。”玄是玄妙，所以“玄机”是造化之秘。机要注意它的发动，即看到造化变动的苗头，要求心思符合这种苗头，在这里虽然商隐不可能有钱先生那样深刻而明确的美学观点，但他已经能够提出“虑合玄机”，那末他在艺术上达到“人心之通天”，他对这种高度的艺术境界应该不是毫无感觉的。

（四）“转益多师是汝师”

在《献侍郎钜鹿公启》里，商隐论唐诗说：

> 我朝以来，此道尤盛，皆陷于偏巧，罕或兼材。枕石漱流，

> 则尚于枯槁寂寞之句；攀鳞附翼，则先于骄奢艳佚之篇。推李杜则怨刺居多，效沈宋则绮靡为甚。

商隐论唐诗，一方面肯定“此道尤盛”，一方面又看到它的不足，“皆陷于偏巧，罕或兼材”。就题材说，写山林的偏于枯槁，写朝廷的偏于骄淫。就学习说，学李杜的多怨刺，学沈宋的偏绮靡，他要求兼材。在这方面，他像杜甫《戏为六绝句》提出的“转益多师是汝师”，是经过多方面学习，然后构成他独具的风格。

商隐的诗有学习韩愈的，如《韩碑》，沈德潜《唐诗别裁》评：“晚唐人古诗，秾鲜柔媚，近诗馀矣。即义山七古，亦以辞胜。独此篇意则正正堂堂，辞则鹰扬凤翙，在尔时如景星庆云，偶然一见。”极力推重。《韩碑》像“帝得圣相相曰度，贼斫不死神扶持”，“表曰臣愈昧死上，咏神圣功书之碑”，这些就是仿照韩愈的以文为诗。诗中称“文成破体书在纸”，韩愈的《平淮西碑》是破坏了当时流行的文体，所以《韩碑》也破坏了当时流行的诗体。商隐《李肱所遗画松诗书两纸》，何焯评其中写松的一段说：“此一段酷似昌黎，苏黄所祖，唐人不用此极力形容。”纪昀评：“前半规摹昌黎，语多庞杂。‘淮山’以下，居然正声。入后层层唱叹，兴寄横生，伸缩起伏之妙，略似工部《韦讽录事宅观曹将画马歌》。”指出它写松的一段摹仿韩愈，唱叹的一段摹仿杜甫。韩愈有《南山诗》，用了好多比喻来刻划南山的石头，如“或连若相从，或蹙若相斗，或妥若弭伏，或竦若惊雊，或散若瓦解，或赴若辐凑”等，是刻意描摹，穷极工巧。唐诗往往情景相生，不这样写。商隐写画松：“孤根邈无倚，直立撑鸿蒙，端如君子身，挺若壮士胸。樛枝势夭矫，忽欲蟠拏空，又如惊螭走，默与奔云逢。”写树干用君子、壮士作比，写樛枝用蟠龙、惊螭作比等。仿韩愈的刻划而又有变化。杜甫的观画马图诗，从“忆昔巡幸新丰宫”，写到唐玄宗死后，在他的陵墓松柏里，“龙媒（马）去尽鸟呼风”，发出感叹。商隐的诗，从松树的“或以大夫封”，到“死践霜郊蓬”，从松树画的“平生握中玩，散失随奴僮”，画的成珍玩到散失，发生感慨。这里仿杜甫诗而有变化。

商隐《行次西郊作》，纪昀评：“气格苍劲，则胎息少陵，故衍而不平，质而不俚。”这诗开头“蛇年建丑月，我自梁还秦”，同杜甫《北征》的“皇帝二载秋，闰八月初吉。杜子将北征，苍茫问家室”的写法相似。中间写人民的苦难，也与“三吏”、“三别”相似。这篇的特点是通过人民的话来议论政治，这些议论是结合具体的人事写的，是好的。但它实际是商隐的议论，这同“三吏”、“三别”的反映生活的真实，写出不同人物的声口的不同，在这点上显得逊于杜甫。《蔡宽夫诗话》：“王荆公晚年亦喜称义山诗，以为唐人知学老杜而得其藩篱者，惟义山一人而已。每诵其‘雪岭未归天外使，松州犹驻殿前军’，‘永忆江湖归白发，欲回天地入扁舟’，与‘池光不受月，暮气欲沉山’，‘江海三年客，乾坤百战场’之类，虽老杜无以过也。”这些律句，有曲折顿挫，用思深沉，富有感慨；有写景名句，观察极为深细，都是受杜甫影响的。再像《河清与赵氏昆季宴集得拟杜工部》，写得形神具似。像“胜概殊江右，佳名逼渭川。虹收青嶂雨，鸟没夕阳天”，是形貌似杜；“客鬓行如此，沧波坐眇然”，感慨深沉，得杜的精神。他的《杜工部蜀中离席》，是代杜甫写的，何焯评：“起用反喝，便曲折顿挫，杜诗笔势也。‘暂’字反呼‘堪送’，杜诗脉络也。”即“离席起，蜀中结，仍自一丝不走也”，即起句“人生何处不离群”，与结句“美酒成都堪送老”。商隐学杜，更重要的是吸取了杜甫关心国家命运，表达了忧国忧民的精神，这不仅表达在《行次西郊作》里，也表达在《有感》二首、《重有感》和《赠刘司户蕡》、哭刘蕡的三首诗里，对宦官的专横，大臣的被屠戮，文宗的受制，唐朝的趋向没落，人民的苦难，表达了忧深思苦的感情。在这方面，商隐又自有他的特色，在沉郁顿挫中运用比兴含蓄手法，加上用典，更有辞采。商隐的诗在讽刺上与杜甫的忠君也有不同，如同样涉及到马嵬坡杨贵妃被缢死的事，杜甫在《北征》里说：“不闻夏殷衰，中自诛褒妲。”还有“天王圣明”的含意。可是商隐在《马嵬》里说：“君王若道能倾国，玉辇何由过马嵬？”“如何四纪为天子，不及卢家有莫愁？”既讽刺明皇的迷恋女色，又讥讽他不能保护杨妃，这样写既符合实际，见解又高出杜甫，更有文彩而含讽，使他在这方面的诗也与杜甫不同。商隐也学习白居易，他的《戏题枢言草阁》，纪昀评：“长庆体之佳者。后段尤佳。”指“榆荚乱不整，杨花飞相随。上有白日照，下有东风吹”，写得富有情韵。

商隐也学李贺，《辑评》朱彝尊评《海上谣》：“义山学杜者也，间用长吉体作《射鱼》、《海上》、《燕台》、《河阳》等诗，则多不可解。”如《海上谣》：“桂水寒于江，玉兔秋冷咽。海底觅仙人，香桃如瘦骨。紫鸾不肯舞，满翅蓬山雪。”类似这样的诗，确实很难索解。冯浩认为：“盖叹李卫公贬而郑亚渐危疑也。‘桂水’二句，借月宫以点桂林。‘海底’六句，指卫公贬潮州滨海地矣。其贬以七月，故言秋令。”假使冯笺是符合原意的，这样写也过于迂曲，是他有意不愿明说，学李贺诗而更加隐晦。他学李贺诗而成功的不在这方面，如《重过圣女祠》：“一春梦雨常飘瓦，尽日灵风不满旗。萼绿华来无定所，杜兰香去未移时。”如《利州江潭作》：“自携明月移灯疾，欲就行云散锦遥。河伯轩窗通贝阙，水宫帷箔卷冰绡。”这些诗写得色彩奇诡，也有虚幻之感，极似李贺，但用意还是可解的。他在艺术手法上学李贺，更值得称道。如钱先生《谈艺录》称：“长吉赋物，其比喻之法，尚有曲折。如《天上谣》云：‘银浦流云学水声。’云可比水，皆流动故，此外无似处；而一入长吉笔下，则云如水流，亦如水之流而有声矣。《秦王饮酒》云：‘敲日玻璃声。’日比琉璃，皆光明故；而来长吉笔端，则日似玻璃光，亦必具玻璃声矣。”又称：“玉溪为最擅此，着墨无多，神韵特远。如《天涯》曰：‘莺啼如有泪，为湿最高花。’认真啼字，双关出泪湿也。《病中游曲江》曰：‘相如未是真消渴，犹放沱江过锦城。’坐实渴字，双关出沱江水竭也。”李贺的曲喻，富于想象，而商隐的曲喻，则神韵特远，又有他的特色。又《河内诗》：“鼍鼓沉沉虬水咽，秦丝不上蛮弦绝。嫦娥衣薄不禁寒，蟾蜍夜艳秋河月。”用词设想，都像李贺。

杜牧《李长吉歌诗叙》：“盖骚之苗裔，理虽不及，辞或过之。骚有感怨刺怼，言及君臣理乱，时有以激发人意。”商隐学习李贺诗，也深受《楚辞》影响。他的《宋玉》：“落日渚宫供观阁，开年云梦送烟花。”不光借宋玉来自喻，也借楚国来感叹唐王朝的没落。这方面的诗写了不少。《离骚》的“吾令帝阍开关兮，倚阊阖而望予”，“闺中既以邃远兮，哲王又不寤”。这种思想，充分表达在四首哭刘蕡的诗里：“上帝深宫闭九阍，巫咸不下问衔冤。”“一叫千回首，天高不为闻。”“并将添恨泪，一洒问乾坤。”“江阔惟回首，天高但抚膺。”他在《谢河东公和诗启》里说：“为芳草以怨王孙，借美人以喻君子。”完全是学《楚辞》的比兴手法。《离骚》里还运用不少象征手法，借具体的形象来代抽象的概念，如善鸟香草以配忠贞，香花以表高洁。商隐的咏物诗里也运用了这种手法。

商隐又学习乐府诗，如《无题》：“八岁偷照镜，长眉已能画。十岁去踏青，芙蓉作裙衩。”仿汉乐府《焦仲卿妻》：“十三能织素，十四学裁衣，十五弹箜篌，十六诵诗书。”商隐《李夫人三首》：“一带不结心，两股方安髻。惭愧白茅人，月没教星替。”这像南朝《读曲歌》的“花钗芙蓉髻”，“月没星不亮”。他也学习齐梁体诗，如《齐梁晴云》：“缓逐烟波起，如妒柳绵飘。”两句皆仄起不黏，而有文彩。又《效徐陵体赠更衣》：“楚腰知便宠，宫眉正斗强。”中两联藻丽不黏。《又效江南曲》：“郎船安两桨，侬舸动双桡。”这也是学齐梁体的。

这样，商隐不仅学习伟大诗人杜甫，也向韩愈、白居易、李贺学习，更向南朝民歌与齐梁诗学习。在学习齐梁诗的文彩时，会不会也学了齐梁诗的淫靡呢？他能不能像杜甫《戏为六绝句》的“别裁伪体亲《风》、《雅》，转益多师是汝师”。商隐向多方学习，包括向齐梁学习，那末他能不能别裁伪体呢？先看他学习《读曲歌》的《李夫人三首》。他仿民歌的情诗写悼亡，来表达他对妻子生死不渝的爱情，一扫齐梁的浮靡。他只是采取民歌的华藻和巧妙的比喻，来表达真挚的感情和深刻的含意，所以是能别裁伪体的。再看商隐的艳情与《无题》诗，沈德潜《唐诗别裁》里皆未入选，序里称“大约去淫滥以归雅正”，那末他大概以商隐的艳情与《无题》为淫滥，属于齐梁的淫靡之作。是不是这样呢？先看商隐的艳情与《无题》诗吧。

（五）恋爱与艳情诗

岑仲勉精研史学，在《玉溪生年谱会笺平质》的末了说：“近人朱偰氏《李商隐诗新诠》一文(《武汉文哲季刊》六卷三号)云:‘惟张氏编年诗所列,多由曲解间接推之,未足为凭。’所论确中张氏之失。顾同人于《无题》等数十首(同前引四号),又别掀一莫须有之狱,断为商隐与宫女言情而作,犹是五十步笑百步耳。‘宁阙无滥’,窃愿释李诗者谨之。”这里说的“别掀一莫须有之狱”,即岑仲勉根据严格考证,认为商隐并无与宫女言情之作。试看朱偰的《新诠》。

《新诠》有《义山与宫女之情诗》节,称:“义山当盛唐之后,授官秘书,偶识宫娥,故曰‘岂知一夜秦楼客,偷看吴王苑内花’;然禁苑深严,银汉即是红墙,故曰‘身无彩凤双飞翼,心有灵犀一点通’也。”“今将其诗分为四类:一为邂逅,二为传情,三为离绝,四为追忆。一、邂逅:曲江春暖,宫馆庭深,偶一邂逅,遂尔目成。于是昨夜星辰,今朝雨露,贾氏窥帘,宓妃留枕,此天下第一才子,遂与深院宫娥,传递消息。”下引《无题》“昨夜星辰”二首,称:“今按第一首自是邂逅宫女情景,故曰‘身无彩凤双飞翼,心有灵犀一点通’也;第二首写其惊喜之情,盖深宫邂逅,事出偶然,故曰‘岂知一夜秦楼客,偷看吴王苑内花’也。”又引《汉宫词》,称:“此诗盖喻君王后宫三千,宫女深居,长年不得临幸,而‘侍臣最有相如渴,不赐金茎露一杯’,虽为微词,意至明也。”三引《蝶》三首“初来小苑中”,“长眉画了绣帘开”,“寿阳公主嫁时妆”,称“按此三首全为喻意之作,将身比蝶得入深宫,但恐好景不长,佳会难再”。四引《闻歌》“敛笑凝眸意欲歌”,称“按此诗似亦邂逅宫人时所作,‘铜台罢望’,‘玉辇忘还’,盖指宫中情事也”。“二、传情。金锁门高,星汉非乘槎可上;蓬莱道阻,阆苑无可到之期。况复春徂秋往,相思缠绵;暮去朝来,情好弥笃。于是青鸟殷勤，诗简频繁。”一引《楚宫》“月姊曾闻下彩蟾”，称“按此系与宫女酬酢之作。”三引《无题》四首，称：“今按《无题》四首，全为深情之作。第一首有约无期，亦‘巧啭岂能无本意，良辰未必有佳期’之意。第二首言相思之深。第三首状暂见仓皇之情。第四首叙归来展转之思。”六引《一片》“一片非烟隔九枝”，称：“按此诗全系写景描情：写盛会散后，斗转星移；夜行多露，步月赴约，惟恐有误佳期也。”“三、离绝。‘一自高唐赋成后，楚天云雨尽堪疑’，义山此时，已难久留矣。于是红颜暗颓，玉容惨淡，月光寒照，云鬓改色，此天下第一离歌，遂以传颂人间。”下引《无题》“相见时难别亦难”诸首。“四、追忆。以至缠绵之心肠，逢至旖旎之才女，有至凄恻之往事，此《锦瑟》诸诗之所由作也。”

《新诠》创为商隐与宫女之情诗说，称商隐“得入深宫，但恐好景不长，佳会难再”，认为商隐已与宫女佳会。又称“暮去朝来，情好弥笃”，此则必无之事。凡朱偰所引《无题》诸诗，已见选释，不再重说。《唐会要》卷二五《亲王及朝臣行立位》：“文官充翰林学士、皇太子侍读、诸王侍读，并不常朝参。其翰林学士，大朝会日，朝会班序，并请朝参讫，各归所务。”商隐任秘书省校书郎或正字，官位远低于学士、侍读，则平日“并不常朝参”；大朝会日，即使朝参，朝参后即归所务，宫禁深严，即欲求一见宫女而不可得，何能入宫与宫女为好会呢？《新唐书·百官志》有“内寺伯六人，正七品下，掌纠察宫内不法”。此外有“内常侍六人”、“内给事十人”、“主事二人”、“内谒者监十人”、“内谒者十二人”、“寺人六人”、“掖庭局令二人”、“丞三人”、“宫教博士二人”等，宫内有这样多的官，还有专管纠察、专管宫女的官，一个小小的校书郎或正字求望见宫女都办不到，能与宫人相恋并入宫与宫人幽会吗？这是绝对不可能的事。

《新诠》又有《李义山之情诗》节，有“对女道士宋华阳姊妹所发之诗，《圣女祠》‘松篁台殿蕙香帏’、‘杳蔼逢仙迹’及《无题》‘紫府仙人号宝灯’、《重过圣女祠》‘白石岩扉碧藓滋’、《碧城》三首、《华师》‘孤鹤不睡云无心’、《赠华阳宋真人兼寄清都刘先生》、《月夜重寄宋华阳姊妹》、《赠白道者》诸诗属之。宋华阳姊妹，或即圣女祠之女道士也。又义山尝学仙玉阳，与道者往还，颇有宿缘。故知《碧城》三首，亦为宋华阳作也”。《圣女祠》“松篁台殿蕙香帏”，“按此首盖初至圣女祠作，义山初识宋华阳姊妹时也”。《赠华阳宋真人兼寄清都刘先生》，“此盖初通酬酢之作”。《月夜重寄宋华阳姊妹》，“按此诗当在山中所作，有挑之之意”。“《碧城》三首，首言其高寒，如能晓珠明定，愿终生相对；次言离思；末言神仙眷属，自古有之，‘武皇内传分明在，莫道人间总不知’，寓意更显矣。”“按《燕台》四首，是否为宋华阳姊妹而发，固不可知，特通篇情调，皆咏女道士，可断言也。”又《河阳诗》，“按此诗盖亦咏女道士，情节微巧，陈辞绮丽，是否为宋华阳而作，则不得而知矣”。又《重过圣女祠》，“按此诗系义山晚年由蜀回京，道经圣女祠所作。回首当年，不胜怅惘，七八两语，感慨系之矣”。

朱偰倡为商隐与女道士宋华阳姊妹相恋说，以《碧城》三首作为与华阳姊妹相恋的诗。按《碧城》第三首“玉轮顾兔初生魄”是指女方怀孕。“武皇内传分明在，莫道人间总不知”，明写这是皇宫内的事，即唐出家公主的道观内的事，不是人间的事，这是揭露出家公主道观中的丑事，怎么拉扯到在人间的商隐身上呢？

以上引了朱偰论商隐情诗的两说，一为入宫与宫女有私说，一为与女道士宋华阳姊妹有私说，皆无稽不足信。这里引了，因为这两说较有影响。苏雪林《李义山恋爱事迹考》认为商隐曾为永道士携入宫中，与文宗宠妃飞鸾、轻凤相识，《七月二十八日夜与王郑二秀才听雨后梦作》，“这一首梦作的诗是义山出宫后，追忆宫中情形与知己朋友闲话，不敢明言，只好托之于梦”，这就是与宫女相恋说的发展。按苏鹗《杜阳杂编》：“（敬宗）宝历二年，浙东贡舞女二人，曰飞鸾、轻凤。”是敬宗的事，不是文宗宠妃。文宗开成四年，商隐为秘书省校书郎，不久调为弘农尉，他在秘书省的时间极短，这说更是绝无其事。

再看商隐与女道士恋爱说。商隐在三十九岁时，妻王氏死。他在东川节度使柳仲郢幕府，柳选了“本自无双”的张懿仙歌舞艺女嫁给他，他在《上河东公启》里婉言谢绝，说：“至于南国妖姬，丛台妙妓，虽有涉于篇什，实不接于风流。”他的行动和语言，是真实地反映了他的恋爱与艳情诗。他对妖姬妙妓是写了艳情诗的，但没有什么关系。更没有牵涉到道姑，没有牵涉到宋华阳姊妹。唐朝文人倘有所恋，并不讳言，像元稹和他的朋友写的梦游春诗，像杜牧的“十年一觉扬州梦，赢得青楼薄幸名”，倘商隐确有类似情事，在这里必不会这样说，也不会在妻亡后独居无侣的三十九岁就拒绝“本自无双”的艺女了。他的艳情诗，突出的是《燕台诗》四首，那是写“丛台妙妓”的；又有《柳枝》五首，那是写“南国妖姬”一类人的。他在《柳枝五首序》里说：“让山下马柳枝南柳下，咏余《燕台诗》，柳枝惊问：‘谁人有此？谁人为是？’让山谓曰：‘此吾里中少年叔耳。’”这里说明《燕台诗》是艳情诗，才引起柳枝的惊奇。又指出这是商隐少年时写的，写在《柳枝》五首前。序里说：“柳枝，洛中里孃也。”是在洛阳。柳枝约商隐聚会，“会所友有偕当诣京师者，戏盗余卧装以先，不果留”。商隐没有去会柳枝，就在友人后去京师了，那当是去应考。商隐应进士试，第一次在太和七年二十一岁，令狐楚给资装，从太原去京师的；第二次在太和九年二十三岁；第三次在开成二年二十五岁，这次才考中。在这次前，他没有到过湖湘。冯浩对《燕台诗》作按语说：

> 燕台，唐人惯以言使府，必使府后房人也。参之《柳枝序》，则此在前，其为“学仙玉阳东”时，有所恋于女冠欤？其人先被达官取去京师，又流转湘中矣。以篇中多引仙女事，故知女冠。“铁网珊瑚”，他人取去也。玉阳在东，京师在西，故曰“东风”“西海”也。玉阳在济源县，京师带以洪河，故曰“浊水清波”也。曰“石城”，曰“瘴花”，曰“南云”，曰“楚弄”，曰“湘川”，曰“苍梧”，皆楚地之境，故知又流转湘中也。与《河内》《河阳》诸篇事属同情，语皆互映。

按冯浩既认为《燕台诗》作于《柳枝》前，即商隐少年时作，又认为此诗系商隐写自己的恋情。诗中有“双珰丁丁联尺素，内记湘川相识处”。那时商隐未到过湘川，不合一。冯说此女为商隐“学仙玉阳东”时所恋，诗不称“玉阳相识”，却说“湘川相识”，不合二。诗称“冶叶倡条遍相识”，是女方为冶倡一类人，冯称她为女冠，不合三。诗称“今日东风自不胜，化作幽光入西海”，言东风亦不胜幽怨，化作幽光而消失。冯注“玉阳在东，故曰东风”，以东风指女方，不合四。又称“京师在西”，“故曰西海”，指府主携女方入京，何以称女方化作幽光，不合五。诗称“济河水清黄河浑”，冯称“玉阳在济源县，京师带以黄河”，即指女方入京。按诗称清浊异源，是指双方说，不指女方的由济源入京，不合七。类此不合的还有。

这首诗要是按商隐说的，对妙妓佳人，“虽有涉于篇什，实不接于风流”，那以上问题都可迎刃而解。这个女方是属于妙妓一流，不是女冠，故诗称“冶叶倡条”。商隐写了这首诗，是“有涉于篇什”，他与女方无关，是“不接于风流”，所以他写这诗时没有到过湖湘。这个女方有所恋，其人无力，女方为府主取去，其人不胜怨恨，故用东风也不胜怨恨来作陪衬。其人在石城与女方相会，其时女方已被府主所遗弃，故称济清河浑，即女方清，府主浑。但女方还受人监视着，男方不能接她出来，所以“安得薄雾起缃裙，手接云軿呼太君”，安得呼仙人把她接出来。其人别后，收到女方来信，“内记湘川相识处”。

冯浩又说，此诗“与《河内》《河阳》诸篇事属同情，语皆互映”。再看《河内》诗，冯浩批：“与《燕台》同意，‘学仙玉阳东’，正怀州河内之境。”冯浩认为诗写商隐学仙玉阳东时所恋的女冠。按这首诗里点明写的女方是什么人，说“碧城冷落空蒙烟”，“灵、香不下两皇子”。商隐有《碧城》诗，称“碧城十二曲栏杆，犀辟尘埃玉辟寒”。碧城是指唐公主出家的道观，所以有辟尘犀、辟寒玉那样的宝物，不是一般道姑所有。《碧城》是讽刺唐出家公主与僧道狎媟的事。这里点明“碧城”，正写唐出家公主的事，不仅这样，还点明“灵、香两皇子”，皇子即皇女，即公主。经这一点更清楚了。诗写唐两公主出家后与人相恋的事，不指一般女冠，与商隐无涉。《河阳诗》与《燕台诗》相似，写女方在河阳，也是妙妓。《河阳诗》可能即是《燕台诗》的另一写法，互相补充。如《燕台诗》没有写女方本在何处，《河阳诗》点明在河阳，《河阳诗》没有写女方为谁取去，《燕台诗》点明是幕府主。这首诗里的女方那自然也同商隐无关。

冯浩在《河阳诗》的按语里说："统观前后诸诗，似其艳情有二：一为柳枝而发；一为学仙玉阳时所欢而发。《谑柳》《赠柳》《石城》《莫愁》，皆咏柳枝之入郢中也；《燕台》《河阳》《河内》诸篇，多言湘江，又多引仙事，似昔学仙时所恋者今在湘潭之地，而后又不知何往也。前有《判春》，后有《宫井双桐》，大可参观互证。但郢州亦楚境，或二美堕于一地，不可细索矣。"冯浩总结了商隐的艳情诗，主要分为两个对象：一个是柳枝，在《柳枝五首序》里指出他只跟她见过一面，"实不接于风流"。一个是《燕台诗》《河阳诗》《河内诗》，如前所指，也是与商隐无关的。再看冯浩多次提到商隐"学仙玉阳东"所欢，先看商隐是怎样写的。他说：

> 忆昔谢四骑，学仙玉阳东。千株尽若此，路入琼瑶宫。口咏《玄云歌》，手把金芙蓉。浓蔼深霓袖，色映琅玕中。悲哉堕世网，去之若遗弓。(《李肱所遗画松诗书两纸得四十一韵》)

玉阳东，指东玉阳山，在河南济源西三十里。唐睿宗女玉真公主在这里修道，建有道馆。按《新唐书·诸公主传》，玉真公主死在宝应时，宝应只有二年(763)，商隐去玉阳学仙在太和九年(835)，玉真公主已死了七十二年。因此冯浩把《河内诗》的"两皇子(公主)"，同商隐玉阳学仙联系起来，完全是不可能的。又琼瑶宫即指道馆。《艺文类聚》引《汉武内传》："西王母命侍女安法婴，歌《玄云曲》。"

那末“口咏《玄云歌》”，总是道馆里的道姑教的。这里只说他到道馆里去学道，没有透露同道姑恋爱的事。又说“悲哉堕世网”，他又离开道馆，回到追求功名的路上了。他又说：

心悬紫云阁，梦断赤城标。素女悲清瑟，秦娥弄碧箫。山连玄圃近，水接绛河遥。（《送从翁从东川弘农尚书幕》）

冯按：“诗多叙游山学仙之事，从翁盖同居玉阳者。”那末这首诗也是讲玉阳学仙的。里面讲的素女、秦娥，都是道姑，但只能说他在玉阳接触到一些道姑，还没有透露有恋爱的事。

商隐有寄道姑的诗，见《赠华阳宋真人兼寄清都刘先生》：

沦谪千年别帝宸，至今犹识蕊珠人。但惊茅许多玄分，不记刘卢是世亲。玉检赐书迷凤篆，金华归驾冷龙鳞。不因杖履逢周史，徐甲何曾有此身？

这诗说，他是从仙家谪到尘世，还认识仙家的人。但惊异于宋和刘多有仙缘，不记得宋和刘又是亲戚。茅许指茅蒙、许逊，都是仙人。刘卢，指刘琨、卢谌，是亲戚。在玉检上写着凤篆字赐给刘先生，指刘的入道。“金华”句指宋真人归华阳。末联说自己倘不学仙，不能活到现在。徐甲跟着老子二百馀年，老子给他《太玄清符》，倘没有这符，他早已成为枯骨。所谓华阳宋真人，指华阳公主道观里的道姑，有姊妹两人。“清都刘先生”，清都指王屋山道观，刘先生指道士刘从政号升玄先生。清都接近玉阳，可称与玉阳学仙有关。

华阳在陕西，与玉阳学仙无关，宋道姑姊妹与玉阳学仙也无关了。商隐又有《月夜重寄宋华阳姊妹》：

偷桃窃药事难兼，十二城中锁彩蟾。应共三英同夜赏，玉楼仍是水晶帘。

偷桃是东方朔事，指男；窃药是嫦娥，指女。十二城指仙家，那末宋道姑还是关在华阳道观里。三英夜赏，可能指姊妹外还有男道士。这是寄诗，这个“三英”里没有商隐是明确的。有人认为三英即三珠树。商隐《寄永道士》：

共上云山独下迟，阳台白道细如丝。君今并倚三珠树，不记人间落叶时。

“三珠树”是《山海经·海外南经》中说的三株珠树，这里有没有寓意，不清楚。倘指三个道姑，那末与华阳两姊妹不合。况且阳台在王屋山，同玉阳学仙相近，同华阳相距极远，也扯不到宋华阳姊妹身上。再说宋华阳姊妹还是锁在十二城里，没有下山，同《燕台诗》里的女子更无关涉了。因此，冯浩笺称《燕台》写的即为“学仙玉阳时所欢而发”，从诗里考求，学仙玉阳时不见有所欢，《燕台》中的女子，同玉阳道姑也无关。宋华阳姊妹同玉阳道姑也无关，也不见有与商隐相恋之事。因此，所谓玉阳所欢、所谓宋华阳姊妹，都同《燕台》中所写女子无关，《燕台》中的“桃叶桃根双姊妹”，同宋华阳姊妹无关，一为有力者娶去，一关在华阳观里，不宜牵扯在一起。冯浩称又有《判春》:“一桃复一李,井上占年芳。”冯笺:“读此知桃叶、桃根,实指二美。‘井上’者,以屈在使府后房也。”又《景阳宫井双桐》,冯笺:“此直咏(陈后主)张、孔二美人,词意显豁,然别有所寄也。《燕台诗》云:‘桃叶桃根双姊妹。’又曰:‘玉树未怜亡国人。’与此引双桐意合。”这几首诗当指同一对象。但我们上面指出原在河阳的一双姊妹与关在道观里的宋华阳姊妹无关,住在华阳观里的宋氏姊妹在诗里没有说就是玉阳观里的道姑。从诗里看,商隐在玉阳求仙时,只看到一些道姑,看不到他同道姑有相恋的表示;他又同华阳观里的宋氏姊妹相识,也看不到他对宋华阳姊妹有相恋的表示。这样,从冯浩笺注看,除了不可靠的猜测外,所有艳情诗,正如商隐说的,“虽有涉于篇什,实不接于风流”。

回过来再看朱偰讲商隐与女冠的恋情,《圣女祠》三首写圣女沦谪人间,不能回到天上,双关自己在幕府,不能进入朝廷,见三首诗的说明。朱偰称第一首为“义山初识宋华阳姊妹”。按第一首是商隐从兴元(汉中)送令狐楚丧回长安,路过宝鸡的圣女祠时所作。宋华阳姊妹住在华阳公主出家后的道观里,与圣女祠不在一地,不可能在送丧路上遇见宋华阳姊妹。朱偰把第二首说成商隐“写己情思”,说《重过圣女祠》写“回首当年,不胜怅望”,说成对宋华阳的情思,都不合,详见对三首诗的说明。朱偰又把《碧城》、《燕台诗》、《河阳诗》归入一类,也都不合,已见上。

又苏雪林《李义山恋爱事迹考》释《玉山》的“珠容百斛龙休睡,桐拂千寻凤要栖”,称“沉湎酒色的君王,正在做着钓天好梦。这样如花如玉的美人,我不免要据而有之了”。按骊龙颔下只有一颗珠,这里是“珠容百斛”,显然不指要盗取骊珠。又探骊珠要等龙睡，现在是叫龙休睡，更不是采珠了，是要龙来珍惜百斛明珠，指朝廷要珍惜大量人才，加以任用。“桐拂千寻”指朝官地位之高，“凤要栖”正指士子的求官，“要”是表愿望而非现实。又诗称“玉水清流不贮泥”，正写清澄，倘诗写淫乱的事，那是污浊，谈不上清流了。苏雪林又称《七月二十八日夜与王郑二秀才听雨后梦作》，认为是商隐的艳遇诗。诗称“少顷远闻吹细管，闻声不见隔飞烟”，是只听见音乐，没有看见人。“又过潇湘雨”，又到了潇湘，不在宫廷了。“亦逢毛女无憀极”，看到毛女，感到无聊，毫无艳遇可说了。那末说他写艳遇也无凭证。从冯浩到朱偰到苏雪林，不论冯说比较谨严，朱说比较简略，苏说驰骋想象。总之，只要离开商隐说的“虽有涉于篇什，实不接于风流”，结合原诗来看，都扞格难通；只有依照商隐所讲来看，才能够涣然冰释，虽然其中还有不可解处，但大体上是可通的。

（六）《无题》诗

商隐《无题》诗，朱鹤龄《笺注李义山诗集序》称：

> 《离骚》托芳草以怨王孙，借美人以喻君子，遂为汉魏六朝乐府之祖，古人之不得志于君臣朋友者，往往寄遥情于婉娈，结深怨于蹇修（指媒人），以序其忠愤无聊缠绵宕往之致。唐至太和以后，阉人暴横，党祸蔓延。义山厄塞当涂，沉沦记室。其身危，则显言不可而曲言之；其思苦，则庄语不可而谩语之。计莫若瑶台璚宇歌筵舞榭之间，言之可无罪，而闻之足以劝。其《梓州吟》云：“楚雨含情俱有托。”早已自下笺解矣。吾故曰：义山之诗，乃风人之绪音，屈、宋之遗响，盖得子美之深而

> 变出之者也。岂徒以征事奥博，撷采妍华，与（温）飞卿、（段）柯古争霸一时哉！

这段话不限于讲《无题》，但《无题》也包括在内。商隐的《无题》，纪昀在《无题》二首“幽人不倦赏”上批：“《无题》诸诗，有确有寄托者，‘来是空言去绝踪’之类是也；有戏为艳体者，‘近知名阿侯’之类是也；有失去本题而后人题曰《无题》者，如‘万里风波一叶舟’之类是也；有与《无题》诗相连，失去本题偶合为一者，如此‘幽人不倦赏’是也。”这样分别是对的。商隐写艳情的《无题》诗也像他的艳情诗一样，“虽有涉于篇什，实不接于风流”，已见选注，在这里就不谈了。这里只就有寄托的《无题》来谈谈。

杭世骏《李义山诗注序》：

> 盖诗人之旨，以比兴为本色，以讽喻为能事。抽青媲白，俪叶骈花，眩转幻惑以自适其意，固非可执吾之謏闻半解，以揣测窥度之而已。而玉溪一集，盖其尤也。楚雨含情，银河怅望，玉烟珠泪，锦瑟无端，附鹤栖鸾，碧城有恨，凡其缘情绮靡之微词，莫非厄塞牢愁之寄托。

这两篇都指出《无题》诗的特点，除了比兴讽喻以外，“寄遥情于婉娈，结深怨于蹇修”，也就是用象征手法。婉娈指美人芳草，蹇修指媒人，都是有具体形象的，遥情深怨是抽象的，用具体形象来表达抽象的情怨，是象征手法。这种手法通过缠绵宕往之致来表达，使人眩转幻惑，商隐在这方面是最突出的。敖器之诗评：“李义山如百宝流苏，千丝铁网，绮密瑰妍，要非自然。”即不是天生的，出于人巧。总之，商隐的《无题》诗，思深意远，情致缠绵，有百宝流苏的光艳，有千丝铁网的细密，有行云流水的空明，使读者荡气回肠不能自已。李白清新俊逸，没有他的缠绵悱恻；杜甫沉郁顿挫，没有他的光艳细密；白居易清丽风情，没有他的思深意远。他在艺术上的创造，是在李白、杜甫、白居易诸大诗人以外，另外开辟一种境界，丰富了唐代诗歌的艺术成就。如《无题》四首：

来是空言去绝踪，月斜楼上五更钟。梦为远别啼难唤，书被催成墨未浓。蜡照半笼金翡翠，麝熏微度绣芙蓉。刘郎已恨蓬山远，更隔蓬山一万重。

飒飒东风细雨来，芙蓉塘外有轻雷。金蟾啮锁烧香入，玉虎牵丝汲井回。贾氏窥帘韩掾少，宓妃留枕魏王才。春心莫共花争发，一寸相思一寸灰。

这两首《无题》表达的是遥情深怨，这种遥情深怨是抽象的，看不见的，诗里用具体景物来表达，又是思深意远的。这四首诗的主题是“老女嫁不售”，所谓“刘郎已恨蓬山远”，把“老女嫁不售”比做“恨蓬山远”已够了，为什么要“更隔蓬山一万重”呢？为什么这样迫切呢？要到蓬山干什么呢？不是在《安定城楼》里说：“欲回天地入扁舟。”要旋乾转坤吗？当时正处在“江风扬浪动云根，重碇危樯白日昏”(《赠刘司户蕡》)的危急之秋，可是“凤巢西隔九重门”，不正是“更隔蓬山一万重”，那能不迫切呢？那不正是思深意远吗？

这两首诗又写出了缠绵悱恻固结不解之情，对方是“来是空言去绝踪”，已经绝迹不来了，可是这方还是等着，直到“月斜楼上五更钟”。即使在梦里也“梦为远别啼难唤”，对方不来，却还要替他写字，“书被催成墨未浓”。听见对方的车声，“芙蓉塘外有轻雷”，还是不来看我。对方已经重门深锁，深井无波，可我的情思还要像香的烟从锁孔透进去，还要转动辘轳用长绳打水。对方已因我不像韩掾的年轻，陈王的才华，对我无情了，我还是难以忘情，所谓“一寸相思一寸灰”，只是感叹自己徒费深情吧了。这样写固结不解之情，写得这样缠绵悱恻，确实是少见的。这种固结不解之情，是同思深意远结合的。是为了挽救唐王朝的没落，所以迫切地想进入朝廷，迫切地希望令狐绹的推荐，所以有这种固结不解之情，情辞越固结，忧国的心越深。

两首诗又写得光艳细密，如“蜡照金翡翠，麝熏绣芙蓉”，有“金蟾啮锁，玉虎牵丝”，有“贾氏窥帘，宓妃留枕”，写得绮丽光艳。蜡照是“半笼”，麝香是“微度”，“啼难唤”，用个“难”字，见得梦中也难；“墨未浓”着一“未”字，见得催促得紧；“烧香入”，着一“入”字，见得怎样深闭固拒，还要使烟穿入；“汲井回”着一“回”字，见得井虽深还要汲水。这里显出文思的细密。这两首诗，第一首前六句近乎白描，文思清丽，末联用刘郎蓬山，在当时也是耳熟能详。第二首只用了贾氏、宓妃两典，这在当时也是耳熟能详的，那末这两首正是如行云流水的空明。

商隐有的诗以首两字标题的，也属于《无题》诗，开卷第一首《锦瑟》是最有名的。也有如咏眼前景的，其实也可列为《无题》诗，如《春雨》：

怅卧新春白袷衣，白门寥落意多违。红楼隔雨相望冷，珠箔飘灯独自归。远路应悲春晼晚，残宵犹得梦依稀。玉珰缄札何由达？万里云罗一雁飞。

这首诗也是写得思深意远的，“意多违”不正是“刘郎已恨蓬山远”吗？“远路应悲”，不正是远去幕府，“更隔蓬山一万重”吗？“残宵梦”，不正是“梦为远别”吗？前两首写得情辞迫切，这一首写得情意委婉，而思深意远是一致的。这首写固结不解之情也和前两首一致，他在“怅卧”、“寥落”中怀念那人，虽然那人跟自己“意多违”了，还要隔雨望红楼，不能相见，只好独自归来，但还是残宵入梦，还要送玉珰以表情，写书信以陈情，固结不解如此。虽是心情寥落，还是写得绮丽，不但那人住的是红楼，就是他拿的在雨中的灯，也把雨丝比做珠箔，作“珠箔飘灯”。又像“玉珰”、“云罗”，也写得绮丽。再像“相望冷”用一“冷”字，既写春寒，又写心头的感觉，感到对方的冷淡。“春晼晚”有伤春的感慨，“梦依稀”有梦迷离的感觉。“万里”与“一雁”相对，也有相隔遥远的感叹。这些都显出文心的细密。这首诗除了“白门”一词外，几乎都是白描，也写得像云水般空明。说明他的《无题》诗确实写出了一种新的意境，突破了前人的创造。

《无题》诗多用白描，含意深沉，情思缠绵，所以多有名句，长期传诵着。如“相见时难别亦难，东风无力百花残。春蚕到死丝方尽，蜡炬成灰泪始干。晓镜但愁云鬓改，夜吟应觉月光寒。蓬山此去无多路，青鸟殷勤为探看”。这首诗几乎每一联都成为传诵的名句，其中“春蚕”一联尤为著名。这种名句形象大于思维，商隐对此已有认识。他的《谢先辈防记念拙诗甚多异日偶有此寄》：

> 晓用云添句，寒将雪命篇。良辰多自感，作者岂皆然。熟寝初同鹤，含嘶欲并蝉；题时长不展，得处定应偏。南浦无穷树，西楼不住烟；改成人寂寂，寄与路绵绵。星势寒垂地，河声晓上天。夫君自有恨，聊借此中传。

商隐把抽象的“自感”，用具体的“云”和“雪”来表达，这里说明作者对此是有清醒认识的，不是不自觉的。他的“同鹤”、“并蝉”，题时是愁眉不展，所得是有它的偏至的特色的。他对咏物诗的独到处，愁思的深刻处，是有清醒认识的。他的忆别怀归的诗，他的描绘景物的诗，寄与远道的友人。所有这些诗，谢防先辈借来表达他自己的感情。就是他的诗所反映的是他的情思，但它有概括性，也概括了别人的情思，所以别人也可以借它来表达各自的情思，“夫君自有恨”，通过这些诗来表达，他对于这点是有清醒的认识的。

（七）感怀和咏物

商隐的感怀有他的特点，是“作者岂皆然”的。他的感怀，最有名的是《安定城楼》：

> 迢递高城百尺楼，绿杨枝外尽汀洲。贾生年少虚垂涕，王粲春来更远游。永忆江湖归白发，欲回天地入扁舟。不知腐鼠成滋味，猜意鹓雏竟未休！

假如说上引的《无题》诗也是感怀，那它跟这样的感怀诗确有不同。

《无题》是“为芳草以怨王孙，借美人以喻君子”，所谓“男女之情通于君臣朋友”（朱鹤龄序）。感怀不需要这种比喻。《无题》写了固结不解之情，缠绵悱恻，像上举的感怀诗写他的愤慨不平，表情的手法也没有那样荡气回肠。在思深意远方面，《无题》写得更为含蓄隐约，几乎不易看到，感怀写得比较明白。当然，感怀诗也有通过《无题》诗的写法来写的，那就可以归入《无题》诗，像上举的《春雨》就是。

这首诗的思深意远，表达得最为突出，即“欲回天地入扁舟”，既要旋乾转坤，使唐王朝得到中兴，自己泛扁舟于江湖，即告归隐，既有大志，又有高洁的情操。这种志趣抱负在贾生垂涕、王粲远游里也透露出来，贾生是要为汉朝制定一套新的制度，为长治久安之计的，王粲是要“假高衢而骋力”（《登楼赋》），做一番事业的。在结尾用鹓雏自比，也显示这种抱负。在《无题》里就没有这样明确地表达自己的思深意远的。其次，诗里表达愤慨的感情也是显露的，末联明显写出，在“虚垂涕里”也表达了，在“更远游”里含有《登楼赋》中的感情，也有所透露的。这种感情只有悲愤，并不是缠绵而固结不解的。但作为商隐的自感，除了思深意远这点比较突出外，他的语言的凝炼也比较突出，如“永忆江湖归白发，欲回天地入扁舟”，是虽然欲回天地，而实永忆江湖，惟有发白时才能归去入扁舟耳。这样的组合，语练思深，王安石极意称赏，纪昀却发生误解（见该诗说明），亦见其结构之独特。此外在用典上既是当时人所熟悉已成常识，又极贴切，商隐去泾原依王茂元，与王粲依刘表正合；商隐试博学宏辞科已录取，而被人谪落，与贾生遭际也有相似处。鹓雏、腐鼠的比喻，更显示他的志趣，这些都显示他用典的工巧贴切。

商隐在咏物诗上也有他的特点，他说：“熟寝初同鹤，含嘶欲并

蝉。"在《酬别令狐补阙》里说:"警露鹤辞侣,吸风蝉抱枝。"跟这里同样用鹤和蝉来作比。他的咏物的名篇如《蝉》:

本以高难饱,徒劳恨费声。五更疏欲断,一树碧无情。薄宦梗犹泛,故园芜已平。烦君最相警,我亦举家清。

这首咏物诗的特点,是物我交融与物我交错。物我交融即写物也是写自己,物和己交织在一起,既是写物,是不脱,又是写己,不粘着在物上,即不粘不脱。物我交错即有几句写物,有几句写己,是交错的。如前四句写蝉,蝉中有己,但还是咏蝉,"薄宦"两句写己,不关蝉了;末联蝉和我又相对写。物我交错是一种写法。这首诗还是思深意远的,虽然"难饱",还保持品格"高",虽然"薄宦"又"梗犹泛",还是"举家清"。这首诗也像云水空明,多用白描,只在"梗泛"、"芜平"里用典,但是融化入诗,即使不知道这两个词语有出处,也同样可以了解它们的含意。在物我交融上也写得贴切,蝉是居高难饱,徒劳费声,己亦清高难饱,徒费沉吟。"五更"一联,出以映衬,声嘶欲断,而"一树碧无情",所谓"传神空际,超超玄著",是一篇之警策,更为难到。

商隐的咏物诗,也有物我交融,借物抒情的,如《柳》:

曾逐东风拂舞筵,乐游春苑断肠天。如何肯到清秋日,已带斜阳又带蝉。

这首诗句句写柳,又句句写己,是借物抒情。它的含意比较深沉,是概括了一生的感慨。他写柳的变化，从春到秋。春天，柳树在东风的吹拂里，曾经在乐游苑的舞筵上拂动，但对它说来，还是断肠天气，这个舞筵不属于它的，它可能还是任人攀折的。到了秋天，它在斜阳中带着蝉的嘶鸣，更为哀苦。它怎么肯这样呢？一切是不由它自主的。这是完全写柳，也完全写自己。他在年轻时曾在秘书省作校书郎的小官，正像柳在乐游苑上拂舞筵。但校书郎只是替人校正文字，不能分享朝廷的光荣，所以还是断肠的。到了后来，只在幕府里当幕僚，虽然已到斜阳时，还发出蝉的哀鸣，怎么肯这样呢，也是不由自主。实际上，这是借物喻志的咏物诗。语言上也像云水的皎洁，是白描的。但它没有像《无题》写固结不解的爱感，也没有缠绵悱恻的情调。

商隐的咏物诗有工于用典的，在下面用典节里谈。也有刻划形象纯用白描的，如《微雨》：

初随林霭动，稍共夜凉分。窗迥侵灯冷，庭虚近水闻。

这首咏物是白描，同《蝉》也不同，它只是刻划，没有什么寓意。它的特点就在刻划得极为工细，这种工细从体物来的。他住在近水的楼上，远处有林木。先看到林畔的雾气在浮动，隔得远，看不出有雨。接着天夜了，因为是微雨，入夜看不见，只感到有些凉意。本来夜里要比白天凉些，但雨又分得了一些凉意，觉得今夜的凉意要多一些。楼高窗也高，分得的凉意侵入楼内，感到灯光缺少温暖，有冷意。庭空无声，靠近水边，这才听到雨声。这里说明体察的极为细致，从几个动词和形容词中透露出来。“动”字写黄昏时林边雾气的浮动，他就感觉到了；“分”字分到一分凉意，他又感觉到了；“冷”字写这分凉意侵入灯光，他又感到了；“闻”字写水边微雨的声音他听到了，这跟“虚”有关，庭中空寂，才能听到，倘庭中充满虫声就听不到了；也跟“近”有关，倘离水远，也听不见了。这样细致的描绘中，又有画意，写出背景，如“林霭动”见得远处有林木，有雾气。“夜凉”、“庭虚”见得秋意已深，时令也点出来了。“迥”写窗高，楼高也显出来了。“虚”字点明庭院；“近”字说明楼是傍水的。文辞精练，写出诗人的敏感。从这样细微的体察中，也透露出诗人的寂寞，他只有一个人在高楼上，所以会感到分凉灯冷，倘有人在一起打破岑寂，就不会感到灯冷庭虚了。像这样咏物，语简而精，可供仔细体会，也是他的咏物诗的一个特色。

（八）咏史和政治讽刺诗

商隐有些讽刺诗是通过咏史来写的，也有只是咏史看不出有讽刺的，也有讽刺而不属于咏史的，其中有议论的，有只是叙事的。这些不同写法，也是可供体味的。

光是咏史不加议论的，如《齐宫词》：

> 永寿兵来夜不扃，金莲无复印中庭。梁台歌管三更罢，犹自风摇九子铃。

这是写齐东昏侯和潘妃的事，只叙事，不发议论，通过对比的手法来表达用意。梁萧衍兵来，东昏侯被杀，东昏侯教潘妃步步生莲自然没有了。齐变为梁，齐的九子铃还在为梁作声。这里叙齐的灭亡，只通过中庭金莲印的有无，殿角九子铃的作响，来反映兴亡的感慨。在这个感慨里面，含有东昏侯的荒淫亡国，通过小的事物来显示，写得成功。这种地方，不发议论，使读者自己体会是好的，点破了就缺少意味。

咏史也有叙事同议论结合的，如《贾生》：

宣室求贤访逐臣，贾生才调更无伦。可怜夜半虚前席，不问苍生问鬼神。

这里叙述汉文帝在宣室召见贾生，又提出不问苍生问鬼神，发议论，感叹文帝不能用贾生。在这里，为什么有的发议论有的不发议论。前一首通过齐亡梁兴的对比来写，从金莲脚印和九子铃声来看，都显出兴亡之感来，这就不用说明，一说明就索然寡味了。后一首写文帝召见贾生问鬼神，光叙述这件事，作者的用意是什么，读者看不出来，如说："夜来不觉亲前席，只为殷勤问鬼神。"所以要发议论。这种议论，是结合提问来的，提出"不问苍生问鬼神"的责问，作者的用意才明白，不是抽象的议论，是联系"问鬼神"来提的。再说，这诗的用意通过提问来透露，还是没有说明，用意批评君主不能用贤，在诗里没有说出。

咏史不结合讽刺，像沈德潜《唐诗别裁》说："义山长于讽喻，工于征引，唐人中另开一境。顾其中讥刺太深，往往失之轻薄，此俱取其大雅者。"就他说的"唐人中另开一境"看，如《隋宫》：

紫泉宫殿锁烟霞，欲取芜城作帝家。玉玺不缘归日角，锦帆应是到天涯。于今腐草无萤火，终古垂杨有暮鸦。地下若逢陈后主，岂宜重问《后庭花》？

这首诗，在“唐人中另开一境”，表现在什么地方。一是构思，一般说来，对这样的题目，总不免从今昔兴亡之感着眼，写隋宫的昔盛今衰。作者另出新意，着眼在写炀帝，不写成咏物而写成咏史。写炀帝的逸游，不具体写，出以推论，要是政权不归到唐朝，炀帝的逸游应该要到天边了。写今昔盛衰，总是用繁荣与荒凉作对，他却另出新意，用腐草萤火来同垂杨暮鸦作对比。写炀帝荒淫，用“地下若逢陈后主”来推论。总之，在构思上不落旧套，别开生面。二是用推论、假设，把对偶变为灵活。像二联的“不缘”、“应是”，只是推论。“若逢”、“岂宜”是假设，使诗句写得灵活，绝不板滞。三是工于对仗，“玉玺”、“锦帆”显示文采。“于今”是虚的，无萤火了；“终古”是实的，有暮鸦，虚实相对。“玉玺”归唐是实的，“锦帆”到天涯是虚的。把这几样结合起来，确实给唐诗开一新境。

借咏史来讽刺的，如《隋师东》：

东征日调万黄金，几竭中原买斗心。军令未闻诛马谡，捷书惟是报孙歆。但须鸑鷟巢阿阁，岂假鸱鸮在泮林？可惜前朝玄菟郡，积骸成莽阵云深。

这是借隋师东征来讽刺唐军的进攻沧景。指出军令不严，假传捷报，浪费国库。三联发议论，贤臣在朝，叛乱自消。末联感叹人民涂炭。中二联用了四个典故，正像骈文写法，但并不板滞，由于中间用了“未闻”、“惟是”，用典故来讽刺；“但须”、“岂假”用典故来议论。化板滞为灵活，是他善用典故处。

商隐的政治讽刺诗，如《瑶池》：

> 瑶池阿母绮窗开，黄竹歌声动地哀。八骏日行三万里，穆王何事不重来？

这是讽刺武宗求仙的，唐朝皇帝求仙服金丹死的有好几个，那它的概括性相当大。这首诗的写作有它的特点。一、西王母，照《穆天子传》注，“如人虎齿，蓬发”。《山海经·西山经》说她“虎尾”。但在《汉武故事》里西王母已成了仙人，这里的“绮窗”，是作者加上的想象。二、黄竹，从《穆天子传》看，黄竹在嵩高山附近，不在瑶池，这里是把相距遥远的两地捏合。三、黄竹歌声是穆天子唱的，不可能有动地的声势，说“动地哀”又是诗人的创造。四、日行三万里的是神马，穆天子的马是千里马，不可能是神马，说“日行三万里”也是创造。在这里就是笔补造化。在大自然中，西王母没有绮窗，黄竹不在瑶池，黄竹的歌声不可能动地，八骏不可能日行三万里，那就不可能写成这首诗。诗人补大自然的不足，使大自然中不可能有的事都成为可能了。这样的补天，又显得很自然，仙人招待穆天子，自然应该有绮窗。要是像司马相如《大人赋》：“吾乃今目睹西王母皬然白首，戴胜（首饰）而穴处兮，亦幸有三足乌为之使。”住在洞穴里，怎么招待周天子呢？黄竹地方的歌是写“北风雨雪，有冻人”的，即“路有冻死骨”的，是写人民的苦难的。表达人民的苦难，说它有动地的力量，也是很自然的。本来说神马日行三万里，要说穆天子到瑶池的并不困难，使八骏成了神马也是很自然的。这些补天也就成了通天。从八骏的日行三万里，那末穆王的不再来，正如西王母唱的“将子无死，尚复能来”。不来正说明是死了，说明求仙的无益，达到讽刺武宗及其他唐帝求仙服金丹中毒死去的愚蠢。

（九）用典和朦胧

王士禛《戏仿元遗山论诗绝句》：“獭祭曾惊博奥殚，一篇《锦瑟》解人难。千年毛（亨）郑（玄）功臣在，犹有弥天释道安（指释道源注商隐诗）。”这首诗论商隐诗，提出两个问题：一指用典，杨亿《谈苑》称：“义山为文，多简阅书册，左右鳞次，号‘獭祭鱼’。”即认为商隐诗用典太多和深僻；二指不易懂，一篇《锦瑟》诗有种种不同的解释，含意朦胧不明。

就用典说，一种是属于语言的自然，在白话中也用典。如鲁迅《狂人日记》：“他们——也有给知县打枷过的，也有给绅士掌过嘴的，也有衙役占了他的妻子的，也有老子娘被债主逼死的。”这里点出了他们过去被压迫和被侮辱的事，就是用典，那可说是用今典。“易牙蒸了他儿子，给桀纣吃”，这是用古典。在讲话里，有时想到过去的事，就提了出来，这就是用典。这种联想是很自然的，有了这种联想，才能有力地把意思表达出来，使听的人联系这些故事，引以为戒。

那末用典太多或用典深僻又怎样呢？这跟近体诗的形式有关。近体诗只有八句或四句，篇幅短小。在短小的篇幅里要表达丰富的思想内容，就免不了用典。如《牡丹》：

锦帏初卷卫夫人，绣被犹堆越鄂君。垂手乱翻雕玉佩，折腰争舞郁金裙。石家蜡烛何曾剪，荀令香炉可待熏。我是梦中传彩笔，欲书花叶寄朝云。

这里八句诗用了八个典故，可说是用典太多了。其中有的典故像“越鄂君”或“垂手”、“荀令香炉”也不是人们很熟悉的，或者当时认为很平常的，现在看来已不是很熟悉了。这样用典又怎样呢？他咏牡丹，用美人来比，这是很普通的。但他眼中的牡丹，有各种各样，有盛开的，有初放的；有在风中舞动，像垂手舞的，像折腰舞的；有光彩的，有香气的。他要把这些都写出来，这就需要用各种典故。这样的用典多，正说明他的观察细致，要表达的内容丰富所造成的，这同他的文化知识的丰富也有关，他运用这些典故，是自然生动的。他要写盛放的牡丹，自然想到锦帏初卷的卫夫人；写含苞初放的牡丹，自然想到用绣被来裹着的越女了。因此用典多而显得灵活。这种灵活表现在动作上，不是用卫夫人或越女来比，是用锦帏初卷的卫夫人、用绣被裹着的越女来比，显得生动。不仅这样，还有含意，像梦中传彩笔，含有令狐楚教他作时文的用意在内。结合“寄朝云”，既有寄与美人的含意，也有冯浩在按语里指出祝愿令狐楚还朝的用意。这样多的含意，用两句话来表达，不用典是无法措手的。这是用典最多的一首。又如《马嵬》：

海外徒闻更九州，他生未卜此生休。空闻虎旅传宵柝，无复鸡人报晓筹。此日六军同驻马，当时七夕笑牵牛。如何四纪为天子，不及卢家有莫愁。

这首诗讲海外九州是用典，卢家莫愁是用典，此外只是讲马嵬的事，像“七夕笑牵牛”，是《长恨歌》中的事，可说用今典。把用典同今事结合，显出商隐用典的巧妙来。《长恨歌》里写“七月七日长生殿，夜半无人私语时。在天愿作比翼鸟，在地愿为连理枝”。即愿世世为夫妇永不分离之意，所以“七夕笑牵牛”，笑牛郎织女只有七夕一相会了。可是在“六军同驻马”时，即“六军不发无奈何，宛转蛾眉马前死”。把七夕笑牵牛的誓言抛弃了，揭露唐明皇的牺牲杨贵妃，只把《长恨歌》中的话对照起来，就起到揭露的作用。再根据《长恨歌》中“忽闻海上有仙山”一段，联系海外有九州之说，指出“他生未卜此生休”，指出唐明皇七夕誓言的虚伪。这样用典，借它来进行揭露，就有思想性了。中间两句，写当时情事，有军中的宵柝，无鸡人的报晓筹，正说明已逃出皇宫，在军队中逃跑了。因此感叹不及“卢家有莫愁”了。全诗一气贯注，从用典中显出揭露来。沈德潜《唐诗别裁》评温庭筠《苏武庙》“回日楼台非甲帐，去时冠剑是丁年”，称：“与‘此日六军同驻马’一联，俱是逆挽法。律诗得此，化板滞为跳脱矣。”所谓逆挽，就是先说今天，再说过去。但商隐的今天和过去对照，从中揭露唐明皇的牺牲杨贵妃，说明他的爱情的虚伪性，这就胜过温庭筠，不光是化板滞为跳脱了。

至于商隐的《锦瑟》诗，所谓“一篇《锦瑟》解人难”，有各种不同的解释，用意不明，有人或指为朦胧诗。登庐山或黄山时，云雾起来，掩盖了林木和峰峦，只看到模糊一片，是朦胧的。但就云海奇观来说，又并不朦胧。画家可以画黄山云海，并不朦胧。商隐的《无题》诗也这样，他写艳情来寄托的《无题》诗，就寄托什么说可能不够清楚，就他写的艳情说还是清楚的，并不朦胧。如《无题》“凤尾香罗薄几重，碧纹圆顶夜深缝”，它有什么含意不清楚，就它写的是用凤尾罗来缝成圆顶帐说，还是很清楚的。所以跟就文字看也看不懂的朦胧诗是不同的。

再就《锦瑟》诗说，就它的用意说，有悼亡说，有自伤说，有为青衣说，有自序诗集说；就中间四句看，有梦幻泡影说，有适怨清和说。但就字面看，由锦瑟的五十弦和五十柱而引出思华年来，在将近五十年的华年中，所经历的生活有各种情状，有梦蝴蝶的，有托杜鹃，有珠有泪的，有玉生烟的。这各种情状已是惘然。从字面来看还是清楚的。至于诗中含意，各人有各种不同解释，这也是可以理解的。诗人借形象来表达情思，他的情思含蕴在形象之中，没有明白宣露。读者只从他写的形象中体会他的情思，由于形象大于思维，读者的体会不一定符合作者原意，所谓作者未必然，读者何必不然。只要读者的体会符合所写的形象，不妨各人各说。其中究以那一说能符合作者原意，那要看谁对作者的思想感情体会得最深切，最能根据作者的思想感情来体会，最为接近或符合作者原意。这样的诗，对作者的用意虽有各种猜测，但诗中所写的形象还是明确的。因此，它同连文字也看不懂的朦胧诗还是有分别的。这样看来，倘朦胧诗是指画黄山云海，云海笼罩的峰峦一片朦胧，但云海奇观还是清晰的。即指商隐借爱情诗来寄托，寄托的命意不鲜明，但所写爱情的形象是鲜明的，把这样的诗称为朦胧，那末说商隐有些诗是朦胧的是可以的，但它同连文字也看不懂的朦胧诗是完全不同的。

（十）西昆体及其他

商隐的诗在晚唐已有影响，他的连襟韩维的儿子韩偓，即《韩冬郎即席为诗相送》里称为“雏凤清于老凤声”的，是学商隐诗的。

韩偓的诗，如《已凉》：

> 碧阑干外绣帘垂，猩色屏风画折枝。八尺龙须方锦褥，已凉天气未寒时。

写景物色彩鲜艳，中含情思，与商隐《日射》的“回廊四合掩寂寞，碧鹦鹉对红蔷薇”相似。韩偓的《倚醉》：

> 倚醉无端寻旧约，却怜惆怅转难胜。静中楼阁深春雨，远处帘栊半夜灯。抱柱立时风细细，绕廊行处思腾腾。分明窗下闻裁剪，敲遍阑干唤不应。

这首诗同商隐的《春雨》“红楼隔雨相望冷，珠箔飘灯独自归”很相似。这是学了商隐绮丽缠绵的一面。对商隐诗的高情远意沉郁顿挫这一面似没有学到。

刻意学商隐诗的，当推宋初的西昆体。《皇宋事实类苑》记杨亿称：

> 至道中（宋太宗时），偶得玉溪生百馀篇，意甚爱之。……观其富于才调，兼极雅丽，包蕴密致，演绎平畅，味无穷而久愈出，钻弥坚而酌不竭，曲尽万态之变，精索难言之要。……

杨亿、刘筠等人很多是文学侍从之臣，他们了解宫禁中的生活，这在当时是严禁泄露的。因此，他们学习商隐诗的工于运典、绮丽纤密来透露一点消息，如杨亿《汉武》：

> 蓬莱银阙浪漫漫，弱水回风欲到难。光照竹宫劳夜拜，露漙金掌费朝餐。力通青海求龙种，死讳文成食马肝。待诏先生齿编贝，那教索米向长安。

王仲荦先生《西昆酬唱集注》前言里指出，宋真宗伪造天书，行封禅泰山等典礼来巩固封建统治，杨亿等在《汉武》等诗中借古讽今，反映了他们不同意这种求仙祀神、大兴土木的作法。这首确实学习商隐的咏史，句句用典。写仙山难到，候仙不来，仙掌露不灵，方士病死，归结到让东方朔索米长安，不能用贤人。跟商隐的咏史比起来，含意比较隐晦，没有商隐诗的深心卓识，讽刺有力，这是宋朝对言论控制得严厉所致。这些文学侍从之臣，他们既没有商隐的身世遭遇，又缺乏他的高情远韵，又不敢对朝廷作有力的讽刺，只是追求他的绮丽典实，自然成就不大了。

《蔡宽夫诗话》称："王荆公晚年亦喜称义山诗，以为唐人知学老杜而得其藩篱者，惟义山一人而已。"王安石欣赏商隐的诗，像"雪岭未归天外使，松州犹驻殿前军"，"永忆江湖归白发，欲回天地入扁舟"，"池光不受月，暮气欲沉山"，"江海三年客，乾坤百战场"，是属于商隐感怀或写景的诗，是他学杜甫的诗，不属于商隐独创的《无题》的绮艳细密，是属于他的高情远韵、沉郁顿挫的诗。王安石称赞这些诗句，意不在于学商隐，是在学杜甫，在学商隐的学杜而能自成面目，也要学杜而自成面目。

宋人受商隐诗影响的还推黄庭坚。钱锺书先生《谈艺录》补订本（一五二页）称："许顗《彦周诗话》以义山、山谷并举，谓学二家，'可去浅易鄙陋之病'。《瀛奎律髓》卷廿一山谷《咏雪》七律批云：'山谷之奇，有昆体之变，而不袭其组织。'即贬斥山谷如张戒，其《岁寒堂诗话》卷上论诗之'有邪思'者，亦举山谷以继义山，谓其'韵度矜持，冶容太甚'。后来王船山《夕堂永日绪论》谓'西昆江西皆獭祭手段'。《曾文正诗集》卷三《读义山诗》：'太息涪翁去，无人会此情。'"又称山谷"《观王主簿家酴醾》：'露湿何郎试汤饼，日烘荀令炷炉香。'青神注：'诗人咏花，多比美女，山谷赋酴醾，独比美丈夫。'李义山诗：'谢郎衣袖初翻雪，荀令香炉更换香。'（《酬崔八早梅有赠兼示》）《野客丛书》卷二十亦谓此联为山谷所祖。"又称："撰《江西宗派图》之吕居仁《紫薇诗话》云：'东莱公尝言：少时作诗，未有以异于众人，后得李义山诗熟读规摹之，始觉有异。'又云：'东莱公深爱义山一春梦雨一联，以为有不尽之意。杨道孚深爱义山嫦娥应悔二句，以为作诗当如此学。'"

钱谦益《注李义山诗集序》称释石林说："元季作者，惩西江学杜之弊，往往跻义山，祧少陵，流风迨国初（明初）未变。"按《四库提要·杨仲宏集》称："西昆伤于雕琢，一变而为元祐之朴雅；元祐伤于平易，一变而为江西之生新；南渡以后，江西宗派盛极而衰。"亦有学温、李的细密艳冶来矫江西诗派之弊的，但成就不高。清代冯班学商隐，《四库提要》称他"所作则不出于昆体，大抵情思有馀，而风格未高，纤佻绮靡，均所不免"。

何焯《义门读书记》："晚唐中，牧之、义山俱学子美。牧之豪健跌宕，不免过于放，学者不得其门而入，未有不入于江西派者；不如义山顿挫曲折，有声有色，有情有味，所得为多。"又称："冯定远谓熟观义山诗，自见江西之病。余谓熟观义山诗，兼悟西昆之失。西昆只是雕饰字句，无论义山之高情远识，即文从字顺，犹有间也。”何焯指出商隐诗有高情远识，顿挫曲折，有情有味的一面，这就是沈德潜说的“又于唐人中另开一境”。王安石称赞商隐学杜的，就是指这一方面，即学杜而有自己的面貌。在这一方面，后人学商隐诗的，是通过商隐诗来学杜，要求自成面貌。读者可以看到他学杜而有自己风貌，看不到他是通过学商隐来学杜的，商隐这方面的影响，像王安石、王庭坚等的诗就是，看不出他是学商隐的。

何焯又指出商隐诗的有声有色，这同敖器之《诗评》：“李义山如百宝流苏，千丝铁网，绮密瑰妍，要非自然。”这也是在唐人外自开一境。这方面学商隐诗的显得突出，像韩偓和西昆体诗就是。“熟观义山诗，兼悟西昆之失”，反过来看西昆诗，也看到商隐诗的局限。商隐诗最突出的是绮密瑰妍。这方面的诗虽有寄托，但这种寄托主要是个人的遭际，他对政治，对国家人民命运的关切感慨的，都不用这种诗来表达，因此这方面的诗题材比较狭隘，容易流于写艳情。还有他学李贺的，像写艳情的《河阳》、《燕台》等诗，又不免晦涩。后来学商隐写艳情的，有神似《无题》的，像黄景仁的《绮怀》：

> 几回花下坐吹箫，银汉红墙入望遥。似此星辰非昨夜，为谁风露立中宵。缠绵丝尽抽残茧，宛转心伤剥后蕉。三五年时三五月，可怜杯酒不曾消。

“似此星辰”句从《无题》的“昨夜星辰昨夜风”来，“为谁风露”从“夜吟应觉月光寒”来，“缠绵丝尽”从“春蚕到死丝方尽”来。但只是写艳情并无寄托，不如商隐《无题》的思深意远。景仁不是学商隐的，这也说明商隐诗的影响还是相当大的。

二　李商隐的生平

李商隐的一生约略可以分为三个时期：一、从唐宪宗元和八年(813)到唐文宗开成二年(837)，即从一岁到二十五岁，从他以古文著称到学会今体文，从学习到登进士第，即从小漂泊到受知令狐楚。二、从开成三年(838)到武宗会昌六年(846)，从他二十九岁到三十四岁，即从入王茂元幕到作秘书省正字，这时期的会昌一代是李德裕当政。三、从宣宗大中元年(847)到大中十二年(858)，从他三十五岁到四十六年去世，主要是过着游幕生活，即从入郑亚幕、入卢弘止幕到入柳仲郢幕。这时期是白敏中、令狐绹等属牛僧孺一派人当政。

(一) 从小漂泊到受知令狐楚

李商隐生于唐宪宗元和八年(813)①，死于唐宣宗大中十二年

---

① 李商隐的生年，冯浩《玉溪生年谱》同岑仲勉《玉溪生年谱会笺平质》考定在元和八年，根据有两个：一、《上崔华州书》里说：“愚生二十五年矣。”又说：“复为今崔宣州所不取。”崔龟从为华州，在开成元年(836)十二月，崔郸为宣州，在二年正月，假定这信在开成二年写的，上推二十五年，他正生于元和八年。二、《李氏仲姊河东裴氏夫人志文状》：“至会昌三年(843)，距仲姊之殂已三十一年矣。明年冬，以潞寇凭陵，扰我河内。”《祭裴氏姊文》：“灵沉绵之际，殂背之时，某初解扶床，犹能识面。”按：泽潞之乱在会昌三年，那末上文的“会昌三年”当作“二年”，才与“明年”相合。会昌二年上推三十一年，正是元和八年，当时商隐正扶床，所以定他生于元和八年。当然，商隐扶床识面可能已经二岁，那就生于元和七年。提早一年，即《上崔华州书》是开成元年写的，但元年崔郸没有为宣州，不能提早，所以只能生在元和八年。商隐在元和八年初生，仲姊当在八年末死，那末商隐已能扶床识面，而他的弟弟也可能诞生了。

(858)，字义山，号玉溪生、樊南生[①]，怀州河内（今河南沁阳）人。他生时，父李嗣在做获嘉（在今河南）令。下一年，李嗣到浙江去做幕僚，约六年多，商隐九岁时，父亲死了。“浙水东西，半纪（六年）漂泊。某年方就傅（十年，当指九岁），家难旋臻。躬奉板舆，以引丹旐。四海无可归之地，九族无可倚之亲。”[②]他跟母亲扶柩回到郑州（在今河南）[③]，当时他的家在那里。境况是极为艰难的。以上是他小时漂泊的经历。他“五年诵经书，七年弄笔砚”[④]。他在家，跟堂房叔父学习。“商隐与仲弟羲叟，再从弟宣岳等亲授经典，教为文章。生徒之中，叨称达者。”这位老师“味醇道正，词古义奥”[⑤]。教他学习古文。到他十一岁，父丧期满，迁居洛阳[⑥]。到十六岁，著《才论》、《圣论》，“以古文出诸公间”[⑦]。他的《无题》当作于此时[⑧]：

八岁偷照镜，长眉已能画。十岁去踏青，芙蓉作裙衩。十二学弹筝，银甲不曾卸。十四藏六亲，悬知犹未嫁。十五泣春风，背面秋千下。

---

① 玉溪在怀州玉阳山，商隐《李肱所遗画松诗书两纸》：“忆昔谢四骑，学仙玉阳东。”是他在学仙时到玉溪的，因称玉溪生。樊南即樊川以南，在长安城南。商隐曾住在樊南，称他的集子为《樊南集》，自称樊南生。

② 见《樊南文集详注》（下简称《文集》）卷六《祭裴氏姊文》。

③ 商隐祖李俌，从怀州迁到荥阳，即郑州。见《樊南文集补编》（下简称《补编》）卷一一《曾祖妣志文状》：“寓居于荥阳。”

④ 见《文集》卷八《上崔华州书》。

⑤ 见《补编》卷一一《故处士姑臧李某志文状》。

⑥ 同上《祭裴氏姊文》：“占数东甸，佣书贩舂。”即占户籍于洛阳，为人佣书等。

⑦ 见《文集》卷七《樊南甲集序》。

⑧ 见冯浩《玉溪生诗集笺注》（以下简称《诗集》）卷一。

这首仿照乐府民歌体的诗，已写得清丽，有寄托，显示他的才华。由于家贫，已有托身府主的含意。

文宗太和三年（829），商隐十七岁。十一月，令狐楚为天平军节度使（治郓州，今山东东平），赞赏他的文才，请他到幕府里去做巡官。“每水槛花朝，菊亭雪夜，篇什率征于继和，杯觞曲赐其尽欢。委曲款言，绸缪顾遇。”[①]“将军樽旁，一人衣白”[②]，当时他还是布衣。宾主相得。他在十八岁时，有《天平公座中呈令狐令公》[③]，反映了幕中生活：

> 罢执霓旌上醮坛，慢妆娇树水晶盘。更深欲诉蛾眉敛，衣薄临醒玉艳寒。白足禅僧思败道，青袍御史拟休官。虽然同是将军客，不敢公然子细看。

当时唐朝尊崇道教，所以幕府中也有道教的醮坛。有女道士在斋戒，直到更深。又有和尚和御史，看到女道士的娇艳，都想学仙，所以和尚想出家，御史想休官，他还年轻，不敢细看。从这里看到当时道教的盛行，跟他后来的学仙有关。商隐善写古文，令狐楚教他和其子令狐绹一起学今体文，即当时通行的讲究对偶辞藻的四六文，亲加指点。商隐有《谢书》[④]：

① 见《补编》卷五《上令狐相公状一》。

② 见《文集》卷六《奠相国令狐公文》。

③ 见诗选，以后凡见本书中者不再注。

④ 见《诗集》卷一。

微意何曾有一毫？空携笔砚奉《龙韬》。自蒙半夜传衣后，不羡王祥得佩刀。

他到幕府里来，令狐楚不让他办事，所以称“空携笔砚”。让他学习，教他学今体文，他很感激，认为得到令狐楚的指教胜过得到功名。

太和六年(832)二月，令狐楚调河东节度使(治太原，在今山西)。商隐二十岁，跟令狐楚到了太原幕府。令狐楚给他办了行装，让他到京城去应考，被考官贾悚所憎，没考上。又回到太原幕府[①]。七年(833)六月，令狐楚进京为吏部尚书，商隐回到郑州家里。这年三月，给事中萧澣为郑州刺史。商隐进谒萧澣，得到很好接待。萧澣把他介绍给华州刺史崔戎，崔戎资送他去京城学习[②]。八年(834)三月，以崔戎为兖海观察使(治兖州，在今山东)，商隐在崔戎幕府里。六月，崔戎死。这年，他又去京城应考，考官崔郸没有取他[③]。九年(835)，他从郑州到京城去吊崔戎[④]。开成元年(836)，他奉母迁居济源(在今河南)，在济源玉阳山学道教。那里是唐睿宗女玉真公主修道的场所。他说“学仙玉阳东”，“路入琼

---

① 见《补编》卷五《上令狐相公状一》。

② 见《诗集》卷一《哭遂州萧侍郎》自注：“余初谒于郑舍。”是在郑州进谒。《补编》卷七《上郑州萧给事状》：“兖海大夫(崔戎)时因中外，尝赐知怜。给事(萧澣)又曲赐褒称，使垂延纳。”即介绍给崔戎，《时集》卷一《安平公(崔戎)诗》：“丈人博陵王名家，怜我总角称才华。华州留语晓至暮，高声喝吏放两衙(朝衙晚衙)。明朝骑马出城外，送我习业南山阿。”南山阿指京城。

③ 又《上崔华州书》：“凡为进士者五年，始为贾相国所憎。明年，病不试。又明年，复为今崔宣州所不取。”

④ 又《安平公诗》：“明年徒步吊京国。”

瑶宫”。[1]“心悬紫云阁，梦断赤城标。素女悲清瑟，秦娥弄碧箫。”[2]他在想望那些像仙家的道观，在那里有会奏乐的女道士。他没有忘记功名，二年（837），他二十五岁，又上京应考。这年，高锴为礼部侍郎，做主考。令狐绹为左补阙。高锴问绹：“八郎之友，谁最善？”绹说了三次“李商隐”，商隐这次登进士第[3]。上一年，令狐楚调兴元节度使（治南郑，在今陕西）。再聘商隐到幕府去。他正在家奉母，“北堂之恋方深，东阁之知未谢”。“今岁累蒙荣示，轸其飘泊，务以慰安。促曳裾之期，问改辕之日。”[4]他约在秋末到兴元，令狐楚已病，代楚起草《遗表》。十二月，送楚丧还京。以上是他受知令狐楚的经历。

在这一时期，商隐的诗已显示他的特色。如《牡丹》，当是二十一岁，令狐楚资助他去京城考试时作。《长安志》称《酉阳杂俎》说开化坊令狐楚宅牡丹最盛，商隐到京后看到牡丹，写这诗寄给令狐楚：“锦帏初卷卫夫人，绣被犹堆越鄂君。”写得极为秾艳精工。又有《初食笋呈座中》：“皇都陆海应无数，忍剪凌云一寸心。”当是在崔戎幕中作。这首有寄托。这时他也写了艳情诗，如《和友人戏赠二首》，当是赠任秀才[5]：

迢递青门有几关？柳梢楼角见南山。明珠可贯须为佩，白璧堪裁且作环。子夜休歌团扇掩，新正未破剪刀闲。猿啼鹤

① 见《李肱所遗画松诗书两纸》。

② 《诗集》卷一《送从翁从东川弘农尚书幕》。

③ 见《与陶进士书》。

④ 见《补编》卷五《上令狐相公状六》。

⑤ 又《题二首后重有戏赠任秀才》，冯浩注：“上二首当已是赠任。”

怨终年事，未抵熏炉一夕间。

首联想望她的住处，中两联写她整理服饰用具，末联写一夕相思，甚于终年的猿啼鹤怨，怨望真不可禁。这样的艳情诗是写友人的。

这时比较突出的是他写的政治讽刺诗，如《富平少侯》："七国三边未到忧，十三身袭富平侯。""当关不报侵晨客，新得佳人字莫愁。"这诗讽刺敬宗不关心国事，游猎无度，赐与不节。宠爱舞女飞鸾、轻风，藏之金屋宝帐，日高犹未上朝。又《隋师东》："东征日调万黄金，几竭中原买斗心。""可惜前朝玄菟郡，积骸成莽阵云深。"这首诗是讽刺唐朝在讨伐藩镇叛乱中所暴露出的种种弊病。

《有感二首》是对文宗太和九年(835)甘露之变的感叹。这年，文宗与李训、郑注合谋杀宦官。十一月二十一日，李训使人报左金吾听事后石榴上有甘露，李训奏恐非真甘露，文宗要太监仇士良等去看。仇士良到那里看到幕后有伏兵，就退出，率领禁兵杀宰相李训、王涯、贾悚、舒元舆及王璠、郭行馀、韩约等，郑注为凤翔节度使(在陕西)，也被杀，捕杀千馀人，血流成渠。当时太监掌握军权，成为唐朝大害。文宗与大臣合谋诛太监失败，从此太监的权力与唐朝相终始。商隐的《有感》说："如何本初(袁绍)辈，自取(刘)屈氂诛。"他惋惜李训等人为谋不善，遭致失败。"谁瞑衔冤目，宁吞欲绝声?"他哀悼李训等人的冤死，在当时敢于指斥太监，要有极大的勇气。在后来刘蕡之死上，他表现得更为突出。

文宗开成二年(837)十二月，商隐送令狐楚丧从兴元回长安，道路所见，写成《行次西郊作一百韵》，是他反映民生疾苦的最突出之作。"高田长槲枥，下田长荆榛。农具弃道旁，饥牛死空墩。依依过村落，十室无一存。”田地荒芜，人民死亡。原因是“奸邪挠经纶”，“中原困屠解”，政治败坏，人民被屠戮。“盗贼亭午起，问谁多穷民”，所谓“盗贼”，多是穷民。“又闻理与乱，系人不系天”。这首诗的风格接近杜甫，这样反映民生疾苦是商隐诗中罕见之作。

（二）从入王茂元幕到作秘书省正字

从文宗开成三年（838）到武宗会昌六年（846），即从商隐二十六岁到三十四岁，是他无意中牵入牛李党争的前一时期，也就是文宗在甘露之变后受制于家奴郁郁死去[①]，到武宗时李德裕执政时期。所谓牛李党争，实际上是官僚之间的夺权斗争。牛李党争起因于元和四年（809）李宗闵与牛僧孺考取制科，两人对策，都指责时政的弊病。当时李吉甫为宰相，就不用僧孺、宗闵。七年（812），吉甫死，两人才入朝做官。穆宗长庆元年（821），吉甫子德裕为翰林学士，攻击宗闵对考官请托，贬剑州刺史（治所在今四川剑阁）。文宗太和三年（829）宗闵当国，引用僧孺为宰相。七年（833）德裕为宰相，出宗闵为山西南道节度使。八年（834），用宗闵为宰相，出德裕为镇海节度使（治润州，在今江苏镇江）。武宗即位，起用德裕为宰相，不再起用僧孺、宗闵。宣宗即位，罢斥李德裕，僧孺、宗闵等同日北迁，宗闵在迁官中病死，僧孺入京为太子少保死去。牛李的互相排斥就是这样。但就用人说，会昌二年（842），白敏中为翰林学士，令狐绹为户部员外郎，两人都是牛党，李德裕没有排斥他们。五年（845），德裕用柳仲郢做京兆尹，柳和僧孺善，德裕不以为嫌。就德裕说，他只是跟宗闵、僧孺等人不相容，尤其是他同僧孺

① 开成四年（839）十一月，文宗对当值学士周墀说：“周赧王、汉献帝受制于强诸侯，今朕受制于家奴，以此言之，朕殆不如！”泣下沾襟。

的政见不同。德裕对藩镇叛乱要加以讨伐，像会昌三年(842)，昭义节度使(治潞州，在今山西长治)刘稹叛乱，德裕就发兵平乱。僧孺对藩镇姑息，如太和五年(831)，卢龙(治幽州，在今北京大兴)杨志诚叛乱，僧孺说："范阳(即卢龙)自安史以来非国家所有……不必计其顺逆。"虽然范阳与昭义的地位不同，但也反映僧孺的偷安。德裕在政治上有所作为，僧孺只求苟安，在太和六年(832)说："今四夷不至交侵，百姓不至流散，虽非至理，亦谓小康。"当时藩镇割据，太监干政，民生困苦，僧孺却说小康。那末德裕和僧孺在政见上确有不同。其实不论德裕或僧孺秉政，对于商隐都毫无关系，因为他在京只做个正九品下的秘书省正字，掌管校对典籍，刊正文字。那只是一个秘书省的校对。对牛李两党的夺权也好，政见不同也好，都无权过问，谈不上牵涉党争。他的被排斥，只说明令狐绹等人的气量过于偏窄。"论者又谓商隐一生有关党局，夫德裕会昌秉政五年馀，商隐居母丧已超其三分之一，德裕微论无党(指用牛党白敏中、令狐绹)，就谓有之，然商隐二年书判拔萃，官止正九品下阶之秘书正字，无关政局，何党之可言？抑开成前王茂元四领方镇(邕、容、岭南及泾原)，均非德裕当国所除。《会昌一品集·请授王宰兼攻讨状》云：'王茂元虽是将家，久习吏事，深入攻讨，非其所长。'德裕又非曲护茂元如党人所为者。若曰德裕喜厚遇，则白敏中与绹何尝不为德裕所厚，是不特商隐非党，茂元亦非党。善哉冯氏所云：'下此小臣文士，绝无与于轻重之数者也。'""(令狐)楚既去世，绹复居丧，且官不过补阙，无如何提挈力，商隐孤贫，一家所托，自不能不凭其文墨，自谋生活；择婚王氏，就幕泾原，情也，亦势也。然论者必曰'心怀躁进，遽托泾原'(冯、张说)，然则将令商隐全家坐而待毙，以俟乎渺无把握之令狐提挈，是责人出乎情理之外者也。‘义山少为令狐楚所赏，此适然之遇，原非为党局而然’（冯说），论诚破的。”[①]这话非常充分有力地说明商隐和党争的无关。

文宗开成三年（838），商隐二十六岁。泾原节度使（治泾州，今甘肃泾川）王茂元聘请他去，爱他的才华，把女儿嫁给他。当时商隐虽然已经考中进士，但还要经过吏部考试，才能给予官职。因此他去考博学宏词科，考官周墀、李回已经录取他，有个中书长者说："此人不堪。"把他的名字涂去了[②]。这时，他写了《漫成三首》，录后两首：

沈约怜何逊，延年毁谢庄。清新俱有得，名誉底相伤？
雾夕咏芙蕖，何郎得意初。此时谁最赏？沈范两尚书。

首句指爱我者，次句指毁我者，认为他去考博学宏词，并不妨碍那位中书长者，为什么要破坏他。后一首指他的新婚，指周李两学士录取他。这时他还说得和婉。在《安定城楼》上就有些愤慨了。"贾生年少虚垂涕，王粲春来更远游。""不知腐鼠成滋味，猜意鹓雏竟未休！"《安定城楼》是商隐的名篇之一，他把功名比作腐鼠，对猜忌者有所指斥。

四年（839），参加礼部试书判，中式，授与秘书省校书郎，正九

① 岑仲勉《玉溪生年谱会笺平质》。

② 见《与陶进士书》。那个中书长者可能属于牛党，认为王茂元是李党，嫌商隐入王幕，所以认为不堪。

品上[①]。调补弘农尉(今河南灵宝),从九品上。因把狱中死囚改判活罪,触怒观察使孙简,被罢官,正碰上姚合代孙简,要他还任。武宗会昌元年(841),商隐二十九岁,辞去弘农尉,在华州刺史(治所今属陕西渭南)周墀幕府。二年(842),在忠武节度使(治许州,今河南许昌)王茂元幕,为掌书记。又入京应礼部试,以书判拔萃,授秘书省正字,正九品下。因母丧居家。三年(843),王茂元调河阳节度使(治怀州,今河南沁阳),病死。当时商隐迁居永乐县(今山西永济)。“属纩之夕,不得闻启手之言,祖庭之时,不得在执拂之列。”“愚方遁迹丘园,游心坟素,前耕后饷,并食易衣。”[②]这是他四年(844)写的。他在家里栽种花木[③],具有农民望丰年的感情[④]。五年(845),守丧期满,入京,再做秘书省正字。这时他有《无题二首》,录一:

昨夜星辰昨夜风,画楼西畔桂堂东。身无彩凤双飞翼,心有灵犀一点通。隔座送钩春酒暖,分曹射覆蜡灯红。嗟余听鼓应官去,走马兰台类转蓬。

兰台即秘书省,是他在秘书省做官时作。当时他当住在京里王茂元家,时茂元已死,他有所属意。这是一首艳情诗,显示了他的独特风格。情意缠绵,对仗精工,用典如“灵犀”、“转蓬”,运化无迹,

---

① 按会昌二年(842),商隐以书判拔萃,授秘书省正字,正九品下。这次是书判中式,反授九品上的校书郎,似不合,疑这次也是正字。

② 见《文集》卷六《重祭外舅司徒公文》。

③ 《诗集》卷一有《永乐县所居,一草一木,无非自栽,今春悉已芳茂》题。

④ 同上有《四年冬,以退居蒲之永乐,渴然有农夫望岁之志》题。

比喻精巧，使人难忘。

商隐有《献相国京兆公启》："南游郢泽，徒和阳春。"冯浩、张采田称此为"江乡之行"，系于开成五年，据《与陶进士书》称九月四日"东去"。按：商隐这年由济源移家长安，辞弘农尉任，"东去"指由长安去弘农，与南游江乡无涉。冯浩谓辞尉后南游江乡，按商隐《哭刘司户蕡》："去年相送地，春雪满黄陵。"黄陵在湖南湘阴。如冯、张说，商隐于开成五年南游江乡，至次年即会昌元年春雪时尚在湖南与刘蕡相遇。故岑仲勉《平质》驳他们，商隐于会昌元年春为华州、陕州作《贺南郊赦表》，从湖南返京至为华州、陕州作贺表，"今假日行百里，到京已在正月之杪，华、陕迢递，来去总需半月，贺表能搁笔以俟李返乎？"此冯、张以江乡之游系于开成五年说之不可通者。因此《平质》以"南游郢泽""指大中二年留滞荆门事"。按：商隐于大中二年离桂北归，五月至潭州（长沙），在湖南观察使李回幕留滞，秋初北上，冬初返长安，选为盩厔（今陕西周至）尉。北归至湖南，怎能称"南游"，不合者一。夏秋在湖南，怎能于春雪黄陵与刘蕡相会，不合者二。《新唐书·刘蕡传》载昭宗诛韩全诲等，左拾遗罗衮讼蕡曰："身死异土，六十馀年。"这年为天复三年（903），上推六十年为会昌四年（844）。《蕡传》又称牛僧孺于节度山南东道，表蕡幕府。《牛僧孺传》称牛僧孺于开成四年八月为山南东道节度使，会昌元年迁为太子少保。则蕡在牛幕，当在此三年中。假定蕡在会昌元年初贬官，春天到湖南黄陵，与商隐相遇。商隐在开成五年冬为华州、陕州作《贺南郊赦表》，到会昌元年初南下投杨嗣复，于春雪满黄陵时与刘蕡相遇，则时无不合了。

商隐与刘蕡相会，在商隐一生中实为一重要事件。商隐诗篇中思想性最强烈的，有哭刘蕡诗四首。刘蕡死前一年，商隐跟他在黄陵相会。商隐《哭刘蕡》里说："上帝深宫闭九阍，巫咸不下问衔冤。"在《哭刘司户》里说："一叫千回首，天高不可闻。"又在《哭刘司户蕡》里说："路有论冤谪，言皆在中兴。"对他的冤谪表达了极度悲愤的心情。商隐受恩最深的是令狐楚和王茂元，但在他们死时，商隐没有写过一首哭他们的诗，为什么跟刘蕡只见过一面，就写了四首哭他的诗，写得那样沉痛呢？这说明刘蕡的思想对他有极大的震动，在思想上他和刘蕡契合的缘故。他在后期的《漫成五章》里说："当时自谓宗师妙，今日惟观对属能。"原来认为令狐楚教他今体文是很了不起的事，后来认为那不过是讲对偶吧了。王茂元对他"忘名器于贵贱，去形迹于尊卑"，"每有论次，必蒙褒称"而已[①]。这两位只使他感恩，没有引起他思想上的极大震动。他从刘蕡那里得到这种大震动，那就是刘蕡在太和二年(828)的对策。对策指出："宫闱将变，社稷将危，天下将倾，海内将乱"，"忠贤无腹心之寄，阍寺专废立之权"，"威柄陵夷，藩臣跋扈"。提出"揭国权以归相，持兵柄以归将"，"法宜画一，官宜正名"[②]。这样动魄惊心的理论，不仅是令狐楚、王茂元所不敢想，也是李德裕、牛僧孺所不敢想的。这对于"欲回天地"的商隐是大震动，这才是旋乾转坤的大理论。因此刘蕡的贬死，不是刘蕡一个人的死，是旋乾转坤的理想的破灭，是唐王朝没落的丧钟，所以他的悲痛特别深切。他是呼天不应，求神不灵。想到刘蕡提出的中兴策，却被迫冤死，道路上都在

---

① 见《重祭外舅司徒公文》。

② 见《新唐书》卷一七八《刘蕡传》，《通鉴》卷二四三太和二年。

痛惜。他是一哭再哭,“一叫千回首,天高不为闻”[①]。商隐对于当时的政治虽很少发表意见,通过这四首诗,实际上表达了他的意见。

这时期他写的政治讽刺诗,有讽刺唐朝皇帝的求仙的。唐宪宗服了方士金丹发病,病中被太监所杀。穆宗服金丹发病死,武宗也服金丹发病死。商隐写了《华岳下题西王母庙》、《瑶池二首》,《瑶池》前一首道:

神仙有分岂关情?八马虚追落日行。莫恨名姬中夜没,君王犹自不长生。

周穆王到瑶池去求仙,但不能救盛姬的死,也不能救自己的死,揭出求仙的虚妄。这时的诗写得情意深挚的,有《落花》:“肠断未忍扫,眼穿仍欲稀。芳心向春尽,所得是沾衣。”惜花和惜春相结合,情思无限。具有商隐诗独特风格的,有《曲江》:

望断平时翠辇过,空闻子夜鬼悲歌。金舆不返倾城色,玉殿犹分下苑波。死忆华亭闻唳鹤,老忧王室泣铜驼。天荒地变心虽折,若比伤春意未多。

诗写伤春,有甚于天荒地老,那实是伤唐朝的衰落,联系到甘露之变,文宗悒郁去世,翠辇不来,文宗所宠杨贤妃被害,倾城色不返,

---

① 见《哭刘司户二首》。

太监专权，唐朝将危。这里反映了刘蕡对策中的思想。含意深沉，对仗精工，情思婉转，藻采缤纷，自成为商隐的独特风格。

（三）流转的游幕生活

从宣宗大中元年（847）到大中十二年（858），商隐三十五岁到四十六岁去世。这时期，李德裕屡遭贬谪，在四年（850）死在崖州（治舍城，在今广东琼山）。二年（848），令狐绹知制诰、充翰林学士；四年（850），令狐绹同中书门下平章事，任宰相；五年（851），兼礼部尚书。这是商隐屡次向他陈情的原因。商隐在二十六岁时进王茂元幕，当时令狐楚已去世，他为了谋生而入王幕，并没有考虑到王属于李德裕党，令狐楚父子属于牛僧孺党，入王幕就是背离令狐楚父子。王把女儿嫁给商隐，只是爱他的才华，并不考虑要把他拉入李德裕党。会昌时期李德裕当政，商隐在五年（845）十月母丧满后，入京任秘书省正字，他没有认为自己是李党而去接近李德裕请求援引，还在做他的正字小官。到大中时期，令狐绹由知制诰入相，商隐屡次向他陈情，请求援引，商隐不认为自己是李党，认为自己同令狐父子的关系密切，所以向他陈情。但他却认为商隐入王幕，娶王女，是加入李党，是负恩。事实上李德裕根本不注意这个正字小官，把商隐看作李党，是令狐绹冤屈了商隐。商隐在这时期的诗中所以表达了不胜冤抑愁苦的感情。

大中元年（847）二月，宣宗再把李德裕降级，又把给事中郑亚调出去做桂管观察使（治桂州，在今广西桂林），郑亚聘商隐做判官，到了桂州。冬天，郑亚派他到南郡（今湖北江陵）去。在舟行途中编定四六文《樊南甲集》，写了序。二年（848）正月，商隐三十六岁，回桂州。郑亚派他去代理昭平郡（昭州，今广西平乐）守。二月，郑亚被贬为循州（今广西龙川）刺史。商隐离桂州北归。这时李回任湖南观察使（治潭州，今湖南长沙），杜悰任西川节度使（治成都，在今四川）。商隐北归，先碰到李回，替他写了《贺马相公（植）登庸启》。李回没有用他。他又想去投杜悰，到了巴西，考虑到杜悰不会用他，决计北归，想向令狐绹陈情①。他在巴西写了《夜雨寄北》②：

君问归期未有期，巴山夜雨涨秋池。何当共剪西窗烛，却话巴山夜雨时。

这年冬，回到长安，选为盩厔尉。这年商隐去巴西，称为往来巴蜀，岑仲勉《平质》认为没有往来巴蜀之事。因以《夜雨寄北》为赴东川柳仲郢幕府时作，其时商隐妻王氏已前卒，“若曰诗题或作寄内，而商隐业赋悼亡，则唐人多姬侍，张因谓梓幕未携家，不必其寄妻也”。按：柳仲郢以无双歌女张懿仙配与商隐，商隐婉言谢绝，使商隐真有姬侍，则为仲郢计，何以不使人迎之入川，而欲以懿仙嫁他呢？以“巴山夜雨”证商隐之有姬侍，无他旁证，何以使人信服？往来巴蜀之说，冯浩实从诗中得之。如《摇落》：“滩激黄牛暮，云屯白帝阴。”《过楚宫》：“巫峡迢迢旧楚宫，至今云雨暗丹枫。”《深宫》：“岂知为雨为云处，只有高堂十二峰。”倘商隐于这年无往来巴蜀之事，他的入川，只是从柳仲郢到东川幕府，后仲郢派他赴成都推狱，事毕即回梓州，那就不可能经过三峡，怎么用黄牛峡、白帝城、巫

---

① 据张采田《玉溪生年谱会笺》大中二年笺。

② 见《诗集》卷二。

峡、巫山十二峰入诗呢？那末这年往来巴蜀之说还不能证其必无，《夜雨寄北》之为寄内，也不能证其必误。商隐事迹记载疏略，有不易详考的。如《祭小侄女寄寄文》称“况吾别娶以来，胤绪未立”。那末商隐娶王茂元女是续弦，他的原配是谁，是何年结婚，何年亡故，皆无可考。他的往来巴蜀，只能就诗来说，不能以无可确考而断其必无了。大中三年(849)，商隐三十七岁，以盩厔尉进见京兆府尹，府尹留他署掾曹，专主章奏。府尹说：“吾太尉(牛僧孺)之薨，有杜司勋之志，与子(商隐)之奠文，二事为不朽。”①这年，商隐和杜牧相遇，写了《杜司勋》和《赠司勋杜十三员外》，后首中道：“心铁已从干镆利，鬓丝休叹雪霜垂。汉江远吊西江水，羊祜韦丹尽有碑。”倾注了他对杜牧钦仰的感情。他对刘蕡的钦仰，由于刘的对策；他对杜的钦仰，由于杜的诗作，更由于杜的谈兵论政。杜要解决内部的藩镇割据，外部的吐蕃侵占河西、陇右。杜作《罪言》，提出削平河北藩镇的策略。会昌中，李德裕讨伐刘稹的叛乱和抵抗回纥，杜牧都向李上书，陈述用兵方略，得到李的采纳。这是商隐非常钦仰的，所以有“心铁”句。把这诗同他哭刘蕡诗结合起来看，那末商隐的抱负，对内要清除太监的专权，藩镇的割据，对外要抗击回纥的侵扰。他虽没有跟李德裕联系，在思想上是倾向于李德裕的。但作为正字，只能校正文字，是不可能有大的作为的，所以要向令狐绹陈情，“几时《绵竹颂》，拟荐《子虚》名？”②希望他推荐自己。由于令狐绹的褊心，把商隐看作李党中人，不肯推荐。五月，以卢弘止为武宁军节度使(治徐州，在今江苏)。十月，弘止聘商隐

① 见《樊南乙集序》。

② 见《令狐舍人说昨夜西掖玩月因戏赠》。

为判官，得侍御史衔，从六品下，品级提高了。他在徐州幕中情绪昂扬。“此时闻有燕昭台，挺身东望心眼开。且吟王粲《从军乐》，不赋渊明《归去来》。”“收旗卧鼓相天子，相门出相光青史。”①希望弘止安定地方后，入朝为相，能够推荐自己。

五年(851)春，弘止病死。商隐从徐州回京，向令狐绹陈情，补太学博士。他有《无题四首》诗当写于这时：“来是空言去绝踪，月斜楼上五更钟。”“刘郎已恨蓬山远，更隔蓬山一万重。”“金蟾啮锁烧香入，玉虎牵丝汲井回。”“春心莫共花争发，一寸相思一寸灰。”表达他固结不解的感情。这《无题四首》当是入京未补太学博士时写的，第四首的“东家老女嫁不售”，点明题旨，他借住在令狐绹家里，令狐绹说来看他却不来，蓬山指翰林院，恨己不能进入翰林院。次首又说，虽金蟾衔锁，亦将烧香透入，正写迫切陈情。相思成灰，见得令狐绹不肯汲引。又《无题》：“春蚕到死丝方尽，蜡炬成灰泪始干。”缠绵之情，到死方了。经过陈情，补太学博士，正六品上，官阶稍有提高。这时，妻王氏病死。他写了《房中曲》来悼念：“枕是龙宫石，割得秋波色。玉簟失柔肤，但见蒙罗碧。”“今日涧底松，明日山头蘖。愁到天地翻，相看不相识。”见枕想明眸，见簟想柔肤。愁思无穷。处境如涧底的松，又将登山远行如山头之蘖。当时河南尹柳仲郢任东川节度使(治梓州，今四川三台)，聘商隐为节度书记。他在去东川前，跟令狐绹告别，住在令狐家，又写了《无题二首》：“曾是寂寥金烬暗，断无消息石榴红。斑骓只系垂杨岸，何处西南待好风。”“重帏深下莫愁堂，卧后清宵细细长。”“直道相思了

① 见《偶成转韵七十二句赠四同舍》。

无益，未妨惆怅是清狂。”首言等待令狐绹直到烛暗不来，只能跟柳仲郢去西南。次言不寐凝思，空斋无侣。虽相思无益，终抱痴情。在临走时，还在想令狐的援引，希望进入翰林院。商隐对这些《无题》诗的用意，写了《有感》：“非关宋玉有微辞，却是襄王梦觉迟。一自《高唐赋》成后，楚天云雨尽堪疑。”屡次向令狐陈情，不加省察，所以称“梦觉迟”。不得已托为《无题》，人必疑为艳情，哪知都是血泪呢。

大中五年(851)十月，商隐在东川幕府，改判官，加检校工部郎中，从五品上。冬，差赴西川推狱，至成都(在今四川)。六年(852)春，回东川。七年(853)十一月，编定《樊南乙集》，序称：“三年以来，丧失家道，平居忽忽不乐，始克意事佛。”在长平山慧义精舍经藏院，建石壁五间，用金字刻《妙法莲花经》七卷[①]。九年(855)十一月，调柳仲郢为吏部侍郎，商隐随行。十年(856)，仲郢入朝。十月，充诸道盐铁转运使。奏商隐充盐铁推官。十一年(857)，以盐铁推官事去江东。十二年(858)，以柳仲郢为刑部尚书，罢盐铁转运使。商隐罢盐铁推官，还郑州闲居，不久病故，年四十六岁。在东川所作，著名的有《筹笔驿》：

> 猿鸟犹疑畏简书，风云长为护储胥。徒令上将挥神笔，终见降王走传车。管乐有才真不忝，关张无命欲何如？他年锦里经祠庙，《梁父吟》成恨有馀。

① 《上河东公第二启》。

用猿鸟、风云来衬托，突出诸葛亮的声威。管、乐以下感慨遥深，绝似杜甫。

商隐晚年的诗，最传诵的是《锦瑟》，清人“程湘衡谓此义山自题其诗以开集首者”①。这首诗既珠圆玉润，琢炼精莹，又复真情流露，生气蓬勃。这正是商隐独特的风格。“其《梓州吟》云：‘楚雨含情俱有托’，早已自下笺解矣。吾故曰：义山之诗，乃风人之绪音，屈宋之遗响，盖得子美之深而变出之者也。”②这类诗如“春蚕到死”一联纯用白描，而深情固结，即如“心有灵犀”则运典入化，皆能摇荡心灵。这是商隐借艳情来寄志托事的。商隐的另一类诗，像《安定城楼》、《筹笔驿》，亦复善于设喻，工于征事，寄慨遥深，意在言外，自成为商隐的风格，都是琢炼精莹，而真情流露。在唐代诸大家和名家外，另成为商隐的诗，构成一种新的境界，创出一种新的风格，从而丰富了唐诗的艺术宝库，作出了杰出的贡献。

顺便简单说一下这个选本，选本以冯浩《玉溪生诗集笺注》为主，参考了朱鹤龄《李义山诗集笺注》、程梦星《重订李义山诗集笺注》、姚培谦《李义山诗集》、屈复《玉溪生诗意》、张采田《玉溪生年谱会笺》、岑仲勉《玉溪生年谱会笺平质》、沈厚塽《李义山诗集辑评》辑录朱彝尊、何焯、纪昀三家评、吴乔《西昆发微》，冯浩《樊南文集详注》、钱振伦《樊南文集补编》注，今人刘学锴、余恕诚《李商隐诗选》。对论《锦瑟》及《谈艺录补订》中论“宝枕垂云选春梦”，皆承钱锺书先生录示手稿尤为可感，谨此致谢。

在版本上以冯浩笺注本为主，如涵芬楼影印傅氏双鉴楼藏明

---

① 何焯《义门读书记·李义山诗集》卷上。

② 朱鹤龄《李义山诗集序》。

嘉靖刊本《哭刘蕡》"广陵别后春潮隔"，从冯本改"广陵"为"黄陵"。但也有不从冯浩本的，如《赠司勋杜十三员外》，冯本作"清秋一首杜陵诗"，从影印本改"杜陵"为"杜秋"。由于这是个选本，对版本问题在注中不一一说明，以避繁琐。

在诗选的排列上，涵芬楼影印本是分体排的，姚培谦、屈复本同。朱鹤龄、程梦星不分体，先后次序较乱。冯浩、张采田皆按先后排列，冯浩本不编年，把大体上属于同一时期的排在一起；张采田本编年，把无年可编的汇列于后。岑仲勉《平质》称："近人朱偰氏《李商隐诗新诠》云：'惟张氏（采田）解诗，牵强附会，在在皆是，故其编年诗所列，多由曲解间接推之，未足为凭。'又云：'实则除诗题标明年代或实有事实可资证明外，编年诗颇不易为，宁缺无滥，斯为得耳。'所论确中张氏之失。"因此，选本排列，以冯浩本为主，稍有更动。如冯本以《韩碑》居首，称"煌煌巨篇，实当弁冕全集"。按此诗学步韩愈，不能显示商隐诗的风格，今略按其作年列后。又以《锦瑟》居首，为宋本旧次，按程湘衡说有代序之意，钱先生亦加赞同，故仍其旧次。又《燕台诗》据《柳枝五首序》称商隐为"少年叔"，是商隐少年时作，故与《柳枝五首》俱移前。又冯编以《杜工部蜀中离席》、《梓潼望长卿山至巴西复怀谯秀》诸作为去东川前作，今从岑仲勉《平质》说作入东川幕府后作移后。又《幽居冬暮》，冯本列于母丧中作，与诗称"颓年寖已衰"似不合，移归晚年作。选文大多有年可考，故按年排列，无年可考的列后。

这个选本定有应选而未选、不必选而入选的，注释定有疏失的，一切均请专家和读者指正，不胜感谢。

目　　录

诗选

文选

诗　选

锦　瑟[①]

锦瑟无端五十弦[②]，一弦一柱思华年[③]。庄生晓梦迷蝴蝶[④]，望帝春心托杜鹃[⑤]。沧海月明珠有泪[⑥]，蓝田日暖玉生烟[⑦]。此情可待成追忆[⑧]，只是当时已惘然。

① 锦瑟：漆有织锦纹的瑟。《周礼乐器图》："绘文如锦曰锦瑟。"瑟是一种弦乐器。本篇用开头两字作题，实际是无题诗。

② 无端：没来由。五十弦：《汉书·郊祀志》："泰帝使素女鼓五十弦瑟，悲，帝禁不止，故破其瑟为二十五弦。"

③ 一弦一柱：柱，系弦的短木柱。《缃素杂记》：引《古今乐志》："锦瑟之为器也，其弦五十，其柱如之，其声也适怨清和。"五十弦有五十柱。华年：盛年。它的音调适怨清和正写中四句。

④ 庄生句：《庄子·齐物论》："昔者庄周梦为蝴蝶，栩栩然（自得貌）蝴蝶也。"

⑤ 望帝：《寰宇记》："蜀王杜宇，号望帝，后因禅位，自亡去，化为子规。"子规即杜鹃，鸣声凄厉。春心：伤春的心。《楚辞·招魂》："目极千里兮伤春心。"

⑥ 珠有泪：《博物志》："南海外有鲛人，水居如鱼，不废绩织。其眼泣则

能出珠。”

⑦ 蓝田：《长安志》：“蓝田山在长安县东南三十里，其山产玉，亦名玉山。”玉生烟：《困学纪闻》卷一八：“司空表圣云：‘戴容州叔伦谓诗家之景，如蓝田日暖，良玉生烟，可望而不可置于眉睫之前也。’”

⑧ 可待：岂待。

这首诗，何焯《义门读书记》说：“亡友程湘衡谓此义山自题其诗以开集首者，次联言作诗之旨趣，中联又自明其匠巧也。余初亦颇喜其说之新，然义山诗三卷，出于后人掇拾，非自定，则程说固无据也。”按《李义山诗集辑评》引纪昀批：“因偶列卷首，故宋人纷纷穿凿。遗山《论诗绝句》，遂独拈此首为论端。”那末这首诗，在宋、金时就列在卷首，当保存原来编次。程湘衡认为这首诗具有自序的作用，所以把它列首。

钱锺书先生《谈艺录》补订本第一一四页补订四，用程湘衡说，称：“《锦瑟》之冠全集，倘非偶然，则略比自序之开宗明义。‘锦瑟’喻诗，犹‘玉琴’喻诗，如杜少陵《西阁》第一首：‘朱绂犹纱帽，新诗近玉琴。’锦瑟、玉琴，正堪俪偶。义山诗数言锦瑟。《房中曲》：‘忆得前年春，未语含悲辛。归来已不见，锦瑟长于人。’‘长于人’犹鲍溶《秋思》第三首之‘我忧长于生’，谓物在人亡，如少陵《玉华宫》‘美人为黄土，谁是长年者’，或东坡《石鼓歌》‘细思物理坐叹息，人生安得如汝寿’。义山‘长于人’之‘长’，即少陵之‘长年’、东坡之‘寿’。《回中牡丹为雨所败》第二首‘玉盘迸泪伤心数，锦瑟惊弦破梦频’，喻雨声也，正如《七月二十八日夜与王郑二秀才听雨后梦作》所谓‘雨打湘灵五十弦’。而《西昆酬唱集》卷上杨大年《代意》第一首‘锦瑟惊弦愁别鹤，星机促杼怨新缣’，取绘声之词，传伤别之意，亦见取譬之难固必矣。《寓目》‘新知他日好，锦瑟傍朱栏’，则如《诗品》所谓‘既是即目，亦惟所见’；而《锦瑟》一诗借此器发兴，亦正睹物触绪，偶由瑟之五十弦而感‘头颅老大’，亦行将半百。‘无端’者不意相值，所谓‘没来由’，犹今语‘恰巧碰见’或‘不巧碰上’也。首两句言景光虽逝，篇什犹留，毕世心力，平生欢戚，‘清和适怨’，开卷历历，所谓‘夫君自有恨，聊借此中传’。三、四句言作诗之法也。心之所思，情之所感，寓言假物，譬喻拟象；如庄生逸兴之见形于飞蝶，望帝沉哀之结体为啼鹃，均词出比方，无取质言。举事寓意，故曰‘托’；深文隐旨，故曰‘迷’。李仲蒙谓‘索物以托情’，即其法尔。五、六句言诗成之风格或境界，犹司空表圣之形容诗品也。兹不曰‘珠是泪’，而曰‘珠有泪’，以见虽凝珠圆，仍含泪热，已成珍玩，尚带酸辛，具宝质而不失人气。‘日暖玉生烟’本‘诗家之景’语；《全唐文》卷八百二十吴融《奠陆龟蒙文》赞叹其文，侔色揣称，有曰：‘触即碎，潭下月；拭不灭，玉上烟。’唐人以此喻诗文体性，义山前有承，后有继。‘日暖玉生烟’与‘月明珠有泪’，此物此志，言不同常玉之冷、常珠之凝。喻诗虽琢磨光致，而须真情流露，生气蓬勃，异于雕绘汩性灵、工巧伤气韵之作。譬似挦扯义山之‘西昆体’，非不珠圆玉润，而有体无情，藻丰气索，泪枯烟灭矣。近世一奥国诗人称海涅诗较珠更灿烂耐久，却不失活物体，蕴辉含湿。非珠明有泪欤？谋野乞邻，可助张目而结同心。七、八句乃与首二句呼应作结，言前尘回首，怅触万端，顾当年行乐之时，即已觉世事无常，抟沙转烛，黯然于好梦易醒，盛筵必散。即‘当时已惘然’也（引文有删节）。”

钱先生这个解释，从《锦瑟》诗列于卷首作为代序来立论，是极切合诗意，胜过旧说的。用锦瑟的“五十弦”来比自己的将近五十岁，用“思华年”来比回忆生平。用锦瑟的音“适怨清和”来指中间四句：“适”指“迷蝴蝶”，“庄周梦为蝴蝶，栩栩然蝴蝶也”。栩栩，自得之貌，正指适意。“怨”同“托杜鹃”正合。“清”指“珠有泪”，是清泪。“和”指“玉生烟”，正与“蓝田日暖”相应。“此情可待成追忆”，在这“思华年”的追忆中，栩栩自得者少，幽怨者多，又有自伤之意，这个意思通贯全集，与以《锦瑟》作为全集代序正合。钱先生的解释胜过旧解。

旧解最重要的为悼亡说。

沈厚塽《李义山诗集辑评》引朱彝尊评：“此悼亡诗也。瑟本二十五弦，弦断而为五十弦矣，取断弦之意也。一弦一柱而接‘思华年’三字，意其人年二十五而殁也。蝴蝶、杜鹃，言已化去也。珠有泪，哭之也。玉生烟，已葬也，犹言埋香瘗玉也。”何焯评：“此悼亡之诗也。首联借素女鼓五十弦之瑟而悲，言悲思之情有不可得而止者。次联则悲其遽化为异物。腹联又悲其不能复起之九原。钱饮光亦以为悼亡之诗，云庄生句取义于鼓盆也。”纪昀评：“以‘思华年’领起，以‘此情’二字总承。盖始有所欢，中有所阻，故追忆之而作。中四句迷离惝恍，所谓惘然也。”朱鹤龄注：“按义山《房中曲》：‘归来已不见，锦瑟长于人。’此诗寓意略同。”以上四家，都主张悼亡说。四家之说与《锦瑟》不合。先看朱说，按“泰帝使素女鼓五十弦瑟，悲，帝禁不止，故破其瑟为二十五弦”，不是二十五弦断为五十弦，是断弦说无据。商隐在开成三年(838)与王氏结婚，大中五年(851)王氏死，计共经历十三年。如王氏为二十五岁死，必十二岁出嫁始合，不近情理。庄周梦为蝴蝶，是梦，非化去。“托杜鹃”，是望帝之怨托杜鹃哀鸣，即己之怨托诗以达，望帝是男性，自比，非指王氏。“玉生烟”，无埋意。朱说皆不合。再看何说，“次联则悲其遽化为异物，腹联又悲其不能复起之九原”，其说不合与朱说同。“庄生句取义鼓盆”，“鼓盆”是用庄子妻死鼓盆，在《至乐》篇，与梦蝶在《齐物论》绝无关系，不能混为一谈。何说亦不合。纪说“始有所欢，中有所阻”，“所阻”指长期分别，何至如“望帝春心托杜鹃”？意亦不合。悼亡说最足以迷人的，即《房中曲》的“锦瑟长于人”，确是用锦瑟的睹物怀人，写悼亡。钱先生指出，在诗句中用锦瑟各有所指，有指悼亡的，有比雨声的，有指离别的，有如

《诗品》之“既是即目，亦惟所见”的。可见诗中用锦瑟，各有用意，不能皆指悼亡。这样说，把锦瑟之为悼亡说全都破除了。

“悼亡”说外，《辑评》又引何焯自伤说：“此篇乃自伤之词。庄生句言付之梦寐，望帝句言待之来世，沧海、蓝田言埋蕴而不得自见，月明、日暖则清时而独为不遇之人，尤可悲也。”按望帝的怨恨托杜鹃的哀鸣来表达，没有“待之来世”的意思。商隐并不认为当时是清时，从集中讽刺唐王朝的诗可见。但自伤说，与钱先生的代序说可以结合。“托杜鹃”的哀鸣即有自伤的意思。代序总贯全集，全集中亦多自伤之作。不过自伤不必像何说那样拘泥。

又张采田主寄托说，《玉溪生年谱会笺》大中十二年：“‘庄生晓梦’，状时局之变迁；‘望帝春心’，叹文章之空托。‘沧海’、‘蓝田’二句，则谓卫公毅魄，久已与珠海同枯；令狐相业，方且如玉田不冷。卫公贬珠崖而卒，而令狐秉钧赫赫，用蓝田喻之，即‘节彼南山’意也。‘可望而不可前’，非令狐不足当之，借喻显然。”按“庄生晓梦”指栩栩自得，与时局变迁说不合。所谓时局变迁，指李德裕罢相，直到贬死崖州（治所在今广东琼山），无栩栩自得可言。大中四年正月，李德裕死于崖州贬所，后以丧还葬，那末他的遗体与沧海无关。鲛人泪化珠不在珠池，与珠池枯无关。“良玉生烟，可望而不可置于眉睫之前”，指诗家之景，可体会而不可指实，与“可望而不可前”，如“慎莫近前丞相嗔”，两者亦不同。蓝田指产玉地，与“节彼南山，维石岩岩”的高也不同。这样讲，说服力不够。

富平少侯[①]

七国三边未到忧[②]，十三身袭富平侯。不收金弹抛林外，却惜银床在井头[③]。彩树转灯珠错落，绣檀回枕玉雕锼[④]。当关不报侵晨客，新得佳人字莫愁[⑤]。

①《汉书·张安世传》："封安世为富平侯。子延寿嗣，尚敬武公主。子放嗣。放以公主子开敏得幸，与上卧起，宠爱殊绝。"《通鉴》汉纪二十三："上（成帝）始为微行，从期门郎或私奴十馀人，或乘小车，或皆骑，出入市里郊野，远至旁县。斗鸡、走马，常自称富平侯家人。富平侯者，张安世四世孙放也。"

② 七国：汉景帝时吴、胶西、楚、赵、济南、菑川、胶东七国反。三边：汉代幽、并、凉三州。七国指藩镇，三边指回纥、吐蕃等的侵扰。

③《西京杂记》："韩嫣好弹，常以金为丸，所失者日有十馀。长安为之语曰：'苦饥寒，逐金丸。'京师儿童，每闻嫣出弹，辄随之，望丸之所落，辄拾焉。"《乐府诗集·淮南王篇》："后园凿井银作床，金瓶素绠汲寒浆。"银床，圆转木的架子。

④ 彩树转灯：树上扎彩悬灯，如明珠的错落不齐。绣檀回枕：用檀木做的枕，加上锦绣，装饰着雕刻的玉锼（sōu）刻镂。

⑤ 当关：守门人。侵晨客：破晓时来的客人，指上朝的官员。莫愁：梁武帝《河中之水歌》："河中之水向东流，洛阳女儿名莫愁。"

这首诗是讽刺敬宗的，因为汉成帝微行自称富平侯家人，所以借富平侯来指敬宗。敬宗十六岁即位，不便明言，故称十三身袭。这首诗主要在开头和结尾，开头点出"七国三边未到忧"，概括当时形势。敬宗在长庆四年正月即位，到宝历二年十二月被弑，在位三年。在这三年里，藩镇和吐蕃、回纥等还没有挑起大的冲突。称"未到忧"，很有分寸，忧还存在，只是未到而已，敬宗却在这时安于逸乐。这里已含有讽刺，不过这个讽刺极为含蓄。结尾指出两点：一是早上不上朝，二是爱好女色，这两者是结合着的。《通鉴》长庆四年三月："上视朝每晏，戊辰，日绝高尚未坐，百官班于紫宸门外，老病者几至僵踣。"苏鹗《杜阳杂编》："宝历二年，浙东贡舞女二人，曰飞鸾、轻凤。帝琢玉芙蓉为歌舞台，每歌舞一曲，如鸾凤之音，百鸟莫不翔集。歌罢，令内人藏之金屋宝帐。宫中语曰：'宝帐香重重，一双红芙蓉。'"这个结尾也写得含蓄，不说不上朝，却说"当关不报"；不说"一朝选在君王侧"，却说"新得佳人字莫愁"，莫愁是民间女子，避开有关宫廷典故，也是含蓄的写法。

中间两联，讽刺敬宗的奢侈好猎，宴游无度，赐与不节，更爱好锦绣雕刻。《通鉴》长庆四年正月敬宗即位后，即称："上赐宦官服色及锦彩金银甚众。"又宝历二年六月："宣索左藏见在银十万两、金七千两，悉贮内藏，以便赐与。"这就是不收金弹。不收金弹，却惜银床，正指他措置不当，对大的贵重的随便抛弃，对小的次要的反而可惜，所谓"当着不着"。彩树、玉雕，正说明他爱好锦绣雕刻。浙西观察使李德裕献《丹扆》六箴：一曰《宵衣》，是谏劝敬宗很少上朝或很晚上朝；三曰《罢献》，是谏劝他征求玩好；五曰《辩邪》，是谏劝他不要信任群小；六曰《防微》，是谏劝他不要轻出游幸。这首诗里概括了这些意思。"当关不报"即《宵衣》，"彩树"、"绣檀"即《罢献》，"不收金弹"里含有《防微》、《辩邪》的意思。这首诗把这些意思通过形象含蓄地透露出来。

览　　古

莫恃金汤忽太平[①]，草间霜露古今情。空糊赪壤真何益[②]？欲举黄旗竟未成[③]。长乐瓦飞随水逝[④]，景阳钟堕失天明[⑤]。回头一吊箕山客，始信逃尧不为名[⑥]。

① 金汤：《汉书·蒯通传》："金城汤池，不可攻也。"师古曰："金以喻坚，汤喻沸热不可近。"

② 赪(chēng)壤：赤土。鲍照《芜城(指扬州)赋》："糊赪壤以飞文。"用赤土涂城墙，如紫禁城。

③ 黄旗：《三国志·吴书·孙权传》注：陈化使魏，对魏文帝曰："旧说紫盖黄旗，运在东南。"

④《南史·宋前废帝纪》："景和元年，以石头城为长乐宫，东府城为未央宫。"《汉书·平帝纪》："大风吹长安城东门屋瓦且尽。"

⑤《南史·武穆裴皇后传》："上(齐武帝)数游幸诸苑囿，载宫人从后车。宫内深隐，不闻端门鼓漏声，置钟于景阳楼上，应五鼓。及三鼓，宫人闻钟声，早起妆饰。"

⑥ 箕山客：许由，《史记·伯夷传》："余登箕山，其上盖有许由冢云。"又："尧让天下于许由，许由不受，耻之逃隐。"

姚培谦笺注："此叹世运倾颓之难挽也，首二句已尽一篇之意，我于草间霜露之荣枯验之。"要是依靠金城汤池的坚固，忽视太平的难保，那末就像草间的霜露，由荣到枯，古今的兴亡也这样。像扬州，在汉时城墙上涂上赤土也没用，到吴王濞作乱失败，终至荒芜。像三国时的吴国，传说"紫盖黄旗，运在东南"，孙权想高举黄旗北上，毕竟没有成功，吴国终于被晋所灭。像南朝的宋，长乐宫的瓦被风吹走，比喻宋的灭亡。像南朝的齐，宫内报更的景阳钟坠落了，不再报晓了，比喻齐亡了。跟着一个朝代的灭亡，君主也被俘或被杀。所以凭吊许由，想到他生前不肯做天子，逃往箕山，不是为了求名，确实看到做天子的危险。

这首诗借古讽今，对唐朝趋向衰落而感叹，认为唐敬宗忽视太平，遭致祸乱。“空糊赪壤”可能指敬宗的大兴土木；“欲举黄旗”可能指想收复河北三镇，如河北成德军节度使王廷凑害牛元翼家，敬宗伤悼久之，叹宰执非才，纵奸臣跋扈。“长乐瓦飞”、“景阳钟堕”，可能指宫廷生变，敬宗被宦官刘克明所杀，宫廷震惊，如钟堕不能报晓。故以许由逃尧避害作结，感慨极深。

这首诗，何焯批：“《汉书·五行志》曰：‘诛不行则霜不杀草，由臣下则杀不以时，故有草妖。’甘露之事，李训等合将相之力，奉命诛宦竖而反为所屠，可谓不行矣。王涯十族，骈首就戮，文宗受制家奴，为之画诺，可谓由下矣。草间霜露以慨古之篇，寓伤今之情也。”按甘露之变，是说石榴树上有甘露，是祥瑞，不是“草间霜露”，不是“霜不杀草”。“草间霜露”，指露水使草荣茂，霜使草枯，即一荣一枯是古今情事，借指一盛一衰，何焯说与诗意不合。冯浩注：“此深痛敬宗也。帝以狎昵群小，深夜酒酣，猝被弑逆。”张采田《会笺》说：“冯氏谓痛敬宗，精矣。次联‘赪壤’文飞，慨土木之无艺(限制)，‘黄旗’运去，悲天命之靡常(无定)，方与下‘瓦飞’、‘钟堕’相应，不必泥‘芜城’、‘江左’言也。”他认为“黄旗”指天命无定，亦通。说“芜城”、“江左”，指冯注称安史乱后，“东都久不行幸，敬宗欲幸东都，以裴度言而止。其时王播领盐铁，在淮南，或闻东幸之意，而并请至江淮，故有芜城(指扬州)、江左”。当时敬宗想去洛阳，被裴度劝止，没有想去扬州江东的事，故此说是没有根据的。

隋　师　东[1]

东征日调万黄金，几竭中原买斗心[2]。军令未闻诛马谡，捷书惟是报孙歆[③]。但须鸑鷟巢阿阁，岂假鸱鸮在泮林[④]？可惜前朝玄菟郡，积骸成莽阵云深[⑤]。

① 隋师东：借隋指唐，指唐军向东。唐敬宗宝历二年，横海节度使（治沧州，今属河北）李全略死，子副使同捷自为留后。文宗太和元年，同捷求入朝，后又托为将士所留，不奉诏。因发七道兵讨之。

② 太和二年，七道兵讨李同捷，久未成功。每有小胜，则虚张首虏以邀厚赏，朝廷竭力奉之，江淮为之耗弊。当时唐朝财赋，依靠江淮一带。

③ 两句指战败不处罚，只是虚报战功。《三国志·蜀书·诸葛亮传》："亮身率诸军攻祁山，使马谡督诸军在前，与郃（魏将张郃）战于街亭，谡违亮节度，举动失宜，大为郃所破。亮拔西县千馀家，还于汉中，戮谡以谢众。"《晋书·杜预传》：太康元年，杜预以计直至吴都督孙歆帐下，"虏歆而还。王濬先列上得孙歆头，预后生送歆，洛中以为大笑"。

④ 两句指但须朝廷用德高望重的大臣，岂容地方上作乱。《说文》："鸑鷟，凤属，神鸟也。"《尚书中候》："黄帝时，天气休通，五行期化，凤凰巢阿阁，欢于树。"阿阁，四面可以注雨水的阁。《诗·鲁颂·泮水》："翩彼飞鸮，集于泮林。"泮林，学宫旁的树林。假：借。

⑤ 两句指沧州经这次战乱，骸骨蔽地，城空野旷，户口存者十无三四，战云密布。前朝，借隋指唐。玄菟郡：汉武帝置，后汉时治所移至沈阳，此指沧州。

这首诗写唐朝讨伐横海军李同捷的叛乱，化费了大量军费，军令不严，虚传捷报，经过三年才平定。其实只要朝廷能重用德高望重的大臣，怎能容地方上作乱。可惜沧州一带，长期战云密布，弄到尸骨遍地。冯浩笺："敬宗叹宰执非才，致奸臣悖逆。学士韦处厚力请复用裴度，河北、山东必禀庙算（服从朝廷）。度自兴元入朝，复知政事。

及同捷窃弄兵权，以求继袭，度请行诛伐，逾年而同捷诛。度前后在朝，众望所尊，惜屡被谗沮，时则以年高多病，恳辞机务矣。故诗有含意焉。”诗里感叹像裴度这样的大臣，不能长期执政，以致藩镇跋扈，造成战祸蔓延。同时也讥讽讨伐同捷，军令不严，赏罚不明，以致拖了三年才平定叛乱。这首诗的意义，尤其在“但须”一联，指出藩镇叛乱的症结所在，在于朝廷任用宰相不得人所致。

何焯评这首诗：“忧不在东藩之不服，而在中原之力竭，将有隋末群盗之起，师出无名，不当遂非也。”这是说，唐朝发七道兵去讨同捷是错的，因为这次用兵，会使中原财力空竭，引起各地农民起义。这样讲是不对的。诗里说“几竭”，几乎用尽，没有说中原力竭。诗里说“但须鸑鷟巢阿阁”，指要起用裴度，裴度主张讨伐同捷，可见他不是以讨伐同捷为非，他是说不能常用裴度，也没有说讨伐同捷会引起农民起义，所以这样解释是不符合诗意的。何焯又评“岂假鸱鸮在泮林”，说：“当班师，且置此子度外，以隋为鉴。”按：“岂假”句说，难道可以容忍鸱鸮在泮林吗？即不能容忍意，何焯解与原意相反，主张容忍他了。照何焯解，这首诗反对讨伐藩镇叛乱，主张容忍，那末这首诗也不能成立了。

无　题[①]

八岁偷照镜，长眉已能画[②]。十岁去踏青，芙蓉作裙衩[③]。十二学弹筝，银甲不曾卸[④]。十四藏六亲，悬知犹未嫁[⑤]。十五泣春风，背面秋千下[⑥]。

① 这首诗表面上写少女，实际上是自喻，故称《无题》。

② 偷：指羞涩，怕人看见。长眉：《古今注》："魏宫人好画长眉。"

③ 踏青：《月令粹编》引《秦中岁时记》："上巳（阴历三月三日）赐宴曲江，都人士于江头禊饮，践踏青草，谓之踏青履。"芙蓉：荷花。《离骚》："集芙蓉以为裳。"裙衩（chà）：下端开口的衣裙。

④ 筝：乐器，十三弦。银甲：银制假指甲，弹筝用具。

⑤ 六亲：本指最亲密的亲属，这里指男性亲属。藏在深闺，避开男性亲属。悬知：猜想。

⑥ 泣春风：在春风中哭泣，怕春天的消逝。背面：背着女伴。秋千下：女伴在高兴地打秋千。

这首诗摹仿《焦仲卿妻》的"十三能织素，十四学裁衣，十五弹箜篌，十六诵诗书。十七为君妇，心中常苦悲"，稍加变化，用两句来说一个年岁。但用意完全不同，是借少女来自喻。冯浩《玉溪生诗集笺注》说："（商隐）《上崔华州书》'五年读经书，七年弄笔砚'；《（樊南）甲集序》：'十六著《才论》、《圣论》，以古文出诸公间。'"那末他七岁已能作文，所以说八岁已能画长眉。他十六岁已以古文著名，所以有"十五泣春风"的说法。商隐父于他九岁时去世，家道困难。他在《祭裴氏姊文》："及衣裳外除（父丧期满后），旨甘是急（急于奉养母亲），乃占数东甸（定居洛阳），佣书贩舂（找工作做）。"未嫁指没有找到合适的府主。

天平公座中呈令狐令公[①]

罢执霓旌上醮坛[②]，慢妆娇树水晶盘[③]。更深欲诉蛾眉敛，衣薄临醒玉艳寒。白足禅僧思败道④，青袍御史拟休官⑤。虽然同是将军客⑥，不敢公然子细看。

① 天平：天平军节度使（治郓州，在今山东东平西北）。公座：公宴。令狐令公：令狐楚（766—837），字壳士，咸阳（在陕西）人。文宗太和三年任天平军节度使。令公，指中书令。令狐楚没有作过中书令，做过检校右仆射，因尊称之。这个诗题下还有"时蔡京在坐，京曾为僧徒，故有第五句"十五字。徐逢源笺："京幼尝为僧徒二句，乃方回《瀛奎律髓》评语，后人误入题中也。"蔡京，邕州（今广西邕宁）人，出家为僧。令狐楚劝他还俗从学，中进士，作御史。

② 霓旌：画有虹采的旗。醮坛：道士的祭坛。

③ 慢妆：犹淡妆。娇树水晶盘：坛上陈设。

④《魏书·释老志》："惠始到京都，世祖甚重之，每加礼敬。虽履泥尘，初不污足，色愈鲜白，世号之曰白脚师。"

⑤ 青袍御史：幕府僚属带御史衔，穿青袍，其人姓名不详。

⑥ 将军客：商隐自指。将军指令狐楚，他在做节度使。

这首诗，商隐写他在令狐楚幕中所见。当时女道士出入豪门，亦与节度使交往，替他们作道场，直到夜深。次联极写女道士的娇艳幽怨，使出家为僧的想还俗，当幕僚的想辞官，说明女道士的娇艳使人颠倒，正像《陌上桑》写罗敷的美丽，使"耕者忘其犁，锄者忘其锄"一样。商隐也在幕府，因为他年轻，虽然也是僚属，不敢公然看她。这首诗，反映了当时幕府生活中的片段。朱彝尊批："艳辞必极深婉，亦天纵也。"指第二联写女道士的玉艳，又写她的幽怨。

牡　丹

锦帏初卷卫夫人①,绣被犹堆越鄂君②。垂手乱翻雕玉佩,折腰争舞郁金裙③。石家蜡烛何曾剪,荀令香炉可待熏④。我是梦中传采笔,欲书花叶寄朝云⑤。

① 锦帏句:锦帐卷起,看到美人南子,比盛开的牡丹。《典略》:"夫人在锦帷中。"夫人指卫灵公夫人南子。

② 绣被句:鄂君用绣被裹着越女,比含苞初放的牡丹。刘向《说苑·善说》:"鄂君子晳之泛舟于新波之中也,越人拥楫而歌,曰:'今日何日兮,得与王子同舟。蒙羞被好兮,不訾(犹嫌)诟耻;心几烦而不绝兮,知得王子。'于是鄂君子晳乃揄修袂(垂长袖),行而拥之,举绣被而覆之。"按鄂君是楚王弟,是楚鄂君拥越女。这里可能误以鄂君为越女,故称。

③ 垂手联:舞蹈时翻动佩带,飘动裙子,比牡丹在风中摆动。大垂手、小垂手、折腰舞,都是舞蹈名。雕玉佩:佩带上装饰着雕玉。郁金裙:用郁金草的地下茎染成的黄色裙子。

④ 石家联:石崇家蜡烛光比牡丹花的光采,荀彧的炉香比牡丹花的香气。《世说·汰侈》:"石季伦用蜡烛作炊。"用蜡烛代柴烧,所以不用剪烛芯。习凿齿《襄阳记》:"荀令君至人家,坐处三日香。"荀彧衣上熏香。

⑤《南史·江淹传》:"梦一丈夫自称郭璞,谓淹曰:'吾有笔在卿处多年,可以见还。'淹乃探怀中,得五色笔一以授之。"这里指令狐楚教他写四六文。朝云:指神女,宋玉《高唐赋》:"旦为朝云。"

冯浩称："《长安志》曰：'《酉阳杂俎》载开化坊令狐楚宅牡丹最盛。'"商隐在令狐宅看了牡丹作。当时令狐楚任东都留守。这首诗极力描写牡丹的美艳，用好多比喻来比，写出牡丹的盛开、初放，牡丹的摇动，牡丹的光采和香气，这是极力刻画的诗篇。末联联系令狐楚，指出他曾经教他写四六文，怀念他，要写在花叶上寄给他。用神女来比他，也好比用美人来指所怀念的友人。用"朝云"还有含意，照冯浩按，令狐楚出镇时，他在长安的家里牡丹盛开，他有《赴东京别牡丹》诗："十年不见小庭花，紫萼临开又别家。上马出门回首望，何时更得到京华。"他是很想回朝做官的。商隐言"寄朝云"，冯浩指出："楚犹在镇，故兼祝其还朝。"这样说是确切的。

这首诗的特点是善于用典。《辑评》引朱彝尊评："八句八事，而一气涌出，不见襞积（折叠）之迹。"何焯评："非牡丹不足以当之。起联生气涌出，无复用事之迹。"这篇用典好处，化板滞为灵活。用八事来写牡丹，写牡丹的开放、舞动、光香，两句写一个方面，不嫌重复。再就八句看，从美人显示色相，到舞蹈，到光采、香气，写得也生动。这样才使它一句一事而不嫌堆砌，是一种创新的咏物诗。钱锺书先生《谈艺录》补订本新补注黄山谷诗三十四，引李义山《酬崔八早梅有赠兼示》"谢郎衣袖初翻雪，荀令薰炉更换香"，指出"兼取美妇人与美男子为比"。按《牡丹》用"石家蜡烛""荀令香炉"即用美男子比花了。

初食笋呈座中

嫩箨香苞初出林，于陵论价重如金[①]。皇都陆海应无数[②]，忍剪凌云一寸心。

① 于陵：在今山东长山西南。

②《汉书·地理志》："（秦地）有鄠、杜（在陕西西安一带）竹林，南山檀柘，号称陆海。"

冯浩笺引徐逢源注："此疑从崔戎兖海作。"冯笺："《竹谱》云：'般肠实中，为笋殊味。'注曰：'般肠竹生东郡缘海诸山中，有笋最美，正兖海地也。淄（于陵属淄州）亦与兖邻，何疑焉？'"商隐在兖海观察使（治兖州，在山东）崔戎幕府，吃到笋。因此想到长安附近称为陆海的应该有无数的笋，哪里忍心加以剪伐，指人才汇集首都，岂忍糟蹋，即应培养，使笋成为凌云美竹，正指当时的长安是糟蹋人才的。

对这首诗，何焯批："陆海，言陆地海中所产之物也，注非是。"这样解释，就把"皇都"忽略了，因此认为这首诗只是"怜才"；纪昀评："亦病其浅。"只是怜才，就觉得浅了。要是联系皇都，知道他指的是长安有无数人才，那就含有唐朝糟蹋人才的意思，就显得含意深沉了。可见不是这首诗的用意浅，是纪昀的体会浅。

海　上

石桥东望海连天①，徐福空来不得仙②。直遣麻姑与搔背，可能留命待桑田③！

①《三齐略记》："始皇作石桥，欲过海看日出处。"

②《史记·秦始皇本纪》："齐人徐市等上书，言海中有三神山，名曰蓬莱、方丈、瀛州，仙人居之。请得斋戒，与童男女求之。于是遣徐市发童男

女数千人，入海求仙人。”徐市，《史记·淮南王传》作徐福。

③《麻姑山仙坛记》：“麻姑至蔡经家，经见麻姑手似鸟爪，心中念言：背痒时，得此爪以爬背乃佳也。”又：“麻姑自言：接待以来，见东海三为桑田。向到蓬莱，水乃浅于往者会时略半也，岂将复还为陆陵乎？”

纪昀评：“此刺求仙之作，似为武宗发也，微伤于快。”姚培谦笺：“此又是唤醒痴人，透一层意，莫说不遇仙，便遇仙人何益。”秦始皇派徐福求仙不遇，可以刺武宗派方士求仙。蔡经遇麻姑，是已经碰见仙人了，他也等不到看沧海变桑田，也不能成仙，进一步揭露求仙的虚妄。这首诗用两个不相关联的典故结合起来，表达用意，与《瑶池》的写法不同。

安平公诗①

丈人博陵王名家，怜我总角称才华②。华州留语晓至暮，高声喝吏放两衙③。明朝骑马出城外，送我习业南山阿④。仲子延岳年十六，面如白玉欹乌纱⑤。其弟炳章犹两丱，瑶林琼树含奇花⑥。陈留阮家诸姓秀，逦迤出拜何骈罗⑦。府中从事杜与李，麟角虎翅相过摩⑧。清词孤韵有歌响，击触钟磬鸣环珂⑨。三月石堤冻消释，东风开花满阳坡⑩。时禽得伴戏新木，其声尖咽如鸣梭。公时载酒领从事，踊跃鞍马来相过。仰看楼殿撮清汉，坐视世界如恒沙⑪。面热脚掉互登陟，青云表柱白云崖⑫。一百八句在贝叶，三十三天长雨花[13]。长者子来辄献盖，辟支佛去空留靴[14]。公时受诏镇东鲁，遣我草奏随车牙[15]。顾我下笔即千字，疑我读书倾五车[16]。呜呼大贤苦不寿，时世方士无灵砂[17]。五月至止六月病，遽颓泰山惊逝波[18]。明年徒步吊京国，宅破子毁哀如何[19]。西风冲户卷素帐，隙光斜照旧燕窠。古人常叹知己少，况我沦贱艰虞多。如公之德世一二，岂得无泪如黄河[20]。沥胆咒愿天有眼，君子之泽方滂沱[21]。

①《新唐书·宰相世系表》："（崔戎）博陵安平大房崔氏，封安平县公。"《旧唐书·崔戎传》："（崔戎）改华州刺史，迁兖海沂密都团练观察等使，太和八年五月卒。"

②《旧唐书·崔戎传》："高伯祖元暐，神龙初有大功，封博陵郡王。"怜：爱。总角：把头发束成两角，是童子的装饰。商隐十六岁，以《才论》、《圣论》为士大夫所知。当时十六岁称童子。

③ 华州：今属陕西渭南。商隐二十一岁，在华州刺史崔戎幕府。放两衙：早衙晚衙都不办公，要接待商隐。

④ 南山：指华县以南的山，当即华山。阿：曲处。

⑤ 乌纱：帽子，当时官民都戴。敧：斜戴。

⑥ 丱（guàn）：扎发为两角。《晋书·王戎传》："王衍神姿高彻，如瑶林琼树。"

⑦《晋书·阮籍传》：籍，陈留尉氏人也。兄子咸，咸子瞻，瞻弟孚，咸从子修，族弟放，放弟裕。姓：子姓，子孙。逦迤：连绵不断。骈罗：成对排列。

⑧ 杜、李：杜胜、李潘，是幕府中属官。麟角：指难得的人才。虎翅：如虎添翼，喻文采英俊。过摩：过从切摩。

⑨ 环珂：环，佩玉。珂：马口勒上装饰。用环珂的鸣声，比诗歌的韵律。

⑩ 阳坡：向日的山坡。

⑪ 撮清汉：犹高耸入银河。《金刚般若经》："恒河沙数三千大千世界。"此指望世界如微尘。

⑫ 脚掉：脚抖，状害怕。柱：疑指山峰，高入青云。崖：石壁高入白云。

⑬《楞伽经》有不生、生等一百八句，是大智大慧。贝叶：印度贝多罗树的叶，佛教用来写经，转为佛经。《妙法莲华经》："佛前有七宝塔，高至四天王宫，三十三天雨（落下）天曼陀罗华，供养宝塔。"

⑭《维摩经》："毗耶离城有长者子，名曰宝积，与五百长者子俱持七宝盖来诣佛所，各以其盖供养佛。"《水经注·河水》："（于阗国）城南十五里，有利刹寺，中有石靴，石上有足迹，彼俗言是辟支佛迹。"此指佛寺中有宝盖和佛迹。

⑮ 车牙：指车。《周礼·考工记·轮人》："牙也者，以为固抱也。"牙指轮子外固轮的东西。

⑯《庄子·天下》："惠施多方，其书五车。"指书多。

⑰《本草》："灵砂，久服通神明，不老。"按灵砂指方士炼的丹药，犹言灵丹。

⑱《礼·檀弓》："泰山其颓乎！"比崔戎死。

⑲ 吊京国：到长安崔戎故居去吊问。子毁：崔戎子居丧哀毁。

⑳ 世一二：兼指令狐楚。《晋书·顾恺之传》："桓温引为大司马参军，甚见亲昵。温薨后，恺之拜温墓，赋诗云：'山崩溟海竭，鱼鸟将何依！'或问之曰：'卿凭重桓公乃尔，哭状其可见乎？'答曰：'声如震雷破山，泪如倾河注海。'"

㉑ 蔡琰《悲愤诗》："谓天有眼兮，何不见我独漂流！"滂沱：大雨貌，指恩泽广大，延及子孙。

这首诗保留了商隐两次入崔戎幕府的经历，对考订商隐事迹有帮助。诗中写商隐在南山读书，崔戎前往看望一段，更为生动。描绘春日光景，殿宇情状，比较突出。风格明快，情意真挚，在商隐诗中有它的特色。

过故崔兖海宅与崔明秀才话旧因寄旧僚杜赵李三掾①

绛帐恩如昨，乌衣事莫寻②。诸生空会葬，旧掾已华簪③。共入留宾驿，俱分市骏金④。莫凭无鬼论⑤，终负托孤心。

① 崔兖海：崔戎为兖海观察使，治兖州。商隐于太和八年在崔戎幕府。崔明：程梦星笺："戎之弟戢，戢子朗，字内明，崔明或即崔朗之讹耳。"杜赵李：杜胜、赵皙、李潘，皆崔戎幕府中僚属。

②《后汉书·马融传》："常坐高堂，施绛纱帐，前授生徒，后列女乐。"《宋书·谢弘微传》："（谢混）唯与族子灵运、瞻、曜、弘微并以文义赏会。尝共宴处，居在乌衣巷，故谓之乌衣之游。"

③ 华簪：簪是用来连贯冠与发的，华贵的簪，指贵官。指杜、赵、李三掾已入仕。

④《汉书·郑当时传》："每五日洗沐，常置驿马长安诸郊，请谢宾客，夜以继日。"《战国策·燕策》："燕昭王收破燕后即位，卑身厚币，以招贤者。郭隗先生曰：'臣闻古之君人，有以千金求千里马者，三年不能得。涓人言于君曰："请求之。"君遣之。三月得千里马，马已死，买其骨五百金，反以报君。君大怒曰："所求者生马，安事死马而捐五百金？"涓人

对曰:“死马且买之五百金,况生马乎?天下必以王为能市马,马今至矣。”于是不能期年,千里之马至者三。今王诚欲致士,先从隗始;隗且见事,况贤于隗者乎?岂远千里哉?’”此言崔戎延揽人才,都分到金帛。

⑤《晋书·阮瞻传》:“瞻素执无鬼论。”

崔戎做华州刺史时,商隐即在戎幕府,又随戎到兖海观察使幕府,承受戎的教道,故称戎如师长。戎死后,戎子不在兖州,故居冷落,像谢家子弟聚居乌衣巷的盛况,已无可追寻。戎死时,士子会葬的盛况已成过去,戎手下僚属已入仕。这些士子曾经得到戎的盛情接待,僚属都分到戎的金帛。不要凭着无鬼论,认为戎已死,辜负他托孤的心意。钱锺书先生《管锥编》二十页引本诗末联,称:“道出‘神道设教’之旨,词人一联足抵论士百数十言。”又页十八引《礼记·祭义》:“因物之精,制为之极,明命鬼神,以为黔首则(民的法则),百众以畏,万民以服。”即圣人以神道设教,利用宗教来辅助他的统治,使人迷信宗教,不负死者托孤的心愿,归于忠厚,便于统治。这是从末联加以推论。就诗说,勉励昔日受恩之人,勿负府主,冯浩笺:“《后村诗话》:‘末二句有门生故吏之情,可以矫薄俗。’”

宿骆氏亭寄怀崔雍崔衮[①]

竹坞无尘水槛清,相思迢递隔重城[②]。秋阴不散霜飞晚,留得枯荷听雨声。

① 骆氏亭：屈复《玉溪生诗意》称："诗有'隔重城'，则春明门外之骆亭为是。盖崔二方官于朝，义山闲游宿此，故怀之也。"骆氏亭，在长安春明门外。崔雍、崔衮：崔戎子，商隐的从表兄弟。

② 竹坞：有竹林而四周高、中央低的地区。水槛：靠水有栏杆的亭子。迢递：遥远。

《辑评》引何焯评："下二句暗藏永夜不寐，相思可以意得也。"通过景物来写相思，越显得相思的深切。着眼在"留得枯荷"，写出独特感受，未经人道，跟作者身世感触有关。

有感二首[①]

九服归元化，三灵叶睿图[②]。如何本初辈，自取屈氂诛[③]。有甚当车泣，因劳下殿趋[④]。何成奏云物，直是灭萑苻[⑤]。证逮符书密，辞连性命俱[⑥]。竟缘尊汉相，不早辨胡雏[⑦]。鬼箓分朝部，军烽照上都[⑧]。敢云堪恸哭，未免怨洪炉[⑨]。

① 自注："乙卯年（太和九年）有感，丙辰年（十年）诗成。"这是写甘露之变的。《通鉴》：太和七年，文宗得风疾，不能言。太监王守澄荐郑注为文宗治病，病转好，遂有宠。八年，郑注引李训见王守澄，守澄荐训，上以为奇士。九年，上因宦官益横，内不能堪。又以训、注皆因王守澄以进，宦官不疑，遂密以诚告，训、注遂以诛宦官为己任。宦官仇士良与王守澄有隙，训、注为上谋，升士良以分守澄权。训势位俱盛，心颇忌

注，出注为凤翔节度使。训、注密言于上，请除王守澄，遣中使赐酖（毒酒）杀之。注与训谋，令内臣中尉以下，尽集浐水送王守澄葬，因令亲兵杀之，使无遗类。训以事成，则注专有其功，不如先诛宦官。十一月二十一日，上在紫宸殿上朝，韩约奏称金吾仗院石榴开，夜有甘露。训劝上往观，上乘软舆出紫宸门，升含元殿，命左右中尉仇士良、鱼志弘率诸宦者往视之。士良等至左仗视甘露，风吹幕起，见执兵者甚众，士良等惊骇走出，奔诣上告变，宦者即举软舆迎上，疾趋入宫，门随闭。士良命禁兵出阁门讨贼，大臣王涯、罗立言等皆不知情，亦被诬谋反。王涯受刑不胜苦，自诬服，称与李训谋行大逆，尊立郑注。因训、注而灭族者十一家。注在凤翔被监军张仲清所杀。自此宦官气益盛，迫胁天子，下视宰相，陵暴朝士如草芥。

② 九服两句：指君主的德化使全国归向，君主的规划上应天心，即文宗要诛灭宦官是应人心，顺天意，不应失败。九服：《周礼·职方氏》分全国为九服，王畿方千里，千里外每五百里为一服，有侯、甸、男、采、卫、蛮、夷、镇、藩九服。元化：君主的德化。三灵：日月星，指天象。叶：合。睿（ruì）图：英明的规划。

③ 如何两句：指李训、郑注等怎么谋划不善，自取其咎，陷于叛逆而被杀呢？本初：袁绍的字。汉少帝光熹元年，大将军何进与袁绍谋诛宦官，事泄，何进入宫，被宦官所杀。袁绍引兵入宫，把宦官全部捕杀。见《后汉书·袁绍传》。这里借袁绍来比李训、郑注要捕杀宦官。屈氂（lí）：刘屈氂，征和二年为左丞相。次年，宦官郭穰诬告他使巫者诅咒武帝，欲立昌邑王为帝，被腰斩。见《汉书·刘屈氂传》。比李训被仇士良诬为叛逆，立郑注为帝，被灭族。“如何”、“自取”，指他们谋划不善，自取失败。

④ 有甚两句：指李训要杀尽宦官，比叱退宦官更利害，因而使天子被宦官劫持受困。汉文帝与宦官赵谈同乘一车，爰盎伏车前谏阻道：“天子所与共六尺舆者，皆天下豪英，奈何与刀锯之馀（阉人）共载？”于是使

赵谈下车，谈泣。见《汉书·袁盎传》。《通鉴》武帝中大通六年："上以谚云'荧惑入南斗，天子下殿走。'"

⑤ 何成两句：哪里是奏报有祥瑞，简直是把大臣当作盗贼来剿灭。云物：日旁云气，用来辨吉凶。《左传》僖公五年："凡分（春分、秋分）、至（夏至、冬至）、启（立春、立夏）、闭（立秋、立冬），必书云物。"指报甘露的祥瑞。萑（huán）蒲：芦苇。《左传》昭公二十年："郑国多盗，取（劫取）人于萑苻之泽。大叔悔之曰：'吾早从夫子，不及此。'兴徒兵以攻萑苻之盗，尽杀之。"指把王涯等当作叛逆来剿灭。

⑥ 证逮两句：宦官仇士良用严刑逼使王涯屈招，根据屈招的供辞下文书逮捕，牵连者被杀。证：指王涯诬服的证辞。符书：文书。

⑦ 竟缘两句：竟因为尊崇李训，没有早辨别郑注的奸邪。汉相：《汉书·王商传》："为人多质有威重，长八尺馀，身体鸿大，容貌甚过绝人。（匈奴）单于来朝，仰视商貌，大畏之，迁延却退。天子闻而叹曰：'此真汉相矣。'"《旧唐书·李训传》："形貌魁梧，神情洒落。"辨胡雏：《晋书·石勒载记》："石勒年十四，随邑人行贩洛阳，倚啸上东门，王衍见而异之，顾谓左右曰：'向者胡雏，吾观其声视有奇志，恐将为天下之患。'驰遣收之，会勒已去。"当时人都憎恶郑注，把他比作叛逆。

⑧ 鬼箓两句：鬼名册上分载许多朝官，指朝官大量被杀。太监统率的禁卫军的烽火照耀京城。朝部：朝官上朝按部就班。上都：京城。

⑨ 敢云两句：哪儿敢说可以痛哭，未免怨天地不仁，使良莠同尽。洪炉：大炉。《庄子·大宗师》："今一以天地为大炉。"

丹陛犹敷奏，彤庭欻战争[⑩]。临危对卢植，始悔用庞萌[⑪]。御仗收前殿，凶徒剧背城[⑫]。苍黄五色棒，掩遏一阳生[⑬]。古有清君侧，今非乏老成[⑭]。素心虽未易，此举太无名⑮。谁瞑衔冤目，宁吞欲绝声⑯。近闻开寿宴，不废用《咸》《英》⑰。

⑩ 丹陛两句：上朝奏报时，忽然发生宫廷战争。丹陛：殿前红色台阶。敷奏：臣向君陈述奏报。彤庭：汉皇宫用红漆漆中庭。班固《西都赋》："玉阶彤庭。"后泛指皇宫。歘（hū）：忽然。

⑪ 临危两句：指文宗在危难时召见令狐楚，开始悔恨错用了李训、郑注。《后汉书·何进传》：太监张让、段珪"因将太后、天子及陈留王，又劫省内官属，从复道走北宫。尚书卢植执戈于阁道窗下，仰数段珪。段珪等惧，乃释太后。遂将帝与陈留王数十人步出谷门，奔小平津。公卿并出平乐观，无得从者，唯尚书卢植夜驰河上，王允遣河南中部掾闵贡随植后。贡至，手剑斩数人，馀皆投河而死。明日，公卿百官乃奉迎天子还宫。"《后汉书·刘永传》："帝常称曰：'可以托六尺之孤，寄百里之命者，庞萌是也。'拜为平狄将军，与盖延共击董宪。时诏书独下延而不及萌，萌以为延谮己，自疑，遂反。"《通鉴》：太和九年癸亥（二十二日，甘露之变次日），"上御紫宸殿，问：'宰相何为不来？'仇士良曰：'王涯等谋反系狱。'因以涯手状（即受刑诬服辞）呈上。召左仆射令狐楚、右仆射郑覃等升殿示之，上悲愤不自胜，谓楚等曰：'是涯手书乎？'对曰：'是也！''诚如此，罪不容诛！'因命楚、覃留宿中书，参决机务。使楚草制宣告中外。楚叙王涯、贾悚反事浮泛，仇士良等不悦，由是不得为相"。令狐楚比不上卢植，这里对他美化。李训等没有反，比庞萌也不合。

⑫ 御仗两句：指仇士良把文宗从含元殿劫回宫内，并令禁军出宫与李训部下拚死搏斗。御仗：皇帝的仪仗，指宦官用软舆载文宗入内。剧背城：《左传》成公二年："请收合馀烬，背城借一。"剧力拼死一战。

⑬ 苍黄两句：指李训匆忙举事失败，把初生的生机扼杀了。苍黄：仓猝、匆忙。五色棒：《三国志·魏书·武帝纪》："太祖（曹操）除洛阳北部

尉。”注：“太祖造五色棒，悬门左右各十馀枚，有犯禁者，不避豪强，皆棒杀之。”指李训召募的部下。掩遏：阻扼。一阳生：冬至一阳生，指唐朝的生机被扼杀。

⑭ 古有两句：古代有除去君旁的坏人，现在不是缺少老成持重的人，指文宗用人不当。清君侧：《公羊传》定公十三年：“晋赵鞅取晋阳之甲，以逐荀寅与士吉射。荀寅与士吉射者曷为者也，君侧之恶人也。”老成：指裴度等大臣。

⑮ 素心两句：李训的动机虽未可轻视，但这一举人没有名目。素心：本心，动机。无名：伪造甘露来举事，没有道理。

⑯ 谁瞑两句：含冤被杀的人，谁能瞑目？悲痛欲绝的人，哪能忍气吞声。宁：岂。指王涯等无罪被杀。

⑰ 近闻两句：近来听说皇帝开宴祝寿，没有废除用雅乐。《咸》、《英》、《乐纬》：“黄帝之乐曰《咸池》，帝喾之乐曰《六英》。”《旧唐书·王涯传》：“文宗以乐府之音，郑、卫太甚，欲闻古乐，命涯询于旧工（乐师），取开元时雅乐，选乐童按之，名曰《云韶乐》。”这里指文宗对王涯含冤被杀，奏《云韶乐》来怀念他，但不敢替他洗雪。

这是反映甘露之变的政治斗争的诗。当时，京城里的禁卫军掌握在宦官手里，宦官可以挟制天子，控制朝廷，甚至谋害天子，拥立天子，排斥朝臣。文宗受不了这种控制，要除去宦官。其实，宦官的权力在于掌握禁卫军。从《韩碑》看，裴度出征淮西，请罢宦官监军。文宗可以夺去宦官首领王承恩的权，那末依靠像裴度那样有威望的大臣，逐步废除宦官统率禁卫军的制度，摆脱宦官的控制，并非不可能。文宗依靠李训、郑注来除去宦官，李训又猜忌郑注，把他调到凤翔，又怕他成功，要独自除去宦官，他依靠手下人招募的武力，来同宦官所统率的禁卫军斗，是一定要失败的。商隐在诗中指责李训、郑注，“自取屈氂诛”；尤其是指责李训，“直是灭萑苻”，使不少人无辜被杀，这样的指责是符合实际的。他也批评文宗，“今非乏老成”，为什么不与老成持重的人谋划。“始悔用庞萌”，文宗有没有悔恨，在历史上没有记载。但用人不当，这样的批评还是恰当的。更重要的，是对宦官的指斥，“清君侧”，指宦官仇士良等是坏人；“衔冤”、“吞声”，指仇士良的乱杀无辜；“凶徒”更是深加斥责。钱龙惕笺：“义山诗感愤激烈，有不同于众论者，予故表而出之。”对于甘露之变，商隐写了《有感二首》和《重有感》，激烈地抨击宦官，这在同时的诗人中还没有可以跟他比的。这三首是商隐表示他的政治态度的重要作品。

钱龙惕笺称：“当时士大夫深疾训、注之奸邪，反若假手宦寺，歼除大憝者。”他们深恨李训、郑注，把他们看作奸邪，不加同情，这自然放松了对宦官的抨击。商隐指斥宦官，同情王涯，在这点上就胜过当时的士大夫。当然，诗中也有措辞不恰当的。对李训，指出他的图谋不善是对的，用庞萌的叛乱来比是不对的。对郑注，把他比作胡雏，更不恰当。在《行次西郊作一百韵》里，指斥郑注为城狐社鼠，为“盲目把大旆”，“乐祸忘怨敌”，他的看法同当时的士大夫一致。按《通鉴》大和九年：“李训、郑注为上画太平之策，以为当先除宦官，次复河、湟，次清河北，开陈方略，如指诸掌。上以为信然；宠任日隆。”可见训、注还是有他们的策略的，他们提出的问题，确是当时的三个大问题，不幸失败，遂受恶名罢了。诗中对令狐楚，用卢植来比，不免美化。王涯不知情，被毒打成招。文宗据屈招问令狐楚：“是涯手书乎？”对曰：“是也。”于是就判定王涯、贾餗谋反。又奏请新任节度使出发前，要带部队到兵部告辞，请停罢，这是讨好宦官的。可见令狐楚不敢触犯宦官。不过商隐能够指斥宦官，已经是高出于同时人了。

重　有　感[①]

玉帐牙旗得上游，安危须共主君忧[②]。窦融表已来关右，陶侃军宜次石头[③]。岂有蛟龙愁失水，更无鹰隼与高秋[④]。昼号夜哭兼幽显，早晚星关雪涕收[⑤]。

① 商隐作《有感二首》咏甘露之变，再写《重有感》来感叹时事。甘露之变后，开成元年昭义军节度使（治潞州，今山西长治）刘从谏三次上章请问王涯等罪名，宦官仇士良稍稍收敛，文宗得以保全。

② 玉帐牙旗：大将的营帐和旗子。玉帐，表示坚不可攻。牙旗，用象牙装饰的旗。上游：占有形胜的地势。指昭义军在山西长治地区。安危：偏义复词，指危。主君：指文宗，即当为文宗分忧。

③ 窦融：东汉初封凉州牧，上表光武帝，请求出兵讨伐不肯归顺的隗嚣。关右：函谷关以西地区，指凉州。陶侃：东晋时任荆州刺史。成帝咸和二年，苏峻叛乱，攻入京城，迁成帝于石头城（在今南京市）。陶侃被推为盟主，会师石头，击斩苏峻。这两句说刘从谏的表已来，何以不出兵。

④ 蛟龙：喻文宗。失水：喻失权。贾谊《惜誓》："神龙失水而陆居兮，为蝼蚁之所裁。"鹰隼：指鹰隼在秋天搏击。《礼记·月令》："孟秋，鹰乃祭鸟。"指搏击凡鸟。更无：指没有谁能像鹰隼那样搏击专权的宦官。

⑤ 昼号夜哭：人鬼同哭。幽，指鬼的夜哭。显，指人的昼号。宦官的大屠杀，人鬼同愤。早晚：多早晚，何时。星关：《晋书·天文志》："东方角二星为天关。"比宫门，指宫廷。雪涕：抹泪。末句指何时肃清宫禁，可以拭去泪水，共庆升平。

冯浩注:“此篇专为刘从谏发。”《仇士良传》:“从谏言:‘谨修封疆,缮甲兵,为陛下腹心。如奸臣难制,誓以死清君侧。’书闻,人人传观,士良沮恐。帝倚其言,差自强。故三四言既遣人奉表,宜即来诛杀士良辈也。”《辑评》纪昀批:“‘岂有’、‘更无’开合相应,上句言无受制之理,下句解受制之故也。”何焯评:“逼真工部合作。”商隐这篇感事诗,同杜甫的感事诗《诸将五首》相似。他在用典中运用虚词,将典故活用,以表达情思。“窦融表已来关右”,用“已”字,赞美刘从谏的上表;“陶侃军宜次石头”,用“宜”字,感叹应该进军而不进军。用“岂有”,从道理讲,天子不应为家奴所制;用“更无”,从事实说,由于没有鹰隼的搏击,造成天子受制家奴。用“早晚”,表期望,期望有人来清理宫廷。从这里,显示商隐对甘露之变的悲愤。

张采田《会笺》:“按《邵氏闻见后录》云:李义山《樊南四六集》载《为郑州天水公言甘露事表》云:宰臣王涯等或久服显荣,或超蒙委任,徒思改作,未可与权。敷奏之时,已彰虚伪;伏藏之际,又涉震惊云云。当北司(宦官)愤怒不平,至诬杀宰相,势犹未已。文宗但为涯等流泪而不敢辩。义山之表谓‘徒思改作,未可与权’,独明其无反状,亦难矣。义山持论,忠愤郁盘,实有不同于众论者,乃纪晓岚撰《四库提要》,于此诗犹复肆意讥诃,何欤?”按纪昀《李义山诗注》称:“所谓‘窦融表已来关右,陶侃军宜次石头’者,竟以称兵犯阙望刘从谏,汉十常侍之已事,独未闻乎?”对商隐的诗,应该看到他的悲愤,看到他的敢于指斥宦官,无所畏惧。诗人用典,只是说刘从谏上表以后当有行动,否则空言无补,不必拘泥于用典的字面,当体会他的用意,不必苛求。

方东树《昭昧詹言》卷十九称此诗:“虽兴象彪炳,而骨理不清,字句用字,亦似有皮傅不精之病。如第四句与次句复,又与第六句复,是无章法也。‘早晚’七字不免饤饾僻晦。”按次句指刘从谏上表言与君同忧；四句言从谏宜有行动，针对上表而无行动言，与次句不同。五六句已如上引纪昀所释，另有含意，与上四句并无重复。“早晚”句言文宗何时可收雪泪，其中只是用“星关”指皇居，比文宗，并无饤饾僻晦。方东树不知首句指刘从谏，又加批评：“首句若非实指一人，则起为无著；若实指王茂元一人，则又偏枯，与全诗章法不称。”这个批全错了。

故番禺侯以赃罪致不辜事觉母者他日过其门[①]

饮鸩非君命，兹身亦厚亡[②]。江陵从种橘，交广合投香[③]。不见千金子，空馀数仞墙[④]。杀人须显戮，谁举汉三章[⑤]。

① 番禺：在广东。赃罪：指多财。不辜：无辜。事觉母者：当作“事毋（无）觉者”，被害事无人发觉。《新唐书·胡证传》：“胡证拜岭南节度使卒。广有舶贝奇宝，证厚殖财自奉，养奴数百人，营第修行里，弥亘闾陌，车服器用珍侈，遂号京师高訾（赀）。素与贾悚善，李训败，卫军利其财，声言悚匿其家，争入剽劫，执其子溵内（纳）左军，至斩以徇。”《旧唐书》作“仇士良命斩之以徇”。

② 饮鸩：比胡溵在甘露之变中被宦官仇士良所杀，非有文宗命。厚亡：以家财富厚而死。《老子》：“多藏必厚亡。”

③《三国志·吴志·孙休传》注：“丹阳太守李衡，每欲治家，妻辄不听，后密遣客十人于武陵龙阳汜洲上作宅，种甘橘千株。临死，敕儿曰：‘汝

母恶我治家,故穷如是。然吾州里有千头木奴,不责汝衣食,岁上一匹绢,亦可足用耳。'衡亡后二十馀日,儿以白母,母曰:'此当是种甘橘也。人患无德义,不患不富,若贵而能贫,方好耳。'"《晋书·良吏传》:"吴隐之为广州刺史,后至自番禺。其妻刘氏赍沉香一斤,隐之见之,遂投于湖亭之水。"此指不需积财。

④ 千金子:指胡证之子。数仞墙:指胡证家已被毁,只剩空墙罢了。

⑤《史记·高祖本纪》:"吾当王关中,与父老约法三章耳:杀人者死,伤人及盗抵罪。"

这首诗是写甘露之变的,暴露宦官仇士良统率禁军的罪恶。禁军为了掠夺财物,滥杀无辜,不是君命,违反法律。《通鉴》太和九年十一月:"故岭南节度使胡证,家钜富,禁兵利其财,托以搜贾悚,入其家,执其子溵,杀之。又入左常侍罗让、詹事浑镑、翰林学士黎埴等家,掠其赀财,扫地无遗。"这首诗借胡证家的被诬受害,来反映禁军在这一方面的罪恶,可以补《有感》的不足。

哭遂州萧侍郎二十四韵①

遥作时多难,先令祸有源②。初惊逐客议,旋骇党人冤③。密侍荣方入,司刑望愈尊④。皆因优诏用⑤,实有谏书存。苦雾三辰没,穷阴四塞昏⑥。虎威狐更假,隼击鸟逾喧⑦。徒欲心存阙,终遭耳属垣⑧。遗音和蜀魄,易箦对巴猿⑨。有女悲初寡,无男泣过门⑩。朝争屈原草,庙馁若敖魂⑪。迥阁伤神峻,长江极望翻⑫。青云宁寄意?

白骨始沾恩[13]。早岁思东阁，为邦属故园[14]。登舟惭郭泰，解榻愧陈蕃[15]。分以忘年契，情犹锡类敦[16]。公先真帝子，我系本王孙[17]。啸傲张高盖，从容接短辕[18]。秋吟小山桂，春醉后堂萱[19]。自叹离通籍，何尝忘叫阍[20]。不成穿圹入，终拟上书论[21]。多士还鱼贯，云谁正骏奔[22]。暂能诛倏忽，长与问乾坤[23]。蚁漏三泉路，螿啼百草根[24]。始知同泰讲，徼福是虚言[25]。

①《通鉴》唐文宗太和九年五月："京城讹言郑注为上合金丹，须小儿心肝，民间惊惧，上闻而恶之。郑注素恶京兆尹杨虞卿，与李训共构之，云：'此语出于虞卿家人。'上怒。六月，下虞卿御史狱。会（李）宗闵救杨虞卿，上怒，叱出之；壬寅，贬明州刺史。秋，七月，甲辰朔，贬杨虞卿虔州司马。壬子，再贬（宗闵）处州长史。贬吏部侍郎李汉为汾州刺史，刑部侍郎萧澣为遂州刺史，皆坐李宗闵之党。八月，丙子，又贬李宗闵潮州司户。丙申，杨虞卿、李汉、萧澣为朋党之首，贬虞卿虔州司户，汉汾州司马，澣遂州司马。"萧澣不久死于贬所。遂州：在今四川遂宁。

② 遥作：远起。多难：指太和九年十一月甘露之变，见《有感二首》"九服归元化"注①。指多难将起，诸人的受诬被贬，是祸害的源头。

③ 逐客议：李斯《上秦王书》谏逐客议，指郑注、李训合谋构陷杨虞卿。党人冤：指以李宗闵、杨虞卿、李汉、萧澣为党人。

④《通鉴》太和七年二月，"以兵部尚书李德裕同平章事。德裕入谢，上与之论朋党事，德裕因得以排其所不悦者。三月，以（给事中）杨虞卿为常州刺史，以萧澣为郑州刺史"。密侍：指亲近文宗。司刑：指刑部侍郎。萧澣为刑部侍郎。

⑤ 优诏：诏书起用杨虞卿、萧澣，实际是李宗闵为相后引用的。

⑥ 苦雾、穷阴：指李训、郑注专权。三辰：指日月星。四塞：四面蔽塞。指天地昏暗。

⑦ 狐假虎威：见《战国策・楚策》称狐借虎威来吓百兽。指李训、郑注窃弄文宗大权。隼击：《礼・月令》："立秋日，鹰隼始击。"指李训、郑注引用李宗闵来排斥李德裕，再借外传谣言来排击杨虞卿、李宗闵、萧澣。

⑧ 心存阙：《庄子・让王》："心居乎魏阙(指宫廷)之下。"指想留在朝廷。耳属垣：《诗・小雅・小弁》："君子无易由言，耳属于垣。"指李训、郑注派人刺探杨虞卿与萧澣等人的行动。

⑨ 遗音：犹遗嘱。《易・小过》："飞鸟遗之音，不宜上，宜下。"蜀魄：左思《蜀都赋》："鸟生杜宇之魄。"蜀王杜宇死后化为杜鹃鸟哀鸣。易箦：《礼・檀弓上》称曾子病危，睡在大夫睡的席上，叫换了席子后死去。巴猿：《水经注・江水》："巴东三峡巫峡长，猿鸣三声泪沾裳。"此指死在遂州，冤魂不散。

⑩ 原注："公止裴氏一女(嫁裴家)，结褵之明年，又丧良人(丈夫)。"泣过门：指女哭泣过家。

⑪《史记・屈原传》："(楚)怀王使屈原造为宪令，屈平属草稿未定，上官大夫见而欲夺之。"《左传》宣公四年："若敖氏之鬼，不其馁而?"因无子，无人祭祀，故称鬼馁。

⑫ 迥阁句：剑阁山高路远，使人神伤。长江句：长江波浪翻腾，极望不见京城。此指贬官入川。

⑬ 青云句：岂肯奢望腾达。青云，指高升。白骨：死后始受到恩典。甘露之变，李训、郑注被杀，文宗始大赦，量移贬谪诸臣，但萧澣已死。

⑭ 东阁：《汉书・公孙弘传》："开东阁以延贤人。"诗原注："余初谒于郑舍。"太和七年，萧澣为郑州刺史，商隐住在郑州，去进谒。故称郑州为故园。

⑮《后汉书・郭泰传》："后归乡里，衣冠诸儒送至河上，车数千两(辆)。

林宗(郭泰字)惟与李膺同舟而济,众宾望之,以为神仙焉。”又《徐稺传》:“时陈蕃为太守。蕃在郡不接宾客,惟稺来,特设一榻,去则悬之。”指受萧的优待。

⑯《后汉书·祢衡传》:“衡始弱冠(二十岁),而(孔)融年四十,遂与为交友。”即忘年交。《诗·大雅·既醉》:“孝子不匮,永锡尔类。”长期赐给你的族类。指待他像同族人。敦:情谊厚。

⑰ 萧澣的祖先是梁帝萧氏后代。商隐同唐帝的祖先是同宗。

⑱《汉书·循吏传》:“(黄)霸为颍川太守,秩比二千石,居官赐车盖,特高一丈。”《晋书·王导传》:“短辕犊车。”此指萧地位高,却能接待比他地位低的人。

⑲《文选》淮南小山《招隐士》:“桂树丛生兮山之幽。”淮南王刘安门客所作诗称“小山”“大山”,犹《诗》大雅小雅。《诗·卫风·伯兮》:“焉得萱草,言树之背。”此指萧请他作诗,并和他在后堂宴会。

⑳ 离通籍:指朝官调外。籍,挂在宫门上的官员名册,出入时要检查;通籍指朝官。叫阍:扬雄《甘泉赋》:“选巫咸兮叫帝阍。”叫开天门。此指萧自叹贬官在外,未忘回朝。

㉑ 穿圹:《史记·田儋传》:“田横乃与其客乘传(驿车)诣洛阳,未至三十里,遂自刭。以王者礼葬田横。既葬,二客穿其冢旁孔,皆自刭,下从之。”此指己不能像二客的从死,终想为萧鸣冤。

㉒《诗·周颂·清庙》:“济济多士,秉文(王)之德。对越(于)在天,骏(大)奔走在庙。”此指朝廷上百官鱼贯入朝,谁能奔走对天诉冤。

㉓《楚辞·招魂》:“雄虺九首,往来儵忽,吞人以益其心些。”儵同倏,儵忽借指雄虺。此指虽诛李训、郑注,谁呼天诉冤。

㉔《韩非子·喻老》:“千丈之堤,以蝼蚁之穴溃。”《史记·秦始皇本纪》:“始皇初即位,穿治骊山,及并天下,天下徒送诣七十馀万人,穿三泉,下铜而致椁。”此言萧因小人排挤贬死。三泉路,犹黄泉路。螿:寒蝉。草根:宿草陈根,指墓地。

㉕ 梁武帝于同泰寺讲说《涅槃》、《大品》、《净名》、《三慧》诸经。名僧硕学，四部听众，常万馀人。见《梁书·武帝纪》。此指讲经功德，不能得福。借梁武讲经比萧的信佛。

杨虞卿、萧澣当时被认为党魁，他们在李德裕入相时外放，在李宗闵入相时还朝，他们属于牛僧孺、李宗闵党，跟李德裕是对立的。从这首诗看，可以看出商隐对牛李党争的态度。商隐在《会昌一品集序》、《为李贻孙上李相公启》里对李德裕推崇到极点，不论在政治上、品德上、文学上都推崇到无以复加，但都是代人写的，看不出他党于李德裕。萧澣是牛僧孺党，商隐在这首诗里对萧表达了极深厚的感情，但也没有党于牛僧孺。他哭萧澣，主要是感激萧早年接待他的情谊，对他另眼相看，恩同家人。又推重萧有谏书，能为朝廷属草。根本不考虑党派的斗争。冯浩《年谱》称："要惟为党魁者，方足以持局而树帜，下此小臣文士，绝无与于轻重之数者也。"商隐是文士，名位卑微，所谓"绝无与于轻重之数"，对两党无足重轻，也不介入两党之争，对两党中人也没有什么偏私，看他对李德裕和萧澣的态度就可知道。

对这首诗，纪昀批："起手说得与世运相关，高占地位。"这个开头，把萧澣的贬逐跟甘露之变联系起来，确实所见者大。把李宗闵、杨虞卿、萧澣排挤走，是李训、郑注专权的开始，李训、郑注专权才造成甘露之变，这是从大处着眼的写法，看出事件的重大关系，不同寻常。又批："凡长篇须有次第，此诗起四句提纲，次四句叙其立官本末，次四句叙时事之非，次十二句叙其得罪放逐而死，次十二句叙从前交好，次四句自写己意，次八句总收，步武井然，可以为式。"这里讲全篇的段落安排，主要分两部份，一是写萧，一是写萧和己的关系。写萧，通过总冒，着重写萧的被诬陷贬死。写萧和己，着重写恩遇。

最后一结，呼应开头，全篇结构完整。又批："长篇易至散缓，须有沉着语支拄其间，乃如屋有柱。'皆因'四句，'徒欲'四句，'自叹'四句，皆篇中筋节也。"这里指写萧澣要写出他的为人来，"皆因"四句主要写他的谏书，对朝廷有贡献；"徒欲"四句主要是写他心在朝廷，为国效力；"自叹"四句主要写他不忘朝廷。有了这些，才显出他的为人可敬，值得悼念，所以成为篇中筋节。"'苦雾'四句极悲壮，'白骨'二句极沉痛，妙皆出以蕴藉，是为诗人之笔。""苦雾"四句指斥朝廷的黑暗，萧的贬逐，敢于这样写，透露出他的悲壮激烈的感情。但不明说，只用比喻来暗示，是比较含蓄的。"白骨"两句写朝廷要起用他时，他已死了，所以极悲痛。"青云寄意"写他并不为了高升，写得也较含蓄。"先有'早岁'一段，'自叹'四句乃有根，此皆上下血脉转注处。"此指先有受恩深重一段叙述，才有想为萧鸣冤图报的话，反映了悲痛的感情，前后映照，更为有力。

和友人戏赠二首（之二）

迢递青门有几关，柳梢楼角见南山①。明珠可贯须为佩，白璧堪裁且作环②。子夜休歌团扇掩，新正未破剪刀闲③。猿啼鹤怨终年事，未抵熏炉一夕间。

① 青门：古长安城门名。《三辅黄图》："长安城东出南头一门曰霸城门，民见门色青，名曰青城门，或曰青门。"南山：即终南山，在长安正南。

②《尔雅·释器》："肉（圆形物之边）倍好（中孔）谓之璧，肉好若一谓之环。"

③ 子夜：夜半子时。休歌：停歌。团扇：《宋书·乐志》："《团扇歌》者，中书令王珉与嫂婢有情，爱好甚笃。嫂捶挞婢过苦，婢素善歌，而珉好捉白团扇，故制此歌。"新正未破：程云："谓新正未动剪刀也。"《荆楚岁时记》："正月七日为人日，剪彩为人。"

冯浩注："首二想其所居。中四写其整理服饰，深居少事，皆遥思而得之也。结言一夕相思，甚于终年怨望，真不可禁。"《辑评》引纪昀批："后一首代写闺怨，所谓'戏'也。末二句写怨旷之深。"这是写闺怨，首二句是写闺中人的想望，从闺中望出来，青门要隔几道关门，相当遥远，从楼角可以望到终南山。这个开头同结尾呼应，终南山当是猿啼鹤怨的处所。望青门到望南山，到猿啼鹤怨，她所想望的人当在终南山隐居，终南捷径，当时隐居终南山正是提高身价，等待朝廷征聘入朝做官的捷径。可能因此造成闺怨。闺中人用明珠作佩，用白璧作环，正写她的高洁。"作环"有盼望所想念的人回来的意思。到子夜未睡，与熏炉一夕相应，说明她一夜不睡。时在新正，不用团扇，团扇指《团扇歌》，正表她的想念。一夕想思，超过终年的猿啼鹤怨，正说明想思的深切。

钱锺书先生《谈艺录》补订本（页二五），论王国维《出门》的"百年顿尽追怀里，一夜难为怨别人"，称："酷似唐李益《同崔邠登鹳雀楼》诗之'事去千年犹恨速，愁来一日即知长'；宋遗老黄超然《秋夜》七绝亦云：'前朝旧事过如梦，不抵清秋一夜长'；皆《淮南子·说山训》：'拘囹圄者以日为修，当死市者以日为短'之意。张茂先《情诗》即曰：'居欢愒夜促，在戚怨宵长。'李义山《和友人戏赠》本此而更进一解曰：'猿啼鹤怨终年事，未抵熏炉一夕间。'"商隐一联，用"终年"不如"一夕"来说，同"千年"不如"一日"，"前朝"不抵"一夜"，"百年"不抵"一夜"是一致的，它的"更进一解"，是用来表达怨旷之深；上举各家只用来比长短，商隐在长短外更表怨旷，这就更进了。商隐又结合“猿啼鹤怨”与“熏炉”来说，更能唤起读者联想，更富有意味。

李肱所遗画松诗书两纸得四十一韵[1]

万草已凉露，开图披古松。青山遍沧海，此树生何峰？孤根邈无倚，直立撑鸿蒙[2]。端如君子身，挺若壮士胸。樛枝势夭矫[3]，忽欲蟠拏空。又如惊螭走[4]，默与奔云逢。孙枝擢细叶，旖旎狐裘茸[5]。邹颠蓐发软，丽姬眉黛浓[6]。视久眩目睛，倏忽变辉容。竦削正稠直，婀娜旋敻夆[7]。又如洞房冷，翠被张穹笼[8]。亦若暨罗女[9]，平旦妆颜容。细疑袭气母，猛若争神功[10]。燕雀固寂寂，雾露常冲冲[11]。重兰愧伤暮，碧竹惭空中[12]。可集呈瑞凤，堪藏行雨龙[13]。淮山桂偃蹇，蜀郡桑重童[14]。枝条亮眇脆，灵气何由同[15]？昔闻咸阳帝，近说嵇山侬，或著佳人号，或以大夫封[16]。终南与清都[17]，烟雨遥相通。安知夜夜意，不起西南风[18]？美人昔清兴，重之由月钟[19]。宝笥十八九，香缇千万重[20]。一旦鬼瞰室，稠叠张罽罿[21]。赤羽中要害，是非皆匆匆[22]。生如碧海月，死践霜郊蓬。平生握中玩，散失随奴僮[23]。我闻照妖镜，及与神剑锋[24]。寓身会有地，不为凡物蒙[25]。伊人秉兹图，顾盼择所从[26]。而我何为者？开怀捧灵踪[27]。报以漆鸣琴，悬之真珠栊[28]。

是时方暑夏，座内若严冬。忆昔谢四骑，学仙玉阳东[29]。千株尽若此，路入琼瑶宫。口咏《玄云歌》，手把金芙蓉[30]。浓蔼深霓袖，色映琅玕中[31]。悲哉堕世网，去之若遗弓[32]。形魄天坛上，海日高曈曈[33]。终期紫鸾归，持寄扶桑翁[34]。

①《云溪友议》："开成元年秋，高锴复司贡籍。主司先进五人诗，其最佳者李肱。乃以榜元及第。"李肱似与商隐同于开成二年及第。

② 撑鸿蒙：撑于空中。鸿蒙，大气。《淮南子·道应》："东开鸿蒙之光。"

③ 樛枝：互相纠结的枝。夭矫：屈曲上伸。

④ 螭：龙类。

⑤ 孙枝：从枝上生出来的枝。嵇康《琴赋》："乃斫孙枝。"原指桐树，这里指松。《左传》僖公五年："狐裘龙茸。"龙茸形容毛的纷乱，转指松针茂密。

⑥ 邹颠：不详。姚笺："邹疑雏字之误，言如童儿之发也。"蓐：《玉篇》："厚也。"软：指新抽的松针。《庄子·齐物论》："毛嫱丽姬，人之所美也。"丽姬，春秋晋献公宠姬。眉黛浓：比松针绿而密。

⑦ 竦削：状松树的高耸清瘦，指清秀。稠直：针叶密而直。婀娜：柔美，状松树的枝干盘曲。甹夆(pìn fēng)：在风中摇曳。

⑧ 洞房：很深的内室。穹笼：状松树犹圆盖。

⑨《吴越春秋·勾践阴谋外传》："乃使相者国中得苎萝山鬻薪之女曰西施、郑旦，饰以罗縠，教以容步，三年学服而献于吴。"注："苎萝山在诸暨县。"

⑩ 气母：元气，《庄子·大宗师》："伏戏氏得之，以袭气母。"细当指画松针，猛当指松身的有力。袭气母，争神功，当指巧夺天工。

⑪ 燕雀：画里没有燕雀，故称寂寂。冲冲状多，画里有雾气。

⑫ 重兰：重叠的兰花。伤暮：悲岁晚。此二句衬出松针的经冬不凋。

⑬ 谢朓《高松赋》:“集五风之光景。”行雨龙：以松比龙。

⑭ 淮山桂：见《哭遂州萧侍郎》注⑲。偃蹇：状高节。《三国志·蜀书·先主传》:“先主舍东南角篱上有桑树生,高五丈馀,遥望见童童如小车盖。”重童,犹童童,状车盖貌。

⑮ 亮眇脆：实少脆弱,指较桑枝坚劲。灵气：指蜀先主舍东桑有灵气,与松不同。

⑯ 咸阳帝：秦始皇都咸阳。《史记·秦始皇本纪》:“上泰山,立石,封,祠祀。下,风雨暴至,休于树下,因封其树为五大夫。”树指松树。嵇山侬：道源注:“晋法潜隐会稽剡山,或问其胜友为谁,指松曰:‘此苍然叟也。’”佳人：即胜友,指嵇山侬。大夫封：指封五大夫。

⑰ 终南：即秦岭,主峰在长安南。清都：天帝居处。《列子·周穆王》:“王实以为清都紫微,钧天广乐,帝之所居。”此言终南山的松与清都烟雨相通。

⑱ 西南风:《史记·律书》:“阊阖风居西方。”郭璞《游仙》诗:“阊阖西南来,潜波涣鳞起。”阊阖西南有近君意。

⑲ 清兴：清赏松树画。重之：看重画。由：犹。月钟:《集仙录》:“女仙鲁妙典居九疑山,有古镜一面,大三尺;钟一口,形如偃月,皆神人送来者。”

⑳ 笥：盛物竹器。十八九：指神物古镜与钟珍藏在一层层的宝笥中。缇：帛丹黄色,用帛裹上千万层。言珍藏之密。

㉑ 扬雄《解嘲》:“高明之家,鬼瞰其室。”罶罿(luán tóng),网。指鬼来盗宝,张重重网罗,鬼无法逃避。

㉒《韩诗外传·九》:“对曰：得白羽如月,赤羽如朱。击钟鼓上闻于天,下槊于地,使将而攻之,惟由(子路)为能。”赤羽箭中要害,是非不暇顾及,应下死字。

㉓ 握中玩：指宝爱之物,死后散失。

㉔《西京杂记》:“宣帝被收系郡邸狱,臂上犹带史良娣合采婉转丝绳,系

身毒(天竺)国宝镜一枚,大如八铢钱。"《吴越春秋·阖闾内传》:"湛卢之剑,恶阖闾之无道也,乃去而出,水行如(往)楚。楚昭王卧而寤,得吴王湛卢之剑于床。"

㉕ 寓身:神物托身有处所,如阖闾无道,则神剑去而托身于楚昭王。

㉖ 伊人:指李肱。择所从:为此图选择所托,却送给我。

㉗ 灵踪:灵物,指画松图。

㉘ 漆鸣琴:漆有花纹的琴。栊:窗。

㉙ 谢四骑:谢绝四方车骑入山。玉阳:《河南通志》:"玉阳山有二,东西对峙。相传唐睿宗女玉真公主修道之所。"在河南济源西三十里。

㉚《汉武内传》:"(西王母)又命侍女安法婴歌《玄云之曲》。"李白《庐山谣》:"手把芙蓉朝玉京。"

㉛ 浓蔼:犹浓密。深霓袖:青霓色的衣。琅玕:指竹,衣色与竹色相映照。

㉜ 堕世网:堕落人间,指离开玉阳山,不再学仙。《孔子家语·好生》:"楚王出游,亡弓。左右请求之,王曰:'止,楚王失弓,楚人得之,又何求之。'"

㉝《河南通志》:"王屋山绝顶曰天坛。"登天坛可看日出。曈曈:日初出貌。

㉞ 紫鸾:仙鸟。《十洲记》:"扶桑在碧海之中,地方万里,上有太帝宫,太真东王父所治处。"

凡是研究李商隐玉阳学仙事迹的,研究他与女冠交往的,研究他所谓恋爱事迹的,都要研究这首诗。因此,此诗就成了研究李商隐事迹的必读诗。从这首诗看,只写到学仙,如"路入琼瑶宫",则已入道观了;"口咏《玄云歌》",《玄云》本为西王母侍女唱的歌,那当已与女冠相见了。但没有一点与女冠相恋的记载,就本诗看,找不到他有与女冠相恋的痕迹,反而有助于说明他的"不涉于风流"。因此,对他的所谓恋爱事迹，从这首诗里可以取得反证。

张采田《会笺》系此诗于开成元年，笺说："此未第时，故不称（李）肱为同年。诗云'是时方暑夏'，盖是年夏作也。"

这首诗以写画松为主，何焯评："此一段酷似昌黎，苏、黄所祖，唐人不用此极力形容。"从"孤根邈无倚"起，用二十八句来写松，摹仿韩愈的刻划物象。从孤根到直干，比作君子壮士，用四句来写根干；从樛枝拏空，比作惊螭，用四句来写枝；从孙枝到细叶，比作裘毛、软发、浓眉，用四句写孙枝。这样，从根干到枝到孙枝，就写了十二句，用了六个比喻。运用比喻又出以变化，如并用君子、壮士以比树身，一说它的德，一说它的壮健。用螭走比樛枝拏空，联系"与奔云逢"，由喻以及他。连用三个比喻裘毛、软发、浓眉来比新抽针叶，由于新抽而软，故用裘毛、软发作比，由于稠密，故用裘毛、浓眉作比；由于叶绿，故用眉黛作比；这里不仅叠用三喻，还是一喻比两方面，如裘毛既比软，又比密；眉黛浓，既比密，又比绿，在用喻上有它的特色。写到此似已无可着笔了，作者又写自己的感受。前十二句描写松的形貌，刘勰在《文心雕龙·物色》所谓"随物宛转"，以下写的所谓"与心徘徊"了。

写自己的感受用了二十句，有比喻，有旁衬，有对比。视久目眩以下四句，感到辉容忽变，从叶的稠直和树干的削秀变到婀娜摇曳。又用两喻，比作张翠幕，妆颜容，极写新叶的丰姿美好。又用两喻，比作袭气母，争神功，极写直干的劲健。再用燕雀雾露作陪衬，用兰竹作衬托，又用集凤藏龙作赞美；再用桂桑作比。不仅写出它的变化、美好，也写出它的神奇。这样写是工于刻划，是学韩愈，唐诗中一般是不这样写的。

纪昀批："前半规摹昌黎，语多庞杂。'淮山'以下，居然正声。入后层层唱叹，兴寄横生，伸缩起伏之妙，略似工部《韦讽录事宅观曹将军画马歌》。若删去'孙枝'以下十韵，直以'默与'句接'淮山'句，便为完璧。"这里指出前面仿韩愈，后面像杜甫。纪昀要用杜诗的写法来要求，主张前面删去二十句，即光写松的树干和樛枝，接下来就用桂桑来相比，认为这样才完整，这样说不确切。因为这首诗的前半部正是刻意形容，删去了就失去了它的特点。

到这里，物貌和感受都写完了，作者却奇峰突起，所谓"层层唱叹，兴寄横生"。从松的封号联系到它的灵异，归到想望京都。再联系到这幅画，朱彝尊批："自'美人昔清兴'至'开怀捧灵踪'，言此画松初见重于贵室，乃身名败后，流落奴童，然此如宝剑神镜，终非凡品。乃今遂以遗我，得无兴亡之感乎！"那末这首诗，从"随物宛转"的刻划形貌，到"与心徘徊"的写出感受，再加上写出兴亡之感，都写得酣畅淋漓，足为借鉴，不光写学仙玉阳可资考索了。

寿安公主出降①

妫水闻贞媛，常山索锐师②。昔忧迷帝力，今分送王姬③。事等和强虏，恩殊睦本枝④。四郊多垒在，此礼恐无时⑤。

①《旧唐书·文宗纪》："开成二年六月丁酉（初五），以成德军节度使王元逵为驸马都尉，尚寿安公主。"《新唐书·王元逵传》："元逵其（指王廷凑）次子也，识礼法，岁时贡献如职。帝悦，诏尚绛王悟女寿安公主。"降：下嫁。

② 妫水两句：指王元逵听说文宗把贞静的名媛下嫁，派出精锐部队来迎

娶。妫(guī)水：在山西。尧把二女嫁给在妫水的舜，见《书·尧典》。常山：为成德军治所，在今河北正定。索：娶。

③ 昔忧两句：从前担忧王廷凑不知帝的恩威，现在理应送王女下嫁。《新唐书·王廷凑传》："王廷凑，本回纥阿布思之族。镇冀自(李)惟岳以来，拒天子命，然重邻好，畏法，稍屈则祈自新。至(王)廷凑，资凶悖，肆毒甘乱，不臣不仁，虽夷狄不若也。元逵，其次子也。"

④ 和强虏：用公主来跟强敌和亲，表屈辱。廷凑是回纥人，故称强虏。睦本枝：和睦宗族，指恩典超过了对待宗室。

⑤《礼记·曲礼上》："四郊多垒，此卿大夫之辱也。"指到处都是工事，国内还有战争。假如用下嫁公主来安抚割据的藩镇，那末这种屈辱的和亲怕没有完结的时候了。

徐逢源称："元逵虽改父风，然据镇输诚，不能束身归国。文宗降以宗女，终有辱国之耻。义山愤王室不振，而诸道效尤也。"朱彝尊批："'分'字深痛，言竟似分宜尔也。"成德军节度使王廷凑叛乱，朝廷发兵进讨，无功而罢，跟他妥协。其子元逵按时贡献，文宗就把宗女嫁给他来加以安抚，商隐认为这是屈辱的和亲，是朝廷士大夫的耻辱。写屈辱和亲的，有戎昱的《咏史》："汉家青史上，计拙是和亲。社稷依明主，安危托妇人。岂能将玉貌，便拟静胡尘？地下千年骨，谁为辅佐臣！"这诗的"四郊多垒"，认为是卿大夫之耻，也是"谁为辅佐臣"的意思。这诗结合寿安公主下嫁来说，戎昱一首的概括性更强，更有名。

病中早访招国李十将军遇挈家游曲江[①]

十顷平波溢岸清，病来惟梦此中行。相如未是真消渴，犹放沱江过锦城[2]。

① 招国：招国里，在长安。李十将军：自族中行辈第十，名不详。挈(qiè)：携带。曲江：在长安东南。康骈《剧谈录》："曲江，开元中疏凿为胜境，其南有紫云楼、芙蓉苑，其西有杏园、慈恩寺，花卉环周，烟水明媚。都人游赏，盛于中和上巳之节。"

②《汉书·司马相如传》："常有消渴病。"即糖尿病，口渴，欲喝水。沱江：即郫江，自灌县(今属都江堰市)分岷江东流，经郫县(今属成都郫都)至成都，与锦江合。锦城：在成都南十里，即锦官城。

这首诗构思比较曲折。"十顷平波"正指曲江，病中只是梦游曲江。接下去来个转折，转到自己的病，是消渴病，联系李十将军携家游曲江，曲江还是平波溢岸。忽发奇想，自己要真是消渴，会把曲江上游的水喝光，那么曲江就没有水了。现在曲江水满，正说明自己还不是真的消渴，否则曲江无水，李十将军就不好往游了。钱锺书先生《谈艺录》论曲喻："至诗人修辞，奇情幻想，则雪山比象，不妨生长尾牙，满月同面，尽可妆成眉目。英国玄学诗派之曲喻多属此体。要以玉溪为最擅此。着墨无多，神韵特远。如《天涯》曰：'莺啼如有泪，为湿最高枝。'认真啼字，双关出泪湿也。《病中游曲江》曰：'相如未是真消渴，犹放沱江过锦城。'坐实渴字，双关出沱江水竭也。《春光》曰：'几时心绪浑无事，得及游丝百尺长。'执着绪字，双关出百尺长丝也。"

韩同年新居饯韩西迎家室戏赠[1]

籍籍征西万户侯[2]，新缘贵婿起朱楼。一名我漫居先甲，千骑君翻在上头[3]。云路招邀回彩凤[4]，天河迢递笑牵牛。南朝禁脔无人近，瘦尽琼枝咏《四愁》[5]。

① 韩瞻字畏之，与商隐同年中进士，为王茂元婿，王为韩建新居。韩赴泾原迎接其妻。

② 籍籍：著名。王茂元为泾原节度使，治泾州(在今甘肃泾川北)，故称征西万户侯。

③ 居先甲：指进士试居甲等在先。在上头：指为王茂元女婿。乐府《陌上桑》："东方千馀骑，夫婿居上头。"

④ 回彩凤：茂元女婚后回泾原，故韩畏之去泾原迎接。

⑤《晋书·谢混传》："孝武帝为晋陵公主求婿，谓王珣曰：'主婿但如刘真长、王子敬便足。'珣对曰：'谢混虽不及真长，不减子敬。'帝曰：'如此便足。'未几帝崩。袁崧欲以女妻之，珣曰：'卿莫近禁脔。'初，元帝始镇建业，公私窘罄。每得一豘，以为珍膳，项上一脔尤美，辄以荐帝，群下未尝敢食，于时呼为'禁脔'，故珣以为戏。混竟尚主。"此指韩畏之。琼枝：屈原《离骚》："折琼枝以继佩。"张衡《四愁诗》每章以"我所思兮"起句。这里指商隐为求茂元幼女而瘦。

《唐摭言》卷三称：进士宴曲江日，"公卿家倾城纵观于此，有若中东床之选者，十八九钿车珠鞍，栉比而至"。王茂元也在新进士中择婿，把一个女儿嫁给韩瞻，还为他建新居。商隐同韩瞻同年中进士，想娶茂元幼女，所以有"千骑君翻在上头"的戏语，有"瘦尽琼枝咏《四愁》"的逼切感情，"我所思兮"正是在想念茂元的小女，当时他的婚事未成，所以有"瘦尽琼枝"的感叹。"云路"一联写韩瞻西迎家室，富有才华。末联庄谐杂陈。全诗写得风华绮丽，不用僻典，以清词丽句显示其迫切求偶的感情。

西南行却寄相送者[①]

百里阴云覆雪泥，行人只在雪云西。明朝惊破还乡梦，定是陈仓碧野鸡[②]。

① 却寄：犹转寄。

② 陈仓：在今陕西宝鸡东。《史记·封禅书》："秦文公得陈宝于陈仓北坂，其神若雄鸡。"《水经注·渭水》："陈仓县有陈仓山，山上有陈宝鸡鸣祠。昔秦文公游猎于陈仓，遇之于此坂，得若石焉，其色如肝，归而宝祠之，故曰陈宝。其来也，自东南，晖晖声若雷，野鸡皆鸣，故曰鸡鸣神也。"《汉书·郊祀志》："宣帝时，或言益州有金马碧鸡之神。"注："金形似马，碧形似鸡。"按陈仓的野鸡即陈宝，益州的碧鸡，是另一事，这里合而为一，借指雄鸡。

冯浩注：据"此诗情态"，无"迟暮之悲，羁孤之痛"，定为在开成二年冬赴兴元（今陕西汉中）令狐楚幕，在陈仓寄宿时作。怀念家乡，故有明朝鸡鸣惊梦的说法。纪昀批："以风致胜。诗固有无所取义而自佳者。着眼在'还乡梦'三字，却借陈仓碧鸡反点之，用笔最妙。"按《史记·封禅书》"野鸡夜雊"，即野鸡夜鸣，所以说惊梦。纪昀认为在这里用了"陈仓碧野鸡"这个典故，又点明了地址，写得自然而不费力，所以认为妙。前两句写西南行遇雪，不说自己在阴云覆雪泥中走了百里，却说自己只在雪云西，西去已无雪泥，反映当时心情，绝无道路艰辛之恨。这样借景抒情，可供体味。上句说"阴云雪泥"，下句用"雪云"呼应，亦有复叠的好处。

圣女祠[①]

杳蔼逢仙迹,苍茫滞客途[②]。何年归碧落?此路向皇都[③]。消息期青雀,逢迎异紫姑[④]。肠回楚国梦,心断汉宫巫[⑤]。从骑裁寒竹,行车荫白榆[⑥]。星娥一去后,月姊更来无[⑦]?寡鹄迷苍壑,羁凰怨翠梧[⑧]。惟应碧桃下,方朔是狂夫[⑨]。

① 圣女祠:在陈仓(在今陕西宝鸡东)、大散关间,悬崖旁有神像,状似妇人,称为圣女神。《水经注·漾水》:"(秦冈)山高入云,悬崖之侧,列壁之上,有神像若图,指状妇人之容,其形上赤下白,世名之曰圣女神。"

② 杳蔼:迷茫。仙迹:指圣女神。神像在远处,看去有些迷茫。苍茫:状暮色。

③ 碧落:天上。问圣女何时归天。皇都:京城,商隐由兴元(今陕西汉中)到长安。

④ 青雀:即青鸟。《汉武故事》:"七月七日,忽有青鸟飞集殿前。东方朔曰:'此西王母欲来。'有顷,王母至,三青鸟夹侍王母旁。"后因称使者曰青鸟。紫姑:女神。《显异录》:"紫姑,莱阳人,姓何名媚,字丽卿。寿阳李景纳为妾,为大妇曹氏所嫉,正月十五夜,阴杀之于厕间。上帝悯之,命为厕神。"指圣女高于紫姑。

⑤ 肠回:指愁肠九回。楚国梦:《高唐赋》写楚襄王梦见神女,比圣女。汉宫巫:《汉书·郊祀志》:"(高祖于)长安置祠,祀官女巫,皆以岁时祠宫中。"

⑥ 裁寒竹：截竹为杖。《后汉书·方术传》："(费)长房辞归，翁(壶公)与一竹杖，曰：'骑此任所之(往)，则自至矣。'"《陇西行》："天上何所有？历历种白榆。"

⑦ 星娥：织女。月姊：嫦娥。

⑧ 寡鹄：指寡妇。羁凰：《礼记·内则》："男角女羁。"凰，雄凤雌凰。翠梧：凤凰非梧桐不栖。

⑨ 方朔：东方朔。《博物志》："时东方朔窃从殿南厢朱鸟牖中窥(王)母，母顾之，谓(武)帝曰：'此窥牖小儿尝三来盗吾此桃。'"

《水经注·漾水》称悬崖之侧，有神像曰圣女神。不说有圣女祠，可能在唐朝盖起了祠庙。商隐写了两首《圣女祠》，一首《重过圣女祠》，是有祠庙的。这首诗，从"滞客途"、"向皇都"、"从骑"、"行车"来看，是商隐路过圣女祠，留下来观看。这条路是到长安去的，冯浩《笺注》认为是从兴元到凤州，即开成二年，令狐楚病死在兴元任上，十二月，商隐送令狐楚丧回长安，路过圣女祠所作。那时有从骑，有行车，当是令狐楚的丧车。

在"何年归碧落"里当是双关，商隐这年春已考中进士，想再通过一次考试，可以入朝为官，当时把朝廷比做天上，所以这样说；双关圣女何年上天。从"何年"里，提出"消息期青雀，逢迎异紫姑"。圣女何年回到天上，又望青鸟带来好消息；他何年入朝做官，想向紫姑卜问，但圣女不同于紫姑，是不能卜问的。"肠回"一联，冯注认为指令狐楚说，"谓我望其入柄国钧，而今不可再遇，梦醒高唐，心断汉宫矣"。他本望令狐楚入相后推引自己入朝，今则望断了。"'从骑'二句，谓奉其丧而归。"裁寒竹，或用费长房跨竹游行，指赶路。荫白榆，《淮南子·说林》："荫不祥之木。"因丧车停在白榆下，所以称荫。"星娥"两句，问月亮再来看望神女吗？双关令狐楚死后，更有有力者来汲引自己吗？“寡鹄”两句指圣女的孤独，当有幽怨；双关令狐楚一死，自己无所依靠，有似寡鹄羁凰。最后归到过圣女祠，自己像东方朔偷看西王母那样，去偷看圣女像。结合东方朔的偷桃是狂夫，双关自己的想取得功名，也像东方朔的偷桃了。

这首诗善用双关写法，透露他当时的心情，一方面迫切希望有人援引，一方面想入朝为官。所以他接着就进入王茂元幕府，一生以不能进入朝廷为恨事。

行次西郊作一百韵[①]

蛇年建丑月，我自梁还秦[②]。南下大散岭，北济渭之滨[③]。草木半舒坼，不类冰雪晨。又若夏苦热，燋卷无芳津[④]。高田长槲枥，下田长荆榛[⑤]。农具弃道旁，饥牛死空墩。依依过村落[⑥]，十室无一存。存者皆面啼，无衣可迎宾。始若畏人问，及门还具陈：

① 次：止宿。西郊：京西郊区。开成二年十二月，商隐从兴元（今陕西汉中）回长安，路过京西郊区，写出耳闻目睹的人民苦难情状。

② 蛇年建丑月：开成二年丁巳，巳属蛇。夏历以正月为建寅，上推十二月为建丑。梁，州名，治所在兴元。秦，指长安。

③ 大散岭：在宝鸡西南。这里指向南下岭，再北渡渭水。

④ 舒坼：萌芽。燋卷：干枯卷缩。芳津：指水分。天暖没有冰雪，草树抽芽；又因天旱，抽出的芽干枯卷缩。

⑤ 槲（hú）枥、荆榛（zhēn）：泛指野生杂树，写田地荒芜。

⑥ 依依：状惆怅牵挂的感清。

右辅田畴薄，斯民常苦贫[7]。伊昔称乐土，所赖牧伯仁[8]。官清若冰玉，吏善如六亲[9]。生儿不远征，生女事四邻[10]。浊酒盈瓦缶，烂谷堆荆囷[11]。健儿庇旁妇，衰翁舐童孙[12]。况自贞观后，命官多儒臣。例以贤牧伯，征入司陶钧[13]。

⑦ 右辅：指京城西郊。斯民：此民。

⑧ 伊昔：从前。伊，发语词。牧伯：地方最高行政长官。

⑨ 冰玉：指廉洁。《晋书·贺循传》："循冰清玉洁。"六亲：指亲近的亲属。

⑩ 远征：远行。事四邻：嫁给附近邻居，侍奉公婆丈夫。

⑪ 浊酒：一种家酿的酒。瓦缶：瓦制酒器。烂谷：谷多得吃不了而霉烂。荆囷（jūn）：荆条编的粮囤。

⑫ 庇旁妇：养外妇。舐（shì）：舔，老牛舐犊，比喻老人爱抚孩子。

⑬ 贞观：唐太宗年号。儒臣：指文臣。征入：调到朝廷。司陶钧：主持政事，即任宰相。《汉书·邹阳传》："是以圣王制世御俗，独化于陶钧之上。"陶钧，制陶器的转轮，转动它来制成陶器，喻治理国家。

降及开元中，奸邪挠经纶[14]。晋公忌此事[15]，多录边将勋。因令猛毅辈，杂牧升平民[16]。中原遂多故，除授非至尊。或出幸臣辈，或由帝戚恩[17]。中原困屠解，奴隶厌肥豚[18]。皇子弃不乳，椒房抱羌浑[19]。重赐竭中国，强兵临北边。控弦二十万，长臂皆如猿⑳。皇都三千里，来往如雕鸢。五里一换马，十里一开筵㉑。指顾动白日，暖热回苍旻。公卿辱嘲叱，唾弃如粪丸㉒。大朝会万方，天子正临轩㉓。彩旂转初旭，玉座当祥烟㉔。金障既特设，珠帘亦高褰。捋须蹇不顾，坐在御榻前㉕。忤者死跟履，附之升顶颠㉖。华侈矜递衒，豪俊相并吞㉗。因失生惠养，渐见征求频㉘。

⑭ 开元：唐玄宗年号。挠经纶：扰乱政治。理丝称经，分类称纶，用来比治理国事。

⑮ 晋公：李林甫在开元二十五年封晋国公。忌此事：忌用文臣任地方长官，积功后入相，来分自己的权力，请专用蕃将，蕃将立功后不能入相。

⑯ 猛毅辈：指武臣。牧：统治。升平民：太平时代的人民。

⑰ 多故：多事。除授：任命官职。非至尊：不由皇帝。幸臣：宠臣。

⑱ 屠解：屠杀肢解。奴隶：权臣贵族家里的仆役。厌：同餍，饱足。豚：小猪。

⑲ 不乳：不养。不养皇子事无考，一说玄宗宠爱武惠妃，欲立武惠妃子，杀太子瑛、鄂王瑶、光王琚。椒房：后妃宫，用椒和泥涂壁，指杨贵妃。抱羌浑：指以安禄山为儿。《安禄山事迹》："禄山生日后三日，召禄山入内。贵妃以绣绷子绷禄山，令内人以采舆舁之，欢呼动地，玄宗使人问之，报云：'贵妃与禄山作三日洗儿。'自是宫中皆呼禄山为禄儿，不禁出入。"禄山是杂种胡人，羌浑是借用。

⑳ 控弦：拉弓的战士。长臂：《史记·李将军列传》："（李）广为人长猨臂，其善射亦天性也。"安禄山领平卢（治青州，今山东益都）、范阳（治蓟，今北京大兴）、河东（治太原，在山西）三道节度使。《安禄山事迹》："十一载三月，禄山引蕃、奚步骑二十万，直入契丹，以报去秋之役。"

㉑ 三千里：《旧唐书·地理志》："范阳在京师东北二千五百二十里。"雕鸢：皆猛禽善飞。指禄山部下的牒报人员。《安禄山事迹》："禄山乘驿马诣阙，每驿中间，筑台以换马，不然马辄死。飞盖荫野，车骑云屯，所至之处，皆赐御膳，水陆毕备。"

㉒ 苍旻（mín）：《尔雅·释天》："春为苍天，秋为旻天。"手指眼看，态度或温和或热烈，都可以影响皇帝。公卿受到嘲弄叱责，被看轻得像粪丸。《古今注》："蜣螂能以土包粪，推转成丸。"写禄山的气焰不可一世。

㉓ 大朝：天子在元旦冬至大会各方臣子称大朝，与平日的常朝不同。临轩：天子不坐正殿，在平台接见臣下。

㉔ 彩旂：上朝时，彩旗在初升的阳光中转动。祥烟：皇帝座位前铜炉内香烟缭绕。

㉕《旧唐书·安禄山传》："上御勤政楼，于御坐东为设一大金鸡障（屏风），前置一榻坐之，卷去其帘。"褰（qiān）：挂。蹇（jiǎn）：骄傲。

㉖ 跟履：践踏。顶颠：指高位。《新唐书·安禄山传》："（禄山）反状明白，人告言者，帝必缚与之。"此即忤者死跟履。又："其军中有功位将军者五百人，中郎将二千人。"即附者升顶颠。

㉗ 矜递衒：骄傲地继续夸耀自己的豪华。《新唐书·安禄山传》："帝为禄山起第京师。为琐户交疏（门户都雕刻），台观沼池华僭（华丽过制度），帟幕率缇绣（用丹黄色帛刺绣）。"并吞：又："（阿）布思者，九姓首领也。禄山厚募其部落降之。禄山已得布思众，则兵雄天下，愈偃肆。又夺张文俨马牧。"

㉘ 因失两句：玄宗因失于督察，只对禄山加恩，禄山的要求越来越多。《新唐书·安禄山传》："进禄山东平郡王。九载，兼河北道采访处置使，赐永宁园为邸。诏上谷郡置五炉，许铸钱。又求兼河东，遂拜云中太守、河东节度使。既兼制三道，意益侈。又请为闲厩陇右群牧等使，因择良马内（纳）范阳。"

奚寇东北来，挥霍如天翻。是时正忘战，重兵多在边[29]。列城绕长河，平明插旗幡。但闻虏骑入，不见汉兵屯[30]。大妇抱儿哭，小妇攀车轓[31]。生小太平年，不识夜闭门。少壮尽点行，疲老守空村。生分作死誓，挥泪连秋云[32]。廷臣例獐怯，诸将如羸奔[33]。为贼扫上阳，捉人送潼关[34]。玉辇望南斗，未知何日旋[35]。诚知开辟久，遘此云雷屯[36]。逆者问鼎大，存者要高官[37]。抢攘互间谍，孰辨枭与鸾[38]。千马无返辔，万车无还辕。城空雀鼠死，人去豺狼喧[39]。

㉙ 奚寇：指禄山叛军，禄山养同罗、奚、契丹八千馀。东北：原作“西北”。朱注：“当作东。”挥霍：行动极快。《旧唐书·安禄山传》：“（天宝十四载）十一月，反于范阳。以诸蕃马步十五万，夜半行，平明食，日六十里。天下承平日久，人不知战。闻其兵起，朝廷震惊。”

㉚ 禄山叛军十二月渡黄河，连陷陈、荥阳、东都洛阳。屯：驻守。《安禄山事迹》：“所至郡县无兵御捍。兵起之后，列郡开甲仗库，器械朽坏，兵士皆持白棒。”

㉛ 轓（fān）：车箱两旁横木。小妇攀着车箱旁横木想挤上去逃难。

㉜ 点行：按户口册征兵。生分：活着分离作死别的誓言。

㉝ 例獐怯：像獐一样胆怯。獐似小鹿，胆小善惊。羸（léi）：瘦羊。

㉞ 扫上阳：打扫东都洛阳的上阳宫。送潼关：从长安捉百官、宦者、宫女、乐工送出潼关到洛阳。《通鉴》至德元载正月：“禄山（在洛阳）自称大燕皇帝。”六月，“乃遣孙孝哲将兵入长安。禄山命搜捕百官宦者宫女等，每获数百人，辄以兵卫送洛阳”。

㉟ 玉辇（niǎn）：皇帝的车，指玄宗奔蜀。南斗，二十八宿的斗宿，指蜀地。旋：指回京。

㊱ 开辟久：开天辟地已经久远，指唐朝建国已久。遘：遭遇。云雷屯：《易·屯》："屯，刚柔始交而难生。"屯卦雷下云上，即刚下柔上相交接而生灾难。指安禄山之乱。

㊲ 逆者：叛乱者，指禄山。问鼎大：《左传·宣公三年》："定王使王孙满劳楚子，楚子问鼎之大小轻重焉。"楚庄王问九鼎的轻重，即有窥觎周朝政权意。存者：未叛乱的藩镇。要高官：要挟朝廷封官。

㊳ 抢攘：纷扰。互间谍：互相刺探。枭与鸾：枭比叛臣，鸾比忠臣。

㊴ 千马、万车：指唐玄宗、肃宗派去讨伐叛军的部队全军覆没。城空：指人民逃走。豺狼：指叛军。

南资竭吴越，西费失河源[40]。因令右藏库，摧毁惟空垣[41]。如人当一身，有左无右边。筋体半痿痹，肘腋生臊膻[42]。列圣蒙此耻，含怀不能宣。谋臣拱手立，相戒无敢先[43]。万国困杼轴，内库无金钱。健儿立霜雪，腹歉衣裳单[44]。馈饷多过时，高估铜与铅[45]。山东望河北，爨烟犹相联。朝廷不暇给，辛苦无半年[46]。行人榷行资，居者税屋椽[47]。中间遂作梗，狼借用戈铤[48]。临门送节制，以锡通天班[49]。破者以族灭，存者尚迁延[50]。礼数异君父，羁縻如羌零[51]。直求输赤诚，所望大体全[52]。巍巍政事堂，宰相厌八珍[53]。敢问下执事，今谁掌其权[54]？疮疽几十载，不敢抉其根。国蹙赋更重，人稀役弥繁[55]。

㊵ 吴越：指东南地区，安禄山叛乱后，唐朝的财政收入依靠淮南江南地区。河源：黄河上游的河西陇右一带陷于吐蕃。

㊶ 右藏库：藏各地所贡金玉珠宝玩好之物；左藏库藏全国赋税财物。安史乱后，金玉宝货为各地藩镇垄断，不再进贡。右藏库只剩空垣。

㊷ 有左无右：有左藏库无右藏库，又失去河西陇右，也无右，如人半身不遂，即痿痹。河西陇右是唐朝肘腋之地，陷于吐蕃，他们以牛羊肉为食，因称臊膻。

㊸ 列圣：指肃宗、代宗、德宗、顺宗、宪宗等。蒙耻：受辱，指藩镇割据，陇右失陷。含怀：容忍。无敢先：无人敢提出削平藩镇收复失地。

㊹ 万国：各地区。杼轴：织布机，指织布帛。《诗·大东》："小东大东，杼轴其空。"腹歉：肚饥。

㊺ 馈饷：运送军粮。高估：物价高涨。《新唐书·食货志》："（德宗时）江淮多铅锡钱，以铜荡（镀）外，不盈斤两，帛价益贵。"

㊻ 山东：华山以东。河北：黄河北部。爨（cuàn）烟：炊烟。从山东到河北，炊烟相联。不暇给：无暇顾及。无半年：辛苦一年无半年口粮，指山东河北在藩镇压榨下，朝廷管不了。

㊼ 行人：行商。擢：同"榷"，专利，转为征税。行资：行商的物资。居者：有房产者。《旧唐书·德宗纪》：建中三年九月，"（赵）赞乃于诸道津要置吏税商货，每贯税二十文，竹木茶漆皆什一税一"。四年六月，"初税屋间架除陌钱"。《新唐书·食货志》："屋二架为间，上间钱二千，中间一千，下间五百。除陌法，公私贸易，千钱旧算二十，加为五十。"指朝廷的剥削。

㊽ 作梗：阻塞朝命，作乱。狼借：杂乱。用戈鋋（yán）：用兵。鋋，短矛。指河北藩镇朱滔、田悦、王武俊以及朱泚、李怀光、李纳、李希烈的叛乱。

㊾ 临门：朝廷使人到门。节制：旌节和制书，旗子符节，皇帝文书。锡：赐。通天班：朝廷官阶。中唐以来，节度使死，其子往往自称留后，朝廷派使臣把旌节制书送上门去，正式任命。并赐朝官衔，如仆射、同中书门下平章事，即宰相衔。

㊿ 破者：被朝廷讨平的藩镇。族灭：灭族。宪宗时讨平西蜀刘辟、淮西吴元济等。存者：指河北藩镇。迁延：拖下去。

51 礼数：礼仪制度。异君父：跟朝廷上的君臣不同。羁縻：马笼头、牛缰绳，指笼络。朝廷对待藩镇像对待少数民族，只是笼络而已。羌零(lián)：西方羌族，先零，羌族的一支。

52 直：岂。对藩镇岂求他们效忠，只望他们顾全大体，不要叛乱而已。

53 巍巍：崇高。政事堂：中书省（主管大政）、门下省（出纳帝命）、尚书省（管领百官）的长官讨论政事的地方。厌（餍）八珍：吃饱各种珍品。政事堂议政后会食。

54 下执事：手下办事员，是对对方的尊称，指作者。谁掌权：《新唐书·宰相表》，当时宰相有郑覃、李石、陈夷行。

55 疮疽：比国家的祸害。抉：挖掘。国蹙：朝廷直辖区缩小。役：劳役。赋役负担更重。《新唐书·食货志》："元和中，供岁赋者，浙西、浙东、宣歙、淮南、江西、鄂岳、福建、湖南八道，户百四十四万，比天宝才四之一；兵食于官者八十三万，加天宝三之一。"

近年牛医儿，城社更攀缘。盲目把大旆，处此京西藩[56]。乐祸忘怨敌，树党多狂狷。生为人所惮，死非人所怜[57]。快刀断其头，列若猪牛悬[58]。凤翔三百里，兵马如黄巾[59]。夜半军牒来，屯兵万五千。乡里骇供亿，老少相扳牵[60]。儿孙生未孩，弃之无惨颜。不复议所适，但欲死山间[61]。

56 牛医儿：《后汉书·黄宪传》："父为牛医。同郡戴良，才高倨傲，而见宪未尝不正容，及归，惘然若有失也。其母问曰：'汝复从牛医儿来耶？’”这里借指郑注，因他用医药取得文宗信任。城社：城狐社鼠，依托城墙和社树，不易驱除，比郑注依靠文宗信任。攀援：攀附援引，指结党营私。盲目：郑注近视，诋为盲目。京西藩：指凤翔府，宰相李训以郑注为凤翔节度使。把大旆：指郑注为节度使。

57 乐祸：当时文宗与李训、郑注密谋诛杀宦官，引起祸害，忘记了宦官这个怨敌。树党：郑注结党多是狂躁的人。狂狷：狂躁和褊狭，这里只用狂义。李训、郑注排斥李宗闵、李德裕，把所恶朝臣称为二李之党，多所斥逐，为人所畏惮。郑注被杀后，不为人所怜悯。

58 断头：李训、郑注本约内外合力诛宦官，训欲独自居功，诡言甘露降，见《有感二首》注①。事败，宦官仇士良密令凤翔监军宦官张仲清诱杀郑注，把头送长安，在兴安门悬头示众。

59 三百里：《旧唐书·地理志》："凤翔在京师西三百十五里。"黄巾：后汉末农民起义部队，用黄巾裹头。这里诬蔑黄巾为盗贼。《通鉴》太和九年十一月甘露之变，太监仇士良等率禁兵捕杀李训郑注连及王涯等。开成元年二月刘从谏上表称"内臣擅领甲兵，恣行剽劫，延及士庶，横被杀伤，流血千门，僵尸万计，搜罗枝蔓，中外恫疑"。可见太监的横暴，人民的受害。

60 军牒：兵书。屯兵：驻军。供亿：供给安置。扳牵：牵挽。《通鉴》称太监用左神策大将军陈君奕为凤翔节度使。这里写他率军到凤翔时扰民的情况，人民扶老携幼逃到山里去。

61 孩：小儿笑，指还不会笑的婴儿。适：往。所适：去的地方。

尔来又三岁，甘泽不及春。盗贼亭午起，问谁多穷民[62]。节使杀亭吏，捕之恐无因[63]。咫尺不相见，旱久多黄尘。官健腰佩弓，自言为官巡。常恐值荒迥，此辈还射人[64]。愧客问本末，愿客无因循。郿坞抵陈仓，此地忌黄昏[65]。

⑫ 尔来：近来。三岁：从太和九年甘露之变到开成二年作者作此诗时共三年。甘泽：甘霖，指春旱。亭午：正午。问谁：问是什么人。穷民：指穷民被迫反抗。

⑬ 节使：节度使。亭吏：亭长。亭是基层行政单位，十里一亭，十亭一乡。亭有亭长，主管捕盗贼。穷民起来反抗，亭吏很难制止，杀亭吏也没用。

⑭ 官健：官兵。巡：巡查盗贼。荒迥：荒野。此辈：指官兵，官兵在荒野也害人。

⑮ 客：指作者。本末：从头到尾的经过。因循：耽搁。郿坞：在今陕西宝鸡。陈仓：在今陕西宝鸡东。忌黄昏：切忌在黄昏赶路，因路上不太平。

我听此言罢，冤愤如相焚。昔闻举一会，群盗为之奔。又闻理与乱，系人不系天[66]。我愿为此事，君前剖心肝。叩额出鲜血，滂沱污紫宸。九重黯已隔，涕泗空沾唇[67]。使典作尚书，厮养为将军[68]。慎勿道此言，此言未忍闻。

⑯ 如相焚：《诗·小雅·节南山》："忧心如惔（焚）。"举一会：《左传·宣公十六年》："（晋景公）以黻冕命士会将中军，且为太傅。于是晋国之盗逃奔于秦。"理与乱：治和乱。系：关系，决定。

⑰ 滂沱：形容泪流得多。紫宸：殿名，皇帝听政处。九重：《楚辞·九

辨》:“君之门兮九重。”指朝廷。黯:昏乱。隔:被阻隔,不能进入朝廷。

⑱ 使典:胥吏,下级小吏。尚书:中央设尚书省,下分六部,吏、户、礼、兵、刑、工,各部长官为尚书。厮养:仆役,指宦官。《旧唐书·李林甫传》:“时朔方节度使牛仙客在镇有政能,玄宗加实封。(张)九龄又奏曰:‘边将训兵秣马,储蓄军实,常务耳。陛下赏之可也,欲赐实赋,恐未得宜。’玄宗欲行实封之命,兼为尚书。九龄对曰:仙客本河湟一使典耳,目不识文字,若大任之,臣恐非宜。”当时往往给节度使加尚书衔,让宦官领兵作将军。

这首诗,先写当时京城西郊一带田地荒芜,人民逃亡和苦难。再通过农民的口,说出贞观之治,人民富庶。转到开元中李林甫、杨国忠乱政,玄宗宠信安禄山,酿成祸乱。由于安史之乱,国库空虚,河西沦陷,藩镇跋扈,人民遭灾。加上甘露之变,太监专横,使人民再受苦难。从贞观之治到甘露之变,作了高度的概括。

在这首诗里,作者表达了他的政治观点。他认为贞观时,选拔贤明的地方长官入朝主管大政,政治清明,人民乐利;开元中,任用奸人李林甫败坏朝政,就会酿成祸乱。文宗任用郑注,也使人民受难。他主张贤人政治,是儒家的政治观点。比起同时期的刘蕡、杜牧来,似较逊色。当时唐朝政治的病根,一在宦官执掌军权,干预大政;一在藩镇割据,削弱了朝廷的力量;一在剥削加重,使人民生活不下去。刘蕡在甘露之变以前就指出宦官的祸害,杜牧《罪言》,就指出藩镇的危害。商隐在这里强调贤人政治,对藩镇的割据、宦官的祸害、人民的苦难都写了,但光靠贤人政治来解决这些重大问题,似嫌不够。

作为诗歌,同政论不同,是通过形象来反映,这首诗写得是成功的。他运用对比手法,用当时田地荒芜,人民苦难,同贞观时官清吏善，人民富裕构成对比。用贞观时的贤牧伯，来同开元中的李林甫、杨国忠、安禄山作比，构成治乱的对比。用安禄山的骄横暴乱，同朝廷将相的羸奔獐怯作对比，用藩镇的横暴和宰相的贪冒作对比。用郑注的乐祸同禁军的横暴作对比。通过这些对比，写出他忧心国事，心内如焚。

这首诗在艺术上的特点，何焯评："不事雕饰，是乐府旧法，唐人可比，唯老杜《石壕》诸篇，（韩愈）《南山》恐不及也。"纪昀评："亦是长庆体，而气格苍劲，则胎息少陵，故衍而不平，质而不俚。虽未敢遽配《北征》，然自在《南山》以上。"这里指出这首诗在风格上比较质朴，所谓"乐府旧法"，所谓"长庆体"，都指它质朴地反映生活说的。但它同乐府和长庆体有不同处，就是"气格苍劲"，本于杜甫，铺叙有波澜而不平，语言质朴而不俚俗，说明它是摹仿杜甫反映人民生活苦难的"三吏""三别"的诗的，比起杜甫的《北征》来稍感不足，胜过韩愈的《南山》。《南山》极力刻划南山的景物，穷极工巧，不在反映人民生活，自然不能与这首诗相比。

《北征》写北行的经历，同这诗写行次西郊的经历相似。但《北征》不光写所见所闻的事物，还写出人物的神情和性格，如"妻子衣百结"的恸哭，娇儿"见爷背面啼"的陌生，小女的短褐上补着颠倒的海图、旧绣，这是初回家时的情况。后来"瘦妻面复光"，痴女"画眉阔"，娇儿"问事竞挽须"，写出了这些变化，很真实。也写到自己的心情变化，对国事的关切。商隐这篇，也写所见所闻，主要是通过农民的口来叙述政治的治乱，王朝的盛衰，人民的从安乐到苦难，没有对西郊农民作人物的刻划，没有通过对农民的一家作细致描绘来反映时代，在这方面，比《石壕吏》也显得有些不足。不过这首诗的特点不在写人物，是在写政治变乱、人民苦难，大气包举，有它的特色。末后写太监统率的神策军的害民，写得具体生动。在太监权势熏灼时敢于这样揭露是难得的。《统签》:“末及开成事,乃近事,乃生色耳。”也指出写近事比较生色。纪昀批:“我听以下,淋漓郁勃,非此一束,不能结此长篇。”这篇是通过农民之口来说的。在农民说完后,表达我的感情,用“我听此言罢”来说,表达冤愤如焚的心情,要剖心出血来向君王陈情,这段写得有力。末联“慎勿道此言,此言未忍闻”,以含蓄作结,馀味不尽。总之,这一段的结束是写得有力的。

撰彭阳公志文毕有感①

延陵留表墓,岘首送沉碑②。敢伐不加点,犹当无愧辞③。百生终莫报,九死谅难追。待得生金后,川原亦几移④。

① 彭阳公:令狐楚封彭阳郡开国公,参见《天平公座中呈令狐令公》注①。

②《集古录》:“孔子题季札墓曰:‘呜呼,有吴延陵季子之墓。’”沈炯《归魂赋》:“映岘首之沉碑。”《晋书·杜预传》:“(预)刻石为二碑,纪其勋绩,一沉万山之下,一立岘山之上,曰:‘焉知此后不为陵谷乎?’”此指商隐代令狐楚草遗表,又作墓志。

③ 伐:夸耀。《后汉书·祢衡传》:“人有献鹦鹉者,(黄)射举卮于衡曰:‘愿先生赋之,以娱嘉宾。’衡揽笔而作,文无加点,辞采甚丽。”《后汉书·郭泰传》:“司徒黄琼辟,太常赵典举有道,并不应。卒于家。乃其刻石立碑。蔡邕为文,既而谓涿郡卢植曰:‘吾为碑铭多矣,皆有惭德,惟郭有道无愧色耳。’”

④ 道源注："王隐《晋书》：'永嘉初，陈国项县贾逵石碑中生金，人凿取卖，卖已复生，此江东之瑞也。'"

这首诗表达了商隐对令狐楚感激的感情，极为真挚。何焯己巳年批："末二句欲收到碑文，却与彭阳公无关。"庚午年批："梁、陈诗体亦多有之。"癸酉年批："恩门非寻常可报，惟作此文，使托以不朽而已。落句意微旨远，非细读无由知也。"何焯第一第二次批都没有看懂末联的含意，直到第三次批才看到它的用意，可见商隐诗的含意深沉，不易理解。这个结尾跟开头的岘首沉碑呼应，岘首沉碑就怕陵谷变迁，沉碑还可以出现，所以说川原几移，即指此碑久而不灭，令狐楚的功绩永留人间，他能报答的就是这一点，紧紧同"百生终莫报"联系。

燕台诗四首[1]

风光冉冉东西陌，几日娇魂寻不得[2]。蜜房羽客类芳心[3]，冶叶倡条遍相识。暖蔼辉迟桃树西，高鬟立共桃鬟齐[4]。雄龙雌凤杳何许？絮乱丝繁天亦迷[5]。醉起微阳若初曙，映帘梦断闻残语[6]。愁将铁网罥珊瑚，海阔天宽迷处所[7]。衣带无情有宽窄，春烟自碧秋霜白[8]。研丹擘石天不知，愿得天牢锁冤魄[9]。夹罗委箧单绡起，香肌冷衬琤琤佩[10]。今日东风自不胜，化作幽光入西海[11]。

右春

① 燕台：战国时燕昭王筑黄金台招贤，后称幕府招贤为燕台。冯浩笺："燕台，唐人惯以言使府，必使府后房人也。"

② 冉冉：渐进。陌：路。娇魂：指女的。

③ 蜜房：蜂房。羽客：郭璞《蜂赋》："亦托名于羽族。"指心思像蜂房那样多。

④ 辉迟：春日迟迟。桃鬟：指桃花。共桃鬟齐：指长成。

⑤ 雄龙：比贵人，指府主。杳何许：指被取去，不知何往。絮乱丝繁：比其人心思的繁乱。

⑥ 微阳：夕阳。梦断：梦被打断。闻残语：在梦中听到一些不完全的话。

⑦ 铁网罥珊瑚：用铁网罩住珊瑚，等珊瑚长大后举铁网来采，见《碧城》注⑩。海阔天宽：指不知去处。

⑧ 衣带宽窄：人消瘦则衣带宽。宽窄指宽。春烟自碧：春景是美好的，但对她说来如秋霜之白，即春天里的秋天。

⑨ 研丹擘石：《吕氏春秋·介立》："石可破也而不可夺坚，丹可磨也而不可夺赤。"指用情真诚不变。《晋书·天文志》："天牢六星在北斗魁下，贵人之牢也。"冤魄：冤魂。

⑩ 夹罗委箧：把夹罗衫放在竹箱里，穿上单绸衣，天转入夏了。香肌冷衬：肌肤上衬着玉佩还有些凉。

⑪ 今日东风两句：东风也受不了这种怨恨，消失在西海里面。这首写女的被人夺去而怨恨。

前阁雨帘愁不卷，后堂芳树阴阴见[12]。石城景物类黄泉，夜半行郎空柘弹[13]。绫扇唤风阊阖天，轻帷翠幕波洄旋[14]。蜀魂寂寞有伴未，几夜瘴花开木棉[15]。桂宫流影光难取，嫣熏兰破轻轻语[16]。直教银汉堕怀中，未遣星妃镇来去[17]。浊水清波何异源？济河水清黄河浑[18]。安得薄雾起缃裙，手接云軿呼太君[19]？　**右夏**

⑫ 雨帘愁不卷：愁雨如帘不止。阴阴见：阴暗中见。

⑬ 石城：在今湖北钟祥。指女子被人娶至石城。类黄泉：似在地下。柘弹：《南部烟花记》："陈宫人喜于春林放柘弹。"在夜半携柘弹不能弹鸟。

⑭ 绫扇唤风：团扇摇风。阊阖天：楚天，楚人名门皆曰阊阖，见《说文》。指在楚地。波洄旋：风吹帷幕如波纹的回旋。

⑮ 蜀魂：指"望帝春心化杜鹃"，见《锦瑟》注⑤。两句指其人在春天如杜鹃的寂寞幽怨，不知现在有伴否？瘴花：木棉开红花，当时以石城等地为瘴疠地。

⑯ 桂宫流影：月影流照。光难取：光线不明。嫣熏兰破：嫣然一笑，吐气如兰，指私语。

⑰ 直教：简直要使天河掉在怀里。未遣：没有使织女星经常来去。这是想望的话。

⑱ 浊水清波：《战国策·燕策》："吾闻齐有清济浊河，足以为固。"指水的清浊异源，不能相合。

⑲ 安得两句：哪能亲手接住车子呼仙女出来，看到她的缃裙像薄雾呢？云軿：云车，车有帷蔽的叫軿。太君：《云笈七签》："太微中有三君，曰太皇君。"

月浪衡天天宇湿，凉蟾落尽疏星入[20]。云屏不动掩孤嚬，西楼一夜风筝急[21]。欲织相思花寄远，终日相思却相怨[22]。但闻北斗声回环，不见长河水清浅[23]。金鱼锁断红桂春，古时塵满鸳鸯茵[24]。堪悲小苑作长道，玉树未怜亡国人[25]。瑶琴愔愔藏楚弄，越罗冷薄金泥重[26]。帘钩鹦鹉夜惊霜，唤起南云绕云梦[27]。双珰丁丁联尺素，内记湘川相识处[28]。歌唇一世衔雨看，可惜馨香手中故[29]。　**右秋**

⑳ 月浪：月的光波。衡天：横天，指月波如水平。凉蟾落：月落。疏星入：星光入户。

㉑ 云屏句：云母屏风遮住女的颦眉。风筝急：檐间铁马风吹作声急促，写怨。

㉒ 欲织两句：要在锦上织花寄远人，相思却引起相怨。

㉓ 但闻句：北斗星的旋转好像有声。不见句：看不见银河的水浅。水浅可以渡水相会，水深不相见。

㉔ 金鱼锁句：鱼形的金锁隔断了丹桂的盛开。古时句：旧时的尘土落满绣着鸳鸯的褥子上。重门深锁，茵褥生尘，其人已去。

㉕ 堪悲句：可悲小的园庭成了长路，人人可游。玉树句：陈后主作《玉树后庭花》来赞张、孔两美人，不用再唱《玉树》歌来怜惜亡国的两美人，她比两美人更美。

㉖ 瑶琴句：玉琴的声音安和中有楚调，即幽怨。愔愔，状安和。楚弄，楚调。越罗句：越地的罗衣薄而觉冷。罗衣上涂金饰觉重。

㉗ 帘钩句：帘钩上挂的鹦鹉因霜寒惊叫。唤起句：唤起了南云回绕着云梦。云梦，大泽名。指其人已到了云梦一带。

㉘ 双珰：一双耳珠。《风俗通》："耳珠曰珰。"丁丁：珠玉声。尺素：书信。湘川：长沙。信上写在长沙相识。

㉙ 歌唇：想她的唱歌。一世：一生要含泪来想望。衔雨：含泪。馨香句：香气留在手中的旧物上。故，指女方赠物。

天东日出天西下，雌凤孤飞女龙寡[30]。青溪白石不相望，堂中远甚苍梧野[31]。冻壁霜华交隐起，芳根中断香心死[32]。浪乘画舸忆蟾蜍，月娥未必婵娟子[33]。楚管蛮弦愁一概，空城罢舞腰支在[34]。当时欢向掌中销，桃叶桃根双姊妹[35]。破鬟矮堕凌朝寒，白玉燕钗黄金蝉[36]。风车雨马不持去，蜡烛啼红怨天曙[37]。　**右冬**

㉚ 天东句：日出于东而没于西，指冬天天短。雌凤句：指女的独行而无偶。

㉛ 青溪句：《古今乐录》："神弦歌十一曲，五曰《白石郎》，六曰《清溪小姑》。"指男女不相见。堂中句：堂中之远比苍梧更远。指堂中无人，生死相隔。苍梧，舜南巡死在苍梧。

㉜ 冻壁句：壁上的霜花交错隆起。芳根句：香草的根断了，心死了。指缘分已断，愁心欲死。

㉝ 浪乘句：浪中画船里的嫦娥，已经愁苦消瘦未必如昔日的美好了，想象她在江湖上漂泊。蟾蜍，指嫦娥。张衡《灵宪》："姮娥托身于月，是为蟾蜍。"嫦娥比女的。婵娟子，美好的人。

㉞ 楚管句：楚地或少数民族地区的音乐一概使人生愁，因为人去城空，不再舞蹈，当时的舞姿只留在想象中了。

㉟ 当时句：当时看到女的作掌上舞，是欢乐的，有一双姊妹。汉赵飞燕体轻，能为掌上舞，见《飞燕外传》。桃叶、桃根姊妹，见《古今乐录》。

㊱ 破鬟句：幼女束发称小鬟。矮堕，妇人发髻，作下堕形的。破除小鬟改成矮堕指出嫁，冲着朝寒。髻上插着白玉的燕形钗和黄金蝉（首饰）。

㊲ 风车两句：风雨形容愁苦，在愁苦中坐马车走了，留下这些首饰没有拿去。彻夜相思，看到蜡烛垂泪直到天亮。

这四首诗，纪昀评："以'燕台'为题，知为幕府托意之作，非艳词也。"不过他没有说明是什么幕府托意。张采田《会笺》称："四诗为杨嗣复作也。首章起二句一篇之骨。'风光冉冉'，喻嗣复相业方隆；'几日娇魂'，喻无端贬窜。'蜜房'二句，记己与嗣复相见。当时语曰：'欲趋举场，问苏、张、三杨。'义山之识嗣复以此。'冶叶倡条'，点其姓也。'暖蔼'二句，初见时态，义山方年少，故曰'高鬟立共桃鬟齐'也。'雄龙'二句，既见未及提携，所以有'絮乱丝繁'之况。'醉起'四句，言文宗忽崩，嗣复渐危。'衣带'二句，状危疑之意。'研丹'二句，为嗣复剖冤。'夹罗'句点景。结则以东风不胜比中官倾轧，而嗣复之冤，将从此沉沦海底矣。"这是对第一章的解释。又说"次章专纪杨贤妃安王溶事"，"三章嗣复至湘约已赴幕之事"，"四章义山赴湘，嗣复已去之事"，这三首的解释不再详引。因为如第一章的解释不能成立，其馀三章的解释就不用详引了，这四首是一组诗，彼此有关联的。先看他对首章的解释，说"'几日娇魂'喻无端贬窜"，贬窜有一定地方，怎么说"觅不得"呢？"蜜房"指"蜂房"，改作"密房"，非是。又商隐应举，与嗣复无关，所释举场说亦不确。"冶叶倡条遍相识"，称"遍"，不指一人，说点嗣复姓，是指一人，与"遍"不合。"高鬟"承上指娇魂，即指女的说，释作指商隐，亦不合。"雄龙雌凤杳何许"，指男女都不见，解作"未及提携"，更不合。"醉起微阳若初曙"，指阳光微弱像早晨，"初曙"。怎么指"文宗忽崩"呢？总之，这个解释经不起推敲，并不符合诗意，因此把《燕台诗》说成为杨嗣复作的政治诗是不符合原意的。

再看冯浩笺注："首篇细状其春情怨思，次篇追叙旧时夜会，三篇彼又远去之叹，四篇我尚羁留之恨。""其人先被达官取去京师，又流转湘中矣。以篇中多引仙女事，故知女冠。'铁网珊瑚'，他人取去也。玉阳在东，京师在西，故曰'东风'、'西海'也。玉阳在济源县，京师带以洪河，故曰‘浊水清波’也。曰‘石城’，曰‘瘴花’，曰‘南云’，曰‘楚弄’，曰‘湘川’，曰‘苍梧’，皆楚地之境，故知又流转湘中也。”冯浩解释存在不少问题，已见前言，不再重说。

冯浩认为“参之《柳枝序》，则此在前”。《柳枝序》说这首诗是“此吾里中少年叔”所作，是商隐在少年时作。柳枝在洛阳，商隐又在友人后去京师，当时正是春天，当去应试。在这年以前他没有去过湖湘。商隐九岁侍母归郑州，以后由从叔李处士“亲授经典，教为文章”。十六岁以古文著名，当时他还没有入幕，不可能写幕府中事。十七岁，入令狐楚幕，在郓州。到二十岁，随令狐楚于太原幕。二十一岁，令狐楚资给他入京应试未中。入华州崔戎幕，又随崔戎入兖州幕。二十四岁奉母居济源县，二十五岁应举得中。《燕台诗》既在应试前作，应试前他没有到过湖湘，可见这不是写他自己的事。

再就诗看，先看《春》，这首诗从女方的恋人着眼来写的，“几日娇魂觅不得”，其人在找女的，“冶叶倡条遍相识”，在遍相识的倡女中都找不到。“雄龙雌凤杳何许？”男贵人和女方都不见了。“铁网罥珊瑚”，男贵人把女的取去了。“衣带宽窄”，“研丹擘石”，写其人因而消瘦，但对女的还是矢志丹诚。“东风不胜”，春光也不胜怨恨，“化作幽光入西海”，化作幽光消失在西海里了。这时，其人已知道女的被府主取去，对女的也有怨，称“天牢锁冤魄”，指出女方会像冤魄那样被锁在贵人的囚笼里。

次看《夏》，女的已被贵人所弃，关在石城，过着像在黄泉的幽暗生活。其人在夏夜里去相会。“蜀魂寂寞有伴未？”女的像蜀魂所托的杜鹃那样幽怨，不再有伴了，其人在木棉花开的夏夜去会她。但那是夏夜，还不到桂宫流影的秋天，很想等到秋天，可使星妃经常来去，说“未遣”，这个想望还没有实现，联系到女方清，府主浊，难以相合。怎么可以呼仙人把她接出来。

三看《秋》,“不见长河水清浅”,长河水深,不能渡河相见了。“尘满鸳鸯茵”,女的又被送走了,人去尘满。“南云绕云梦”,女的到了云梦一带。只有尺书双珰寄来表达情愫,留作永远的纪念。

四看《冬》,她还是一个人独居,与他不再相见,缘分已断,愁心欲死。想象她在江湖上漂泊,不胜憔悴。当时姊妹歌舞的盛况,现在只留下燕钗黄金蝉,对着它使人流泪而已。

这个女的是否女道士,从“冶叶倡条”和“高鬟”来看,大概是歌女,所以有“舞罢腰肢在”,“欢向掌中销”的说法。相仙人来比美女是很普通的,不能作为女道士的证据。“东风不胜”,“化作幽光入西海”,指春去而不胜幽怨意,也没有玉阳在东的意思。“浊水清波”指清浊不同,也没有玉阳与京师的分别,以女的为玉阳女道士,说她是清的,以京师带洪河为浊,那末这个浊又指谁呢?也不合。冯注要把女的说成玉阳女道士,在诗里找不出根据,是不可信的。冯注又称它“幽咽迷离,或彼或此,忽断忽续,所谓善于埋没意绪者”,指出它在表现手法上的特点,是有见地的。

柳枝五首

柳枝,洛中里娘也。①父饶好贾,风波死湖上。其母不念他儿子,独念柳枝②。生十七年,涂妆绾髻,未尝竟,已复起去③。吹叶嚼蕊,调丝擫管,作天海风涛之曲,幽忆怨断之音④。居其旁,与其家接故往来者,闻十年尚相与,疑其醉眠梦物断不娉⑤。余从昆让山,比柳枝居为近⑥。他日春曾阴，让山下马柳枝南柳下，咏余《燕台诗》[7]。柳枝惊问："谁人有此？谁人为是？"[8]让山谓曰："此吾里中少年叔耳。"[9]柳枝手断长带，结让山为赠叔乞诗[10]。明日，余比马出其巷，柳枝丫鬟毕妆，抱立扇下，风鄣一袖[11]，指曰："若叔是？后三日，邻当去溅裙水上，以博山香待[12]，与郎俱过。"余诺之。会所友有偕当诣京师者，戏盗余卧装以先，不果留[13]。雪中让山至，且曰："东诸侯取去矣。"明年，让山复东，相背于戏上，因寓诗以墨其故处云[14]。

① 洛：河南洛阳。里娘：民居的姑娘。

② 念：爱护关切。

③ 涂妆：搽粉擦胭脂等。绾髻：挽发作髻。竟：完毕。起去：起来做别样。写她娇憨的态度。

④ 吹叶：《旧唐书·音乐志》："啸叶，衔叶而啸，其声清震，橘柚尤善。"用叶子放在口内吹出声来。嚼蕊：嚼花蕊，当指吐气如兰。调丝：指弹琴。擫管：按箫笛孔，指吹箫笛。天海风涛：天风海涛。怨断：哀怨断续。断，指音低沉似断。

⑤ 接故：交往熟识；故，故旧。这里指老邻居。相与：相交往，指跟她来往的男友。醉眠梦物：醉梦颠倒，神经不正常。断不娉，断绝关系不来聘她。

⑥ 从昆：从兄，堂兄。比近：靠近。

⑦ 他日：以前的一天。曾阴：层阴，阴天。《燕台诗》：写艳情的诗，分春夏秋冬四首。

⑧ 谁人有此情，谁人作此诗。

⑨ 叔：伯仲叔季的叔，即弟。

⑩ 结：交结、结识，结交让山弟。乞诗：请把诗题在长带上。

⑪ 比马：与让山并马。丫鬟：梳双髻，未嫁女的装束，指十五岁时。毕妆：妆扮完毕，与上文妆未尝竟相反。抱立扇下：两臂交错立在门下，扇指门。鄣：用长袖遮面。

⑫ 溅裙：《玉烛宝典》一："元日（元旦）至于月晦（阴历月底），民并为酺食渡水，士女悉湔裳（洗裙袴），酹（浇）酒于水湄（边），以为度厄（解灾）。"博山香：《考古图》："香炉像海中博山，下盘贮汤，使润气蒸香，以像海之四环。"这里指焚香以待。

⑬ 会：刚好。不果留：不能留下来。

⑭ 东：往东去。背：别。戏上：戏水上，在陕西临潼东。寓诗以墨其故处：寄诗给让山请他题在柳枝的旧居。

花房与蜜脾，蜂雄蛱蝶雌。同时不同类，那复更相思[15]？

⑮ 花房：花冠。蜜脾：蜜蜂酿蜜的机体，像内分泌腺的脾，称蜜脾，见《本草纲目》。这首说，蜂和蝴蝶虽在花丛相遇，但蜂酿蜜与蝴蝶不同，又是两类，不能配合。

本是丁香树，春条结始生。玉作弹棋局，中心亦不平[16]。

⑯ 丁香树：花淡红，多花簇生茎顶。结：丁香结，指丁香的花蕾，春天抽条后始生花蕾。弹棋局：见《无题》"照梁初有情"注④。这是说，无从结合，徒抱不平。

嘉瓜引蔓长，碧玉冰寒浆。东陵虽五色，不忍值牙香⑰。

⑰ 碧玉：比瓜的皮色。冰：冷冻。寒浆：冷的瓜汁。东陵：汉初有召平，是秦东陵侯。他种瓜长安城东，瓜美，称东陵瓜。阮籍《咏怀》："昔闻东陵瓜，近在青门外，连畛距阡陌，子母相钩带。五色曜朝日，嘉宾四面会。"

柳枝井上蟠，莲叶浦中干。锦鳞与绣羽，水陆有伤残⑱。

⑱ 蟠：根的曲屈。绣羽：当指黄莺。

画屏绣步障⑲，物物自成双。如何湖上望，只是见鸳鸯？

⑲ 步鄣：帐幕，出行时所用。

这是有本事的艳情诗，可以作为研究商隐艳情诗的材料。他在《上河东公启》里说："南国妖姬，丛台妙妓，虽有涉于篇什，实不接于风流。"这五首诗可以作说明。序里对柳枝作了描绘，"涂妆绾髻，未尝竟，已复起去"，写她的任性和娇态。"作天海风涛之曲，幽忆怨断之音"，写她的幽怨和情绪激越，所以弹奏的是天风海涛之曲。写她对艳情诗的爱好和赏识,听了《燕台诗》,问:“谁人有此? 谁人为此?”写得色飞神动,商隐对她有知己之感。她出见商隐,“丫鬟毕妆”,是经过打扮的,约期会晤,是有情的。序里生动而有情意地写出了这个姑娘。

五首诗用乐府体,多用比喻,写得含蓄而富有情意。第一首借蜂和蝶的不同类,不能配合,说明不会相思。要真是这样,那末这五首诗就不用写了,这篇序更不用写了。那末所谓不相思,正由于相思。柳枝被东诸侯娶去,他是士子,她和他的志趣不同。她既嫁到东诸侯家,他就不必再想念她了,事实上却忘不了。第二首着重在丁香结上,用结来指结合,感叹不能结合,徒然胸怀不平。那末所谓不同类,有志趣不合的一面,但又有志趣相投的一面。柳枝能够赏识《燕台诗》,又约他去,可见他是难以忘情的,不能不感叹不能结合。第三首感叹柳枝的嫁东诸侯。碧玉双关柳枝。乐府《情人碧玉歌》:“碧玉小家女,来嫁汝南王。”又:“碧玉破瓜时(二八十六岁),郎为情颠倒。”东陵侯正如汝南王,冯注:“‘五色’喻贵人,末句谓不忍遭其采食也。”那末对柳枝的嫁东诸侯,替她的命运关心。第四首估计她出嫁后命运,“柳枝井上蟠”,井上是辘轳打水的处所,不是柳根盘曲的地方,比东诸侯家不是柳枝托身之地。莲浦干了,莲叶就要枯萎,比喻柳枝会憔悴。锦鳞本来可以“鱼戏莲叶间”的,因水旱而伤残;黄莺本来可以在柳枝上鸣叫,可是柳枝在井上,那是人们打水处,它也无法在那里,所以水中陆上都有伤残。不仅为柳枝感叹,也有为自己感叹的意思。第五首,不论从屏风上的画看,从步幛上的绣看,都是成双作对的。怎么向湖上望去,只见鸳鸯是成双的,再望不见柳枝了。从这五首诗看,他是很怀念柳枝的,这种怀念只有结合序来看才可以理解。从这里也可以看到他所怀念的对象是怎样的人了。

钱锺书先生《谈艺录》补订本(九页)称:“李义山《柳枝》词云:‘花房与蜜脾,蜂雄蛱蝶雌。’按斯意义山凡两用,《闺情》亦云:‘红露花房白蜜脾，黄蜂紫蝶两参差。'（按下句"春窗一觉风流梦，却是同衾不得知"，指同床异梦，性不相投。）窃谓盖汉人旧说。《左传》僖公四年'风马牛不相及'，服虔注：'牝牡相诱谓之风。'《列女传》卷四齐孤逐女传'夫牛鸣而马不应者，异类故也'；《易林》革之蒙曰'殊类异路，心不相慕；牝牛牡豭，独无室家'；《论衡·奇怪》篇曰：'若夫牡马见雌牛，雄雀见牝鸡，不相与合者，异类故也。'义山一点换而精采十倍。"从《左传》到《列女传》都讲马牛异类，《易林》改为牛豕，《论衡》又加上雀鸡，这样来说异类不相慕是可以的，但结合少男少女来说，这些比喻都不合适。因此商隐加以点换，作"蜂雄蛱蝶雌"，这就同"花"结合；"蛱蝶"与"花房"相联，"蜂"与"蜜脾"相联，所求各有不同；但又同与"花"结合。这个巧妙的比喻，跟商隐与柳枝的关系极为切合，是新创，所以精采十倍了。

冯浩《河阳诗》笺："统观前后诸诗，似其艳情有二：一为柳枝而发；一为学仙玉阳时所欢而发。"这后一所欢，详《燕台诗》说明。他又说："《谑柳》、《赠柳》、《石城》、《莫愁》，皆咏柳枝之入郢中也。"按《谑柳》："已带黄金缕，仍飞白玉花。长时须拂马，密处少藏鸦。眉细从他敛，腰轻莫自斜。玳梁谁道好？偏拟映卢家。"冯笺："拂马藏鸦，喻其冶态；结则妒他人有之也。"按《柳枝》称："如何湖上望，只是见鸳鸯。"那末柳枝被东诸侯娶去后，商隐不再与她相见。岂商隐后来去湖南时，又见到她呢？这诗里没有明显的证据。又《赠柳》："章台从掩映，郢路更参差。见说风流极，来当婀娜时。桥回行欲断，堤远意相随。忍放花如雪，青楼扑酒旗。"冯笺："上言其由京至楚，下言己之怜惜。"按柳枝从洛阳到湖南，也可说由京至楚。但己的怜惜是否指柳枝，还难证明。又柳枝已被东诸侯娶去，那末"青楼扑酒旗"的说法，对柳枝说来恐也不合。"侯门一入深如海"，怎么扑酒旗呢？又《石城》："石城夸窈窕，花县更风流。簟冰将飘枕，帘烘不隐钩。玉童收夜钥,金狄守更筹。共笑鸳鸯绮,鸳鸯两白头。”柳枝在洛阳,潘岳使“河阳一县并是花”,说花县也合。她可能又到石城。那末这首诗里写的,当是《河阳诗》里的女子,不是“柳枝”了。又《石城》:“雪中梅下与谁期,梅雪相兼一万枝。若是石城无艇子,莫愁还自有愁时。”这里也讲到石城。按《燕台诗》“石城景物类黄泉”,也提到石城。那末《燕台》、《河阳》、《石城》、《莫愁》指的都是同一个女子。柳枝当是另一个,因为柳枝听到读《燕台诗》而惊问的,当时她还没有和商隐相识。冯注认为商隐艳情有二,当可信。这里还有可疑的,就是《燕台》、《河阳》、《石城》、《莫愁》指的是同一个女子,商隐到湖南时还和她相见。而做《燕台诗》时商隐还是少年,他少年时没有到过湖南,或商隐故意写得扑朔迷离,使人难辨,也说不定。

张采田《会笺》称《拟意》为柳枝作。他列《拟意》于大中元年,商隐三十六岁,则与《柳枝序》称少年叔不合,又称“空看小垂手,忍问大刀头”。写看她舞蹈,岂忍问几时回来,与序里讲的都不合。又称“帆落啼猿峡”,似指三峡,与序称“东诸侯取去”亦不合。又称“夫向羊车觅”,是女方自找美男子,与东诸侯来娶更不合。从诗看,序里称商隐为少年,当是三十岁以前作,冯注、张笺:所说皆无可证明是写柳枝。能证明的,只是他的“实不接于风流”罢了。

赠　柳

章台从掩映,郢路更参差[①]。见说风流极,来当婀娜时[②]。桥回行欲断,堤远意相随。忍放花如雪,青楼扑酒旗[③]。

① 章台：街名，在长安西南。《汉书·张敞传》："时罢朝会，走马章台街。"唐代韩翃有《章台柳》诗。郢路：郢，楚都。屈原《九章·哀郢》："惟郢路之辽远兮，江与夏之不可涉。"郢路，指江陵境。

② 风流：《南史·张绪传》："刘悛之为益州，献蜀柳数株，枝条甚长，状若丝缕。时旧宫芳林苑始成，武帝以植于太昌灵和殿前，尝赏玩咨嗟曰：'此杨柳风流可爱，似张绪当年时。'"婀娜：状柔美。

③ 青楼：指美女住处。曹植《美女篇》："青楼临大路，高门结重关。"

冯浩注："全是借咏所思，上言其由京至楚，下言己之怜惜。"唐韩翃有《章台柳》词，寄其所恋柳氏。这诗赠柳，亦有所恋。写她在京城时光采映照，到楚地后参差不遇，相见更少。只听说风流柔美。桥回堤远正写不能亲近；行断意随，写行踪虽隔断，心意还是不舍。末联说不忍看她像柳絮那样飘泊，落到歌楼酒馆中去卖唱。

纪昀批："五六句空外传神，极为得髓，结亦情致可思。"钱锺书先生《管锥编》（一三六页）："'昔我往矣，杨柳依依。'按李嘉祐《自苏台至望亭驿怅然有作》'远树依依如送客'，于此二语如齐一变至于鲁，尚着迹留痕也。李商隐《赠柳》'堤远意相随'，《随园诗话》卷一叹为'真写柳之魂魄'者，于此二语遗貌存神，庶几鲁一变至于道矣。'相随'即'依依如送'耳。"《文心雕龙·物色》讲到描绘景物，主张"随物宛转"，"与心徘徊"，举"'依依'尽杨柳之貌"为"情貌无遗"。"依依"既描绘柳枝的柔弱，又写出依依不舍的感情，所以是兼写情貌。"远树依依如送客"，是借用"杨柳依依"，还落痕迹，只取它的依依不舍的感情。"堤远意相随"，写出了依依不舍的感情，但不用"依依"字，所以更进一步。这里用"风流""婀娜"来写它的风貌，也做到情貌无遗。末联还表达了对她身世的同情。这首诗句句咏柳，句句写人，写得又极贴切，确是咏物中的佳作。前四句对仗极工，用意联贯下来，也很不易。

河内诗二首①

鼍鼓沉沉虬水咽，秦丝不上蛮弦绝②。嫦娥衣薄不禁寒，蟾蜍夜艳秋河月③。碧城冷落空蒙烟，帘轻幕重金钩栏④。灵、香不下两皇子，孤星直上相风竿⑤。八桂林边九芝草，短襟小鬓相逢道⑥。入门暗数一千春，愿去闰年留月小⑦。栀子交加香蓼繁⑧，停辛伫苦留待君。　**右一曲楼上**

① 河内：犹河阳，河阳属河内郡。参见《河阳诗》注①。

② 鼍鼓：鼍皮鼓。沉沉：状无声。虬水咽：状铜壶滴漏声。《初学记·漏刻》："以铜为器，再叠差置，实以清水。下各开孔，以玉虬吐漏水入两壶。"此句指夜深。秦丝：指秦筝。蛮弦：少数民族的弦乐器。此句指夜深不奏乐。

③ 蟾蜍：癞虾蟆，相传月中有蟾蜍。夜艳：指秋月皎洁。嫦娥夜寒，指女的孤独寂寞。

④ 碧城：仙家居处，见《碧城》注①。空蒙：状夜雾迷蒙。金钩栏：饰金的曲折栏杆，指居处华贵。

⑤ 灵、香：道源注引《真诰》："（周）灵王第三女名观灵，于（王）子乔为别生妹。又有妹观香成道。"皇子：皇女。相风竿：候风竿，见《河阳诗》注⑱。

⑥ 八桂：《山海经·海内南经》："桂林八树，在番隅东。"九芝草：《汉书·宣帝纪》：神爵元年："金芝九茎，产于函德殿铜池中。"

⑦ 朱鹤龄注："仙家相逢以千岁为期，惟留待之切，故欲去闰年而留月

小也。”

⑧ 冯浩注：“栀子、香蓼，味皆辛苦，且皆夏时开花，与上文相映。”

阊门日下吴歌远，陂路绿菱香满满[⑨]。后溪暗起鲤鱼风，船旗闪断芙蓉干[⑩]。倾身奉君畏身轻，双桡两桨樽酒清。莫因风雨罢团扇，此曲断肠惟此声[⑪]。低楼小径城南道，犹自金鞍对芳草。　**右一曲湖中**

⑨ 阊门：苏州城西门。吴歌：吴地的歌，《乐府诗集·清商曲辞》有吴声歌曲。又江南弄有《采菱曲》。陂路：陂塘水路。绿菱：指《采菱曲》。

⑩《岁时记》：“九月风曰鲤鱼风。”李贺《江楼曲》：“楼前流水江陵道，鲤鱼风起芙蓉老。”芙蓉干：荷叶茎，与“芙蓉老”相应。

⑪ 团扇：《古今乐录》：“（谢）芳姿即转歌云：‘白团扇，憔悴非昔容，羞与郎相见。’”

这首诗分《楼上》《湖中》两曲，“楼上”指碧城十二楼，是仙家的楼。《碧城》是写唐出家公主的。出家公主的生活自与贵族豪门不同，不是彻夜笙歌。所以在夜深时不再奏乐，寂寞孤冷，像月中的嫦娥，只有月光相伴了。这里点明碧城，正指出家公主说的。“灵、香不下两皇子”，正指两位得道的公主，这是明写。“不下”也说明公主在楼上。“孤星直上”正写出家公主的相恋者，要登楼会出家公主。“八桂林边九芝草”，他是在八桂林边种仙草的道人，即在仙山修道的。“短襟小鬓”，写修道者的服饰打扮。仙家以千岁为期，希望能早日相会，所以望时间能过得快些。这也说明相待之久，所以有停辛伫苦的感叹。大概道人与出家公主相会，要等待一定的节日，如《中元作》，在中元节“空国来”道观观看盛大道场时，才可以相会。所以希望时间过得快些，盼望佳期。这首诗里写的出家公主与《碧城》的放纵者不同，她一定要等节日才能与修道者相会，是另一种情况。

第二首《湖中》曲，是写河内的歌女。这个歌女大概是从吴地来的，所以会唱吴歌，会唱《采菱曲》。她在黄昏时坐船唱吴歌。那时已是秋天，荷叶凋零了。她在船里侍候贵人，请贵人听歌饮酒，就怕不能得到贵人的欢心，又担心自己出身低微，唱出了断肠声来。断肠声即“憔悴非昔容，羞与郎相见”，这也同秋风起处，荷叶凋零相应。“低楼小径城南道”，当是歌女的住处。歌女走了，贵人还是骑马来找她，已是对芳草，人去楼空了。

这里第一曲写出家公主，指出她与道人相恋。第二曲写歌女，倾身侍奉贵人。这是河内的两种人。出家公主所恋的是道人，歌女所奉侍的是贵人，都与商隐无关。他写这两种人，是《碧城》《河阳诗》的补充，即是《碧城》以外的出家公主，《河阳诗》以外的歌女。对《碧城》中的出家公主他是揭露的，对这里写的出家公主和歌女，是同情的。这种同情，表现在“停辛伫苦留待君”和“莫因风雨罢团扇”里。对这两种贵贱不同的女子，他都能体察她们苦闷的心情，把这种心情写出来，这就是这首诗的意义。

河　阳　诗[①]

黄河摇溶天上来，玉楼影近中天台[②]。龙头泻酒客寿杯，主人浅笑红玫瑰[③]。梓泽东来七十里，长沟复堑埋云子[④]。可惜秋眸一脔光，汉陵走马黄尘起[⑤]。南浦老鱼腥古涎，真珠密字芙蓉篇⑥。湘中寄到梦不到，衰容自去抛凉天⑦。忆得鲛丝裁小卓，蛱蝶飞回木棉薄⑧。绿绣笙囊不见人，一口红霞夜深嚼⑨。幽兰泣露新香死，画图浅缥松溪水⑩。楚丝微觉竹枝高⑪，半曲新词写绵纸。巴陵夜市红守宫，后房点臂斑斑红⑫。堤南渴雁自飞久，芦花一夜吹西风⑬。晓帘串断蜻蜓翼，罗屏但有空青色⑭。玉湾不钓三千年，莲房暗被蛟龙惜⑮。湿银注镜井口平，鸾钗映月寒铮铮⑯。不知桂树在何处，仙人不下双金茎⑰。百尺相风插重屋，侧近嫣红伴柔绿⑱。百劳不识对月郎，湘竹千条为一束⑲。

① 河阳：在河南孟州，古为繁华胜地。江淹《别赋》："又若君居淄右，妾家河阳。同琼佩之晨照，共金炉之夕香。"

② 玉楼：《十洲记》"玉楼十二"。在昆仑山。中天台：《列子·周穆王》："西极之国有化人来。穆王乃为之改筑台，其高千仞，临终南之上，号曰中天之台。"

③ 龙头：盛酒器。《乐府诗集》卷四八《三洲歌》："湘东酃醁酒，广州龙头铛。玉樽金镂碗，与郎双杯行。"主人：指宴客的美人。红玫瑰：指嘴唇。

④ 梓泽：即晋富豪石崇的金谷园，在河阳，见《晋书·石崇传》。埋云子：埋如云的女子。指富豪取很多女子深藏于长沟复堑的园林里。

⑤ 一脔光：尝鼎一脔的眼波，指众女中被富豪看中的一位。汉陵：后汉诸帝陵在洛阳附近。走马黄尘起：指富豪挟美人迁走。

⑥ 南浦：送别处，借指南方。老鱼腥涎：指鱼书，信藏鱼腹，故沾有鱼腥。芙蓉篇：《诗品》："谢(灵运)诗如芙蓉出水。"信写得像荷花出水那样美好。

⑦ 衰容：指玉容憔悴。抛凉天：指南方炎热。

⑧ 鲛丝：鲛人织丝，见《七月二十八日梦作》注④。裁小卓：在小几上裁轻绡。蛱蝶飞回：指刺绣。木棉薄：在薄布上绣。

⑨ 红霞：或指红绒，刺绣时含在口内。或嚼槟榔作红色。

⑩ 幽兰：指画兰。浅缥：淡青白色。松溪水：似松溪水色。

⑪ 楚丝：犹湘弦，指琴瑟一类。竹枝：刘禹锡作朗州司马，仿民歌作《竹枝》，见《新唐书·刘禹锡传》。

⑫ 巴陵：在湖南岳阳。红守宫：壁虎。《博物志》："(壁虎)以器养之以朱砂。体尽赤，所食满七斤，治捣万杵，点女人支体，终身不灭，有房室事则灭。"此言女方被弃，关在后房。

⑬ 渴雁：冯浩注："自谓久飞始到，不意其人又被西风吹去。"

⑭ 冯浩注："其人去后，旧居空冷之象。"晓帘不卷，故蜻蜓飞来，翼为帘子所串断了。

⑮ 冯浩注："垂钓无人，莲房清冷，皆寓言也。"

⑯ 冯浩注："湿银，镜光。井口，镜形。"鸾钗：鸾形钗。映月：指其人已去，只有月照鸾钗了。

⑰ 桂树：月中桂树，指其人不知在何处。双金茎：《杜阳杂编》："更有金茎花，其花如蝶，每微风至，则摇荡如飞。妇人竞采之以为首饰。"当指一双姊妹花。

⑱ 相风：候风仪。《述征记》："又有相风铜乌，遇风乃动。"相风仪插在层楼上。嫣红柔绿：红花绿叶，状屋中无人。

⑲ 冯浩注："伯劳东飞与吹西风，应是其人已去，不识我犹在湘中悲思堕泪也。"

冯浩按："首二点地；三四追叙初会之欢；'梓泽'二句言被人取来；'可惜'二句言其遂有远行也；其行当赴湖湘，故'南浦'四句紧叙湘中寄书之事，其寄当在义山赴湘之先矣；'忆得'八句想见其在湘中之情事；'巴西（陵）'二句言其徒充后房，未尝专宠；'堤南'二句言我方来此，不料其人又将他往也；'晓帘'以下十二句则其人已去，帘屏犹在，遥忆银镜鸾钗，光寒色冷，徒令我见彼美之旧居，对月光而零泪矣。"冯浩所解有相合有不相合的。这首诗同《燕台诗》写的，当是一事，详见下"玉湾不钓三千年"句解。大概写《燕台诗》后，意犹未尽，再写此诗。两诗可以互相补充。如《燕台诗》在题目上点明这位女子被府主取去，这诗里对这点就不谈了。《燕台诗》不说这位女子原在何处，这诗里写明在河阳。《燕台诗》没有写这位女子的才艺，这诗里写她会绣蛱蝶，会画兰花，会弹瑟，会唱竹枝词，会谱曲，会写一手小楷，像真珠那样可贵，信写得像芙蓉出水那样美好。《燕台诗》写女方被取走后，"夜半行郎"，男方就去找她，对这次相会写得很细致，这诗里就不写了。《燕台诗》含蓄地写她的被弃，这诗点明"巴陵夜市红守宫，后房点臂斑斑红"。两诗又可互相印证，这诗写"真珠密字芙蓉篇"是"湘中寄到"，《燕台诗》也说"双珰丁丁联尺素，内记湘川相识处"。这诗里点明的"对月郎"，即《燕台诗》里的"夜半行郎"。这诗的"仙人不下双金茎"，即《燕台诗》里的"桃叶桃根双姊妹"。商隐写《燕台诗》时没有到过湖湘，因此《燕台诗》不是写他自己的事，这首诗是《燕台诗》的另一篇，自然也不是写他自己的事。冯浩把两首诗都作为商隐写自己的艳情，认为商隐与女方欢会，都是不确的，是不可能的。

在这首诗里，商隐写出了对这位河阳女子的同情。从她的开笑口来招待客人，裁轻绡来刺绣，会弹瑟，会唱竹枝歌，会谱曲子，会写小楷，再加上被贵人取去，她当是一位艺女，不同于女冠。冯浩把她同"玉阳学仙"的女冠相联系是不确的。商隐写她被富豪取去为"长沟复堑埋云子"，用"埋"字，表达了对她的深切同情。写她的画兰花，"幽兰泣露新香死"，用"泣"写她的悲泣，用"新香死"写她的"衰容"，焕发的容光都消失了。用“死”同“埋”相应，极写她命运的悲惨，用来衬出对相爱者的同情。“玉湾不钓三千年”，可与《河内诗》的“入门暗数一千春”对看，仙家相逢以千岁为期，三千年即可以有三次相逢的约会，但三次都没有钓鱼。从诗里看，第一次是“主人浅笑红玫瑰”，男的参加了女主人的宴会；第二次写在《燕台诗》里，“夜半行郎空柘弹”，夜半不能弹鸟，即不钓；第三次诗里写的“堤南渴雁自飞久，芦花一夜吹西风”，女方已去了。可见冯浩说男的与女方欢会的说法是不确的。“莲房暗被蛟龙惜”，写他的同情。他的同情在被压迫被抛弃者的一边，是可取的。

中　元　作[①]

绛节飘飖空国来，中元朝拜上清回[②]。羊权虽得金条脱，温峤终虚玉镜台[③]。曾省惊眠闻雨过，不知迷路为花开[④]。有娀未抵瀛洲远，青雀如何鸩鸟媒[⑤]。

① 中元：阴历七月十五日为中元节，道观寺院在这天大作斋醮，作盂兰盆会，置百味五果于盆中，延僧尼诵经施食，以解脱饿鬼之苦。见《岁华纪丽·中元》。

② 绛节：使者所持的红色符节，节上有毛，随风飘摇。空国来：京城中人全来了。上清：道家仙境，指道观。

③ 萼绿华以晋升平二年十一月十日夜降羊权家，赠以金玉条脱（手镯）各一枚。见《真诰》。东晋温峤从姑刘氏有一女，属峤觅婚，峤有自婚意，因下玉镜台一枚作定物。及婚，女以手披纱扇，大笑曰：“我固疑是老

奴。”见《世说新语·假谲》。两句指虽得女方赠物,但不能成为婚姻。

④ 雨过:梦中雨过,用楚王在高唐梦见神女典。迷路:东汉刘晨、阮肇入天台山采药迷路,遇两仙女,相邀回家。见《幽明录》。此两句指有人入道观与道姑欢好。

⑤ 有娀:《离骚》:“望瑶台之偃蹇(状高)兮,见有娀之佚(美)女。吾令鸩为媒兮,鸩告余以不好。”两句指有娀女不像仙山的仙女那样相隔遥远,仙女还可请青雀去问讯,有娀既近,怎么请鸩鸟作媒,鸩鸟既认为不好,即不能成为配偶。

冯浩按:“此亦为入道公主作。”皇帝派使臣持绛节来,她又去朝拜上清,这里点明是入道公主。羊权两句指入道公主有情人,但既已入道,故不能成婚。虽不成婚,但已与情人有好会,所以是讽刺。有娀不远,请青鸟作媒怎样,却让鸩鸟作媒,终于不合。仍回到入道不好婚配。

对这首诗,有一种说法,认为指商隐与入道公主有私。按商隐《碧城》三首写入道公主,是讽刺。这首诗写入道公主,也是讽刺。“闻雨过”用巫山神女来比入道公主,“为花开”用刘、阮与仙女同居来比入道公主,都是讽刺。写“闻雨过”,商隐只是听人说,没有碰见神女,更可证与商隐无关。

漫成三首[①]

不妨何范尽诗家,未解当年重物华[②]。远把龙山千里雪,将来拟并洛阳花[③]。

① 漫成：随意写成。杜甫《江上值水如海势聊短述诗》“老去诗篇浑漫与”，指随意付与，是论诗的，这里也用漫成来论诗。

② 何、范：《梁书·何逊传》：“弱冠，州举秀才。南乡范云见其对策，大相称赏，因结忘年交好。自是一文一咏，云辄嗟赏。”何逊诗以情词婉转胜，范云诗清便婉转，都是当时著名诗人。物华：景物的光采。

③ 龙山：在辽宁朝阳以北。鲍照诗：“胡风吹朔雪，千里度龙山。”何逊《范广州宅联句》范云作：“洛阳城东西，却作经年别。昔去雪如花，今来花似雪。”

沈约怜何逊，延年毁谢庄④。清新俱有得，名誉底相伤⑤？

④《梁书·何逊传》：“沈约亦爱其文，尝谓逊曰：‘吾每读卿诗，一日三复，犹不能已（止）。’”怜：爱。《南史·谢庄传》：“孝武尝问颜延之曰：‘谢希逸（庄）《月赋》何如？’答曰：‘美则美矣，但庄始知“隔千里兮共明月”。’帝召庄，以延之答语语之，庄应声曰：‘延之作《秋胡诗》，始知“生为久离别，没为长不归”。’帝抚掌竟日。”颜延之字延年。

⑤ 底：何事。

雾夕咏芙蕖，何郎得意初⑥。此时谁最赏？沈范两尚书⑦。

⑥ 何逊《看伏郎新婚诗》：“雾夕莲出水，霞朝日照梁。何如花烛夜，轻扇掩红妆。”

⑦ 沈范两尚书：沈约迁尚书令，范云迁尚书右仆射。范云《贻何秀才》“闻君饶绮思”，又《答何秀才》“少年射策罢，擢第云台中”。

《辑评》朱彝尊评：“此仿少陵《戏为六绝句》而作。”杜甫的《戏为六绝句》是论诗绝句的开头。这三首也是论诗绝句，不过借论诗来述怀。第一首论范云、何逊，认为范不如何。因为范把雪来比花，不能显出花的特色。第二首讲沈、何、颜、谢四位诗人，认为沈约爱何逊的诗才，这是好的。颜延之毁谤谢庄，两人互相讥评，是不好的。颜、谢两家诗，都有得于清新的好处，何事要互相毁伤呢？第三首赞美何逊，认为何逊得意的诗句，深得沈、范两位诗人的赞赏。何逊比较年轻，沈约、范云都是何逊的前辈。三首诗都赞美何逊。

商隐用何逊自比，他当时年轻而富有才华，跟何逊相似。开成三年，商隐去考博学宏词科，得到周墀、李回两学士的赏识，但也遭到他人猜忌，当时正是他和王茂元女儿结婚不久，所以说“何郎得意初”；又得到两学士的赞赏，所以说“沈范两尚书”；也遭人猜忌，所以说“延年毁谢庄”。冯浩注认为三首诗写在“不中选之前，虽已遭忌，尚未太甚，故语尤婉约”。是可信的。

无　题

照梁初有情，出水旧知名[①]。裙衩芙蓉小，钗茸翡翠轻[②]。锦长书郑重[③]，眉细恨分明。莫近弹棋局[④]，中心最不平。

① 宋玉《神女赋》："其始来也，耀乎如白日初出照屋梁。"曹植《洛神赋》："灼若芙蕖（荷花）出渌波。"写女子的容光焕发，又有情意。

② 裙衩：见《无题》"八岁偷照镜"注③。钗茸：宋玉《讽赋》："以其翡翠之钗挂臣冠缨。"用翡翠鸟羽装饰的钗，有绒毛，称茸。写服饰的华贵。

③ 锦书：唐武后《璇玑图序》称前秦苏蕙织锦为回文诗寄与夫窦滔。指妇人书信。郑重：《广韵》："殷勤也。"

④ 弹棋局：《梦溪笔谈》："棋局方二尺，中心高如覆盂，其巅为小壶，四角隆起。"按弹时两人对局，当指弹棋入壶。

这首诗冯浩《笺注》说："此寄内诗。盖初婚后，应鸿博不中选，闺中人为之不平，有书寄慰也。"当是。从锦书为妻寄夫书著眼，加以恨分明，则有不平的意思，与棋局的中心不平相联系。眉细和照梁出水，联系初日，正与初婚相应。初有情，当指初婚相爱，旧知名，当指婚前仰慕。

安定城楼①

迢递高城百尺楼，绿杨枝外尽汀洲②。贾生年少虚垂涕，王粲春来更远游③。永忆江湖归白发，欲回天地入扁舟④。不知腐鼠成滋味，猜意鹓雏竟未休⑤。

① 安定：郡名，唐称泾州安定郡，是泾原节度使府所在地，郡治在今甘肃泾川。当时商隐在泾原节度使王茂元的幕府里。

② 迢递：形容城墙的绵长缭绕。尽：尽处，指远处。汀洲：指泾水流至

泾川所汇集成的湖泊中的平地。

③ 贾生：汉朝贾谊年轻，通诸子、百家的书。他屡次上疏议论政事："臣窃惟(思)事势可为痛哭者一，可为流涕者二，可为长太息者六。"未得汉文帝重用。王粲，东汉末年人，他因乱避到荆州去投靠刘表，作《登楼赋》说："冀王道之一平兮，假高衢(大路)而骋力。"想为全国统一贡献力量，有不得志的感叹。

④ 永忆：长期想望。江湖：归隐的地方。归白发：到老了归隐。回天地：旋乾转坤，做一番大事业。入扁舟：坐小船。用春秋时范蠡帮助越王勾践灭吴以后乘扁舟泛五湖归隐的故事。

⑤《庄子·秋水》："惠子(施)相梁，庄子往见之。或谓惠子曰：'庄子来，欲代子相。'惠子恐，搜于国中三日三夜。庄子往见之，曰：'南方有鸟名鹓雏(凤凰属)，发于南海，而飞于北海，非梧桐不止，非练实(竹实)不食，非醴泉不饮。于是鸱(鹞鹰)得腐鼠，鹓雏过之，仰而视之曰："吓!"今子欲以子之梁国而吓我耶!'"此针对猜忌者而发。

开成二年春，商隐考中进士。冬，到兴元(今陕西汉中)令狐楚幕府。十一月，令狐楚病死，他送楚丧回长安。开成三年，商隐入泾原节度使王茂元幕府，娶王茂元女。到长安应博学宏词科考试，考官周墀、李回两学士录取了他，复审时被一"中书长者"抹去，落选后回泾原幕府，写了这首诗。商隐受到令狐楚的赏识，本在楚幕府做巡官。楚死后，到了王茂元幕府。令狐楚属于牛僧孺党，王茂元属于李德裕党。中书长者当是属于牛党的，所以排斥商隐，使他落选。商隐因此写了这首诗，表达自己的志愿和愤慨。

他用贾生、王粲来比，贾谊在年轻时就有替汉改定法令、创立制度的规划，受到排挤，使他对当前的时势痛哭流泪。王粲在荆州依靠刘表，要想为平治天下贡献力量，无法施展。商隐有旋乾转坤的抱负，想通过考试，进入朝廷，却被黜落，跟贾谊、王粲两人有相似的遭遇。商隐又“永忆江湖”，一直在想念归隐。估计旋乾转坤需要付出毕生的精力，所以只能希望头白时才归隐。纪昀评：“‘欲回’句言归老扁舟，舟中自为世界，如缩天地于一舟然。”把旋乾转坤的“回天地”说成“缩天地于一舟”，把商隐的大抱负看得太渺小了。再说那个中书省的长者把考试中选这事当作宝贝，在商隐眼中，那不过像鸱得到的腐鼠吧了，这里显出他的高尚志趣，故用鹓雏来比。

《辑评》何焯评：“此二句（五、六两句）亦是荆公一生心事，故酷爱之。”《蔡宽夫诗话》：“王荆公晚年亦喜称义山诗，以为唐人知学老杜而得其藩篱，惟义山一人而已。”即指“永忆江湖”等句。张采田《会笺》：“义山一生躁于功名，盖偶经失志，姑作不屑语以自慰也。”说他热中功名，考不上姑作看不起功名来自欺欺人。这样说，未免不了解商隐。商隐对甘露之变的态度，对刘蕡的哀悼，对李德裕的敬仰，都显示他要中兴唐朝的抱负。在这里，张采田未免太小看商隐了。

回中牡丹为雨所败二首①

下苑他年未可追，西州今日忽相期②。水亭暮雨寒犹在，罗荐春香暖不知③。舞蝶殷勤收落蕊，有人惆怅卧遥帷④。章台街里芳菲伴，且问宫腰损几枝⑤。

① 回中：在安定郡高平县，即今甘肃固原。

② 下苑：即曲江，见《病中早访招国李十将军》注①。西州：指安定郡。长安曲江的牡丹过去见过已无可追寻，今天在安定忽然看到牡丹。期：会。

③《汉武帝内传》:“(帝)以紫罗荐地,燔百和之香,以候云驾。”水亭边的牡丹因雨而感到寒意,虽然铺罗烧香还不暖和。

④ 蕊:花蕊,兼指花瓣。因花落而惆怅,不忍心看,所以卧在远远的帷帐里。

⑤ 章台街:见《赠柳》注①。芳菲伴:指柳。宫腰:宫女舞腰,比柳条。此言牡丹零落,想来柳条也要消瘦。

浪笑榴花不及春,先期零落更愁人⑥。玉盘迸泪伤心数,锦瑟惊弦破梦频⑦。万里重阴非旧圃,一年生意属流尘⑧。《前溪》舞罢君回顾,并觉今朝粉态新⑨。

⑥ 浪笑:空笑。《旧唐书·文苑传》:“(孔)绍安大业末为监察御史,监高祖之军,深见接遇。及高祖受禅,绍安自洛阳间行来奔,高祖见之甚悦,拜内史舍人(正五品上)。时夏侯端亦尝为御史,监高祖军,先绍安归朝,授秘书监(从三品)。绍安因侍宴,应诏咏《石榴诗》曰:‘只为时来晚,开花不及春。’”此指牡丹在不应零落时零落,比榴花赶不上春天开放更为可悲。

⑦ 玉盘:比牡丹花。《文选》左思《吴都赋》“渊客慷慨而泣珠”注:“鲛人临去,从主人索器,泣而出珠满盘,以与主人。”迸泪:泪珠飞溅,比雨水滴满花冠。数(shuò):多数。锦瑟惊弦:弹奏锦瑟的哀音使人心惊。见《锦瑟》注③。破梦频:多次打破好梦。看到雨打牡丹而伤心,归卧遥帷,听到雨声而惊心。

⑧ 万里重阴:满天阴云。非旧圃:不是在曲江旧花圃时所看到的那样美好。一年生意:一年中开花时的生机。属流尘:付给尘土,指花落。

⑨《前溪》舞:前溪在浙江武康,南朝时那里有歌舞,有《前溪歌》,称“花

落随流去,何见逐流还”。并:且。指花落尽以后再看看,会觉得今朝雨中牡丹的粉态还算新艳。

这两首诗写牡丹被雨打落,从惊弦里表达了惆怅、伤心的惜花之情。写背景是“寒犹在”,“暖不知”,是“万里重阴”;写雨中牡丹是“玉盘迸泪”。在这里,主要是烘托气氛,来借物抒情。一开头就用下苑与西州对比,再用重阴来同旧圃对比,即用曲江的牡丹盛况同回中的牡丹零落构成对比。唐朝考中进士的,在曲江赐宴,从这种对比里,当含有他考中进士时的盛况与考博学宏词科被黜落而回安定的心情在内。他本已考上,并不是像榴花的不及春;是被中书省长者把名字抹去,是不应黜落而黜落,正像“先期零落更愁人”。这就感到“万里重阴”,不再像曲江赐宴的情况了。这次考试被黜落的当不止他一人,想到当时同在曲江赐宴的芳菲伴,也要瘦损腰肢吧。落试归来,只有舞蝶殷勤相慰问。这种打击,恐怕不限于落试,还有比落试更甚的。所以觉得雨中牡丹粉态犹新,这里有进一步的感叹。这里写出诗人的敏感,他的落试不光是那个中书长者对他过不去,可能还牵涉到党派的纠纷,因此他的感慨更深了。这一切通过雨中牡丹表达出来,显示他的工于用形象来透露情思。

《辑评》纪昀评:“神乎唱叹,何处着一滞笔。第四句对面衬出,对法奇变,意亦妙远。结句言他日零落,更有甚于今日者。搀过一步,与长江‘并州故乡’同一运意。”这里指出,他的感叹是结合雨中牡丹来写的,是具体的,又是有寓意的,是情景结合,所以无一滞笔。四句指“罗荐春香暖不知”,作为水亭牡丹的衬托,水亭是实,罗荐是虚,所以说对法变化。最后“《前溪》”一联,是推进一层的写法,同贾岛《渡桑干》“无端更渡桑干水,却望并州是故乡”的推进一层的写法相似。

戏赠张书记[①]

别馆君孤枕，空庭我闭关。池光不受月，野气欲沉山。星汉秋方会，关河梦几还。危弦伤远道，明镜惜红颜。古木含风久，平芜尽日闲。心知两愁绝，不断若寻环[②]。

①《樊南文集》卷六有《祭张书记文》，张行五，名审礼。祭文称“始自渚宫”，当为湖北江陵人，为朔方节度使书记。又称“晚获联姻”，与商隐为连襟，亦王茂元婿。

② 寻环：犹循环。《史记·高祖本纪赞》：“三王之道若循环，终而复始。”

纪昀评：“戏张之忆家也，妙不伤雅。”从“星汉秋方会”看，正是七月七日夜牛郎织女渡河相会，可是张书记却离家在外，远隔关河，只好在梦里几次回去。两地相思，像循环不断。何焯评：“王介甫云：‘二语（指“池光”一联）虽杜少陵无以过’（见《蔡宽夫诗话》）。”从“野气欲沉山”看，是夜间的雾气将山隐没。加上七夕是上弦月，又有雾气，所以称“池光不受月”，上弦月影不可能倒映水中。但月还有光，在池水波动中闪闪发亮，所以称池光。这样写极为细致，用字又凝练，故得王安石称赏。还有“危弦”两句，“危弦”指弦急声悲，是伤道远难归，对明镜是惜青春易逝，这也属于戏赠。

无题二首

昨夜星辰昨夜风①，画楼西畔桂堂东。身无彩凤双飞翼，心有灵犀一点通②。隔座送钩春酒暖，分曹射覆蜡灯红③。嗟余听鼓应官去，走马兰台类转蓬④。

①《书·洪范》："星有好风。"含有好会的意思。

②《汉书·西域传》："通犀翠羽之珍。"如淳曰："通犀，谓中央色白，通两头。"指两心相通。

③ 邯郸淳《艺经》："义阳腊日饮祭之后，叟妪儿童为藏钩之戏，分为二曹（队），以校胜负。"隔座送钩，一队用一钩藏在手内，隔座传送，使另一队猜钩所在，以猜中为胜。射覆：《汉书·东方朔传》："上尝使诸数家（方术家）射覆，置守宫（壁虎）盂下射之，皆不能中。"把东西放在覆盖物下使人猜。

④ 听鼓应官：到官府上班，古代官府卯刻击鼓，召集僚属，午刻击鼓下班。走马：跑马。兰台：《旧唐书·职官志》："秘书省，龙朔（高宗年号）初改为兰台。"当时商隐在做秘书省校书郎。转蓬：《埤雅》："蓬，末大于本，遇风辄拔而旋。"指身如蓬草飞转。

闻道阊门萼绿华，昔年相望抵天涯⑤。岂知一夜秦楼客，偷看吴王苑内花⑥。

⑤ 阊门：江苏吴县（今属苏州）城西北门。吴王阖闾称为阊门。萼绿华：

传说中的女仙,陶弘景《真诰》:“以升平三年(东晋时)十一月十日夜降于羊权家。”指仙女。抵天涯:指相距极远。

⑥ 秦楼客:《列仙传》:“萧史善吹箫,作凤鸣。秦穆公以女弄玉妻之。”吴王苑内花:冯浩《笺注》:“暗用西施。”

这首诗从“走马兰台”看,当是商隐在开成四年做秘书省校书郎时所作。他上一年在泾原王茂元幕府,这年入京做校书郎,不久又调补弘农(在今河南灵宝)尉,流转不定,所以说“类转蓬”。这年,王茂元在泾原。当时商隐已与王的女儿结婚,所以称“一夜秦楼客”,那末“偷看吴王苑内花”指什么呢?冯浩《笺注》引赵臣瑗说,指商隐偷看王茂元家姬妾。但商隐在京做校书郎时,王在泾原,无从偷看。商隐在会昌二年再入京做秘书省正字时,王茂元在许州(今河南许昌)做忠武节度使,也无从偷看。因此,说商隐偷看王家姬妾之说显然不合。

那末“吴王苑内花”指什么呢?冯浩《笺注》指出:“或系王氏之亲戚,而义山居停于此,颇可与《街西池馆》及《可叹》等篇参悟。”《街西池馆》称“国租容客旅”,池馆里可以借住。《可叹》里说“幸会东城宴未回”,那他也在那里会过主人。又说:“宓妃愁坐芝田馆,用尽陈王八斗才。”他可能住在这样的豪家里,跟那个宓妃有情愫吧。吴王苑内花可能就指这个宓妃。那末上一首正是写他的“用尽陈王八斗才”了。

在昨夜的星光和好风中,在画楼西边桂堂东边,他在想望那位宓妃。他虽然不能到楼上去,但两人是心心相印的。他想象她在楼上隔座送钩,分曹射覆。他由于做了王茂元家的女婿,所以有机会看到这位宓妃。说偷看,表示不敢正视的意思。说“一夜”,指一朝,即有一天的意思,有一天成了王家的女婿,才有机会看到她。那位宓妃,正像仙女萼绿华那样,从前就闻名想望,只是相隔天涯,这时才有机会接近。但我忙于听鼓应官,走马兰台,身像蓬草流转不定,终难亲近罢了。

这首诗写“昨夜星辰昨夜风”,用了两个“昨夜”,写出这是不同寻常的星辰和风,这是昔年想望已久,而今可以一见的昨夜的星辰和风,这个昨夜特别可以珍惜,这里含蕴着深厚的感情。这里有奇思幻想,用彩凤灵犀,既表达对她不过是想望,又写出心心相印。还结合身世之感,为小官而奔走,类转蓬的身世,那么只是难得一见,难于亲近。这首诗情致缠绵,设色工丽,把可望而不可即的情境写出。构思奇妙,感慨深沉,圆转流美,精工富丽,尤其是前一首,成为《无题》中传诵的名篇之一。

张采田《会笺》:“萼绿华以比卫公(李德裕)。阊门在扬州(扬州亦有阊门),此指淮南(德裕曾为淮南节度使)。下言从前我于卫公可望而不可亲,今何幸竟有机遇耶!‘秦楼客’,自谓茂元婿也。义山本长章奏,中书掌诰,固所预期。当卫公得君之时,借党人之力,颇有立跻显达之望,而无如文人命薄,忽丁母忧也。此实一生荣枯所由判欤?”按“阊门萼绿华”为“吴王苑内花”,那末这个阊门只能指苏州的阊门,不能指扬州的阊门,不在淮南,与李德裕无关。李德裕当时为相,把他比作“吴王苑内花”,显得不伦不类。说商隐在做秘书省正字,是校正书籍文字的九品下小官。“中书掌诰”,是中书省的舍人,正五品上,才起草诏制,正字根本不可能到中书省去掌诰,因此张说是不可通的。

荆　山[①]

压河连华势孱颜[②],鸟没云归一望间。杨仆移关三百里[3]，可能全是为荆山。

① 荆山：在河南阌乡南，一名覆釜山，相传为黄帝铸鼎处。

② 压河连华：压黄河，连华山。孱(chán)颜：状高峻。

③《汉书·武帝纪》："元鼎三年冬，徙函谷关于新安，以故关为弘农县。"应劭曰："时楼船将军杨仆，数有大功，耻为关外民，上书乞徙东关，以家财给其用度。武帝意亦好广阔，于是徙关于新安，去弘农三百里。"

这首诗不说杨仆耻为关外民，请把函谷关东移三百里，使自己成为关内人。却说杨仆的移关，可能因为荆山的形势过于雄伟的缘故。这诗是感慨自己由京城调外，即由秘书省校书郎调补弘农尉，但不直说，借杨仆的移关来暗示，用意比较曲折，说移关为了荆山，来掩饰移关为了耻为关外民，是一个转折。从这个转折透露耻为京外官，是第二个转折，所以张采田《会笺》说："此义山独创之诗格也。"

十一月中旬至扶风界见梅花[1]

匝路亭亭艳，非时裛裛香[2]。素娥惟与月，青女不饶霜[3]。赠远虚盈手[4]，伤离适断肠。为谁成早秀？不待作年芳[5]。

① 扶风：今陕西凤翔一带。冯浩注："自凤翔扶风西南至兴元入蜀，西北至泾州也。"张采田《会笺》："余按：此调尉时乞假赴泾西迎家室之作。"指开成四年调补弘农尉，去泾元节度使幕迎家之作。

② 匝路：回绕着路旁。亭亭：状挺立。非时：十一月中旬不是开梅花时。裛(yì)裛：状香气浸染。

③ 素娥：嫦娥。与：赞助。青女：霜神。饶：宽恕。

④ 赠远：《御览》卷九七〇引《荆州记》："陆凯与范晔相善，自江南寄梅花一枝诣长安与晔，并赠范诗曰：'折花奉驿使，寄与陇头人。江南无所有，聊赠一枝春。'"

⑤ 早秀：早开。年芳：到年初开花。

十一月中旬不是梅树开花的时候，所以称为非时；开得早了，等不到年初开花，所以说"早秀"，"不待作年芳"。花绕着路旁开，不是开花的地方。这是借喻，比喻自己在年轻时已有名，得到令狐楚的赞赏，请他到幕府中去。但他考博学鸿词时，又受到排挤落第，不能进入朝廷，好像"不待作年芳"。

阴历十一月中旬，正是月满有霜，霜月正可作为梅花的映衬。《瀛奎律髓》方回批："此谓梅花最宜月，不畏霜耳。添用素娥青女四字，则谓月若私之而独怜，霜若挫之而莫屈者，亦奇。"纪昀："三四爱之者虚而无益，妒之者实而有损。"从咏梅说，月跟霜都可以作为衬托，在月下更显出梅花的风姿，在霜中更显出梅花的傲霜精神，这是方回的意思。但这个意思与诗句不合。诗句说嫦娥只是赞助月亮，不是赞助梅花，嫦娥使月光皎洁，不是为了梅花；青女不肯饶恕梅花，还要下霜来打击它。所以方回认为嫦娥特别爱它不合。纪昀认为爱它的是空的，对它无益；妒忌它的是实在的，对它有害。同"嫦娥唯与月"还有距离。不是嫦娥爱梅花是空的，是嫦娥并不爱梅花，她放出皎洁的月光，不是为了梅花。这两句还是自喻。嫦娥比喻府主，府主请他去管章奏，府主关心的是自己地位的升迁，并不关心他的地位；但妒忌他的人打击他，是给他带来害处，像妨碍他考中博学宏词。

赠远是折梅送给所怀念的远人，虽有盈手的梅花，还是看不到远人，所以是虚的。伤离断肠却是实的。这两句同前两句就虚实说有相似处，月的照映是虚而无助，霜的打击是实而有害。纪昀批："寓慨颇深，异乎以逃虚为妙远。"指出这首诗的特色，是有感慨的，是借物自喻，是有寄托的，跟摹写梅花神态的诗不同。

曲　江①

望断平时翠辇过，空闻《子夜》鬼悲歌②。金舆不返倾城色，玉殿犹分下苑波③。死忆华亭闻唳鹤，老忧王室泣铜驼④。天荒地变心虽折，若比伤春意未多⑤。

① 曲江：见《病中早访李十将军》诗注①。《旧唐书·文宗纪》：太和九年十月，"时郑注言秦中有灾，宜兴土功厌之，乃浚昆明、曲江二池。上好为诗，每诵杜甫曲江行(《哀江头》)云：'江头宫殿锁千门，细柳新蒲为谁绿？'乃知天宝以前，曲江四面皆有行宫台殿、百司廨署，思复升平故事，故为楼殿以壮之"。十一月有甘露之变，流血涂地，京师大骇。十二月甲申，敕罢修曲江亭馆。

② 望断：望极而不见。翠辇(niǎn)：皇帝的车，用翠羽饰车盖。子夜：《晋书·乐志》："《子夜歌》者，女子名子夜，造此声。孝武太元中，琅邪王轲之家有鬼歌《子夜》，则子夜是此时人也。"

③ 倾城色：汉李延年歌："北方有佳人，绝世而独立。一顾倾人城，再顾倾人国。"此句指后妃一去不返。下苑波：曲江水。指曲江水与御沟相通，引入宫中。

④《晋书·陆机传》:"(宦人孟玖)遂谮(陆)机于(成都王)颖,言其有异志。颖大怒,使(牵)秀密收机。(机)既而叹曰:'华亭鹤唳,岂可复闻乎!'遂遇害。"华亭在今上海松江,是陆机家乡。《晋书·索靖传》:"靖有先识远量,知天下将乱,指洛阳宫门铜驼,叹曰:'会见汝在荆棘中耳。'"

⑤ 天荒地变:指大变乱。李贺《致酒行》:"天荒地老无人识。"折:摧伤。伤春:借指悲唐王朝的没落。

这首诗有四种解释:一、张采田根据"金舆不返倾城色",在《会笺》里认为:"此诗专咏明皇贵妃事。首二句言曲江久废巡幸,只有'夜鬼悲歌',亟写荒凉满目之景。'金舆'一联,言'苑波'犹分'玉殿',而'倾城'已不返'金舆'矣,所谓'伤春'也。"按诗意认为伤春比天荒地老更为可悲,安史之乱属于天荒地老,那末杨贵妃的死,只是安史之乱中的悲剧,不属于伤春的范围,把伤春说成悼念贵妃,显然不确。二、也根据"金舆不返"句,冯浩《笺注》认为:"此盖伤文宗崩后,杨贤妃赐死而作也。杨贤妃有宠于文宗,阴请以安王为嗣。帝谋于宰相李钰,钰非之,乃立陈王成美。及仇士良立武宗,遂摘此事,谮而杀之。五六则以甘露之变作衬,而谓伤春之痛较甚于此。"他把伤春解作伤杨贤妃之死,看得比甘露之变更严重,跟诗意不合。三、朱鹤龄注称:"此诗前四句追感玄宗与贵妃临幸时事,后四句则言王涯等被祸,忧在王室,而不胜天荒地变之悲也。"那是说写天荒地变之悲,同诗里讲的伤春更胜于天荒地变不合。四,程梦星《笺注》:此诗专言文宗。起句言自从敕罢工役,无复临幸可望。次句言自从王涯等被祸,空有冤鬼之声。三句谓召取李孝本二女入宫,因魏謩谏而出之。下句谓初罢紫云楼彩云亭,但有水色波声而已。五句谓王涯、贾餗等被祸于宦官,下句谓郑覃、李石忧国之孤忠。八句言甘露之变固可伤，下句言开成元年正月赐百官宴于曲江，尤可伤也。把伤春说成宴百官于曲江，比甘露之变更可伤，显然不合。

这首诗的主旨是说伤春比天荒地变更可悲，伤春是悲春天的消逝，指唐王朝的没落，比大变乱更可悲。因为大变乱还可以平定，而唐王朝的没落却无法挽救。天荒地变的大变乱指安史之乱，安史之乱使金舆不返，杨贵妃被缢死在马嵬坡，但曲江的水还分流入宫庭，唐王朝还有振兴之望。到了甘露之变，宰相骈戮，太监专权，唐王朝趋向没落，比安史之乱更为可悲。商隐的卓识深心，从中透露出来。《辑评》引何焯批看到了这诗的用意："发端言修曲江宫室，本升平故事，今则望断矣。第三言当时仅妃子不返，天子犹复归南内。若今之椓人（宦官）制命，宰相骈首孥戮，王室将倾；岂止天宝之乱，蕃将外叛，平荡犹易乎？故落句反复嗟惜，有倍于天荒地变也。"

咏　史

历览前贤国与家，成由勤俭破由奢[①]。何须琥珀方为枕，岂得真珠始是车[②]。运去不逢青海马，力穷难拔蜀山蛇[③]。几人曾预《南薰曲》，终古苍梧哭翠华[④]。

①《韩非子·十过》："昔者戎王使由余聘于秦，穆公问之曰：'愿闻古之明主得国失国何常以（因）？'由余对曰：'臣尝得闻之矣：常以俭得之，以奢失之。'"

②《西京杂记》："赵飞燕为皇后，其女弟在昭阳殿，遗飞燕书曰：今日嘉辰，贵姊懋膺洪册，谨上襚（衣物）三十五条，以陈踊跃之心！……琥珀

枕……”琥珀，由树脂形成的化石。《史记·田敬仲完世家》：“梁（惠）王曰：‘若寡人国小也，尚有径寸之珠照车前后各十二乘者十枚，奈何以万乘之国而无宝乎？’”

③《隋书·西域传·吐谷浑》：“青海周回千馀里，中有小山，其俗至冬辄放牝马于其上，言得龙种。吐谷浑尝得波斯草马，放入海，因生骢驹，能日行千里，故时称青海骢（青白色马）焉。”《蜀王本纪》：“天为蜀王生五丁力士，能徙山。秦献美女于蜀王，王遣五丁迎女。还至梓潼，见一大蛇入山穴中，五丁共引蛇，山崩，压杀五丁，化为石。”冯浩《笺注》：“句意本刘向《灾异封事》：‘去佞则如拔山。’”

④ 南薰曲：相传舜作《南风》诗：“南风之薰兮，可以解吾民之愠兮。”见《史记·乐书·集解》引《尸子》。苍梧：即九疑山，在湖南宁远南。《史记·五帝纪》：“（舜）南巡狩，崩于苍梧之野。”翠华：司马相如《上林赋》：“建翠华之旗。”用翡翠鸟羽装饰的旗，指天子仪仗，代指文宗。

这首诗，开头两句好像是抽象的议论，不像诗。实际上它不是在发议论，是说像文宗那样勤俭，应该使国家兴盛的，怎么反而破败呢？这里充满着惋惜和同情，是抒情而不是议论。这样通过表面上的议论来抒情的写法是很特别的。接下来就写文宗的俭朴，在宫内不用琥珀枕，出外不用照乘珠。即力崇俭朴，不用珍宝。那末怎么会使国家走向失败呢？是国运已去，没有碰到千里马。千里马像杜甫《房兵曹胡马》说的：“所向无空阔，真堪托死生！”能够突破各种艰险，可以把性命相托的。文宗所信赖的李训、郑注都没有这样才能，不可信赖，反而坏事。那时的宦官掌握禁军，盘据朝廷，象蜀山大蛇，难以拔除。文宗好诗，夏日念柳公权诗“薰风自南来，殿阁生微凉”，称为“辞清意足，不可多得”。张采田《会笺》称文宗“诏太常卿冯定采开元雅乐，制《云韶法曲》、《霓裳羽衣舞曲》。义山开成二年登第，恩赐诗题《霓裳羽衣曲》，故结语假事寓悲，沉痛异常”。几人曾经听过文宗所颁布的雅乐，参预过文宗赐题的考试，终古哀悼文宗在太监扼制下悒郁死去。

垂　　柳

娉婷小苑中，婀娜曲池东[①]。朝佩皆垂地，仙衣尽带风[②]。七贤宁占竹，三品且饶松[③]。肠断灵和殿，先皇玉座空[④]。

① 娉婷(pīng tíng)：状女子姿态美好。婀娜：柔美。
② 朝佩：上朝礼服的佩带，比柳条。仙衣：比柳枝在风中飘拂。
③ 七贤：《世说新语·任诞》："陈留阮籍、谯国嵇康、河内山涛，三人年皆相比，康年少亚之。预此契者，沛国刘伶、陈留阮咸、河内向秀、琅邪王戎，七人常集于竹林之下，肆意酣畅，故世谓七林七贤。"三品：《嵩山志》称少林寺有唐代武后封的三品松。
④ 见《赠柳》注②。

商隐一共写了十四首柳诗，这首《垂柳》，是反映他的政治态度的。冯浩《笺注》："此借喻朝贵之为新君所斥者，语意显豁，当在文宗后作。"何焯评："落句谓文宗。"从"先皇玉座空"看，是确有所指的，说是指文宗。那末垂柳是比文宗朝的风流人物，像灵和殿的垂柳。前四句写他的风流，正像南齐的张绪。程梦星注："五六因柳而及于竹，柳不让竹，竹乃以七贤得名；又因柳而及松，柳不让松，松且以三品骊贵。喻当时之得志者也。"写那位像风流张绪，他在朝中，虽不像七贤的有贤名，也不像三品松的地位高，但他的风流并不让竹和松。到先皇去世，他却肠断灵和殿，受到新皇的排斥。这个垂柳比谁不清楚，冯浩说:“或者垂柳即垂杨，暗寓嗣复之姓欤?”《旧唐书·杨嗣复传》称嗣复深得文宗信赖，与郑覃、陈夷行持论不合，“帝方委用，乃罢郑覃、夷行知政事，自是政归嗣复”。武宗即位，出嗣复为湖南观察使，再贬潮州刺史。因此嗣复对文宗的感情是很深的，说肠断是切合的。程梦星以垂柳为商隐自指，“文宗开成二年登第，故不能已于成名之感”。按唐代中进士不能入官，用来比灵和殿前垂柳，显然不合。

这首诗写垂柳极切，垂柳枝条甚长，状若丝缕，所以比垂地的朝佩，迎风的仙衣。这株垂柳正是种于灵和殿的，故可与竹松比美。它的寄托也极切，朝佩和七贤、三品正指朝官，灵和殿在宫内，加上先皇，用指风流张绪亦极切合。商隐咏柳的诗，除这首借来咏政治外，还有借柳来咏身世之感的，参见《柳》“曾逐东风拂舞筵”;有借柳来写艳情的，见《柳》“动春何限叶”。把这三首咏柳的诗结合起来，可以看到商隐咏柳诗的全貌。

酬别令狐补阙①

惜别夏仍半，回途秋已期。那修直谏草，更赋赠行诗②。锦段知无报，青萍肯见疑③。人生有通塞，公等系安危④。警露鹤辞侣，吸风蝉抱枝⑤。弹冠如不问，又到扫门时⑥。

① 开成五年，令狐绹为左补阙、史馆修撰。绹为令狐楚子，字子直。举进

士，累官至左补阙、右司郎中，出为吴兴太守。宣宗时召入知制诰，累官同平章事，辅政十年。

② 夏半告别，回来时已经秋天，过了预定时期，承你赋诗送行。绹任左补阙，所以提直谏草。

③ 张衡《四愁诗》："美人赠我锦绣段，何以报之青玉案。"陈琳《答东阿王笺》："君侯体高俗之材，秉青萍干将之器。"青萍，宝剑名。邹阳《狱中上书自明》："臣闻明月之珠，夜光之璧，以暗投人于道，众莫不按剑相眄者，何则，无因而至前也。"此指绹赠诗情意难以酬答，己之答诗如以青萍相投，岂肯相疑。

④ 通指绹的入朝任左补阙、史馆修撰，塞指己任弘农尉被观察使孙简罢官等。安危指进贤人则国安，任小人则国危，暗含希望绹推荐的意思。

⑤《风土记》曰："鸣鹤戒露，此鸟性警，至八月，白露降，流于草上，点滴有声，因即高鸣相警，移徙所宿处。"温峤《蝉赋》："饥吸晨风，渴饮清露。"

⑥《汉书·王吉传》："王吉字子阳。吉与贡禹为友，世称王阳在位，贡公弹冠，言其取舍同也。"《史记·齐悼惠王世家》："魏勃少时，欲求见齐相曹参，家贫，无以自通，乃常独早夜扫齐相舍人门外。相舍人怪之，得勃。勃曰：'愿见相君。'于是舍人见勃，言事，参以为贤，言之齐悼惠王，悼惠王召见，则拜为内史。"

这首诗作于开成五年，已在商隐入王茂元幕，与茂元女结婚以后。这时，令狐绹和商隐的关系，表面上还是好的，实际上已由亲密转向疏远。商隐同绹告别，绹还赋诗相赠，表达了表面上的友情。实际上，商隐已经感觉到他对自己的态度，"青萍肯见疑"，一方面认为商隐是有才华的，是青萍，一方面有些不信任，说"肯见疑"，岂肯见疑，实际上已经见疑，从这里已显示有些嫌隙了。说到自己的抑塞，希望他推荐，忽然又提到鹤的警露，蝉的哀鸣，弹冠如不问，要扫门，变成极为疏远,若不相识,所以提到是否荐贤,是安危所系了。

纪昀批:"曲折圆劲,甚有笔力。末二句太无骨格,遂使全篇削色,凡归宿处最吃紧。"曲折正指赋诗赠别之情,有如赠我锦绣缎,忽然转入青萍见疑,又转入通塞安危,但意思圆足。三联警露吸风正由于绹的见疑,所以要警露远避,抱枝哀鸣了。"弹冠如不问"要扫门了,这是承接哀鸣来的。哀鸣以后,倘绹还是不理,就只好辞侣远行,或陈情哀鸣。弹冠两句正是从哀鸣如不问来的。纪昀认为"太无骨格",即认为哀鸣以后,如果不理,就该走了,不必扫门。其实商隐正是这样做的,他去桂府,去东川,正因绹的不肯引荐而走的。但是走了以后,却不能贯彻他的志事,即欲回天地,所以还想回到朝廷,要想到扫门了。扫门不是无骨格,正是为了实现大的志愿,不妨委屈一下自己,这是他同隐士不同的地方,不是无骨气。

赠刘司户蕡[①]

江风扬浪动云根,重碇危樯白日昏[②]。已断燕鸿初起势,更惊骚客后归魂[③]。汉廷急诏谁先入?楚路高歌自欲翻[④]。万里相逢欢复泣,凤巢西隔九重门[⑤]。

①《新唐书·刘蕡(fén)传》:字去华,昌平(在今北京市)人。大和二年,举贤良方正能直言极谏。是时第策官冯宿、贾悚、庞严见蕡对嗟伏,以为过古晁、董,而畏中官(太监)眦睚(指嫉恨),不敢取。蕡对后七年,有甘露之难。令狐楚、牛僧孺节度山南东西道,皆表蕡幕府,授秘书郎,以师礼礼之。而宦人深嫉蕡,诬以罪,贬柳州司户参军,卒。

② 云根：《公羊传》僖公三十一年："触石而出，肤寸而合，不崇朝而遍雨乎天下者，唯泰山尔。"因称石为云根。碇：系船的石墩。危樯：指高樯。

③ 燕鸿：燕地的鸿，比刘蕡是燕人。初起势：开始要起飞，指刘受宦官打击，对策落第。骚客：屈原被谗放逐，作《离骚》，故称骚客。后归魂，指刘的遭远贬，魂梦难归。

④ 汉廷句：《汉书·贾谊传》："以谊为长沙王太傅。后岁馀，文帝思谊，征之至。"贾谊被汉朝急诏召回，谁能像他那样先回，指刘蕡不会被召回。楚路高歌：《论语·微子》："楚狂接舆歌而过孔子，曰：'凤兮凤兮，何德之衰。'"刘蕡在楚，故称楚路。翻：转，转变原意，接舆的歌说德衰，刘蕡德不衰，所以是意欲翻。

⑤ 凤巢：《帝王世纪》："（黄帝时，凤凰）止帝之东园，或巢于阿阁（四面有檐溜的屋）。"九重门：宋玉《九辩》："君之门兮九重。"指朝廷。这是说刘蕡跟西北的朝廷相隔极远，不能回朝。

这首诗，是刘蕡被贬为柳州司户参军，在去柳州的路上，与商隐相遇，商隐写来送他的，所以称司户。令狐楚在开成元年为兴元尹，那末楚表蕡幕府，当在开成元年；牛僧孺在开成四年为襄州刺史，那末僧孺表蕡幕府，当在开成四年。会昌二年，僧孺留守东都，刘蕡贬柳州司户，可能在会昌元年或二年。张采田《会笺》称"《新传》（《新唐书·刘蕡传》）载昭宗诛韩全诲等，左拾遗罗衮讼蕡曰：'身死异土，六十馀年。'是岁天复三年癸亥(903)，上距会昌四年甲子(844)，得六十年。蕡当于会昌元年春初贬柳，路经湘潭，与义山晤别。"刘蕡在大和二年对策，指出"宫闱将变，社稷将危，天下将倾，海内将乱"。到大和九年，就有甘露之变，刘蕡的对策不幸言中，宦官更加横暴，终于诬陷刘蕡，把他贬到柳州。当时宦官的气焰不可一世，文宗也受到压制。正像"江风扬浪"，弄到"白日昏"；虽然刘蕡坚定得像石，像重碇，也被吹动，有重碇的舟也陷入险境。刘蕡像鸿鹄那样起飞，就被狂风吹折了。他又被远贬，魂梦难归。他既不能回到朝廷，就无法挽救唐朝的危亡，所以“欢复泣”，为相逢而欢喜，为刘蕡的被贬，为唐朝的末落而泣，一结中充满深沉的感叹。

这首诗善于用比喻，从江风到云根，从重碇到白日昏，从燕鸿到凤巢都是。从比喻中表达出无限深情。

潭　州①

潭州官舍暮楼空，今古无端入望中②。湘泪浅深滋竹色，楚歌重叠怨兰丛③。陶公战舰空滩雨，贾傅承尘破庙风④。目断故园人不至，松醪一醉与谁同⑤。

① 潭州：唐为潭州长沙郡，今湖南长沙。

② 暮楼空：即“目断故园人不至”，等待的人不到，所以说楼空。无端：没来由。

③《述异记》：“湘水去岸三十里许，有相思宫、望帝台。昔舜南巡而（殁），葬于苍梧之野。尧之二女娥皇女英（舜妃）追之不及，相与恸哭，泪下沾竹，竹上文为之斑斑然。”《史记·屈原传》：“楚人既咎子兰以劝怀王入秦而不反也。”朱鹤龄注：“《楚辞·九歌》称澧兰秋兰者不一，故曰重叠怨兰丛。”

④《晋书·陶侃传》：“陈敏之乱，（刘）弘以侃为江夏太守，加鹰扬将军。敏遣其弟恢来寇武昌，侃出兵御之。（弘）又加侃为督护，侃乃以运船为战舰，于是击恢，所向必破。”《西京杂记》：“贾谊在长沙，鹏鸟集其承

尘。长沙俗以鵩鸟至人家，主人死，谊作《鵩鸟赋》齐死生，等荣辱，以遣忧累焉。”《释名》：“承尘，施于上以承尘土也。”指天花板。《寰宇记》：“贾谊庙在长沙县南六十里，庙即谊宅。”

⑤ 故园：故乡。松醪：《本草》：“松叶、松节、松胶皆可为酒。”

何焯评：“此随郑亚南迁而作，第三思武宗，第四刺宣宗，五六则悲会昌将相名臣之流落也。《楚词》以兰比令尹子兰，盖指白敏中、令狐绹。”这首诗是有寓意的。寓意在“今古”中透露。诗里写的湘泪、楚歌、陶公战舰、贾傅承尘，都是古，没有今；但明提“今古”，可见是借古喻今。“今古”又同“浅深”“重叠”相应，或者泪痕有今古，所以分浅深；怨恨有今古，所以称重叠。寓意又在“无端”中透露。何焯评：“无端二字有怨意，要知只是自己无聊，与古人原无与。惟其意有未得，故无端所见皆增悲感，观首末可知。”再就寓意说，今的湘泪指思武宗，《通鉴》武宗会昌六年：“武宗疾困，顾王才人曰：‘我死，汝当如何？’对曰：‘愿从陛下于九泉（地下）。’武宗以巾授之。武宗崩，才人即缢。”这是今的湘泪。今的楚歌，宣宗即位，白敏中同平章事，李德裕集团屡被斥逐，令狐绹召拜考功郎中，又知制诰，充翰林学士。怨子兰指白敏中、令狐绹亦是。陶公战舰、贾傅承尘是古，今则成为空滩破庙。何焯评：“雨中坏舰，风中破庙，使人不堪回首。”这两句，程梦星称李德裕“立功于东川回鹘者，不啻（止）陶侃长沙之功，立言于丹扆六箴（指对君主的箴谏），无异贾谊治安之策也。”李德裕的功高陶侃，规划同于贾谊，却被罢斥，引起无限感慨。这首诗借怀古来讽今抒怀，表面上在怀古，他的感怀只在个别词中透露，是耐人寻味的。开头的“官舍暮楼空”，与结尾的“故园人不至”相呼应，但所指不明。张采田《会笺》以为指李回，恐不确。

楚　　宫[①]

湘波如泪色漻漻，楚厉迷魂逐恨遥[②]。枫树夜猿愁自断，女萝山鬼语相邀[③]。空归腐败犹难复，更困腥臊岂易招[④]。但使故乡三户在，彩丝谁惜惧长蛟[⑤]。

① 大中二年，商隐离桂北归，五月至潭州（今长沙），诗或作于此时。

② 漻漻（liáo）：状水清而深。厉：鬼无依则为厉。楚厉，指屈原的冤魂。

③ 枫树：《招魂》："湛湛（状水深）江水兮上有枫，目极千里兮伤春心。"夜猿：《九歌·山鬼》："猿啾啾兮狖夜鸣，风飒飒兮木萧萧。"又："若有人兮山之阿（曲处），被薜荔兮带女萝。既含睇兮又宜笑，子慕予兮善窈窕。"女萝，松萝，地衣类，自树梢悬垂，全体丝状如带。

④ 腐败：指尸体腐败。复：《礼记·檀弓》："复，尽爱之道也。"注："复谓招魂。"腥臊指鱼。《韩非子·五蠹》："民食果蓏蚌蛤腥臊恶臭而伤害腹胃。"屈原投江而死，葬身鱼腹。

⑤ 三户：《史记·项羽纪》："楚南公曰：'楚虽三户，亡秦必楚也。'"指只要楚人在，一定要纪念屈原。彩丝：《续齐谐记》："屈原五月五日投汨罗水，楚人哀之，至此日，以竹筒子贮米投水祭之。汉建武中，长沙区曲忽见一士人，自云三闾大夫（即屈原），谓曲曰：'闻君当见祭，甚善。常年为蛟龙所窃。今若有惠，当以楝叶塞其上，以彩丝缠之，此二物蛟龙所惮。'曲依其言。"

《史记·贾谊传》："及渡湘水，为赋以吊屈原。"商隐在大中二年五月至长沙，可能也在那时写这首诗来吊屈原。说湘水如泪，正写楚人悼念的深切，屈原的冤魂随江水远去，抱恨无穷。他所看到的只是江上的枫树，听到的只是猿的哀鸣，望断千里，愁肠自断，能够和他作伴的，只有山鬼。这一联刻划屈原的遗恨，就用《楚辞》的《招魂》《山鬼》中语来写，所谓“传神空际”，是商隐诗中最擅长的写法。他不执着写屈原，只写出一种意境，确是屈原作品中所构成的意境，反映屈原当时的心情，所以写得成功。接下来写他的投江，葬身鱼腹，遗体败坏，难以招魂。归结到楚人对他的悼念，只要有三户在，就要在端午日用彩丝裹粽子来祭他。屈原忧国殉身，死后楚日以削，数十年竟为秦所灭。他的殉身，并不能引起楚国君臣的醒悟，所以设想他的冤魂的沉痛，寄托着作者深沉的哀思。

七月二十八日夜与王郑二秀才听雨后梦作

初梦龙宫宝焰燃[①]，瑞霞明丽满晴天。旋成醉倚蓬莱树，有个仙人拍我肩[②]。少顷远闻吹细管，闻声不见隔非烟。逡巡又过潇湘雨，雨打湘灵五十弦[③]。瞥见冯夷殊怅望，鲛绡休卖海为田[④]。亦逢毛女无憀极，龙伯擎将华岳莲[⑤]。恍惚无倪明又暗，低迷不已断还连[⑥]。觉来正是平阶雨，未背寒灯枕手眠。

① 龙宫：龙宫始见于佛经，如《法华经・提婆达多品》有“娑竭罗龙宫”。龙宫多宝藏。

② 郭璞《游仙诗》:“左挹浮丘袖,右拍洪崖肩。”浮丘、洪崖皆仙人。
③ 逡巡:顷刻,不一会。湘灵五十弦:湘水女神鼓瑟,瑟有五十弦。《楚辞·远游》:“使湘灵鼓瑟兮,令海若舞冯夷。”海若,海神。冯夷,河神,这里指水神。
④ 鲛绡:《博物志》:“南海水有鲛人,水居如鱼,不废织绩。从水中出,寓居人家积日,卖绡将去,泣而成珠满盘,以与主人。”此言海已变田,不要卖鲛绡了。
⑤ 毛女:仙女,字玉姜,秦始皇宫人,逃入华阴山中,形体生毛。遇道士教食松叶,遂不饥寒。见《列仙传》。无憀,同无聊,无依靠。龙伯:巨人,在海中钓鱼,一钓而连六鳌。见《列子·汤问》。华岳莲:韩愈《古意》:“太华峰头玉井莲,花开十丈藕如船。”
⑥ 无倪:无边际。低迷,迷蒙。两句状梦中情态。

这首诗何焯解:“述梦即所以自寓。”是对的,即冯浩说:“假梦境之变幻,喻身世之遭逢也。首二句比宫阙之美富;三四比为秘省清资(指作校书郎),仙人指注拟之天官,必非犹谓座主也;五六比外斥为尉,尚得闻京华消息,而地已隔矣;七八指湘中之游;九似以冯夷比杨嗣复,取弘农、华阴之居也;十喻又有变更,我无所依;十一二谓得见意中之人,而总不可攀;十三十四虚写总结。”冯说大体可信,但后面几句解释不确。

梦龙宫写进入皇宫,认为前途光明,所以瑞霞明丽。蓬莱比秘书省,仙人拍肩,正指他被分配去任校书郎。少顷即不久调为弘农尉,离开皇宫,所以是远闻皇家消息了。又过潇湘雨,离开弘农到了湖南,“雨打湘灵”极写心中的愁苦。去湖南依湖南观察使杨嗣复,杨嗣复被贬为潮州司马,所以“瞥见冯夷殊怅望”。“海为田”,沧海桑田,极见朝局的变化,所以“鲛绡休卖”了。他要进杨嗣复幕府,杨又贬官,鲛绡没有人买了。湘灵鼓瑟是在湘江中,即水中,毛女在山里,山里的毛女可在水中相见，何焯批“高岸为谷”，所以毛女到了水里了。龙伯是在海里钓鳌鱼的，却擎着华山顶上的莲花，不正是“深谷为陵”吗？这正说明朝政变化的剧烈。所以虽像毛女、龙伯那样的仙人，也感到无所依靠，更不要说自己了。这就是借梦境以自寓了。

朱彝尊批：“律诗而无对偶，古诗而叶今调，此格仅见。”冯浩按：“诗系古体，古体原有似律者，观初唐人集便晓，无庸故为高论。”按朱批是，冯按非。初唐诗，如王勃《滕王阁》：“滕王高阁临江渚，佩玉鸣鸾罢歌舞。”用仄韵不合律调。卢照邻《长安古意》：“长安大道连狭斜，青牛白马七香车。”两句平起不合律调。沈佺期《入少密溪》用“斜”“花”转“口”“后”韵，不合律韵。所以说“观初唐人集便晓”，不确。又朱批：“‘独背寒灯’则二秀才已去矣，此不点题而衬题之法。”

七月二十九日崇让宅宴作[①]

露如微霰下前池，风过回塘万竹悲。浮世本来多聚散，红蕖何事亦离披[②]。悠扬归梦惟灯见，濩落生涯独酒知[③]。岂到白头长只尔，嵩阳松雪有心期[④]。

①《韦氏述征记》：“洛阳崇让坊有河阳节度使王茂元宅。”
② 红蕖：红荷花。离披：分散，指零落。
③ 濩(huò)落：空廓，廓落。
④ 嵩阳：嵩山南，在今河南登封。

露下风过写秋天景物，何焯批：“(谢庄)《月赋》：‘凉夜自凄，风篁成韵。'"可作比照。浮世联,朱彝尊批:"情深于言,义山所独。"看到荷花的花瓣零落,感叹人生的漂泊,聚散不定,移情于景。这里提出"本来"和"何事",在情景相对中作比较说明,见得人生本多聚散,更觉难堪。这样通过比较来作对,是另一种表达法,较为少见。纪昀批:"已开宋派。三四对法活似江西派不经意诗。"按江西派诗,如黄庭坚《寄黄幾复》:"桃李春风一杯酒,江湖夜雨十年灯";陈师道《九日寄秦观》:"九日清樽欺白发,十年为客负黄花。"都是情景相对,所以说三四情景对举近于宋派。但三四一句情一句景,在相对中用比较的词,又有它的特色。从"归梦唯灯见","生涯独酒知"里,极写思乡之切,孤独之感。梦贴切灯字,见得夜中只一灯相伴。生涯贴切酒字,见得只有借酒浇愁。冯浩注:"此在崇让宅宴别,而下半全从闺中着笔。时义山与妻京洛分处,结言终图偕隐。"当得诗意。

哭刘蕡[①]

上帝深宫闭九阍,巫咸不下问衔冤[②]。黄陵别后春涛隔,湓浦书来秋雨翻[③]。只有安仁能作诔,何曾宋玉解《招魂》[④]?平生风义兼师友,不敢同君哭寝门[⑤]。

① 刘蕡:见《赠刘司户蕡》注①。

② 九阍:天帝的宫门九重。巫咸:古神巫。屈原《离骚》:"巫咸将夕降兮,怀椒糈(椒香拌精米)而要(邀)之。"指朝廷不来查问刘蕡的冤屈,无可控诉。

③ 黄陵:在湖南湘阴,是商隐与刘蕡相会处。春涛隔:分别时在春天,黄

陵当湘水入洞庭湖处。湓浦：即浔阳，在今江西九江。秋雨翻：在秋雨倾盆时得刘蕡去世的噩耗。

④ 安仁：晋潘岳字，他善作哀诔(lěi)。诔是叙述死者生前行事的哀悼文。招魂：《楚辞》中的《招魂》，王逸认为是宋玉招屈原魂而作。这是说，他只能写点哀诔文，却无法招魂，使刘蕡复生。

⑤ 风义：风度节操，指在《对策》中敢于抨击宦官。同君：与君同等，即看作朋友。哭寝门：《礼记·檀弓》："孔子曰：'师，吾哭诸寝；朋友，吾哭诸寝门之外。'"即不敢看作朋友，看作老师。

对刘蕡的死，首先是谴责朝廷。宦官诬陷刘蕡，朝廷不加省察，让他冤死，这里充满着作者的愤慨悲痛。回想黄陵一别，江湖悬隔，湓浦书来，即得噩耗。他除了作诗痛悼，实无起死之力。最后对刘蕡的节概，表达了极为尊敬的心情。《旧唐书·刘蕡传》说令狐楚、牛僧孺"以师礼礼之"。在对待刘蕡的态度上，商隐与令狐楚、牛僧孺一致，这也说明他并没有背离牛党而亲近李党的党派观点。

哭刘司户二首[①]

离居星岁易[②]，失望死生分。酒瓮凝馀桂，书签冷旧芸[③]。江风吹雁急，山木带蝉曛。一叫千回首，天高不为闻。

① 冯浩《笺注》："玩诗语虽贬柳州，而实卒于江乡，似未至贬所也。"

② 星岁：指岁月，言岁月改变，即过了一年。

③ 桂：桂酒，屈原《九歌·东皇太一》："奠桂酒兮椒浆。"芸：芸香，鱼豢《魏略》："芸香辟纸鱼蠹。"

有美扶皇运，无谁荐直言[④]。已为秦逐客，复作楚冤魂[⑤]。湓浦应分派，荆江有会源[⑥]。并将添恨泪，一洒问乾坤[⑦]。

④ 有美：《诗·郑风·野有蔓草》："有美一人，清扬婉兮。"赞刘蕡。直言：刘蕡对策应贤良方正直言极谏科考试。

⑤ 秦逐客：《史记·李斯传》："秦宗室大臣请一切逐客。"指刘蕡被贬官。楚冤魂：指屈原。杜甫《天末怀李白》："应共冤魂语。"

⑥ 湓浦：浔阳，《汉书·地理志》注："江自寻阳分为九。"指分成九派。《岳阳风土记》："鼎、澧、沅、湘合诸蛮南黔之水，汇于洞庭，至巴陵与荆江合。"指刘在湓浦与己分隔不复会合，但两心又如荆江之合。

⑦ 姚培谦称："此恨只堪诉与湓浦、荆江耳，然将此二水都化为恨泪，亦诉冤不尽也。"

第一首从两人的交谊说，含有无限失望，既有永别的悲痛，又有刘蕡政治抱负永远完了的悲痛。回想他的生前，病酒爱书；他的遭遇，像雁的被吹折，像夕阳中蝉的哀鸣。他一叫而天不闻，千回首而无人理会，对唐王朝表达了深切的愤慨。李延年歌："北方有佳人，绝世而独立。一顾倾人城，再顾倾人国。"只是一顾再顾，就有空城空国的人来看她。可是刘蕡却是千回顾而无人理会，这是既为他悲哀，又刺及唐王朝。

第二首就刘蕡同唐王朝关系说，刘蕡也是绝世佳人，所谓有美一人，他要扶持皇朝的国运，敢于对策直言。用“无谁”直接唐王朝的无人，终于让宦官横行，把他放逐，让他衔冤而死。再归结到自己的悲愤，虽永远分别，但两心相会合。刘蕡扶皇运的怀抱也是自己的怀抱，刘蕡的恨也是自己的恨，所以呼天抢地，虽合湓浦、荆江之水都化为恨泪，也诉不尽冤屈，充满了对唐王朝逼害刘蕡的无限悲愤。

哭刘司户蕡

路有论冤谪，言皆在中兴①。空闻迁贾谊，不待相孙弘②。江阔惟回首，天高但抚膺③。去年相送地，春雪满黄陵④。

① 论（lún）：议论，指舆论。中（zhòng）：再。

② 迁贾谊：《史记·贾生传》：“（贾生）悉更秦之法，于是天子议以为贾生任公卿之位，绛（侯周勃）、灌（婴）、东阳侯（张相如）、冯敬之属尽害之，乃以贾生为长沙王太傅。”相孙弘：《汉书·公孙弘传》：“以贤良征为博士。使匈奴，还报，不合意，弘乃移病免归。元光五年，复征贤良文学，策奏，天子擢弘对为第一，拜为博士。一岁中至左内史。元朔中，代薛泽为丞相。”这里说刘蕡被贬，不等像公孙弘那样被贬后再相，就死了。

③ 江阔：指大江遥隔。回首：回头遥望。抚膺：捶胸痛哭。

④ 黄陵：相会处，见《哭刘蕡》注③。

这首诗从行路的人都在议论刘蕡的衔冤远贬，从舆论著眼，显得这不是作者一人的悲哀。所以这样，因为他的直言都是为了唐王朝的中兴，更见冤屈。《通鉴》太和二年称："自元和（宪宗年号）之末，宦官益横。建置天子，在其掌握，权威出人主之右（上），人莫敢言。刘蕡对策极言其祸。祸稔萧墙，奸生帷幄（即奸祸将生于宫内）。忠贤无腹心之寄，阍寺（宦官）持废立之权。陛下诚能揭国权以归相，持兵柄以归将，则心无不达，行无不孚矣。"要文宗夺宦官干政的权交给宰相，夺宦官掌握的军权归给大将。消弭宦官的祸害，以图唐王朝再兴。可是他却因此被贬，等不到起用就死了。这里含有深沉的痛惜。作者不能亲往吊祭，只能捶胸痛哭。天高难问，还是刺向朝廷。一结追诉去年相会情事。《辑评》纪昀评："逆挽作收，结法甚好。"

韩　碑[①]

元和天子神武姿，彼何人哉轩与羲[②]。誓将上雪列圣耻，坐法宫中朝四夷[③]。淮西有贼五十载，封狼生貙貙生罴[④]。不据山河据平地，长戈利矛日可麾[⑤]。帝得圣相相曰度，贼斫不死神扶持[⑥]。腰悬相印作都统，阴风惨淡天王旗[⑦]。愬、武、古、通作牙爪，仪曹外郎载笔随[⑧]。行军司马智且勇，十四万众犹虎貔[⑨]。入蔡缚贼献太庙，功无与让恩不訾[⑩]。帝曰"汝度功第一，汝从事愈宜为辞[⑪]。"愈拜稽首蹈且舞，"金石刻画臣能为[⑫]，古者世称大手笔，此事不系于职司，当仁自古有不让"，言讫屡颔天子颐[⑬]。公退斋戒坐小阁，濡染大笔何淋漓[⑭]。点窜《尧典》《舜典》

字，涂改《清庙》《生民》诗[15]。文成破体书在纸，清晨再拜铺丹墀[16]。表曰“臣愈昧死上”[17]，咏神圣功书之碑。碑高三丈字如斗，负以灵鳌蟠以螭[18]。句奇语重喻者少，谗之天子言其私。长绳百尺拽碑倒，粗砂大石相磨治[19]。公之斯文若元气，先时已入人肝脾。汤盘孔鼎有述作，今无其器存其词[20]。呜呼圣皇及圣相，相与烜赫流淳熙。公之斯文不示后，曷与三五相攀追[21]。愿书万本诵万过，口角流沫右手胝。传之七十有三代，以为封禅玉检明堂基[22]。

① 韩碑：韩愈《平淮西碑》。唐宪宗元和九年，彰义节度使（治蔡州，今河南汝南）吴少阳死，子元济自领军务，发兵四出，攻屠城邑。唐发诸道兵讨元济，久无功。十二年正月，李愬至唐州。七月，宰相裴度充淮西宣慰处置使，韩愈为彰义行军司马判官书记。八月，度赴淮西。十月，李愬袭破蔡州，擒吴元济。十二月，诏愈撰《平淮西碑》，多叙裴度事。李愬不平。愬妻唐安公主女，出入宫庭，因诉碑词不实。诏令磨愈文，命段文昌重撰。

② 元和天子：指唐宪宗李纯。轩与羲：轩辕氏黄帝与伏羲氏。用伏羲来代表三皇，用黄帝来代表五帝。用三皇五帝来比宪宗，称颂他的功德。

③ 雪：洗刷。列圣耻：指唐玄宗时有安禄山叛乱，玄宗逃往四川；德宗因朱泚之乱逃往奉天等。法宫：正殿。

④ 淮西句：宝应元年，拜李忠臣淮十一州节度，镇蔡州。军无纪纲，所至纵暴，为部下李希烈所逐。大历末，授李希烈蔡州刺史、淮西节度留后。德宗时，希烈僭称建兴王，大扰乱，后为其将陈仙奇所毒死。仙奇又为吴少诚所杀，少诚出兵攻掠城邑。少诚死，吴少阳自为留后。少阳卒，吴元济自领军务。从宝应元年至元和九年为五十四年。封狼：大狼。貙（chū）：似貍而大。罴（pí）：人熊。

⑤ 日可麾(挥):《淮南子·览冥训》:“鲁阳公与韩构难,战酣日暮,援戈而抐(挥)之,日为之反三舍(三个星宿)。”指击退朝廷来讨伐的部队。

⑥《通鉴》元和十年:“六月癸卯(初三),天未明,(武)元衡入朝,出所居靖安坊东门。有贼自暗中突出射之,从者皆散走。贼执元衡马而杀之,取其颅骨而去。又入通化坊击裴度,伤其首,坠沟中。度毡帽厚,得不死。”当时宰相武元衡、御史中丞裴度坚主讨伐吴元济,淄青镇李师道派刺客行刺武元衡、裴度。斫(zhuó):砍。

⑦《通鉴》元和十二年七月:“丙戌(十七),以(裴)度为门下侍郎同平章事(宰相),兼彰义军节度使,仍充淮西宣慰招讨处置使。度以韩弘已为都统,不欲更为招讨,请但称宣慰处置使。”都统是统帅,裴度虽辞招讨,实际还是统帅。阴风:《春秋繁露·阳尊阴卑》:“阴,刑气也。”天王旗:皇帝的旗子。

⑧ 愬:李愬为随唐邓节度使。武:淮西诸军行营都统韩弘只派其子公武率兵三千隶属李光颜军。古:李道古为鄂岳蕲安黄团练使。通:李文通为寿州团练使。牙爪:《诗·小雅·祈父》:“祈父,予王之爪牙。”指武将。仪曹外郎:即礼部员外郎。裴度出征时,以礼部员外郎李宗闵为判官书记。

⑨ 行军司马:以右庶子韩愈为行军司马。貔(pí):貔貅,猛兽。

⑩ 入蔡句:元和十二年十月辛未(十五日),李愬雪夜袭蔡州。癸酉(十九日)擒吴元济。十一月,以吴元济献庙社,斩于独柳之下。太庙:皇帝的祖庙。无与让:指“当仁不让”。恩不訾(zī):恩典不可计量。十三年二月,加裴度金紫光禄大夫、弘文馆大学士、赐勋上柱国、封晋国公,食邑三千户,复知政事。

⑪ 功第一:裴度到淮西,上奏请罢太监监军,使主将不受太监牵制;军法严肃,号令划一;李愬密白裴度,要夜袭蔡州,度赞美他是良图。这些都是裴度的功劳。从事:属员,韩愈是裴度手下属员。

⑫ 稽(qǐ)首:叩头。蹈且舞:即手舞足蹈。金石刻画:即刻在钟鼎或碑

石上的文字。

⑬ 大手笔：著作朝廷重大文告的大名家。见《会昌一品集序》注⑮。职司：朝廷中起草文告的官员，如翰林。当仁不让：《论语·卫灵公》："当仁不让于师。"颔（hàn）颐：点头。颐，下巴。

⑭ 斋戒：素食、沐浴、独居以表虔敬。濡染：指笔酣墨饱。淋漓：描绘尽致。

⑮ 点窜、涂改：点和涂指抹去文字，窜和改指改换文字。《尧典》《舜典》：《尚书》中的两篇。《清庙》《生民》：《诗经》中的两篇。指《平淮西碑》序事像《尚书》，铭文像《诗经》，极为庄重典雅。

⑯ 破体：当时朝廷文告用四六文，《平淮西碑》破除文告体，用《尚书》《诗经》体。丹墀（chí）：殿前涂红漆的阶上台地。

⑰ 昧死：冒死，向皇帝奏事时的敬语，表敬畏。

⑱ 灵鳌（áo）：大龟类，负碑的龟形石座。螭（chí）：龙类，碑上刻有盘绕的龙纹。

⑲ 句奇语重：语句奇特不平凡而庄重。喻：懂得。《旧唐书·韩愈传》："诏愈撰《平淮西碑》，其辞多叙裴度事。时先入蔡州擒吴元济，李愬功第一，愬不平之。愬妻（唐安公主女）出入禁中，因诉碑辞不实。诏令磨愈文，宪宗命翰林学士段文昌重撰文勒石。"罗隐《说石烈士》，称李愬旧部石孝忠因愤韩碑不叙李愬功绩，推碑几仆，致为宪宗所闻。孝忠因得以面陈李愬功。宪宗乃召翰林学士段文昌撰淮西碑。治（zhì）：修理。

⑳ 斯文：此文。元气：精气。汤盘：商汤沐浴用的铜盘。孔鼎：孔子先世正考父的鼎。上面都有铭文，盘鼎虽不存，铭文却流传下来。比韩碑不存，碑文不朽。

㉑ 烜（xuǎn）赫：显耀。淳熙：正大光明。曷：怎么。三五：三皇五帝。

㉒ 胝（zhī）：生老茧。七十三代：《史记·封禅书》："古者封泰山、禅梁父者七十二家。"加唐代为七十三。封泰山，在泰山筑坛祭天；禅梁父，在

泰山下梁父小山辟地祭地;是皇帝告成功的大典礼。玉检:玉制的石函盖,石函中藏文书。明堂:帝皇宣明政教举行大典的地方。指韩碑可以作为帝皇举行大典的基石。

冯浩《笺注》是编年的,独以这首诗列在第一篇,称:"今以其赋元和时事,煌煌巨篇,实当弁冕(居首)全集,故首登之,无嫌少通其例。"沈德潜《唐诗别裁》也推重这篇,称:"独此篇意则正正堂堂,辞则鹰扬凤翙(犹飞腾),在尔时如景星庆云,偶然一见。"蘅塘退士孙洙《唐诗三百首》称:"咏《韩碑》即学韩体,才大者无所不可也。"这篇学韩愈诗体,在商隐诗中极少见。商隐从令狐楚学四六文,以四六文著名,却不欣赏段文昌重撰的一篇,赞美韩碑,这是有识见的。钱锺书先生《管锥编·全汉文一五》论破体称:"《韩碑》'文成破体书在纸',释道源注:'破当时为文之体',是也。又'破当时之体',故曰'句奇语重喻者少';韩碑拽倒而代以段文昌《平淮西碑》,取青配白,俪花斗叶,是'当时之体'矣。"亦见韩碑为当时大文字,不宜用俪花斗叶之文,此则文各有体。商隐赞韩碑之破体,是深通文各有体之义。以此等大文字当求庄重的缘故。

商隐赞赏韩碑,称唐宪宗为"神武姿","雪列圣耻",称裴度为"功第一","称圣皇及圣相",是有用意的。唐朝自安史乱后,藩镇割据成为大患之一,削平藩镇叛乱,巩固中央政权,在当时是有进步作用的。韩碑正着眼在这点上,写宪宗有意要削平藩镇叛乱,他即位后,"明年平夏(平夏绥银节度留后杨惠琳叛),又明年平蜀(平剑南节度使行军司马刘辟叛),又明年平江东(平镇海军节度使李锜叛),又明年平泽潞,遂定易定(义武节度使张茂昭以易定二州归于主管官员)"。这样,就显出宪宗确有削平藩镇叛乱加强朝廷统治的用心。这样平淮西叛乱,首先归功于宪宗的用心和决心,是符合实际的。在讨伐淮西时，朝廷上有不少大臣主张苟且偷安，反对用兵，宪宗不听，决意用兵。裴度虽因主张讨伐，被刺客击伤，还坚决主张讨伐，还亲自督师，请罢太监监军的掣肘，统一军令，加强作战，赞同李愬的偷袭，所以称裴度的功第一，是符合实际的。写李愬袭破蔡州，作："十月壬申，愬用所得贼将，自文城因天大雪，疾驰百二十里，用夜半到蔡，破其门，取元济以献，尽得其属人卒。"对李愬的功勋作了具体叙述，比较突出的。商隐肯定韩碑，着重称美宪宗裴度，也是符合实际的。诗的末了，称美平淮西的功业"烜赫流淳熙"，冯浩说："淮西覆辙在前，河朔（藩镇）终于怙恶，作者其以铺张为风戒乎？"指出商隐的这首诗，还有风戒河北藩镇的用意，指出他用意的深刻。

何焯评："气雄力健，足与题称。与韩（愈）《石鼓诗》气调魄力，旗鼓相当。"纪昀评："笔笔挺拔，步步顿挫，不肯作一流易语。'誓将上雪列圣耻'句，说得尔许关系，已为平淮西高占地步。淮西四句极言元济之强，便令平淮西之功益壮。入手八句，句句争先，非寻常铺叙之法。帝得句遥接起四句，大书特书，提出眉目。十四万兵如何铺叙，只阴风七字空际传神，便见出森严气象。盖从《诗》'萧萧马鸣，悠悠旆旌'化来。层层写下，至帝曰二句，群龙结穴，此一篇之主峰。公之斯文四句，撑拄全篇。凡大篇有精神固结之处方不散缓，李杜元白分界在此。"这些艺术分析，对我们有启发。

妓席暗记送同年独孤云之武昌[①]

叠嶂千重叫恨猿，长江万里洗离魂。武昌若有山头石[②]，为拂苍苔检泪痕。

① 同年：同一年考中进士。独孤云：字公远，官至吏部侍郎，见《新唐书·宰相世系表》。之：到。

② 山头石：《初学记》五引刘义庆《幽明录》："武昌北山上有望夫石，状若人立。古传云：昔有贞妇，其夫从役，远赴国难，携弱子饯送此山，立望夫而化为立石。"

程梦星笺："唐诗多有用望夫石者，刘宾客则反用之，其悼妓云：'从此山头似人石，丈夫形象泪痕深。'此特正用，然能曲尽其形容，穷极其要渺。较杜牧之《湘竹簟》诗'何忍将身卧泪痕'同一深情，而此则更幻。通此三者，可悟用事之法。"这里提出反用和正用，在正用上又有幻和更幻的分别。所谓反用，不是正面赞望夫石，说妇因望夫而化石；而说石因似人而有情，因有情而念夫垂泪，是石化为妇人，不是妇人化为石，将石拟人化，是反用。这首写妇化为石，地当有泪痕，是正用。同"何忍将身卧泪痕"比，湘竹的斑点是泪痕所化，所以用泪痕来代湘竹簟，卧湘竹簟成了卧泪痕，这是幻想。湘竹的泪痕即斑点是看得见的，望夫石下的泪痕是看不见的，是想象，所以更幻。

何焯批："上二句极叹其痴，欲洗其魂。下二句因送别，借武昌事唤醒之，但问执心不移，岂待相持狂哭耶？"又批："倡优下材，安能相守，徒作儿女之态。彼有望夫化石者，岂属此辈耶？"这是说，独孤云临别时与妓不忍分别，如叠嶂千重的三峡中，猿啼三声泪沾裳，黯然销魂，所以要用江水来洗刷他的离魂。叫他到武昌去看望夫石，检点她的泪痕。只有这位多情的妇人望夫化石，应该留下泪痕，至于这个妓女的泪就不一定可信了，所以是唤醒他不要迷恋妓女的意思。妓席暗记，指在妓席上暗暗记住友人与妓临别洒泪的情景。后两句具有这种含意，所以用思更幻了。

这首诗，冯浩注："词意沉痛，必非徒感闲情也。座主观察武昌，迁镇西蜀，义山不能依倚，必有隐恨，故于宴送同年，大鸣积愤，声与泪俱。”按题称送独孤云到武昌，是否入幕不详，所谓座主云云，无法取证。张采田《辨证》：“此暗记大中二年蜀游失意，留滞荆门之恨。不欲显言，故借妓席晦其意耳。”也无法证明。故改用何焯说。

寄令狐郎中[①]

嵩云秦树久离居，双鲤迢迢一纸书[②]。休问梁园旧宾客，茂陵秋雨病相如[③]。

① 即令狐绹，见《酬别令狐补阙》注①。绹官左司郎中，冯浩《笺注》附《年谱》定为会昌四年。

② 嵩云秦树：会昌四年，商隐回河南故乡葬母，故称嵩山云。令狐绹在朝，故称秦树。双鲤：指书信。古乐府《饮马长城窟行》：“客从远方来，遗我双鲤鱼。呼童烹鲤鱼，中有尺素书。”

③《史记·司马相如传》：“客游梁，梁孝王令与诸生同舍。居数岁，乃著《子虚之赋》。上（武帝）读《子虚赋》而善之，（杨）得意曰：‘臣邑人司马相如自言为此赋。’上惊，乃召问相如。相如既病免，家居茂陵。”梁园：梁孝王的园林，在今河南商丘市。茂陵：见《茂陵》注①。

当时令狐绹在京任右司郎中，商隐卧病在河南家中，接到绹的慰问信，他既以梁园的旧宾客自比，又以卧病茂陵家中的司马相如自比。在这两个自比中，都有含意。商隐在太和三年起在绹父令狐楚幕府，与绹同学时文，所以他是令狐家的旧宾客。当时他在家卧病，用司马相如自比，含有相如被杨得意推荐入京，希望绹推荐的用意，是意在言外，写得极含蓄的。

汉宫词

青雀西飞竟未回，君王长在集灵台①。侍臣最有相如渴，不赐金茎露一杯②。

①《汉武故事》："七月七日，上于承华殿斋。日正中，忽见有青鸟从西来。上问东方朔，朔对曰：'西王母暮必降尊像。'有顷，王母至。"集灵宫、集仙宫，皆武帝宫观名，在华阴。见《三辅黄图》。

② 相如渴：见《病中早访招国李十将军》注②。金茎露：《三辅故事》："建章宫承露盘高二十丈，大七围，以铜为之，上有仙人掌承露，和玉屑饮之。"

纪昀评："笔笔折转，警动非常，而出之以深婉。露若能医消渴，犹可冀饮之长生，何不以一杯试之，用意最曲。"何焯评："深婉不露，方是讽谏体。"程梦星注："考武宗会昌五年正月，筑望仙台于南郊，则次句比事属辞，最为亲切也。"这诗是讽刺唐武宗求仙求长生。筑望仙台，青鸟不来，说明仙人不到，君王空在台上守候。用仙人手掌擎盘承露以求长生，为什么不赐相如来治他的消渴病呢？病都不能治，怎能求长生呢？这个用意含蓄不说出。从青雀未回里已含有求仙不至，从长在台上里含有徒劳，后两句指不能治病，所以称笔笔折转，即笔笔含不尽之意。

落　花

高阁客竟去，小园花乱飞。参差连曲陌，迢递送斜晖[①]。肠断未忍扫，眼穿仍欲稀。芳心向春尽，所得是沾衣。

① 曲陌：曲径。迢递：遥远。

首句蘅塘退士孙洙批："花落则无人相赏，故竟去也。"先不提落花，所以沈德潜说："起法之妙，黏着者不知。"黏着者就是一定先点明落花，所以起得超脱。首两句其实是倒装，即因为小园花乱飞，所以高阁客竟去，倒装了诗句就不平弱。像后来欧阳修《戏答元珍》："春风疑不到天涯，二月山城未见花。"也是倒装，倒装了才动人。次联写看花飞，看到花飞向曲径，看到花飞得远，在送别斜阳。这也写出诗人惜花的心情。孙洙批六句："望春留而春自归。"那末肠断既是惜花，又不光是惜花，花落表示春归。望眼欲穿希望春的留驻，春仍要回去，由惜花变为伤春，用意更进一步。纪昀批："稀一作归，非。"纪昀着眼在落花，落花说不上归，所以说非。孙洙由惜花转到伤春，所以赞美用"归"字。看来孙洙的看法是对的。最后点明从惜花到惜春，芳心正是惜花之心，对着春天的消逝，只有泪沾衣了。何焯批："一结无限深情，'得'字意外巧妙。"屈复《诗意》："芳心尽紧承五六，是进一步法。"即都指惜花与伤春。

茂　陵[1]

汉家天马出蒲梢，苜蓿榴花遍近郊[2]。内苑只知含凤嘴，属车无复插鸡翘[3]。玉桃偷得怜方朔，金屋修成贮阿娇[4]。谁料苏卿老归国，茂陵松柏雨萧萧[5]。

①《汉书·武帝纪》："葬茂陵。"注："在长安西北八十里。"这里借武帝来指唐武宗。

②《史记·乐书》："后伐大宛，得千里马，马名蒲梢。"《汉书·西域传》：大宛"俗耆(嗜)酒，马耆目宿(金花菜)。汉使采蒲陶目宿种归。天子以天马多，又外国使来众，益种蒲陶目宿，离宫(行宫)馆旁极望(满望都是)焉"。《初学记》二八引《博物志》："张骞西域还，得安石榴、胡桃、蒲桃。"

③ 内苑：御苑，皇帝的园林。《十洲记》："仙家凤喙及麟角合煮作胶，名续弦胶，或名连金泥，此胶能续弓弩已断之弦，刀剑断折之金。武帝天汉三年，西国王使至，献此胶。武帝幸华林园射虎，而弩弦断，使者又上胶一分，使口濡以续弩弦。"含凤嘴：指口濡胶。属车：《后汉书·舆服志》："大驾，属车八十一乘。"属车，皇帝车子的随从车，借指帝车。鸡翘：《后汉书·舆服志》："鸾旗者，编羽毛列系幢旁，民或谓之鸡翘，非也。"鸾旗是天子用的。这句说天子车上不插鸾旗，指武宗已死。意是弓弦可续，人命难延。

④《神农经》："玉桃，服之长生不死。"《汉武故事》："东郡送一短人，长五寸。(东方)朔呼短人曰巨灵。短人因指(朔)谓上曰：'王母种桃三千年一结子，此儿不良，三过偷之。'"又："(武帝)立为胶东王。胶东王数

岁，(长)公主抱置膝上问曰：'儿欲得妇否？'指其女：'阿娇好否？'笑对曰：'好！若得阿娇作妇，当作金屋贮之。'"两句指武宗既爱长生，又好美色。

⑤《汉书·苏武传》："武字子卿。(武帝)天汉元年(100)至匈奴。武以(昭帝)始元六年(119)春至京师。诏武奉一太牢(牛)谒(祭)武帝园庙，拜为典属国。"

唐朝人往往借汉比唐，这首写汉武帝，实际指唐武宗。《旧唐书·武宗纪》称赞他："雄谋勇断，振已去之威权；运策励精，拔非常之俊杰。属天骄失国，潞孽阻兵，不惑盈庭之言，独纳大臣之计。戎车既驾，乱略底宁，纪律再张，声名复振。"这是说文宗时，大权已经落到宦官手里。武宗即位后，能够重振王朝的权威，选用李德裕那样俊杰。正碰上回鹘衰乱，唐王朝讨平回鹘；昭义节度使(治潞州，今山西长治)刘从谏死，其侄刘稹据镇自立。朝臣多主张姑息。李德裕力劝武宗用兵，平定叛乱。这是武宗所建立的武功。冯浩《笺注》说："武宗武功甚大，故首联重笔写起。"用武帝伐大宛，得千里马，采苜蓿作比。

朱鹤龄《笺注》称："武宗好游猎及武戏，亲受道士赵归真法箓，又深宠王才人，欲立为后。"这是中两联所写的。末联，屈复《诗意》称："苏卿，自喻也。宣宗元年，郑亚请(商隐)为观察判官，检校水部员外郎，故曰：谁料苏卿老归国，茂陵松柏雨萧萧。"按商隐于大中二年冬返长安，那时武宗陵墓上已松柏雨萧萧了。感叹武宗能建立武功，却是好仙好色，终于早死，很有感慨。

《辑评》引何焯评："此诗始不甚爱之，后观《西昆酬唱集》，求如此者绝少，乃叹义山笔力之高。八句中包括贯穿，极工整而不牵卒。"纪昀评："前六句一气，七八掉转作收，义山多用此格。此首尤神力完足，其言有物故也。”这首虽借武帝来比武宗，但用典贴切，感慨深沉，所以成功。

瑶　　池[1]

瑶池阿母绮窗开，《黄竹》歌声动地哀[2]。八骏日行三万里，穆王何事不重来[3]？

① 瑶池：《集仙传》：“昆仑之圃，阆风之苑，左带瑶池，右环翠水。”阿母：西王母称玄都阿母，见《武帝内传》。《穆天子传》卷三：“天子宾（作客）于西王母。天子觞（举杯请酒）西王母于瑶池之上。西王母为天子谣曰：‘道里悠（遥）远，山川间（隔）之。将子无死，尚能复来。’天子答之曰：‘万民平均，吾顾见汝。比（将）及三年，将复而（汝）野。’”

②《穆天子传》卷五：“日中大寒，北风雨（下）雪，有冻人。天子作诗三章以哀民，曰：‘吾徂（往）黄竹。’”黄竹当在嵩高山西。

③ 八骏：《穆天子传》卷一：“八骏之乘。”驾车的八匹骏马。又卷四：“天子大朝于宗周之庙，乃里（计里数）西土之数。各行兼数三万有五千里。”

《辑评》何焯评：“疑讽武宗也。诗云：‘将子无死，尚复能来。’不来则死矣，讥求仙之无益也。”《通鉴》武宗会昌五年：“上饵方士金丹，性加躁急，喜怒不常。”六年三月死。这首诗通过反问来表达穆王到底死了，显得求仙无益，来讽刺武宗的求长生，服金丹，中毒死去。它的特点还在于诗的构思。按照《穆天子传》，穆王和西王母相会，在昆仑山的瑶池，穆王作《黄竹》歌，在河南嵩高山，这两事既不在一地，也不在一时，作者把它们捏合在一起。为什么这样写呢？因为要写出“北风雨雪，有冻人，天子作诗三章以哀民”，把这事同“绮窗开”的欢宴作对照。一方面是有冻死骨，一方面是开绮窗欢宴，这就有意义。再加上“动地哀”，这是《穆天子传》里所没有的。这一加就加强了哀歌的力量，突出了人民的苦难，提高了原文的意义。原文只是说穆王作诗哀民，那就不可能有动地的力量。动地是震动大地，只有从穆王一个人的哀歌变成人民的哀歌，才有动地的力量，这就使这首诗超越了讽刺武宗的求仙无益。武宗求仙无益的含意早已为人忘掉，“黄竹歌声动地哀”却长久地为人传诵，它的意义更为深远。

四　皓　庙①

本为留侯慕赤松，汉庭方识紫芝翁②。萧何只解追韩信，岂得虚当第一功③？

① 汉初隐居商山的四老，名东园公、绮里季、夏黄公、角里先生。高祖欲废太子，吕后用张良计迎四皓，使辅太子。高祖乃召戚夫人指示四人者曰：“我欲易之（太子），彼四人辅之，羽翼已成，难动矣。”遂罢废太子议。见《史记·留侯世家》。

②《史记·留侯世家》：“愿弃人间事，欲从赤松子游耳。”赤松子，指仙人。紫芝翁：指四皓。《古今乐录》：“商山四皓隐居南山，高祖聘之，四皓不出，仰天叹，而作《紫芝之歌》。”有“晔晔紫芝，可以疗饥”句。

③《史记·淮阴侯列传》：“（萧）何闻（韩）信亡（逃），不及以闻，自追之。

居一二日，何来谒上，上骂何曰：'若（汝）亡何也？'何曰：'臣不敢亡也，臣追亡者。'上曰：'若所追者谁？'何曰：'韩信也。诸将易得耳，至如信者，国士无双。'"又《萧相国世家》："萧何转漕关中，给食不乏。陛下虽数亡山东，萧何常全关中以待陛下，此万世之功也。萧何第一。"

冯浩笺："徐（逢源）曰：'此诗为李卫公（德裕）发。卫公举石雄，破乌介，平泽潞，君臣相得，始终不替。而卒不能早定国储，使武宗一子不得立，有愧紫芝翁多矣，故假萧相以讥之。'浩曰：徐笺甚精。《通鉴》云：诸宦官密于禁中定策，下诏称皇子冲幼，须选贤德。则其时武宗之子未尽也。留侯之使吕泽迎四皓，已在多病道引不食谷、杜门不出岁馀矣。卫公始终秉钧，而竟不能建国本，扶冲人，何哉？"按德裕所处时代与汉初不同，汉初废立之权在刘邦，刘邦不废太子，太子之位即定。德裕时废立之权在宦官。《通鉴》文宗开成四年十月，"立敬宗少子陈王成美为皇太子"。五年正月，"中尉仇士良鱼弘志以太子之立，功不在己，遂矫诏立（颍王）瀍为太弟"。当时太子已立，宦官可以任意废去另立。故德裕即使劝武宗立太子，也是无法扶助他即位的。再说，连德裕的相位，也要靠宦官的助力。《通鉴》开成五年，德裕在淮南，以珍玩数床赂监军杨钦义。"钦义知枢密，德裕柄用，钦义颇有力焉。"德裕的入相还得靠宦官的助力，他怎么能够抗拒宦官势力，来扶武宗幼子即位。因此，这种责难是不符合当时的情势的。

张采田《会笺》："非讥卫公，盖惜其能为萧何，而不能为留侯也。留侯身退，荐贤以扶社稷；卫公恃功自固，所赏拔者武人而已。卒至佥壬旅进，身亦不保，欲求一紫芝翁不可得矣。"这样解可能较合原意。

晚　晴

深居俯夹城，春去夏犹清①。天意怜幽草，人间重晚晴②。并添高阁迥，微注小窗明③。越鸟巢干后④，归飞体更轻。

① 深居：幽静的住处。夹城：大城外的小城。深居有高阁，可以俯视夹城。夏犹清：谢灵运《游赤石进帆海》："首夏犹清和。"

② 怜幽草：雨后晚晴，草既得雨的滋润，又得阳光照耀，是天爱草。重晚晴：雨后晚晴，天气更为清新，为人们所珍惜。

③ 迥：远。天晴在高阁望得更远。注：照射。雨后放晴，夕阳斜照，小窗光明。

④ 越鸟：南方的鸟。《古诗十九首》："越鸟巢南枝。"

这首诗，《会笺》称："诗用'越鸟'，是桂林作。"把它列入大中元年。《辑评》引纪昀评："轻秀是钱郎一格，五六再健，则大历以上矣。末二句细意熨贴，即无寓意亦自佳。"指出上半首的风格轻秀。但第二联语秀而意深，成为名句。小草既需要雨水滋润，又需要阳光，所以雨后放晴，正是天意垂爱。人间既需要雨水洗尘，又爱晴光，晚晴更为人间所爱。这是情景结合，可能反映作者的心情，希望时局能够开朗。放晴以后，云开日出，高阁可以望得更远，日照小窗更明。越鸟巢干，更有轻快之意，见得诗人观察的细致。全诗表达作者轻快的心情。

访　秋

酒薄吹还醒，楼危望已穷[①]。江皋当落日，帆席见归风。烟带龙潭白，霞分鸟道红[②]。殷勤报秋意，只是有丹枫。

① 楼危：楼高。
② 冯浩注："龙潭，桂州亦有之，而鸟道泛比高险。"

这首诗是在桂林作，桂林秋暖，访问秋意，正是对家乡的怀念。借酒消愁，但桂林酒味薄，给风一吹就醒，未能消愁。商隐《北楼》："此楼堪北望，轻命倚危栏。"为了能北望，甚至于轻命。楼危而极目力北望，正是轻命倚危栏之意，对家乡怀念的深切，真是无以复加了。但是能够看到的，只是江边当落日的归帆罢了。归帆只引起人的羡慕，自己却不能北归。要找到家乡的秋色，不论龙潭上的烟雾，高山鸟道上的红霞，都不是。只有丹枫，才报道家乡的秋意，更为可贵了。这诗通过访秋来怀乡，写得极为深切。诗里不写怀乡，不写乡愁，但通过酒薄来写愁，楼危远望来写怀念，见归帆来写思乡，通过烟白霞红来反衬丹枫的报秋，结合报秋来写怀乡，所以写得形象鲜明，情思深切。

何焯批："对起，次联流水蹉对，便不死板。集中诗律，多半如是。所以望归之切者，以地暖无秋色也。只有丹枫，又伤心物色，此岂暂醉所能忘哉！"江皋两句意思连贯而下，故称流水对。何批认为望归之切，以地暖无秋色，当作因望归之切，所以感到地暖无秋而要访秋了。

念　远

日月淹秦甸，江湖动越吟①。苍梧应露下，白阁自云深②。皎皎非鸾扇，翘翘失凤簪③。床空鄂君被，杵冷女媭砧④。北思惊沙雁，南情属海禽。关山已摇落，天地共登临。

① 秦甸：秦国都城郊外地，指长安。越吟：《史记·陈轸传》："越人庄舄仕楚执珪（官名），有顷而病。楚王曰：'舄，故越之鄙细人也；今仕楚执珪，贵富矣，亦思越不？'中谢（侍御官）对曰：'凡人之思故，在其病也；彼思越则越声，不思越则楚声。'使人往听之，犹尚越声也。"

② 苍梧：山名，亦称九疑，在湖南宁远东南。白阁：山名。紫阁、白阁、黄阁三峰，俱在圭峰东，在陕西鄠邑东南。

③ 鸾扇：画有鸾鸟的团扇。江淹《拟班婕妤咏扇》："纨扇如圆月，出自机中素。画作秦王女，乘鸾向烟雾。"凤簪：装饰着凤鸟形的发簪。

④ 鄂君被：见《牡丹》注①。女媭砧：《水经注·江水》："秭归县北有屈原宅，宅东北六十里有女媭庙，捣衣石犹存。"女媭，屈原姊。

《念远》是怀念远人，主要是怀念妻子。冯浩评："首句即《（樊南）甲集序》所谓'十年京师寒且饿'也；次句谓动旅思；三、四一南一北；'皎皎'两联，忆内也；结处明点南北，而言两地含愁，互相远忆，忽觉雄壮排宕，健笔固不可测。"

这首诗当是在桂州郑亚幕府时作，首句追念淹留在长安时的寒饿生活，次句写在桂州的怀念家乡。说"江湖"暗用《庄子·让王》：

"身在江海之上,心居魏阙(朝廷)之下。"把京师和江湖相对。不说"魏阙"而用"秦甸"出以变化。鲁迅《无题》"大野多钩棘"首的"下土惟秦醉,中流辍越吟",当从此一联化出。虽用"秦醉""越吟",与"秦甸""越吟"有相似处,但命意全然不同,忧愤更为深广,真是已入化境。三句"苍梧"与二句指桂州的"江湖"相应,桂州与苍梧相近;四句"白阁"与首句"秦甸"相应。三句应二句,四句应首句,钱锺书先生的《管锥编》称这为丫叉句法,"先呼后应,有起必承,而应承之次序与起呼之次序适反"(六六页),错综流动以求变化。"苍梧应露下",指已入秋令,"悲哉秋之为气也,草木摇落而变衰",则直接与末句的"摇落"相应。"白阁自云深",有浮云蔽日,望长安而不见的感慨,又与末句的"登临"相应。

上面只说到怀念家乡,到"皎皎"两联才突出怀念妻子。"皎皎"指圆月的光,但圆月非伊人手中的团扇;翘翘状高举,《诗·周南·汉广》"翘翘错薪",非伊人发上的簪;床上没有鄂君拥船家女之被,水边没有捣衣的砧声。这些都指望妻子而不见的怀念之情。这时情思忽又宕开,转到时局,想到北方,呼应长安,惊心于沙滩上的雁,怕有人要加害,可能联系牛党的排斥李党。想到南方,呼应桂州,有杜甫《奉赠韦左丞丈》的"白鸥没浩荡,万里谁能驯"的感慨。加上秋气已深,草木摇落,关山迢递,望白阁而不见,天地悲凉,共登临而衔悲。从缠绵绮思转入健笔凌云,有俯仰身世之感,这就反映情思的深沉,与一般的忆内不同了。

宋　玉[①]

何事荆台百万家,惟教宋玉擅才华[②]?《楚辞》已不饶唐勒,《风赋》何曾让景差[3]!落日渚宫供观阁,开年云梦送烟花[4]。可怜庾信寻荒径,犹得三朝托后车[5]。

① 宋玉:《史记·屈原传》:"屈原既死之后,楚有宋玉、唐勒、景差之徒者,皆好辞而以赋见称,然皆祖屈原之从容辞令,终莫敢直谏。"

② 荆台:在湖北监利北。《说苑·正谏》:"楚昭王欲之荆台游,司马子綦进谏。"

③《楚辞》里有宋玉《九辩》,《文选》里收宋玉《风赋》,都超过唐勒、景差的作品。

④ 渚宫:《左传·文公十年》:"王在渚宫。"渚宫在湖北江陵。供观阁:渚宫只是供游赏。开年:献岁发春,开春。云梦:楚大泽名,在湖北安陆等地。送烟花:送走春光。

⑤《渚宫故事》:"庾信因侯景之乱,自建康遁归江陵,居宋玉故宅。"寻荒径:庾信《哀江南赋》:"诛茅宋玉之宅,穿径临江之府。"寻宋玉故宅,三径就荒。三朝:庾信在梁武帝时为东宫抄撰学士,迁通直散骑常侍。梁简文帝命信率宫中文武千馀人营于朱雀航,及侯景至,信奔江陵。梁元帝承制除御史中丞,及即位,转右卫将军。故称三朝。见《北史·庾信传》。

这首诗借宋玉来感叹身世。在荆台百万家中,只有宋玉独擅才华。屈原死后,唐勒景差都不能和宋玉相比。但这又有什么呢?楚国的渚宫的观阁,只供游赏;云梦的花柳,送走春光。在渚宫观阁里,只看到落日而感叹楚国趋向没落,对云梦的花柳,只感叹它在送年华而已。他的才华还是无从施展,只留下故居罢了。后来庾信遭乱,逃到江陵找寻荒凉的宋玉故居,他还得在梁朝的三代托身于天子车驾后的随从车,得接近三朝的天子。商隐也到江陵来找宋玉故居,他也经历了唐文宗、武宗、宣宗三朝，但他却长期在各地幕府中流转，想在朝还得不到，比庾信更不如。

程梦星《笺注》说："落日乃日复一日之义，开年乃年复一年之义，不可作夕阳献岁解。若只就本字论之，落日犹可，开年无谓，岂有千载之下，推求古人之明年耶？其所以言及年月者，乃自叹历佐藩幕之久。"冯浩《笺注》："开年，明年也，言无早晚、无年岁，皆足逞其才华。"按"开年"无年年意，"落日"无日日意。"送烟花"与逞才华似亦不同。且"供观阁"则在渚宫，亦非藩幕，宋玉在楚宫，不在藩幕。故落日当指趋向没落，在渚宫中虽有供游赏之观阁，楚国总在趋向没落。开年指开春，不免送走烟花，指春光易逝。则与宋玉的遭际相合，亦与唐王朝的趋向没落相合。

凤

万里峰峦归路迷，未判容彩借山鸡①。新春定有将雏乐②，阿阁华池两处栖③。

① 判：同"拚"，捐弃。未抛容彩，岂借山鸡，指凤凰的容彩远胜山鸡。《尹文子·大道上》："楚人担山雉者，路人问：'何鸟也？'担雉者欺之曰：'凤凰也。'"

② 将雏乐：《晋书·乐志》："吴歌杂曲，《凤将雏》歌者，旧曲也。"将，带领。

③ 阿阁：凤凰栖息处，见《隋师东》注④。华池：《文选·天台山赋》："漱以华池之泉。"注："昆仑，其上有华池。"

程梦星笺:“此寄妇之词也。”首句指诗人离家万里,归路已迷,不能归去。次句指妻,容彩未减,岂借山鸡,写妻容彩之美。三句写妻有将雏之乐。末句写夫妇两处分居。程笺:“此诗当作于从事桂管时。”这首诗借凤来作比,暗用“丹山凤”的典故,见《韩冬郎即席为诗相送》注③。正由于丹山凤才同“万里峰峦”相应。在“借山鸡”里用了《文子》“楚人担山鸡”为凤凰的典故,显出凤凰与山鸡的不同。这是这首诗里用典的特点。用凤来比,既写他的妻的容采,也暗示自己的才华。用“两处栖”,更提出夫妇分居问题,犹为罕见。

贾 生[①]

宣室求贤访逐臣,贾生才调更无伦[②]。可怜夜半虚前席,不问苍生问鬼神[③]。

①《史记·贾生传》:“天子后亦疏之,乃以贾生为长沙王太傅,后岁馀,贾生征见(召还相见)。孝文帝方受釐(祭神后肉)坐宣室。上(文帝)因感鬼神事而问鬼神之本,贾生因具道所以然之状。至夜半,文帝前席。既罢,曰:‘吾久不见贾生,自以为过之,今不及也。’”

② 宣室:未央殿前正屋。逐臣:指贾谊。无伦:无比。

③ 虚:徒然。前席:古人席地而坐,在坐席上向前挪动身子,靠近对方。苍生:人民。

这首诗开头两句是说明,说明贾谊的才能一时无与伦比,所以文帝求贤才,把他从放逐地长沙召回来访问。后两句是议论,可怜文帝只问他鬼神的道理，不问他人民的疾苦、治国的道理。这首诗的形象只有“前席”两字，写文帝在坐席上挪动身子靠近贾谊，显出他听得出神。那末这首诗的诗意在哪里呢？通过议论有什么含蓄的意思呢？屈复《诗意》说：“文帝之贤，所问如此，亦有贾生遇而不遇之意欤？”求贤访问，这是贾谊得遇贤君；只问鬼神，不能施展贾谊的才能，那末所谓遇贤君是空的，同于不遇。诗里有这样的含意，有这样深沉的感慨，这就有诗意，不是抽象的议论了。《辑评》引何焯评：“徒问鬼神，贾生所以吊屈（原）也。彤庭（指宫殿，漆红色）私至（不在朝会上见），才调莫知，伤如之何！又后死之吊贾矣。”只问鬼神，是不遇，所以贾谊要吊屈原，屈原也是不遇；感叹贾谊的不遇，所以商隐要为贾谊叹息。

张采田《会笺》称：“此刺牛党也。武宗崩，宣宗立，凡从前党人见逐于卫公（李德裕）者，无不一一召还。乃不能佐君治安，专以倾陷赞皇（李德裕）为事，假吴汝纳事大兴诏狱。且吴湘冤狱，枯骨已寒，旧谳重翻，又岂宣室求贤之本意哉？不征于人而征于鬼，真所谓但问鬼神，不问苍生矣。”按《通鉴》会昌五年：“淮南节度使李绅，按江都令吴湘盗用程粮钱（出差时补发的路程粮食费），强娶所部百姓颜悦女，估其资装为赃，罪当死。诏遣监察御史崔元藻、李稠覆之，还言湘盗程粮钱有实，颜悦妻亦士族，与前狱异。德裕贬元藻为端州司户，即如绅奏，处湘死。”大中元年九月，“吴汝纳讼其弟湘罪不至死，乞召江州司户崔元藻等对辨。崔元藻所列吴湘冤状，如吴汝纳之言。贬太子少保分司李德裕为潮州司马”。这是召崔元藻回来论吴湘狱，崔不能说才调本无伦，问的是吴湘案子，不同于问鬼神的道理，所以张说与诗意不合。诗意说有贤而不能用，与重审案件，从而贬斥李德裕不同。

李　卫　公[①]

绛纱弟子音尘绝，鸾镜佳人旧会稀[②]。今日致身歌舞地，木棉花暖鹧鸪飞[③]。

① 《旧唐书·李德裕传》："（武宗）会昌四年八月，平泽潞（刘稹），以功兼守太尉，进封卫国公。宣宗即位，罢相。大中元年秋，寻再贬潮州司马。明年冬，又贬潮州司户。又贬崖州司户，至三年正月，方达珠崖郡。十二月卒。"朱鹤龄《笺注》："按诗有木棉鹧鸪语，盖卫公投窜南荒时作也。"张采田把这诗列入大中二年李德裕贬崖州司户参军时作。

② 绛纱弟子：《后汉书·马融传》："尝坐高堂，施绛纱帐，前授生徒。后列女乐。"音尘绝：音讯断绝。鸾镜：《异苑》："罽宾王一鸾三年不鸣，夫人曰：'闻鸾见影则鸣。'悬镜照之。鸾睹影悲鸣，中宵一奋而绝。"这里指同佳人离别。

③ 致身：指贬官。歌舞地：崖州（广东琼山）少数民族爱好歌舞。木棉：木棉树正月开花，红色。种子生长毛，可织布。鹧鸪：叫声像"行不得也哥哥"。

李德裕在大中二年冬贬崖州司户，三年春到崖州，所以说"木棉花暖鹧鸪飞"。《唐摭言》：李德裕"颇为寒畯（贫寒士子）开路"。他当权时，引用贫寒的士子；他被贬官后，这些士子都跟他音信隔绝了。《续博物志》说卫公"乃于都下采聘名姝，至百数不止"。他贬官后，这些佳人跟他疏远了。这里含有人情冷暖的意思。接下来用少数民族的民间歌舞来反衬他当权时鸾镜佳人在达官府第里的歌舞，又结合鹧鸪的飞鸣,有"行不得也哥哥"的感叹。冯浩《笺注》:"下二句不言身赴南荒,而反折其词,与'旧时王谢堂前燕,飞入寻常百姓家'同一笔法,伤之,非幸之也。"用寻常百姓家来反衬贵族王谢堂,有盛衰的感慨。世情冷暖同盛衰之感结合,表达对李德裕被贬的伤感的感情。张采田《会笺》:"木棉花暖,鹧鸪乱飞,所谓歌舞者如是而已。'绛纱''鸾镜'之乐,安可复得耶?言虽似讽,意则深悲。"

寄令狐学士[①]

秘殿崔嵬拂彩霓,曹司今在殿东西[②]。赓歌太液翻黄鹄[③],从猎陈仓获碧鸡[④]。晓饮岂知金掌迥[⑤],夜吟应讶玉绳低[⑥]。钧天虽许人间听,阊阖门多梦自迷[⑦]。

①《新唐书·令狐绹传》:"(大中二年)即召为考功郎中,知制诰,入翰林为学士。"

② 秘殿:宫内的殿。王延寿《鲁灵光殿赋》:"立灵光之秘殿。"崔嵬:状高峻。曹司:指宫内各部院,如翰林院在麟德殿西,学士院在翰林院南,别户东向。令狐绹充翰林学士,在翰林院办公。

③《西京杂记》:"始元元年,黄鹄下太液池。上(汉昭帝)为歌曰:'黄鹄飞兮下建章。'"赓歌:指和皇帝所作诗。翻:翻飞。

④ 这里把秦文公获陈宝与益州有金马碧鸡结合,见《西南行却寄相送者》注②。言从帝猎得宝。

⑤《汉书·郊祀志》:"其后(武帝)又作柏梁、铜柱、承露、仙人掌之属矣。"注引《三辅故事》称"承露盘高二十丈",故称迥,迥指高远。此指帝

赐饮。

⑥ 玉绳：北斗星斗柄北两星为玉绳。谢朓《暂使下都夜发新林》："玉绳低建章。"此指夜深。

⑦ 钧天：《史记·赵世家》："简子寤，语大夫曰：'我之（到）帝所甚乐，与百神游于钧天（中央的天），广乐九奏万舞，不类三代之乐，其声动人心。'"指令狐绹在朝廷所作诗文。阊阖：指天门。天门太多，虽做梦也迷而难入。

商隐同令狐绹的关系表现在商隐的一部分《无题》诗里，因此对这种关系作较全面的了解是有必要的。按照时间的先后来看，开成元年，令狐绹做左拾遗，商隐还没有中进士。他有《别令狐拾遗书》，称"一日相从，百年是肺肝"，每一会面，一分散，"至于慨然相执手，嚬然相戚，决然相泣者"，极写两人交谊之深，不同寻常。他有《令狐八拾遗绹见招送裴十四归华州》："嗟余久抱临邛渴，便欲因君问钓矶。"用司马相如有消渴疾，在临邛得卓文君，比自己的求偶，用裴十四去华州，华州有姜太公钓鱼矶，要盼他作媒。把这样的话写给令狐绹，显示两人关系密切，无所顾忌。商隐又有《酬别令狐补阙》，约在开成五年后，绹做左补阙，诗称："锦段知无报，青萍（宝剑名）肯见疑？""警露鹤辞侣，吸风蝉抱枝。弹冠如不问，又到扫门时。"绹帮助商隐中举，自愧无报。自己与王茂元女结婚，希望他不要见疑。他像鹤辞侣，迹虽暂离，又像蝉抱枝，心仍永托。要是他在位不推荐自己，只好来替他扫门了。从这诗看，商隐与王茂元女结婚后，绹对商隐已心怀疑忌，不肯推荐，商隐还是向他表达情怀。

会昌二年，绹做户部员外郎，商隐在做秘书省正字，有《赠子直花下》："官书推小吏，侍史从清郎。并马更吟去，寻思有底忙。"商隐和绹还是接近的，可以并马联吟。绹有小吏侍史，比较清闲。当时是迹近情疏。会昌三年，商隐在河南，有《寄令狐郎中》："嵩云秦树久离居，双鲤迢迢一纸书。休问梁园旧宾客，茂陵秋雨病相如。"虽然情分已疏，绹还是去信问候。当时商隐居母丧，只是感叹自己的病困。

约在大中元年，商隐到桂管观察使郑亚幕府，令狐绹做湖州刺史，写诗给商隐，商隐作《酬令狐郎中见寄》："补羸贪紫桂，负气托青萍。万里悬离抱，危于讼阁铃。"讲自己的瘦弱，希望自己像青萍宝剑能得到赏识。离怀万里，踪迹辽远，心事危疑。从中反映绹的来诗的含意，使他感到两人的交谊，已在危疑中了。大中二年二月，绹从湖州召拜考功郎中，不久知制诰，充翰林学士。这时，商隐因府主郑亚贬循州，他离桂州北归，有《寄令狐学士》，就是这里写的一首。这时绹已得到宣宗的信任，赓歌太液池，从猎陈仓，都说明亲近宣宗。可是他却远在外地，即使要梦到天门，也迷离难寻，含有希望绹引荐的含意。

商隐又有《梦令狐学士》："山驿荒凉白竹扉，残灯向晓梦清晖。右银台路雪三尺，凤诏裁成当直归。"正是绹作学士时作。商隐在荒凉的山驿中，梦见绹，醒来只有残灯相伴而已。想到绹的处身华贵，在翰林院值班，裁成凤诏，与己凄凉处境构成对照。

大中三年二月，令狐绹拜中书舍人。商隐有《令狐舍人说昨夜西掖玩月因戏赠》，可见商隐又接近绹。"昨夜玉轮明，传闻近太清。凉波冲碧瓦，晓晕落金茎。露索秦宫井，风弦汉殿筝。几时《绵竹颂》，拟荐《子虚》名。"皇宫正殿旁有东西掖门，绹值宿宫内，故有西掖玩月。凉波指月光，晓晕指日出时的日旁气。想象玩月光景。扬雄作《绵竹颂》，直宿郎杨庄诵此文于成帝，也像杨得意把司马相如的《子虚赋》推荐给汉武帝。末联希望绹推荐自己。商隐还有一首《子直晋昌李花》，《戊签》在题下注"得分字"，可见此诗是商隐在绹的晋昌里府第里，分韵赋诗所作。那末商隐只要在京里，跟绹的踪迹始终是亲近的。诗称:“樽前见飘荡,愁极客襟分。”借李花来自比,感到自己的飘泊,离恨已极,可见绹还是不肯推荐。

从商隐给绹写的九首诗看,可以说,在商隐和王茂元女结婚以后,两人的关系,只要商隐在京,始终是迹近情疏,踪迹是接近的,商隐多次到绹府上,又听绹讲值宿宫内的事,有在宴席上分韵赋诗,但绹始终不肯推荐他进入翰林院。知道了这点,有助于理解《九日》诗的争论,也有助于理解一些《无题》诗的用意了。

玉　山

玉山高与阆风齐①,玉水清流不贮泥。何处更求回日驭?此中兼有上天梯②。珠容百斛龙休睡,桐拂千寻凤要栖③。闻道神仙有才子,赤箫吹罢好相携④。

①《山海经·西山经》:“曰玉山,是西王母所居也。”郭璞云:“《穆天子传》谓之群玉之山。”《楚辞·哀时命》:“望阆风之板桐。”阆风,昆仑山上的一山,相传为神仙所居。

② 回日驭:指极高的山,羲和驾着太阳的车到这里过不去而回转。上天梯:王逸《九思》:“缘天梯兮北上。”

③《庄子·列御寇》:“夫千金之珠必在九重之渊,而骊龙颔下。子能得珠者,必遭其睡也。”《初学记》三十《凤》:“《毛诗疏》曰:‘凤非梧桐不栖,非竹实不食。’”

④ 见《碧城三首》之二注②。

阆风，仙山，唐人以翰林院比仙山；玉山，比相位。大中四年，令狐绹以翰林学士承旨兵部侍郎同平章事，故称玉山高与阆风齐。清流与玉山，正指绹的清贵。回日驭言绹有回天之力，上天梯言绹可以推荐他进入朝廷。珠容百斛、桐拂千寻，言朝廷可以容纳众多人才。凤要栖指他要相投，龙休睡喻绹勿不顾。神仙有才子指令狐楚有才能之子，希望能够提携自己。大概商隐向绹陈情之作，都表达求援手之意。这首诗含意更为明显，可以用来参证向绹陈情的《无题》诗。

谒　山

从来系日乏长绳①，水去云回恨不胜。欲就麻姑买沧海②，一杯春露冷如冰。

① 傅休奕《九曲歌》："岁暮景迈群光绝，安得长绳系白日。"
②《神仙传·王远》："麻姑自说云：'接待以来，已见东海三为桑田。'"

谒山即谒玉山，谒令狐绹。商隐与绹迹近情疏，见《寄令狐学士》。迹近所以去进谒，恨不能长绳系日，可以多吐露积愫。水去云回，像水的逝去云的回转，感叹自己在外飘泊又回到京城，不胜怅恨。要请绹推荐入朝廷，像要向神仙买沧海那样渺茫，因为沧海已经变为桑田了。只有一杯春露冷如冰，冯浩笺："唐时翰林学士不接宾客，义山虽旧交，中心已暌，遂以体格疏之。"

灯

皎洁终无倦，煎熬亦自求[①]。花时随酒远，雨夜背窗休。冷暗黄茅驿，暄明紫桂楼[②]。锦囊名画掩，玉局败棋收[③]。何处无佳梦，谁人不隐忧[④]？影随帘押转，光信簟文流。客自胜潘岳，侬今定莫愁[⑤]。固应留半焰，回照下帏羞[⑥]。

①《庄子·人间世》："山木自寇也，膏火自煎也。"

② 柳宗元《岭南江行》："瘴江南去入云烟，望尽黄茅是海边。"黄茅驿，指驿站附近长满黄茅。《拾遗记》："暗河之北有紫桂成林，实大如枣，群仙饵焉。"此切桂林。

③《子夜歌》："明灯照空局，悠然未有期。"

④《诗·邶风·柏舟》："耿耿不寐，如有隐忧。"传："隐，痛也。"指甚忧。

⑤《世说新语·容止》："潘岳妙有姿容，好神情。少时挟弹出洛阳道，妇人遇者莫不连手共萦之。"《乐府诗集·莫愁乐》："莫愁在何处？莫愁石城西。"莫愁为石城女子。

⑥ 梁朝纪少瑜《残灯》："惟馀一两焰，才得解罗衣。"

冯浩笺："此桂府初罢作也。首二句领起通篇，'皎洁'言不负故交，'煎熬'言屡遭失意，'自求'二字惨甚。三、四溯昨春从行而背京师，五谓行近桂管，六则抵桂幕，七、八不意其遽贬也。'何处'一联，言倏喜倏忧，人世皆然。'影随'二句，谓踪迹又将流转。结二韵谓两美终合，定有馀光之照。虽未见明切子直（令狐绹），而此外固无人矣，正应转首句。”

这首诗借灯自喻，皎洁指灯光，煎熬指灯火，也比自己的心地光明，始终如一。煎熬指生活困苦，也是自找的。当时朝廷上既有牛李党争，他却要超然于两党之外，这是自找苦吃。花时四句以写自己为主，他以花时去桂林，赏花饮酒，秉烛夜游，雨夜背窗，一灯相对，都离不开灯。“冷暗”指驿外黄茅，暄明指楼中景象，这里也有灯在。锦囊掩名画，玉局收败棋，写人事蹉跌，也有灯在照着。“佳梦”“隐忧”，都有灯在伴着。影转光流，也有灯在。留半焰、照下帏，也有灯在，这就是处处写灯，也处处写已。借灯喻己，要不即不离。这诗写灯，开头两句的“皎洁”“煎熬”，是以写灯为主，双关自己。“花时”以下八句，以写自己为主，连带写灯。“影随”一联以写灯为主，连带写自己。影是灯光所照的，又是自己的影。自己出入房间，要揭动帘押，押是压住帘子的，所以影也随着帘押转动。光指灯光，光在竹簟上流动，竹簟又是自己床上铺的。最后四句写自己，自比莫愁，以客比潘岳，下帏时又连带写灯光的半焰回照。这样，所写或以灯为主，或以己为主，连带写灯，真正做到不即不离，借物喻意，是很好的咏物诗。

汉南书事[①]

西师万众几时回，哀痛天书近已裁[②]。文吏何曾重刀笔，将军犹自舞轮台[③]。几时拓土成王道，从古穷兵是祸胎[④]。陛下好生千万寿，玉楼长御白云杯[⑤]。

①《尔雅·释地·九州》：“汉南曰荆州。”这诗是商隐从桂州北归路过荆

州一带时作。

②《通鉴》武宗会昌五年："党项侵盗不已，攻陷邠、宁、盐州界城堡，屯叱利寨。宰相请遣使宣慰，上决意讨之。六年春二月庚辰，以夏州节度使米暨为东北道招讨党项使。"《汉书·西域传》："上乃下诏，深陈既往之悔，曰：'轮台西于车师千馀里。乃者贰师（将军）败，军士死略离散，悲痛常在朕心。今请远田轮台，欲起亭隧，是扰劳天下，非所以优民也，今朕不忍闻。'"赞曰："孝武末年，弃轮台之地，而下哀痛之诏，岂非仁圣之所悔哉？"

③《史记·汲黯传》："黯时与（张）汤论议，汤辩常在文深小苛，黯伉厉守高不能屈，忿发骂曰：'天下谓刀笔吏不可以为公卿，果然！'"《汉书·西域传》："轮台在车师国西北千馀里。"又《李广利传》："至轮台，轮台不下，攻数日，屠之。"

④ 枚乘《奏吴王书》："福生有基，祸生有胎。"

⑤《书·大禹谟》："好生之德，洽于民心。"玉楼：仙人居处。《十洲记·昆仑》："玉楼十二所。"白云杯：《穆天子传》三："天子觞西王母于瑶池之上，西王母为天子谣曰：'白云在天，山陵自出。'"此祝宣宗长寿。

这首诗称《汉南书事》，商隐离桂州北返，在大中二年，到汉南作这诗，当在二年秋初。党项攻陷邠、宁、盐州界城堡，唐发兵攻打，《通鉴》列于会昌六年春。从这年到大中二年，并无哀痛诏。《通鉴》大中四年九月："党项为边患，发诸道兵讨之，连年无功，戍馈不已。右补缺孔温裕上疏切谏。上怒，贬柳州司马。"那末到大中四年，宣宗还没有悔心。五年春，"上颇知党项之反，由边帅利其羊马，数欺夺之，或妄诛杀。党项不胜愤怨，故反。乃以右谏议大夫李福为夏绥节度使。自是继选儒臣以代边帅之贪暴者。行日，复面加戒励，党项由是遂安。三月，以白敏中为司空同平章事、充招讨党项行营都统制置等使。四月，敏中军于宁州。定远城使史元，破党项九千馀帐于三交谷,敏中奏党项平”。那末既没有哀痛诏,也不是派儒臣去抚慰,还是派宰相白敏中用武力压平的。

商隐这首诗写于大中二年,实际是表达了他对党项的看法,对宣宗和牛党白敏中的讥讽。商隐诗里,讥讽牛党政治措施的不多见,所以这诗可以重视。这诗的主要意见,是反对拓土穷兵,矛头是针对宣宗的。不过他用了婉转的说法,好像宣宗已经像汉武帝那样有悔心,有好生之德了,这样表面上放开宣宗,针对白敏中一流人。他不说宣宗任用刀笔吏,却说何尝重用刀笔吏呢?实际上正指他任用刀笔吏,所以将军还在用武力来滥施杀伐。事后证明商隐的看法是正确的。宣宗还是用白敏中,用武力去镇压的。

旧　将　军①

云台高议正纷纷,谁定当时荡寇勋②。日暮灞陵原上猎,李将军是旧将军。

①《汉书·李广传》:“与故颍阴侯屏居蓝田南山中射猎。尝夜从一骑出,从人田间饮。还至亭,霸陵(在陕西长安东)尉醉,呵止广。广骑曰:‘故李将军。’尉曰:‘今将军尚不得夜行,何故也。’”旧将军即故将军。

②《后汉书·马武传论》:“永平中,显宗(明帝)追感前世功臣,乃图画二十八将于南宫云台。”

《新唐书·忠义·李憕传》:“大中初,又诏求李岘王珪……三十七人画像,续图凌烟阁云。”凌烟阁画像有房玄龄、杜如晦等,不限于将军。《旧唐书·李德裕传赞》:"呜呼烟阁,谁上丹青!"对于大中初年诏求功臣三十七人像中没有李德裕很感不平,正是高议纷纷。《通鉴》会昌六年二月,"宣宗即位。四月,以门下侍郎同平章政事李德裕同平章事、充荆南节度使。德裕秉权日久,位重有功。众不谓其遽罢,闻之莫不惊骇"。程梦星笺注称:"德裕之相武宗,自御回纥,至平泽潞,当时荡寇之勋不小。于是加太尉,封卫国公,不啻汉显宗南宫云台图画功臣也。曾日月之几何,遽罢政事,出镇荆南。然则以有用之才,置无用之地,何异于汉之李广,号称飞将军,竟放闲置散,夜猎霸陵,空为无知之醉尉所呵,而忽其为故将军也。"冯浩笺:"《新书》纪文:大中二年七月,续图功臣于凌烟阁,事详《忠义·李憕传》。彼时必纷纷论功,而李卫国(德裕)之攘回纥、定泽潞,竟无一人讼之,且将置之于死地,诗所为深慨也。"这首诗,反映了商隐对李德裕被贬逐,不得图画于凌烟阁的愤慨不平。

泪

永巷长年怨绮罗,离情终日思风波①,湘江竹上痕无限,岘首碑前洒几多②,人去紫台秋入塞,兵残楚帐夜闻歌③。朝来灞水桥边问,未抵青袍送玉珂④。

①《三辅黄图》:"永巷,宫中之长巷,幽闭宫女之有罪者。"绮罗:指宫女。离情:离愁别恨。风波:坐船远行,有风波之患。

② 湘竹:《博物志》:"舜之二妃,舜崩,二妃啼,以泪挥竹,竹尽斑。"岘首碑:《晋书·羊祜传》:"襄阳百姓于岘山(即岘首山)祜平生游憩之所

建碑立庙，岁时飨祭焉，望其碑者莫不流泪，杜预因名为堕泪碑。”

③ 紫台：紫宫，宫墙上涂紫色。汉王昭君离开汉宫到塞外去和亲。杜甫《咏怀古迹》：“一去紫台连朔漠。”兵残句：《史记·项羽纪》：“项王军壁垓下，兵少食尽，夜闻汉军四面皆楚歌。项王则夜起饮帐中，乃悲歌慷慨，泣数行下。”

④ 灞桥：在陕西长安东，为唐人送别处，亦称销魂桥。青袍：指士子。玉珂：用玉作马口勒装饰，指贵人。

程梦星《笺注》：“八句凡七种泪，只结句一泪为切肤之痛。”首句宫怨之泪，次句送别之泪，三句寡妇之泪，四句怀念恩德之泪，五句身在异域之泪，六句国破兵败之泪，八句是青袍寒士送玉珂贵人之泪。前六种泪都比不上末一泪为可悲。为什么？冯浩《笺注》说：“此必李卫国（德裕）迭贬时作也。《唐摭言》有‘八百孤寒齐下泪，一时南望李崖州’之句，与此同情。”由于李德裕起用贫寒的士子，所以他的贬斥，使八百孤寒下泪，所以比以上六种的泪更为可悲。这话可备一说。

《辑评》引纪昀评：“六句六事，皆非正意，只于结句一点，运格奇绝，但体太卑耳。”冯浩称：“此义山独创之绝作也。”所谓“体太卑”，当指有意这样作。对于这种写法，宋朝辛弃疾的《贺新郎·别茂嘉十二弟》当是模仿它稍加变化：“绿树听鹈鴂，更那堪鹧鸪声住，杜鹃声切。啼到春归无啼处，苦恨芳菲都歇。算未抵人间离别。马上琵琶关塞黑，更长门翠辇辞金阙；看燕燕，送归妾；将军百战身名裂，向河梁回头万里，故人长绝；易水萧萧西风冷，满座衣冠似雪，正壮士悲歌未彻。啼鸟还知如许恨，料不啼清泪长啼血。谁共我，醉明月。”这首词说“未抵人间离别”，就是“未抵青袍送玉珂”。这首词里举了四件离别的事：一是王昭君离汉宫出塞，二是卫庄姜送归妾，三是李陵送苏武回国，四是燕太子丹宾客送荆轲入秦。这里选举四件事，同《泪》里选举六件事的写法相似。不过《泪》里用六件事来衬托青袍送玉珂，显出后者更为可悲。辛弃疾词用四件事来同杜鹃悲鸣相比，显得人间离别更为可悲，这是写法的变化。不过两者又有相似处。《泪》里用六件事来同寒士送别相比，辛词用四件事来同别茂嘉弟相比就是。辛词借四件事来寄托身世之感、家国之悲，《泪》里所举的六件事，也可能有所寄托。

张采田《会笺》："首句失宠；次句离恨；三四以湘泪比武宗之崩，岘碑指节使之职，卫公固以出镇荆南而叠贬也；五谓一去禁廷，终无归路；六谓一时朝列，尽属仇家；结句总纳上六事在内，故倍觉悲痛。"这里进一步说明用典的含意，显得诗意更为深沉。

无　题

万里风波一叶舟，忆归初罢更夷犹①。碧江地没元相引，黄鹤沙边亦少留②。益德冤魂终报主，阿童高义镇横秋③。人生岂得长无谓，怀古思乡共白头。

① 夷犹：犹豫不定。

② 没：冯浩注："或疑作'脉'，未可定。"黄鹤：在湖北武昌西北的黄鹄矶。《南齐书·州郡志》："夏口城据黄鹄矶，世传仙人子安乘黄鹤过此。"

③《三国志·蜀书·张飞传》："张飞字益德。先主伐吴，飞当率兵万人自阆中会江州。临发，其帐下将张达、范彊杀飞，持其首，顺流而奔孙权。"《晋书·羊祜传》："(王)濬又小字阿童。"又《王濬传》："除巴郡太

守。郡边吴境，兵士苦役，生男多不养。濬乃严其科条，宽其徭课，其产育者皆与休复，所全活者数千人。（及后伐吴）所全育者皆堪徭役供军。其父母戒之曰：‘王府君生尔，尔必勉之，无爱死也。’”

此篇似从桂府北归，《偶成转韵》称“顷之失职辞南风，破帆坏桨荆江中”。有风波之险，所以说“万里风波”。冯浩注：“不得已而又就扁舟，故曰‘忆归初罢更夷犹’也。三句谓沿江之境相连，四句小驻桡于武昌也。曰‘亦少留’者，似追忆会昌初鄂岳之役，今又少留于此也。一结极凄惋，惜五六无可晓耳。”张采田《会笺》：“‘益德报主’喻卫公，卫公乃心武宗，竟至投荒，是死报主矣。”按商隐北归在大中二年，李德裕死于大中四年，此时他还活着，怎么可称冤魂呢？益德和王濬都在四川，可能与四川的事有关，不详。又称：“阿童比李回始终赞皇（李德裕），被谤左迁，高义固无忝士治（王濬）也。”《通鉴》大中二年正月，“西川节度使李回，坐前不能直吴湘冤，回左迁湖南观察使。李绅追夺三任告身”。按会昌五年，淮南节度使李绅按江都令吴湘赃罪当死，李德裕如绅奏，处湘死。大中二年替吴湘翻案，贬李德裕为潮州司马，李回左迁湖南观察使。倘阿童高义指李回始终心向李德裕，那末翼德冤魂或指李绅死后追夺三任告身。但此亦系猜测，无确据。

纪昀评：“此是佚去本题而编录者署曰《无题》，非他寓言之比。全篇从‘更夷犹’三字生出。前四句低徊徐引，五六振起，七八以曼声收之，绝好笔意。‘怀古思乡’收缴第二句完密。”说这首诗不属于《无题》是对的，选这首诗说明确有混入《无题》的诗。这首诗是写怀古思乡的，“益德一联”是怀古，荆江遇险后到了黄鹤沙边是思乡。当时李回任湖南观察使，商隐在湖北武昌，似未去李回幕时作。

九　　日①

曾共山翁把酒时，霜天白菊绕阶墀②。十年泉下无消息，九日樽前有所思③。不学汉臣栽苜蓿，空教楚客咏江蓠④。郎君官贵施行马，东阁无因再得窥⑤。

① 九日：即九月九日，为重阳节。朱彝尊批："一本下有'怀令狐楚府主'六字。"此批不见于《辑评》。

② 山翁：朱鹤龄《笺注》："山翁，（晋）山简也，以比彭阳公（令狐楚）。"程梦星《笺注》："山公，山涛也。《晋书》涛所甄拔人物，各为题目，时称《山公启事》，以比令狐楚为宜。"冯浩注："翁，一作公。"按两说皆通，作山涛似胜。白菊：刘禹锡《和令狐相公玩白菊诗》："家家菊尽黄，梁国独如霜。"令狐楚爱白菊。

③ 十年泉下：令狐楚死在开成二年，这诗当作于大中二年，那时商隐在桂管观察使郑亚幕府，因郑亚被贬为循州长史而落职。有所思：怀念重阳节与令狐楚把酒时事。

④ 栽苜蓿：见《茂陵》注②。用移种苜蓿比提拔人才，感叹令狐绹不像他父亲能提拔自己。空：徒然。江蓠：蘼芜。屈原《离骚》："览椒兰其若兹兮，又况揭车与江蓠。"指芳草的变得不芳。商隐在桂州，故自比楚客。江蓠不芳，指令狐绹不像其父。

⑤ 郎君：《唐摭言》："义山师令狐文公（楚），呼小赵公（绹）为郎君。"官贵：令狐绹在大中二年拜考功郎中，知制诰，充翰林学士。施行马：在门前设置行马，阻止人骑马通过。行马，用木头交叉中有木横贯之具。东阁：《汉书·公孙弘传》："开东阁以延（请）贤人。"指令狐

绹不再延请自己。

这首诗，当在大中二年，郑亚被贬官，商隐不得不离开郑亚幕，秋初在北归途中写的。身在楚地，所以自比楚客。想到曾受令狐楚的延聘，受他接待，他正像山涛那样选拔人才。重阳节，在他幕府里陪他喝酒赏白菊。现在令狐绹不再像他父亲延揽人才，使他像屈原般感叹。从前令狐楚像汉相公孙弘开东阁来接待我，现在令狐绹再难接待我了。

对这首诗，《北梦琐言》卷七说："李商隐员外依彭阳令狐公楚，以笺奏受知(因会写笺奏受到赏识)。子绹，继有韦平之拜(拜丞相，韦贤、平当是汉丞相)，似疏陇西(李商隐)，未尝展分(指接待)。重阳日，义山诣宅，于厅事上留题。相国(绹)睹之，惭怅而已，乃扃闭此厅，终身不处也。"这个故事是靠不住的。令狐绹拜相是在大中四年十一月，拜相后的重阳节商隐写这诗，当在大中五年。五年春，商隐入朝，谒令狐绹，补太学博士。那就不是"东阁无因得再窥"了。假使商隐把这诗写在绹的厅事上，那要避他的父名楚字，不应触犯他的家讳。所以这首诗是商隐北归时想象绹不会接待他，不是写实。后来商隐进京，绹虽曾帮他补太学博士，招待他留宿，实际上还是疏远他。冯浩在按语里指出："程氏云：'东阁难窥，又何从题壁？"有所思"非承上思"把酒"之时，正透下思"郎君官贵"之日。"东阁"属楚，非属绹也。(按因门前施行马，故不得入窥东阁，还是指绹，不指楚。)曰"官贵"，犹在绹未相之先。若韦平继拜，又不至于官贵矣。诗当在绹为学士或舍人时作，义山自岭表入朝时也。'余更定为此时途次所作，第六句兼志客程也。"又称："预为疑揣，不作实事解，弥见其佳。"这个按语结合诗词语作解，很确切。

漫成五章

沈宋裁辞矜变律，王杨落笔得良朋[①]。当时自谓宗师妙，今日惟观对属能[②]。

①《新唐书·文艺传》赞曰："唐兴，诗人承陈隋风流，浮靡相矜。至宋之问、沈佺期等研揣声音，浮切不差，而号律诗，竞相沿袭。"指沈宋研究诗的声律，分清平仄，称为律诗。浮切犹平仄。变律：新变的律诗。《旧唐书·王勃传》："勃与杨炯、卢照邻、骆宾王皆以文章齐名，天下称王杨卢骆四杰。"良朋：指四杰。

② 宗师：《汉书·艺文志》："儒家者流宗师仲尼。"指尊以为师。对属：对偶，指作对偶的四六文。

李杜操持事略齐，三才万象共端倪[③]。集贤殿与金銮殿，可是苍蝇惑曙鸡[④]？

③ 操持：掌握，指才华学识。事略齐：本领大略相等。三才：天地人。万象：万物。端倪：苗头。指李白、杜甫的诗，能写出自然和社会中一切事物变化的苗头，能见人所见不到处。

④《新唐书·张说传》："帝召说与礼官学士置酒集仙殿，曰：'朕今与贤者乐于此，当遂为集贤殿。'"又《杜甫传》："天宝十三载，玄宗朝献大清宫，飨庙及郊。甫奏赋三篇，帝奇之，使待制集贤院。"又《李白传》："召见金銮殿，论当世事，奏颂一篇。"可是：却是。苍蝇：《诗·齐风·鸡

鸣》:“非鸡则鸣,苍蝇之声。”指杜甫在集贤院应试,李白在金銮殿召见,应受到玄宗的赏识,像鸡叫天明。却是苍蝇声迷惑了玄宗,使他们都不被任用。

生儿古有孙征虏,嫁女今无王右军⑤。借问琴书终一世,何如旗盖仰三分⑥?

⑤ 孙征虏:《三国志·吴书·孙坚传》:“(袁)术表坚(上表汉帝封孙坚)行破虏将军领豫州刺史。”这里要用平声,改为征虏。又《孙权传》注引《吴历》:“曹公出濡须,公见(孙权)舟船器仗军伍整肃,喟然叹曰:‘生子当如孙仲谋(孙权的字)。’”王右军:《晋书·王羲之传》:“时太尉郗鉴使门生求女婿于(王)导,导令就东厢遍观子弟,门生归谓鉴曰:‘王氏诸少(年)并佳,然闻信至,咸自矜持(拘谨)。惟一人在东床坦腹食,独若不闻。’鉴曰:‘正此佳婿耶?’访之,乃羲之也,遂以女妻之。”后羲之为右军将军、会稽内史。

⑥ 琴书:王羲之以书法著称,琴书往往并称。旗盖:《孙权传》:“黄旗紫盖(车上的伞),运在东南。”三分:孙权与曹操、刘备三分天下。

代北偏师衔使节,关东裨将建行台⑦。不妨常日饶轻薄,且喜临戎用草莱⑧。

⑦《旧唐书·石雄传》:“(会昌)三年,回鹘大掠云、朔北边。雄自选劲骑追至杀胡山,急击之,斩首万级,生擒五千。以功累迁河中晋绛节度使。昭义(节度使)刘从谏卒,其子稹擅主军务,朝议问罪。令徐帅李

彦佐为潞府西南面招抚使，未进。雄受代之翌日，破贼。”代北：山西代县一带。偏师：指石雄。衔使节：石雄以功受命为节度使。关东裨将：函谷关以东的偏将，指石雄是徐州人。建行台：指石雄代为西南面招抚使，建立行辕。

⑧ 饶轻薄：石雄出身低微，很被看轻。用草莱：草莱，从民间来，指石雄。李德裕用石雄平定刘稹。

郭令素心非黩武，韩公本意在和戎⑨。两都耆旧偏垂泪，临老中原见朔风⑩。

⑨《通鉴》乾元元年八月，“以郭子仪为中书令”。广德元年冬十月，“吐蕃寇泾州，入长安。子仪比至商州，行收兵，并武关防兵合四千人，军势稍振。子仪乃泣谕将士，共雪国耻，取长安，皆感激受约束。吐蕃惶骇，悉众遁去”。素心：本心。《旧唐书·张仁愿传》：“（神龙初，仁愿为朔方总管）于河北筑三受降城。自是突厥不敢度山放牧，朔方无复寇掠。景龙二年，累封韩国公。”和戎：指与突厥和好。

⑩ 两都：西都长安，东都洛阳。耆旧：父老。见朔风：看到西北边地的民风，此指收复河湟，河湟老幼来京。《通鉴》大中三年二月：“吐蕃秦、原、安乐三州及石门等七关来降。八月，河陇老幼千馀人诣阙，上御延喜门楼见之，欢呼舞跃，解胡服，袭冠带，观者皆呼万岁。”

程梦星《笺注》说：“杜子美有《戏为六绝句》论文章之正变，义山仿之，兼及身世，此即谓之义山小传可也。”这五首，前两首的首联是仿杜甫《戏为六绝句》的论诗，但用意却不同，所谓“义山小传”。程虽提出小传说，怎样理解这五首诗，张采田《会笺》指出：“此诗杨致轩

(守智)谓历叙一生踪迹：前二首指令狐父子，中二首咏娶茂元之女，末一首结重赞皇(李德裕)。午桥(程梦星)、孟亭(冯浩)本之，大意已创通矣，而冯氏句下所释不符，今当详为解之。”即程、冯两家的解释，对有些句子还不合，张说讲得更完满些。

“首章言当日从(令狐)楚受章奏之学，今所得者不过属对之能而已，深慨己之名位不达，而为子直(令狐绹)所排也。”这诗讲沈佺期、宋之问作诗夸耀新变体，即创作律诗，律诗在他们手里完成。王勃、杨炯作诗作文得到卢照邻、骆宾王作为良朋，杜甫《戏为六绝句》“王杨卢骆当时体”，也是一种当时流行的体制，同律诗的为当时体一致。商隐入令狐楚幕府，楚教他做时文，即四六文，也是一种时行的当时体。当他学作时文时，认为楚是一代宗师，现在看来只是能对偶而已。四六文讲究对偶。在这里，大概有两层意思，从商隐对刘蕡和杜牧的钦佩说，刘蕡的对策，杜牧的《罪言》等，都对当时的国家大事提出极重要的意见，都不是四六文，这里显出他对四六文的看法，不过讲究对偶而已。商隐一生想望进入翰林院，替皇帝起草文书，逐步参预讨论大政方针，来实现他旋乾转坤的抱负。当时替皇帝起草文书，用的就是四六文。由于令狐绹的不肯推荐，只有幕府主赞赏他的四六文写得好，把他请去，没有机会施展他旋乾转坤的抱负，因而发生感慨。这首诗里含有这两种意思。

“二章言李、杜当日齐名四海，而皆不能翱翔华省，岂亦如我之遭毁沦落耶？‘苍蝇惑鸡’，比党人排笮也。”商隐既认为四六文只是“对属能”，从而钦佩李杜的诗篇，他们把自然现象和社会现象都概括进去，但不是现象的罗列，是写出各种现象的变化的苗头，这是一般人所看不到的。可是他们都被排挤走了。他们的创作是破晓的鸡啼，排挤他们的不过是苍蝇的嗡嗡而已，这也就是《安定城楼》写的“可怜腐鼠成滋味，猜意鹓雏恨未休”。破晓也是“欲回天地”的意思。感叹自己不能进入翰林院，发出破晓的啼声。冯注："义山自负才华，不得内用；而绚以浅陋之胸，居文学禁密之职，岂非苍蝇之乱晨鸡耶？"

"三章更代妻致慨，言生男古曾有征虏（孙坚）之子（孙权），而嫁女今已无右军之婿（王羲之），两世节钺（节度使，王茂元父栖曜，是鄜坊节度使），不取将种，竟赘穷酸，试问琴书一世，何如旗盖三分之为荣乎？斯真相攸（择婿）之计左矣。"冯注："夫义山之一生沦落，以见弃于楚之子绚也。其见弃者，以其婿于茂元也。第三首为五篇之关键。"

"四章专美赞皇，言我尝平日轻薄卫公（此解不确，"饶轻薄"指看轻石雄的出身微贱，不是轻薄李德裕），而岂知当国秉钧，竟能起用草莱，以成中兴之功，今岂有此人哉？代北使节，谓破乌介（回鹘），吴东行台，谓平泽潞（刘稹），皆指石雄。雄本系寒（故为人所看轻），又为卫公所特赏。"

"五章则又为卫公维州之事辨谤。《旧书·德裕传》：'吐蕃维州守将悉怛谋请以城降，尽率郡人归成都。德裕乃发兵镇守。时牛僧孺沮议，言新与吐蕃结盟，不宜败约，乃诏德裕却送悉怛谋一部之人还维州。赞普（吐蕃主）得之，皆加虐刑。'后德裕复入相，奏论之曰：'维州是汉地入兵之路，欲经略河湟，须以此城为始。悉怛谋寻率一城之兵众，空壁归臣。诸羌久苦蕃中征役，愿作大国王人，相率内属。可减八处镇兵，坐收千里旧地。况臣未尝用兵攻取，彼自感化来降。'观此，则卫公之收维州，岂贪一城之利，其志固未尝须臾忘河湟也。其后会昌四年，以回纥微弱，吐蕃内乱，议复河湟四镇十八州，令天德、振武、河东训卒励兵，以俟其时。亦皆本此志行之。诗意言若早用卫公庙算，则河湟之复，岂特今日临老而方见冠带康衢之盛？此两都父老所以垂泪也。当卫公之受悉怛谋降也，论者皆以生事外夷为言。党人之所以谤卫公者，所见无远图如是，故首举韩郭往事明之。

和戎而非黩武，用重笔大书特书，所以表白卫公心迹，盖两党争执，实以此为一大事也。”李德裕主张接受悉怛谋的投降，收复维州，牛僧孺反对接受投降，反对收复维州，表面上说要遵守对吐蕃的信义。王夫之《读通鉴论》卷二六说：“夫僧孺岂果崇信以服远，审势以图宁乎？事成于德裕而欲败之耳。小人必快其私怨，而国家之大利，夷夏之大防，皆不胜其恫疑之邪说。”这正是千古读者的公论。商隐用郭子仪、张仁愿来比李德裕，是对德裕的极力推崇。

纪昀批：“全入论宗，绝句变体，不善效之，便成死句，要以有唱叹神韵为佳。”认为这五首用议论为诗，因为写得有唱叹有神韵所以还是好的。就是指写得很有感慨、有感情，是抒情的，所以好。这五首也不完全是议论，议论是通过比喻事件来表达的。“苍蝇惑曙鸡”是比喻，“耆旧垂泪”见朔风是事件，用草莱、旗盖三分都是事件，所以同抽象议论不同。他的感慨又贯串在五首之中，又是抒情的佳作。

深　宫

金殿销香闭绮栊，玉壶传点咽铜龙①。狂飙不惜萝阴薄，清露偏知桂叶浓。斑竹岭边无限泪，景阳宫里及时钟②。岂知为雨为云处，只有高唐十二峰③。

① 栊：指窗。玉壶：用玉装饰的铜壶滴漏，水从铜龙口中滴入容器，发出低咽声。容器内有刻度数的箭计时，一夜分五更，一更分二十五点，到点时传报，称传点。

② 斑竹：见《泪》注②。景阳宫：《南史·齐武穆裴皇后》：“上数游幸诸苑

囿，载宫人从后车。宫内深隐，不闻端门鼓漏声，置钟于景阳（宫）楼上，应五鼓及三鼓，宫人闻钟声早起妆饰。”

③ 高唐：宋玉《高唐赋》：“妾巫山之女也，为高唐之客。旦为朝云，暮为行雨。”高唐，台观名，在云梦泽中。十二峰：巫山有十二峰，中有神女峰。

程梦星说：“起二句亦追忆夫在朝得志如绹辈者。”比令狐绹在朝得意。姚培谦笺注称三四句：“此叹恩遇之不均也。萝阴本薄，偏值狂飙；桂叶本浓，特加清露。”这里指郑亚被贬官，商隐在郑亚幕府连带去职。特加清露指绹屡承恩宠。冯浩《笺注》：“五谓从桂管湘江而来，六谓绹已及时升用。七八即所遇以寄慨。”指岂知承受恩宠处，只有令狐绹一辈人而已。

这里节取程、姚、冯三家说，因为三家之说，结合诗来看，有合有不合，各取其中有合的。如程说，以“三四一联，上谓当时排挤之党人，下谓目前辟聘之知己”。把第四句指柳仲郢招商隐入东川节度使幕府，不如冯注认为商隐因郑亚贬官北归时作更合。姚注“斑竹句喻远臣，景阳句喻近臣”，不如冯说的具体。冯说：“三谓彼不我怜，四谓我犹有恋。”把清露句说成“我犹有恋”，不如姚说的确切。所以酌取三家说来解。

楚　吟

山上离宫宫上楼[①]，楼前宫畔暮江流。楚天长短黄昏雨，宋玉无愁亦自愁[②]。

① 离宫：行宫。宋玉《高唐赋》："昔者楚襄王与宋玉游于云梦之台，望高唐之观。""高唐之观"就是山上离宫。

② 长短：钱锺书先生批："义山《樱桃花下》'佳人长短是参差'，即此长短，今语所谓反正、免不了、老是。历来注家未得其解。"《高唐赋》称神女"暮为行雨"。

何焯批："长晷短景（日长日短），但有梦雨，则贤者何时复近乎？此宋玉所以多愁也。"长短作日长日短解，与"黄昏雨"结合不密，既着眼在"黄昏雨"，何关于日长日短呢？长短以作"老是""反正"解为确。反正楚王只是梦雨，迷恋女色，所以发愁。钱先生《管锥编》八七五页称："《高唐赋》：'长吏隳官，贤士失志，愁思无已，太息垂泪，登高远望，使人心瘁。'为吾国词章增辟意境，即张先《一丛花令》所谓'伤高怀远几时穷'是也。"又："温庭筠《寄李外郎远》'天远楼高宋玉悲'，已定主名，谓此境拈自宋玉也。"何焯的评语，指出这首诗的含意。钱先生指出这首诗提出一种新的意境，即伤高怀远，这种意境是宋玉开创的。

这首诗像辘轳圆转，从"离宫"引出"宫上楼"来，再引出"楼前宫畔"，迭用三宫字，两楼字，两愁字。这种写法，在商隐诗里多次碰到。

梦　泽[①]

梦泽悲风动白茅，楚王葬尽满城娇。未知歌舞能多少，虚减宫厨为细腰[②]。

① 梦泽：楚国有云梦泽，在湖北安陆东南一带地，本为二泽，合称云梦。
②《韩非子·二柄》："楚灵王好细腰，而国中多饿人。"

纪昀批："繁华易尽，从争宠者一边落笔，便不落吊古窠臼。"楚泽是楚灵王葬宫女的地方，已经长满白茅草。这些宫里的娇娃，因为要争取灵王的宠爱，尽量少吃饭，使得腰肢细瘦。她们徒然减少了宫厨的粮食，不知能够给灵王演出多少歌舞。这是说争宠的徒然损害自己并不能够争取宠爱，它的含意不限于指宫女。

夜雨寄北

君问归期未有期，巴山夜雨涨秋池①。何当共剪西窗烛，却话巴山夜雨时。

① 巴山：在陕西四川界，支峰绵亘数百里，东接三峡。此当指接近三峡处。

这首诗，洪迈《唐人万首绝句》题作《夜雨寄内》。冯浩《年谱》认为是大中二年商隐离郑亚桂管幕府北归后去四川所作。但商隐北归后选为盩厔(今陕西周至)尉，无入川记载。张采田《会笺》以为商隐北归，留滞湖南，又入川，由梓潼至巴西南行。巴西(阆州)在梓潼东北，"既至阆州，取汉中还长安，非特通途，尤属捷径"。则于地望不合，故岑仲勉《会笺平质》以为疑。《会笺平质》以《夜雨寄北》诗为商隐在东川柳仲郢幕府之作，则在大中五年七月，而商隐妻于入川前卒，则寄北不得为寄妻。《平质》因言“唐人多姬侍，不必其寄妻也”。但商隐似无姬侍，又《摇落》诗“滩激黄牛暮，云屯白帝阴”，《过楚宫》诗“巫峡迢迢旧楚宫”，则商隐确曾过三峡，而入东川则不需过三峡。是商隐在入东川以前，确曾到过巴山，并不妨碍这首诗为寄妻之作。或商隐自桂管北归，留滞湖南时，得妻问归期之信，即自三峡入川，作此“寄北”诗吧。

何焯批：“水精如意玉连环，荆公屡仿此。”这首诗明白如话，悉如意所欲出，所以用水精如意来比，比它的透彻玲珑。王安石屡次仿此诗。玉连环，指前面说“巴山夜雨”，后面又说“巴山夜雨”。像王安石《谢安墩》：“我名公字偶相同，我屋公墩在眼中。公去我来墩属我，不应墩姓尚随公。”屈复《诗意》评：“即景见情，清空微妙，《玉溪集》中第一流也。”也是推重它的透彻玲珑。纪昀评：“探过一步作收，不言当下如何，而当下可想。”又说：“作不尽语，每不免有做作态。此诗含蓄不露，却只是一气说完，故为高唱。”指出这首诗写得含蓄而又自然，深情流露，格调很高。

木　　兰

二月二十二，木兰开坼初①。初当新病酒，复自久离居。愁绝更倾国，惊新闻远书②。紫丝何日障，油壁几时车③？弄粉知伤重，调红或有馀④。波痕空映袜，烟态不胜裾⑤。桂岭含芳远，莲塘属意疏⑥。瑶姬与神女，长短定何如⑦？

① 开坼：开裂，指花苞开放。
② 倾国：以木兰喻美人。远书：指从远方传来的信。
③《世说新语·汰侈》："君夫（王恺）作紫丝布步障、碧绫里四十里。"古辞《苏小小歌》："妾乘油壁车，郎骑青骢马。"两句指用丝织品作围幛来保护花，几时有美人来赏。
④ 宋玉《登徒子好色赋》："著粉则太白，施朱则太赤。"两句形容木兰花的白里带红，用美人作比。
⑤ 曹植《洛神赋》："凌波微步，罗袜生尘。"《三辅黄图》："每轻风时至，飞燕殆欲随风入水，帝以翠缕结飞燕之裾。"两句形容木兰花像洛神凌波，飞燕身轻。
⑥ 桂岭：指商隐在桂州看到木兰花。莲塘：指莲池边有木兰花。
⑦《集仙传》："云华夫人名瑶姬，王母第二十三女。尝游东海，过巫山，授禹上清、宝文、理水三策。"宋玉《高唐赋》："妾巫山之女也，为高唐之客。"指巫山女神。用瑶姬与神女来比花，不知优劣如何。

这是咏物诗，借物寓意，句句在写木兰花，又句句有含意，不黏不脱。不黏是不黏着在物上，有寓意；不脱是不脱离物。二月二十二日，写木兰开花，不必举日期，这里举日期，按《翰苑群书·重修承旨学士壁记》称令狐绹于大中"三年二月二十一日特恩拜中书舍人"，二十二日正式上任。"新病酒"，指如醉；"久离居"，指与绹久别。"愁绝"两句指得到这一消息又惊喜，又发愁，喜绹如美人得君恩，愁己远隔。"紫丝"两句指绹更为尊贵，自己不知何日能见到他。"弄粉"两句指自己的才华对绹说来有如弄粉调红未必有当。"波痕"两句指自己即使像洛神的凌波，飞燕的身轻，恐亦徒然。"桂岭"两句言自己曾在桂州与绹相隔遥远，莲塘属绹府，指绹情意已疏。"瑶姬"两句指两美相会，情意的或长或短还未可知。总之，认为自己回到京里，可与绹相见，但情意已疏，恐难相亲了。白居易有《题令狐家木兰花诗》：

“腻如玉指涂朱粉，光似金刀剪紫霞。从此时时春梦里，应添一树女郎花。”可见绹家的木兰花是极有名的。

杜司勋[①]

高楼风雨感斯文[②]，短翼差池不及群[③]。刻意伤春复伤别，人间惟有杜司勋[④]。

①《旧唐书·杜牧传》：“牧，字牧之，既以进士擢第，又制举登乙第。迁左补阙、史馆修撰、转膳部、比部员外郎，出牧黄、池、睦三郡，复迁司勋员外郎、史馆修撰，转吏部员外郎，授湖州刺史，入拜考功郎中、知制诰，岁中迁中书舍人。”

② 风雨：《诗·郑风·风雨》：“风雨如晦。”指政治昏乱。斯文：指文士。

③ 差(cī)池：犹参差。《诗·邶风·燕燕》：“燕燕于飞，差池其羽。”指尾翼不整齐。不及群：不如同群。

④ 伤春：杜牧《惜春》：“春半年已除，其馀强为有。即此醉残花，便同尝腊酒。怅望送春杯，殷勤扫花帚。谁为驻东流，年年常在手。”又《赠别》：“多情却似总无情，惟觉樽前笑不成。蜡烛有心还惜别，替人垂泪到天明。”

在高楼风雨中使杜牧引起感触，也就是在唐王朝的风雨飘摇中，杜牧提出了经邦济世的规划。他认为唐王朝有内忧、边患：内忧即藩镇割据，内乱频繁；边患即吐蕃侵占河西、陇右，威胁京城。他想解决这两大问题，振兴唐王朝。可是他在做官方面像短翼飞不快，不如跟他同辈的人进升得快，那他的抱负就无法施展。在京里做官或在地方上做官，要是没有参预讨论大政方针的权力，还是不行。那他只好着意伤春又伤别了。要是他能够施展他的抱负，为唐王朝的兴复用力，那就没有心情来伤春伤别了。所以着意伤春伤别，正是杜牧的不幸。就是这样，当是还只有他在这样地伤春伤别呢？在这里既表达了他对杜牧的钦佩，也借杜牧来寄托自己的感慨。他在仕途上比杜牧更不如，更有高楼风雨、短翼差池的感叹。他的"欲回天地"的旋乾转坤的抱负更难实现，也只好刻意伤春复伤别了。

赠司勋杜十三员外①

杜牧司勋字牧之，清秋一首《杜秋诗》②。前身应是梁江总，名总还曾是总持③。心铁已从干镆利，鬓丝休叹雪霜垂④。汉江远吊西江水，羊祜韦丹尽有碑⑤。

① 杜十三：杜牧这一辈，按同一曾祖所生的兄弟姊妹排行，杜牧居第十三。

② 杜秋诗：杜牧《杜秋娘诗序》："杜秋，金陵女也。年十五，为（镇海军节度使）李锜妾。后锜叛灭，籍之入宫，有宠于景陵（宪宗）。穆宗即位，命秋为皇子（李凑）傅姆。皇子壮，封漳王。郑注用事，诬丞相（宋申锡）欲去已者，指王为根，王被罪废削，秋因赐归故乡。予过金陵，感其穷且老，为之赋诗。"杜牧诗感叹杜秋的升沉沦落，联系到士人，有得失升沉的变化，借杜秋来感叹自己。商隐也有同样感慨，很欣赏这首诗。

③《南史・江总传》："江总字总持，笃学有文辞，仕梁为尚书殿中郎。"按

江总以文学著名，又名总，字总持，跟杜牧以文学著称，名牧，字牧之，有相似处，所以这样说。

④ 心铁：曹操《辟王必令》：“长史王必，忠能勤事，心如铁石。”干镆：《吴越春秋·阖闾内传》：“干将者，吴人也；莫邪，干将之妻也。干将作剑，而金铁之精不消，于是干将妻乃断发剪爪投于炉中，金铁乃濡，遂以成剑，阳曰干将，阴曰莫邪。”鬓丝：杜牧《题禅院》：“今日鬓丝禅榻畔，茶烟轻扬落花风。”

⑤《晋书·羊祜传》：“襄阳百姓于岘山祜平生游憩之所，建碑立庙，岁时飨祭焉。望其碑者莫不流泪，杜预因名为堕泪碑。”原注：“时杜奉诏撰韦碑。”《通鉴》大中三年正月，“上与宰相论元和循吏孰为第一，周墀曰：‘臣尝守土江西，闻观察使韦丹功德被于八州，没四十年，老稚歌思，如丹尚存。’诏史馆修撰杜牧撰遗爱碑以纪之”。

这首诗赞美杜牧的奇才伟抱，“心铁已从干镆利”，作了形象的概括。杜牧提出削平河北藩镇的具体规划，因为“不当位而言，实有罪，故作《罪言》”。昭义节度使刘从谏死，其侄刘稹据镇自立，不服从朝命。李德裕劝武宗用兵平乱。杜牧上书德裕，建议用兵方略。德裕采用他的建议，平定刘稹。当时，回纥被黠戛斯所破，流入漠南。杜牧向德裕建议，出兵取回纥，德裕赞同他的建议。所以商隐用干将镆耶的利剑赞美他，安慰他不必因发白而感叹。杜牧的《杜秋娘诗》因杜秋的升沉得失引起士子的升沉得失，成为当时传诵的名篇。他的文章为宣宗所知，命他作《韦丹遗爱碑》。商隐的才学既不为李德裕所看重，更不为唐皇帝所知，不如杜牧，所以借杜牧来感叹。

姚培谦《笺注》称：“前借杜秋一诗而以江总比之，后因诏撰韦碑而以杜预比之；前从名字上比拟，后从姓上比拟，诗格绝奇。”冯浩《笺注》：“通篇自取机势，别成一格也。”纪昀批：“自成别调，不可无一，不可有二。”这是指用“杜牧字牧之”同“江总字总持”相比成文说的。又首句“杜牧字牧之”，用两牧字，与“清秋杜秋诗”，用两秋字相应，又两句重复杜字，末句“汉江”“西江”重复江字，这些都是所谓自取机势，别成一格。

促　漏

促漏遥钟动静闻，报章重叠杳难分①。舞鸾镜匣收残黛，睡鸭香炉换夕熏②。归去定知还向月，梦来何处更为云③？南塘渐暖蒲堪结，两两鸳鸯护水纹④。

① 报章：《诗·大雅·大东》：“虽则七襄（织女星七次移动），不成报章（织纬往返成文）。”杳：远。

② 鸾镜：见《李卫公》注②。鸾见镜中影而舞，含有空闺独守意。睡鸭：香炉作鸭形。

③ 嫦娥奔入月宫，见《嫦娥》注①。神女入楚王梦，见《圣女祠》注⑤。

④《续述征记》：“乌常沉湖中，有九十台，皆生结蒲，云秦始皇游此台，结蒲系马，自此蒲生则结。”

这首诗一说写闺怨，一说向令狐寄意，当以后说为是。就闺怨说，报章用《诗经》织纬成文，重叠当指纬线往复很难分别，即无心织锦。用舞鸾镜也有孤独之感。收拾残妆，点起炉香，准备入睡。想到像嫦娥奔月，还是孤独，像神女入梦，不知何处为云，也是渺茫。还不及南塘鸳鸯，可以长相守了。诗里通过背景描绘来透露人物心情。在“杳难分”里暗示心绪的撩乱，在“收残黛”里含有独居的“谁适为容”，为谁打扮，所以不用理妆了。在“还向月”里说明无处可归，在“更为云”里说明依旧渺茫。写景物很华美，用来反映人物心情，更显孤独。最后借鸳鸯来作反衬，点明用意。朱鹤龄笺：“言纵如姮娥入月，终是独居，神女为云，徒成幻梦，岂若南塘之鸳鸯长匹不离哉！”何焯批：“王金枝《子夜歌》：‘怀情入夜月，含笑出朝云。’注非是。”认为“归去”一联的注非是。按《子夜歌》是写欢会，与本篇写闺怨，情绪不同，以朱注为是。

冯浩说：“徐氏（逢源）以寄意令狐，则次句指屡启陈情，或屡为属草也；三四夜宿；五谓归惟独处；六谓更何他求；结则望其终能欢好也。”按徐氏说，“报章重叠”指陈情的篇章很难分别，极言其多。三四夜宿，即寄住在令狐家里，所以钟漏动静可以相闻，宿处有鸾镜香炉。六谓惟求令狐绹，结语谓终能相好。这样说比较符合诗意，可用《灯》来比照。《灯》：“何处无佳梦，谁人不隐忧。”隐忧即“归去定知还向月”，依旧孤寂，所以忧；“何处无佳梦”，即“梦来何处更为云”，都讲“何处”“梦”，“更为云”即佳梦。《灯》的结句“固应留半焰，回照下帏羞”，留半焰用来解衣入寝，就是蒲堪结，鸳鸯护水纹。《灯》的用意，写回京向令狐陈情，恢复和好，比较明显。用它来比照此诗，两诗的用意切合，可证此诗也是寄意令狐之作。

蝉

本以高难饱，徒劳恨费声①。五更疏欲断，一树碧无情。薄宦梗犹泛，故园芜已平②。烦君最相警，我亦举家清③。

①《吴越春秋·夫差内传》:“夫秋蝉登高树,饮清露,随风挠挠(谦逊),长吟悲鸣。”按蝉吸树汁为生,古人误以为饮露水为活。

② 薄宦:微官。梗犹泛:《战国策·齐策》:“有土偶人与桃梗(桃木人)相与语,土偶曰:‘今子,东国之桃梗也,刻削子以为人,降雨下,淄水至,流子而去,则子漂漂然者将何如耳?’”《说苑·正谏》引“漂漂”作“泛泛”。指的漂泊不定。芜已平:杂草已经埋没小路。陶渊明《归去来辞》:“田园将芜胡不归?”

③ 君:指蝉。

纪昀评:“起二句意在笔先。”即蝉和我的含意已包括在里面。居高而饮露,所以难饱,有恨而费声,实为徒劳,这是指蝉;清高而难饱,有恨而费吟,亦属徒劳,这是指我。所以意在笔先。这两句又是概括全篇:“疏欲断”,正指“恨费声”;“碧无情”,正指“徒劳”,这是就蝉说。由“薄宦”而思“故园”,由于“高难饱”;“相警”承“费声”,“举家清”承“高难饱”,这个开头实已笼罩全篇。

纪昀又评:“前四句写蝉即自喻,后四句自写,仍归到蝉,隐显分合,章法可玩。”首联不提蝉和我是隐;次联写蝉是显,但借以自喻,又是隐;三联写我是分,末联蝉我双写是合。这是把蝉和我结合起来写的。这里有借蝉来自喻的,如二联;有光写我的,如三联;有蝉我结合的是末联。这样的内容,只有用蝉我结合的写法才好表达。否则三联的内容就不好表达了。

朱彝尊评:“第四句更奇,令人思路断绝。”蝉有恨而鸣,到五更时声疏欲断,哀苦至极,树若有情,如“天若有情天亦老”,也当为它愁苦憔悴,不会那样碧绿,正说明“一树碧无情”了。这是传神之笔,以商隐的哀苦陈情,而听者无动于衷,正说明“一树碧无情”。所以朱彝尊又批:“三四一联,传神空际,超超玄箸,咏物最上乘。”咏物而即切合物，又是抒怀而不落痕迹，所以是最上乘。

钱锺书先生评："无情二字，出江淹《江上之山赋》：'草自然而千花，树无情而百色。'又姜夔《长亭怨》：'树若有情时，不会得青青如许。'蝉饥而哀鸣，树则漠然无动，油然自绿也。树无情而人(我)有情，遂起同感。蝉栖树上，却恝置之，蝉鸣非为'我'发，'我'却谓'相警'，是蝉于我亦'无情'，而我与之为有情也。错综细腻。"

这首诗的构思有所继承。北周时，卢思道作《听鸣蝉篇》，为庾信所赞叹："听鸣蝉，此听悲无极。群嘶玉树里，回噪金门侧。长风送晚声，清露供朝食。""故乡已超忽，空庭正芜没。""讵念嫖姚嗟木梗，谁忆田单倦土(火)牛。"写蝉鸣的悲，用玉树金门的豪华作陪衬，跟"疏欲断"的悲，同"碧无情"的衬托相应；写"清露供朝食"同"难饱"相应；写故乡"芜没"，同"芜已平"相应；"嗟木梗"同"梗泛"相应。但商隐这一首比卢思道的更高，写得更集中，所谓"传神空际，超超玄箸"。因为商隐把咏物和抒怀密切结合，而卢作只从听鸣蝉引出各种想法罢了。

偶成转韵七十二句赠四同舍[①]

沛国东风吹大泽，蒲青柳碧春一色。我来不见隆准人，沥酒空馀庙中客[②]。征东同舍鸳与鸾，酒酣劝我悬征鞍。蓝山宝肆不可入，玉中仍是青琅玕[③]。武威将军使中侠，少年箭道惊杨叶[④]。战功高后数文章，怜我秋斋梦蝴蝶[⑤]。诘旦天门传奏章，高车大马来煌煌。路逢邹枚不暇揖，腊月大雪过大梁[⑥]。忆昔公为会昌宰，我时入谒虚怀待。众中赏我赋《高唐》，回看屈宋由年辈[7]。公事武皇为铁冠，历厅请我相所难[8]。我时憔悴在书阁，卧枕芸香春夜阑[9]。明年赴辟下昭桂，东郊恸哭辞兄弟。韩公堆上跋马时，回望秦川树如荠[10]。依稀南指阳台云，鲤鱼食钩猿失群[11]。湘妃庙下已春尽，虞帝城前初日曛[12]。谢游桥上澄江馆，下望山城如一弹[13]。鹧鸪声苦晓惊眠，朱槿花娇晚相伴[14]。顷之失职辞南风，破帆坏桨荆江中[15]。斩蛟破璧不无意，平生自许非匆匆[16]。归来寂寞灵台下，著破蓝衫出无马[17]。天官补吏府中趋，玉骨瘦来无一把[18]。手封狴牢屯制囚，直厅印锁黄昏愁[19]。平明赤帖使修表，上贺嫖姚收贼州[20]。旧山万仞青霞外，望见扶桑出东海[21]。爱君忧国去未能，白道青松了然在[22]。此时闻有燕昭台，挺身东望心眼开[23]。且吟王粲《从军》乐，不赋渊明《归去来》[24]。彭门十万皆雄勇，首戴公恩若山重[25]。廷评日下握灵蛇，书记眠时吞彩凤[26]。之子夫君郑与裴，何甥谢舅当世才[27]。青袍白简风流极，碧沼红莲倾倒开[28]。我生粗疏不足数，《梁父》哀吟《鸲鹆舞》[29]。横行阔视倚公怜，狂来笔力如牛弩[30]。借酒祝公千万年，吾徒礼分常周旋。收旗卧鼓相天子，相门出相光青史[31]。

① 张采田《会笺》：大中四年："此在徐幕作。"商隐在武宁军节度卢弘止幕府任节度判官时作。四同舍：四府同僚，徐州管徐、泗、濠、宿四州。

② 沛国：后汉时沛国，唐为沛县，属徐州。汉高祖沛人，那里有大泽。高祖隆准，即高鼻梁。沛地有高祖庙。沥酒：滴酒，指酹酒。怀念汉高

祖，酌酒来祭。

③ 征东：汉有征东将军，借指卢弘止。同舍鸳鸾：鸳行，同鹓行，指官员行列。鸾，鸾凤，指瑞鸟。悬征鞍：指留在幕府里。蓝山：蓝田山产玉。宝肆：珠宝店。青琅玕：青玉。指卢幕中多人才，犹同玉山宝肆，自己不宜混入。

④ 武威将军：指卢弘止。使中侠：节度使中有侠气的。惊杨叶：《战国策·西周》："楚有养由基者善射，去柳叶者百步而射之，百发百中。"唐人把考中称为穿杨。这里指卢弘止年轻时考试中式。

⑤ 战功：《新唐书·卢弘止传》："（会昌四年）诏为三州（山西的邢、洺、磁）及河北两镇宣慰使。出为武宁节度使。徐银刀军尤不法，弘止戮其尤无状者，终弘止治，不敢哗。"这些是战功。数：计数，评量。梦蝴蝶：见《锦瑟》注④。指卢赞赏商隐的文章，同情他在秋斋做梦，抱负成空。

⑥ 诘旦：明朝。天门：宫门。奏章：上奏请招商隐入幕府。煌煌：光采煊赫。邹枚：西汉著名辞赋家邹阳、枚乘，在梁孝王处作客。指路过从前梁地不暇凭吊邹、枚。腊月：十二月。大梁：开封一带地。

⑦ 会昌宰：会昌县，今陕西临潼。赋《高唐》：宋玉《高唐赋》，写神女事，指商隐作的《过楚宫》等诗。由：同犹。犹年辈，像同屈原宋玉辈行相似，可追配屈宋。

⑧ 铁冠：用铁作冠柱，御史的冠。卢弘止在武宗会昌四年被任命为邢、洺、磁团练观察留后。唐制，观察使多带御史中丞衔，故称铁冠。会昌六年，商隐在京做秘书省正字，卢弘止也在京。历厅：经过厅堂，即从御史台到秘书省。相所难：察难事，请商隐考虑难事。

⑨ 书阁：秘书省的藏书楼。芸香：辟除蠹鱼的香草。阑：尽，指在秘书省值夜。

⑩ 明年：大中元年。赴辟：应聘。昭桂：昭州桂州，今广西平乐和桂林市。桂管观察使郑亚请商隐入幕府。东郊：长安东郊。兄弟：商隐弟

羲叟，中进士，在长安。韩公堆：在蓝田南。跋马：勒马回转。秦川：关中平原，指长安郊野。树如荠：梁戴暠《度关山》："今上关山望，长安树如荠。"登高远望，树木如小草。

⑪ 依稀：仿佛。阳台云：宋玉《高唐赋》里写神女"旦为朝云"，在阳台山下。鲤鱼食钩：鲤鱼跳龙门，比喻进入朝廷。食钩比喻在幕府。猿失群：比喻和亲人分散。

⑫ 湘妃庙：舜二妃娥皇女英庙，在湘阴。虞帝城：指桂林。桂州临桂虞山下有舜祠。指入夏到桂州。

⑬ 谢游桥：谢朓《将游湘水寻句溪》："方寻桂水源，谒帝苍山垂。"在桂水源有帝舜祠，桂林的帝舜祠和谢游桥、澄江馆，不知是否因此来的。谢朓《晚登三山还望京邑》："馀霞散成绮，澄江静如练。"一弹：指弹丸。

⑭ 鹧鸪：《本草》："今俗谓其鸣曰行不得也哥哥。"朱槿：红色的木槿花，朝开午萎，晚上有花苞，故称"晚相伴"。

⑮ 顷之：不久。失职：因郑亚贬官而连带失去职位。辞南风：乘船北归。破帆坏桨：指江行遇险。荆江：从湖北枝江到湖南城陵矶一段的长江。

⑯ 斩蛟破璧：《博物志》："澹台子羽赍（携）千金之璧济河，阳侯波起，两蛟夹船。子羽左操璧，右操剑击蛟，皆死。既渡，三投璧于河（认为河神要璧），河伯三跃而归之（害怕他，不敢受），子羽毁璧而去。"不无意：指既不怕风浪，也不爱宝，这是他的自许。非匆匆：不是匆忙决定的，是经过深思熟虑的。

⑰ 灵台：天文台，唐称司天台，在长安。《后汉书·第五伦传》注引《三辅决录》："（第五颉）寄止灵台中，或十日不炊。"指回京后处境穷困。蓝衫：青袍。《新唐书·车服志》：八品九品，青衣。商隐回京后选为盩厔（今陕西周至）尉，正九品下，故穿青袍。

⑱ 天官：吏部。补吏：选官。府中趋：被选为京兆府尹的掾曹，在府中奔走。

⑲ 狴(bì)牢：门画狴犴(似虎)的监牢。屯：聚集。制囚：皇命判定的犯人。直厅：在府厅当直住宿。印锁：盖印加锁。冯注："时所署当为法曹参军。"主管审案监牢等事，所以他要管牢监里的事。

⑳ 平明：早上。赤帖：赤色的文书纸。修表：起草祝贺的表文，商隐在京兆府里主管笺奏。嫖姚：西汉名将霍去病曾经做过嫖姚校尉，借指将军。收贼州：收复被敌人占领的地方。《通鉴》大中三年二月，"吐蕃秦、原、安乐三州及石门等七关来降。六月，泾原节度使康季荣取原州及石门六关。七月，灵武节度使朱叔明取长乐州，邠宁节度使张君绪取萧关，凤翔节度使李玭取秦州。十月，西川节度使杜悰奏取维州"。三州七关即被吐蕃占领的河湟。

㉑ 旧山：故乡怀州的王屋山。青霞外：《云笈七签》："元始天王上憩青霞九曲之房。"指作者曾在王屋山分支王阳山求仙学道。扶桑：是神话中日出处的神树。作者在学仙时曾登上王屋山绝顶的天坛望日出，见《李肱所遗画松诗》。

㉒ 白道青松：王屋山上的石路青松。了然：状清楚。学仙旧事宛然在目，因爱君忧国不能去。

㉓ 燕昭台：战国时燕昭王筑黄金台，置千金于台上，招聘天下贤才。此指卢弘止镇徐州，聘商隐为节度判官。徐州在东，故称东望。

㉔《从军》：建安二十年，魏王粲从曹操出兵西征张鲁，作《从军诗》五首，称："从军有苦乐，但问所从谁。所从神且武，焉得久劳师?"《归去来》：东晋义熙二年，陶渊明辞彭泽令归隐，作《归去来辞》。指愿参加卢弘止幕府，不愿归隐。

㉕ 彭门：即彭城，春秋时宋邑，即徐州治所。戴公恩：指弘止杀银刀军中尤无状者，部队皆服从卢的威德。

㉖ 廷评：大理评事，唐时幕府中的官往往带大理评事衔。日下：京城。廷评是朝官，所以称日下。握灵蛇：曹植《与杨德祖书》："人人自谓握灵蛇之珠。"李善注："隋侯见大蛇伤断，以药傅而涂之，后蛇于大江中

衔珠以报之,因曰隋侯之珠。"比才智卓越。书记：节度使幕府掌书记。吞彩凤：《晋书·文苑·罗含传》："尝昼卧,梦一鸟文彩异常,飞入口中,自此后藻思日新。"指有文才。

㉗ 之子、夫君：指幕中同僚。《诗·魏风·汾沮洳》："彼其之子,美如玉。"《楚辞·九歌·云中君》："思夫君兮叹息。"郑与裴：当指姓郑与裴的两位同僚。何甥谢舅：南朝刘宋的何无忌,是刘牢之外甥。东晋谢安,是羊昙的舅舅。同幕中当有甥舅的。

㉘ 青袍：即上文的蓝衫。白简：白色的文件纸。幕府官穿青袍,用白简起草文书。碧沼红莲：《南史·庾杲之传》："杲之,字景行。王俭(领吏部)用杲之为卫将军长史。萧缅与俭书曰：'盛府元僚,实难其选;景行泛绿水,依芙蓉(莲花),何其丽也?'时人以入俭府为莲花池。"倾倒：倾佩。赞美幕僚人才。

㉙ 不足数：不足比,不足称道。《梁父》：《三国志·蜀书·诸葛亮传》："亮躬耕陇亩,好为《梁父吟》。"《鸲鹆(qú yù)舞》：《晋书·谢尚传》："(王导)辟(召)为掾(属官),谓曰：'闻君能作《鸲鹆舞》,一坐倾想,宁有此理不?'尚曰：'佳。'便着衣帻而舞。导令坐者抚掌击节,尚俯仰在中,傍若无人。"指自己原在为国事哀歌,自从得入卢幕就高兴得起舞了。

㉚ 横行阔视：写自己意气飞扬。倚公怜：凭仗卢公的爱护。牛弩：用牛筋作弦的弓。《玉海》："唐时西蜀有八牛弩。"指笔力的强劲。

㉛ 吾徒：我辈。礼分：礼节。周旋：追随。对府主表示尊敬和效力。收旗卧鼓：指立功后凯旋归来。相门出相：《新唐书·宰相世系表》：卢氏,大房、二房、三房皆有宰相。这里祝卢弘止立功入朝做宰相。

何焯评："一篇皆为卢发,而纬以生平所历,傲岸激昂,儒酸一洗。"这首诗不光写出了卢弘止和他跟卢的关系,更重要的写出了他平生的一大段经历,是研究商隐的重要资料。其中写出了下昭桂时的感情，从桂州北回时的遭遇，回长安后的困顿，在京兆府的情况，对卢弘止的倾心，都写得鲜明生动。纪昀评："直作长庆体，接落平钝处未脱元白习径；中间沉郁顿挫处，则元白不能为也。"这诗的音节，四句一转韵，平韵和仄韵交错，音节流美这方面是学元稹、白居易体。末四句两句一转韵，音节急促。中间沉郁顿挫，如"战功高后数文章，怜我秋斋梦蝴蝶"，情意转折；如"鹧鸪声苦晓惊眠，朱槿花娇晚相伴"，写物寓情也有变化；"旧山万仞青霞外"，忽然插入旧事。其中感慨深沉处，与元白诗不同。冯注称为"顺序中变化开展，语无隐晦，词必鲜妍，神来妙境，本集中少有匹者"。

戏题枢言草阁三十二韵[①]

君家在河北，我家在山西[②]。百岁本无业，阴阴仙李枝[③]。尚书文与武，战罢幕府开[④]。君从渭南至，我自仙游来[⑤]。平昔苦南北，动成云雨乖[⑥]。逮今两携手，对若床下鞋。夜归碣石馆，朝上黄金台[⑦]。我有苦寒调，君抱阳春才[⑧]。年颜各少壮，发绿齿尚齐[⑨]。我虽不能饮，君时醉如泥。政静筹画简，退食多相携。扫掠走马路，整顿射雉翳[⑩]。春风二三月，柳密莺正啼。清河在门外，上与浮云齐[⑪]。欹冠调玉琴，弹作松风哀[⑫]。又弹《明君怨》，一去怨不回[⑬]。感激坐者泣，起视雁行低。翻忧龙山雪，却杂胡沙飞[⑭]。仲容铜琵琶，项直声凄凄[⑮]。上贴金捍拨，画为承露鸡[⑯]。君时卧枨触[⑰]，劝客白玉杯。苦云年光疾，不饮将安归？我赏此言是，因循未能谐[18]。君言中圣人[19]，坐卧莫我违。榆荚乱不整，杨花飞相随。上有白日照，下有东风吹。青楼有美人，颜色如玫瑰。歌声入青云，所痛无良媒。少年苦不久，顾慕良难哉[20]！徒令真珠肶，浥入珊瑚腮[21]。君今且少安，听我苦吟诗。古诗何人作，老大犹伤悲[22]。

① 戏题：用来掩饰自己的感慨，说成只是玩笑的话。枢言：当是草阁主人的字。

② 山西：《汉书·赵充国传》："山东出相，山西出将。"山西指太行山以西，即天水、陇西等地。商隐先世是陇西郡人。

③ 百岁：指一生。无业：不事生产作业。阴阴：指茂盛。仙李枝：指李氏宗族，是老子后代，老子属《神仙传》中人。

④ 尚书：指卢弘止，时为武宁军节度使（治徐州），有文武才。会昌中讨刘稹，以弘止为宣慰使，故称"战罢幕府开"。弘止在徐州任上病卒，赠尚书右仆射。此诗当在弘止卒后作。

⑤ 渭南：在今陕西，枢言当从渭南尉赴徐州幕。仙游：在今陕西周至。商隐由盩厔（周至）尉赴徐州幕。

⑥ 云雨乖：云在天上，雨落下地，两相乖离。

⑦ 碣石馆：《史记·孟荀传》："驺衍如（往）燕，昭王筑碣石宫，身亲往师之。"黄金台：燕昭王筑黄金台延揽人才。鲍照《放歌行》："岂伊白璧赐，将起黄金台。"馆和台借指徐州幕府，比弘止招贤。

⑧《子夜警歌》："谁知苦寒调，共作《白雪》弦。"宋玉《对楚王问》称曲调高的有《阳春》《白雪》。这里以苦寒和阳春对举，指凄苦之音与向荣之调。

⑨ 少壮：商隐大中五年为三十九岁。发绿：发黑。

⑩ 扫掠：犹扫清。射雉翳：射野雉用来隐身的茅草障。《西京杂记》："茂陵文固阳善驯野雉为媒(引诱野雉的鸟)，用以射雉。每以三春之月，为茅障以自翳。"

⑪ 清河：徐州城靠汴水泗水交流处。浮云齐：远望水天相接。

⑫ 玉琴：用玉为饰的琴。松风：《乐府诗集》琴曲有《风入松》。

⑬《乐府诗集》琴曲有《昭君怨》，晋时避文帝讳改称《明君怨》。

⑭ 鲍照《学刘公幹体》之三："胡风吹朔雪，千里度龙山。"龙山在胡地，故称"胡沙"。

⑮ 仲容：阮咸字。《国史纂异》："元行冲为太常少卿时，有人破古冢，得铜器，似琵琶，身正圆，人莫能辨。元行冲曰：'此阮咸所作器也。'"《乐府杂录》："琵琶有直项者，曲项者。"

⑯ 金捍拨：弹琵琶时拨弦用，上面镀金。《江表传》："南郡献长鸣承露鸡。"

⑰ 枨(chéng)触：感触。

⑱ 谐：和合。未谐，指不能饮酒。

⑲ 中圣人：中酒，喝醉。《三国志·魏书·徐邈传》："为尚书郎，时科禁酒，而邈私饮至于沉醉。校事赵达问以曹事(部里的事)，邈曰：'中圣人。'达白之太祖，太祖甚怒。鲜于辅进曰：'平日醉客谓酒清者为圣人，浊者为贤人。邈性修慎，偶醉言耳。'"

⑳ 顾慕：回头望，内心羡慕。指想望难得，青春易逝，宜饮酒消愁。

㉑ 真珠脾：脾指腑脏。真珠比泪。腑脏伤痛出泪。浥：润湿。珊瑚腮：红颜。指泪流面颊。

㉒《古乐府》："少壮不努力，老大徒伤悲。"

这首诗反映了商隐矛盾的心情。一方面，他在徐州幕府，府主卢弘止极尊重他，像燕昭王筑碣石馆和黄金台那样来接待他们，这应该使他们有得遇知己之感。可是另一方面，又是"松风哀"，"《明君怨》"，像昭君出塞那样哀怨；自比美人，恨无良媒。这到底为什么？原来府主对他们的尊重是一回事，这是使他们感激的。但在幕府里，不过替府主起草文书，政静事简，无所作为，所以又觉不满。认为这样下去，徒然浪费青春，将来有老大徒伤的悲痛。这里显示出商隐想的是进入朝廷，能建立一番事业，这种矛盾心情，正反映他想有所作为的意愿。

纪昀评："长庆体之佳者。'对若'句粗俚。中段写景有致，后段尤佳，结四句长庆劣调，最忌效之。"这首诗采用叙述体，音节流美，像元稹白居易的长庆体。"对若床下鞋"，即两人相对像一双鞋，这句是比较俚俗。这首诗中段写景有情韵之美，不光像丘迟《与陈伯之书》："暮春三月，江南草长，杂花生树，群莺乱飞。"这里用"春风二三月，柳密莺正啼"两句来概括这种情景，写出柳密莺啼，更有视听之美。再加上河水清澄，云水相接，玉琴弹奏，感激生哀。再浮想联翩，从龙山雪到阮咸铜琵琶，引起更深的感触。这段叙述，情景相生，是写得动人的。

后段描绘情景也极好，榆荚乱飞，杨花飞舞，这不光在写景物，也在写春光将逝，是景中含情，所以说"尤佳"。从而引出美人的红颜，感叹青春不久，恨无良媒，所愿难遂，是全篇主旨所在。珠泪湿红颜，写得极为艳冶。最后称"长庆劣调"，即白居易在《新乐府序》里说的"卒章显其志"，要说明用意，这种说明要是概念的就成为劣调了。不过在这里，结句"老大徒伤悲"，是承接美人感叹青春易逝来的，与上文的描写呼应，不能算作劣调。

辛未七夕[①]

恐是仙家好别离，故教迢递作佳期。由来碧落银河畔，可要金风玉露时[②]。清漏渐移相望久，微云未接过来迟。岂能无意酬乌鹊，惟与蜘蛛乞巧丝[③]。

① 辛未：大中五年辛未，商隐回京补太学博士时作。《荆楚岁时记》："七月七日，为牵牛织女聚会之夜。"

② 碧落：天上。《度人经》注："东方第一天，有碧霞遍满，是云碧落。"

③《风俗记》："（七夕），织女当渡河，使鹊为桥。"《荆楚岁时记》："是夕（七夕），人家妇女结彩缕，穿七孔针，陈瓜果于庭中以乞巧。有蟢子网于瓜上者，则以为符应。"蟢子，蜘蛛之一种。

纪昀评："首四句作问之之辞，后四句即与就事论事，又逼入一层问之，超忽跌宕，不可方物，命意高则下笔得势耳。惟其望久来迟，故幸得渡河，当酬乌鹊。"这首诗是咏七夕牛女相会的，但构思却和一般不同，不说他们被迫一年一度相会，却说恐怕是仙家好别离，所以一年一会，要在七夕金风玉露时相会。夜深了，云还未接上，织女还没有过河。要乌鹊在河上架桥以后才好渡河，所以应该谢乌鹊，怎么只向蜘蛛乞巧呢？这诗的特色，"超忽跌宕，不可方物"，方物是识别，他的用笔构思这样超忽转折，不易辨别。起得突然，出人意外。转到七夕相会，又转到"微云未接"，不好相会；又转到乌鹊架桥，又转到向蜘蛛乞巧。这里提到命意高，当即超出一般人的想法，从仙家着想吧。

柳

曾逐东风拂舞筵，乐游春苑断肠天[①]。如何肯到清秋日，已带斜阳又带蝉。

① 乐游：苑名，汉宣帝建，在今陕西西安市郊。亦称乐游原。《长安志》："乐游原居京城之最高，四望宽敞，京城之内，俯视指掌"。

这首诗先写东风春苑，是春天的柳，后写清秋的斜阳暮蝉，是写秋天的柳。因此朱鹤龄笺注引杨慎曰："形容先荣后悴之意。"先荣指春天的柳，后悴指秋天的柳。冯浩《笺注》引田兰芳评："不堪积愁，又不堪追往，肠断一物矣。"这个"肠断"是指秋天的柳，既带斜阳，又带暮蝉，所以说积愁。春天的柳是先荣，到了秋天后悴，所以不堪追往，也是先荣后悴的意思。既然先荣，为什么在春天里就说"乐游春苑断肠天"呢？应该到秋天的斜阳暮蝉才使人断肠哩。先看他说柳在春天，是商隐自比早先在秘书省任校书郎，后又任秘书省正字，这时他身在朝廷，得与贵人接触，所以是"曾逐东风拂舞筵"。那为什么断肠呢？大概他官正字是正九品下，是小官，做的是校正书籍文字一类的事，官校书郎正九品上，都谈不上什么先荣，所以在春天也是断肠天。他进入朝廷，正像柳树的曾逐东风；但他只能做些校正文字的工作，跟他的"欲回天地"要做旋乾转坤的大事业的抱负，相去不可以道里计，那末他在朝还是断肠天。就地位说，他在卢弘止幕府，做判官，得侍御史衔，是从六品下。他在柳仲郢幕府，做节度书记，改判上军，得检校工部郎中衔，是从五品上。他早年在朝，只是正九品上、正九品下的官，后来在幕府，做从六品下到从五品上的官，已经升了好几级了，怎么说先荣后悴呢？

冯浩说："初承东川命，假物寓姓而言哀也，意最深婉。上痛不得久官京师，下慨又欲远行。东川之辟在七月，正清秋时。'斜阳'喻迟暮，'蝉'喻高吟，言沉沦迟暮，岂肯尚为人书记耶？寻（不久）乃改判上军。若仅以先荣后悴解之,浅矣。此种入神之作,既以事征,尤以情会,妙不可穷也。”这诗咏柳,在京城的乐游苑,是自喻,同柳仲郢请他到东川节度使幕府去的柳姓无关。柳在东川,不在京城。“上痛不得久官京师”,他在京师做九品小官,从事校正文字工作,怎么会为“不得久官京师”而痛苦呢?诗里讲曾逐东风时就断肠,即在京里做小官时就断肠,不是因不得久官京师而断肠,这个解释不确切。下面的解释大概是对的。这首诗是借物自喻,对柳说,在东风春苑里,虽曾拂舞筵,但是断肠天;到了秋天,带着斜阳暮蝉,还是断肠。就自喻说,早年在朝廷是断肠天;现在去东川,已是迟暮,还为人作书记,也是断肠。既贴切咏物,又贴切抒怀,所以称为入神之作。这样解释是否可靠,不妨用商隐别的咏柳诗作旁证。

商隐咏柳诗共有十九首:《垂柳》是反映他的政治态度的;这首诗和另外五首是写身世之感的;《柳》“动春何限叶”等十二首是写艳情的。就反映身世之感说,这首外还有《巴江柳》、《柳》“为有桥边”、《柳》“柳映江潭”、《柳下暗记》、《关门柳》五首,今分述如下。

《巴江柳》:“巴江可惜柳,柳色绿侵江。好向金銮殿,移阴入绮窗。”冯浩称巴江一名涪陵江,认为是商隐入川(不是去东川)时作。他看到巴江柳树,绿阴倒影江中,想到南齐时,蜀地献垂柳,种在灵和殿前(见《垂柳》),认为这株巴江柳,也该移到金銮殿,让它的绿阴照入绮窗。朱注引《五代会要》:“金銮殿与翰林院相对。”那末这首诗是感叹自己飘泊在巴蜀,得不到有力者的推荐,不能进入翰林院。这首诗可与“曾逐东风”首相印证,他在朝做官时为什么断肠呢?原来他是想到面向金銮殿的翰林院去,在那里可以给皇帝起草文书,做知制诰,再进而参预政治,达到他“欲回天地”的目的,他不甘心做校正书籍文字的工作,所以在曾逐东风时就断肠了。

《柳》:“为有桥边拂面香,何曾自敢占流光?后庭玉树承恩泽,不信年华有断肠。”李白《金陵酒肆留别》“风吹柳花满店香”，这当指柳仲郢，商隐在柳仲郢幕府，为他效力，那末风光都属于府主，怎么敢自占风光呢？扬雄《甘泉赋》“玉树青葱”，玉树在汉宫里承受皇恩，不信自己的年华有什么断肠。自己在柳幕，不能与玉树相比，不免有断肠之恨。这首诗也是感叹自己不能像玉树那样在朝廷里承恩，也就是上一首的意思。

《柳》：“柳映江潭底有情？望中频遣客心惊。巴雷隐隐千山外，更作章台走马声。”柳树倒映在江潭中为什么有情？冯注引庾信《枯树赋》称桓温“昔年移柳，依依汉南。今看摇落，凄怆江潭。树犹如此，人何以堪”。看到柳树从依依茂密到摇落江潭，感到人的衰老而慨叹，所以望见柳树的摇落，多次使作客的人惊心。听到巴山的雷声，就想到在京城的章台走马的车声。在京城正当盛年，尚且不能像垂柳那样栽到灵和殿，何况现在正像凄怆江潭的柳树呢？这跟“既带斜阳又带蝉”密切相关。

《柳下暗记》：“无奈巴南柳，千条傍吹台。更将黄映白，拟作杏花媒。”梓州在巴南，即商隐在柳仲郢幕府时，他依靠府主，正像汉朝梁王增筑吹台（在今河南开封市东南），邹阳、枚乘去投靠梁王。柳仲郢的儿子柳璧要入京应考，商隐替他作启事，用的是妃青俪白的四六文，替柳璧的考试作媒，使他能够考中，称杏花媒。当时的考试，要得名人的揄扬，才能被考官录取，所以要商隐作启事。这是写他作幕僚的生活，有为人作嫁的感慨。这跟“如何肯到清秋日”，还在为人作嫁的用意一致。

《关门柳》：“永定河边一行柳，依依长发故年春。东来西去人情薄，不为清阴减路尘。”冯注称从潼关到渭津有漕渠，渠上植柳，关门柳当指此。永定河当指这一段中的河。在这条堤上的柳，给来往行人送上清阴，但东来西去的人车尘马足还是扬起尘土沾污柳树，并不因柳阴而缓缓徐行，减少路尘。这首诗写自己把清阴给人，人们却以路尘相报。这是“既带斜阳又带蝉”的另一种说法，更表达他的不满。联系这五首柳诗来看，那末他为什么在春天里断肠，在秋天里不满的用意就可明白了。下面再看一下这几首咏柳诗的表现手法。

这六首柳诗的表现手法，有贴切咏柳而有寄托的，如“曾逐东风”和《关门柳》便是，这两首的写法又稍有不同。如“曾逐东风”是通过春和秋的变化来写的，这种变化是柳树本身的变化。作者提出疑问，怎么肯“已带斜阳又带蝉”，是根据柳树本身的带斜阳和带蝉来的。《关门柳》是结合柳树春天抽条成清阴来写的，抽条成清阴是柳树本身是这样的。前一首只就柳树本身所带的东西来提问；后一首是作者对行人不减路尘的不平，具有对行人的批评意见。《巴江柳》、《柳》“为有桥边”、《柳》“柳映江潭”三首，是另一种写法。前半首写柳，后半首写作者的想象，这种想象不是柳本身所具有的。如《巴江柳》的“好向金銮殿”，《柳》“为有桥边”的“玉树承恩”，《柳》“柳映江潭”的“巴雷隐隐”，都是作者的想象，不是柳树本身所具有的。这里又有些不同，移向金銮殿是想象把柳移去，玉树承恩是用玉树来同柳对比，都和柳有些关系，“巴雷隐隐”同江潭的柳完全无关了。《柳下暗记》是另一种写法，只是借巴南柳作引子，以下不是写巴南柳了。傍吹台的柳已不是巴南柳，借来比自己在柳幕。以下黄映白，杏花媒，已不是写柳了。这种不同的写法，都是适应内容的需要形成的。

有　感

非关宋玉有微辞，却是襄王梦觉迟[①]。一自《高唐赋》

成后，楚天云雨尽堪疑。

① 宋玉《登徒子好色赋》："登徒子短宋玉曰：'玉为人体貌闲丽，口多微辞，又性好色，愿王勿与出入后宫。'"微辞：讽刺的话。襄王梦：见《重过圣女祠》注③。

杨守智评："此为《无题》作解。"冯浩《笺注》："屡启不省，故曰'梦觉迟'，犹云唤他不醒也。不得已而托为《无题》，人必疑其好色，岂知皆苦衷血泪乎？自后乃真绝望，《无题》之篇少矣。《北梦琐言》有'宰相怙权'一条，专诋令狐绹，言其尤忌胜已者，以商隐、温岐（温庭筠）、罗隐三才子之怨望，即知绹之遗贤也。余编义山诗，而后之读者果取史书、文集，事会其通，语抉其隐，当知确不可易耳。"杨和冯两家，都认为这首诗是对《无题》诗说的。《无题》诗里有婉讽，是有针对性的，正像宋玉的《高唐赋》，是为襄王的梦觉迟作的。但《高唐赋》写了楚天云雨，引起人家的猜疑，不懂得宋玉婉讽的用意。正如《无题》是有针对性的，但也引起了猜疑。

纪昀批："义山深于讽刺，必有以诗贾怨者，故有此辨，盖为似有寓意而实无所指者作解也。四家谓为《无题》作解，失其指矣。"纪昀认为商隐的讽刺不是有所指的，不是针对某人说的，不指《无题》诗。他在《无题二首》"幽人不倦赏"批："《无题》诸诗，有确有寄托者，'来是空言去绝踪'之类是也；有戏为艳体者，'近知名阿侯'之类是也；有实有本事者，如'昨夜星辰昨夜风'之类是也；有失去本题而后人题曰《无题》者，如'万里风波一叶舟'之类是也。"他既认为《无题》诗有这数种，所以不认为这首诗讲的是《无题》诗。其实，冯浩认为这首诗为《无题》作解，指的是有寄托的《无题》诗，是有所指的。这首诗确实是为《无题》作解的。

无题二首

凤尾香罗薄几重，碧文圆顶夜深缝[①]。扇裁月魄羞难掩，车走雷声语未通[②]。曾是寂寥金烬暗，断无消息石榴红[③]。斑骓只系垂杨岸，何处西南待好风[④]。

① 凤尾香罗：凤文罗。《白帖》："凤文、蝉翼，并罗名。"圆顶：姚培谦注：程泰之《演繁露》云："唐人婚礼多用百子帐，卷柳为圈，以相连锁，百张百阖，大抵如今尖顶圆亭子，而用青毡通冒四隅上下，以便移置。义山殆指此。"按此指裁凤文罗作圆帐。

② 扇裁月魄：班婕妤《怨歌行》："裁为合欢扇，团团似明月。"羞难掩：乐府《团扇郎歌》："憔悴无复理，羞与郎相见。"车走雷声：见《无题四首》之二注①。

③ 金烬：指烛花。烛花烧完了，故暗。石榴红：《梁书·扶南国》："南界有顿逊国，有酒树，似安石榴，采其花汁停瓮中，数日成酒。"商隐《寄恼韩同年》："我为伤春心自醉，不劳君劝石榴花。"石榴花指石榴酒，喻合欢。《旧唐书·孔绍安传》："应诏咏《石榴诗》曰：'只为时来晚，开花不及春。'"指没有好消息。

④ 斑骓：苍白杂毛的马。系垂杨：指系柳，即从柳仲郢去东川幕府。西南：东川在西南。

重帏深下莫愁堂，卧后清宵细细长[⑤]。神女生涯元是梦，小姑居处本无郎[⑥]。风波不信菱枝弱，月露谁教桂叶香。直道相思了无益，未妨惆怅是清狂⑦。

⑤ 莫愁：唐石城女子，善歌谣，见《旧唐书·音乐志》。

⑥ 神女：见《重过圣女祠》注③。小姑：乐府《青溪小姑曲》："开门白水，侧近桥梁。小姑所居，独处无郎。"

⑦ 清狂：《汉书·昌邑王传》："清狂不惠。"指不狂似狂。

冯浩《笺注》："将赴东川，往别令狐，留宿而有悲歌之作也。"商隐在大中五年接受东川节度使柳仲郢邀聘前写的。他还不想到东川去，希望令狐绹推荐他进入翰林院，去看望绹，住在绹家里写的。他把自己比作待嫁的小姑，在《无题四首》里他自比"东家老女嫁不售"已作了说明，他把自己要求进入翰林院看作待嫁得人，"蓬山此去无多路"，蓬山正指翰林院。他像待嫁的小姑，正在替自己作嫁装，用薄薄的凤文罗，重叠起来缝制圆顶的婚帐，裁制合欢的团扇。听到想望的人坐车的声音，自己难掩娇羞，未通一语。只好在房里坐着，一直等到蜡烛烧完，烛花已暗，还没有好消息。那就只好走了，准备了马匹，寄托在柳姓的身上，听从西南来的好风了。石榴红指合欢酒，无石榴红指不能合欢；石榴红也指不及春天开花，无石榴红即老女嫁不售，没有希望，所以只好走了。

第二首把自己比作重帏深下的姑娘，长夜无眠在细细思量。自己的想望像神女一梦，还没有找到合适的对象。自己像菱枝那样柔弱，怎么经得起风波。但在早年，是谁让月中露水的滋润使桂花香呢？不是令狐绹的帮助让我蟾宫折桂中进士吗？为了对你的感激，虽说相思无益，不妨终抱痴情。张采田《会笺》说："'西南'指蜀。"那是要到东川去。"'神女'句言从前颠倒，都若空烟。"冯注称："此种真沉沦悲愤，一字一泪之篇。"点出商隐的情怀隐痛，是确切的。

王十二兄与畏之员外相访见招小饮时予以悼亡日近不去因寄[1]

谢傅门庭旧末行，今朝歌管属檀郎[2]。更无人处帘垂地，欲拂尘时簟竟床[3]。嵇氏幼男犹可悯，左家娇女岂能忘[4]？秋霖腹疾俱难遣，万里西风夜正长[5]。

① 冯浩注引徐逢原笺："文集有茂元子侍御瓘，王十二岂即侍御欤？"张采田《会笺》："王十二，义山妻之兄弟。"畏之：韩瞻字畏之，与商隐同年中进士，为王茂元婿。悼亡日近：妻王氏死不久。

② 谢傅门庭：《晋书·谢安传》："寻薨，赠太傅。"谢安一家，指王茂元家。旧末行：原来排行最后，商隐年纪比王、韩两人都小。歌管：在宴会时歌吹。属檀郎：《臆乘》："古之以郎称者，潘岳曰潘郎、檀郎。"潘岳小字檀奴，故称。按后称美男子为檀郎。这里说今朝歌吹属于王、韩二兄，因为他正丧妻，无心赴宴。

③ 潘岳《悼亡诗》："展转眄枕席，长簟竟床空。床空委清尘，室虚来悲风。"

④《晋书·嵇康传》引《与山巨源书》："女年十三，男年八岁，未及成人，况复多疾。"左思《娇女诗》："左家有娇女，皎皎颇白皙。"参见商隐《上河东公启》。

⑤ 秋霖：秋雨连绵。腹疾：腹泻。《左传》宣公十二年："河鱼腹疾（无御湿药要肚子泻）奈何？"

朱彝尊批："艳情之妙，莫过三四之淡语。今人但以翡翠鸳鸯求之，谬甚。”三四句写悼亡的悲痛，不用悲痛字，只写眼前所见；帘垂地，显出更无人处，尘满床，簟竟空，景物依然，人事全非，悲痛之情从这里透露出来，更显得可悲。正由于悲痛的深切，所以睹物怀人，触物伤情。何焯评：“西风加‘万里’，夜长加‘正’，极写鳏鳏不寐之情。”那末末句里也含有悼亡的痛苦。

纪昀评：“嵇氏幼男指其子，左家娇女则对妇族称王氏也。”这是说，商隐责问王兄与韩畏之，王家娇女怎能忘掉，怎忍心欢宴呢？这样说未免过于责备，看来还是指他的儿女说的。张采田《会笺》说：“末句‘万里西风’云云，则初承梓辟（柳仲郢聘请），又将远行。”这同“万里西风”相合。正因有远行，对儿女放心不下，所以说“岂能忘”，是对自己说，写出自己内心的矛盾。

无　题

相见时难别亦难，东风无力百花残。春蚕到死丝方尽，蜡炬成灰泪始干。晓镜但愁云鬓改，夜吟应觉月光寒。蓬山此去无多路，青鸟殷勤为探看①。

① 蓬山：见《无题四首》注②。

张采田《会笺》把这首诗系于大中五年，商隐在徐州卢弘止幕府，弘止死，商隐从徐州到长安，他长期在各地幕府中做幕僚，想回京进翰林院，向令狐绹陈情。绹入相后，礼绝百僚，商隐求见极难。但商隐除了向他陈情外，又无路可走，所以说“相见时难别亦难”，求见难，就这样辞去也难。“东风无力百花残”，何焯评，“所谓光阴难驻，我生行休也。”东风无力指没法挽留春光，春光消逝，百花零落，表示青春易逝。但对绹陈情的心情还是固结不解，“春蚕到死丝方尽，蜡炬成灰泪始干”，未死则情思不尽，未灰则蜡泪难干。承接青春易逝，所以愁云鬓改；用吐丝来比夜吟，感到月光寒的孤寂。《离骚》：“日月忽其不淹兮，春与秋其代序。惟草木之零落兮，恐美人之迟暮。”表达了同样的心情。《无题四首》里说“刘郎已恨蓬山远”，这里说“蓬山此去无多路”，大概在迫切陈情中，认为请绹推荐入翰林院有希望，所以说蓬山不远，请青鸟去探望。何焯评：“末联不作绝望语愈悲。”纪昀评：“不作绝望语，诗人忠厚之遗。”说蓬山不远，还在希望绹的援手，实际上已经绝望，却还要“到死”“成灰”缠绵不解，所以愈加可悲。这样不肯决绝，所以是忠厚。这也构成了《无题》诗荡气回肠的特点。

朱彝尊批：“义山《无题》诗当以‘春蚕’一联为冠。”这一联是比喻，朱批：“思作丝，犹淮作怀，古乐府有此。”那末丝字还双关思字。这一联的比喻是新的创造，用来比缠绵固结不解的心情，非常贴切，自然生动，形象鲜明，文辞清丽，所以构成历代传诵的名句。何焯批：“已苍先生（冯舒）云，第二句毕世接不出。”指出它意象经营出人意外。首句讲难见难别，从难见中已透露出对方的寡情，于是转入自己的“到死”“成灰”的固结不解之情，“东风无力”句插入中间似不相衔接，但所以有“到死”“成灰”的感慨，正因为有迟暮之感所引起的，它又同“云鬓改”结合。因此，“东风”句直接同“晓镜”句呼应，暗中又转入“到死”“成灰”的话，特别显出作者的意匠经营来。

无题四首

来是空言去绝踪，月斜楼上五更钟。梦为远别啼难唤，书被催成墨未浓。蜡照半笼金翡翠，麝熏微度绣芙蓉①。刘郎已恨蓬山远，更隔蓬山一万重②。

① 翡翠：《楚辞·招魂》："翡翠珠被，烂齐光些。"芙蓉：杜甫《李监宅》："褥隐绣芙蓉。"

② 刘郎：李贺《金铜仙人辞汉歌》："茂陵刘郎秋风客。"指汉武帝求仙，与蓬山相应。《后汉书·窦章传》："学者称东观为老氏藏室，道家蓬莱山。"

飒飒东风细雨来，芙蓉塘外有轻雷③。金蟾啮锁烧香入，玉虎牵丝汲井回④。贾氏窥帘韩掾少，宓妃留枕魏王才⑤。春心莫共花争发，一寸相思一寸灰。

③ 轻雷：司马相如《长门赋》："雷隐隐而响起，声象君之车音。"

④《海录碎事》："金蟾，锁饰也。玉虎，辘轳（饰）也。"丝：井绳。

⑤《世说新语·惑溺》："韩寿美姿容，贾充辟（召）以为掾（属官）。贾女于青琐（指门窗）中看，见寿，悦之。"曹植《洛神赋》："余朝京师，还济洛川。斯水之神，名曰宓妃。"李善注："（曹）植将息洛水上，忽见女来，自云：我本托心君王，其心不遂。此枕是我在家时从嫁，今与君王。"

含情春晼晚，暂见夜阑干⑥。楼响将登怯，帘烘欲过难⑦。多羞钗上燕，真愧镜中鸾⑧。归去横塘晓，华星送宝鞍⑨。

⑥ 畹晚：畹，日斜。宋玉《九辩》："白日畹晚其将入兮。"阑干：状横斜。古乐府《善哉行》："月没参横，北斗阑干。"指近五更入朝时。

⑦ 楼响、帘烘：写声光之盛。

⑧《洞冥记》："元鼎元年起招仙阁。（有）神女留玉钗以赠帝，帝以赐赵婕妤。至昭帝元凤中，宫人犹见此钗，共谋欲碎之，明旦发匣，惟见白燕飞升天。后宫人学作此钗，因名玉燕钗。"镜中鸾：见《李卫公》注②。

⑨ 华星：启明星。

何处哀筝随急管，樱花永巷垂杨岸⑩。东家老女嫁不售，白日当天三月半。溧阳公主年十四⑪，清明暖后同墙看。归来展转到五更，梁间燕子闻长叹。

⑩ 哀筝、急管：声高而急。曹丕《与吴质书》："高谈娱心，哀筝顺耳。"鲍照《白纻曲》："催弦急管为君舞。"永巷：长巷。见《泪》注①。

⑪ 溧阳公主：《南史·梁简文帝纪》："（侯）景纳帝女溧阳公主。公主有美色，景惑之。"

这《无题四首》是一组，它的命意，朱彝尊评："末章微露本旨。"何焯评："此篇明白。"即第四首已经明白点出，即"东家老女嫁不售"。张采田《会笺》把这组诗系在大中五年，作者从徐州入京，向令狐绹陈情，补太学博士，是他住在令狐家里作的。那时作者已经在好几个幕府里做过幕僚，又回京补太学博士，怎么自比老女嫁不售呢？原来第一首讲的蓬山，冯注："唐人每以比翰林仙署。"作者希望令狐绹推荐他入翰林院，这才比作出嫁得人。因此他把在外当幕僚，入京补太学博士，都比作老女嫁不售。这个主旨是贯穿这四首诗的。第一首"刘郎已恨蓬山远，更隔蓬山一万重”，即不能进入翰林院，是嫁不售。第二首“贾氏窥帘韩掾少，宓妃留枕魏王才”，纪昀批：“贾氏窥帘以韩掾之少，宓妃留枕以魏王之才，自揣生平，谅非所顾。”即作者认为自己在令狐绹眼中，已不像韩掾的年轻，即老了，即老女；已不像曹植的多才，已不能打动他了，即老女嫁不售的意思。第三首“春畹晚”，已含有老女意，所以感到“多羞”“真愧”。这个主旨是通贯四首的。

根据这个主旨来理解这四首诗，那时作者住在令狐绹家里，他和绹的关系虽有些好转，但绹以宰相之尊，又不满于作者入王茂元幕，还是不肯接见他。绹五更入朝，不来看他，所以有“来是空言去绝踪”之叹。绹上朝前托人找作者写稿，《会笺》称“《文集》有《上兵部相公启》云：‘令书元和中《太清宫寄张相公》旧诗上石者，昨一日书讫。’”即是一例，是“书被催成”。作者借宿绹家，所以房内陈设富丽，有翡翠被、芙蓉褥。他在梦中为远别而啼，绹既已绝迹不来，也难唤回。这个远别，比蓬山之远更超过一万重。原来绹未入相时已像蓬山那样远，不好接近，现在绹入相后，礼绝百僚，更隔一万重了。

第二首写绹上朝回来，在东风细雨中，作者听见绹的车声，但绹不来看他，对他深闭固拒，他还要向绹陈情。“金蟾啮锁烧香入”这句前人很少能作出合理解释。冯注：“三句取瓣香之义”，张采田同；程梦星作“晓则伺门启焚香而入”；姚培谦作“金蟾啮锁，非侍女烧香莫入”。原文的烧香入是针对金蟾啮锁而来，解作瓣香便与啮锁无关；解作“门启焚香而入”，亦与啮锁无与；凭添侍女烧香入亦是无关原文。只有朱彝尊批：“锁虽固，香能透之；井虽深，丝能汲之。”是符合原意。但他又批：“‘入’‘回’二字相应，言来去之难也。”那他对“烧香入”还解作“来”，不确切。只有钱锺书先生对这句诗的解释深入透辟，符合全诗原意。钱先生说：“‘金蟾’句当与义山《和友人戏赠》第一首‘殷勤莫使清香透，牢合金鱼锁桂丛’，又《魏侯第东北楼堂郢叔言别》'锁香金屈戌'合观。盖谓防闲虽严,而消息终通,愿欲或遂,无须忧蟾之锁门或炉(参观陆友仁《砚北杂志》卷上),畏虎之镇井也。赵令畤《乌夜啼》:'重门不锁相思梦,随意绕天涯。'冯梦龙《山歌》卷二《有心》:'郎有心,姐有心……啰怕人多屋有深。人多那有千只眼,屋多那有万重门!'足相映发。古希腊诗人有句'诱惑美人,如烟之透窗入户',《玉照新志》卷一载张生《雨中花慢》:'入户不如飞絮,傍怀争及炉烟!'莎士比亚诗:'美人虽遭禁锢,爱情终能开锁。'莫不包举此七字中矣!"(《冯注玉溪生诗集诠评》未刊稿)。因为这首诗是用爱情诗来抒怀,所以金蟾一联写爱情像烧香的烟那样,能够透过金蟾啮锁进入重门,像辘轳牵绳那样,能够把深井里的水打上来,比喻令狐绹对自己深闭固拒,即使像金蟾啮锁,玉虎镇井,也要向他陈情,像烧香入、汲井回那样,使他了解我的真情,受到感动。无奈自己在令狐绹眼中,已经不像韩掾那样年轻,像老女了;老则丑,已经不像曹植那样富有才华了,无论怎样向他陈情都不能打动他了,所以春心不要同花争放,只有"一寸相思一寸灰"了。

第三首"含情春晼晚",晼晚指太阳将落山,即春天快过去,相见又在夜深时,也含有老女的意思。这次的暂见,当在五更上朝前,所以楼响帘烘,楼响指令狐绹上朝前楼上有人在侍候;帘烘指帘内灯烛辉煌,有烘暖的感觉。这时候去见绹,所以自惭形秽,有"将登怯","欲过难"。不说自己惭愧,却说钗上燕多羞,镜中鸾真愧,实是借物喻意,表达出自己的心情。镜中鸾影就是他自己,镜中鸾真愧,更明显地写出自己的真愧。镜中鸾更说明他虽去见绹,但两人的相见并不融洽,所以只有镜中鸾影相对而已。《会笺》称"结言失意而归,只有'华星'相送耳。"

第四首,《会笺》说:"四章纪归来展转思忆之情。'何处'二句谓惟令狐一门可以告哀,'樱花永巷',比子直(令狐绹的字)得时贵显也。'老女不售',自喻;'溧阳公主',比令狐。'同墙看',亦可望而不可亲之意。末二句则极写独自无聊耳。”何焯评“白日当天三月半”为“怀春而后时也”，与“含情春晼晚”相应。

这四首诗的表达手法，用老女来作比，用老女同溧阳公主来作对照，这种比喻和对照手法不限于第四首。像用刘郎作比，用刘郎同“来是空言去绝踪”的人，即礼绝百僚的“更隔蓬山一万重”的人的对照；像把“一寸相思一寸灰”的自己，同爱韩掾少、魏王才而不爱自己的人作对比；把多羞、真愧的自己，同楼响帘烘的人作对比；反映出自己“烧香入”“汲井回”的陈情无用的凄苦心情。这四首诗还善于映衬，写“月斜楼上五更钟”的寂寞凄苦，却用极其浓艳的“金翡翠”和“绣芙蓉”作衬托；用“贾氏窥帘”“宓妃留枕”的浓艳辞藻，来陪衬“一寸相思一寸灰”的孤寂心情；用“钗上燕”“镜中鸾”和“华星”这些辞藻，来陪衬寂寞归去的冷落。写凄苦的心情用凄凉的景物来衬托，这是常见的手法。用浓艳富丽的景物来作映衬，越显出心情的凄苦，更见力量。

这四首诗还善用深一层写法，不说蓬山难到，却从“已恨蓬山远”，说到“更隔蓬山一万重”；不说自己迫切陈情，却说即使金蟾啮锁，玉虎镇井，还要烧香入，汲井回。不说自己的多羞真愧，却说钗上燕、镜中鸾的多羞真愧；不说无人来安慰自己，却说“梁间燕子闻长叹”，都是深一层写法，更显力量。

赴职梓潼留别畏之员外同年[①]

佳兆联翩遇凤凰，雕文羽帐紫金床[②]。桂花香处同高第，柿叶翻时独悼亡[③]。乌鹊失栖常不定，鸳鸯何事自相将[④]？京华庸蜀三千里[⑤]，送到咸阳见夕阳。

① 梓潼：东川节度使柳仲郢治所，在今四川三台。畏之：韩瞻字，见《韩同年新居饯韩》注①。

② 佳兆：《左传》庄公二十二年："懿氏卜妻敬仲，其妻占之，曰：'吉，是谓凤凰于飞，和鸣锵锵。'"联翩：犹连接，在韩畏之与王茂元女儿结婚后，接连着商隐与茂元女儿结婚。羽帐：用翡翠毛饰床帐。

③ 桂花：《晋书·郤铣传》："铣对（武帝）曰：'臣举贤良对策，为天下第一，犹桂林之一枝，昆山之片玉。'"后因称登科为折桂。此指同一年中进士。柿叶：《南史·刘歊传》："歊未死之春，有人为其庭中栽柿，歊谓兄子弇曰：'吾不及见此实，尔其勿言。'至秋而亡。"

④ 失栖：李义府《咏乌》："上林如许树，不借一枝栖。"此指职业不安定，又要赴职梓潼。相将：相携，指畏之夫妇相偕同行。

⑤ 庸：古国名，在今湖北竹山东南。《书·牧誓》中并称庸蜀，都参加武王伐纣。此指蜀。

这首诗里记载着商隐妻在他去梓潼前死去，死在柿叶翻时，当在秋天。诗里写两人的不同遭遇，同时中进士，先后接连着娶王茂元女儿，畏之夫妇相偕，他却悼亡了，乌鹊句双关，失栖既指职业不定，又将远行；也指失去妻子，中心哀悼，与畏之形成相反的对照。末句写在夕阳中相别，有不胜惆怅的情意。

饯席重送从叔，余之梓州[①]

莫叹万重山，君还我未还。武关犹怅望，何况百牢关[②]。

① 程梦星笺:“中卷有郑州献从叔舍人褒诗,意此从叔即舍人褒也。按文集有为褒《上崔相国启》云:‘某本洛下诸生。’此诗盖送舍人归洛下,而义山之(往)梓州,故曰‘君还我未还’也。”

② 武关:在陕西商州东。百牢关:在陕西勉县西南,从长安入蜀经百牢关。

程梦星笺:“武关近洛下而(君)犹怅望,何况(我)远历百牢而之梓州耶?”这首诗当在武关饯别从叔,写对故乡的怀念。跟从叔对比,从叔到了武关,接近故乡,还在怅望;他却要远去百牢关,离故乡越来越远。通过对比,进一步衬出思乡的感情。贾岛《渡桑干》:“客舍并州已十霜,归心日夜忆咸阳。无端更渡桑干水,却望并州是故乡。”这首写思乡,同商隐诗写思乡一致;这首写在并州已思乡,用渡桑干来进一步写思乡。商隐诗写在武关已思乡,用百牢关来进一步写思乡。两诗的构思有相似处。不过贾诗就一己的渡桑干说,商隐诗就两人的对比说,又各不同。

悼伤后赴东蜀辟至散关遇雪[①]

剑外从军远[②],无家与寄衣。散关三尺雪,回梦旧鸳机。

① 大中五年,商隐妻王氏死。柳仲郢任东川节度使,辟商隐为节度书记,商隐在入蜀途中作。散关:在陕西宝鸡西南。

② 剑外:剑阁外。

纪昀评:"'回梦旧鸳机',犹作有家想也。陈陶《陇西行》曰:'可怜无定河边骨,犹是春闺梦里人。'是此诗对面。"不说悼念妻子,却说梦中看见妻子在织鸳鸯锦,用一"鸳"字,显得梦中根本不知道妻子已死,还是夫妇相聚。梦醒后,既有离家之悲,又有死别之恨,更见悼亡之痛。这个梦,又从散关三尺雪,联系到无家寄衣来的,见得极为自然。

李夫人三首[①]

一带不结心,两股方安髻[②]。惭愧白茅人[③],月没教星替[④]。

①《汉书·外戚传》:"孝武(帝)李夫人本以倡进。及夫人卒,上思念李夫人不已。方士齐人少翁,言能致其神,乃夜张灯烛,设帐帷,陈酒肉,而令上居他帐遥望见好女如李夫人之貌。"
② 双带可以打同心结,一带不能打。金钗两股可以固定发髻,一股不行。
③ 白茅人:指东川节度使柳仲郢。《易·大过》:"借用白茅。"古代封诸侯,取封地的土用白茅垫着用作社土。节度使相当于诸侯,因称。
④《读曲歌》:"月没星不亮,持底明侬绪。"

剩结茱萸枝,多擘秋莲的[⑤]。独自有波光[⑥],彩囊盛不得。

⑤《续齐谐记》:"汝南桓景随费长房游学累年,长房谓曰:'九月九日,汝家中当有灾,宜急去,令家人各作绛囊,盛茱萸以系臂,登高饮菊花酒,此祸可除。'"莲的:莲子。

⑥ 波光:指眼光。《楚辞·招魂》:"娭光(目光欢乐)眇视(偷看),目曾层波些。"

蛮丝系条脱,妍眼和香屑⑦。寿宫不惜铸南(人)〔金〕⑧,柔肠早被秋眸割。清澄有馀幽素香,鳏鱼渴凤真珠房⑨。不知瘦骨类冰井⑩,更许夜帘通晓霜。土花漠碧云茫茫,黄河欲尽天苍苍。

⑦ 条脱:臂钏,手镯。香屑:百合香屑。

⑧《三辅黄图》:"北宫有神仙宫、寿宫,张羽旗设供具以礼神君。"《汉书·郊祀志》:"神君者长陵女子,以乳死,见神于先后宛若。"铸南人:应作"铸南金",指用荆扬的金来铸神君像。

⑨ 鳏鱼:《释名·释亲属》:"无妻曰鳏。其字从鱼,鱼目恒不闭者也。"

⑩ 冰井:《邺中记》:"中台名铜雀台,南名金兽台,北名冰井台。"为藏冰处。

这三首诗题作《李夫人》,张采田《会笺》:"潘岳《悼亡》诗:'独无李氏灵,仿佛睹尔容。'题取此意。"即借李夫人来比他的亡妻,实际上是悼亡。当时商隐在东川节度使柳仲郢幕府。柳仲郢因他丧妻,就把乐籍的歌女张懿仙配给他,他上启力辞。第一首说:一根带子不能打同心结,两股钗才能固定发髻,因此柳仲郢把一个歌女配他。他感到惭愧,真像月亮没了,要教星来代替是不行的。第二首说,茱萸枝可以放在彩囊里，秋莲子可以擘开莲房取出来放在彩囊里，只有妻子的眼波光，彩囊里装不得，比喻妻子死了，她的眼波也无法保持了。用眼波来指妻子的精神。第三首结合汉武帝请方士召来李夫人的神，又在寿宫里铸成神君女子的像，看到那个神和像，就像看到他的亡妻，还是用丝线系住臂钏，可是她的美丽的眼睛，像着了百合香的末屑，已经没有流动的眼波，因此痛得柔肠寸断。这时花色清凉，幽花吐香，他自己像鳏鱼、渴凤。可是他已经瘦骨伶仃，寒冷如冰，更怎能受到晓霜的寒威打击呢？一结是"上穷碧落下黄泉，两处茫茫皆不见"的意思，"土花漠碧"当指下穷黄泉，"云茫茫"同"天苍苍"当指"上穷碧落"，天上地下都无觅处，"黄河欲尽"当指河声呜咽，写出长恨。

这三首诗，第一第二首借鉴民歌《子夜》、《读曲》的写法，像"一带""两股"的比喻，"月没星不亮"的说法都是。用这种写法来表达生死不渝的爱情，极为难得。第三首是想象。姚培谦笺："《拾遗记》：'少君使人求得潜英之石于黑海北对都之野，色青，轻如毛羽，冬温夏清，刻为人像，神悟不异于人。帝如其言，置之幕中，宛若生时。'此诗似用其事。首四句，刻为人像也。清澄四句，置之幕中也。"想象即使铸为亡妻的像，也看不到亡妻的美目流盼，只有使人肠断而已。从他自己的鳏鱼瘦骨说明他对亡妻怀念的深切。冯浩笺："三章上四句又申明波光不可复得，而深致其哀，故一曰'妍眼'，一曰'秋眸'。盖妇人之美，莫先于目，义山妻以此擅秀，于斯更信。"

即　日

一岁林花即日休，江间亭下怅淹留。重吟细把真无奈，已落犹开未放愁。山色正来衔小苑，春阴只欲傍高楼。金鞍忽散银壶滴，更醉谁家白玉钩[①]。

① 银壶：指铜壶滴漏，计时器。白玉钩：饮酒时藏钩之戏用，见《无题二首》注③。

何焯评："一岁之花遽休，一日之景遽暮，真所谓刻意伤春也。金鞍忽散，惆怅独归，泥醉无从，排闷不得，其强裁此诗，真有歌与泣俱者矣。山色一联，言并不使我稍得淹留也。落句言风光忽过，不醉无以遣怀，然使我更醉谁家乎？无聊之甚也。"又云："观江间之文，疑亦在东川时所作。"纪昀评："纯以情致胜，笔笔唱叹，意境自深。"朱彝尊评："颔联于冷闲处偏搜得到，宋人之工全在此。"这是写伤春的诗，从春末花落写起，为了惜花，也为了惜春，所以在江间亭下久留不去。"无可奈何花落去"，所以重吟细把，虽有犹开的花，但即日就完了，所以并未解愁。这里的写景，真像"细数落花因坐久，缓寻芳草得归迟"，反映一种无聊的心情。山色正来，写夕阳西下。金鞍忽散，游人忽归，要借酒浇愁也没有处所。这首诗的特点，笔笔唱叹，从"即日休"，"怅淹留"，"真无奈"，"未放愁"等都出以感叹之笔，使人荡气回肠。又从冷处闲处着眼，写人所不注意处，如花落犹开，从中寄托情思，在艺术上有特色。

西　溪[①]

怅望西溪水，潺湲奈尔何[②]？不惊春物少，只觉夕阳多。色染妖韶柳，光含窈窕萝[3]。人间从到海，天上莫为河[4]。凤女弹瑶瑟，龙孙撼玉珂[5]。京华他夜梦，好好寄云波。

① 西溪：在梓州（今四川三台）西门外。

② 潺（chán）湲：状水的缓流。

③ 妖韶：状美好而富有生机。萝：女萝，地衣类植物。

④ 从到海：有朝宗于海的意思。莫为河：不作天河去隔断牛郎织女相会。

⑤ 凤女：指秦穆公女弄玉，乘凤凰飞去。见《列仙传》。龙孙：《正字通》："青海旁马多龙种，曰龙孙。"玉珂：用玉装饰的马口勒。

这首诗是商隐在梓州柳仲郢幕府时作的，仲郢写了首和韵诗，参见《谢河东公和诗启》，里面谈到了这首诗的用意。

先看朱彝尊批："（不惊）二句承怅望来，（色染）四句溪中之水，（凤女）二句溪上之人，结归自己。"开头"怅望"这条西溪，说明溪水清澄，从水里看到倒映的春天景物，只觉得夕阳比景物更多，这就是他在《谢河东公和诗启》里说的"既惜斜阳"，即"夕阳无限好，只是近黄昏"之意。再写水中倒映景物，在水和光的照映下，柳树的倒影给映染得更美好了，女萝的倒影，给映染得更窈窕了。水是在缓缓流动的，水中的柳树和女萝的倒影也在飘动，更觉美好。这里，"色染""光含"是互文，不论是柳和萝，都是"色染""光含"，在溪水和阳光的映染照耀下。描写景物，极为细致。溪边有弹瑟的歌女，有骑马的王孙。西溪是游览胜地，所以有凤女王孙。最后归到自己，他夜梦到京城，好好寄信，托云中的飞雁，波上的鱼书。他在谢启里说："盖以徘徊胜境，顾慕佳辰，为芳草以怨王孙，借美人以喻君子。"指明西溪是胜景。

那末凤女龙孙即美人王孙，借以作喻。“弹瑶瑟”表怨，跟梦京华相应，跟“从到海”的朝宗于海的想归朝的感情联系起来了。“撼玉珂”写王孙的飘泊，同“怨王孙不归”相联系，这就由写景而抒情了。

杨本胜说于长安见小男阿衮①

闻君来日下②，见我最娇儿。渐大啼应数③，长贫学恐迟。寄人龙种瘦，失母凤雏痴④。语罢休边角⑤，青灯两鬓丝。

①《樊南乙集序》：“大中七年十月，弘农杨本胜始来军中。”《新唐书·宰相世系表》：“（杨汉公子）筹，字本胜，监察御史。”

② 日下：京城。《世说新语·排调》：“陆（云）举手曰：‘云间陆士龙。’荀（隐）答曰：‘日下荀鸣鹤。’”

③ 冯浩注：“渐大则知思父远游，伤母早背，故‘啼应数’。”

④ 龙种：指唐朝宗室。商隐《哭遂州萧侍郎》：“我系本王孙。”凤雏：见《韩冬郎即席为诗相送》注③。

⑤ 边角：边远地区的军号声。角，画角。

这首诗感情真挚深切，想到娇儿渐渐懂事了，应多次啼哭，又关心他不能及时就学，语言朴素，表达了痛苦的心情。又想到他的寄人篱下，失去母爱；无限关怀，却不说下去，只用“休边角”“两鬓丝”作结，说明为了打听娇儿消息，一直谈到夜深，直到角声停止，自己愁苦得两鬓成丝。真是含不尽之意，见于言外。

骄儿诗[1]

衮师我娇儿，美秀乃无匹。文葆未周晬，固已知六七[2]。四岁知姓名，眼不视梨栗。交朋颇窥观，谓是丹穴物[3]。前朝尚器貌，流品方第一[4]。不然神仙姿，不尔燕鹤骨[5]。安得此相谓？欲慰衰朽质。青春妍和月，朋戏浑甥侄。绕堂复穿林，沸若金鼎溢。门有长者来，造次请先出[6]。客前问所须，含意不吐实。归来学客面，闒败秉爷笏[7]。或谑张飞胡，或笑邓艾吃[8]。豪鹰毛崱屴，猛马气佶傈[9]。截得青筼筜，骑走恣唐突[10]。忽复学参军，按声唤苍鹘[11]。又复纱灯旁，稽首礼夜佛。仰鞭罥蛛网，俯首饮花蜜[12]。欲争蛱蝶轻，未谢柳絮疾。阶前逢阿姊，六甲颇输失[13]。凝走弄香奁，拔脱金屈戌。抱持多反倒，威怒不可律[14]。曲躬牵窗网，衉唾拭琴漆。有时看临书，挺立不动膝[15]。古锦请裁衣，玉轴亦欲乞。请爷书春胜，春胜宜春日[16]。芭蕉斜卷笺，辛夷低过笔[17]。爷昔好读书，恳苦自著述。憔悴欲四十，无肉畏蚤虱。儿慎勿学爷，读书求甲乙[18]。穰苴《司马法》，张良黄石术。便为帝王师，不假更纤悉[19]。况今西与北，羌戎正狂悖。诛赦两未成，将养如痼疾[20]。儿当速成大，探雏入虎窟。当为万户侯，勿守一经帙[21]。

① 骄儿：骄纵的孩子。杜甫《北征》："平生所骄儿，颜色白胜雪。"

② 文葆：有文绣的包被。晬：满周岁的孩子。知六七：懂得数六到七。陶潜《责子》诗："雍端年十三，不识六与七。通子垂九龄，但觅梨与栗。"

③ 丹穴：《山海经·南山经》："又东五百里曰丹穴之山。有鸟焉，其状如鸡，五采而文，名曰凤皇。"

④ 器貌：度量容貌，如四岁就眼不视梨栗，是有度量。流品：评量的次第。唐朝以前的南朝很注意人物的器貌，见于《世说新语·容止》。

⑤ 神仙姿：指风度洒脱，气概不凡。《世说新语·企羡》："王恭乘高舆，被鹤氅裘，于是微雪，(孟)昶于篱间窥之，叹曰：'此真神仙中人！'"燕鹤骨：《后汉书·班超传》："生燕颔虎颈，飞而食肉，此万里侯相也。"孟郊《石淙》："飘飘鹤骨仙，飞动鳌背庭。"指骨相清奇。

⑥ 长者：辈分、地位、品德高的人。造次：匆忙。

⑦ 阘(wěi)败：冲开门，像把门冲坏。秉笏：拿着朝版。笏，上朝用的手版。

⑧ 谑：开玩笑。张飞胡：胡，颔下肉，指胡须。摹仿客人像张飞的胡须。邓艾吃：《世说新语·言语》："邓艾口吃，语称艾艾。"

⑨ 崱屴(zè lì)：状挺拔。佶傈(jí lì)：状壮健。

⑩ 筼筜(yún dāng)：一种大竹子，指竹，作竹马骑。唐突：冲撞。

⑪ 参军：戏剧角色名，扮官员的，见《乐府杂录》。苍鹘：戏剧角色名，老生，指扮仆人。参军唤苍鹘，指主叫仆。

⑫ 稽首：叩头至地。罥(juàn)：挂。

⑬ 蛱蝶：蝴蝶的一种。争轻：比蝴蝶飞舞得轻快。谢：辞，指不比柳絮飞得慢。六甲：一说古代用干支来记年或日，有甲子、甲寅、甲辰、甲午、甲申、甲戌。《汉书·食货志》上："八岁入小学，学六甲五方书计之事。"指用干支来计年或日有误。一说引虞裕《谈撰》："凡白黑各用六子，乃今人所谓六甲是也。"六甲即双陆，指与姊赌双陆不胜。见纪昀

批语。

⑭ 凝走：纪昀批："当是痴走之讹。"屈戌：铰链。把姊的奁具拿着跑走，把奁具的铰链拔掉。把他抱住，就挣脱，发怒，不可制止。

⑮ 窗网：长窗上刻着网纹的格子，低身去拉窗格。峈(kè)唾：《广韵》："峈，唾声也。"用吐沫来擦琴上的漆纹。临书：临摹书法。

⑯ 玉轴：书卷，写在纸或帛上，下端装轴子可卷，轴上饰玉。乞：求，要玉轴。春胜：祝春好的吉语，犹春联。

⑰ 斜卷笺：斜卷的笺纸，比芭蕉叶。辛夷：木笔花。低过笔：低着递过来的笔，比木笔花。

⑱ 蚤虱：《南史·文学·卞彬传》："仕既不遂，乃著《蚤虱》《蜗虫》《虾蟆》等赋，皆大有指斥。其《蚤虱赋序》曰：'蚤虱猥流，淫痒渭濩，无时恕肉，探揣擭撮。'"甲乙：考试分甲等乙等。《新唐书·选举志》："经策(论)全通为甲第，策通四(四题)、帖(把经文贴去一些字，要补上)过四以上为乙第。"

⑲ 穰苴：《史记·司马穰苴传》有《司马穰苴兵法》。穰苴以善于用兵破敌著名。黄石术：《史记·留侯世家》："(老父)出一编书，曰：'读此则为王者师矣。后十年兴，十三年孺子见我济北谷城山下黄石，即我矣。'"黄石术，即用兵的方略。不假：不须借用更细小东西。

⑳ 羌戎：借指西方和北方的少数民族。程梦醒《笺注》："考开成二年秋七月，西有党项，北有突厥，交讧剽掠，当是其时。"痼疾：不治之病。

㉑ 虎窟：《后汉书·班超传》："不入虎穴，不得虎子。"帙：书的布套。

这首诗以描写孩子极生动著名，其中"或谑张飞胡，或笑邓艾吃"，与"忽复学参军，按声唤苍鹘"，在谈到三国故事和戏剧时，也都被引用，这诗就成了传诵的篇章。纪昀批："太冲诗以竟住为高，若按谱填腔，即归窠臼，故末以寓慨为出路，方有变化。且古人言简，可以言外见意，既已拓为长篇，而言无归宿，随处可住则非矣。凡长篇须知此意。”这首诗对骄儿的生动描写，同左思对娇女的生动描写有相似处。左思写到“瞥闻当与杖，掩泪俱向壁”为止，专写娇女。这篇从“爷昔好读书”起，转入感慨，出以变化，就和《娇女诗》的写法不同。纪昀又批：“借‘请爷书春胜’四语，递入‘爷昔读书’，引起结束一段，有神无迹。”即转入感慨的话，写得极为自然，不落痕迹。

筹笔驿①

猿鸟犹疑畏简书，风云长为护储胥②。徒令上将挥神笔，终见降王走传车③。管乐有才真不忝，关张无命欲何如④？他年锦里经祠庙，《梁父吟》成恨有馀⑤。

① 筹笔驿：在今四川广元北，相传诸葛亮出兵攻魏，在这里筹划军事。

② 简书：古代写在竹简上的军书。《诗·小雅·出车》：“岂不怀归，畏此简书。”储胥：保护军营的藩篱木栅。指诸葛亮的声威还在。

③ 徒令：空使。上将：指诸葛亮。降王：指后主刘禅。传车：驿站中准备的车。《通鉴》魏元帝景元四年，“邓艾至成都城北，汉主面缚舆榇（棺）诣军门”。他后来被送到洛阳。

④ 管乐：管仲，春秋时为齐桓公相，辅佐桓公建立霸业。乐毅，战国时，齐国侵入燕国。燕昭王筑黄金台招贤，乐毅从赵国到燕国，帮助燕国报仇，大败齐国。《三国志·蜀书·诸葛亮传》：“每自比于管仲、乐毅。”真不忝：真不愧。关张：关羽，镇守荆州，出兵攻魏。吴国孙权使吕蒙袭取荆州，关羽兵败被杀。刘备起兵攻吴，张飞为部下张达、范强所杀。无命：非寿终。欲何如：怎么办。指得不到关张的帮助。

⑤ 他年：往年。锦里：在成都南，有武侯祠。《梁父吟》：诸葛亮好作《梁父吟》，称齐相晏婴使三士论功食二桃，一士功大不得桃，即自杀，二士也自杀，因称“一朝被谗言，二桃杀三士”。似叹有才能的士被谗害。

张采田《会笺》把这诗列在大中十年商隐途过筹笔驿时作。又称商隐在“大中五年西川推狱，曾至成都”。他经过武侯祠，作《武侯庙古柏》，说：“谁将《出师表》，一为问昭融（天）。”指出以诸葛亮的忠诚才能，天为什么不帮助他完成统一大业。这就是末联说的，往年经过武侯祠，诗成恨有馀的含意，是为诸葛亮恨，不是为自己恨。《梁父吟》成，借指作《武侯庙古柏》诗，不指诸葛亮的《梁父吟》。这首诗也表达了这种恨，诸葛亮的才不让管乐，只是天不帮助，使关张无命，不能帮助他完成统一大业。他死后，又使蜀国覆灭，后主被传车送到洛阳，这也使作者怀恨。

这种想法，构成这首诗的独特结构。纪昀批：“起二句极力推尊。三四句忽然一贬，四句殆自相矛盾，盖由意中先有五六二句，故敢如此离奇用笔。见若横绝，乃稳绝也。”何焯批：“起二句即目前所见，觉武侯英灵奕奕如在。”看到猿鸟还像在畏简书，风云常在保护储胥，极力写出诸葛亮的英灵如在。照屈复《诗意》说法，“三四当颂忠武（诸葛亮）之神机，鬼神莫测”，赞美他的神机妙算，那是一般写法。商隐独出心机，忽然一抑，说诸葛亮的神笔是空的，终无救于后主的被俘，跟开头的写诸葛亮的英灵相反。这样归到天不祚汉，所以“关张无命”，引起“恨有馀”来。这就造成转折顿挫。何焯评：“议论固高，尤当观其抑扬顿挫，使人一唱三叹，转有馀味。”诗是抒情的，这首诗中间四句是议论，但不是抽象的议论，是抑扬顿挫，一唱三叹，是充满感情，是强烈抒情。通过议论来表达天不祚汉的恨，使人感叹，所以是抒情的。

这首诗的用意，大概本于陈寿《三国志·蜀书·诸葛亮传论》："昔萧何荐韩信，管仲举王子城父，皆忖己之长，未能兼有故也。亮之器能政理，抑亦管萧之亚匹也。而时之名将，无城父韩信，故使功业陵迟，大义不及耶？盖天命有归，不可以智力争也。""管萧之亚匹"，即"管乐有才真不忝"；时"无城父韩信"，即"关张无命"；"天命有归"即"徒令上将"与"无命"。"梁父吟成"倘指才人被谗，与诸葛亮《出师表》"亲小人，远贤臣，此后汉所以倾颓也"用意一致。这诗的特点还在表现手法上。

望喜驿别嘉陵江水二绝[①]

嘉陵江水此东流，望喜楼中忆阆州[②]。若到阆州还赴海，阆州应更有高楼。

① 望喜驿：在四川昭化南嘉陵江边，有楼可望嘉陵江水东南流去。嘉陵江：源出陕西凤县，东南流入四川经望喜驿，再东南流经阆州，至重庆入长江赴海。

② 阆州：在今四川阆中。

千里嘉陵江水色，含烟带月碧于蓝。今朝相送东流后，由自驱车更向南[③]。

③ 由：同"犹"。

这首诗有个自注:“此情别寄。”当指另有所寄。商隐经陕西入四川去梓州柳仲郢幕府,先到望喜驿,登楼望嘉陵江水向东南流去,流向阆州。他倘能顺流而下,到了阆州,估计应有更高的楼,可望嘉陵江水再向东南流,流向重庆。他倘能到了重庆,估计还可以登楼东望,想象嘉陵江水流入长江后再东流入海,达到朝宗于海。这里表达出他想望出峡归朝廷的感情。可是他在望喜驿却要告别嘉陵江,向西南到梓州去,背离他想东去的愿望,表达了他的痛苦。

冯注引徐逢源曰:“杜诗:‘嘉陵江色何所似,石黛碧玉相因依。’义山亦云然,当是川水之最清者。”含烟带月,写嘉陵江上烟雾迷漫、月色朦胧中景象更美,水更清澄。送碧水东流,自己却还是向西南去。写碧水的可爱,更难为怀。他说的“情有别寄”,当指有归朝廷的想望吧。何焯评:“水必朝宗,人弥背阙,何地不魂摇目断耶?”这首诗用连环写法,从“望喜楼”到“有高楼”,两“楼”字相应;从“忆阆州”到“到阆州”到“阆州应更”,三个“阆州”相应。在写法上有特色,纪昀批:“曲折有味。”

井　　络①

井络天彭一掌中,漫夸天设剑为峰②。阵图东聚烟江石,边柝西悬雪岭松③。堪叹故君成杜宇,可能先主是真龙④。将来为报奸雄辈,莫向金牛访旧踪⑤。

① 井络:左思《蜀都赋》:“远则岷山之精,上为井络。”李善注:“言岷山之地,上为东井维络,岷山之精,上为天之井星也。”井是二十八宿之一,

即蜀地属于井宿的范围。

② 天彭：山名，在四川都江堰。《水经注·江水》引《益州记》："（李）冰见氐道县有天彭山，两山相对，其形如阙，谓之天彭门。"《旧唐书·地理志》："剑州剑门县界大剑山，即梁山也，其北三十里所有小剑山。"《元和郡县志·剑门县》："其山峭壁千丈，下瞰绝涧，作飞阁以通行旅。"

③ 烟江：雾气笼罩的长江。《晋书·桓温传》："初，诸葛亮造八阵图于鱼复平沙之上，垒石为八行，行相去二丈。温见之，谓此常山蛇势也。"雪岭：雪山，见《杜工部蜀中离席》注③。

④ 杜宇：见《锦瑟》注⑤。《三国志·吴书·周瑜传》："刘备以枭雄之姿，必非久屈为人用者。恐蛟龙得云雨，终非池中物也。"

⑤《华阳国志·蜀志》："（秦）惠王喜，乃作石牛五头，朝泻金其后，曰牛便金。蜀人悦之，使使请石牛，惠王许之，乃遣五丁迎石牛。"为秦开了通蜀的路。

何焯评："第一便破尽全蜀，第二是门户，第三是东川，第四是西川。四句中包括后人数纸。"冯浩注："蜀地恃险，自古多乘时窃据，宪宗时尚有刘辟之乱。诗特戒之，言先主尚不免与杜宇同悲，况么么辈乎？"何焯引"定翁（冯班）云：'中四句万钧之力。'"这首诗表达了商隐反对藩镇割据，藩镇恃险，故以蜀为喻。首句点出全蜀的险要不过在一掌之中，说明险要的不可靠。以剑阁为门户，"东聚""西悬"概括东川西川，以刘备诸葛亮来建国，终不免于覆亡，用来警戒后来的割据者，所以称有万钧之力。冯浩注称："如此工致，却非补纫。义山佳处，在议论感慨；专以对仗求之，只是昆体诸公面目耳。"这首诗，主要是借议论来抒情，所以有力量。

杜工部蜀中离席[1]

人生何处不离群，世路干戈惜暂分[2]。雪岭未归天外使，松州犹驻殿前军[3]。座中醉客延醒客，江上晴云杂雨云[4]。美酒成都堪送老，当垆仍是卓文君[5]。

① 杜工部：《旧唐书·杜甫传》："严武镇成都，奏为节度参谋、检校尚书工部员外郎。"杜甫做的是节度使的参谋，检校尚书工部员外郎是虚衔，后人因称他为杜工部。

② 离群：和朋友离别。干戈：战争。离别本是常事，但在战乱时虽暂时分别也觉得难舍，因战乱时难以会合。

③ 雪岭：在今四川松潘一带雪山。天外使：《旧唐书·吐蕃传》："宝应二年三月，遣李之芳、崔伦使于吐蕃，至其境而留之。(广德)二年五月，李之芳还。"松州：今四川松潘。殿前军：京城神策军(禁卫军)。当时边兵给养薄，要求改隶神策军，可以增加给养，称神策行营。这两句承干戈说，指有战乱。

④ 延：请，醉客请醒客喝酒，即惜暂分。杂：夹杂，晴云和雨云夹杂，指气候的变化不定。

⑤ 当垆：《史记·司马相如传》："买一酒舍酤酒，而令文君当垆。"垆是用土作成，四边高，中放酒瓮卖酒。

这首诗，程梦星《笺注》认为不是拟杜甫，因为"杜子美未尝有'蜀中离席'之题，义山何从拟之？况义山与赵氏昆季宴五律，明言'拟杜'，何独于此无拟字耶？"商隐有《河清与赵氏昆季宴集得拟杜工部》,称"拟杜",有"拟"字。这首诗,实际上是代杜甫作"蜀中离席"。因为"雪岭未归天外使,松州犹驻殿前军",写的是杜甫时的事。所以说成是拟杜完全可以,不过不是摹仿杜甫来写商隐时事,而是代杜甫来写杜甫时事,所以称"杜工部蜀中离席"。程注指出商隐在大中五年入东川柳仲郢幕府,大中六年也有天外使被留,也有殿前军犹驻,商隐写的是当时的事。这是误解。所谓"天外使",指这个使者派到唐朝以外的地方,即派到吐蕃去。程注指"巴南有贼,上(宣宗)遣京兆少尹刘潼拟梁州招谕之"。按《通鉴》大中六年,刘潼到山中,"贼皆投弓列拜请降。潼归馆,而王贽弘与中使似先、义逸引兵已至山下,竟击灭之"。那末既不是"天外使",也没有被拘留,是在梁州,也不在松州,是当地将领和太监贪功杀降,与"犹驻殿前军"也不同。这两句是代杜甫写当时的事,正说明"世路干戈"。冯浩《笺注》没有注意这首诗是代杜甫写的,是写杜甫时的事,求其说而不得,认为"此盖别有寓意"。认为"义山斯行有望于东西川而迄无遇合",与杜甫幸遇严武不同。又说三四句"言外见旁观者不得赞画","五六暗喻相背相轧之情"。其实杜甫在严武幕,同商隐在柳仲郢幕一样,商隐在柳幕代掌书记,得柳的信任,怎么说"迄无遇合"?写的是杜甫时的事,商隐怎么赞画。醉客请醒客不要走,江上晴云夹杂雨云,看来还要下雨,不忙走,都是讲"惜暂分",有何寓意。在成都有美酒,有佳人,可以送老,也是劝客人不要走,正和杜甫住在成都的情事相合。当时商隐在柳仲郢幕府,在梓州不在成都。大中五年冬,柳仲郢派他到成都办理审案事,事毕就在六年春初回梓州,怎么能够久留成都。这首诗反映的不是他自己的生活。纪昀称这首诗:"起二句大开大合,矫健绝伦。颔联申第二句,颈联正写离席。"大开指开出"世路干戈"和"惜暂分"来,三四句正写"世路干戈",五六句正写"惜暂分"。何焯批:"美酒文君仍与上醉醒云雨双关。"那末晴云雨云既是写眼前景物,又呼应文君之美，有双关意。何焯又评："起用反唱，便曲折顿挫，杜诗笔势也。'暂'字反呼'堪送'，杜诗脉络也。"开头用反问句起，显得有力；"暂"即"惜暂分"，和"送老"首尾呼应；指出代杜甫写就用杜诗笔法。

钱锺书先生《谈艺录》补订本（页十一）："此体创于少陵，而名定于义山。少陵闻官军收两河云：'即从巴峡穿巫峡，便下襄阳向洛阳'；《曲江对酒》云：'桃花细逐杨花落，黄鸟时兼白鸟飞'；《白帝》云：'戎马不如归马逸，千家今有百家存。'义山《杜工部蜀中离席》云：'座中醉客延醒客，江上晴云杂雨云'；《春日寄怀》云：'纵使有花兼有月，可堪无酒又无人'，又七律一首，题曰《当句有对》，中一联云：'池光不定花光乱，日气初涵露气干。'"这体即指当句对。

梓潼望长卿山至巴西复怀谯秀①

梓潼不见马相如，更欲南行问酒垆②。行到巴西觅谯秀，巴西惟是有寒芜。

①《太平寰宇记》："长卿山在梓潼县治南，旧名神山。唐明皇幸蜀，见有司马相如读书之窟（山洞），因改名。"巴西：郡名，治所在今四川阆中。《晋书·隐逸传》："谯秀，字元彦。桓温灭蜀，上疏荐之，朝廷以年在笃老，兼道远，故不征。"

② 酒罏：罏，放酒瓮处。见《杜工部蜀中离席》注⑤。

商隐在梓州柳仲郢幕府，从梓州到梓潼县望长卿山，怀念司马相如。由于司马相如曾经和卓文君在成都设有酒罏卖酒，所以想到成都去问问司马相如卖酒的地方。但他终于向东北方走到巴西郡阆州，怀念巴西人谯秀。他为什么要怀念司马相如和谯秀呢？因为司马相如的《子虚赋》得到汉武帝的赏识，有蜀人杨得意告诉武帝他在成都，武帝就把他召去。谯秀隐居巴西，有桓温把他推荐给朝廷。商隐在柳仲郢幕府，怀念这两个人，正是想有人能把他推荐给朝廷，他想回朝廷去做一番事业。但是巴西只有一片寒芜，反映他失望的心情，认为他的愿望很难实现。这里又反映他不甘心当幕僚，迫切想回朝廷的意愿，这是他所以屡次向令狐绹陈情的原因。冯浩《笺注》评："语淡而神味无穷，更当于踪迹外领之也。"这里指出他含蓄的意味，感伤的感情，流露于语言之外。

利州江潭作[①]

神剑飞来不易销，碧潭珍重驻兰桡[②]。自携明月移灯疾，欲就行云散锦遥[③]。河伯轩窗通贝阙，水宫帷箔卷冰绡[④]。此时燕脯无人寄，雨满空城蕙叶凋[⑤]。

① 利州：在今四川广元。《名胜记》："县之南有黑龙潭。"按唐武则天诞生地。

② 神剑：《晋书·张华传》："（雷）焕为丰城令，掘狱屋基，得双剑。遣使送一剑与（张）华，留一自佩。华诛，失剑所在。焕卒，子华持剑行经延平津，剑忽跃出堕水，但见两龙蟠萦，有文章。"冯浩注："武后盗帝位，诛唐宗室，故以龙剑比之。"《旧唐书·李淳风传》："有《秘记》云：'唐三世之后，则女主武王代有天下。'太宗尝密召淳风以访其事，淳风曰：

‘天之所命，必无禳避之理。’”碧潭：胡震亨《唐音癸签·诂笺八》：“则天父士彟为利州都督，泊舟江潭，后母感龙交孕后。”按这是武后称帝以后的传说。

③ 明月：指夜明珠，用来代灯。行云：指神女“朝为行云”。散锦：木华《海赋》：“云锦散文于沙汭之际。”《唐音癸签·诂签八》：“言龙衔珠为灯，而散鳞锦以交合。龙性淫，义山为代写其淫，工美得未曾有。”

④ 河伯：屈原《九歌·河伯》：“紫贝阙兮珠宫。”冰绡：左思《吴都赋》：“泉室潜织而卷绡。”指南海中鲛人织绡。两句指江潭有皇泽寺，寺有武皇真容殿，有贝阙珠宫，冰绡帷箔。

⑤ 燕脯：《梁四公记》：“杰公乃命（罗）子春兄弟赍（携）烧燕五百枚，入震泽（太湖）中洞庭山洞穴，以献龙女。龙女食之大喜，以大珠三、小珠七以报，子春乘龙载珠还国。”

这首诗原注：“感孕金轮所。”《旧唐书·则天皇后纪》：“武后如意二年，加金轮圣神皇帝号。”这诗是过武则天诞生地，为纪念武则天写的。何焯评：“武后见骆宾王檄文，犹以为斯人沦落，宰相之过。义山为令狐绹所摈，白首使府，天子曾不知其姓名，有不与后同时之恨。故因过其所生之地，停舟赋诗。落句盖言己之漂泊西南，曾不若罗子春之献燕脯于龙女，犹得乘龙载珠而还也。”这是说武则天爱人才，他恨不与武则天同时，不能得到她的赏识。纪昀对全诗作了解释：“通首以龙女托意，起二句言精灵长在，过者留连。三句言其神光离合，四句言可望而不可即，但见云如散锦耳。五六句想其所居，末二句以怅望意结之。”

这首诗从它所表达的感情看，像说“珍重”，像对于燕脯无人寄的感叹，对空城蕙叶凋的伤感，具有怀念武则天的意思，不像在讥讽她。要是在讥讽她，那末路过江潭时就不必珍重停船，看到蕙叶凋零时也不必写作结尾了。那末燕脯无人寄当是含有没人来向武则天的真容殿献上祭品的意思。为什么要怀念她，何焯的评语是说出了这个道理。因此，冯浩的《笺注》说成讥讽，恐不合。冯引胡震亨《唐音癸签》："言龙衔珠为灯，而散鳞锦以交合。"又说："言乘时御天而多丑行也。"又说："武后嬖张六郎兄弟。此影借汉事，用龙嗜燕肉为隐语，又以罗子春兄弟比二张。"这就把这首诗说成讥讽武则天，看来跟诗里表达的情调不合，也把这首诗的格调降低了。从何焯说，那末这首诗所表达的感情是深沉的，也是有意义的。

梓州罢吟寄同舍[①]

不拣花朝与雪朝，五年从事霍嫖姚[②]。君缘接坐交珠履，我为分行近翠翘[③]。楚雨含情皆有托，漳滨多病竟无憀[④]。长吟远下燕台去，惟有衣香染未销[⑤]。

① 大中九年十一月，调梓州柳仲郢为吏部尚书。商隐随仲郢入朝，罢梓州幕职，寄赠同僚之作。

② 不拣：不挑选。花朝与雪朝：春天或冬天，概括一年四季。五年：从大中五年到九年，在梓幕五年。从事：做幕僚。霍嫖姚：汉名将霍去病曾为嫖姚校尉，借指柳仲郢。

③ 两句互文，即君和我因座位相接得交结珠履贵客，因分行接近歌妓。珠履，《史记·春申君（黄歇）传》："其上客皆蹑珠履以见赵使，赵使大惭。"指贵客。翠翘：妇女首饰，形似翡翠鸟的长毛。指歌妓。唐代幕府中有官妓，歌舞时分行而立。

④ 楚雨：用《高唐赋》中神女"暮为行雨"，指官妓。皆有托：写神女的艳

情诗都有寄托，不是真有艳情。漳滨：刘桢《赠五官中郎将》："余婴沉痼疾（抱重病），窜身清漳滨。"指抱病别居。无憀：无依托。

⑤ 燕台：燕昭王黄金台，指幕府。下燕台，指离开幕府。衣香：见《牡丹》注③，本于荀令衣香，指府主柳仲郢的恩情。

商隐在梓州幕府五年，在幕府中跟同僚接待贵宾，接近官妓。他《上河东公（柳仲郢）启》说："某悼伤以来，光阴未几。梧桐半死，才有述哀；灵光独存，且兼多病。……至于南国妖姬，丛台妙妓，虽有涉于篇什，实不接于风流。"写的诗里谈到"近翠翘"和"楚雨含情"，就是指妖姬妙妓，即有涉于篇什，但是实不接于风流，没有关系。那末为什么要写呢？"楚雨含情皆有托"，是有寄托的。他像梧桐半死，没有艳情。"下燕台"可能双关，他的《燕台诗》是写艳情的。下燕台，只留下衣香，正是有涉于篇什，不接于风流。何焯批："《无题》注脚。"即指"皆有托"说，借美人香草来表达政治上的不得志。姚培谦注："首联是倒装法，次联是互文法。相聚既久，吟咏自多，虽有流连风景之作，无异《离骚》美人之思。"这样说是符合原意的。

留赠畏之三首①

清时无事奏明光，不遣当关报早霜②。中禁词臣寻引领，左川归客自回肠③。郎君下笔惊鹦鹉，侍女吹笙引凤凰④。空记大罗天上事，众仙同日咏《霓裳》⑤。

① 畏之：见前《寄恼韩同年二首》注①。

② 明光：《汉官仪》："尚书郎主作文书起草，夜更直五日于建礼门内。尚书郎奏事明光殿。"《三辅旧事》："未央宫渐台西有桂宫，中有明光殿。"当关：守门。

③ 中禁：即禁中，宫中。左川：即东川，高隐时为东川节度使柳仲郢幕僚。

④ 郎君：指韩畏之子韩偓，见《韩冬郎即席为诗》注①。惊鹦鹉：《后汉书·祢衡传》："（黄）射时大会宾客，人有献鹦鹉者，射举卮于衡曰：'愿先生赋之。'衡揽笔而作，文不加点，辞采甚丽。"吹笙：《汉武内传》："王母又命侍女董双成吹云和之笙。"引凤凰：萧史吹箫引凤凰，见《碧城三首》之二注②。

⑤ 大罗天：《三洞宗玄》："最上一天名曰大罗。"《霓裳》：《新唐书·礼乐志》："文宗诏太常卿冯定采开元雅乐，制《云韶法曲》《霓裳羽衣舞曲》。"《唐摭言》："开成二年，高侍郎锴主文，恩赐诗题《霓裳羽衣曲》。"此言开成二年应进士试，商隐与韩瞻俱同榜得中。

待得郎来月已低，寒暄不道醉如泥。五更又欲向何处？骑马出门乌夜啼。户外重阴暗不开，含羞迎夜复临台⑥。潇湘浪上有烟景，安得好风吹汝来⑦。

⑥ 临台：临妆台，对妆镜理妆。

⑦ 潇湘浪上：冯浩注："指竹簟，犹云水文簟也。"

这三首诗有原注："时将赴职梓潼，遇韩朝回三首。"这个注，唐人韦縠选的《才调集》卷六李商隐诗《留赠畏之》题下已有，不过只选"待得郎来"一首。冯浩注："原注必有误。第一首第三首并非朝回，第一首并非将赴梓潼也。第二首似遇韩朝回，而以艳情寄意，原注中为后人妄添上六字，又移于首章题下耳。”即认为“时将赴职梓潼”六字为后人妄添，因为诗称“左川归客”，诗注说将赴东川，即不当称“归客”。张采田《会笺》：“自注不误。‘左川归客’，犹言思归之客，虚拟之词耳。”商隐将去东川，却说“左川归客”，恐无此理，张说似不确。不过这个注唐人选本中亦有，并且已注明三首，似非后人妄添，疑莫能明。

第一首写早朝无事可奏，不必派守门的报时。中禁词臣指韩瞻是宫廷词臣，寻引领祝他掌制诰，自回肠，写己在外做幕僚而自悲。郎君指韩瞻子韩偓的才华，侍女借指韩瞻妻，夫妇生活有如登仙。想到昔年同登进士，今日则荣悴不同。开头两句正写上朝回来。第二首连类而及，写夜里去看他，他喝醉了，一早又忙着去上朝。三首承二首来，说夜里等他，在盼望他来。

何焯批：“居中禁者际会清时，并不须早露趋朝（在宫中值夜）；沦使府者飘零万里，加以左川涉险，所以一日九回肠也。”“‘引领’状其意气扬扬。”又批后二首：“难于明言，而托于狎昵之词，此《离骚》之旨也。”又：“二篇画出一失路、一得意相对情味来，读之可以泣下也。从第一篇‘自回肠’三字咀味，则作者之微情自见。”这是把三首联贯起来，看出他的微情妙旨来的。

冯浩注第一首：“此东川归后作也。余故以为东川府罢，义山必由京而至郑州，时畏之方得意，故溯及第之年而叹荣枯不齐也。”又认为后二首“题既当作《无题》，则并非为畏之发也。同年僚婿，必不淡漠至此。上首是去而留宿以候，及入朝时，终不得见；下首是傍晚又往谒也。惟子直（令狐绹）之家情事宜然。绹于十三年始罢相，义山自东川归时必往相见，岂怨恨之深，并其题而亦削之欤？”把后两首作为《无题》，认为为绹作，似是。

霜　月

初闻征雁已无蝉，百尺楼南水接天。青女素娥俱耐冷，月中霜里斗婵娟[①]。

① 青女：《淮南子·天文训》："至秋三月（秋季第三个月），青女乃出，以降霜雪。"素娥：谢庄《月赋》："集素娥于后庭。"指嫦娥。

听到南飞的雁鸣声，已经没有蝉噪，是到了深秋。何焯批："第二句先虚写霜月之光，最接得妙。"霜的洁白，月的皎洁，在水天相接中更显得突出。纪昀批："次句极写摇落高寒之意，则人不耐冷可知。妙不说破，只从对面衬映之。"百尺楼高是写高，水天相接是用来衬托霜月的，霜月的光在水天相接中闪耀，显出高处不胜寒。从青女素娥的耐冷里，反衬出人的不耐冷。青女素娥不但耐冷，并且在高寒的环境里还要显示美好的姿态。越是高寒，越显得耐冷，越是争妍斗胜，这是对青女素娥的赞美。假如说《蝉》的"我亦举家清"是耐冷，那末《李花》的"自明无月夜"，在无月夜的黑暗中，还要"自明"，显示它的洁白，那末这首的越冷越要斗婵娟就更为可贵了。

圣 女 祠

松篁台殿蕙香帏，龙护瑶窗凤掩扉[①]。无质易迷三里雾，不寒长着五铢衣②。人间定有崔罗什，天上应无刘武威③。寄问钗头双白燕，每朝珠馆几时归④？

① 台殿前种有松竹，帏帐上繡有花草，或帏帐前摆着花草。门窗上雕刻着龙凤。

②《后汉书·张楷传》："张楷字公超，性好道术，能为五里雾。时关西人裴优亦能作三里雾。"《博异志》："贞观中，(岑)文本下朝，多于山亭避暑。有叩门者，云：'上清(天上)童子元宝参(参见)奉。'冠浅青圆角冠，衣浅青圆帔。文本曰：'冠帔何制度之异？'对曰：'仆外服圆而心方正，此是上清五铢服'。"二十四铢为一两，五铢约两钱多一点，极轻细。

③《酉阳杂俎·冥迹》："长白山西有夫人墓。魏孝昭之世，清河崔罗什被征诣州，夜经于此。忽见朱门粉壁，俄有一青衣出曰：'女郎须见崔郎。'什怳然下马，入两重门，入就床坐。其女在户东立，与什叙温凉。什乃下床辞出，以玳瑁簪留之，女以指上玉环赠什。什上马行数十步，回顾乃一大冢。"刘梦得《谪失婢》诗："不逐张公子，即随刘武威。"

④ 钗头燕：见《无题四首》之三注③。

这首诗先写圣女祠，有台殿帏帐，有松竹，窗门上雕有龙凤。这同《重过圣女祠》的"白石岩扉碧藓滋"的门上长满苔藓，有一盛一衰的不同。屈复《诗意》："三，圣女之神云雾迷离。四，圣女之像常着铢衣。五六，圣女应在天上，今在人间者，人间定有罗什，而天上应无刘郎耶？自喻也。故寄问钗头双燕，每朝珠馆，何时可归而一会也。后五言长律，与此意同。"照屈复说，这首诗中的关键句，即五六两句是自喻，即人间有崔郎可恋，天上无刘郎可念，所以还在人间。商隐多次被招聘入幕府，即人间有崔郎可恋；他不能进入朝廷，即天上无刘郎可以援手，借圣女的一直在人间来寄慨，这就是屈复说的自喻。圣女虽然没有上天，圣女头上的钗头双白燕是飞到天上去的，每次飞去朝见珠宫时亦知圣女几时可以回到天上呢？即问自己几时可以回到朝廷去呢？姚培谦笺注："此喻仕途托足之难也。"姚说与屈说把这首诗比作自喻这点是一致的。朱彝尊批："此首全是寄托，不然何慢神乃尔？"朱主张寄托，也是自喻。自喻的说法，不仅在这首诗里讲得通，也同另一首《圣女祠》和《重过圣女祠》相通。另一首《圣女祠》的"何年归碧落"就是《重过圣女祠》的"忆向天阶问紫芝"，何时可以成仙；就是借问双白燕的"每朝珠馆几时归"，几时回到天上的珠宫。人间天上之说，也就是《圣女祠》的楚梦汉巫是在人间，星娥月姊是在天上；《重过圣女祠》的萼绿华来人间，杜兰香去天上。问"几时归"，同《圣女祠》的"何年归碧落"，《重过圣女祠》的"上清沦谪"相一致。"三里雾""五铢衣"同《圣女祠》的"杳霭仙迹"和"楚梦"及《重过圣女祠》的"梦雨""灵风"相通，五铢衣像轻雾，雾同梦雨都显得杳霭。这三首咏圣女祠的诗有这样相通的话，它们所表达的思想感情应该是一致的。

纪昀却提出另一种看法："合圣女祠三诗观之，却是刺女道士之淫佚。但结句太露，有伤大雅，皆不及白石岩扉之蕴藉。"结句指"方朔是狂夫"。怎么刺女道士呢？程梦醒《笺注》说："'一春梦雨'，言其如巫山神女，暮雨朝云，得所欢也。'尽日灵风'，言其如湘江帝子（舜的二妃），北渚秋风，离其偶也。下紧接云'无定所'，'未移时'，言其暗期会合无常。论其情欲，有如溱洧之诗（指《诗经》中男女调笑的诗）。荡闲逾检，何不明请下嫁？"又说："'道家妆束，偏称轻盈'，故云'三里雾'，'五铢衣'也。然而去来无定，有类幽期，戢影藏形，终无仙术，故云'人间定有'，'天上应无'也。结句问其钗头双燕堕落之由，珠馆九天难归之故，盖曲终奏雅，正言以诘之也。"又说："首二句（杳霭逢仙迹）明见有女怀春，秉蕳洧上矣。次联谓其上清所不受，都邑所易知也。自通消息，有同王母之遣青禽。纵情云雨，盘回神女之巫峰，秽乱清规，雅负甘泉之祠宇。时利宵行，戴星天汉。寡鹄羁凰，难孤栖于人世。贵重王姬，一出瑶池，任人窥窃矣。”(引文有节略)

先看《重过圣女祠》，“上清沦谪”同“问紫芝”首尾呼应，从天上谪到人间，到问紫芝可服以成仙，重归天上，这是全诗主旨。因此“萼绿华来无定所，杜兰香去未移时”，是用来对照圣女的居有定所，不能上天去。不是写圣女的暗期会合无常。“一春梦雨”，即《无题》的“神女生涯原是梦，小姑居处本无郎”，既在梦中，何言“得所欢”呢？圣女本来无偶，怎么说“离其偶”呢？“问紫芝”要求成仙上天，何以“明请下嫁”？再看《圣女祠》，圣女本是道家，道家妆束不足为病。“人间定有”相恋之崔郎，天上应无可爱之刘郎，这两句好像指女道士的有所恋，但在人间既有所恋，何必再说天上？何必托双白燕每次上天朝见珠宫时，问圣女几时可回到天上呢？可见圣女在人间虽有所恋，还是想回到天上，正比做商隐虽受到府主的看重，还是想回到朝廷，并无女道士幽期藏形终于暴露之意。人间定有，并不藏形，何言暴露？要托双燕问何时可以回去，更说不上双燕堕落。再看《圣女祠》，“杳霭逢仙迹”，是看到圣女在杳霭中，怎么变成有女怀春，与男子调笑呢？问何年回到天上，这条路通向京城，说成天上不受，都邑易知，有丑迹彰闻之意，就和原意不同了。肠回是“肠一日而九回”正写愁苦，楚梦正由于神女不能上天而愁苦，说作“纵情云雨”的荒淫，那就同肠回连不起来了。“从骑裁寒竹，行车荫白榆”，写商隐扶丧时的从骑和行车，同圣女无关，怎么说成“时利宵行，戴星天汉”？把三首圣女祠说成讽刺女道士，是把诗句割裂开来，不考虑全诗的主旨，不联系上下文，不结合作者的身世，贬低了这三首诗的思想意义，也是讲不通的。

重过圣女祠[1]

白石岩扉碧藓滋，上清沦谪得归迟[2]。一春梦雨常飘瓦，尽日灵风不满旗[3]。萼绿华来无定所，杜兰香去未移时[4]。玉郎会此通仙籍，忆向天阶问紫芝[5]。

① 圣女祠：见前《圣女祠》注①。

② 上清：神仙居住的仙境。《灵宝太乙经》："四人天外曰三清境，玉清、太清、上清，亦名三天。"

③ 梦雨：宋玉《高唐赋序》称楚王游高唐梦见神女，神女称"旦为行云，暮为行雨"。

④ 萼绿华：见《无题二首》(昨夜星辰)之二注①。杜兰香：《晋书·曹毗传》："桂阳张硕为神女杜兰香所降。"杜兰香，后汉人，三岁时为湘江渔父所养。十馀岁，有青童灵人自空而下，携女去。女临升，谓其父曰："我仙女杜兰香也，有过谪人间，今去矣。"后降于洞庭包山张硕家。见曹毗《杜兰香传》。

⑤ 玉郎：《金根经》："青宫之内，北殿上有仙格，格上有学仙簿箓，领仙玉郎所典(主管)也。"紫芝：《茅君内传》："勾曲山有神芝五种，其三色紫。"

这首诗是商隐在东川节度使柳仲郢幕府，于大中九年随柳仲郢回京，重过圣女祠时作。他在开成二年经过圣女祠时，就提出"何时归碧落"，问圣女何时上天，双关自己何时入朝。经过十八年，再过圣女祠，他还没有入朝，所以有沦谪的感慨。何焯评："以岩扉碧藓滋，知沦谪已久。‘梦雨’言事之虚幻，不满旗言全无凭据，日见荒凉、困顿，一无聊赖也。萼绿华、杜兰香以比当时之得意者，‘无定所’则非沦谪，‘未移时’则异归迟，来去无常，特欲相炫以搅我心，更无可以相语耳。玉郎会通仙籍，紫芝得仙所由，忆一问之，诚知是也，则自不沦谪，即沦谪亦不至得归之迟，为彼所揶揄矣。看来只借圣女以自喻，文亦飘忽。”

这首诗表面上句句写圣女祠，梦雨灵风，正切圣女的神灵，萼绿华、杜兰香是仙人。玉郎是掌管仙籍的。圣女长期沦谪在下界，所以要玉郎向天阶问自己的名字是不是在仙籍上，何时回到天上。紫芝服了可以成仙，问紫芝即问何时成仙，可以上天。句句又是自比。门长碧藓，比自己的冷落；上清沦谪，比自己由朝廷转为地方幕僚；梦雨灵风，比自己想入朝的虚幻。两位仙女，比当时入朝为官的。玉郎比令狐绹，问紫芝问何时可以被引荐入朝。

诗写圣女，圣女是神圣，所以也用神灵的典故，写得飘忽。吕本中《紫微诗话》：“东莱公深爱义山‘一春梦雨常飘瓦，尽日灵风不满旗’之句，以为有不尽之意。”梦雨是虚幻，不满是无凭据，所以是飘忽，是不尽，可供体味。

韩冬郎即席为诗相送，一座尽惊。他日余方追吟“连宵侍坐徘徊久”之句，有老成之风，因成二绝寄酬，兼呈畏之员外[①]

十岁裁诗走马成，冷灰残烛动离情[②]。桐花万里丹山路，雏凤清于老凤声[③]。剑栈风樯各苦辛，别时冬雪到时春[④]。为凭何逊休联句，瘦尽东阳姓沈人[⑤]。（自注：沈东阳约尝谓何逊曰："吾每读卿诗，一日三复，终未能到。"余虽无东阳之才，而有东阳之瘦矣。）

①《南部新书》："冬郎，韩偓小字。父瞻字畏之，义山同年（同年中进士）。"老成：功力深。呈：送上。

② 走马：跑马，指快。冷灰残烛：指夜深，烛已烧残，香灰已冷。

③ 丹山凤：《山海经·南山经》："又东五百里曰丹穴之山。有鸟焉，其状如鸡，五彩而文，名曰凤皇。"雏凤句：指冬郎的诗清丽胜过他的父亲。

④ 剑栈：四川剑阁的栈道，指陆路。风樯：风中的帆桅，指水路。

⑤ 何逊联句：见《漫成三首》。东阳姓沈人：指沈约，曾为东阳太守。沈约《与徐勉书》："百日数旬，革带常应移孔。"指腰瘦。

张采田《会笺》说："义山大中五年秋末赴梓（州），《散关遇雪》诗可证，有留别畏之作，故云'别时冰雪'。九年冬随（柳）仲郢还朝，十年春至京，有《楼上春云》诗可证，故曰'到时春'。畏之自义山赴梓后，亦出刺果州（作果州刺史），有《迎寄》诗可证。其还朝当在大中十年，所谓'剑栈风樯各苦辛'也。'剑栈'，自谓（商隐走陆路，经过剑阁栈道）；风樯，指畏之（韩瞻走水路，坐船）。冬郎十岁裁诗相送，则追述大中五年赴梓时事，故《留赠畏之》诗有'郎君下笔惊鹦鹉'之句，至大中十年，冬郎当十五岁矣。"

从题目看，韩冬郎十岁时，商隐到梓州柳仲郢幕府去，冬郎在饯别席上作诗相送，有"连宵侍坐徘徊久"之句。到商隐从柳仲郢回京，想起了冬郎的诗，念他的诗句，认为不像十岁孩子写的，倒像老成人写的，把他比作雏凤清声，胜过老凤。再想到自己同韩瞻都入四川，有走陆路和走水路的不同，都是路途辛苦。回京后，请韩瞻不要跟他联句，因为他已经非常消瘦，没有精神联句了。从“剑栈风樯各苦辛”说，当指自己和韩瞻，那末当以何逊比韩瞻。这二首诗，用桐花丹山和雏凤的典故，有文采而比喻贴切，极为传诵。不说陆路水程而说“剑栈风樯”也显得具体而挺拔。用何沈作比，亦贴切。纪昀评：“虽无深味，风调自佳。”指出这两首诗没有深刻的含意，但清辞丽句，很有风韵，可供探索。

写　意

燕雁迢迢隔上林①，高秋望断正长吟。人间路有潼江险②，天外山惟玉垒深③。日向花间留返照，云从城上结层阴。三年已制思乡泪，更入新年恐不禁。

① 上林：苑名，司马相如有《上林赋》。苑在今陕西长安区西。此指京都。
② 潼江：即梓潼水，源出四川平武，流入涪江。按商隐到梓州东川节度使幕府，要渡过潼江。
③ 玉垒：山名，在成都。

这首诗写在东川幕府里已留滞三年，怀念家乡，实际上是想回京都，所以说隔上林很远。纪昀评：“潼江玉垒岂必独险独深，意中觉其如此耳。”所以有这种感觉，正由于思归之切，所以称为“写意”。四川多阴天，日光在返照时才看见，云经常结成层阴。这也是思归的一因。纪昀又评：“结恐太直，故萦拂一层，才进一步收之。此新年乃未来之新年，或泥此二字，欲改‘高秋’为‘高楼’，失其旨矣。”不说思乡，说“已制思乡泪”，到下一个新年怕制不住了，这样推进一步说。何焯评：“落句即老杜所谓‘丛菊两开他日泪’（《秋兴八首》）也。”

天　涯

春日在天涯，天涯日又斜。莺啼如有泪，为湿最高花。

姚培谦笺：“最高花，花之绝顶枝也，花至此开尽矣。”冯浩笺引杨守智评：“意极悲，语极艳，不可多得。”春日是最好季节，听莺啼，看花，所以是语极艳。可是人却在天涯漂泊，加上又是日斜黄昏时，引起迟暮之感，因此，由莺啼的啼转成啼哭，所以如有泪，由泪转到溅湿最高花。这里的日斜同最高花相呼应。开到最高花，别的花都谢了，春天快要过去了，春尽和迟暮结合，那末啼和泪实际上是诗人要啼哭洒泪，是移情作用，所以说意极悲。用极艳来衬托极悲，所以难得。钱锺书先生在《谈艺录》论曲喻，引“莺啼如有泪，为湿最高花”为例，参见《病中早访招国李十将军遇挈家游曲江》诗说明。这首诗里的莺啼不会有泪，把“啼”字转成啼哭，由啼哭引出“泪”来，由“泪”引出泪“湿”来，这是一种曲折的比喻。这种曲喻可以表达难显之情。杜甫《春望》“感时花溅泪”，不论是杜甫在感时，对花泪溅，或者看到花上有露水，以为花在溅泪，总之是有泪或有似泪的露水。这里说成“如有泪”，“为湿”，这是曲喻所构成的特色。不用曲喻，诗人这种在天涯漂泊中，伤春迟暮之悲，想哭泣的心情就无法表达了。

二月二日①

二月二日江上行，东风日暖闻吹笙。花须柳眼各无赖，紫蝶黄蜂俱有情②。万里忆归元亮井，三年从事亚夫营③。新滩莫悟游人意，更作风檐雨夜声。

①《全蜀艺文志》："成都以二月二日为踏青节。""江上行"正指踏青。商隐时在梓州柳仲郢幕。

② 花须：花蕊。柳眼：柳叶初放时如眼。无赖：用春天的风光来挑逗人。

③ 元亮井：东晋陶渊明字元亮。他的《归田园居》："井灶有遗处，桑竹残朽株。"从事：办事；又州刺史的佐吏称从事史。这里指佐柳仲郢幕。亚夫营：汉文帝时，周亚夫驻军细柳，文帝亲自去劳军，见他严格遵守军纪，称他为"此真将军矣！"认为他不可侵犯。见《史记·绛侯周勃世家》。细柳在长安西南，指柳姓。

这首诗在大中七年作，已在柳仲郢幕府三年了。何焯评："亦是客中思乡，说来温雅清逸。此等诗其神似老杜处，在作用不在气调。"认为不是风格上像杜甫，是构思上像杜甫；不是沉郁顿挫，是用清丽的笔调，反映出思归的感情。又评："同一江行也，耳目所接，万物皆春，不觉引动归思。及忆归未得，则江上滩声，顿有风雨凄凄之意。笔墨至此，字字俱有化工矣。杜荀鹤诗'此时情兰愁于雨，是处莺声苦似蝉'，当以此求之。"从春游引起思乡，因思乡不寐，听到新滩水声，变成了凄风苦雨声，更使人愁苦。新滩水声，夜夜如此，这时正由于心情的愁苦，所以变作风雨声了。没有讲心情的愁苦，却借这种感觉上的变化来透露，所以说化工之笔。这样写，比“情兰愁于雨”，“莺声苦似蝉”更胜。因为光说“风檐夜雨声”，不用“愁”“苦”字。又批：“前半逼出忆归，如此浓至，却使人不觉，所谓‘国风好色而不淫’也。”前四句只写春日风光，写得浓丽。对于这样浓丽的风光，不是尽情赞赏，没有被陶醉，是“好色而不淫”，不过分。不光不过分，还说“无赖”，好像不满于春光的挑逗那样，这就透露出作者心情，无心赏玩春光。为什么？这就逼出思归的念头来。这种构思，就像杜甫。又批：“老杜云：‘回身如绿野，惨淡如荒泽。’”把绿野看作荒泽，同这首诗把滩上水声当作风檐夜雨的构思一致。这就说明“其神似老杜处，在作用不在气调也”。

何焯又批：“拗体。”指一、二句作：仄仄仄仄平仄平，平平仄仄平平平，开头连用四仄，结处连用三平，都是拗体。大概用后的三平来和前的四仄相应。这里开头要用四个声字，因为“二月二日”是踏青节，不好改动，只好用四仄，这是内容决定的。第二句跟它相应，就在句末连用三个平声了。杜甫也有拗体，象《暮归》：“霜黄碧梧白鹤栖，城上击柝复乌啼。客子入门月皎皎，谁家捣练风凄凄。南渡桂水缺舟楫，北归秦川多鼓鼙。年过半百不称意，明日看云还杖藜。”“霜黄（平）碧梧（平）”两个平音步，用“城上（仄）击柝（仄）”两个仄音步来应；“月皎皎”三仄，用“风凄凄”三平来应；“南渡（仄）桂水（仄）”两个仄音步，用“北归（平）秦川（平）”两个平音步来应。这是全篇拗，跟商隐的拗句不同。

水　斋

多病欣依有道邦，南塘晏起想秋江。卷帘飞燕还拂水，开户暗虫犹打窗。更阅前题已披卷，仍斟昨夜未开缸。谁人为报故交道？莫惜鲤鱼时一双①。

① 鲤鱼：指书信。乐府《饮马长城窟行》："客从远方来，遗我双鲤鱼。呼儿烹鲤鱼，中有尺素书。"

何焯评："一病忽忽，疑已入秋，及见飞燕拂水，暗虫打窗，始觉犹是夏令。写病后真入神。更阅已披之书，仍斟昨夜之酒，水斋之中，病夫所以遣日者赖此。如此寂寞，不能出户，惟望故交时时书至，以当披写，亦字字是多病人心情也。"又说："帘已卷而飞燕还拂水不入，户已开而暗虫犹打窗未休，是多病晏起即目事。"又说："故交却要他人为言，岂相依初指哉！"田兰芳笺："五六已开剑南（陆游）门庭，唐人虽中晚，馀馥犹沾溉不少。"何焯认为开头的"欣依"，就指相依的老友，即"故交"。"相依初指"，即开始的指望，能得到他的关怀，现在却连书信也不来，有些失望，这里写得是含蓄的。何焯指出这诗写病后入神，就在于细致真实地反映了病后的生活。像这样用白描来写，写得自然生动，含有情思，所谓已开陆游门庭。

为　有

为有云屏无限娇，凤城寒尽怕春宵①。无端嫁得金龟婿②，辜负香衾事早朝。

① 云屏：云母屏风，华贵的装饰品。《汉书·王莽传》："莽常翳云母屏

风。”凤城：指长安，见《流莺》注②。

② 金龟婿：《旧唐书·舆服志》：“天授元年九月，改内外所佩鱼并作龟。久视元年十月，职事三品以上龟袋宜用金饰，四品用银饰，五品用铜饰。”

这首诗选入《唐诗三百首》，很有名。何焯批：“此与‘悔教夫婿觅封侯’同意，而用意较尖刻。”按王昌龄《闺怨》借闺人的“悔教夫婿觅封侯”来讽刺朝廷的穷兵黩武给人民造成苦难，出以含蓄婉转的笔调，是名篇。至于从事早朝跟丈夫从军，一去不回，生死未卜的，情况完全不同，何批未必切合。朱彝尊批：“喜恨二意俱有之。”因为嫁给三品以上官所以喜，辜负香衾所以恨，但这样解究竟要说什么，还不清楚。屈复笺：“玉溪以绝世香艳之才，终老幕职，晨入暮出，簿书无暇，与嫁贵婿负香衾者何异，其怨宜也。”诗里讲的是“辜负香衾事早朝”之怨，还不是夫妇分离。商隐作幕僚，是夫妇分离，情事也不同。冯笺：“言外有刺。”较合。金龟婿是三品以上官，做到三品以上官当是年事已高，而娶娇女，或年龄不相当而怨，出以婉转的说法，所以说“辜负香衾事早朝”了。

碧城三首

碧城十二曲阑干，犀辟尘埃玉辟寒[①]。阆苑有书多附鹤，女床无树不栖鸾[②]。星沉海底当窗见，雨过河源隔座看[③]。若是晓珠明又定，一生长对水精盘[④]。

①《太平御览》六七四《上清经》:“元始(天尊)居紫云之阙,碧霞为城。”十二:商隐《代应二首》:“十二玉楼空更空。”十二指楼。阑干:栏杆。《述异记》:“却尘犀,海兽也。然其角辟尘,致之于座,尘埃不入。”《岭表录异》:“辟尘犀为妇人簪梳,尘不着也。”《杜阳杂编》下:“火玉色赤,长半寸,上尖下圆,光照数十步,积之可以燃鼎,置之室内,则不复挟纩(穿丝绵)。”

② 阆苑:神仙居处。《续仙传·殷七七传》:“此花在人间已逾百年,非久即归阆苑去。”《锦带》:“仙家以鹤传书。”《山海经·西山经》:“女床之山有鸟焉,其状如翟(雉)而五彩文,名曰鸾鸟。”

③ 雨:用宋玉《高唐赋序》神女“暮为行雨”典。

④ 晓珠:《唐诗鼓吹》注:“日也。”水精盘:《三辅黄图》:“董偃以玉晶为盘,贮冰于膝前。”又一说,《飞燕外传》:“真腊夷献万年蛤、不夜珠,光彩皆若月,照人无妍丑皆美艳。”又:“成帝获飞燕,身轻欲不胜风,恐其飘翥,帝为造水晶盘,令宫人掌之而飞舞。”

对影闻声已可怜,玉池荷叶正田田[5]。不逢萧史休回首,莫见洪崖又拍肩[6]。紫凤放娇衔楚佩,赤鳞狂舞拨湘弦[7]。鄂君怅望舟中夜,绣被焚香独自眠[8]。

⑤ 玉池:王金珠《欢闻歌》:“艳艳金楼女,心如玉池莲。”古诗:“江南可采莲,莲叶何田田。”

⑥《列仙传》:“萧史者,善吹箫。(秦)穆公有女弄玉好之,公遂以女妻焉。日教弄玉(吹箫)作凤鸣。”《神仙传》:“卫叔卿归华山,与数人博,(其子)度问曰:‘向与博者为谁?’叔卿曰:‘是洪崖先生、王子晋、薛容也。’”郭璞《游仙诗》:“右拍洪崖肩。”

⑦《旧唐书·张鷟传》:“大父曰:‘吾闻五色赤文凤也,紫文鸑鷟也。’”屈原《离骚》:“纫秋兰以为佩。”《列仙传》:“江妃二女游于江滨,逢郑交甫,遂解佩与之;交甫受佩而去。”江淹《别赋》:“耸渊鱼之赤鳞。”《韩诗外传》:“瓠巴鼓瑟而潜鱼出听。”

⑧ 鄂君:见《牡丹》注①。

七夕来时先有期,洞房帘箔至今垂[⑨]。玉轮顾兔初生魄,铁网珊瑚未有枝[⑩]。检与神方教驻景,收将凤纸写相思[⑪]。《武皇内传》分明在,莫道人间总不知[⑫]。

⑨《汉武帝内传》:“帝闲居承华殿,忽见一女子,着青衣,美丽非常,曰:‘我墉宫玉女王子登也。七月七日王母暂来也。’”箔:帘子。

⑩ 玉轮:指月。屈原《天问》:“厥(其)利维何,而顾兔在腹。”注:“月中有兔,何所贪利,居月之腹而顾望乎?”《书·康诰》:“惟三月,哉(初)生魄。”初生魄:指阴历十六日。生魄指十五日,死魄指初一。《本草》:“珊瑚生海底磐石上,一岁黄,三岁赤。海人先作铁网沉水底,贯中而生,绞网出之。”

⑪《汉武帝内传》:“上元夫人即命侍女纪离容径到扶广山,敕青真小童出六甲左右灵飞致神之方十二事,当以授刘彻也。”驻景:驻颜,使容光不老。景,光。凤纸:王建《宫词》:“每日进来金凤纸,殿头无事不教书。”唐时封官用金凤纸。

⑫《武皇内传》:即《汉武帝内传》,题班固著。

这三首诗讲什么,明朝胡震亨《唐音戊签》说:“此似咏其时贵主事。味萧史一联及引用董偃水精盘故事,大指已明,非止为寻恒(常)

闺阁写艳也。”这里用了萧史的故事，萧史是秦穆公女儿弄玉的丈夫，又是成仙的；董偃是汉馆陶公主寡居后宠幸的人。这两个典故都指诗是写公主的事。这里还可补充一点。《舆地纪胜》：“唐初鲁王灵夔、滕王元婴相继镇阆州，以衙宇卑陋，乃修饰宏大之，拟于宫苑，谓之阆苑，中有五城；宋德之为守，又建碧玉楼于西城之西南隅，亦名十二楼，以成阆苑之胜概。”诗里讲的阆苑，讲的碧城十二，可能从碧玉楼和五城十二楼来的，那是唐诸王的事，借指唐诸公主出家后所修建的道馆。因为是公主的事，所以称《武皇内传》了。

何焯《义门读书记》：“此以咏其时贵主事。唐初公主每自请出家，与二教（佛、道）人媟近。商隐同时，如文安、浔阳、平恩、邵阳、永嘉、永安、义昌、安康诸主皆先后丐（求）为道士，筑观在外。史即不言他丑，于防闲复行召入，颇著微词（讥刺的话）。”冯浩《笺注》更加说明：

“首章泛言仙境，以赋入道。首句高居，次句清丽温柔，入道为辟尘，寻欢为辟寒也。三四书凭鹤附，树许鸾栖，密约幽期，情状已揭。下半尤隐晦难解，窃意海底河源，暗用三神山反居水下与乘槎上天河见织女事（《博物志》称每年八月，海边有浮槎[大木]过，不失期。有人携粮上槎，至一处，望宫中多织妇），谓天上之星已沉海底而当窗自见，暮行之雨待过河源而后隔座相看，以寓遁入此中，恣其夜合明离之迹也。‘晓珠’似当谓日，水晶盘专取清洁之意。本集中‘慢装娇树水晶盘’（《天平公座中呈令狐令公》），状女冠之素艳矣。惟晓珠不定，故得纵情幽会；若既明且定，则终无昏黑之时，一生只宜清冷耳，盖以反托结之也。”公主出家所造的道观，比做仙境，所以用碧城阆苑来比。既然用道观比仙境，所以公主所用的东西也是仙家之物，像辟尘犀、辟寒玉，这里双关，辟尘比入道，辟寒玉又称暖玉，比寻欢。托鹤寄信，树许鸾栖，暗指密约幽会。星沉海底，冯说用三神山在水下，故星沉海底，当窗可见，但与幽期何关？雨过河源，指天河与海通，过河源见织女，雨指神女化为行雨，跟织女何关？又称晓珠明又定指白昼离去，则公主只对水晶盘，一生显得清冷，又与夜合不相应，既是夜合，怎么一生清冷？程梦醒笺认为："于是当窗所见，每致念于双星；隔座所看，惯兴思于云雨。当此幽期，惟求长夜。若是赵后之珠，照媸为妍，能至晓而不变，则不至色衰爱弛，汉主当一生眷之，长对其舞水晶盘上矣。"照这样说，那末当窗所见，想的是双星相会；隔座相看，想到云雨，这就同欢会相合。又认为晓珠指不夜珠，可以照丑为美，以水晶盘为艳舞，一生长对指长得所欢之爱，似可补冯说之不足。第一首写公主出家的道馆像仙家宫殿，服饰珍奇。她与道士幽期密约，像双星相见，又像神女会襄王，一生过着艳冶的生活。

"次章先美其色，对影闻声，已极可怜(爱)，况得游戏其间耶？不逢萧史，谓本不下嫁，何有顾忌。莫见洪崖，谓得一浮丘(指仙人，即道士)情当知足。紫凤赤鳞，狂且(狂夫)放纵之态。然而尚有欲亲而未得者，故独眠而怅望耳。"程说："首二句不但对玉郎之影，惝恍目成，即或闻玉郎之声，亦复神往，此所以为可怜也。"可以作为补充。又"莲叶何田田，鱼戏莲叶间"，指男女相戏。"不逢"两句，指公主用情当有专属，如专属于萧史，那末不见萧史就不当再有所恋，不要看到洪崖又拍肩留情。这是讽刺公主乱交道士，用情不专。紫凤赤鳞比与公主游戏的道士，敢于对公主放娇狂舞。衔楚佩指公主解佩相赠，拨湘弦指公主弹琴，所欢作舞。鄂君是鄂国的公子，指贵族子弟。这句当为"怅望鄂君舟中夜"，因平仄关系而倒装。写公主又想望贵族子弟而不得，只好绣被独眠。"舟中夜"指越女，比公主。第二首写公主声容的美好，与道士嬉戏，用情不专，使得所欢放娇狂舞。公主还别有所恋，因想望不遂而独眠。

"三章程(梦星)笺颇妙，谓纪其迹之彰著，而致警于人言之可畏也。首句溯欢会也。次句以深藏引起下联，兔曾在腹，网未收枝，比喻隐而实显，当《药转》(指堕胎)参看。五六惟愿美色不衰，欢情永结。结二句总括三章，《汉武内传》多纪女仙，故借用之。孝辕(胡震亨)之子夏客云：读刘中山(禹锡)《题九仙宫主旧院诗》：'武皇曾驻跸，亲问主人翁。'(汉武帝曾经亲自到馆陶公主家，称公主宠幸的董偃为主人翁。这里指唐朝皇帝也亲自到九仙公主出家的道观里，亲自问起公主所欢的道士。)前此诗人未尝讳言，何疑于玉溪哉！以此解之，通体交融矣。"这首诗用七夕牛郎织女相会来比公主与所欢的相会，是先期约定的。道士来了，洞房里的帘箔一直挂着。直到珠胎暗结，月中兔初生魄，像珊瑚的初生还未有枝，用铁网来取珊瑚，暗指堕胎。神方驻影，希望容颜不老。凤纸写相思，用凤纸正是公主身份。末联正指这种丑行，无法隐秘，外间还是知道的。"人间"同天上相对，说明以上指的是天上的事，公主的道观同于宫庭，所以比作天上。这三首是讽刺诗，讽刺唐朝公主的丑行的。

这三首诗是对唐公主入道的丑行的讽刺。作者的本领，在用含蓄手法，写得高华富丽，文采照映，把丑行掩盖起来，在关键处加以透露。正由于这种手法，所以引起各种猜测。有一种说法，认为是作者写他的恋爱故事。但作者明白指出："《武皇内传》分明在，莫道人间总不知。"他写的是宫庭中的事，不是人间的事。也有人认为这是写明皇贵妃的事，作者已经指出"玉轮顾兔初生魄"，暗指怀孕，那就同明皇贵妃无关了。类似这种地方，点明了作意。

偶题二首

小亭闲眠微醉消，山榴海柏枝相交①。水文簟上琥珀枕，傍有堕钗双翠翘[②]。

① 山榴：山石榴，即石榴。
② 水文簟：织成有水纹的竹席。翠翘：翡翠鸟尾上的长羽毛，指金钗作成翠翘形。

清月依微香露轻，曲房小院多逢迎。春丛定是饶栖鸟，饮罢莫持红烛行。

纪昀评第一首："艳而能逸，第二句有意无意绝佳。"山榴是开花的，与海柏枝条相交结，有暗示，所以说在有意无意之间。不说枕上有人，说旁有堕钗，这也是暗示的说法。后来欧阳修《临江仙》作："水精双枕，傍有堕钗横。"即从这首诗里化出。纪评第二首："对面写来，极有情韵，此艳诗之工者。"这是写富贵家多曲房小院，因为怕里面住着的人见到红烛都要出来迎候，所以便不持红烛悄悄走过。"春丛定是饶栖鸟"，也在有意无意之间，春丛正像曲房院，栖鸟正像住在里边的人，这诗也写得含蓄，虽写艳情而不淫靡。

日　　射

日射纱窗风撼扉，香罗拭手春事违。回廊四合掩寂寞，碧鹦鹉对红蔷薇。

蔷薇初夏开花，那时春天已经过去，所以称“春事违”。“香罗拭手”是此中有人，但“掩寂寞”，正写出深闺独居，所见的只有“碧鹦鹉对红蔷薇”罢了。程梦星注：“此为思妇咏也，独居寂寞，怨而不怒，颇有贞静自守之意，与他艳语不同，盖亦以之自喻也，意其在移家永乐时乎？”纪昀批：“佳在竟住。”即写出鹦鹉蔷薇相对，除了点出“寂寞”外，没有别的话，写得含蓄不露。写景物处，色采鲜艳，来反衬内心寂寞，巧于运用衬托手法。这首诗写闺怨，是否自喻，从诗里还不易判断。姚培谦笺：“末句妙，不能弥无情作有情也。”指出另一种映衬，即用鹦鹉蔷薇的无情，反衬思妇的有情，愈见寂寞。

这首诗，何焯批：“古体。”姚培谦笺与屈复《诗意》都列入七绝，那当是古绝。“回廊”句后五字皆仄，末句后三字皆平，拗句也要求对应。

独居有怀

麝重愁风逼，罗疏畏月侵[1]。怨魂迷恐断，娇喘细疑沉。数急芙蓉带，频抽翡翠簪[2]。柔情终不远，遥妒已先深。浦冷鸳鸯去，园空蛱蝶寻。蜡花长递泪，筝柱镇移心[3]。觅使嵩云暮，回头灞岸阴[4]。只闻凉叶院，露井近寒砧。

① 麝：麝香，指香。罗：指罗帏。

② 急：拉紧。人越来越瘦，所以要几次拉紧带子。翡翠簪：见《念远》注③。

③ 蜡花：烛花。泪：蜡泪。移心：旋紧筝柱上的弦。
④ 嵩云：见《寄令狐郎中》注②。灞岸：在长安。

何焯评："亦为令狐而作，观嵩云灞岸句可见。柔情句见己之不忘旧好，遥妒句谓李宗闵等间之也。"商隐《寄令狐郎中》有"嵩云秦树久离居"句，跟这里的嵩云灞岸一致，可见这诗也是为令狐绹而作。这篇借妇女来自比，她独居愁苦，怕风怕月，实际上是身体瘦弱怕冷。她幽怨，怕魂断；气息弱，越来越细。人瘦，腰带多次收紧；发脱，发簪几次抽换。她的柔情不改，别人的遥妒已深。鸳鸯栖宿的浦上，因鸳鸯的分飞而显得冷落；蝴蝶双飞的南园，因蝴蝶的分飞显得空廓，只剩下她一个人来寻找旧踪迹了。入夜，蜡烛为她掉泪；弹筝，由于调促弦柱经常转动；前者像她的愁苦掉泪，后者像对方的变心。要找个使人，那嵩山云暮，一时难找，回望长安那人居处，只有阴云遮住视线。夜里只听见院里的凉风吹树叶，跟着井畔捣衣的砧声相应。

这首诗，嵩云灞岸是点题，柔情遥妒是关键。不说对方薄情，却说有人遥妒，这是温柔敦厚的写法，希望对方能回心转意。正由于对方的薄情，害自己愁苦消瘦，愁风畏月都由此而来。以下的话，也由此而来。

纪昀评："格不甚高，而语意清丽，纯以情韵胜人。"这里用了芙蓉带、翡翠簪、鸳鸯浦、蛱蝶园、嵩云、灞岸，是运用辞藻。这种辞藻不碍清新。全诗写情，委宛曲折，以清丽胜。

龙　池[①]

龙池赐酒敞云屏，羯鼓声高众乐停[②]。夜半宴归宫漏永，薛王沉醉寿王醒[3]。

① 龙池：引龙首渠水成池，在今西安市兴庆公园内。开元二年，唐玄宗在这里建兴庆宫。见《长安志》。

② 敞：张开。云屏：云母屏风。羯（jié）鼓：由羯族（源于小月氏）传来的鼓，声音高亢急促，用两杖击。玄宗爱听羯鼓。

③ 宫漏永：铜壶滴漏的计时器声音长久，指夜深不能入睡。薛王：唐玄宗弟李业封薛王，开元二十二年死，子李琄封嗣薛王，这里指嗣薛王。寿王：玄宗第十八子。《新唐书·杨贵妃传》："始为寿王妃。（玄宗）召纳禁（宫）中，即为自出妃意者，丐籍女官，号太真。"

《鹤林玉露》说："词微而显，得风人之旨。"杨贵妃原是寿王的妃子，玄宗夺来封为贵妃。因此，薛王、寿王去兴庆宫赴宴，薛王喝醉了，寿王喝不下酒，还醒着，回去睡不着，一直听见铜壶的滴漏声。另一首《骊山有感》，写的是同一主旨："骊岫飞泉泛暖香，九龙呵护玉莲房（指温泉喷处刻成玉莲房，又有九龙回绕）。平明每幸长生殿，不从金舆惟寿王。"何焯批："太露，少含蓄。"两首诗的用意相同，这首诗说"寿王醒"，从中透露出他喝不下酒，再透露出他的心事。从龙池赐宴到听乐，都没有接触到贵妃，写得比较隐约。另一首说"幸长生殿"，坐"金舆"，这里就有明皇和贵妃两人在内，寿王自然不便随从。因此，"不从金舆"的提法就显得太露了。所以《骊山有感》不如这一首。

齐 宫 词

永寿兵来夜不扃，金莲无复印中庭[1]。梁台歌管三更罢，犹自风摇九子铃[2]。

①《南史·齐东昏侯纪》："又别为潘妃起神仙、永寿、玉寿三殿。萧衍师（兵）至，（王）珍国、张稷惧祸，乃谋应萧衍，夜开云龙门，勒兵入殿。是夜，帝在含德殿，吹笙歌作《女儿子》，卧未熟，闻兵入，趋出，直后张齐斩首，送萧衍。"扃（jiōng）：关闭。《南史·齐东昏侯纪》："又凿金为莲华以帖地，令潘妃行其上，曰：'此步步生莲华也。'"

② 梁台：梁宫，齐为梁所灭。《容斋续笔》："晋宋间谓朝廷禁省（宫廷）为台，故称禁城（宫城）为台城。"《南史·齐东昏侯纪》："庄严寺有玉九子铃，外国寺佛面有光相，禅灵寺塔诸宝珥，皆剥取以施潘妃殿饰。"

纪昀批："意只寻常，妙从小物寄慨，倍觉唱叹有情。"这首诗不发议论，用即小见大的写法，就九子铃来感叹齐的覆亡。屈复《诗意》说："不见金莲之迹，犹闻玉铃之音，不闻于梁台歌管之时，而在既罢之后。荒淫亡国，安能一一写尽，只就微物点出，令人思而得之。"从不见金莲之迹，想象东昏侯使潘妃步步生莲；从风摇九子铃，想见东昏侯宠爱潘妃；显出荒淫亡国。姚培谦批："荆棘铜驼，妙从热闹中写出。"写齐朝的亡，不是从齐朝的荆棘或荒芜来写，从梁台歌管和风摇九子铃来写，即从热闹中写，见得构思的巧妙。这样写又是符合真实的，因为在梁台歌管时，听不见风吹九子铃声，要到歌管停后，夜深静寂，才听得见风吹九子铃声。

野　菊

苦竹园南椒坞边，微香冉冉泪涓涓[1]。已悲节物同寒雁，忍委芳心与暮蝉。细路独来当此夕，清樽相伴省他年。紫云新苑移花处[②]，不取霜栽近御筵。

① 苦竹：竹的一种，笋箨上有黑斑。苦竹园、椒坞，竹苦、椒辛，都喻愁恨。冉冉：渐渐。涓涓：状不断。

② 紫云：一作紫微，开元元年，改中书省曰紫微省，中书郎曰紫微郎。

程梦星注："此诗与《九日》词旨皆同，但较浑耳。中间已悲节物、忍委芳心二语，即《离骚》'老冉冉其将至，恐修名之不立'意。盖日月逝矣，能无慨然。五、六二语与'九日樽前有所思'正同。七、八二语与'不学汉臣栽苜蓿'正同，故知此诗为一情一事。野菊命题，即君子在野之叹也。"这首诗的苦竹园、椒坞指在野艰辛，正切"野"字，与"紫微新苑"之在宫庭中的有朝野的分别。"紫微新苑移花"，指令狐绹官中书舍人，故称紫微。微香冉冉喻己之高洁，泪涓涓与愁苦相应。虽悲同寒雁，不忍与暮蝉同尽，向令狐绹陈情。细路独来回思往事，在重九节曾伴令狐楚同饮。今则令狐绹已入中书省，不取野菊移入宫庭，有希望他推荐的意思。这首诗句句写野菊，"已悲"一联能写出野菊的精神，又寄托身世之感，是咏物诗中的传神之句。

无　　题

紫府仙人号宝灯，云浆未饮结成冰[①]。如何雪月交光夜，更在瑶台十二层[②]？

① 紫府：仙人居处。《抱朴子·祛惑》："及到天上，先过紫府，金床玉几，晃晃昱昱，真贵处也。"道源注："佛有宝灯之名。"《汉武故事》："西王母曰：'太上之药有玉津金浆，其次药有五云之浆。'"
②《拾遗记·昆仑山》："昆仑山者，上有九层。傍有瑶台十二，各广千步，皆五色玉为台基。"

冯浩《笺注》："《新唐书·令狐绹传》：绹为承旨，夜对禁中，烛尽，帝以乘舆金莲华炬送还。院吏望见，以为天子来，及绹至，皆惊。可为此首句类证也。时盖元夕在绹家，候其归而饮宴，故言候之久而酒已成冰，当此寒宵，何尚不归乎？"紫府瑶台都比宫廷，十二层极言绹地位的崇高，雪月交光正指他处境的优越。

昨　日

昨日紫姑神去也[①]，今朝青鸟使来赊。未容言语还分散，少得团圆足怨嗟。二八月轮蟾影破，十三弦柱雁行斜[②]。平明钟后更何事，笑倚墙边梅树花。

① 紫姑神：见《圣女祠》"杳霭逢仙迹"注④。
② 二八：指阴历十六日；十五日月圆，十六日开始破坏月圆。蟾影：月影。《后汉书·天文志》注："羿请无死之药于西王母，姮娥窃之以奔月，是为蟾蠩。"十三弦：《玉篇》："筝似瑟，十三弦。"雁行斜：《辑评》引朱彝尊评："雁行斜，言筝柱斜有如雁飞也。"

《昨日》用诗的开头两字为题，也是“无题”诗。正月十五日夜迎接紫姑神，紫姑神去后的今朝是十六日。《无题》“相见时难”：“蓬莱此去无多路，青鸟殷勤为探看。”青鸟使来赊，赊是缓，为青鸟使不来的婉转说法，即探看蓬莱没有消息。那是“相见时难别亦难”，这时是“未容言语还分散”，即使相见了，不等倾吐衷肠就送客了，这正是指令狐绹不容听他倾诉。就是这样的接见也极少，所谓“相见时难”，所以够使他怨恨了。这正像月圆开始破，筝的弦柱像大雁的飞行排成斜阵，发出悲哀的声音。经过了一夜，到天亮后更有什么事可办呢？冯浩注：“‘更’字惨极，味乃不穷。诗为元夕次日作。三句忆匆匆往还，四句叹欢聚甚少，五句取破镜之义，六指哀筝之调，皆互见为令狐所赋诸诗中，结则极状无聊也。考其元宵在京之迹，则大中四年。”结句笑倚梅树花，使人想到《十一月中旬至扶风界见梅花》：“素娥惟与月，青女不饶霜。赠远虚盈手，伤离适断肠。”素娥只帮助月亮，不肯帮助梅花，正像令狐绹只为自己的地位上升打算，不肯帮助他进入翰林院。就“还分散”说，正是“伤离适断肠”了。但着一“笑”字，或是笑梅花的不被素娥所赞助，跟自己的遭遇相似吧。末联的“更”和“笑”，耐人寻味。

钱锺书先生《谈艺录》补订本（一八一页）论诗中用虚字，独称：“李义山《昨日》首句‘昨日紫姑神去也’，摇曳之笔，尤为绝唱。”“昨日”一联是流水对，意义连贯而下，对仗极工，却使人不觉它是对仗，它的妙处在用“也”字，变对仗的板滞为灵活，所以摇曳生姿。

一　片

一片非烟隔九枝，蓬峦仙仗俨云旗①。天泉水暖龙吟细,露畹春多凤舞迟[②]。榆荚散来星斗转,桂花寻去月轮移[③]。人间桑海朝朝变[④],莫遣佳期更后期。

① 《汉书·天文志》:"若烟非烟,若云非云,郁郁纷纷,萧索轮囷,是谓庆云。"九枝:一干九枝灯。沈约《伤美人赋》:"拂螭云之高帐,陈九枝之华烛。"蓬峦:即蓬莱仙山。《楚辞·离骚》:"载云旗之委蛇。"指仙家仪仗之一。

② 《晋书·礼志》:晋中朝公卿以下至于庶人,皆禊洛水之侧。"(三月)三日,会天泉池赋诗。"天泉池在河南洛阳东,在晋代都城。这里借指唐代都城内的泉水。马融《长笛赋》:"龙鸣水中不见已,截竹吹之声相似。"畹:十二亩为畹。

③ 榆荚:榆树的果实,阴历二月生,三月落。星斗转:北斗星斗柄所指各月不同,故称斗转。宋之问《灵隐寺》:"桂子月中落。"相传月中有桂树。

④ 桑海:《神仙传·王远》:"麻姑自说云:'接待以来,已见东海三为桑田。'"

冯浩《笺注》:"愚谓总望令狐身居内职,日侍龙光,而肯垂念故知,急为援手,皆在屡启陈情之时。"朱彝尊批:"诗中九枝星月,俱以夜景言,则一片亦泛言夜色朦胧也。"非烟既指庆云,蓬峦仙仗以比朝廷,则当指内庭夜召。何焯批:龙吟细"叹好音之难得",凤舞迟"叹美质之难亲"。令狐绹身居相位,日在内庭,叹未能援手。榆荚散钱在三月,桂花寻去已九月,佳期已误,不要再误了,希望他加以援手的迫切心情。

白云夫旧居[1]

平生误识白云夫[2]，再到仙檐忆酒垆[3]。墙柳万株人绝迹，夕阳惟照欲栖乌。

① 白云夫：姚培谦笺："白云夫必是异人，如丹丘子之属。"冯浩注引徐逢源笺，据《唐书·艺文志》有令狐楚《白云孺子表奏集》十卷，因以白云夫为令狐楚。

② 误识：姚笺："误识者，惜其当面错过也。"纪昀评："误识犹言错认，言当时竟不深知其人。"徐笺："误识即'早知今日系人心，悔不当初不相识'之类，深感之之词也。"

③《世说·伤逝》："王濬仲经黄公酒垆下过，顾谓后车客：'吾昔与嵇叔夜、阮嗣宗酣饮于此垆，自嵇生夭、阮公亡以来，便为时所羁绁。今日视此虽近，邈若山河。'"

这首诗，从"误识"和"仙檐"看，白云夫当是道家一流人，不像是令狐楚。楚是商隐的第一知己，商隐的工于时文，善为章奏，得到楚的指教，不能说成误识。令狐楚是大臣，不能称他的故居为仙檐。从《九日》看，他的故居也不是"人绝迹"。当以姚笺纪评为是。

"再到"是第二次到，"忆酒垆"，白云夫已经去世，亦见他不是令狐楚。这诗的特点，正像《忆住一师》，写出一种境界来衬出人物，前者用"炉烟消尽寒灯晦，童子开门雪满松"来写住一师，这里用"墙外万株人绝迹，夕阳惟照欲栖乌"来写白云夫。前者对住一师有敬仰意，所以写出清绝高洁的境界；这里对白云夫有哀悼意，所以写出冷落悲凉的境界。这又显出两者的不同。

谢先辈防记念拙诗甚多异日偶有此寄[①]

晓用云添句，寒将雪命篇。良辰多自感，作者岂皆然？熟寝初同鹤，含嘶欲并蝉[②]。题时长不展，得处定应偏。南浦无穷树[③]，西楼不住烟。改成人寂寂，寄与路绵绵。星势寒垂地，河声晓上天。夫君自有恨，聊借此中传。

① 谢防：冯浩注："一作昉。"疑当作谢昉。先辈：科举时代同年考中进士的人互称"先辈"。《国史补》下："得第谓之前进士，互相推敬，谓之先辈。"

②《初学记·鹤》："常夜半鸣，其声高朗，闻八九里。"此称"熟寝"，或指熟眠时同鹤的无声，到夜半警醒。

③《楚辞·九歌·河伯》："送美人兮南浦。"指送别。

这首诗是商隐写他作诗的，对理解他怎样作诗有帮助。首联点出"晓"和"寒"，下面"星势寒垂地，河声晓上天"，用"寒"和"晓"呼应，这里又点昼夜，晓属昼，星属夜。提"寒将雪"后，又提"良辰"，即春秋佳日。那末，即从昼到夜，从春到冬，都在写作。写的内容，"用云""将雪"，是点染景物，"多自感"，是多的感怀。"同鹤""并蝉"，指鹤唳蝉嘶的悲鸣。因此题时不展，从心头到眉头，即有愁苦，就无法开展了。得处应偏，即有所得，也不能没有偏蔽，即偏于愁苦之音，缺少欢乐之作。其中有南浦送别的，有西楼怀人的。诗成而人已去，寄与则道路遥远。

下面提到他的诗在艺术上的特色，冯浩笺："'星势'二句，言声光在此而感发在彼，方吸(引)起谢自有恨，借我诗传之，故记念甚多也。"这是说，商隐的诗，像星光在天，下垂于地，像河声在地，上及于天，即声光在此而感发在彼。因此，他的诗引起谢防的感触。谢防对他的诗记诵甚多，是谢自有恨，借他的诗来寄托自己的感情，不是感商隐之所感。换言之，商隐的诗不是写他一人的感触，也写出当时像谢防这样的人的感触，所以谢防要借他的诗来传达自己之所感，即商隐的诗是特殊性与普遍性的结合，对当时的一部分人有它的代表性。朱鹤龄笺引刘禹锡《唐故柳州刺史柳君集》："天下文士，争执所长，与时而奋，粲焉如繁星丽天。而芒寒色正(朱注引"粲焉"两句，"焉"作"然")，人望而敬者，五行(五大行星)而已。"这是用"芒寒色正"来注"寒垂地"的"寒"字。正因芒寒色正，使人望而敬，跟一般的星不一样，这也显出商隐的诗有它的特色。它的声光在诗坛上照耀传布，不同平常。这联对我们理解他的诗有帮助，可供体味。

马嵬二首①

冀马燕犀动地来②，自埋红粉自成灰。君王若道能倾国，玉辇何由过马嵬③？

① 马嵬：在今陕西兴平西。《旧唐书·杨贵妃传》："(安)禄山叛，潼关失守。(天宝十五载六月)从幸至马嵬，禁军大将陈玄礼密启太子，诛(杨)国忠父子。既而四军不散，曰'贼本尚在'，盖指贵妃也。帝不获

已，与妃诀，遂缢死于佛室，时年三十八，瘗于驿西道侧。”

② 冀马：《左传》昭公四年：“冀之北土，马之所生。”燕犀：燕地所出犀牛皮甲。《后汉书·蔡邕传》：“幽冀旧壤，铠马所出。”

③ 倾国：本李延年歌“再顾倾人国”，指空国的人来看。又《诗·大雅·瞻印（仰）》：“哲夫成城，哲妇倾城。”“倾城”即“倾国”。指周幽王迷恋褒姒亡国。此说玄宗倘知迷恋佳人会倾覆国家，就不会有出奔过马嵬之事了。

海外徒闻更九州，他生未卜此生休④。空闻虎旅鸣宵柝，无复鸡人报晓筹⑤。此日六军同驻马，当时七夕笑牵牛⑥。如何四纪为天子，不及卢家有莫愁⑦。

④《史记·驺衍传》：“以为儒者所谓中国者，于天下乃八十一分居其一分耳，中国名曰赤县神州，赤县神州内自有九州。中国外如赤县神州者九，乃所谓九州也。”陈鸿《长恨歌传》：“玉妃（杨贵妃）茫然退立，若有所思，徐而言曰：‘昔天宝十载，侍辇避暑于骊山宫。秋七月，牵牛织女相见之夕，时夜殆半，独侍上。因仰天感牛女事，密相誓心，愿世世为夫妇。’”

⑤ 虎旅：指禁卫军。宵柝（tuò）：夜里巡逻报更的梆子。鸡人：宫中代替公鸡报晓的人。筹：报晓用的工具。

⑥ 此日：天宝十五载六月十四日，玄宗和禁卫军驻扎马嵬坡，禁卫军驻马不前，要求杀死杨贵妃。

⑦ 四纪：四十八年，十二年为一纪。玄宗在位四十五年。卢家莫愁：梁武帝歌：“河中之水向东流，洛阳女儿名莫愁。十五嫁为卢家妇，十六生儿字阿侯。”

冯浩注“自埋红粉自成灰”句:“两‘自’字凄然,宠之适以害之,语似直而曲。”从宠之适以害之看,杨妃虽非明皇所杀,但明皇的爱宠反而害了她,正是讽刺明皇的迷恋女色,荒淫召乱,以致逃奔入川。杜甫《北征》:“不闻夏殷衰,中自诛褒妲。”归美玄宗。郑畋《马嵬坡》:“总是圣明天子事,景阳宫井又何人!”推美玄宗。罗虬《比红儿诗》:“马嵬好笑当时事,虚赚明皇幸蜀川。”归罪杨妃。都没有讽刺明皇,都不如此诗的富有思想性。

纪昀批:“归愚(沈德潜)谓起无原委,则不然,此本第二首,前首已有原委。”两首连读可以看得全面些。第一首讽刺明皇,第二首,何焯评:“末句乃不能保其妻子之意,专责明皇,极有识也。”这首的责备玄宗,是结合“愿世世为夫妇”的传说,认为玄宗对杨妃是确实相爱的,那为什么不能保护她呢?这个意见是商隐独特的看法,所以第二首超过第一首,成为传诵之作。何焯评:“起联变化之至,超忽。”这个开头确是突出,正是从独特的命意来的,“他生未卜此生休”,跟“七夕笑牵牛”联系。纪昀批:“五、六逆挽之法,如此用笔便生动。温飞卿《苏武(庙)》诗亦此法也。”温庭筠诗“回日楼台非甲帐,去时冠剑是丁年”,先说“回日”,倒溯“去时”,同先说“此日”,倒溯“当时”,所以说逆挽,不是顺叙,显得生动。

离亭赋得折杨柳二首[①]

暂凭樽酒送无憀,莫损愁眉与细腰[②]。人世死前惟有别,春风争拟惜长条[③]。

① 离亭：离别的驿亭，即驿站，是离别处。赋得折杨柳：赋诗来咏折柳送别。《折杨柳》是曲子名。

② 无憀(liáo)：无所依赖，指愁苦。愁眉与细腰：柳叶比眉，柳枝的柔软比腰，有双关意。

③ 争拟：怎拟，即不拟，即为了惜别，不想爱惜柳条。

含烟惹雾每依依，万绪千条拂落晖④。为报行人休尽折，半留相送半迎归。

④ 含烟惹雾：茂密的柳条像笼罩在烟雾中。依依：状恋恋不舍。

这两首是告别的诗，从愁眉细腰看，是和一位姑娘作别，姑娘因离别而愁苦。这种离别只比死差一点，为了安慰，怎么能爱惜柳条？不能不折柳赠别。开头的借酒浇愁，跟愁眉呼应，正因为别离而愁苦，所以要折柳送别，同不拟惜长条相应。“莫损”是劝慰那位姑娘，不要因离别的愁苦使你的愁眉细腰再受到损害了；愁眉细腰双关柳树，那不成了不要去攀折柳枝了吗？这又和“惜长条”相应。忽然来个转折，这次的分别，不是一般的分别，是比死只差一点的分别，那就顾不得惜长条。从惜长条转到不惜长条，正竭力写出别愁之深，第三句在这里起了极大的转折。在这个从惜长条到不惜里，也含有从“莫损愁眉细腰”到有损愁眉细腰在内。莫损是宽慰，实际由于愁苦的深切还是要有损的。含意就是这样的深沉和曲折。何焯评“人世死前惟有别”是“惊心动魄，一字千金”，就指这句话的深刻，在诗中也起到关键性的转折作用。

前一首写得愁苦到极点，这一首加以宽解，跟“莫损”呼应。愁苦是由于离别，离别后还可以相逢，这就有了希望，真的劝她莫损了。不论是早上的含烟惹雾，晚上的在夕照中拂动着，柳条每每依依惜别，非常多情。这个依依既指柳，也指告别的双方。柳条既极多情，那末既可以送别，当然也可以迎归，那就转出“为报行人休尽折”，要“半留相送半迎归”了。何焯批：“折字前正此反，阿那曲折。”上一首不拟惜长条是尽量折，指折；这首一半不折，一正一反，摇曳生姿。

无　题

近知名阿侯，住处小江流[①]。腰细不胜舞，眉长惟是愁[②]。黄金堪作屋，何不作重楼[③]？

①《河中之水歌》：“河中之水向东流，洛阳女儿名莫愁。十五嫁为卢家妇，十六生儿是阿侯。”阿侯是男，此作女，或误记。

②《后汉书·五行志》：“桓帝元嘉中，京都妇女作愁眉、啼妆，所谓愁眉者细而曲折，啼妆者薄拭目下若啼处。”

③ 黄金作屋，见《茂陵》注④。重楼：楼上之楼。

《有感》的说明里引了纪昀对《无题》诗的较全面说明，认为“有戏为艳体者，‘近知名阿侯’之类是也”。因此选了这首诗，便于对《无题》诗作研究。纪昀又批：“此三韵律诗，韩集白集俱有之。”又说：“藏于屋中，人不得见，楼上则或得见矣。此小巧弄姿，无关大雅。”这是艳体诗，没有寓意，可备《无题》诗的一种。

咸　阳

咸阳宫阙郁嵯峨，六国楼台艳绮罗①。自是当时天帝醉，不关秦地有山河②。

①《史记·秦始皇本纪》："秦每破诸侯，写放其宫室，作之咸阳北阪上，南临渭，自雍门以东至泾渭，殿阁复道周阁相属，所得美人钟鼓以充入之。"

② 张衡《西京赋》："昔者大帝（上帝）悦秦穆公而觐（接见）之，飨以钧天广乐。帝有醉焉，乃为金策（封册），锡（赐）用此土，而剪诸鹑首（二十八宿中的井宿到柳宿，它的分野当秦地，指把秦地赐给秦穆公）。"《史记·六国表序》："秦始小国，僻远诸夏。然卒并天下，非必险固便、形势利也，盖若天所助焉。"

何焯评"六国"句："有多少意思。"又评"天帝醉"："'醉'字妙，明是天之未定。"说"六国楼台艳绮罗"，指六国诸侯掠夺人民的财富，来建筑艳于绮罗的楼台，以致灭亡；秦再掠夺人民的财产，来建筑艳于绮罗的六国楼台，以致灭亡。即杜牧《阿房宫赋》说："呜呼！灭六国者，六国也，非秦也；族（灭族）秦者，秦也，非天下也。"这里指六国的灭亡是一层，秦的灭亡是两层，唐敬宗的大建宫室也不会有好结果三层。说"当时天帝醉"，指上帝醉了把秦地赐给穆公，但等醒了可能又要收回，所以说"天之未定"。《孟子·万章上》："天视自我民视，天听自我民听。"天的意旨通过民的意旨表达出来，天醒了也就是民醒了，就起来把秦朝推翻了，秦地虽有山河之险也没有用。这是告诫唐朝君主，要是走秦朝掠夺人民的老路，即使秦地有山河之险也是不可靠的，即使皇权神授也是不可靠的。它和《阿房宫赋》的用意相似，但语言更为精练；比《阿房宫赋》多一层含意，即指皇权神授也靠不住。后来黄巢起义，攻入长安，正应了它的论点，“明是天之未定。”

鲁迅《无题二首》“大江日夜”的“六代绮罗成旧梦”，即暗用“艳绮罗”句；又《无题》“大野多钩棘”的“下土惟秦醉”，即暗用“当时天帝醉”句。“六国楼台艳绮罗”，没有点明，把六国和秦的灭亡含蓄在内；鲁迅句借古讽今，所以点明“成旧梦”，用意不同，隐显各异。“自是当时天帝醉”，指明“当时”，暗指后来可能有变；“下土惟秦醉”，指明“下土惟秦”，由于天帝之醉，举出“下土”切合当时情事。这里也见出用意不同，虽同用一个典故，还是有变化的。这样根据用意来运用典故，自然出以变化，不同于貌袭了。

青陵台[①]

青陵台畔日光斜，万古贞魂倚暮霞。莫讶韩凭为蛱蝶，等闲飞上别枝花[②]。

① 青陵台：在今河南封丘东北。《搜神记》：“宋康王舍人韩凭，娶妻何氏，美，康王夺之。凭自杀。其妻乃阴腐其衣。王与之登台，遂自投台下，左右揽之，衣不中手而死。”（《太平寰宇记》济州郓城县韩冢引《搜神记》作“着手化为蝶”。）

②《山堂肆考》：“俗传大蝶必成双，乃韩凭夫妇之魂。”等闲：随便。

冯浩《笺注》:“此诗之眼全在‘莫讶’二字,言虽暂上别枝,而贞魂终古不变。盖自诉将傍他家门户,而终怀旧恩也。疑为令狐作于将游江南时矣。《太平御览》引《郡国志》:青陵台在郓州须昌县,与《寰宇记》所引,皆唐时郓州属也。疑义山受知令狐,实始郓幕,故以托意欤?”冯说大概可信,既称“万古贞魂”,又要“飞上别枝花”,似有矛盾,所以用“莫讶”来自解。作为贞魂,万古不变,只能倚暮霞,倚傍于青陵台畔;化为蝴蝶,不能不依傍花枝。即内心还是倾向令狐楚,但在楚死后,不能不投向别的府主。“暮霞”与“日光斜”相应,即倾心于青陵台畔,故称“贞魂”。

代魏宫私赠[①]

来时西馆阻佳期,去后漳河隔梦思[②]。知有宓妃无限意,春松秋菊可同时[③]。

① 原注:“黄初三年,已隔存没,追代其意,何必同时,亦广《子夜》鬼歌之流变。”魏文帝黄初三年,曹植到京城朝见文帝,这时甄后已死,生死永隔。追想前事,代甄后意,托宫人私下赠诗给曹植,何必同时都活着,也是扩大《子夜》鬼歌之变化类。鬼歌《子夜》见《曲江》注②。这是代甄后私下赠诗给曹植。甄后原是袁绍的媳妇,为曹丕所得,相传曹植也怀念甄后,这传说不可信。

② 西馆:曹植来京师朝见,文帝不接见他,让他住在西馆。因此甄后不能会见曹植。漳河:魏都在邺,为漳河所经过。曹植去后,由于漳河的阻隔,要梦想也难。按曹丕称帝后,已迁都到洛阳,不在邺了,这里

有意颠倒着说。

③ 宓妃：洛水的女神。曹植《洛神赋》："古人有言，斯水（指洛水）之神，名曰宓妃。"春松秋菊：《洛神赋》："荣耀秋菊，华茂春松。"

这首诗，借用曹植和甄后互相想念的传说，代甄后写这首诗送给曹植，表示想念的感情。事实上当时曹植和甄后，生死永别，所以作为甄后的鬼作诗赠别。不便点明甄后，故称做魏宫人。诗里说，曹植来时被阻隔在西馆，不能相见；曹植去后，在梦里相思也难。你在《洛神赋》里知道宓妃对你有无限深情，你倘接受这种深情，那末春松同秋菊可能同时出现的。爱情会把不可能的事变为可能的。这首诗实际上不是代甄后写给曹植，因为两人已经生死永别了。这是借来写自己的事的。大概有一位女子热情地恋着他，只是他来时因事被阻不能会面，他去后那女子还在想念。只要他能接受这种爱情，那末一切阻碍都可能破除的。

代元城吴令暗为答[1]

背阙归藩路欲分，水边风日半西曛[2]。荆王枕上元无梦，莫枉阳台一片云[3]。

① 这是代吴质回答魏宫私赠的。吴质，做元城令。魏宫私赠是送给曹植的，为什么不代曹植回答，却要代曹植的朋友吴质来回答呢？这里含有曹植不接受对方的爱情的意思。

② 背阙归藩：曹植《洛神赋》："余从京师（京城），言归东藩（指鄄城，今属

山东菏泽)。背伊阙(龙门山,在洛阳南),越轘辕(坂名,在河南巩义西南)。日既西倾,车殆(危)马烦(疲)。"

③ 宋玉《高唐赋序》:"昔者先王(怀王)尝游高唐,怠而昼寝,梦见一妇人,曰:'妾巫山之女也,为高唐之客,闻君游高唐,愿荐枕席。'王因幸之。去而辞曰:'妾在巫山之阳,高丘之阻,旦为朝云,暮为行雨,朝朝暮暮,阳台之下。'"

代吴质回答,实际上是代曹植回答,因为曹植封鄄城王,所以用吴质来代,好比用宫人来代甄后。曹植背离伊阙,也可解作背离宫阙,回到藩国去。在日向西斜时,到洛水边看到宓妃。他没有梦,不要徒然烦劳阳台的一片云,不用神女来入梦了。即宓妃有情,自己无情。上一首是写有位女子在爱恋他,这首是说自己无情,不接受她的爱情。

代赠二首

楼上黄昏欲望休,玉梯横绝月中钩①。芭蕉不展丁香结,同向春风各自愁。

① 欲望休:望远人望不见,所以不望。玉梯:犹玉阶。横绝:横度。《史记·李将军传》:"南绝幕。"正义:"度也。"即从楼上下来。月中钩:月合于钩。

东南日出照高楼，楼上离人唱《石州》[②]。总把春山扫眉黛[③]，不知供得几多愁。

②《陌上桑》："日出东南隅，照我秦氏楼。"《石州》："自从君去远巡边，终日罗帏独自眠。"

③《西京杂记》："（卓）文君姣好，眉色如望远山，脸际常若芙蓉。"《事文类聚》引《炙毂子》："汉明帝宫人扫青黛娥眉。"

第一首先说"楼上"，后说"玉梯"，与李白《菩萨蛮》先说"暝色入高楼，有人楼上愁"，后说"玉阶空伫立，宿鸟归飞急"一致。先是楼上望远人，为什么要黄昏时望呢？《诗·王风·君子于役》："日之夕矣，牛马下来。君子于役，如之何勿思。"她望的，正如《石州》说的"自从君去远巡边"，也是"君子于役"。从楼上下来，石级是横的，所以是横度，这正是月成钩形。月圆像团圆，所以月如钩正写离别。芭蕉不展，丁香花结蕾，都像月如钩，都表愁绪郁结。同向春风既指芭蕉丁香，也指思妇。朱彝尊批："妙在同，又妙在各，他人千言不能尽者，此以七字尽之。"第二首写思妇唱《石州》，正指思远人。"青山扫眉黛"，即用青黛扫眉作春山，或"青山——扫眉黛"。眉如春山，也容不下这许多愁。纪昀批："二首情致自佳，艳体之不伤雅者。"第一首用"芭蕉不展丁香结"来比，巧于用思。第二首用春山比眉，引出能供几多愁来，成为写愁的名句。

柳

动春何限叶，撼晓几多枝？解有相思苦，应无不舞时。絮飞藏皓蝶，带弱露黄鹂。倾国宜通体，谁来独赏眉？

在春天，柳树很早抽芽，从柳芽上可以看到春天的到来，所以说“动春”，从柳叶的身上可以看到动人的春色，描摹入微。但动人的不光是柳叶，柳枝也动人，柳枝迎风起舞是动人的。这比舞女，她的眉是动人的，她的舞腰也是动人的。但她的身世飘零有如柳絮，她无法避免蝴蝶黄鹂的追逐。她的倾国之美是通体美好的，谁来独自赏眉呢？这个谁当指作者自己，作者是独赏眉的。她的相思当是对他而说的。这首诗当是同情她的身世，但他只能独自赏眉，不能再有所帮助，只能造成相思的痛苦。说明他虽“有涉于篇什，实不接于风流”。程梦星评：“此首语语是柳，却语语是人。‘动春何限叶’，言其会合之情也。‘撼晓几多枝’，言其离别之时也。‘解有相思苦，应无不舞时’，言黯然销魂，彼此无奈，望远惆怅，当有同心也。‘絮飞藏皓蝶，带弱露黄鹂’，言弱质飘荡，难保迷藏，蝶去鹂来，恐所不免也。结句则举其艳丽殊绝，以著其相思难已也。唐人言女子，好以柳比之，如（白）乐天之‘杨柳小蛮（侍女名）腰’，（韩）昌黎之‘倩桃、风柳（侍女名）’，以及《章台柳》词（韩翃作，比柳氏）皆然，《韵语阳秋》可为此诗左证也。”《韵语阳秋》卷十九里提到商隐的《柳枝五首》，即指洛中女子。这里指出这首《柳》是艳诗。

商隐咏柳诗有十九首，其中反映政治态度的见《垂柳》，反映身世之感的见《柳》“曾逐东风”并其他五首；反映艳情的是这首并《柳枝五首》《离亭赋得折杨柳》二首和其他四首。今列其他四首如下。

《赠柳》：“章台从掩映，郢路更参差。见说风流极，来当婀娜时。桥回行欲断，堤远意相随。忍放花如雪，青楼扑酒旗。”赠柳是借柳比人。章台在京城，郢路在湖北的江陵，指这个人从京城到郢路。从掩映到参差不齐，显得在郢路并不得意。但她正当芳年，又极风流。“行欲断”指形迹要断绝，“意相随”指情意难舍。岂忍心让她像柳絮在风中飘泊扑向青楼的酒旗呢？正因为对她的关切，不忍她像柳絮的飘零。

《谑柳》：“已带黄金缕，仍飞白玉花。长时须拂马，密处少藏鸦。眉细从他敛，腰轻莫自斜。玳梁谁道好？偏拟映卢家。”黄金缕、白玉花，说她生活的富丽。拂马藏鸦，比喻柳枝所接触的各个方面。敛眉指她有愁，腰轻指她善舞，莫自斜指她不要倾向到那一方面去，可她偏偏准备照映卢家。沈佺期《独不见》：“卢家小妇郁金堂，海燕双栖玳瑁梁。”谑柳就是讥笑他的拂马藏鸦，投向卢家。

《柳》：“江南江北雪初消，漠漠轻黄惹嫩条。灞岸已攀行客手，楚宫先骋舞姬腰。清明带雨临官道，晚日含风拂野桥。如线如丝正牵恨，王孙归路一何遥。”轻黄是早春时，到清明春色正浓。何焯评：“第四所谓阿婆三五少年时，当摧残而转忆盛年，含结句恨字。”清明比阿婆，轻黄比三五少年时，已攀比摧残。又批：“陡接第三，下句复打转，变化生动。只领受许多风雨耳。”即三句陡接攀折，四句转入舞腰，五六句只领受风雨，归到恨字。冯注：“直作咏柳固得，或三四比其人自京来楚，结怅归路尚远，其楚中艳情之作欤？”

《垂柳》“垂柳碧鬅茸”，冯注亦见《唐彦谦集》，可能是唐作，从略。

商隐咏柳写艳情的，除去《垂柳》见于《唐彦谦集》外，还有十一首，其中以《柳枝》五首有序最为明确。序中称柳枝是洛中里娘，他只有一见，无缘接近，被东诸侯娶去。唐朝称函谷关以东为关东，东诸侯也包括楚地，所以诗里称“如何湖上望”，柳枝可能嫁在楚地。冯浩称《柳》“动春何限叶”：“余更信其为柳枝作。”假使冯说可信，那末诗中的“藏皓蝶”“露黄鹂”，与《谑柳》的“须拂马”“少藏鸦”相应；其人嫁于楚地，与《赠柳》的“郢路”相应。《柳》“江南江北雪初消”称“楚宫”

亦复相应。但也不一定,可能另有人从京中至楚,不必限于柳枝一人。

商隐咏柳来写艳情,从他的表达手法看,《柳枝五首》用乐府体,全用比喻,情思绵邈,通过比喻来表达,修辞比较婉曲,如不说相思而说不同类“那复更相思”,不说不平而说弹棋的“中心亦不平”,不说受伤,而说鳞羽有伤残。《柳》“动春何限叶”,借物寓情,在写柳中寄托情思,如“动春”“撼晓”“絮飞”“带弱”在写柳的情态中表达情思;又用提问来透露,如“谁来独赏眉?”《赠柳》中“桥回行欲断,堤远意相随”一联,纪昀批为“五六句空外传神,极为得髓。结亦情致可思”。袁枚《随园诗话》称“‘堤远意相随’,真写柳之魂魄”。这两句没有点柳,也没有用有关柳的典故,所以说“空外传神”,着重在传神上。桥回堤远显得相隔远了,但是“意相随”,情意不断,既有柳的依依不舍,也写人的情意难忘,所以称为传神得髓,这是又一种更高的表达手法。《柳》“江南江北雪初消”一首,在结合时令来写柳中透露情思,从雪消到轻黄的嫩条,到清明的绿阴,从嫩条被攀折,到绿阴的随风舞蹈,到受风雨的吹打,从中寄托对柳的同情,是一种写法。《赋得离亭折杨柳》二首别出新意,以情思的曲折变化见长。先是“莫损愁眉与细腰”,还是不要攀折;又转到别只比死差一点,在这样的情况中怎禁攀折,还是要攀折的。忽然又转到还有迎归之乐,要“半留相送半迎归”。通过情思的转折变化来写,又具有特色。

无　　题

白道萦回入暮霞,斑骓嘶断七香车[①]。春风自共何人笑？枉破阳城十万家[②]。

① 白道：走车的大路，黄昏时显白色。斑骓：苍白杂黑色马。七香车：用多种香料装饰的车。

② 阳城：楚国贵公子封地。宋玉《登徒子好色赋》：“嫣然一笑，惑阳城，迷下蔡。”

何焯批：“二句先透枉字。”程梦星笺注：“此亦感怀之作，比之美女，空驾七香之车。”这个“空”字里就透露“枉”字。纪昀批：“怨语以唱叹出之，不露怨怅之色。”这就是所谓“感怀之作”。“春风自共何人笑”呢？对谁笑是不明确的，不是有所钟情而笑，是春风自笑，这一笑，“枉破阳城十万家”，是绝代佳人的“一笑倾人城”。既是绝代佳人，所以驾斑骓，坐七香车，但是阳城十万家不是她所属意的人，因此斑骓嘶断，驾车的马跑着长鸣，直到鸣声断绝叫不动了，车还停不下来。在白道上曲折地向暮霞中奔去，找不到归宿处。阳城十万家，大概指幕府吧。一笑倾人城，他的才华可以使府主倾倒吧，但他并不是倾心于府主，所以只在各地游幕，直到迟暮还找不到归宿吧。他想望的蓬山，是朝廷的翰林院，一直进不去，所以斑骓嘶断，还只好在暮霞中奔驰吧。这就是所谓怨语。但诗里没有写怨，是写春风自笑，写惑阳城，写鸣骓宝车，写暮霞，文采照映，有艳情，这就构成商隐诗的风格吧。

到　秋

扇风淅沥簟流离[①]，万里南云滞所思[②]。守到清秋还寂寞，叶丹苔碧闭门时。

① 淅沥：状风声。簟：竹席。流离：状光滑。
② 南云：指南方的友人。陶渊明《停云》："停云，思亲友也。"

纪昀评："到字好，以前有多少话在。不言愁而愁自见，住得恰好。"这首是怀人之作，大概对方约在秋天来相见，所以说"到秋"。用扇子风凉，竹席光滑，说明秋天已到。他还留滞在那里怀念南来的友人。守到清秋友人还不来，过着寂寞闭门的生活。这首诗的写法，像《天涯》的用春日莺啼和花开的美好景物，来反衬悲凉的心情。这里用"叶丹苔碧"的秋天景物的色采来反衬寂寞的心情。《天涯》是思乡，这一首是怀人，从怀人中写出失望的心情。因此，这首诗的含意又超过《天涯》。先是有期望，望的是"到秋"，到了秋天就可以满足自己的期望了。可是到了秋天，所期望的还是落望，那末景物虽好，更增寂寞之感。这种期望落空的感慨，在生活中有更大的概括性。

春 雨

怅卧新春白袷衣，白门寥落意多违[①]。红楼隔雨相望冷，珠箔飘灯独自归[②]。远路应悲春晼晚，残宵犹得梦依稀[③]。玉珰缄札何由达？万里云罗一雁飞[④]。

① 白袷(jiā)衣：白夹衣，不是官家的礼服。白门：南朝宋都城建康城西门。《杨叛儿》："暂出白门前，杨柳可藏乌。欢作沉水香，侬作博山

炉。”白门杨柳，指男女相会处。

② 红楼：富贵家居处。珠箔：状细雨如珠。

③ 晼（wǎn）晚：黄昏时。依稀：仿佛，指梦的迷离恍忽。

④ 玉珰：玉制耳饰。作者《燕台诗·秋》“双珰丁丁联尺素”，玉珰和书信一起送去。云罗：云如薄罗。

纪昀批：“此因春雨而感怀，非咏春雨也，亦宛转有致，但格未高耳。”这里的白袷衣，说明作者闲居在家。白门寥落，他的处境是寂寥冷落的，结合白门杨柳，跟他原来交好的人，现在意见相违，不再交好了。这个人的居处，是红楼隔雨，可以相望而不可以相亲，有冷落之感，红楼正写富贵。他只好在春雨如珠的夜里，拿着灯独自回来。那就只能远投幕府，有春归迟暮之感。夜不成寐，直到夜快过去时才朦胧入睡，梦里仿佛看到那人。我要远去了，陈情的玉珰和书信怎样送去呢？只靠一雁在春云如罗的万里长空中传送了。大概在离开长安时对令狐绹陈情不蒙省察的感慨吧。作者的感情，在“怅卧”“寥落”“独自”“应悲”里表达出来，所写的事物，像“红楼隔雨”，“珠箔飘灯”，“玉珰”“云罗”，还是富有色采和辞藻的，写得文采照映、情致缠绵。

凉　思

客去波平槛，蝉休露满枝[①]。永怀当此节，倚立自移时。北斗兼春远，南陵寓使迟[②]。天涯占梦数[③]，疑误有新知。

① 槛：轩前栏杆。

② 北斗：《春秋合诚图》："北斗有七星，天子有七政也。"南陵：在今安徽。寓使：当指寄信的使人。

③ 天涯：天边，极远处。数（shuò）：多次。

何焯批："起联写水亭秋夜，读之觉凉气侵肌。"从北斗看，知在夜里；从蝉休看，知在深秋；从波平槛看，正在秋汛水涨时。波平露满，正写凉夜；客去蝉休，更见寂寞。在这时有怀人的念头。何焯批："思字入神。"倚栏立着，不觉移时，正写思字。杜甫《秋兴》："每依北斗望京华。"看北斗就想到京城，北斗像春天那样遥远，说明自己离开京城很远。当时正在盼望南陵寓使，却迟迟未来，他因此在南方留滞。南陵唐属宣州，必宣州有使人来联系。他在天涯漂泊，多次梦见所怀念的人，多次占梦，错误地疑心对方别有新交，把自己忘了。纪昀评："起四句一气涌出，气格殊高。五句在可解不可解间，然其妙可思。结句承寓使迟来，言家在天涯，不知留滞之故，几疑别有新知也。"姚培谦注称："顾南北相违，音书难达，遥想天涯占梦人，必误疑有所系恋而未归耳。"冯浩注："此言身在天涯，频讯占梦，误意有新相知者而竟不得也。"冯注天涯指作者说，姚以天涯指家人说，两说不同。就诗说，既然怀念的在京华，那末天涯当指自己，似以冯说为合。

风　　雨

凄凉宝剑篇，羁泊欲穷年①。黄叶仍风雨，青楼自管弦②。新知遭薄俗，旧好隔良缘。心断新丰酒，销愁斗几千③？

①《新唐书·郭震传》:“武后召与语，奇之，索所为文章，上宝剑篇。”即郭振《古剑篇》,说:“非直(特)结交游侠子，亦曾亲近英雄人。何言中道遭弃捐，零落飘沦古岳边。虽复沉埋无所用，犹能夜夜气冲天。”借宝剑被弃来自比，所以羁旅漂泊。穷年：指终生。

② 黄叶：自比身世飘零。青楼：指富贵人家歌吹享乐。

③ 心断：犹绝望。新丰酒：《旧唐书·马周传》:“西游长安，宿于新丰逆旅。主人惟供诸商贩而不顾待周，遂命酒一斗八升，悠然(自得貌)独酌。至京师，舍(住)于中郎将常何之家，为何陈便宜二十馀事，事皆合旨(合于唐太宗的意旨)。太宗即日召之，与语甚悦，令直门下省。六年，授监察御史。”销愁：《汉书·东方朔传》:“销忧者莫若酒。”曹植《名都篇》:“美酒斗十千。”

冯浩《笺注》:“曰‘羁泊’,是江乡客中作矣。”可能是大中二年在郑亚幕府，由于郑亚贬官，商隐北归，在湖南短期逗留时所作。当时没有找到府主，客况凄凉，漂泊无归宿。冯浩又说:“引国初二公为映证，义山援古引今皆不夹杂也。不得官京师，故首尾皆用内召事焉。”开头引郭元振事，他是得到武后召见的，结尾用马周事，他是得到唐太宗召见的。这两件事，表面上是说《古剑篇》写古剑被弃的凄凉，新丰酒的借酒销愁，实际上含有他们两人都得到朝廷召见，自己却得不到的悲哀，这是作者用典的深刻处。即含不尽之意，见于言外。在这里，还有明用和暗用的分别。点明宝剑篇，有被弃之悲，这是明用。只说新丰酒，不点明马周，这是暗用。黄叶仍旧在风雨中，青楼自在奏乐，这是对比写法，何焯评:“相形更觉难堪。”新知，如果是游江乡时作，则当指郑亚被贬官，遭到世俗的诽薄。旧好，指令狐绹，他因商隐入王茂元幕府，认为王是李德裕党，自己是牛僧孺党，因此同商隐的关系疏远了。这样，他在凄凉飘泊中，只好借酒销愁了。

南　朝

玄武湖中玉漏催，鸡鸣埭口绣襦回①。谁言琼树朝朝见，不及金莲步步来②。敌国军营漂木柹，前朝神庙锁烟煤③。满宫学士皆颜色，江令当年只费才④。

① 玄武湖：在今南京市玄武门外。《宋书·文帝纪》："元嘉二十三年，筑北堤，立玄武湖。"按玄武湖为晋北湖，宋改为玄武湖。玉漏：宫中计时器。鸡鸣埭：玄武湖水通潮沟以入秦淮河，沟上为鸡鸣埭。《南史·武穆裴皇后》："车驾数幸琅邪城，宫人常从，早发，至湖北埭，鸡始鸣，故呼为鸡鸣埭。"绣襦：指宫人。

② 琼树：《陈书·皇后传·史臣论》："其曲有《玉树后庭花》《临江乐》等，大指所归，皆美张贵妃、孔贵嫔之容色也。其略云：'璧月夜夜满，琼树朝朝新。'"二句乃江总词也。金莲：步步生莲：见《齐宫词》注①。

③ 木柹（fèi）：木片。《通鉴》陈祯明元年十一月："（隋文帝）命大作战船。人请密之，隋主曰：'吾将显行天诛，何密之有！'使投其柹于江，曰：'若彼惧而能改，吾复何求。'"又："章华上书极谏，略曰：昔高祖南平百越，北诛逆虏；世祖东定吴会，西破王琳；高宗克复淮南，辟地千里。三祖之功勤亦至矣。陛下不思先帝之艰难，惑于酒色，祠七庙而不出，拜三妃（龚、孔、张）而临轩。今隋军压境，如不改弦易张，麋鹿复游于姑苏矣。"前朝神庙：指高祖、世祖、高宗等祖庙。锁烟煤：指后主不亲祭

祖庙，祖庙积满烟尘。

④ 学士：《陈书·皇后传论》："以宫人有文学者袁大舍等为女学士，使诸贵人及女学士与狎客共赋新诗，互相赠答，采其尤艳丽者以为曲词。"又《江总传》："江总字总持。后主即位，授尚书令。总当权宰，不持政务，但日与后主游宴后庭，当时谓之狎客。"

这首诗，何焯认为首句指宋，次句指齐；程梦星认为："起二句言宋文帝、齐武帝盛时，已开游幸之端。""江总历事梁陈，始终误人家国。"认为这首诗概括宋齐梁陈说的。纪昀批："以南朝为题，实专咏陈事，六代终于陈也。旧解牵于首二句，故兼宋齐言之，实无此诗法。宋齐游幸之地，何妨至陈犹在乎?"冯浩注："首二句志旧地而纪新游。"沈德潜《唐诗别裁》批："题概说南朝，而主意在陈后主。玄武湖、鸡鸣埭虽前朝事，而玉漏催、绣襦回，已言后主游幸，无明无夜也。"看来这首诗不是概括宋齐，是写陈后主的，沈说很清楚。纪昀批："三四言叔宝(陈后主)荒淫，不亚(次于)东昏(齐东昏侯)，谁言不及。弄笔取姿，三四字流水句也。五六提笔振起，七八冷语作收，义山惯法。"三四句意思连贯而下，故称流水句。五六句写荒淫亡国，警动人心，所以振起。七八不提亡国，但荒淫的意思自见，所以称冷语作收。

朱彝尊批："罗列故实，无他命意，此义山独创之格。西昆祖之，遂成堆金砌玉，繁碎不堪。"这首诗确实罗列许多故事，但在故事中有议论，"谁言""不及"，指出后主荒淫并不稍逊东昏。"只费才"，指出作为宰辅的江总，只在写艳词，显出后主不会用人。此外，像"玉漏催""绣襦回"用了辞藻，却写后主的无明无夜的游幸；"漂木柹""锁烟煤"，写不忧国事，自取灭亡。有了这些含意，虽用故事，已化堆垛为烟云，比纯粹编织故事的还有不同。

隋　宫[1]

乘兴南游不戒严，九重谁省谏书函[2]。春风举国裁宫锦，半作障泥半作帆[3]。

① 隋宫：指在江都(扬州)的行宫。《通鉴》隋大业元年："又自大梁(开封)之东，引汴水入泗，达于淮。又发淮南民十馀万开邗沟，自山阳(淮安)至扬子(仪征)入江。渠广四十步，旁皆筑御道，树以柳。自长安至江都，置离宫四十馀所。"

② 九重：君门九重，指皇宫。省：察。谏书函：《通鉴》隋大业十二年："宇文述劝(炀帝)幸江都。建节尉任宗上书极谏，即日于朝堂杖杀之。奉信郎崔民象以盗贼充斥，于建国门上表谏。帝大怒，先解其颐，然后斩之。"

③ 宫锦：《通鉴》：隋大业元年："上行幸江都。御龙舟，皇后御翔螭舟；别有浮景、漾彩、朱鸟等数千艘。其挽漾彩以上者九千馀人，谓之殿脚，皆以锦彩为袍。"锦袍也属于宫锦。这是大业元年的南游，借来说明大业十二年的南游。障泥：披在马身上以防泥土的。《晋书·王济传》："济善解马性，尝乘一马，着连乾障泥，前有水，终不肯渡。济云：'此必惜障泥。'使人解去便渡。"

何焯批："极写其奢淫盘游之无度。""不戒严"正写出隋炀帝游乐的无度，本来天子出游是要戒严的。含意还在第二句，说"谁省"即不省，不考虑谏书，不省实际是拒谏，是杀谏臣的含蓄说法。这是讽刺的话。纪昀批："后二句微有风姿，前二句词直而意尽。"其实前二句是有含蓄的,是有言外之音的,不是意尽。尤其是“谁省”里含意曲折。后两句的风姿,何焯评:“借锦帆事点化得水陆绎骚,民不堪命之状,如在目前。”这是写一件小事来反映深刻的含义,着“举国”两字,更显出浪费惊人,隋的灭亡,从这个角度里也可见一斑。

隋　宫

紫泉宫殿锁烟霞,欲取芜城作帝家[①]。玉玺不缘归日角,锦帆应是到天涯[②]。于今腐草无萤火,终古垂杨有暮鸦[③]。地下若逢陈后主,岂宜重问《后庭花》[④]!

① 紫泉:即紫渊,唐人避高祖李渊讳改泉。司马相如《上林赋》:“左苍梧,右西极,丹水亘其南,紫渊径其北。”注:“河南縠罗县有紫泽。”在今孟州北。锁烟霞:弃置不用。芜城:刘宋时鲍照见广陵故城荒芜,作《芜城赋》。广陵,即江都,今扬州。作帝家:炀帝在扬州建离宫。

② 玉玺:传国印。日角:指唐高祖。《旧唐书·唐俭传》:“太宗白高祖,乃召入,密访时事,俭曰:‘明公日角龙庭。’”日角指额角突出。锦帆:《开河记》:“炀帝御龙舟,幸江都。锦帆过处,香闻十里。”

③《隋书·炀帝纪》:“上于景华宫征求萤火,得数斛,夜出游山放之,光遍岩谷。”又:“自板渚引河达于淮。”河畔筑御道,树以柳,名曰隋堤,一千三百里。见《扬州府志·古迹》。

④《隋遗录》:“(炀)帝昏湎滋深,往往为妖祟所惑。尝游吴公宅鸡台,恍惚间与陈后主相遇。后主舞女数十许,中一人迥美,帝屡目之,后主云:‘即丽华也。’因请丽华舞《玉树后庭花》。丽华徐起,终一曲。”

何焯批："前半篇笔势开展，真是大家。"所谓"笔势开展"，即纪昀说的："无限逸游，如何铺叙。三四只作推算语，乃并未然之事亦包括无遗，最善用笔。"题目是写隋宫，从长安到江都，炀帝建离宫四十馀所，怎样从无限逸游来写隋宫，开头两句作了概括。提紫泉宫殿，是本于《上林赋》。上林在西京，紫泉在孟州，兼包东都。那末紫泉宫殿，指东西京宫殿都弃置不用，要取江都行宫为居处，已写出了他的无限逸游了。作者认为还不够，用推测语，要是政权不落到唐高祖李渊手里，要是隋朝不亡，那末他的逸游应该要到天涯海角了。这就是包括无遗，笔势开展了。

腐草句，何焯批："兴在象外。"已经无萤火了，所以不是从形象起兴，是从想象当时的情景起兴。假如说当时的萤火光照山谷，还有些可观的话，那末现在隋堤杨柳只有暮鸦聒噪，显得一片凄凉了。在这里有感慨。所以何焯批："激昂浏亮。定翁（冯班）云：'腹联慷慨，专以巧句为义山，非知义山者也。'"一结翻用《隋遗录》，见得兴亡之感不光后人凭吊，就是炀帝地下有知，也应该感慨，不再追求声色了。这样翻过来说，就把作者的感慨加在炀帝身上，妙在又不说煞，着"岂宜"两字，显得炀帝也应该有这种感慨。这个结尾含蓄有力。

咏　　史

北湖南埭水漫漫，一片降旗百尺竿①。三百年间同晓梦，钟山何处有龙盘②？

① 北湖：即玄武湖。南埭：即清溪闸口。《景定建康志》："吴大帝（孙权）

凿东渠，名青溪，通潮沟以泄玄武湖水，南入秦淮。”溪口有埭，即南埭。漫漫：水势大。刘禹锡《金陵怀古》：“一片降旗出石头。”指吴主孙皓投降晋龙骧将军王濬，也指陈后主投降隋庐州总管韩擒虎。

② 张勃《吴录》：“刘备曾使诸葛亮至京，因睹秣陵(南京)山阜，叹曰：‘钟山龙盘，石头(城)虎踞，此帝王之宅。’”

何焯批：“今人都不了首句是讽刺。”又说：“盘游不戒，则形势难凭，空令败亡洊至，写得曲折蕴藉。”北湖南埭即《南朝》的“玄武湖中玉漏催，鸡鸣埭口绣襦回”，是没日没夜的游乐，所以造成亡国。孙皓亡国时，还没有玄武湖鸡鸣埭的名称，所以称为北湖南埭。《通鉴》：“晋咸宁五年，益州刺史王濬上疏曰：‘孙皓荒淫凶逆，宜速征伐。’”北湖南埭当兼指孙皓荒淫说。一片降旗，既指孙皓出降于晋，又概括陈后主出降于隋，所以说“三百年间同晓梦”。从孙皓出降的晋咸宁六年(280)到陈后主出降的隋开皇九年(589)，共历时三百十年，约计为三百年，所谓形胜难凭，所以龙盘虎踞的地势都靠不住了。这首诗对荒淫亡国没有明写，只写感慨，所以称为“曲折蕴藉”。

宫　妓①

珠箔轻明拂玉墀，披香新殿斗腰肢②。不须看尽鱼龙戏，终遣君王怒偃师③。

① 宫妓：宫庭内的歌女舞女。《教坊记》：“西京右教坊在光宅坊，左教坊在延政坊。右多善歌，左多工舞。妓女入宜春院，谓之内人，亦曰前头

人，常在上前头也。”

② 珠箔：《三秦记》：“明光殿皆金玉珠玑为帘箔，昼夜光明。”《三辅黄图》：“武帝时，后宫八区，有昭阳、披香等殿。”《雍录》：“唐庆善宫有披香殿。”斗腰肢：比舞蹈。

③ 鱼龙戏：一种杂技。《汉书·西域传赞》：“漫衍鱼龙角抵之戏。”注：“鱼龙者，为舍利之兽，先戏于庭，极毕，乃入殿前激水，化成比目鱼，跳跃漱水，作雾障日毕，化成黄龙八丈，出水敖戏于庭，炫耀日光。”《列子·汤问》：“臣（偃师）之所造能倡（歌舞人）者，趋步俯仰，頷（动）其颐则歌合律，捧其手则舞应节，千变万化，惟意所适。王以为实人也，与盛姬内御（宫内侍女）并观之。技将终，倡者瞬其目而招王之左右侍妾。王大怒，立欲诛偃师。偃师大慑，立剖散倡者以示王，皆傅会革木胶漆白黑丹青之所为，内则肝胆心肺，外则筋骨支节，皆假物也，合会复如初见。”

冯浩《笺注》：“此讽官禁近（宫庭）者不须日逞机变，致九重（君主）悟而罪之也，托意微婉。杨文公（亿）《谈苑》云：‘余知制诰（起草制书）日，与陈恕同考试（做考官），出义山诗共读，酷爱此篇，击节称叹曰：古人措辞寓意如此之深妙，令人感慨不已。盖以同朝有不相得者，故托以为言也。后人乃谓刺宫禁不严，浅哉！’”程梦星注：“冯班曰：‘此诗是刺也。唐时宫禁不严，托意偃师之假人，刺其相招，不忍斥言，真微词也。’”从诗看，写明《宫妓》和“披香殿”，是写宫庭生活的。“斗腰肢”，是写宫妓的比舞姿争高下的。看鱼龙戏，是看杂技，结合“怒偃师”是指看木偶戏说的，怒的是木偶戏的操纵者。要是说用木偶的相招，来讽刺唐时宫禁不严，有人来招引宫女，那怎么要怒操纵者呢？应该办招引者才对。这样解，确实与诗中所写情事不合。

杨亿作的解释，指“官禁近者不须日逞机变，致九重悟而罪之”。宫妓是宫庭中的女艺人，向君主献技的，用来比宫庭中的官员，比向周穆王献技的偃师,比较贴切。“斗腰肢”着一“斗”字,有争妍取宠的含意,是跟同时舞蹈的人斗,也就是跟其他的官员斗。这种争妍取宠的斗腰肢,正像要杂技的种种变化,即变戏法,是假的,总会露出马脚来,使得君王怒偃师的。木偶戏中的木偶虽然做得像真人,杂技中的鱼龙做得像真的鱼龙,究竟是假的,比有的官员的日逞机变。结合诗的内容看,杨亿的解释是言之成理的。这里反映他的切身体会,用他的体会来解释,也可以说是一种再创造。通过这种再创造,理解到这首诗表面在讲宫妓,实际上在写宫廷中官员的互相倾轧,就显得含意深沉,有助于我们的体会。

银河吹笙

怅望银河吹玉笙,楼寒院冷接平明①。重衾幽梦他年断,别树羁雌昨夜惊。月榭故香因雨发,风帘残烛隔霜清②。不须浪作缑山意,湘瑟秦箫自有情③。

① 王子晋善吹笙作凤鸣。七月七日乘白鹤于缑氏山头,举手谢时人而去。见《列仙传》。平明:天亮。

② 月榭:在台上盖的屋称榭,宜于赏月。

③ 缑山:在河南登封。湘瑟:湘灵鼓瑟,湘水中女神,一说指舜妃。秦箫:秦穆公女弄玉吹箫,嫁与萧史。

程梦星注:“此亦为女冠而作,银河为织女聚会之期(指七夕),吹笙为(王)子晋得仙之事,故以银河吹笙命题。起句揣其情也,次句思其地也；三、四承起句，叙其怅望之事也；五、六承次句，叙其寒冷之景也；七、八谓其入道不如适（嫁）人，浪作缑山驾鹤之想，何似湘灵之为虞妃、秦楼之嫁萧史耶?”这首诗说“不须浪作缑山意”，不须徒然要像王子晋在缑氏山那样成仙，这正指女道士，女道士是为求仙而入道的。因为求仙，所以在想望银河的织女和吹笙的王子晋，他们都是仙人，但望而不见，所以惆怅。那个女道士住在道馆里，是楼寒院冷，直到天亮，说明他一夜不睡。王子晋吹笙在七月七日，一夜不睡正说明是七夕，七夕在望银河，又同织女渡银河与牛郎相会，这里含蓄地写这个女道士一方面在求仙，一方面又不甘寂寞的心情。她的重衾幽梦在过去断了，这当是求仙的梦断了；她像别树羁雌，昨夜听了玉笙而吃惊，这就同“吹玉笙”相应。为什么吃惊，同既不能成仙，又不甘寂寞有关。一夜不睡，香烧完了，烛烧残了；但由于下雨，香气散发不出去，成了故香，旧的香气；由于有霜，残烛的光更显得清冷。还是不要徒然想成仙，像湘妃的嫁舜、弄玉的嫁萧史那样出嫁吧。这当是对女冠的同情。

这首诗的描绘，一是一种高华的境界，像银河吹玉笙；又是高寒的，像楼寒院冷。这首诗写的人物，又是空际传神，用梦断、雌惊来写，为什么？让读者自己去体会。写景物又极细致，像故香、残烛，像香因雨发，烛隔霜清都是。在艺术上构成特色。它同《嫦娥》的描绘可以比照。

水天闲话旧事[①]

月姊曾逢下彩蟾，倾城消息隔重帘[②]。已闻佩响知腰细，更辨弦声觉指纤。暮雨自归山峭峭，秋河不动夜厌厌[3]。王昌且在墙东住，未必金堂得免嫌[4]。

① 此据《唐音统签》与《玉溪生诗集笺注》，《李义山诗集》朱注、姚注、程注和《玉溪生诗意》皆作《楚宫》，纪昀认为误入。“水天”当指秋河和月姊。

② 彩蟾：月亮。《后汉书·天文志》注：“羿请无死之药于西王母，姮娥窃之以奔月，是为蟾蠩（癞蛤蟆）。”后因称月亮为蟾。倾城：指绝色美女，本李延年歌“一顾倾人城”。

③ 暮雨：《高唐赋》引神女称“暮为行雨”。秋河：银河。厌厌：状长久。

④ 商隐《代应》：“本来银汉是红墙，隔得卢家白玉堂。谁与王昌报消息，尽知三十六鸳鸯。”梁武帝《河中之水歌》：“人生富贵何所望，恨不早嫁东家王。”墙东即东家，金堂即白玉堂。

这是写艳情的诗，内容跟上引的《代应》相似。《水天闲话旧事》是谈这类的事。《代应》里讲卢家少妇，与王昌是一墙之隔，消息未通，有同隔着天河。这里写的，可能是相类的事。月里嫦娥从月宫中下来，可能比她美如天仙。“曾逢”是曾经碰到过。何焯批：“逗一逢字，却反接隔，生下二句。帘是帷薄，消息摹拟入微。”虽然碰到过，但消息不通，有隔膜，是被重重帘幕隔绝。从她行走的环佩声知道她的身段，从她的弹琴声知道她的指纤，确是摹写入微，这里更含有从她弹奏的曲调里知道她的情思，很含蓄。暮雨用神女来比，山峭峭，指严峻而不可犯；夜厌厌，指愁思而不成寐。因神女自归而看不到，故愁思不寐。

纪昀评：“重帘相隔，惟以佩响弦声想象腰细指纤，是相逢而终不见，惟有失望而归，怅望中夜耳。况彼东家自有王昌，为所属意，岂复有分及我耶？不曰及乱而曰不免于嫌疑，诗人忠厚之词也。此寓言遇合之作。”纪昀认为这是讲遇合，即君臣或主宾遇合。以谁为君以谁为臣呢？倘以月姊为君，月姊下月宫来求臣，臣却不见，此与商隐急于求仕的情事不合。倘以男方为君，已觉女方腰细指纤极为倾慕，就可任用，又何嫌疑可说。此诗以作艳情说较合。纪昀称“相逢而终不见”，碰到过却没有看见，何焯批：“此必赋当年贵主之事而不可考矣。”贵公主出外坐车，所以看不见她。

何焯评：“三四虚虚实实，五六起免嫌，言神女天孙，当如此也。”闻佩响、辨弦声是实，知腰细、觉指纤是虚，这是由实到虚；又由虚到虚，即由辨弦声到想象她的情思，更耐人寻味。五六从写暮雨是神女，秋河指天孙即织女，认为神女天孙应当庄重如此。这个解释，把“自归”指神女自归，不指作者，与纪昀指作者自归不同。何焯又评：“愈宽愈紧，风人谲谏之妙。”暮雨秋河好像同上文关系疏远，所以愈宽；但这两句写神女天孙的态度，跟月姊是结合得更紧了，也即写月姊的态度。但怎么是谲谏呢？谲谏是臣谏君，是谏月姊不该下来弹琴吗？但诗里对佩响弦声又极倾慕，不是谲谏，同谲谏说不合。冯浩批这两句：“神味胜上联。”上文是想象她的腰细指纤，恨不一见。这联是写神女归去，秋河不动，即月姊的态度是严肃的，所以说神味更胜。写她回到天上，所以猜她可能是贵主。但王昌住在墙东，她未必得免嫌疑吧。指她还是有所爱的，是爱王昌。诗里写他想望的她，已有所爱，求一见而不得。诗里就写这一件事。在艺术上，已闻一联刻划心理极为细致，暮雨一联含意比较深刻，皆极难得。至于暮雨秋河是写女的，不是写当时情景，因为如果当天有暮雨，就不会看见秋河了，所以自归是女的自归，不是作者自归，作者怎样，诗里没有写。

日　日

日日春光斗日光，山城斜路杏花香。几时心绪浑无事，得及游丝百尺长①。

① 游丝：春天在空中飘动的丝，为虫所吐的。

何焯批首句："惊心动魄之句。"姚培谦笺："但得心绪无事，不必日随游丝去也。茫茫身世，痛喝多少。"诗人在杏花香的春光中，不是领略春光中的花香，却感到"春光斗日光"，这确是奇特的想法。春光和日光本来是一致的，怎么会斗呢？是心绪乱，"眼见客愁愁不醒，无赖春色到江亭"（杜甫《绝句漫兴》），感到春光无赖。"春日迟迟"（《诗·七月》），日光又迟迟。所以想春光同日光斗，让日光跑得快些，让春光冷落些，用来透露心情的愁苦，借美好的景物来作反衬，更觉难堪。

流　莺

流莺漂荡复参差，度陌临流不自持。巧啭岂能无本意，良辰未必有佳期。风朝露夜阴晴里，万户千门开闭时①。曾苦伤春不忍听，凤城何处有花枝②？

①《史记·武帝纪》:“于是作建章宫,度为千门万户。”冯浩笺:“此联追忆京华莺声,故下接‘曾苦’。”

② 杜甫《夜诗》“银汉遥应接凤城”,赵次公《杜诗注》:“秦穆公女弄玉吹箫,凤降其城,因号丹凤城,其后言京师之盛曰凤城。”

这首诗是商隐联系自己的身世来讲他的诗作的。他像流莺到处漂荡,环境或合或不合,参差不齐。有时越陌度阡,有时临流,不能自主。他的诗像流莺的巧啭,虽用词设色力求工巧,但都有本意,不光是追求形式之美,这是商隐自道其诗,是读商隐诗时应加注意的。良辰是就春秋佳日说的,未必有佳期是承上漂荡说的,在漂荡中虚度良辰,就谈不上佳期了。风朝应门开,露夜应门闭,万户千门应凤城,流莺不论朝夜在巧啭着,未必真有遇合。后两句转到自己,曾苦伤春,所以不忍听流莺的巧啭。在长安,哪里有美好的环境来让流莺的巧啭呢?花枝比美好环境,商隐在长安找不到好的环境,所以有伤春的感叹了。

纪昀评:“前六句以莺寓感,末乃结出本意,运意与《蝉》诗相类,但风格不及耳。”这里指出风格高下,何以这诗的风格不及《蝉》诗呢?《蝉》诗以蝉寓感,概括性比这首更强。如“本以高难饱,徒劳恨费声。五更疏欲断,一树碧无情”,既写蝉,又写己,既切蝉,又切己,写出蝉的精神,没有点蝉字。本篇点明流莺巧啭,不如《蝉》的不落痕迹。又蝉的由居高而难饱,由难饱而恨,由恨而费声,由费声而声欲断,用碧无情来反衬,一意联贯,极为自然。至于流莺,所谓莺迁,不一定是漂荡,如“出自幽谷,迁于乔木”,不同于人的漂泊。它的巧啭,既非伤春,不同于哀鸣,不同于未有佳期。即本诗借莺寓意,不如《蝉》的借蝉寓意的贴切自然。三,《蝉》诗由“本以高难饱”,归结到“我亦举家清”,清与高契合,自为呼应。本诗归结到“伤春不忍听”,与莺的巧啭并非伤春，不相合。总之，《蝉》诗借物寓意，自然契合，与本诗的借莺寓意，未免落痕迹的不同，所以本诗不及《蝉》诗。

浑　河　中[1]

九庙无尘八马回，奉天城垒长春苔[2]。咸阳原上英雄骨，半向君家养马来[3]。

① 《旧唐书·浑瑊(jiān)传》："浑瑊，本铁勒(少数民族)九姓部落之浑部也。会泾师乱(朱泚率泾原兵叛乱，攻入长安)，德宗幸奉天。后三日，瑊率家人子弟自京城至。贼四面攻城，昼夜矢石不绝。瑊随机应敌，仅能自固。(李)晟破贼之日，瑊亦进收咸阳。德宗还宫，以瑊兼河中尹。"

② 九庙无尘：唐朝的祖庙完好，乱事平定。《旧唐书·玄宗纪》："开元十年六月，增置京师太庙为九室。"李晟《复京露布》："臣已肃清宫禁，祗谒寝园，钟簴不移，庙貌如故。"八马：相传周穆王驾八马，见《瑶池》注③。奉天：在今陕西乾县。浑瑊在奉天保卫德宗，击退朱泚叛军的围攻。现在保卫战的城垒上已长青苔。

③ 咸阳原：泛指京畿一带，包括从奉天到长安郊区，即浑瑊转战的地区。养马：《汉书·金日磾传》："金日磾，本匈奴休屠王太子也。与母弟俱没入官，输黄门养马。拜为马监，迁侍中。后以讨莽何罗功封侯。"《浑瑊传》称"物论(当人议论)方之金日磾"。这里翻用，指他的仆役都参加战争，是英雄。

这首诗是赞美浑瑊的，浑瑊到奉天去保卫德宗，是率领他的子弟和家丁去的，在转战中他的家丁也立了功。程梦星注称："德宗避难奉天，浑瑊有童奴曰黄芩者，力战有功，即封渤海郡王。可见当日浑公部下，不知几许立功者。"纪昀批："言当时一厮役皆是英雄，则瑊之为人可知矣。"即借浑瑊手下仆役来突出浑瑊的更为英雄。养马不指浑瑊，指浑手下仆役，但用养马典是从金日磾来的，所以是翻用。作者能从养马中看到英雄，这是杰出的看法。

北齐二首①

一笑相倾国便亡，何劳荆棘始堪伤②。小怜玉体横陈夜，已报周师入晋阳③。

①《通鉴》陈太建八年十月："周主自将伐齐，攻平阳城，克晋州。齐主方与冯淑妃猎于天池。晋州告急者自旦至午，驿马三至。右丞相高阿那肱曰：'大家(齐主)正为乐，边鄙小小交兵，乃是常事，何急奏闻!'至暮，使更至，云：'平阳已陷。'乃奏之。齐主将还，淑妃请更杀一围，齐主从之。十二月，周师围晋阳，攻东门，克之。"

② 一笑相倾：崔骃《七依》："一笑千金。"结合李延年歌："一顾倾人城。"荆棘：《吴越春秋·夫差内传》："子胥据地垂涕曰：舍谗攻忠，将灭吴国。城郭丘墟，殿生荆棘。"

③《北史·冯淑妃传》："(齐后主)冯淑妃名小怜，大穆后从婢也。慧黠能弹琵琶，工歌舞，后主惑之，愿得生死一处。"宋玉《讽赋》："主人之女又为臣歌曰：'内怵惕兮徂玉床，横自陈兮君之旁。'"晋阳：今山西太原市。

巧笑知堪敌万机，倾城最在着戎衣[④]。晋阳已陷休回顾，更请君王猎一围[⑤]。

④ 敌万机：与君主相配。君主日理万机，因借指君主。着戎衣：穿军装，冯小怜随后主到前线。
⑤ 晋阳：当作平阳，在山西临汾南。参见上首注①。

这两首，按时间先后，平阳已陷，更猎一围在前，入晋阳在后。小怜的耽误军机，在于平阳陷落时的更猎一围，但主要罪责还在齐后主。平阳陷落后，齐后主到了平阳，周主见齐兵势盛，就退兵，派梁士彦守平阳。齐军围攻平阳，城陷十馀步，将士欲入。后主止将士，召小怜来观，小怜妆点不时至，周人用木拒塞缺口，城遂不下。当时齐国的兵力还可以相抗，因后主昏庸，人心解体，以致覆亡。这两首诗把北齐的亡国，归罪小怜，是不恰当的。但它的构思有特点。纪昀批："议论以指点出之，神韵自远。若但议论而乏神韵，则胡曾咏史，但有名论矣。诗固有理足意正而不佳者。"这两首也是有议论的，像一笑倾国，着戎衣倾城。但诗中主要写的有形象，有对照，像"小怜玉体横陈夜"，跟"周师入晋阳"相对，就跟艳词不同，用绮语来同亡国危机相对照，收到动魄惊心的效果。再像用"晋阳已陷"的警报，同"更猎一回"的打猎结合，也显得有含意。这就构成韵味，不同于以议论为诗了。

常　娥[①]

云母屏风烛影深，长河渐落晓星沉[②]。常娥应悔偷灵药，碧海青天夜夜心。

① 常娥：《淮南子·览冥》："羿请不死之药于西王母，姮娥窃之以奔月宫。"姮，汉人避文帝名恒讳，改为嫦，亦作常。

② 云母：矿物名，成板状，晶体透明，有各种色采，富真珠光泽。长河：银河。

对于这首诗，过去有各种解释，它的关键在"偷灵药"上。灵药是后羿从西王母那里要来的，嫦娥厌弃尘世，所以偷吃了灵药飞升入月宫。因此认为这首诗是悼亡，比作他的妻子愿意离开人间到天上去，这恐说不过去。他们夫妇感情很好，儿女又小，他的妻子不应该有这种想法。说这首诗是讽刺女道士的。唐时的女道士，包括入道的公主在内，并不禁止与佛道两教中人狎好。那就跟"碧海青天夜夜心"不合了。说是他悔与王氏结婚，因此受到令狐绹的冷待，不能进入翰林院。但他对就婚王氏并无悔恨，这说似也不确。

这首诗的构思跟《银河吹笙》有些相似。"长河渐落晓星沉"是一夜不睡，同"楼寒院冷接平明"的一夜不睡相似。"嫦娥应悔偷灵药"，是悔求仙离开尘世，同"不须浪作缑山意"，不须要徒然去求仙，想离开尘世相似。"碧海青天夜夜心"，过着寂寞孤独的生活，同"重衾幽梦他年断，别树羁雌昨夜惊"的孤独寂寞相似。说"应悔"是悔不该离开尘世，同"湘瑟秦箫自有情"，即还不如像湘妃的有舜、秦女的有萧史，即不如还俗结婚，意亦相通。那么这首诗不是讽刺放荡的女道士，该是对贞静的女道士寂寞孤独的生活表示同情吧。

云母屏风是华贵的陈设，当时道馆中的陈设是比较华贵的。烛影深，蜡烛的影子射在屏风上深沉了，光暗了，是夜很深了。天河渐落，晓星沉没，天亮了，写她一夜不睡的情景。这不是偶然这样，"碧海青天夜夜心”，是夜夜这样。作为嫦娥，她夜夜过着这种寂寞孤独的生活，所以“应悔偷灵药”了，这是写另一种女冠。《碧城》三首里是一种女冠，那是“紫凤放骄衔楚佩，赤鳞狂舞拨湘弦”，跟“碧海青天夜夜心”完全不同的。

何焯评：“自比有才反致流落不遇。”此说亦通。“云母屏风”，比喻在幕府中生活。“应悔偷灵药”，如《骄儿诗》：“爷惜好读书，恳苦自著述。”“儿慎勿学爷，读书求甲乙。”即应悔读书，以致在幕府中过着寂寞的生活。

忆住一师

无事经年别远公①，帝城钟晓忆西峰。炉烟消尽寒灯晦，童子开门雪满松。

①《高僧传》：“慧远本姓贾氏，雁门楼烦（在今山西崞阳）人。届（至）寻阳，见庐峰清净，始住龙泉精舍。刺史桓伊复于山东立房殿，即东林是也。卜居三十馀年。”

借远公来比，住一师住在西峰，忆西峰即忆住一师。纪昀评：“格韵俱高。香泉曰：只写所住之境，清绝如此，其人益可思矣。相忆之情，言外缥缈。”诗人只写住一师住处，烟消灯暗，大雪满松，描绘出一种清绝境界，从中衬出住一师的品格，显出相忆的感情，所以说“格韵俱高”。这是描绘出一种境界，从中写出人和情思来。

过华清内厩门[①]

华清别馆闭黄昏，碧草悠悠内厩门。自是明时不巡幸，至今青海有龙孙[②]。

① 华清宫内养马处。

② 见《咏史》(历览前贤)注③。

华清宫本是唐玄宗巡幸处，到了唐文宗、武宗、宣宗时代，不再像玄宗时那样巡幸，所以华清宫也关闭了，宫内养马备巡幸处也长满碧草，不再养马了。原来唐朝盛时，从青海得到好马，这时唐朝衰落，陇右青海等地沦于吐蕃，不能再从青海得到好马了。诗人过华清宫内厩门，感叹唐朝的衰落，写了这首诗。特点是婉而多讽。他不说唐朝衰落，不再巡幸，说“自是明时不巡幸”，是清明时代不用巡幸；不说不能再从青海得到好马，却说青海还有龙马的子孙，即龙马还留在青海，只是唐朝得不到了。

程梦星笺注里提到马和唐朝盛衰的关系，唐玄宗盛时，有四十三万匹马，加上同突厥互市，又得三十二万匹。到文宗时，银州(在陕西米脂西北)监使奏马只七千匹。诗“曰明时，曰不巡幸，乃《春秋》讳鲁(对鲁国不光采的事隐讳)之义，不敢斥言其衰微也。曰‘青海有龙孙’，微词也，不敢斥言其远莫能致也，乃风人之旨也”。

当句有对[①]

密迩平阳接上兰[②],秦楼鸳瓦汉宫盘[③]。池光不定花光乱,日气初涵露气干。但觉游蜂饶舞蝶,岂知孤凤忆离鸾。三星自转三山远[④],紫府程遥碧落宽[⑤]。

① 八句各自为对,称当句对。如"平阳"对"上兰","秦楼"对"汉宫","池光"对"花光","日气"对"露气"。标题《当句有对》,犹"无题"。
② 平阳:《汉书·卫青传》:"平阳侯曹寿尚(娶)武帝姊阳信长公主。"此指平阳侯府第。上兰:《三辅黄图》:"上林苑有上兰观。"
③ 鸳瓦:鸳鸯瓦,屋瓦有向上与向下覆盖的。汉宫盘:承露盘,《汉书·郊祀志》:"武帝作柏梁(台)、铜柱、承露(盘)、仙人掌之属。"
④ 三星:心宿。《诗·唐风·绸缪》:"三星在天。""今夕何夕,见此良人。"三山:指海上三神山。
⑤ 紫府:《十洲记》:"长洲一名青丘,在南海。有紫府宫,天真仙女游于此地。"碧落:天。《度人经》注:"东方第一天,有碧霞遍满,是云碧落。"

这首诗在形式上的特点是当句对,可备一格。参见《杜工部蜀中离席》引《谈艺录》说。冯浩笺:"此亦刺入道公主无疑。"唐公主入道,住在道观里。这个道观靠近平阳府和上兰观,建筑得极为富丽。公主在道观里看到池光不定,花光撩乱,早上露气渐干,晚上日气初含,写她的怀春。在花光撩乱中多游蜂舞蝶,哪里知道孤凤忆离鸾,比喻公主有所恋念。三星自转指会见良人,三山远指离开入道很远,紫府遥亦指离开修道远。碧落宽，天宽广，指朝廷不管她们。指出公主入道，离开求仙很远，借此可以会见情人，所以是讽刺。

子初郊墅①

看山对酒君思我，听鼓离城我访君。腊雪已添墙下水，斋钟不散槛前云②。阴移竹柏浓还淡，歌杂渔樵断更闻。亦拟村南买烟舍，子孙相约事耕耘。

① 作者有《子初全溪作》，称“汉苑生春水，昆池换劫灰”，在京郊；这里的“听鼓离城”当也在京郊。全溪有水，这里“歌杂渔樵”也有水。子初的姓名不详，当是隐居在京郊的人。

② 听鼓：听更鼓。斋钟：佛寺吃饭前打钟。槛：栏杆。

何焯批：“起联中便笼罩得子孙世世相好，在买舍耕耘，恰从腹联生下，更无起承转合之迹。”全诗从君思我、我访君里引出买舍耕耘来，首尾相应。从访君到郊墅，看到腊雪初融，到午前听到斋钟。到午后阴移竹柏，到黄昏时歌杂渔樵，写从早上出城到郊墅的一天光景。何焯评：“中四句一片烟波。腹联的是郊墅，读之觉耳目间都无尘杂，却又不至清净寂寞。曾流连淮海先生（秦观）碧山庄三日，时维初夏，颇有此意。”中四句写郊墅景色，从看到的到听到的都形象鲜明，富有诗情画意，所以不尘杂而又不净寂。这首诗写得清新，不用典，也没有感慨牢骚。因此冯浩认为：“笔趣殊异义山，结联情态亦不类，但未敢直斥其非本集耳。”不过何焯和纪昀都没有怀疑它风格不类商隐作。大概商隐的诗确有不同风格,有似杜甫的,有似李贺的,也可能这首诗送给子初隐士的,所以风格轻婉吧。

细　　雨

萧洒傍回汀,依微过短亭。气凉先动竹,点细未开萍。稍促高高燕,微疏的的萤。故园烟草色,仍近五门青①。

① 五门:郑康成《明堂位》注:"天子五门:皋、库、雉、应、路。"指京城。

纪昀评:"细腻熨贴。结句若近若远,不黏不脱,确是细雨思乡,作寻常思乡不得。"结句联系长安的青草色,反映迫切想回京都的感情。写细雨工于描绘,像萧洒、依微都形容细雨;"气凉先动竹",写出细雨带来的凉意,是初秋的细雨,描写尤工。诗人的观察,从水边的回汀浮萍,到陆上的短亭竹子,从白天的促燕,到夜里的疏萤,都极细致。诗人又有一首《微雨》:"初随林霭动,稍共夜凉分。窗迥侵灯冷,庭虚近水闻。""气凉"句概括了"初随"两句,不过"初随"句从远到近,从远处的云气到近处的细雨。又从白天的林霭到夜里的灯火,又同这首诗的从昼到夜一致。两诗对比,可悟描绘有详略的不同,都要写出物的神态。

高　花

花将人共笑，篱外露繁枝。宋玉临江宅[①]，墙低不碍窥[②]。

① 宋玉故居在江陵城北三里，见《渚宫故事》。庾信《哀江南赋》："诛茅宋玉之宅，穿径临江之府。"
② 宋玉《登徒子好色赋序》："此女登墙窥臣三年，至今未许也。"

姚培谦笺："身分自高。"这首诗从《登徒子好色赋序》里来的，序称："天下之佳人莫若楚国，楚国之丽者莫若臣里，臣里之美者莫若臣东家之子（女）。""然此女登墙窥臣三年，至今未许也。"这就显得守礼自持，身份高。这里说花与人共笑，自己住的宋玉宅，墙低，不碍花来窥，虽窥而三年未许，见得守礼极坚。冯浩注："诸本皆作'碍'，今从《万首绝句》。"即改作"拟"。称"作'不拟'，谓笑颜常露，偏于易窥者，而意不我属也，较有味"。作"不碍"，是来窥而我不许，是我高；作"不拟"，是不想窥，是她高。一字不同，命意全异。从这首诗看，当以作"碍"为是。

送丰都李尉[①]

万古商於地[②]，凭君泣路岐。固难寻绮季[③]，可得信张仪？雨气燕先觉，叶阴蝉遽知。望乡尤忌晚，山晚更参差。

① 丰都：今四川酆都。李尉：当是去丰都作县尉。

② 商於：在今河南淅川东。《史记·楚世家》称张仪骗楚怀王，说秦要割商於地六百里与楚。怀王派使者去受地，张仪说只有六里。

③《史记·高帝纪》称高帝要废太子，吕后用张良计，请商山四皓（老）来辅太子，太子得不废。四皓中一人名绮里季。

何焯批："颔联用笔之妙，百读方知。"纪昀批："三四即商於发世途之慨，偶然黏合，不着迹相。上卷《商于》诗亦用此二事，工拙悬矣，此有寓意，彼砌故实也。"三四句好在哪里？冯浩笺："借古发慨，正堪泣之情事也。上句用留侯令太子请四皓来，则一助也，谓求助无门也，下句谓人之虚言殊不足恃。"开头说李尉不愿去丰都，所以临别哭泣。接下去说求助无门，虚言难恃，虽用两个典故，却有寓意，所以妙。《商於》诗："割地张仪诈，谋身绮季长。"只是路过商於，想到两个故事而已，没有寓意，所以不如这首的两句。这个寓意，初看时不觉，所以百读方知。"雨气"一联借物抒情，写燕的先知雨气，蝉的先择美荫，感叹别人比李尉先得优裕的职位。冯浩认为这里暗用了两个典故：《湘州记》："零陵山有石燕，遇风雨则飞，雨止还为石。"《庄子·山木》："蝉得美荫而忘其身。"那末这里又是活用典故，好在有寓意。末联何焯批："细读真使人欲泣。"又称："千岩万壑，风雨晦冥，仆痡（病）马瘏（病），进退维谷，去乡失路之感，何由不剧。"末联写晚上望乡，看到山路的高低不平，行路之难，思乡之悲，所以欲哭，正说明诗写得感人。

访　隐

路到层峰断，门依老树开。月从平楚转，泉自上方来①。薤白罗朝馔，松黄暖夜杯②。相留笑孙绰，空解赋天台③。

① 平楚：登高远望，见树梢齐平。楚，丛林。上方：僧人住处。
② 薤：似韭而叶阔，多白，可作菜。松黄：松花上黄粉，酿酒用，有酒名松醪春。
③ 孙绰《天台山赋序》："余驰情运思，不任吟想之至，聊奋藻以散怀。"孙绰没有到过天台山，按照想象来写《天台山赋》。

朱彝尊批："四句同一句法，又是一格。"首四句就路、门、月、泉来说，是同一句法。四句形式上并列，内容又有联系。先是走路，次是到门。到门后留宿，看到月色，听到泉声。下两句薤白、松黄并列，联系上文，夜里喝松黄作的酒，朝上进餐，用薤白作菜。何焯评："落句反醒访字，兴公（孙绰）盖卧游而不至者也。"访隐是亲自上山来访问，"路到层峰断"，也是层层山峰，是亲到，不是孙绰的想象，所以要笑孙绰。这首诗，六句都标举一物开头，似并列而实联系，前四句与后两句又有变化，是它的特点。

滞　雨

滞雨长安夜，残灯独客愁。故乡云水地，归梦不宜秋。

纪昀评："运思甚曲而出以自然，故为高调。"这是因雨滞留在长安，独客无伴，灯残夜深，不能入睡，写思乡的诗。结合秋雨连绵，想到故乡是云水乡，已水潦遍地，无法行走，这时连做梦回去都不合适。是从只有梦中可以回乡，转到连梦中都不宜回乡，用思曲折。这样的运思，结合滞雨来说，显得自然。

乐游原[①]

向晚意不适，驱车登古原。夕阳无限好，只是近黄昏。

① 乐游原：见《柳》(曾逐东风)注①。

这首诗的用意，在"向晚意不适"中透露，但不说明，意有何不适。次联点明，夕阳虽好，只是近黄昏了。这样说还是含蓄，所以是诗而不是说理。何焯批："迟暮之感，沉沦之痛，触绪纷来，悲凉无限。叹时无(汉)宣帝，可致中兴，唐祚将沦也。"这是讲有个人的迟暮，有地位的沉沦，有国运的衰落，所以触绪纷来。但诗里写的是"近黄昏"，是太阳还没有下山，是晚霞红如火，是无限好景。何焯的评语不免过于消沉一点。正因为作者写的是"近黄昏"，应该是近迟暮而没有迟暮，近沉沦而没有沉沦，近衰落而没有衰落，只是看到了一种不好的趋向，所以意不适。正因为是一种趋向，所以他要"欲回天地"，想挽回这种倾向了。

这首诗后两句极有名，只就写当前的情景看，他创造了一个新的意境。宋玉《九辩》“白日晼晚其将入兮”，虽写将入，但已晼晚，逼近黄昏，看不到无限好景了。这首诗虽写近黄昏，但是跟黄昏还有一些距离，还写出了无限好景，像晚霞红似火那样。这是一种新的意境。不仅这样，还写出好景不长的感慨，所以值得玩味。

这首诗的结构和音节也可玩味。纪昀评：“末二句向来所赏，实妙在第一句倒装而入，此二句乃字字有根。或谓夕阳二句近小词，此充类至义之尽语，要不为无见，赖起二句苍劲足相救耳。”他认为因登古原，看到近黄昏而感到意不适，所以是倒装，但也可能是“向晚”即“近黄昏”，“意不适”即因无限好景不长所以感到不适，因不适所以要驱车登古原来排解，首句实笼罩全篇，那就不必看作倒装了。又说夕阳两句像小词，是“充类至义之尽”，就是把柔婉的句子看作是词，推究到极点，把稍带一点柔婉的句子也算作是词。其实，夕阳两句也不能说是柔婉，最多只算略带一点柔婉而已，不能看作是词而不是诗。这诗开头两句是仄仄仄仄仄，平平平仄平，用的是古绝，音节比较质朴。后两句配合着前两句的质朴，所以说苍劲足相救了。

幽居冬暮

羽翼摧残日，郊园寂寞时。晓鸡惊树雪，寒鹜守冰池。急景倏云暮，颓年寖已衰[①]，如何匡国分，不与夙心期。

① 急景：日短；一年快完了。鲍照《舞鹤赋》："穷阴杀节，急景凋年。"颓年：衰颓之年，晚年。

这首诗，冯浩据郊园句，定在会昌四年春移家永乐之前。这时商隐三十二岁，似不当称"颓年"。这诗似当在商隐罢盐铁推官，还郑州闲居时作，不久即病故。羽翼摧残，或指罢盐铁推官；郊园寂寞，或指还郑州闲居。晓鸡寒鹜，商隐自比。鸡栖树上则有雪，鸭守池中则结冰，极写处境的寒苦。商隐岁暮年衰，感叹自己志在匡扶国运，哪知一生遭遇，不跟早年的心事一致，以致抱恨终天。这诗写出他晚年不忘匡扶国运的志愿。

何焯评"晓鸡"两句："工于比兴。"即认为这两句是有会意的，用来自比的。纪昀评："无句可摘，自然深至。此由火候成熟，强效之非枯则率。"按叶梦得《石林诗话》称："唐人学老杜，惟商隐一人而已。虽未尽造其妙，然精密华丽，亦自得其仿佛。"商隐的诗以精密华丽著称，所以便于摘句。纪昀称这首诗"无句可摘"，由于"火候成熟"，也含有这首诗是晚年所作，达到炉火纯青的境界，所以"自然深至"。不过应该说，这首诗由于"自然深至"，所以"无句可摘"。至于"非枯则率"，由于缺乏"自然深至"的情思所造成，决定这首诗的妙处，还在于所表达的情思的"自然深至"。这亦说明了商隐诗的风格的多样化。

文　选

李贺小传[①]

京兆杜牧为李长吉集序[②]，状长吉之奇甚尽，世传之。长吉姊嫁王氏者语长吉之事尤备。长吉细瘦，通眉[③]，长指爪，能苦吟疾书。最先为昌黎韩愈所知[④]。所与游者王参元、杨敬之、权璩、崔植为密[⑤]。每旦日出与诸公游，未尝得题然后为诗，如他人思量牵合以及程限为意。

① 李贺（790—816）：字长吉，唐福昌（今河南宜阳）人。做过奉礼郎的小官。他的诗想象丰富，有奇幻色采，情辞幽诡，别具风格，见杜牧为李长吉集序，有王琦注的《李长吉诗歌》。杜牧序作于太和五年，这篇传在杜序后作。

② 杜牧：见《杜司勋》注①。杜牧序称李贺诗“虚荒诞幻”，“盖骚之苗裔，理虽不及，辞或过之。”

③ 通眉：两眉几近相连。

④《新唐书·李贺传》：“七岁能辞章，韩愈、皇甫湜始闻未信，过其家，使贺赋诗，援笔辄就如素构，自目曰《高轩过》。二人大惊，自是有名。”按《高轩过》称“庞眉词客感秋蓬”，自比秋蓬，非七岁作。

⑤ 王参元：王茂元之弟，柳宗元之友。杨敬之：字茂孝，弘农（在陕西灵

宝)人,官至工部尚书。权璩:字大圭,略阳(在甘肃秦安东北)人,曾做中书舍人。崔植:字公修,长安人,官至同中书门下平章事。

恒从小奚奴骑距驉[6],背一古破锦囊。遇有所得,即书投囊中。及暮归,太夫人使婢受囊出之,见所书多,辄曰:"是儿要当呕出心始已耳。"上灯与食。长吉从婢取书,研墨叠纸足成之,投他囊中,非大醉及吊丧日率如此,过亦不复省。王、杨辈时复来探取写去。长吉往往独骑,往还京洛,所至或时有著,随弃之,故沈子明家所馀四卷而已[7]。

⑥ 奚奴:仆人。距驉(xū):《广韵》:似驴。

⑦ 沈子明:官至集贤殿学士。杜牧序称李贺将死,以所作诗"离为四编,凡二百三十三首"授沈子明。

长吉将死时,忽昼见一绯衣人驾赤虬,持一版,书若太古篆或霹雳石文者[8],云当召长吉。长吉了不能读,欻下榻叩头言:"阿㜷老且病[9],贺不愿去。"绯衣人笑曰:"帝成白玉楼,立召君为记。天上差乐,不苦也。"长吉独泣,边人尽见之。少之,长吉气绝。常所居窗中,勃勃有烟气,闻行车嘒管之声[10]。太夫人急止人哭,待之如炊五斗黍许时,长吉竟死。王氏姊非能造作谓长吉者,实所见如此。

⑧ 绯：赤色帛。虯：龙子有角者。霹雳石文：石斧文。
⑨ 欻(chuā)：突然。阿㜷：母。
⑩ 勃勃：状烟气向上。嘒(huì)管：声轻的管乐器。

呜呼，天苍苍而高也，上果有帝耶？帝果有苑囿、宫室、观阁之玩耶？苟信然，则天之高邈，帝之尊严，亦宜有人物文彩愈此世者，何独眷眷于长吉而使其不寿耶？噫，又岂世所谓才而奇者不独地上少，即天上亦不多耶？长吉生二十四年，位不过奉礼太常，当时人亦多排摈毁斥之[11]。又岂才而奇者，帝独重之，而人反不重耶？又岂人见会胜帝耶？

⑪ 奉礼太常：太常寺，主管礼乐祭祀等的衙门。奉礼郎：行礼时主管位置司仪等的官。排摈毁斥：贺父名晋肃，他去应进士试，有人认为“进”“晋”同音，贺应避讳不参加进士试，贺竟不就试。

李贺的杰出成就是他的诗歌创作，具有独特艺术特色，这点杜牧在序里作了全面的论述。因此，商隐在传里只点了一下，说序里“状长吉之奇甚尽”。这个奇即《文心雕龙·辨骚》里“酌奇而不失其贞”的奇，即指他的艺术特色。这是写古文善于避开重复处。这里只写长吉如何作诗以及他的朋友，特出地写姊语长吉事，这些是杜牧序里所没有的。这些叙述主要写他骑驴觅句，怎样足成，几乎呕出心来。这些叙述都极有名。又讲了他将死时的奇突故事，指出不是王氏所能造作的。在李贺病危时，他是有这样事，他母亲是有这样看法。这是李贺平日的奇思幻想所造成的幻影，和李贺母亲受这种幻影的影响所造成的幻觉。这个故事也极有名。最后的议论感慨，也有自己有才而不遇的感叹在内。

上令狐相公状[1]

不审近日尊体何如？太原风景恬和，水土深厚，伏计调护，常保和平，某下情无任忭贺之至[2]！丰沛遗疆，陶唐故俗[3]。自顷久罹愆亢，颇至荒残，轩车才临，日月未几，旱云藏燎于天末，甘泽流膏于地中[4]。堡障复完，污莱尽辟[5]。此皆四丈膺灵岳渎，禀气星辰，系庶有之安危，与大君之休戚[6]。再勤龙阙，复还凤池，凡在生灵，冀在朝夕[7]。伏惟为国自重。

① 这是太和七年令狐楚任河东节度使（治太原）时，商隐向他写的状，状是陈述事件的文书。令狐楚见《天平公座中呈令狐公》注①。

② 恬：安。无任：不胜。忭：欢喜。

③《史记·高祖纪》："高祖，沛丰邑中阳里人。"太原相传是唐尧都城，唐高祖封在这里，称唐国公，后由这里起义，建立唐朝。因此用汉高祖的起自丰沛来比太原。帝尧称陶唐氏，因称太原还保留陶唐氏的好风俗。

④ 罹：遭受。愆亢：过于干旱。荒残：田地荒废。轩车：大夫乘的有屏蔽的车，指令狐楚。天末：天边。甘泽：甘雨。

⑤ 堡障：防御工事。污莱：低地有污水，高地有野草，都开辟了。

⑥ 四丈：令狐楚排行第四，是长辈，故称。膺灵岳渎：受了五岳四渎（入

海大河)的灵气所诞生。禀气星辰：承受天上星宿的气所生。这是古代阿谀大官的话。庶有：百姓。大君：天子。休戚：喜庆忧愁。

⑦ 龙阙：《三辅旧事》："未央宫东有苍龙阙(两个相对的望楼)。"凤池：荀勖以中书省比凤凰池，见《晋书·荀勖传》。生灵：百姓。指令狐楚再回朝廷做官。

某才乏出群，类非拔俗，攻文当就傅之岁，识谢奇童；献赋近加冠之年，号非才子[⑧]。徒以四丈东平方将尊隗，是许依刘[⑨]。每水槛花朝，菊亭雪夜[⑩]，篇什率征于继和，杯觞曲赐其尽欢，委曲款言，绸缪顾遇。自叨从岁贡，求试春官，前达开怀，后来慕义[⑪]，不有所自，安得及兹。然犹摧颓不迁，拔刺未化，仰尘裁鉴，有负吹嘘[⑫]。倘蒙识以如愚，知其不佞，俾之乐道，使得讳穷[⑬]。则必当刷理羽毛，远谢鸡乌之列，脱遗鳞鬣，高辞鳣鲔之群；逶迤波涛，冲唳霄汉[⑭]。伏惟始终怜察。

⑧ 就傅：十岁。《礼记·内则》："十年出就外傅。"《后汉书·杜根传》："(根)父安，少有志节。年十三，入太学，号奇童。"加冠：古代男子满二十岁行加冠礼。《礼·曲礼上》："二十曰弱，冠。"才子：德才兼备的人。《左传》文公十八年："昔高阳氏有才子八人。"

⑨ 东平：大和三年，令狐楚为天平军节度使，治郓州。郓州在隋为东平郡。燕昭王尊崇郭隗来招请天下贤才，见《战国策·燕策》。王粲因西京扰乱到荆州依靠刘表，见《三国志·魏书·王粲传》。这里指楚招商隐到幕府。

⑩ 水槛：水边栏杆。刘禹锡有《和令狐相公玩白菊》诗，楚种有白菊。

⑪ 岁贡：按年向朝廷推荐人才。春官：《周礼》以春官掌邦礼，后因称礼部为春官，进士在礼部考试。前达开怀：前辈接待。后来慕义：后辈归向。这里指楚给资装使商隐进京应试。

⑫ 摧颓：羽毛零落，失意，指落选。拔剌：鱼跳声。未化：《三秦记》："江海大鱼集龙门下数千，不得上，上则为龙，故云暴腮龙门。"未化龙，指考试落选。吹嘘：指称扬。

⑬ 如愚：《论语·为政》："子曰：'吾与回言终日，不违如愚。'"不佞：《论语·公冶长》："雍也仁而不佞。"不佞指不善言语。这里以孔子弟子自比，所以乐道不言穷。

⑭ 刷理：整刷羽毛使光润。鸡乌之列：《法苑珠林》：僧祇律云："有狸侵食雄鸡，唯有雌在，后有乌来覆之，共生一子，非乌复非鸡。"这里把鸡乌比作凡鸟，他要刷理羽毛，不同凡鸟，希望考中进士。脱遗鳞鬣：指鲤鱼跳过龙门化龙，比考中进士，一举成名。鳣鲔(zhān wěi)：鲟鱼一类的鱼。逶迤：起伏而去。冲唳：冲天高鸣。指终当考中进士。

这是商隐上令狐楚状七篇中的第一篇。楚资助商隐进京应试，落第回来，写了这个状。在这篇里，写到令狐楚招聘他到郓州幕府，不论花朝雪夜，都是欢宴题咏，写出了他在郓州幕府中得到厚待的情况。也写出了他落第后再要继续应试，一举成名的愿望。可以帮助我们理解他跟令狐楚的关系和这一段时期的生活。

别令狐拾遗书[①]

子直足下，行日已定。昨幸得少展写[②]。足下去后，怃然不怡。今早垂致葛衣，书辞委曲，恻恻无已。自昔非有故旧援拔，卒然于稠人中相望，见其表得所以类君子者，一日相从，百年见肺肝[③]。尔来足下仕益达，仆困不动，固不能有常合而有常离[④]。足下观人与物，共此天地耳，错行杂居，蛰蛰哉[⑤]！不幸天能恣物之生而不能与物慨然量其欲，牙齿者恨不得翅羽，角者又恨不得牙齿，此意人与物略同耳[⑥]。有所趋故不能无争，有所争故不能不于同中而有各异耳[⑦]。足下观此世，其同异如何哉！

① 令狐：令狐绹，字子直，见《酬别令狐补阙》注①。开成元年为左拾遗，是谏官，为侍从之臣，得亲近皇帝。当时商隐还未得进士，与令狐绹交好。令狐绹把他推荐给高锴，登进士第，当在写这书后。

② 展写：开怀抒诚。

③ 商隐与令狐家非亲故，一朝与绹相交，开诚相见。卒，同猝。

④ 仕益达：指拾遗是清要之官。仆困：指未中进士。常离：太和三年，商隐入令狐楚幕，与绹定交。七年，去京城应试未中，入崔戎幕。九年应试未中，奉母家居。到开成二年相会，是会少离多。

⑤ 错行：交错运行，如日出月没。杂居：良莠混杂。蛰蛰：隐伏，不得意。

⑥ 不能与物慨然量其欲：不赞助物慷慨地满足它的欲望。如虎豹有牙齿的不给翅膀，牛羊有角的不给利齿，人有才华的不给福命。

⑦ 有所趋：奔赴名利则互争，同为文士而互相倾轧。

儿冠出门，父翁不知其枉正，女笄上车[⑧]，夫人不保其贞污，此于亲亲不能无异，势也。亲者尚尔，则不亲者恶望其无隙哉！故近世交道几丧欲尽。足下与仆于天独何禀，当此世生而不同此世[9]。每一会面，一分散，至于慨然相执手，嚬然相戚[10]，泫然相泣者，岂于此世有他事哉！惜此世之人，率不能如吾之所乐，而又甚惧吾之徒孑立寡处，而与此世者蹄尾纷然，蛆吾之白，摈置讥诽，袭出不意[11]，使后日有希吾者，且惩吾困而不能坚其守，乃舍吾而之他耳。足下知与此世者居，常绐于其党何语哉[12]？必曰：吾恶市道[13]。呜呼！此辈真手搔鼻皻而喉哕人之灼痕为癞者[14]，市道何肯如此辈耶？

⑧ 冠：男二十加冠。笄：女十五加笄，笄是发夹。

⑨ 不同此世：此世人不讲友谊，他们跟此世人不同，很讲友谊。

⑩ 嚬：皱眉。戚：忧。

⑪ 孑立：孤立无助。蹄尾纷然：指世俗不讲友谊的人很多，称蹄尾带有贬斥意。蛆吾之白：污辱我的清白。袭出不意：出于意外的攻击。

⑫ 绐于其党：受到这派人的欺骗。绐，欺骗。

⑬ 恶市道：恨市道，这是骗人的话。市道，以做买卖的方法来交友，对自己有利则交，无利则绝。

⑭ 皻（zhā）：酒渣鼻的渣。这指用手搔鼻发红说是酒渣鼻，喉里气逆咳在人的灼痕上，说人生癞病，真像自己是市道却说恨市道，指这种人比市道还不如。

今一大贾坐滞货中，人人往须之[15]。甲得若干，曰：其赢若干；丙曰：吾索之；乙得若干，曰：其赢若干；戊曰：

吾索之；既与之，则欲其蕃，不愿其亡失口舌[16]。拜父母，出妻子，伏腊相见有贽，男女嫁娶有问，不幸丧死，有致馈[17]，葬有临送吊哭，是何长者大人哉！他日甲乙俱入之不欺，则又愈得其所欲矣。回环出入如此，是终身欲其蕃不愿其亡失口舌，拜父母益严，出妻子益敬，伏腊相见贽益厚，男女嫁娶问益丰，不幸丧死，馈赠临送吊哭情益悲，是又何长者大人哉？唯是于信誓有大欺漫，然后骂而绝之，击而逐之，讫身而勿与通也。故一市人率少于大贾而不信者，此岂可与此世交者等耶？今日赤肝脑相怜，明日众相唾辱，皆自其时之与势耳，时之不在，势之移去，虽百仁义我、百忠信我，我尚不顾矣，岂不顾已而又唾之，足下果谓市道何如哉！

⑮ 滞货：滞销的货物。须：需要，求取。

⑯ 不愿其亡失口舌：不愿大商人失利，不愿他有口舌，说他坏话。

⑰ 伏腊：夏天伏日、冬天腊日祭神，致送礼物。有问：有赠遗，送礼。馈：祭祀。

今人娶妇入门，母姑必祝之曰：善相宜；前祝曰蕃息[18]。后日生女子，贮之幽房密寝，四邻不得识，兄弟以时见，欲其好不顾性命，即一日可嫁去，是宜择何如男子属之耶？今山东大姓家，非能违摘天性而不如此，至其羔鹜在门[19]，有不问贤不肖健病，而但论财货，恣求取为事。当其为女子时，谁不恨，及为母妇，则亦然。彼父子男女天性岂有大于此者耶？今尚如此，况他舍外人，燕生越养而相望相救，抵死不相贩卖哉[20]！紬而绎之[21]，真令人不爱此世而欲狂走远扬耳，果不知足下与仆之守，是耶非耶？首阳之二子，岂蕲盟津之八百，吾又何悔焉[22]。千百年下，生人之权不在富贵而在直笔者[23]，得有此人，足下与仆当有所用意，其他复何云云。但当誓不羞市道而又不为忘其素恨之母妇耳。商隐再拜。

⑱ 相宜：指宜室宜家，家庭和好。蕃息：子女多。

⑲ 羔鹜：小羊和鸭，借指聘礼。

⑳ 燕生越养：在燕地出生，在越地长大，即关系疏远的人。贩卖：既指买卖婚姻，又指出卖朋友。

㉑ 紬绎：推演，从买卖婚姻推演到其人和人的关系。

㉒ 首阳之二子：伯夷叔齐反对武王伐纣，义不食周粟，饿死首阳山。蕲：求。周武王在盟津会八百诸侯灭纣。指伯夷叔齐岂求为周兴王之佐呢？伯夷叔齐，求仁得仁，饿死无悔。

㉓ 生人之权：指生死人，即褒贬人之权，在直笔者，指史官。孔子作《春秋》褒贬人，故称直笔者。《论语·述而》孔子赞美伯夷叔齐为“求仁而得仁，又何怨”？

这封信，写在商隐同令狐绹交谊正亲密时。商隐感慨当时人不讲友谊，他推求不讲友谊的原因由于争权夺利。权利是众人所趋求的，因此相争，在相争中同中有异，同是同为朋友，异是成为陌路，不讲友谊了。这里也反映士大夫间的党派斗争，为了争夺权利，互相排斥。他进一步推到父子、母女之亲也不能相保没有欺骗，更不要说朋友了。然后转到他们两人的友谊,跟当时的不讲友谊完全不同,会遭到世人的排挤攻击。

他又揭露他们的所谓憎恶市道,实际上他们的作为离市道还差得远,比商人还不如。他指大商人也是牟利的,有人来求,他只把销不出去的货物送人换取好名声,让人们按时或有喜庆时给他送礼,倘有对他失信的,他就与那人绝交,因此人们都不敢对他失信。这就是所谓市道交。当时士大夫为了争夺权利不讲交谊怎能和大商人比呢?当时的士大夫只看时势,有人得势时向他表示忠诚赤心,到他失势时向他唾辱,甚至出卖。从这里引出买卖婚姻,父母对女儿尚且这样,更何况朋友,真是感慨深沉。他认为他们两人的深切交谊,要反抗这种风气,像伯夷叔齐那样虽死不悔。

商隐这番议论,并不是说空话,当有感于朝廷上党派斗争的激烈而发。他希望他们两人能够反抗这种风气。同时他也看到"足下仕益达,仆困不动",看到令狐绹因为他父亲的关系,有荣升的可能,他不能不把希望寄托在他的荐拔。事实上,令狐绹还是追求权势的,还是陷在党派斗争中的人,过不了多久,就把他们两人深厚的交谊抛弃了。商隐却超出在党派斗争之外,还是不忘他们两人的交谊,向他反复陈情,终于无法使他回心转意。因此,这封信可以看出两人的不同,看出商隐后来所以屡次向他陈情的原因,也可以看出商隐当时对朝廷上党派斗争的看法。

上崔华州书[①]

中丞阁下:愚生二十五年矣。五年诵经书,七年弄笔砚。始闻长老言，学道必求古，为文必有师法。常悒悒不快。退自思曰：夫所谓道，岂古所谓周公、孔子者独能耶？盖愚与周、孔俱身之耳[②]。以是有行道不系今古，直挥笔为文，不爱攘取经史、讳忌时世，百经万书，异品殊流，又岂能意分出其下哉[③]！

① 崔华州：崔龟从，开成元年十二月，以中书舍人崔龟从为华州防御使，例兼御史中丞衔，故称中丞。信为开成二年商隐二十五岁时作。

② 身之：亲身体验。

③ 意分：意料。

凡为进士者五年，始为故贾相国所憎[④]，明年病不试，又明年复为今崔宣州所不取[⑤]。居五年间，未曾衣袖文章谒人求知[⑥]，必待其恐不得识其面，恐不得读其书，然后乃出。呜呼！愚之道可谓强矣，可谓穷矣，宁济其魂魄，安养其气志，成其强，拂其穷[⑦]，惟阁下可望。辄尽以旧所为发露左右。恐其意犹未宣泄，故复有是说。某再拜。

④ 贾相国：贾餗，太和七年为进士试主考，商隐应考，未录取。餗官至集贤殿大学士，故称相国。

⑤ 崔宣州：崔郸，太和九年为进士试主考，商隐应考，未录取。郸为宣歙观察使，故称宣州。

⑥ 指行卷，见《与陶进士书》第三段注③。

⑦ 拂其穷：违戾他的穷困，即振拔意。

商隐两次考进士都没有被录取，开成二年是第三次去考进士。按照当时风气，士人应试前先抄录诗文送与有声望者评阅称行卷，得到有声望者的赞扬，考官就注意录取。商隐这次录旧作向崔龟从行卷，希望得到他的赞扬。这次他是被录取的，不过是得到令狐绹的推重才取的。

这封信谈他对于学道为文的看法，他认为不光周公孔子懂得道，道是从亲身体验中得来的，因此要从亲身体验中去求道。又反对向经史中学文，不管时俗讳忌，认为百经万书，分为各种流品，自己又怎能处在它们之下呢？因此挥笔为文，不去摹仿古人。对学道为文的看法，确实站得高。不是从周公孔子那里学道，直接从生活体验中学，这在当时是非常了不起的见解。不向经史中学，不求摹仿而求创造，这也是极为正确的看法。在当时，他能提出这种见解，确实是高出一般，很难得的。

后面提到他不肯以文章谒人求知，虽处境穷困，志气不衰。文笔也劲健而气势旺盛，显出他工于古文。

奠相国令狐公文[①]

戊午岁丁未朔乙亥晦[②]，弟子玉溪李商隐叩头哭奠故相国赠司空彭阳公。呜呼！昔梦飞尘，从公车轮，今梦山阿，送公哀歌[③]。古有从死[④]，今无奈何！

① 令狐公：令狐楚，见《太平公座中呈令狐公》注①。楚在太和九年守尚书左仆射，封彭阳郡开国公，开成元年检校左仆射、兴元尹、充山南西

道节度使,二年十一月死在任上,赠司空。因官左仆射,为宰相职,故称相国。

② 冯浩注:戊午岁,“开成三年”。丁未朔,“是年六月丁未朔”。乙亥晦,“二十九日”。

③ 梦飞尘:梦见飞尘,指追随在令狐楚的车后。梦山阿:梦见山阿,指送葬在山的阿曲处。

④ 从死:《诗·秦风·黄鸟》:“国人刺穆公以人从死而作是诗也。”

天平之年,大刀长戟⑤。将军樽旁,一人衣白⑥。十年忽然,蜩宣甲化⑦。人誉公怜,人谮公骂。公高如天,愚卑如地,脱蟺如蛇,如气之易⑧。愚调京下,公病梁山⑨。绝崖飞梁,山行一千⑩。草奏天子,镌辞墓门,临绝丁宁,托尔而存⑪。公此去邪?禁不时归⑫。凤栖原上,新旧衮衣⑬。

⑤ 天平之年:太和三年,天平军节度使(驻郓州)令狐楚聘商隐入幕府为巡官。大刀长戟:指幕府中卫士所持兵器。

⑥ 衣白:当时商隐未成进士,穿白衣。

⑦ 蜩宣甲化:蜩甲,蝉壳,指蝉蜕壳。商隐在开成二年登进士第,离太和三年为九年,举成数称“十年”。

⑧ 脱蟺(shàn):如蛇的蜕壳,指长进。如气的转续,指传授。冯浩注:“比令狐授己章奏之学。”

⑨ 京下:指商隐进京应进士试。梁山:指令狐楚为山南西道节度使,驻兴元,那里有梁山。

⑩ 飞梁:指架岩的栈道。一千:指从兴元到长安的路程。

⑪ 草奏：代令狐楚起草遗表。镌辞：指为楚写墓志铭。丁宁：叮嘱商隐草遗表和写墓志。

⑫ 禁：禁地。不时归：魂不时回来，指魂回到家庙。刘禹锡有《令狐楚家庙碑》，家庙在京城。

⑬ 凤栖原：为长安郊区葬地。新旧衮衣：令狐楚赠司空，楚父承简亦赠司空，属上公，衮衣为上公穿的绣龙礼服，都葬凤栖原，故称新旧。

有泉者路，有夜者台[14]。昔之去者，宜其在哉！圣有夫子，廉有伯夷[15]，浮魂沉魄，公其与之。故山峨峨，玉溪在中[16]。送公而归，一世蒿蓬[17]。呜呼哀哉！

⑭ 泉路、夜台：指阴间。

⑮ 夫子：指孔子，圣之时者。伯夷：不食周粟而饿死，圣之清者。

⑯ 故山：指凤栖原一带的山。峨峨：状山高。玉溪：指那里的溪水。

⑰ 蒿蓬：指草野。商隐当时虽已中进士第，还没有入朝授官，是在野。他本望令狐楚推荐入朝，楚死，只能一世在野了。

令狐楚死后，商隐写了墓志铭（已失传），叙述了楚的一生行事，因此在祭文里着重写两人的交情。冯浩注：“楚爵高望重，义山受知最深，铺叙恐难见工，故抛弃一切，出以短章，情味乃无涯矣！是极惨淡经营之作。”他说本篇是短章有情味是对的，说铺叙恐难见工不确。再说祭文主要是抒情，不适于铺叙是对的。

这篇写他同令狐楚的关系，“将军樽旁，一人衣白”，形象鲜明。“临绝丁宁，托尔而存”，写两人的相知，楚对他的信任，把最重要的文字遗表及墓志托给他。最后作“送公而归，一世蒿蓬”，这话不幸而言中，语简而意悲。

与陶进士书[①]

去一月多故，不常在[②]，故屡辱吾子之至，皆不睹。昨又垂示《东冈记》等数篇，不惟其辞彩奥大，不宜为冗慢无势者所窥见，且又厚纸谨字，如贡大诸侯卿士及前达有文章积学者，何其礼甚厚而所与之甚下耶[③]？

① 此信张采田《会笺》列于开成五年(840)作。陶进士不详。

② 去一月多故：离开写信前一个月内多事，不常在家。

③ 不惟：不只，不仅。奥大：深厚广博。厚纸谨字：用厚纸写工整字，当时送给地位高的人用。甚下：自指地位低。

始仆小时，得刘氏《六说》读之[④]，尝得其语曰："是非系于褒贬，不系于赏罚；礼乐系于有道，不系于有司[⑤]。"密记之。盖尝于《春秋》法度，圣人纲纪[⑥]，久羡怀藏，不敢薄贱。联缀比次，手书口咏，非惟求以为己而已，亦祈以为后来随行者之所师禀[⑦]。

④ 刘氏《六说》：唐代刘知幾子刘迅著《六说》，成《诗》《书》《春秋》《礼》《乐》五说五卷，《易》说未成。见《新唐书·刘迅传》及《国史补》。《五

说》探索圣人的用意。

⑤ 有司：主管的官员。

⑥《春秋》：相传孔子修订的历史书，他褒善贬恶，通过褒贬来分别是非。孔子讲究礼乐，作为治国的大纲。这是说，是非和礼乐不决定于官府，决定于孔子。

⑦ 联缀比次：把有关法度纲纪的材料联系起来加以排比，即编辑这方面材料。师禀：效法接受。

已而被乡曲所荐，入求京师[⑧]，又亦思前辈达者，固已有是人矣，有则吾将依之。系鞋出门，寂寞往返其间，数年卒无所得，私怪之。而比有相亲者曰：子之书宜贡于某氏，某氏可以为子之依归矣[⑨]。即走往贡之，出其书，乃复有置之而不暇读者；又有默而视之，不暇朗读者；又有始朗读而中有失字坏句不见本义者。进不敢问，退不能解，默默已已，不复咨叹。故自太和七年后，虽尚应举，除吉凶书及人凭倩作笺启铭表之外，不复作文，文尚不复作，况复能学人行卷耶[⑩]？

⑧ 乡曲：犹乡里。入求京师：入京求应试。

⑨ 比：及。贡：献。依归：依靠，即靠他赞扬，引起考官注意，取中进士。即指“行卷”，详下。

⑩ 太和七年，商隐应举未取，九年又应举未取。吉凶书：为祭祀及丧礼写的书信。倩：请托。行卷：抄自己所作诗文请名人评定赞扬，引起考官的注意得以录取。

时独令狐补阙最相厚，岁岁为写出旧文纳贡院[11]。既得引试，会故人夏口主举人，时素重令狐贤明，一日见之于朝，揖曰："八郎之友谁最善[12]。"绹直进曰"李商隐"者三道而退，亦不为荐托之辞，故夏口与及第。然此时实于文章懈退，不复细意经营述作，乃命合为夏口门人之一，数耳[13]。

⑪ 开成二年，令狐绹为左补阙。纳贡院：交给主管考试衙门，作为考察考生水平之用。

⑫ 故人：令狐绹的老朋友。夏口：鄂岳观察使（治夏口，在湖北武昌）高锴。主举人：主管考试进士的主考。八郎：令狐绹排行第八。

⑬ 数：命定。

尔后两应科目者[14]，又以应举时与一裴生者善，复与其挽拽，不得已而入耳。前年乃为吏部上之中书，归自惊笑，又复懊恨周、李二学士以大德加我[15]。夫所谓博学宏词者，岂容易哉！天地之灾变尽解矣，人事之兴废尽究矣，皇王之道尽识矣，圣贤之文尽知矣，而又下及虫豸草木鬼神精魅，一物以上莫不开会[16]，此其可以当博学宏词者耶？恐犹未也。设他日或朝廷或持权衡大臣宰相，问一事，诘一物，小若毛甲，而时脱有尽不能知者[17]，则号博学宏词者当其罪矣。私自恐惧，忧若囚械。后幸有中书长者曰[18]："此人不堪。"抹去之，乃大快乐，曰：此后不能知东西左右[19]，亦不畏矣。

⑭ 两应科目：唐制中进士后，还要应科目考试，中后才授官。商隐于开成三年应博学宏词科，已录取而被人抹去；四年，以判事入等，得为官。

⑮ 商隐应博学宏词科在吏部考试，由吏部上报中书省。周、李二学士：周墀，太和末，曾补集贤殿学士；李回，以库部郎中知制诰，可能兼翰林学士。大德加我：指录取。

⑯ 皇王之道：三皇之道指道家无为而治，三王之道指禹传子，汤武征伐。圣贤之文：指圣贤的经传。虫豸：昆虫。精魅：妖精、物怪。开会：指开通理解。

⑰ 甲：爪甲。脱：或。

⑱ 中书长者：吏部考试博学宏词后，再送中书省核定，中书省某官抹去商隐名。

⑲《后汉书·逢萌传》："后诏书征萌，托以老耄，迷路东西，尚不知方面所在，安能济时乎？"

去年入南场作判，比于江淮选人，正得不忧长名放耳[20]。寻复启与曹主，求尉于虢[21]。实以太夫人年高，乐近地有山水者，而又其家穷，弟妹细累[22]，喜得贱薪菜处相养活耳。始至官，以活狱不合人意，辄退去。将遂脱衣置笏，永夷农牧[23]。会今太守怜之，催去复任，迳使不为升斗汲汲，疲瘁低傫耳[24]。然至于文字章句，愈怗息不敢惊张[25]。尝自咒愿得时人曰：此物不识字，此物不知书。是我生获忠肃之谥也[26]。而吾子反殷勤如此者，岂不知耶？岂有意耶？不知则可，有意则已虚矣。

⑳ 南场作判：去吏部试，作判词。江淮选人：《新唐书·选举志》："其后江南、淮南、福建，大抵因岁水旱，皆遣选补使，即选其人。"长名放：《封氏闻见记》："高宗龙朔二年后，以不堪任职者众，遂出长榜放之，冬集，俗谓之长名。"此指参加作判词后，即可选官，不忧被放。

㉑ 寻：不久。曹主：一部长官。求尉于虢（guó）：请求调到虢州做县尉。商隐派在秘书省作校书郎，他请调县尉。虢州，治弘农，在今河南灵宝南。

㉒ 近地：开成元年，商隐奉母居济源县，济源离弘农较近。细累：小的家累。

㉓ 活狱不合人意：把死罪改判活罪，触怒观察使孙简，将罢官。夷：平，作平民。

㉔ 今太守：姚合代孙简为观察使，使商隐还任。儽（lěi）：憔悴颓丧。

㉕ 怗息：平静呼吸，状害怕。

㉖ 生获忠肃之谥：忠肃，指老实。谥是死后所定称号。此言活着得老实的称号，是愤慨的话。

然所以拳拳而不能忘者，正以往年爱华山之为山而有三得：始得其卑者朝高者，复得其揭然无附着[27]，而又得其近而能远。思欲穷搜极讨，洒豁襟抱，始以往来番番不遂其愿[28]。间者得李生于华邮，为我指引岩谷，列视生植，仅得其半；又得谢生于云台观，暮留止宿，旦相与去，愈复记熟；后又得吾子于邑中[29]，至其所不至者；于华之山无恨矣，三人力耶。

㉗ 拳拳：犹牢牢记住。揭然：状高耸。

㉘ 洒豁襟抱：畅开胸怀。往来番番：一次次往来。

㉙ 间：近。华邮：华山的驿站。生植：生物、植物。云台观：在华山观旁。邑中：似华阴县。

今李生已得第，而又为老贵人从事，云台生亦显然有闻于诸公间，吾子之文粲然成就如是。我不负华之山，而华之山亦将不负吾子之三人矣。以是思得聚会，话既往探历之胜。至于切磋善恶，分擘进趋，仆此世固不待学奴婢下人指誓神佛而后已耳，吾子何所用意耶？明日东去，既不得面，寓书惘惘。九月三日，弘农尉李某顿首。

这是开成四年商隐在做弘农尉时写的。后一部分讲游华山的，冯浩注："似全以华山喻己之于令狐，始居其门，今不复附着，迹虽远而心犹近，以为回护之词；下文切磋数句尤明显。陶进士必与令狐有相涉者，而令狐氏华原人也。"这话看来是有道理的。后面说自己不学奴婢下人指神佛发誓来表示忠诚，这正如后来他向令狐绹陈情，不愿过于卑屈一样。这封信先写令狐绹向高锴推重商隐，商隐因此得中，这是始居令狐门下时的情况。后来去考博学宏词，已考中而被中书长者抹去，这似说明他已不再附着令狐，曾去王茂元幕，与王女结婚，引起令狐绹的不满。那个中书长者可能与绹有关。他跟绹的关系，"近而能远"，即迹近而情疏。但他不学奴婢下人的卑屈以讨令狐欢心。因此，踪迹虽或近或远，而情意终疏，就决定了他和绹的关系。表达了对中书长者的愤慨。

这封信里又表达了对朝廷的看法，认为分别是非之权不决定于朝廷的赏罚，礼乐的存废不决定于有司；即《春秋》法度、圣人纲纪都不在朝廷，这跟他《安定城楼》的"欲回天地入扁舟"的志事是一致的。正因为法度纲纪都不在朝廷，所以想旋乾转坤有一番大作为。但看到前辈达者很失望，应博学宏词科，又很失望。讲博学宏词一段，正反映这种愤慨不平。靠了这封信，使我们了解他这一段的生活，很可珍贵。

上李尚书状[①]

昨者伏蒙恩造，重有沾赐，兼假长行人乘等，以今月十日到上都讫[②]。既获安居，便从常调[③]，成兹志愿，皆自知怜。伏以无褐无车，古人屡有；馈飧受馆，诸侯不常[④]。皆才可持危扶颠，辩或离坚合异[⑤]。尚有历七十国而不遇其主，旷五百岁而方希一贤[⑥]。道之难行，运不常会[⑦]，苟至于此，知如之何。

① 李尚书：李执方，为王茂元妻兄弟，开成二年，任河阳三城怀州节度使，又为忠武军节度使，治许州。此状当作于开成五年，商隐移家长安时。

② 恩造：受恩成就，即帮助移家。沾赐：受惠。假：借。长行人乘：走长路的坐骑，即"恤以长途，假之骏足"。上都：长安。

③ 从常调：从常例调试判，参加书判考试。

④《诗·豳风·七月》："无衣无褐，何以卒岁？"褐，粗衣。《战国策·齐策》齐人冯煖"复弹其铗，歌曰：'长铗归来乎？出无车'"。馈飧（sūn）：送熟食。受馆：安排住处。不常：不是经常有的。

⑤ 持危扶颠：《论语·季氏》："危而不持，颠而不扶，则将焉（何）用彼相（扶持瞎子的人）矣。"离坚合异：《庄子·秋水》："合同异，离坚白。"把相异的说成相同，相同的说成相异，即合异析同。石又坚又白，坚白石合，辩者要把坚和白分离。借指善辩。

⑥ 李康《运命论》："应聘七十国而不一获其国。"指孔子周游列国。《颜氏家训·慕贤》："古人云，千载一圣，犹旦暮也；五百年一贤，犹比髆也。"

⑦ 运不常会：世运不能常合，即生不逢辰。

某始在弱龄，志惟绝俗[⑧]。每北窗风至，东皋暮归[⑨]；彭泽无弦，不从繁手；汉阴抱瓮，宁取机心[⑩]。岩桂长寒，岭云镇在[⑪]。誓将适此，实欲终焉。其后以婚嫁相萦，弟兄未立。阳货有迷邦之诮，王华生处世之心[⑫]。靡顾移文，言从初服[⑬]。幸李公之阍者，不拒孔融；读蔡氏之家书，未归王粲[⑭]。粗闻六蔽，聊玩九流[⑮]。行与时违，言将俗背。方朔虽强于自举，匡衡竟中于丙科[⑯]。驾鼓未休，抢榆而止[⑰]。

⑧ 弱龄：二十岁。绝俗：跟世俗志趣不同。

⑨ 北窗风至：陶渊明《与子俨等疏》："五六月中，北窗下卧，遇凉风暂至，自谓是羲皇上人。"东皋：东面水边高地。王绩《野望》："东皋蒲暮望，徙倚欲何依。"

⑩ 彭泽无弦：陶渊明曾作彭泽令。有素琴一张，无弦。繁手：复杂的弹奏手法。汉阴抱瓮：《庄子·天地》："子贡过汉阴，见一丈人，方将为圃畦，凿隧而入井，抱瓮而出灌。"子贡劝他用桔槔抽水，他怕用机械者有机心，不干。

⑪ 岩桂：指山居。镇在：常在。

⑫《论语·阳货》："（阳货）谓孔子曰：'怀其宝而迷其邦，可谓仁乎？曰：不可。'"《宋书·王华传》："以父存亡不测，布衣蔬食，不交游。高祖欲收其才用。乃发（华父）廞丧问，使华制服。服阕，辟华为州主簿。"

⑬ 靡顾移文：不顾有人反对。《齐书·孔稚圭传》周彦伦隐居钟山，"后应诏出为海盐县令，欲却过此山，孔生乃假山灵之意移之，不许得至"。写移文来反对他过山。初服：屈原《离骚》："退将复修我初服。"做官前的服装。

⑭《后汉书·孔融传》："融欲观其人，故造（李）膺门，语门者曰：'我是李君通家子弟。'门者言之。融曰：'先君孔子与君先人李老君，同德比义而相师友，则融与君累世通家。'"《三国志·魏书·王粲传》："时（蔡）邕才学显著，贵重朝廷，常车骑填巷，宾客盈坐，闻粲在门，倒屣（鞋）迎之，邕曰：'此王公孙也，有异才，吾不如也。吾家书籍文章，尽当与之。'"

⑮ 六蔽：《论语·阳货》："好仁不好学，其蔽也愚；好知不好学，其蔽也荡；好信不好学，其蔽也贼（害）；好直不好学，其蔽也绞（急）；好勇不好学，其蔽也乱；好刚不好学，其蔽也狂。"九流：战国时儒家、道家、阴阳家、法家、名家、墨家、纵横家、杂家、农家九个流派，见《汉书·艺文志》。

⑯《汉书·东方朔传》："朔初来上书，文辞不逊，高自称誉。"《史记·张丞相传》附褚先生补："匡衡才下，数射策不中，至九乃中丙科。"

⑰《后汉书·循吏传序》："建武十三年，异国有献名马者，日行千里，诏以马驾鼓车。"《庄子·逍遥游》："鹏之徙于南冥（海）也，抟扶摇（凭借旋风）而上者九万里。蜩（蝉）与学鸠（小鸟）笑之曰：'我决（急）起而飞，抢（突上）榆枋，时则不至，而控（投）于地而已矣，奚（何）以之（往）九万里而南为？'"

然窃观古昔之事，遐听上下之交，有合自一言，奖因片善[18]，不以齿序，不以位骄，想见其人，可与为友。近古以降，斯风顿微。处贵有隔品之严[19]，于道绝忘形之契。中间柳澹，年犹乳抱，李北海因与结交，裴逖迹困泥涂，王右丞常所前席[20]。时之不可，人以为悲。愚虽甚微，颇向斯义。

⑱ 遐：远。合自一言：《宋书·周朗等传》："徒以一言合旨，仰感万乘。"奖因片善：《陈书·世祖纪》："每有一言入听，片善可求，何尝不褒奖抽扬，缄书绅带。"

⑲ 隔品之严：《新唐书·窦易直传》："初，元和中，郑馀庆议仆射上仪，不与隔品官亢礼。"品级不同的官，不得平等相见。

⑳《新唐书·文艺传》："（李邕）出为汲郡北海太守。"李邕与柳澹相交事未详。又："王维三迁尚书右丞。别墅在辋川，地奇胜，有华子冈、攲湖、竹里馆、柳浪、茱萸沜、辛夷坞，与裴迪游其中，赋诗相酬为乐。"裴逖未详。前席：席地而坐，坐处向前靠近对方。

自顷升名贡籍，厕足人流[21]。未尝辄慕权豪，切求绍介，用胁肩谄笑，以竞媚取容。袁生之门，但闻有雪；墨子之突，曾是无烟[22]。每虞三揖之轻，略以千钧自重[23]。阁下念先市骨，志在采葑，引以从游，寄之风兴[24]。玳筵高敞，画舸徐牵，分越加笾，事殊设醴[25]。怜贾生之少，恕祢衡之狂[26]。此际举觞而恨异漏卮，对案而惭非巨壑[27]。谢家东土，延宾而别待车公；王令临邛，为客而先言犬子[28]。

彼之荣重，殊谓寂寥；伏闻声尘，已移弦晦㉙。隋王朱邸，方同故掾之心；燕地黄金，更落他人之手㉚。追攀未及，结恋无任㉛，瞻望门墙，若在霄汉。伏惟始终识察。

㉑ 升名贡籍：指考中进士。厕足人流：插足流品，即做官。

㉒《后汉书·袁安传》注引《汝南先贤传》："时大雪积地丈馀。洛阳令至袁安门，无有行路，谓安已死，令人除雪入户，见安僵卧。"班固《答宾戏》："墨突不黔。"墨子的灶的烟囱不黑，因他到处奔走，不能久住。

㉓ 虞：忧。三揖：三次作揖。《仪礼·士冠礼》："至于庙门揖，入三揖。"钧：三十斤。

㉔ 市骨：《战国策·燕策》："郭隗先生曰：'臣闻古之君人，有以千金求千里马者，涓人请求之，得千里马，马已死，买其首五百金。于是不能期年，千里马之至者三。'"《诗·邶风·谷风》："采葑采菲，无以下体。"葑菲根叶皆可食，类似大头菜。根有时变坏，不要因此抛弃叶子。下体指块根。此言不因缺点而抛弃他。风兴：《诗》有风与兴，指作诗。

㉕ 玳筵：珍贵的筵席。画舸：画船。加笾：宴席上增加礼器，超越身分，指优待。笾，竹制礼器，盛水果或菜肴。设醴：《汉书·楚元王传》："元王敬礼申公等，穆生不嗜酒，元王每置酒，常为穆生设醴。"

㉖《史记·贾生传》："年十八，以能诵诗属书闻于郡中。吴廷尉为河南守，闻其秀才，召置门下，甚幸爱。"《后汉书·祢衡传》："(曹)操欲见之，而衡素相轻疾，自称狂病，不肯往。"

㉗ 异漏卮：指酒量不大，不能像漏斗那样。非巨壑：也指酒量不大。

㉘《晋书·车胤传》："(胤)又善于赏会，当时每有盛坐而胤不在，皆云无车公不乐。谢安游集之日，辄开筵待之。"《史记·司马相如传》："司马相如字长卿，少时其亲名之曰犬子。相如素与临邛令王吉相善，相如往，舍都亭。临邛令不敢尝食，自往迎相如。相如不得已，强往，一坐尽倾。"

㉙ 寂寥：李执方接待商隐的隆重，使得谢安的接待车胤，王吉的接待司马相如，都显得寂寞了。声尘：《梁书·刘峻传》："馀声尘寂寞。"指声望事迹。弦晦：弦月到无月。指接待已半个月。

㉚ 谢朓《拜中军记室辞随王笺》："唯待青江可望，候归艎于春渚；朱邸方开，效蓬心于秋实。"借谢朓感谢随王的心来自比。《清一统志》："燕昭王于易水东南筑黄金台，延天下士。"此言回去后，李执方的恩赐要赏给别人。

㉛ 无任：不胜，不胜恋念。

在这篇状里，商隐主要写他年轻时的志趣，"志惟绝俗"，跟世俗的人不同。他向往陶渊明的高节，赞美汉阴丈人的淳朴，以求媚取容为耻，反对争权夺利的机心。只是因有家累，不能不出来求仕，只是做个小官而已。他感叹当时"处贵有隔品之严，于道绝忘形之契"。在官场中严分品级，不能脱略形迹。在这里，可以从另一角度，反映他对待牛李党争的态度。在李德裕入相时，他并不因王茂元的关系，向李求媚取容。他对令狐绹的陈情，只是因他同令狐家两世交好，"志在采葑"，希望他能够采纳。对于他"处贵有隔品之严"，不无感叹。也可见他与王茂元女儿结婚，没有"辄慕权豪，切求绍介"之意。令狐绹对他的不满，实由于不了解他的志趣。这篇状的意义，当在这里。

为濮阳公与刘稹书[①]

足下前以肺肝，布诸简素，仰承复命，犹事枝辞[②]。夫岂告者之不忠，抑乃听之而未审。择福莫若重，择祸莫若轻[3]。一去不回者良时，一失不复者机事。噫嘻执事，谁与为谋，延首北风，心焉如灼。是以再陈祸福，用释危疑，言不避烦，理在易了。丁宁恳款，至于再三者，诚以某与先太师相国俱沐天光，并为藩后[4]。昔云与国，今则亲邻，而大年不登，同盟未至，饭贝才毕，襚衣莫陈[5]。乃眷后生，遽乖先训，迁延朝命[6]，迷失臣职。不思先轸之忠，将覆栾书之族[7]。此仆隶之所共惜，儿女之所同悲。况某拥节临戎，援旗誓众，封疆甚迩，音旨犹存。忍欲卖之以为己功，间之以开戎役[8]。将祛未瘳，欲罢不能，愿思苦口之言，以定束身之计[9]。

① 濮阳公：太和九年，岭南节度使王茂元迁泾原节度使。甘露之变，茂元惧祸，悉出家产助左右神策军，封濮阳郡侯，这里尊称为公。会昌三年，昭义节度使刘从谏死，侄刘稹据镇自立，拥兵抗拒朝命。茂元致书刘稹，劝他归顺朝廷。

② 茂元前有信给刘稹，刘覆信拉扯。枝辞：拉扯的话。

③ 择福两句：《国语·晋语》晋楚鄢陵之战中范文子语。

④ 丁宁：叮嘱。恳款：诚恳。先太师相国：刘从谏，太和七年加同中书门下平章事，武宗时兼太子太师，卒。藩后：节度使。

⑤ 与国：指都是藩镇，互相赞助。亲邻：茂元调河阳节度使，与昭义节度使邻近。大年不登：不到大年，不寿。同盟未至：《左传》隐公元年："诸侯五月(而葬)，同盟至。"指刘从谏未葬。饭贝：《礼·檀弓》："饭用米贝。"古礼，敛时用碎贝壳和米放在死者口中。襚衣：送给死者的衣衾。

⑥ 后生：指刘稹。从谏死，朝廷下诏稹护丧归洛阳，稹拒命。

⑦ 先轸：春秋晋统帅。《左传》僖公三十三年："狄伐晋，及箕。先轸免胄

（不带头盔）入狄师，死焉。”借指从谏的忠。《左传》襄公二十三年：晋栾书之后“栾盈出奔楚，自楚适齐，齐纳诸曲沃。晋人克栾盈于曲沃，尽杀栾氏之族党”。

⑧ 忍：岂忍，即不忍。间：离间。戎役：战役。

⑨ 祛：消除，开释。苦口：良药苦口而利于病。束身：束身归罪，向朝廷请罪。

昔先太尉相公常蹈乱邦，不从逆命，翻身归国，全家受封；居韩之西，为国之屏；弃代之际，人情帖然[⑩]。太师相公以早副军牙，久从征旆；事君之节已著，居丧之礼又彰，故乃奖其像贤，仍以旧服[⑪]。纳职贡赋，十五馀年。于我唐为忠臣，于刘氏为孝子。人之不幸，天亦难忱，才加壮室之年，奄有坏梁之叹[⑫]。主上深固义烈，是降优恩，盖将显足下之门，为列藩之式。不欲刘氏有自立之帅，上党为辜恩之军[⑬]，俾之还朝，以听后命。其义甚著，其恩莫偕。昨者秘不发丧，已逾一月，安而拒诏，又历数旬。秘丧则于孝子未闻，拒诏则于忠臣已失。失忠于国，失孝于家，望此用人，由兹保族，是亦坐薪言泰，巢幕云安[⑭]，智士之所寒心，谋夫之所齚舌；矧于仆者[⑮]，得不动心。

⑩ 刘从谏父刘悟，为淄青节度使李师道部下都知兵马使。宪宗下诏讨师道，师道遣悟将兵拒魏博军。悟以兵取郓，擒师道，斩其首以献，拜悟义成军节度使。穆宗时移镇泽潞，兼平章事。卒赠太尉。泽潞在山西，在韩的西面。弃代：弃世，死。帖然：状安定。

⑪ 刘悟死前，上表请其子从谏继位。从谏贿赂宰相李逢吉、太监王守澄，得为昭义军节度使。副军牙：作军府的副佐。牙指衙门。像贤：像他父亲的贤能。仍旧服：继位。

⑫ 天难忱：《诗·大雅·大明》："天难忱斯。"天难信，指天不保佑从谏。加壮室：《礼·曲礼上》："三十曰壮有室。"加，过于三十。从谏四十一岁死。奄：忽然。坏梁：《礼·檀弓上》："孔子歌曰：'泰山其颓乎！梁木其坏乎！哲人其萎乎！'"指死。

⑬ 上党：从谏领昭义军，驻上党，在今山西长治。

⑭《汉书·贾谊传》上疏："抱火厝（置）之积薪之下，而寝其上，火未及燃，因谓之安。"泰：安。《左传》襄公二十九年："夫子之在此也，犹燕之巢于幕上。"

⑮ 寒心：害怕。《史记·荆轲传》："以秦王之暴，而积怒于燕，足为寒心。"齚舌：《汉书·田蚡传》："魏其必愧，杜门齚舌自杀。"矧：况。

窃计足下之怀，执事之论，当以赵氏传子，魏氏袭侯，欲以逡巡希恩，顾望谋立耳[16]。夫事殊者趣异，势别者迹睽，胡不度其始而议其终，搴其华而寻其实，愿为足下一二而陈之。夫赵、魏二侯，于其先也，亲则父子，于其人也，职则副戎[17]；赏罚得以相参，恩威得以相抗，义显事顺，故朝廷推而与之。今足下之于太师也，地则相近[18]，职非副戎，赏罚未尝相参，恩威未尝相抗。稽丧则于义爽，拒诏则于事乖。比赵、魏二侯，信事殊而势别矣，此施之于太师，赵、魏则为继代象贤之美，施之于足下，足下则为自立擅命之尤；得失之间，其理甚白。

⑯ 赵氏传子：成德节度使王廷凑死，传子元逵为节度使。成德军统赵地，因称赵氏。魏氏袭侯：魏博节度使何进滔死，传子重顺为节度使。魏博军治魏州，因称魏氏。逡巡：犹徘徊不前。

⑰ 副戎：成德军、魏博军，节度使下有副使，由节度使之子担任。

⑱ 地近：从谏与稹是叔侄，地位亲近，但还不是父子。

又计足下未必不恃太师之好贤下士，重义轻财。吴国之钱，往往而有，梁园之客，比比而来[19]，将倚以为墙藩，托以为羽翼。使之谋取，使以数求。细而思之，此又非计。山高则祈羊自至，泉深则沉玉自来[20]，己立然后人归，身正然后士附。语有之曰：政乱则勇者不为斗，德薄则贤者不为谋。故吴濞有奸而邹阳去，燕惠无德而乐生奔[21]。晋宠大夫，卒成分国之祸；卫多君子，孰救渡河之灾[22]。此之前车，得不深镜[23]。

⑲《汉书・吴王濞传》："发书遗诸侯曰：'寡人金钱在天下者，往往而有，非必取于吴，诸王日夜用之，不能尽。'"《汉书・梁孝王传》："招延四方豪杰，自山东游士莫不至。"梁园：梁孝王筑的兔园。

⑳《管子・形势》："山高而不崩，则祈羊自至；渊深而不涸，则沉玉极矣。"指杀羊祭山神，用璧玉沉渊祭水神来求雨。

㉑《汉书・邹阳传》："吴王濞招致四方游士，（邹）阳与吴严忌、枚乘等俱仕吴。吴王阴有邪谋，阳奏书谏。吴王不纳其言。于是邹阳、枚乘、严忌皆去之梁。"《史记・燕世家》："昭王以乐毅为上将军伐齐，齐城之不下者独聊、莒、即墨。昭王卒，子惠王立。疑毅，使骑劫代将，乐毅亡走赵。"

㉒《汉书·刘向传》："昔晋有六卿，齐有田崔，常掌国事，世执朝柄。终后田氏取齐，六卿分晋。"《左传》襄公二十九年："卫多君子，未有患也。"又闵公二年："狄人伐卫，以逐卫人。宋桓公逆诸河，宵济。"狄灭卫，卫人渡河入宋。此言从谏虽招有士人，不能救积的灭亡。

㉓《汉书·贾谊传》："鄙谚曰：前车覆，后车诫。"镜：以为鉴戒。

代宪四祖[24]，文明继兴。当时燕赵中山淮阳齐鲁，连结者几姓，旅拒者几侯[25]。咸逆天用人，背惠忘德，据指掌之地，谓可逃刑，倚亲戚之私，谓能取信。一旦地空家破，首裂肢分，暗者不能为谋，明者固以先去，悔而莫及，末如之何。先太尉与李洧尚书，齐之密戚[26]；杨太保与苏肇给事，蔡之懿亲[27]；并据要地方州，领精甲锐卒，及其王师戾止，我武维扬[28]，则割地驱人以降，送款输忠以入，非不顾密戚，非不念懿亲，非不思恩，非不怀惠，直以逆顺是逼，死生实难，能与其同休，不能与其共戚故也。况足下大未侔齐蔡，久未及李吴，将以其人动于不义。仆因恐夙沙之国，缚主之卒重生，彭宠之家，不义之侯更出[29]。

㉔ 代宪四祖：代宗、德宗、顺宗、宪宗四朝。

㉕ 燕赵中山淮阳齐鲁：燕，卢龙节度使朱滔，德宗建中三年反，僭立国号为冀，为王武俊、李抱真所击败，死。赵，成德军节度使李宝臣，代宗大历十年反，后部下背离，为妖人所害。中山，指义武军，为李宝臣所辖地。宝臣死，为其子惟岳所辖地。惟岳求袭位，不许，为部将王武俊所杀。淮阳，淮西节度使李希烈，破汴州，僭称帝，国号楚，为亲将陈仙奇

毒死。齐鲁，淄青节度使李正己，又占有曹、濮、徐、兖、郓五州。德宗建中初，约田悦等叛，会发疽死。当时节度使的背叛，不止于以上所举。旅拒：聚众抗拒。

㉖ 先太尉刘悟与李洧都是齐李正己的亲戚。洧是正己从父兄，正己用为徐州刺史。正己死，子汭犯宋州，洧以徐州归顺朝廷，为徐海沂观察使、检校工部尚书。

㉗ 杨元卿与苏肇，皆为申蔡光等州节度使吴少阳判官，劝少阳归顺朝廷。少阳死，子元济继立，元卿即日离蔡，元卿妻与子并为元济所杀，苏肇亦遇害。元卿后授太子太保，卒。按下文据要地方州，指刘悟、李洧，不指杨元卿、苏肇。称苏肇为给事，不详。

㉘ 戾止：到来。戾，涖，临。《书·泰誓中》："我武惟扬。"

㉙《吕氏春秋·用民》："夙沙之民，自攻其君而归神农。"《后汉书·彭宠传》："建武二年春，诏征宠。遂发兵反，自立为燕王。五年春，宠斋，独在便室。苍头子密等三人，斩宠，驰诣阙，封为不义侯。"此指刘稹部下会缚稹或杀稹来归降的。

又计足下当恃太行九折之险，部内数州之饶[30]，兵士尚强，仓储且足，谓得支久，谋而使安。危哉此心，自弃何速。昔李抱真相国，用彼州之人，破朱滔于燕国，困田悦于魏郊[31]，连兵转战，绵岁经时，而潞人夫死不敢哭，子死不敢悲，何者？李相国奉讨逆之命，为勤王之师，义著而诚顺故也。及卢从史释丧就位，卖降冀功，将乘讨伐之时，欲肆凶邪之性，计未就而人神已怒，事未立而兵众已离，以万夫之长，困一卒之手，驱槛北阙，弃尸南荒[32]。而潞之人犹老者扪胸，少者扼腕，谓朝廷不即显戮，深为失刑，其故何哉？以从史不义不昵[33]，去安就危，众黜其谋，下不为用故也。二帅去就，非因传闻，鸠杖之人，鲐背之叟[34]，知其本末，尚能言之。则太行之险，固不为勃者之守[35]，数州之众，固不为邪者之徒，此又其不足恃也。由此言之，则以何名隳家声，何事舍君命，何道求死士，何计得人心，此仆者所以对案忘餐，推枕不寝，为足下惜，为足下危，而不知其所以然也。

㉚ 太行九折：《汉书·地理志》："上党壶关县有羊肠坂。羊肠九折。"数州：《旧唐书·地理志》："昭义军节度使治潞州，领潞、泽、邢、洺、磁五州。"

㉛《旧唐书·李抱真传》："德宗即位，兼潞州长史、昭义军节度使。建中三年，田悦以魏博反，抱真与河东节度使马燧屡败悦兵。朱滔、王武俊皆救悦，抱真外抗群贼，内辑军士，贼深惮之。兴元初，迁检校左仆射平章事。时朱滔悉幽蓟军应(朱)泚，抱真以大义说王武俊，合从击滔，大破滔于经城。"

㉜《旧唐书·卢从史传》："授昭义军节度使。丁父忧，朝旨未议起复，属(成德节度使)王士真卒(子承宗自请留后)，从史窃献诛承宗计，用是起授，委其成功。(从史)阴与承宗通谋。吐突承璀将神策兵与之对垒，从史往往过其营博戏，上戒承璀伏壮士缚之，纳车中，驰以赴阙，贬驩州司马。"卖降：指出卖王承宗。困一卒之手，指被缚。槛：囚车。弃尸南荒，指贬驩州(在越南北部)而死。

㉝《左传》隐公元年："不义不昵，厚将崩。"行不义，则人不亲附。

㉞ 鸠杖：《后汉书·礼仪志》："八十九十礼有加，赐玉杖长九尺，端以鸠鸟为饰；鸠者不咽之鸟，欲老人不咽。"鲐背：老人背有斑点似鲐鱼，见《尔雅·释诂》疏。

㉟ 勃：通悖，狂悖，悖乱。

况太师比者养牛添卒，畜马训兵，旁招武干之材，中举将军之令[36]。然而听于远近，颇有是非，虽朝廷推赤心，宏大度，然而不逞者已有乖异之说，横议者屡兴悖恶之叹。人之多言，亦可畏也。谁为来者，宜其弭之。今足下背季父引进之恩，失大朝文诰之令，则是实先太师之浮议，彰昭义军之有谋。为人侄则致叔父于不忠，为人孙则败乃祖于无后，亦何以对燕赵之士，见齐鲁之人耶？

㊱《新唐书·刘从谏传》："善贸易之算，岁榷马（专利卖马征税）征商人。又熬盐货，货铜铁。"《旧唐书·武宗纪》讨刘稹时制书："从谏因跋扈之资，恃纪纲（部下办事人）之力，诱受亡命，妄作妖言，中罔朝廷，潜图左道。接壤戎帅，屡奏阴谋。"

又计足下旬日之前，造次为虑，今兹追改，惧有后艰，此左右者不明而咨询之未尽也。近者李尚书祐、董常侍重质之辈，并亲为贼将，拒我官军，纳质于匪人，效用于戎首[37]。久乃来复，尚蒙殊恩，皆受圭符，咸领旗鼓，不能悉数，厥徒实繁。岂有足下借两代之馀资，委数万之旧旅，俯首听命，举宗效诚。则朝廷又岂以一日之稽迟，片辞之疑异，而致足下于不测，沮足下于后至。故事具存，可以明验。幸请自求多福，无辱前人。护龙旄以归洛师，秉象笏而朝魏阙[38]，必当勋庸继代，富贵通身，无为邻道所资，使作他人之福。

㊲《旧唐书·李祐传》："李祐本蔡州牙将，事吴元济。自王师讨淮西，为李愬所擒。竟以祐破蔡，擒元济。以功迁检校户部尚书、沧德景节度使。"又《董重质传》："董重质本淮西牙将，为元济谋主。及李愬擒元济，以书礼召重质于洄曲，乃单骑归愬。授盐州刺史，后历方镇，检校散骑常侍，加工部尚书。"纳质：指为臣。

㊳ 龙旐：即丹旐，丧礼中用的铭旌。洛师：洛阳。象笏：象牙做的朝版。魏阙：指朝廷。

傥尚淹归款，未整来轩。戎臣鼓勇以争先，天子赫斯而降怒[39]。金玦一受，牙璋四驰[40]。魏、卫压其东南，晋、赵出于西北。拔距投石者数逾万计，科头戟手者动以千群，兼驱扼虎之材官，仍率射雕之都督[41]，感义则日月能驻，拗愤则沙石可吞[42]，使兵用火焚，城将水灌。魏趣邢郡，赵出洺州[43]。介二大都之间，是古平原之地，车甲尽输于此境，糗粮反聚于他人，恃河北而河北无储，倚山东而山东不守[44]。以两州之饿殍，抗百道之奇兵，比累卵而未危，寄孤根于何所[45]？则老夫不佞，亦有志焉，愿驱敢死之徒，以从诸侯之末，下飞狐之口，入天井之关[46]。巨浪难防，长飙易扇。此际必当惊地底之鼓角，骇楼上之梯冲[47]。丧贝跻陵，飞走之期既绝；投戈散地，灰钉之望斯穷[48]。自然麾下平生，尽忘旧爱，帐中亲信即起他谋。辱先祖之神灵，为明时之戮笑。静言其渐，良以惊魂。

㊴ 淹：迟留。归款：投诚。戎臣：武将。赫斯：状发怒。《诗·大雅·皇矣》："王赫斯怒。"

㊵ 金玦：饰物，有缺口，表决断。《左传》闵公二年："佩之金玦。"牙璋：用象牙制成的兵符。《周礼·春官·典瑞》："牙璋以起军旅。"

㊶ 拔距：跳跃。投石：有力举重投石。科头：勇士不带头盔入敌阵。戟手：举手如戟指人。扼虎：徒手能扼虎喉。材官：有才能的武士。《北齐书·斛律光传》："见一大鸟，光射之，旋转而下，乃大雕也。当时传号落雕都督。"

㊷《淮南子·览冥训》："鲁阳公与韩构难，战酣日暮，援戈而挥之，日为之返三舍。"即日月能驻。《帝王世纪》："黄帝梦大风吹天下之尘垢皆去。叹曰：'风为号令，垢去土，后在也，岂有风姓名后者也，得风后于海隅。'"即沙石可吞。

㊸《新唐书·藩镇传》："裴问守邢州，自归成德军；王钊守洺州，送款魏博军；磁州将高玉亦降成德军。稹闻三州降，大惧。大将郭谊、王协始谋诛稹。"

㊹ 刘稹据有五州，邢、洺为魏、赵两军所控制，刘稹据守泽、潞两州，甲兵所聚；但糗粮在邢、洺，反聚于魏、赵二军。恃河北：即守泽潞而泽潞无粮。倚山东（大行山以东）即邢洺而邢洺不守。

㊺ 两州饿殍：泽、潞无粮，要成为饿死者。累卵：《史记·范雎传》："秦王之国，危于累卵。"孤根：指蓬草，入秋随风卷去。

㊻ 飞狐口：《汉书·郦食其传》："距飞狐之口。"如淳曰："上党壶关也。"天井关：泽州治晋城县南太行山上有天井关。这两个关口是威胁刘稹据守的泽潞两州的。

㊼《后汉书·公孙瓒传》告子续书："袁氏之攻状若鬼神，梯冲舞吾楼上，鼓角鸣于地中。"

㊽《易·震》:"六二,震来厉,亿丧贝,跻于九陵,勿逐,七日得。"指震卦是危险的,丧失财货,登到九陵之上,不用追逐,七天得到。此指丧失财货,逃登九陵,七天被获。飞走:逃跑。散地:逃散之地。灰钉:《三国志·魏书·王淩传》注引《魏略》:"淩试索棺钉以观太傅(司马懿)意,太傅给之,遂自杀。"

今故再遣使车,重申丹素[49],惟鉴前代之成败,访历事之宾僚,思反道败德之难,念顺令畏威之易。时以吉日,蹈兹坦途。勿馁刘氏之魂[50],勿污潞人之俗。封帛增欷[51],含毫益酸,延望还章,用以上表,成败之举,慎惟图之,不宣。河阳三城节度使王茂元顿首[52]。

㊾ 丹素:赤诚的心。李白《赠溧阳宋少府陟》:"贵欲呈丹素。"
㊿ 馁魂:《左传》宣公四年:"若敖氏之鬼不其馁而。"指刘稹自取灭亡后,会使祖宗不血食。
51 封帛:帛指信,封是加封。
52 河阳三城:有南城、北城、中潬城,宋以后废,在今河南孟州。

这封信是给刘稹写的,刘稹是昭义节度使刘从谏的侄子,所以信的文词力求浅显。四六文一般都要用典,不易懂,更不易说明事理。这篇四六文却写得比较浅显,又反复说明事理,情与理交织,这正说明商隐写四六文的技术高明。

开头提出"再陈祸福,用释危疑",从祸与福两方面来说明事理,再来消释刘稹心头的危疑。他的文章是"言不避烦,理在易了"。因为要反复说明,所以不避复;要对方明了,所以说理要浅显。再加上

“延首北风，心焉如灼”，又动之以情。

先指出他的祸，抗拒王命是实，“遽乖先训”是虚。但文中不说抗拒王命，却说“迁延朝命”，只是拖延不执行，不是抗拒，这样才有挽回馀地。又指出这样做有灭族之祸是实，不思前辈之忠是虚。事实证明，他的抗拒王命，结果，他的全家包括婴孩在内，全被部下郭谊所杀。这不是危言耸听，确是事实。至于说他的祖和叔父怎么忠于朝廷是虚的。他的祖刘悟，“上书言多不恭，天下负罪亡命者多归之”，临死，“表其子从谏嗣”。从谏使商人“行贾州县，所在暴横沓贪”，“病甚，令(从子稹)主军事”，可见他们都并不忠于朝廷。这里说他们忠，只是借来劝诱，其实是虚的。一实一虚，显出构思的巧妙。讲实祸劝他改悔，讲虚忠劝他归顺。

光讲祸福怕他听不进去，所以进一步解除他的徼幸心理。因为从祸害讲，父死要求子继，已有先例，像赵地传子，魏地袭侯，那末泽潞为什么不可以呢？在这里驳斥这种想法，又有虚实。当时，李德裕为相，他对武宗说：“泽潞内地，非河朔比，昔皆儒术大臣守之。及刘悟死，敬宗方怠于政，遂以符节付从谏。舍而不讨，无以示四方。”就是泽潞在山西长治一带，是直接由唐朝控制，同河北三镇不同。河北三镇在安史之乱后早已脱离唐朝控制，三镇互相勾结，父死子继。泽潞属于内地，不能容许这样。泽潞节度使刘悟死时，请求子从谏继位，当时敬宗怠于政治，就允许了，现在要整顿朝纲，不能再允许。但这话在信里不好说，因此说“赵魏二侯”“亲则父子”，“职则副戎”，认为他们是父死子继，其子早已为副戎，你刘稹是从谏之侄，不是父子，你又不是副戎，所以不能继位。这样说是虚的，不是唐朝所以要讨伐的原因。但又指出“事殊者趣异，势别者迹睽”，指出他的地位同河北三镇事殊势别，不一样，所以朝廷不能容许他袭位。这是实的。但这个意思不好明说，只好点一下就行了。这一点刘稹心里也就明白，所以不用多说。

其次又破除他的一种徼幸心理，即“吴国之钱”，“梁园之客”，从谏积蓄了大量钱财，网罗了不少人才，要凭借这些来抗拒朝廷。就指出这些的不可考，从代宗到宪宗四代，违抗朝命的节度使，有不少“地空家破，首裂支分”，部下归附朝廷，终于自趋覆灭。这里又有虚有实，虚的是河北三镇，当时虽然抗拒朝命，朝廷发兵进讨，节度使也有不得善终的，但三镇始终没有收归朝廷。实的是淮西吴元济抗拒朝命，部下归顺朝廷，终被擒杀。所以重点讲淮西，告诫他抗拒朝命的下场。

再进一步破除他的徼幸心理，即依靠“太行之险”，“数州之众”来抗拒朝廷。这正如武宗问：“可胜乎?”德裕对：“河朔，稹所恃以为唇齿也，如令魏镇不与，则破矣。夫三镇世嗣，列圣许之，请使近臣明告以泽潞命帅不得视三镇，今朕欲诛稹，其各以兵会。”只要河北三镇不帮助刘稹，刘稹就会失败。文中对这点作了多方面的阐发。一是泽潞一带的人民归向朝廷，不愿从逆，举李抱真、卢从史作例，指出人心不会向他。二是指出从谏生前所作所为遭到物议，他的抗拒对从谏不利。三是指出只有归顺朝廷可以得福。四是指出他想依靠河北三镇是靠不住的，“魏卫压其东南，晋赵出于西北”。五是指出他的处境不利，他据守的泽潞无粮，他的粮食产地邢洺在魏赵的控制下不能转运，会陷于累卵之危。六是指出他的部下会起来背叛。以上指出六点，除劝他归顺可以得福外，其他五点都为后来的事实所证明，邢洺两州都归顺朝廷，他的部下郭谊把他和他的全家都杀了。这封信实有先见之明。

这封信里讲祸福是要他归顺，用虚实手法是因为有些话不好明说，说了对唐朝不利，所以只好虚说。这封信的特点，是商隐对当时的形势，包括对李德裕的策略，河北三镇的态度，刘稹的部下和人民，有了全面的了解，对于事件的发展，了如指掌，对于当时的掌故非常熟悉，所以能够写成富有说服力、有先见之明的事理明白的名篇。

祭小侄女寄寄文

正月二十五日，伯伯以果子弄物招送寄寄体魄归大茔之旁[①]，哀哉！尔生四年，方复本族，既复数月，奄然归无[②]。于鞠育而未申，结悲伤而何极，来也何故，去也何缘[③]。念当稚戏之辰，孰测死生之位。时吾赴调京下，移家关中，事故纷纶，光阴迁贸[④]。寄瘗尔骨，五年于兹。白草枯荄，荒涂古陌[⑤]。朝饥谁抱，夜渴谁怜，尔之栖栖[⑥]，吾有罪矣。今吾仲姊，反葬有期，遂迁尔灵，来复先域[⑦]。平原卜穴，刊石书铭，明知过礼之文，何忍深情所属[⑧]。

① 正月二十五日：时为会昌四年。弄物：玩具。大茔：指祖坟。

② 复本族：回老家。老家在荥阳（今河南）。奄然归无：忽然死去。

③ 鞠育：养育之恩。未申：未报。何极：何限。来去：生死。

④ 赴调京下：开成五年，商隐由济源移家长安，等待调动职位。迁贸：变化，指时光迅速。

⑤ 荄（gāi）：草根。陌：路。

⑥ 栖栖：状孤独不安。

⑦ 仲姊：嫁裴家的裴氏姊，她的柩从获嘉迁至老坟，寄寄的柩从济源迁至老坟。先域：祖先的葬地。

⑧ 过礼：《仪礼·丧服》："不满八岁以下，皆为无服之殇。"寄寄只有四

岁，是无服之殇，刻石碑，写铭旌，是超过礼的规定，但深情所寄，怎忍不这样做呢？

自尔殁后，侄辈数人竹马玉环，绣襜文褓⑨；堂前阶下，日里风中，弄药争花⑩，纷吾左右。独尔精诚，不知所之。况吾别娶以来，胤绪未立，犹子之谊，倍切他人⑪。念往抚存，五情空热⑫。呜呼，荥水之上，坛山之侧，汝乃曾乃祖，松槚森行⑬；伯姑仲姑，冢坟相接。汝来往于此，勿怖勿惊。华彩衣裳，甘香饮食，汝来受此，无少无多。汝伯祭汝，汝父哭汝。哀哀寄寄，汝知之耶！

⑨ 竹马玉环：皆玩具。《后汉书·郭伋传》："儿童骑竹马迎拜。"《晋书·羊祜传》："五岁，诣邻人李氏东垣桑树中探得金环。"《御览》引作"玉环"。襜(chān)：短上衣。褓：抱被。

⑩ 药：芍药花。

⑪ 别娶：指与王茂元女结婚。胤绪：嗣子，儿子。未立：未生。犹子：侄。

⑫ 五情：犹五内，泛指内心。

⑬ 荥水：在荥阳。坛山：亦在荥阳。乃：语首助词，无义。槚：楸树。

这篇祭文，祭的是四岁死的小侄女寄寄，写得很有感情。当时人把死者归葬祖坟，看作一桩大事，所以文中提到不能归葬的原因，想象她"五年于兹"的孤凄，"朝饥谁抱，夜渴谁怜"，真是视死者如生者一样有情。又写她死后，看到侄辈数人的游玩，就想到她，讲得也极真切自然。最后的安慰，也像她生前那样，要她"往来于此，勿怖勿惊”,想象中她还是“当稚戏之辰”那样,给她整备了“华彩衣裳,甘香饮食”,要她来享受。

这是较有名的四六文,四六文长处在运用辞藻,短处在叙事抒情。这篇虽是四六文,却写得自然生动,骈散结合,叙事处夹杂着散句,把事件交代清楚。写景抒情,情景结合,多用白描,如“白草枯荄,荒涂古陌”,“堂前阶下,日里风中”,几忘记它是四六文。从这里看到商隐富于感情,也善于抒情。

祭裴氏姊文①

呜呼哀哉!灵有行于元和之年,返葬于会昌之岁,光阴迭代,三十馀秋②。得不以既笄阙庙见之仪,故卜吉举归宗之礼③。不幸不祐,天实为之④。椎心泣血,孰知所诉。恭惟先德,实绍玄风⑤。良时不来,百里为政⑥。爱女二九,思托贤豪;谁为行媒,来荐之子⑦。虽琴瑟而著咏,终天壤以兴悲⑧,谓之何哉!继以沉恙,祷祠无冀,奄忽凋违⑨。时先君子以交辟员来,南辕已辖⑩。接旧阴于桃李,寄暂殡之松楸⑪。此际兄弟,尚皆乳抱,空惊啼于不见,未识会于沉冤。

① 裴氏姊:商隐的二姊,十八岁嫁给裴元。满一年病死。柩寄存在获嘉县东。到会昌四年,返葬祖坟,离二姊之死,已三十一年,是仲姊当死于元和九年。见《请卢尚书撰李氏仲姊河东裴氏夫人志文状》。

② 会昌之岁：商隐回故乡营葬，在会昌四年(844)，距裴氏姊死约在元和九年(814)为三十一年，故称三十馀秋。迭代：更替。

③ 既笄(jī)：指既嫁；笄，束发用的簪子，古女子十五加笄。庙见：妇到夫家，翁姑已死，则三月后到庙中拜见。归宗：回到母家。此言嫁夫不善而死，还葬父母家。

④ 不祐：天不保祐。

⑤ 先德：祖德。绍：继承。玄风：指道家。唐朝以老子为始祖，宣扬道家学说，商隐是唐朝宗族。

⑥ 百里：商隐父李嗣做过获嘉县令，百里指县令。

⑦ 二九：十八岁。之子：这个女子。指裴氏姊出嫁。

⑧ 琴瑟：《诗·关雎》："窈窕淑女，琴瑟友之。"指结婚。天壤：《世说新语·贤媛》："不意天壤之中，乃有王郎！"晋谢道凝嫁王凝之，看不起他，她的叔父谢安劝慰她，她说了这话。这里借指嫁人不善。

⑨ 沉恙：重病。无冀：无望。奄忽凋违：很快死去。

⑩ 先君子：先父。交辟员：交请的人员。南辕：向南方去的车。辖(xiá)：轮子转动。

⑪ 桃李：《韩诗外传》七："夫春树桃李，夏得阴其下，秋得食其实。"桃李比门下学生。殡：停丧。松楸：墓地所植树，指墓地。此指通过有关的学生把裴氏姊的柩暂时寄存。

浙水东西，半纪漂泊[12]。某年方就傅，家难旋臻，躬奉板舆，以引丹旐[13]。四海无可归之地，九族无可倚之亲；既祔故丘，便同逋骇[14]。生人穷困，闻见所无。及衣裳外除，旨甘是急[15]。乃占数东甸，佣书贩舂，日就月将，渐立门构[16]。清白之训，幸无辱焉。

⑫ 浙水东西：商隐父李嗣约在元和九年冬在浙东绍兴游幕三年，又在镇江一带游幕三年。半纪：六年。镇江，唐称润州，属浙江西道。

⑬ 就傅：十岁。见《上令狐相公状》第二段注①。家难：指商隐父病死。臻：至。板舆：一种白木做的车。潘岳《闲居赋》："太夫人乃御板舆。"这里指母。丹旐：丧礼中用的铭旌。

⑭ 九族：泛指亲族。祔：死后葬在祖坟。故丘：指郑州坛山祖坟。逋骇：为欠款而惊慌。当指营葬而欠款。

⑮ 衣裳外除：指除丧服。旨甘：美味，指奉养母亲。

⑯ 占数：占户籍数，按人数注户籍。东甸：东方的甸服，指洛阳郊区。佣书：为人抄书。贩舂：贩卖舂米，泛指为人服役。日就月将：《诗·周颂·敬之》："日就月将。"日有所成，月有所进。

既登太常之第，复忝天官之选⑰。免迹县正，刊书秘丘⑱。荣养之志才通，启动之期有渐，而天神降罚，艰棘再丁⑲。弱弟幼妹，未笄未冠。世绪犹缺，家徒屡空⑳。载惟家长之寄，偷存晷刻之命，号天叫地，五内崩摧㉑。然亦以灵寓殡获嘉，向经三纪，归祔之礼，缺然未修，是冀苟全，得终前限㉒。

⑰ 登太常第：指中进士。太常，汉官名，主管礼乐考试等事，此指唐礼部，主管考试。忝：辱。天官选：指试判中式授官。天官，唐指吏部，分配官职。

⑱ 县正：县尉，商隐于开成四年调为弘农尉。秘丘：在调尉前，任秘书省校书郎。

⑲ 荣养：以官俸养母。启动之期：为裴氏姊迁葬的日期。艰棘再丁：丁

艰,指遭母丧。

⑳ 世绪:犹后嗣,指无子。家徒:家空只有四壁。《史记·司马相如传》:“家居,徒四壁立。”徒,空。屡空:屡遭空乏。指家穷。陶渊明《五柳先生传》:“箪瓢屡空。”

㉑ 载:则。家长之寄:母死后,家中以商隐最长。晷刻:犹片刻。五内:五脏。

㉒ 获嘉:县名,在今河南新乡西南。三纪:三十六年。举成数称三纪。苟全:将就完成。前限:以前私限改葬的日期。

属刘孽叛换,逼近怀城,惧罹焚发之灾,永抱幽明之累㉓。遂以前月初吉,摄缞告灵,号步东郊,访诸耆旧,孤魂何托,旅榇奚依,垂兴欲堕之悲,几有将平之恨㉔。断手解体,何痛如之!洒血荒墟,飞走同感㉕。伏维朝夕二奠,不敢久离㉖。遂遣羲叟一人,主张启奉,抱头拊背,戒以信诚,附身附棺㉗,庶无遗缺。坛山荥水㉘,实维我家,灵其永归,无或栖寓。呜呼哀哉!

㉓ 刘孽:昭义节度使刘从谏死,其侄刘稹据镇自立,称兵叛乱。叛换:跋扈强横。怀城:在今河南武陟西南。罹:遭受。焚发:焚烧掘墓。幽明:死者生者。

㉔ 前月初吉:冯浩注:“会昌四年二三月。”摄缞:披着丧服。旅榇:寄存在客地的棺柩。欲堕:郑缉之《东阳记》:“独公山有古墓临溪,砖文曰:‘筮言吉,龟云凶,八百年堕水中。’”将平:指坟墓将平。

㉕ 断手解体:把裴氏姊的死,比做断手解体。飞走:《拾遗记》:“田畴往刘虞墓,设鸡酒之礼恸哭之,音动于林野。翔鸟为之凄鸣,走兽为之

吟伏。”

㉖ 朝夕二奠：《礼·檀弓》：“朝奠日出，夕奠逮日。”朝夕哭祭，不敢久离。

㉗ 羲叟：商隐弟。启奉：启请迁葬。附身附棺：冯浩注：“谓易棺而葬。”

㉘ 坛山荥水：皆在郑州荥阳。

灵沉绵之际，殂背之时㉙，某初解扶床，犹能记面，长成之后，岂忘迁移。顷者以先妣年高，兼之多恙，每欲谘画，既动作咸，涕泣既繁，寝膳稍减，虽云通礼，亦所难言，荏苒于斯㉚，非敢怠忽。今则南望显考，东望严君，伯姊在前，犹女在后，克当寓殡，归养幽都㉛。虽殁者之宅兆永安，而存者之追攀莫及。又以十二房旧域风水为灾，胡子彭儿藐然孤小㉜。虽古无修墓，著在典经㉝，而忘礼约情，亦许通变。今则已于左次，别卜鲜原，重具棺衾，再立封树㉞。通年难遇，同月异辰，兼小侄寄儿，亦来自济邑㉟。呆魂稚魄，依托尊灵㊱。远想先域之旁，累累相望，重沟叠陌，万古千秋。临穴既乖，饮痛何极！

㉙ 沉绵：病重。殂背：病死。

㉚ 先妣：先母。多恙：多病。谘画：商量迁葬规划。作咸：下泪。《书·洪范》：“润下作咸。”借作下泪。荏苒：渐进。

㉛ 显考：《礼·祭法》：“皆有显考庙。”疏：“高祖也。”严君：《易·家人》：“家人有严君焉，父母之谓也。”伯姊：徐氏姊。犹女：小侄女寄寄。寓殡：冯浩注：“似作寓殡。妇人内夫家，外父母家，故言犹寓殡也。”幽都：似指坟地。

㉜ 十二房旧域：冯浩注："此改葬叔父。"旧域指旧坟。胡子彭儿：冯浩注："当即瑊顼二子（叔父的二子）。"按商隐当时还未生子。藐然：状幼小。

㉝ 古无修墓：《礼·檀弓上》："孔子泫然流涕曰：'古不修墓。'"指墓筑极坚，不用修。

㉞ 左次：左边位置。鲜原：善地。《诗·大雅·皇矣》："度其鲜原。"封树：积土作坟和种树。

㉟ 通年：顺利的年分，古时迁葬要卜年月日时。寄儿：见《祭小侄女寄寄文》。济邑：冯浩注："当是济源县。"

㊱ 呆（ái）魂：小儿无知的魂。

惟安阳祖妣未祔，仍世遗忧[37]。昨本卜孟春，便谋启合。会雍店东下，逼近行营[38]，烽火朝燃，鼓鼙夜动。虽徒步举榇，古有其人[39]，用之于今，或为简率。潞寇朝弭，则此礼夕行；首夏以来，亦有通吉[40]。傥天鉴孤藐，神听至诚，获以全兹，免负遗托。即五服之内[41]，更无流寓之魂，一门之中，悉共归全之地。今交亲馈遗，朝暮饘糊[42]，收合盈馀，节省费耗，所望克终远事，岂敢温饱微生，苟言斯不诚，亦神明诛责。

㊲ 安阳祖妣：商隐的曾祖母，商隐曾祖李叔洪，做安阳（今河南汤阴北）令。他曾祖母的柩还没有迁葬到祖坟。仍世：再世，指几代。

㊳ 雍店：会昌三年八月，刘稹叛军过万善南，焚雍店，逼近王茂元军营。时茂元驻军万善（在河南沁阳北），雍店在万善南。

㊴《后汉书·廉范传》："范父遭丧乱，客死蜀汉。范西迎丧，与客步负丧，

归葭萌。”

㊵ 潞寇：刘稹据潞地作乱。潞在今山西长治。通吉：通指乱事平定，吉指改葬大吉。

㊶ 五服：五种按亲疏分别等级的丧服。

㊷ 饘糊：粥。

老旧仆使，才馀两人，灵之组绣馀工，翰墨遗迹，并收藏箧笥，用寄哀伤。呜呼哀哉！蕣夭当年，骨还旧土；箕帚寻移于继室㊸，兄弟空哭于归魂。终天衔冤，心骨分裂，胞胎气类，宁有旧新㊹。叫号不闻，精灵何去，寓词寄奠，血滴缄封。灵其归来，省此哀殒。伤痛苍天，孤苦苍天，伏维尚飨㊺。

㊸ 蕣夭：年轻时死去。蕣，木槿花，朝生暮落。箕帚：簸箕扫帚，为妇所执，指妇职移于继娶者。

㊹ 终天：指父母丧，终身悲痛，此指母丧。胞胎气类：指姊弟，是同胞同气。

㊺ 苍天：悲痛呼天的意思。尚飨：望来接受祭祀。

在这篇里，商隐写出了他童年的生活，也可用来考究他的生年，是研究商隐的史料之一。就文章看，这是商隐的四六文，是骈散结合的，有些叙事的话还是保存散文的形式，如：“乃占数东甸，佣书贩舂，日就月将，渐立门构，清白之训，幸无辱焉。”这里不用对偶，但写得还是整齐的。这样骈散结合，便于叙事抒情，避免了纯粹用四六文的呆板，显得灵活些。

为李贻孙上李相公启[①]

月日，从侄某官某，谨斋沐裁诚，著于启事，跪授仆者[②]，上献于司徒相国叔父阁下。某伏远墙藩，亟逾年籥[③]。抱徽音于故器，虽赏逐时迁；窃馀润于奥云，亦情由类至[④]。中阿弭节，末路增怀，沉吟易失之时，怅望难邀之会[⑤]。石崇著引，徒愿思归；殷浩裁书，其如慕义[⑥]。

① 李贻孙：太和中为福建团练副使，会昌五年为夔州刺史，是在上此启后。李相公：李德裕，开成五年九月任门下侍郎同平章事，会昌三年六月任司徒，四年八月守太尉。此启作于杨弁已诛、刘稹未平时，约为会昌四年四五月，故启中尚称司徒。

② 斋沐：斋戒沐浴，表诚心。跪授：表对李相公的尊敬。仆：送启事的人。

③ 墙藩：墙下篱边，指在家。亟：屡次。籥：管，用来测验节气的管。年籥，指年。这句指过了多年。

④ 徽音：指雅音。故器：旧乐器。馀润：指馀荫。奥云：遮阴的云。这里指保持雅调，不跟着时调转，托庇馀荫，也因同宗的情谊。类：族类，指同族。

⑤ 中阿：中路曲处。弭节：停车；弭，止；节，车进止之节。末路：晚节。沉吟：犹豫不决。易失：指时机容易失去。难邀：难以碰到的机会。此指在仕途上中路停车不前，晚节又想出仕，时机难得，所以写这信。

⑥ 石崇：晋代富豪，他作《思归引》曲，有序："寻览乐篇有《思归引》，倘古人之情有同于今，故制此曲。"殷浩：东晋大臣，他写信当道，表达仰慕

节义。这指自己中途思归，现在又想出仕。

伏惟相公丹青元化，冠盖中州；群生指南，命代先觉⑦。语姬朝之旧族，庄武惭颜；叙汉代之名门，韦平掩耀⑧。将邻三纪，克佐五君⑨。动著嘉猷，行留故事，陶冶于无形之外，优游于不宰之中⑩。始者主上以代邸承基，瑯琊缵业⑪。明发不寐，怀清庙之景灵；日晏忘飧，念苍生之定命⑫。爰征元老，允在宾臣，五载于兹，六符斯炳⑬。

⑦ 丹青：绘画。元化：元气变化。此指规划大政，改造自然，是宰相的责任。冠盖：犹轩冕，戴冠乘车有盖，指贵族。中州：中原，指他是中原贵族。群生：百姓。指南：指南车，指出前进的方向。命代：著名于当世。

⑧ 姬朝：周朝姓姬。庄武：《左传》隐公三年："郑武公庄公为平王卿士。"这比李吉甫、德裕父子都做唐朝宰相。韦平：汉代韦贤、韦玄成，平当、平晏，皆父子宰相。

⑨ 邻：近。三纪：三十六年，一纪为十二年。德裕元和中入仕，至会昌四年，将近三纪。五君：历事宪宗、穆宗、敬宗、文宗、武宗五君。

⑩ 嘉猷：好的谋划。故事：作为后来依据的事例。陶冶：制陶器、冶金属，比政治措施。无形之外：指影响大。优游：从容不迫。不宰：《老子》："长而不宰，是为玄德。"不加主宰，指道德感化。

⑪ 代邸承基：代邸，代王在京城的住处。承基，承受基业，从代邸入宫即位。汉文帝封代王，吕后死，诸吕被诛，大臣迎代王入京到代邸，再入宫即天子位。见《汉书·文帝纪》。瑯琊缵业：晋瑯琊王继承大业。晋元帝继承瑯琊王位，北方大乱，渡江到建康（今南京）为晋王，愍帝被

害死，即皇帝位。见《晋书·元帝纪》。这里指文宗死，文宗弟武宗被迎接入宫即位。

⑫《诗·小雅·小宛》："明发不寐。"明发，天亮。清庙：清静的庙，《诗·周颂·清庙》是周代的祖庙。景灵：大的威灵。日晏：日迟。苍生：百姓。定命：决定命运，指安定民生。此指武宗追念祖德，要安定民生。

⑬ 爰征：于是征求。元老：元老大臣。允：确实。宾臣：尊为贵宾的大臣。五载：武宗在开成五年即位，至会昌四年为五年。六符斯炳：三台六星明亮。三台有六星，上台应天子，中台应诸侯公卿大夫，下台应士庶人。三台明亮，天下太平。符，应验。此指请德裕为相，六年政绩显著。

顷单于故境，獯鬻遗疆，屡缘丧荒，亟致携贰[14]。夙沙自缚其主，冒顿忍射其亲，遂去北边，欲事南牧[15]。既赫斯而贻怒，乃密勿以陈谋[16]。管氏初来，屡发新柴之井，留侯每入，便闻借箸之筹[17]。群帅受成，中枢独运[18]。前军露板，方事于羽驰；清禁寿觞，旋闻于月捷[19]。仍其贵种，慕我华风，或辨姓写诚，推诸右校，或释兵伏义，列在周庐[20]。潞子离狄而《春秋》书，徐夷朝周而《大雅》咏[21]。其馀麇惊鸟散，风去雨还，亘绝幕以销魂，委穷沙而丧胆[22]。胡琴公主，已出于襜褴；毳幕天骄，行遗其种落[23]。向若非薛公料敌，先陈三策，充国为学，尽通四夷，则何以雪高庙称臣之羞，全肃祖复京之好。此庙战之功一也[24]。

⑭ 单于：匈奴君长。獯鬻：夏代的北方少数民族。亟：屡。携贰：背叛。此指开成四年，回纥大雪，羊马多死，部下离叛，又为黠戛斯（突厥的一部）所逼，向南转移。

⑮ 夙沙：古部落名。《吕氏春秋·用民》："夙沙之民，自攻其主而归神农。"冒顿：《汉书·匈奴传》："冒顿从其父头曼猎，以鸣镝射头曼。"南牧：南下牧马。此指回纥相掘罗勿借沙陀兵攻杀彰信可汗，立㕎馺（kè sà）为可汗。黠戛斯大破回纥，杀可汗及相，回纥部众南下。

⑯ 赫斯：勃然发怒，《诗·大雅·皇矣》："王赫斯怒。"密勿：勉力。《汉书·刘向传》"密勿从事"，指制定对付回纥之策。

⑰ 发新柴之井：《管子·中匡》："（桓）公与管仲父（尊为仲父）而将饮之，掘新井而柴（用柴盖）焉。"借箸：《汉书·张良传》："臣请借前箸为大王筹之。"张良借刘邦的筷子来指数谋划。此指武宗尊重德裕，德裕为武宗划策。

⑱ 受成：接受成命。中枢：中央。此指德裕在朝廷，独自制定策略。

⑲ 露板：《魏武奏事》："有警急，辄露板插羽是也。"指告急文书，上插羽毛，以表警急。清禁：宫禁。寿觞：举杯祝寿。旋：不久。月捷：《诗·小雅·采薇》："一月三捷。"此指前军报警，在德裕策划下即传捷报。

⑳ 贵种：贵族。辨姓：分别姓氏。写诚：归诚。释兵：放下兵器。伏义：投诚。右校：《史记·陈涉世家》："秦左右校。"右校，军中的一部。周庐：《史记·秦本纪》："周庐设卒甚谨。"围绕宫廷的宿卫处。此指回纥贵族嗢没斯率部下归附，赐姓名为李思忠，他请求归朝受职。

㉑ 潞子：《春秋》宣公十五年："晋师灭赤狄潞氏，以潞子婴儿归。"潞子婴儿离开赤狄归附晋国，《春秋》加以记载。徐夷：《诗·大雅·常武》："徐方既来。"徐夷来归附。此承上指回纥贵族归附。

㉒ 麇（jūn）：獐子。亘：横渡。绝幕：极远的沙漠地带。穷沙：亦指沙漠。此指回纥乌介可汗突入北方大掠，为德裕命令将领所破，部下作

鸟兽散，逃入沙漠地带。

㉓ 胡琴公主：汉江都王建女细君嫁乌孙王，称乌孙公主，在路上弹琵琶以表思念。胡琴即指琵琶。襜（chān）褴：胡名。《史记·李牧传》：“大破杀匈奴十馀万骑，灭襜褴，破东胡，降林胡。”此指唐穆宗以妹太和公主嫁与回纥。乌介可汗利用公主向唐借地。德裕命刘沔用奇兵迎公主，沔使石雄迎公主归京城。毳幕：毡帐。天骄：指乌介可汗，为刘沔石雄所破，与数百骑遁走，抛下他的部落。

㉔ 薛公：英布反，高祖问薛公，薛公称英布有上中下三策，必出下策，见《汉书·英布传》。《汉书·赵充国传》：“学兵法，通知四夷事。”高庙称臣：李靖破突厥颉利可汗，太宗大悦，认为昔高祖“称臣于突厥，朕未尝不痛心疾首。今者暂动偏师，无往不捷，单于款塞，耻其雪乎！”见《旧唐书·李靖传》。肃祖复京：肃宗请回纥叶护太子率兵助唐收复西京东京，和回纥结好。庙战：在宗庙策划。此指德裕了解外族情况，料敌制胜，击破乌介可汗，洗雪唐朝曾受回纥侵侮的耻辱，使嗢没斯归附，恢复唐与回纥的和好。

惟彼参伐，实兴皇家，天汉美名，方之尚陋，春陵王气，比此非多㉕。而物众藏奸，地宽长孽，敢起在行之众，因兴逐帅之谋㉖。遂使起义堂边，台臣夙驾，晋阳宫下，逆竖宵奔；翻势将冀于连鸡，勇斗尚同于困兽㉗。讵知长算，已出奇兵，金仆灵鋍，靡留于旬朔，篴舆贯木，已集于都街㉘，此庙战之功二也。

㉕ 参伐：《史记·天官书》：“参为白虎，下有三星，兑（锐）曰罚（一作伐）。”参宿下三星叫伐，主征伐。参宿属于太原的分野，太原是唐高祖

起兵处。天汉：《汉书·萧何传》："（项羽）立沛公为汉王，何曰：'语曰天汉，其称甚美。'"用天来配汉，所以说甚美。春陵：在南阳白水乡，后汉刘秀住处。《后汉书·光武纪论》："王莽使至南阳，遥望见春陵谷，啃曰：'气佳哉！郁郁葱葱然。'"此指太原兴唐胜过汉中和春陵兴汉。

㉖ 孽：指奸人。在行：部队在调动中。此指都将杨弁率领横水栅守兵千五百人至太原，因太原兵已出征刘稹（见下），弁即据太原作乱，与稹联合。太原帅李石奔汾州。见《通鉴》会昌三年、四年。

㉗ 起义堂：唐高祖在太原起义处。台臣：相臣，守太原的李石，太和九年为相。夙驾：早驾车，指逃跑。晋阳宫：在太原。逆竖：指杨弁。翻势：指造反的形势。连鸡：《国策·秦策》："诸侯不可一，犹连鸡不能俱止于栖也明矣。"此指杨弁与刘稹联合。《左传》宣公十二年："困兽犹斗。"

㉘ 讵：岂。《左传》庄公十一年："公以金仆姑（箭名）射南宫长万。"《左传》文公十一年："公卜使王黑以灵姑銔（pī）（旗名）率吉。"靡：无。旬朔：十天一月。箯舆：编竹为车。《汉书·张耳传》："廷尉以贯高辞闻，上使泄公持节问之，箯舆前。"贯木：铐手脚及颈的刑具。都街：京城的街道。此指德裕很快发兵进讨，太原监军吕义忠召兵擒杨弁来献。

而潞寇不惩两竖之凶，徒恃三军之力，干我王略，据其父封[29]。袁熙因累叶之资，卫朔拒大君之诏[30]，人将自弃，鬼得而诛。蛙觉井宽，蚁言树大[31]。招延轻险，曾微吴国之钱；藏匿罪亡，又乏江陵之粟[32]。所谋者河朔遗事，所恃者岩险偷生[33]。今则赵魏俱攻，燕齐并入，奉规于帷幄，遵命于指踪㉞。亚夫拒吴，惊东南而备西北；韩信击魏，舣临晋而渡夏阳㉟。百道无飞走之虞，一缕见倾危之势，计其反接，当不逾时㊱。是则陈曲逆之六奇，翻成屑屑。葛武侯之八阵，更觉区区㊲。此庙战之功三也。

㉙ 潞寇：会昌三年，昭义节度使（治潞州，今山西长治）刘从谏死，侄刘稹据镇自立。两竖：吴元济、李同捷因父死据镇自立，逆朝命被诛。干：犯。王略：朝廷规划。父封：稹是从谏侄子，自立继承，比于父子。

㉚ 袁熙：袁绍中子，依靠袁家累代作三公，想据有河北。见《后汉书·袁绍传》。卫朔：春秋卫君，天子召而不往。见《春秋》桓公十六年。此指武宗下诏命刘稹护送从谏丧归洛阳，稹拒朝旨。

㉛《后汉书·马援传》："子阳（公孙述），井底蛙耳。"李公佐《南柯太守传》写蚁以槐树穴为大槐安国。

㉜ 汉吴王濞就豫章郡铜山铸钱，招天下亡命（无名籍），举行叛乱，见《汉书·吴王濞传》。《汉书·武帝纪》："诏曰：'方下巴蜀之粟，致之江陵（在湖北省）。'"此指刘稹叛乱，既无吴王濞的金钱，又缺乏丰富的粮食。

㉝《旧唐书·李德裕传》："德裕曰：'泽潞内地，不同河朔。稹所恃者河朔三镇耳，但得魏镇不与稹同，破之必矣。'"河朔遗事：安史之乱后，河北三镇父子相继，不从朝命，刘稹想学样。岩险：指山西的地势险要。

㉞ 赵魏：赵指河东刘沔，魏指河阳王茂元。燕齐：燕指魏博何弘敬、成德王元逵，齐指武宁李彦佐等。帷幄：军帐。《汉书·高祖纪》："运筹帷幄之中，决胜千里之外。"指踪：指使。《史记·萧相国世家》："夫猎，追杀兽兔者狗也，而发踪指示兽处者，人也。"此指德裕决策，指使各路军队进攻。

㉟ 吴楚反，周亚夫为太尉东击吴楚。吴军攻东南，太尉使备西北，吴的精兵果攻西北，不得入。见《汉书·周亚夫传》。韩信击魏，阵船临晋而伏兵从夏阳用木罂渡河。见《史记·淮阴侯传》。此指攻刘稹的各镇主将能守善攻。

㊱ 百道句：指多方面进攻不怕敌人逃跑。一缕句：《汉书·枚乘传》："夫以一缕之任，系千钧之重。"极言将断。反接：反捆两手。

㊲ 陈平，封曲逆侯，凡六出奇计，见《史记·陈丞相世家》。屑屑：琐屑不足道。诸葛亮推演兵法，在江边堆石作八阵图，见《三国志·蜀书·诸葛亮传》。区区：不足道。

孤寇行静，万方率同，将荡海腾区，夷山拓宇[38]。高待泥金之礼，雄专瘗玉之辞[39]。烟阁传形，革车就国[40]，尽人臣之极分，焕今古之高名。况又奉以嘉声，谐兹国检，闢文赐稹；远箴醉饱之徒，晏子朝衣，横厉轻肥之俗[41]。比周息虑，孤介归仁，绍续勋家，扶持旧族，罔容私谢，皆事公言[42]。景风至而庆赏先行，仲吕协而贤良必遂[43]。岂直杜伯山之令子，大邑传家；陶彭泽之孤孙，西曹受署[44]。重以心游书囿，思托文林；提桴于绝艺之场，班扬扫地，鞠旅于无前之敌，江鲍舆尸[45]。故矫枉则黄冶之赋兴，游道则知止之篇作[46]。辞穷体物，律变登高；文星留伏于笔间，彩凤翱翔于梦里，此固谈扬绝意，仿效何阶[47]。

㊳ 行静：将平定。万方：各地。率同：相率服从。荡海腾区：清除海内外的垢污。夷山拓宇：削平山头，开拓疆宇。

㊴ 泥金：金屑。功成告天，用金屑写在玉检上，见《汉书·武帝纪》注引孟康说。又封禅向天告成功，要埋玉，见同上："泰山修封还，过祠常山，瘗玄玉。"这是指平定叛乱后，向天告成功，要举行大典礼，赞美德裕的功绩。

㊵ 烟阁：贞观十七年，诏图画长孙无忌等功臣二十四人于凌烟阁，见《旧唐书·太宗纪》。《礼记·明堂位》："成王以周公有大勋劳于天下，封周公于曲阜，地方七百里，革车千乘。"这指唐朝将酬报德裕的功勋。

㊶ 国检：《晋书·庾峻传》："此其出言，合于国检。"国家礼治的要求。鬬文：鬬子文，即令尹子文。《国语·楚语》："成王闻子文之朝不及夕(吃了早饭没有晚饭)也，于是乎每朝设脯一束，糗一匡，以羞(进献)子文。"箴：贬责。晏子：《礼记·礼器》："晏平仲澣(洗)衣濯冠以朝。"厉：矫正。轻肥：轻裘肥马，指奢侈。此指德裕的节俭。

㊷ 比周：结党营私。孤介：孤独而没有关系的人。绍续：使继承祖上功勋。私谢：《汉书·张安世传》："尝有所荐，其人来谢，安世大恨，以为举贤达能，岂有私谢耶?"此指德裕秉公办事，不讲私情，不结私党。按德裕对于可为我用的，不问属于何派，他用白敏中、柳仲郢(都是亲近牛僧孺的)就是；对于威胁他的地位的，要排斥，像牛僧孺、李宗闵就是。

㊸ 景风：夏至后的暖风。《淮南子·天文训》："景风至，辩大将，封有功。"仲吕：古乐十二律中的第六律。《礼记·月令》："孟夏之月，律中中吕，命太尉赞杰俊，遂贤良，举长大，行爵出禄，必当其位。"

㊹ 岂直：岂但。杜伯山：杜林字伯山，为大司空。死后，光武帝以其子杜乔为丹水长，见《后汉书·杜林传》。陶彭泽：陶渊明为彭泽(今江西湖口东)令。梁安成康王秀为江州刺史，聘陶渊明曾孙为西曹掾。受署，补吏职。见《梁书·安成康王秀传》。此指德裕选拔人才。

㊺ 书囿：书林。文林：文苑。提桴：拿着鼓槌，指亲自指挥作战。绝艺：超越一代的文艺。班扬：指班固扬雄的辞赋都被压倒。鞠旅：誓师。

无前：没有可抵挡的才华。江鲍：指江淹鲍照的作品被打败。舆尸：抬尸体，指战死。此指德裕在文坛上作战，能够打败名家。

㊻ 黄冶：道家炼丹砂作黄金。四川青城峨眉山道士劝德裕炼丹砂，德裕感叹世人的被迷惑，作《黄冶赋》来矫正，见《黄冶赋序》。德裕《自叙诗》："五岳径虽深，遍游心已荡。苟能知止足，所遇皆清旷。"

㊼ 体物：体察物象来描绘。陆机《文赋》："赋体物而浏亮。"律变：格律变化，不再限于登高作赋。《汉书·艺文志》："传曰：'登高能赋，可以为大夫。'"文星：文昌星，旧传指文运的星。彩凤：《西京杂记》："扬雄著《太玄》，梦吐白凤。"谈扬：谈论宣扬。仿效：摹仿。此指德裕文章，绝意空谈，不作摹仿。

若某徒预宗盟，早尘清鉴，而行藏迁贸，岐路差池[48]。今将抽实吐诚，推心叙款[49]，缄犹未写，词已失烦。某爰自弱龄，实抱孤操，寒郊映雪，暑草搜萤[50]，虽有谢于天姿，或无惭于力学。庾持奇字，信未皆通，敬礼小文，颇常留意[51]。太和中敢扬微抱，窃献短章，方候明诛[52]，忽蒙复命。荆州一纸，河东百金[53]。叨延月旦之评，长积竹林之恋[54]。竟以事将愿背，蹇与身期，离索每多，交攀莫遂[55]。

㊽ 宗盟：同宗的集会，指同族。尘：辱。清鉴：指赏识。行藏：行止，行动。迁贸：变动。差池：不齐。此指自己早受赏识，只因行动不定，与德裕不一致。

㊾ 推心：犹披心。叙款：叙述衷曲。

㊿ 弱龄：二十岁。映雪：《文选》任昉《荐士表》李善注："《孙氏世录》：'孙康家贫，常映雪读书。'"搜萤：《晋书·车胤传》："夏月则练囊盛数十

萤以照书。”指己苦学。

(51)《陈书·庾持传》:“好为奇字。”曹植《与杨德祖书》:“昔丁敬礼常作小文,使仆润饰之。”

(52) 微抱:微意。明诛:明教指责。

(53)《晋阳秋》:“刘宏为开府荆州刺史,每有兴发手发,郡国莫不感悦奔赴,咸曰:‘得刘公一纸书,贤于十部从事也。’”《史记·季布传》:“为河东守。楚人谚曰:‘得黄金百斤,不如得季布一诺。’”

(54)《后汉书·许劭传》:“与从兄靖好共核论乡党人物,每月辄更其品题,故汝南俗有月旦评焉。”《晋书·嵇康传》:“共为竹林之游,世谓竹林七贤。”

(55) 蹇:困难。离索:离群散处。交攀:相交,有高攀意。遂:成就。

武陵被病,洛表求医,未及上言,先蒙受代(56)。肩舆而至,杜门以居,蓬藋荒凉,风霜迅厉(57)。今已稍痊美疢,获托休辰(58)。殷钧体羸,尚能为郡;马卿疾罢,犹可言文(59)。退无井臼之资,进乏交朋之助(60)。是以徘徊轩幄,托附缄封,冀陈蔡之及门,庶江黄之列会(61)。敢渝孤直,仰累清光(62)。东浪惊年,西飙结欷,矢心佩赐,毕命衔辉,道阻且跻,书不尽意。金楹假荫,望同相贺之禽;珠岸回光,庶及不枯之草(63)。明悬肝胆,唯所炉锤,干冒尊严,伏用兢灼(64)。谨启。

(56) 马援出击武陵蛮,遇疫气患病,见《后汉书·马援传》。清河孝王庆上书,外祖母王氏老病,请到京城洛阳治病。见《后汉书·清河孝王庆传》。指自己有病求医。受代:有人代理职务。

㊲ 肩舆：轿子。杜门：闭门。蓬藋：园子里长满野草。迅厉：风急霜寒。

㊳ 美疢：指病。《左传》襄公二十三年："美疢不如恶石。"讨好的话像美好的病害。讨厌的批评像讨厌的药石。但前者不及后者。这里借用。休辰：好时刻。

㊴《南史·殷钧传》："钧为临川内史，体羸（瘦弱）多疾，闭阁临理（治）而百姓化其德，劫盗皆奔出境。"司马相如称病闲居，上《谏猎疏》，是因病罢官后犹可言文，见《史记·司马相如传》。

㊵ 井臼：汲水舂米，指生活费。

㊶ 是以：因此。轩幄：车和帐幕，指德裕府第。托附缄封：指写信求助。《论语·先进》："子曰：'从我于陈蔡者，皆不及门也。'"言跟我在陈蔡间受困的，都不在门下。《春秋》僖公三年："齐侯宋公江人黄人会于阳谷。"此言希望到德裕门下，参加会议，即希望提拔。

㊷ 渝：变。清光：指德裕的声望。东浪：指时光飞逝如东逝水。西飙：西风，指悲秋。矢心：立誓。衔辉：感德。《诗·秦风·蒹葭》："道阻且跻。"跻，高而难登。此言时光易逝，期望迫切。

㊸ 金楹：饰金的柱子。何晏《景福殿赋》："金楹齐列。"《淮南子·说林》："大厦成而燕雀相贺。"陆机《文赋》李善注："孙卿子曰：'玉在山而草木润，渊生珠而岸不枯。'"此指依靠德裕得到荫庇。

㊹ 肝胆：喻真诚。炉锤：指锻炼。兢灼：战战兢兢和焦虑。

商隐的四六文，写当时重大的政治事件，用力最大的，当推《太尉卫公会昌一品集序》和这篇《为李贻孙上李相公启》，这两篇都是给李德裕写的。李是当时名相，在政治上有建树，他相武宗，摆脱了文宗受制于家奴的局面，解决了回纥南下的侵扰，平定杨弁的叛乱，削平了刘稹的拥兵自立，不奉朝命，《新唐书》本传称为"王室几中兴"。商隐为他的集子写序和代李贻孙给他写启，都极为用力，这是很自然的。序是代桂管观察使郑亚写的，启是代李贻孙写的，两人的地位不同，所以在总结李德裕的功绩上，两篇的写法也不同，可资比较。贻孙的处境与商隐接近，因此在表达贻孙的感情里面，也含有商隐自己的感情在内，这就使这篇写得更富有感情。

启是写在会昌四年，概括了李德裕五年为相的政绩，里面已写到刘稹的即将平定。分别写明德裕在政治上的三大功勋。对回纥的南下，一方面是"仍其贵种"，把归附的嗢没斯从优安抚，使为我用；一方面是对侵扰的乌介可汗加以讨伐，"毳幕天骄，行遗其种落"；同时用计迎接太和公主回朝，削弱乌介可汗的凭借，写得极为具体。写平定杨弁之乱，写杨弁"敢起在行之众，因兴逐帅之谋"。叛军方起，德裕"长算已出奇兵"，极写出谋定乱。写平定刘稹，德裕指出他"所谋者河朔遗事，所恃者岩险偷生"，只要"今则赵魏俱攻，燕齐并入"，"人将自弃，鬼得而诛"，写德裕的庙算之功。又设想德裕中兴王室，"万方率同"，然后举行大典礼，"高待泥金之礼"，向天告成功。然后图画凌烟阁，回到封国去。这正是商隐对唐朝中兴的美好设想。可惜武宗去世，宣宗即位，德裕遭到多次贬斥以死，中兴之业就告夭折，这也是商隐所抱恨的事，从中也可以看出他的志事来。

这篇启里又写到德裕的文章，在他面前，"班扬扫地"，"江鲍舆尸"，"辞穷体物，律变登高"，这是在艺术上的成就。写《黄冶赋》来辟道家炼金的虚妄，这是思想上表现。

又在陈情方面，写自小孤寒苦学，留意文章。想托庇大厦，同燕雀之相贺，"渊生珠而草不枯"。这些既是代贻孙陈情，实际上也表达了自己的感情。这篇实是商隐四六文中用力写的重要的一篇。

重祭外舅司徒公文①

呜呼哀哉！人之生也变而往耶？人之逝也变而来

耶？冥寞之间，杳忽之内，虚变而有气，气变而有形，形变而有生。今将归生于形，归形于气，漠然其不识，浩然其无端，则虽有忧喜悲欢而亦勿用于其间矣，苟或以变而之有，变而之无，若朝昏之相交，若春夏之相易，则四时见代，尚动于情[2]；岂百生莫追，遂可无恨。傥或去此，亦孰贵于最灵哉[3]！呜呼！公之世胄勋华，职官扬历，并已托于寄奠，备在前文[4]。今所以重具酒牢，载形翰墨，盖意有所未尽，痛有所难忘。以公之平生恩知，曩昔顾盼，属纩之夕，不得闻启手之言[5]；祖庭之时，不得在执绋之列[6]。终哀且痛，其可道耶？

① 外舅：妻父，岳父。司徒公：王茂元，濮阳（在今河北）人。官岭南节度使，家积财，交通权贵，迁泾原节度使，调忠武军节度使。会昌三年卒，赠司徒。此重祭文，当在四年作。

②《庄子・至乐》："察其死而本无生，非徒无生也，而本无形，非徒无形也，而本无气。杂乎芒芴（犹恍惚）之间，变而有气，气变而有形，形变而有生，今又变而之死，是相与为春秋冬夏四时行也。"

③ 最灵：指人。《书・泰誓上》："惟人万物之灵。"

④ 世胄：指世代贵显，王茂元父栖曜，官鄜坊节度使。扬历：表扬经历，指居官治绩。前文：以前写的祭文。

⑤ 属纩：指临死，《礼・丧大记》："属纩以俟绝气。"用丝绵放在口鼻上看看有无呼吸。启手：《论语・泰伯》："曾子有疾，召门弟子曰：'启予足，启予手。'"指临终。

⑥ 祖庭：出殡时祭于庭。执绋：指送葬，古时要牵着灵车的绳。

呜呼！七十之年，人谁不及，三公之位，人谁不登，何数月之间，不及从心之岁[7]。闻天有恸，方登论道之司，时泰命屯，才长运否[8]。为善何益，彼苍难知。昔泽怪既明，告敖释桓公之病[9]；阴德未报，夏侯知丙吉不亡[10]。何昔有其传，今无其证，岂人言之不当，将天道之或欺。虽北海悬定薨期，长沙前觉灾至[11]；偃如巨室，去若归人[12]。处顺不忧，得正之喜[13]。在公之德斯盛，在物之痛何言。矧乎再轸虑居，屡垂理命[14]。简子将战之誓，惟止桐棺，晏婴送死之文，宁思石椁[15]。素车朴马，疏巾弊帷[16]。成一代之清规，扬百年之休问，所谓有始有卒，高朗令终[17]。

⑦ 从心之岁：七十岁。《论语·为政》："七十而从心所欲，不逾矩。"茂元死时约六十九岁。

⑧ 天有恸：指武宗哀痛。论道之司：指朝廷赠司徒官，为三公之一。《书·周官》："兹惟三公，论道经邦。"屯、否：指命运不济。

⑨ 泽怪：《庄子·达生》："桓公田（打猎）于泽，管仲御，见鬼焉。公曰：'仲父何见？'对曰：'臣无所见。'公返为病。有皇子告敖者曰：'泽有委蛇，见之者殆乎霸。委蛇，紫衣而朱冠。'桓公辴然而笑曰：'此寡人之所见者也。'于是正衣冠而坐，不知病之去也。"

⑩《汉书·丙吉传》："封吉为博阳侯，临当封，吉疾病。上忧吉疾不起。夏侯胜曰：'此未死也。臣闻有阴德者必享其乐以及子孙。'后病果愈。"

⑪ 北海：《后汉书·郑玄传》："郑玄，北海高密人。""梦孔子告之曰：'起起，今年岁在辰，来年岁在巳。'既寤，以谶合之，知命当终。"薨期：死期。长沙：《史记·贾生传》："贾生为长沙王太傅，三年，有鸮飞入贾生舍，止于坐隅。贾生既以適（谪）居长沙，长沙卑湿，自以为寿不得

长，伤悼之。”

⑫《庄子·至乐》：“庄子妻死，庄子曰：‘人且偃然（状仰卧）而寝于巨室。’”巨室指天地。《列子·天瑞》：“古者谓死人为归人。”

⑬《庄子·养生主》：“适来，夫子时也，适去，夫子顺也。安时而处顺，哀乐不能入也。”《礼·檀弓上》：“曾子曰：‘吾何求哉？吾得正而毙焉，斯已矣。’”指茂元在讨伐刘稹战事中病死，得正而死。

⑭ 矧：况。轸：忧念。虑居：《礼·檀弓下》：“丧不虑居。”办丧事不可厚葬而有破家之忧，虑居即破家之虑，指办丧事从简。理命：治命。《代彭阳公遗表》说：茂元的遗嘱：“使内则雍和私室，外则竭尽公家，兼约其送终，所务遵俭。”

⑮《左传》哀公二年：“（赵）简子誓曰：‘若其有罪，绞缢以戮，桐棺三寸。’”《礼·檀弓下》：“晏子（葬父）遣车一乘，及墓而返。”《礼·檀弓上》：“昔者夫子居于宋，见桓司马，自为石椁（外棺），三年而不成。夫子曰：‘若是其靡（费）也，死不如速朽之愈也。’”

⑯ 素车朴马：车不加饰，马不剪毛。疏巾：疏布巾。

⑰ 休问：好名声。《诗·大雅·既醉》：“高朗令终。”高明而又善终。

呜呼，往在泾川，始受殊遇，绸缪之迹，岂无他人[18]。樽空花朝，灯尽夜室，忘名器于贵贱，去形迹于尊卑[19]。语皇王致理之文，考圣哲行藏之旨[20]，每有论次，必蒙褒称。及移秩农卿，分忧旧许[21]。羁牵少暇，陪奉多违[22]。迹疏意通，期赊道密。纻衣缟带，雅况或比于侨吴；荆钗布裙，高义每符于梁孟[23]。今则已矣，安可赎乎[24]？

⑱ 泾川：指在泾原节度使幕府。《诗·唐风·绸缪》：“绸缪束薪，三星在

天。今夕何夕，见此良人。”指茂元把女儿嫁给他。又《杕杜》：“岂无他人，不如我同父。”指不如茂元的厚待。

⑲ 名器：表贵贱的称号和车服等，指茂元与他饮宴谈笑，不讲贵贱。

⑳ 皇王致理：指五帝三王治国说。行藏：出和处。

㉑ 移秩农卿：开成五年，茂元调京为司农卿。分忧旧许：为朝廷分忧，会昌元年，茂元调忠武军节度使、陈许观察使。

㉒ 羁牵：商隐在会昌元年入华州周墀幕府，二年初居许州王茂元幕，不久以书判拔萃，入为秘书省正字，又因母丧回家，陪茂元的日子少。

㉓《左传》襄公二十九年：“吴季札聘于郑，见子产如旧相识，与之缟带，子产献纻衣焉。”侨吴：子产名公孙侨，吴指吴公子季札。指他和茂元如旧交。《后汉书・梁鸿传》：“聘同县孟氏。乃更为椎髻，著布衣，操作而前。鸿大喜曰：‘能奉我矣。’字之曰德耀，名孟光。”《列女传》：“梁鸿妻孟光常荆钗布裙。”

㉔《诗・秦风・黄鸟》：“如可赎兮，人百其身。”

呜呼哀哉！千里归途，东门故第㉕。数尺素帛，一炉香烟，耿宾从之云归，俨盘筵而不御㉖。小君多恙，诸孤善丧㉗。升堂辄啼，下马先哭，含怀旧极，抚事新伤㉘。植玉求妇，已轻于旧日；泣珠报惠，宁尽于兹辰㉙。况邢氏吾姨，萧门仲妹，爱深犹女，思切仁兄㉚。抚嫠纬以增摧，阖孀闺而永恸㉛。草荄土梗，旁助酸辛，高鸟深鱼，遥添怨咽㉜。呜呼！精神何往，形气安归？苟才能有所未伸，勋庸有所未极，则其强气，宜有异闻㉝。玉骨化于钟山，秋柏实于裘氏，惊愚骇俗，伫有闻焉㉞。呜呼！姜氏怀安之规，既闻之矣；毕万名数之庆，可称也哉㉟！箧有遗经，匣藏传剑㊱，积兹馀庆，必有扬名。

㉕ 东门故第：茂元故居在洛阳东城门崇让里。

㉖ 素帛、炉香：指家祭用物。宾从：指吊客。盘筵：指祭席。

㉗ 小君：诸侯之妻，指茂元妻。诸孤：茂元子。善丧：善于居丧守礼。

㉘ 商隐自称下马升堂则哭，怀念旧恩，加上新伤。

㉙《搜神记》："杨公雍伯作义浆，有一人就饮，以一斗石子与之，使至高平好地有石处种之，云：'玉当生其中。'乃种其石，见玉子生石中。有徐氏女，右北平著姓，女甚有行。公乃试求徐氏。徐氏戏云：'得白璧一双来，当听为婚。'公至所种玉田中，得白璧五双以聘，徐氏遂以女妻公。天子异之，拜为大夫。"此指求婚王氏，但没有作大夫，地位比过去的羊公低。左思《吴都赋》："渊客慷慨而泣珠。"李善注："鲛人从水中出，寄寓人家，积日卖绡。临去，从主人索器，泣而出珠满盘，以与主人。"此言报德不够。

㉚《诗·卫风·硕人》："邢侯之姨。"此言商隐的姨妹，是某家的次女，茂元爱同侄女，思念她的父亲同于仁兄。萧门：当时称大家女为萧娘，此当指大家之女。杨巨源《崔娘》："风流才子多春思，肠断萧娘一纸书。"称崔娘为萧娘。

㉛《左传》昭公二十四年："嫠不恤其纬，而忧宗周之陨，为将及焉。"寡妇不忧织机的横丝少，却忧国亡祸及。此言姨妹寡居，忧伤永痛。

㉜ 荄：草根。土梗：泥人，指俑。此指无知之物也在悲哀。

㉝ 强气：《左传》昭公七年："阳曰魂。用物精多，则魂魄强，是以有精爽。"古人迷信，认为贵人的魂强，死后还会显灵。

㉞《搜神记》："蒋子文者，常自谓己骨青，死当为神。汉末为秣陵尉，逐贼至钟山下，贼击伤额，遂死。及吴先主之初，其故吏见文于道，谓曰：'我当为此土地神。'孙主为立庙堂，转号钟山为蒋山。"《庄子·列御寇》："郑人缓也，呻吟（诵读）裘氏之地，三年而为儒，使其弟（学）墨。

儒墨相与辩，其父助翟（弟）。十年而缓自杀，其父梦之曰：‘使而（尔）子为墨者，予也，盍胡（何不）尝视其壤（坟），既为秋柏之实矣。”此言茂元死当为神，其怨气结为柏实。茂元死在讨刘稹之战，故称。伫：久候。

㉟《左传》僖公二十三年：“晋公子重耳及齐，齐桓公妻之，公子安之。从者以为不可，将行。姜曰：‘行也，怀与安，实败名。’”又闵公元年：“赐毕万魏。卜偃曰：‘毕万之后必大；万，盈数也；魏，大名也；以是始赏，天启之矣。’”此言茂元参加讨叛，并不怀安，不知他的子孙能光大否。

㊱《汉书·韦贤传》：“遗子黄金满籯，不如教子一经。”《唐书·南蛮传》：“浪人所铸，故亦名浪剑。（南诏）王所佩者，传七世矣。”此言茂元以经学武功教子。

愚方遁迹丘园，游心坟素，前耕后饷，并食易衣[37]。不忮不求，道诚有在，自媒自衒，病或未能[38]。虽吕范以久贫，幸冶长之无罪[39]。昔公爱女，今愚病妻，内动肝肺，外挥血泪。得仲尼三尺之喙，论意无穷；尽文通五色之毫，书情莫既[40]。呜呼哀哉！公其鉴之。

㊲ 丘园：指隐居处。坟素：坟，三坟，三皇之书。素，素王（孔子）之书，指《春秋》。《左传》僖公三十三年：“见冀缺耨，其妻馌（送饭）之，敬，相待如宾。”《礼·儒行》：“儒有易衣而出，并日而食。”按会昌二年，商隐因母丧居家，故称。

㊳《诗·邶风·雄雉》：“不忮（害）不求（贪），何用不臧（善）。”萧统《陶渊明集序》：“夫自衒自媒者，士女之丑行；不忮不求者，明达之用心。”

㊴《三国志·吴书·吕范传》：“吕范，字子衡，汝南西阳人也。有容观姿

貌。邑人刘氏家富，女美。范求之，女母嫌，欲勿与。刘氏曰：'观吕子衡宁当久贫者耶？'遂与之婚。"《论语·公冶长》："（孔）子谓公冶长可妻也，虽在缧绁（牢狱）之中，非其罪也，以其兄之子（女）妻之。"这是说自己虽贫，还是清白的。

㊵《庄子·徐无鬼》："丘（孔子）愿有喙三尺。"指愿能说会道。江淹字文通梦五色笔，见《牡丹》注④。既：尽。此指情意无穷，难以表达。

商隐有《祭外舅赠司徒公文》，当是王茂元卒于会昌三年九月写的，这篇《重祭外舅司徒公文》当是会昌四年写的。在第一篇祭文末说："潘杨之好，琴瑟之美，庶有奉于明哲，既无亏于仁旨。"他同岳丈王家是很好的，夫妇也是很好的，对岳丈是很感恩的。在重祭文末却说："虽吕范以久贫，幸冶长之无罪。昔公爱女，今愚病妻，内动肝肺，外挥血泪。"提到久贫无罪，有所感慨。茂元家是很有钱的，这时可能已嫌商隐家贫，商隐妻也因而得病吧。不过商隐对茂元的感情还是很深的。在重祭文里提到："岂百生莫追，遂可无恨？"即茂元地下有知，是有恨的。这个恨，同"属纩之夕，不得闻启手之言"，即商隐夫妇没有送终，没有听到遗嘱。这个恨，实际也是商隐夫妇的恨，所以要写这篇重祭吧。

这两篇祭文，前一篇叙述茂元的家世和生平经历，写得比这篇长得多，这篇比较短，抒情的成分多，所以选了这篇。两篇里都写到他同茂元的关系，这是研究商隐的有关资料。前一篇祭文，讲到他考中进士后，与茂元女结婚："晋霸可托，齐大宁畏。"婚后，"京西当日，辇下当时，中堂评赋，后榭言诗。品流曲借，富贵虚期"。指出他跟茂元在泾川、在京城时，是评赋言诗的。"公在东藩，愚当再调。贲帛资费，衔书见召。水槛几醉，风亭一笑，日换中昃，月移朒朓。"指出茂元在许州，又把他调去。他陪着茂元喝酒谈笑，一直到日斜月上。不如重祭文写得有内容。重祭文说:"樽空花朝,灯尽夜室。忘名器于贵贱,去形迹于尊卑。语皇王致理之文,考圣哲行藏之旨,每有论次,必蒙褒称。"写出他陪着茂元时,不是以卑贱者来侍候尊贵者,是忘贵贱尊卑的。不光是评赋谈诗,是讨论政治,考虑出处的。这就比前一篇写得有内容了。"纻衣缟带,雅况或比于侨吴;荆钗布裙,高义每符于梁孟。"他在茂元幕府,情同知交;他的就婚王氏,夫妇安于贫贱,这里写出了他的品德。

作为四六文,这篇也有它的特色。它的开头,不是像四六文那样用典显得呆板,是感慨苍凉,骈散结合,忘掉它是四六文。这是情动于中而形于言,在四六文中具有散文气盛言宜的特点的。其次是这篇文章富有感情。有的是不限于茂元的,像:"为善何益,彼苍难知!"有《史记·伯夷传》的感慨。有的是为茂元感叹的,如:"岂百生莫追,遂可无恨!""则其强气,宜有异闻。玉骨化于钟山,秋柏实于裘氏。"写茂元的遗恨。还有对自己的感叹,像"植玉求妇,已轻于旧日",对自己的被轻和失意的抑郁。这样抒情,使这篇重祭,超过了前一篇的写茂元的"世胄勋华、职官扬历"了。

献侍郎钜鹿公启[①]

某启。今月某日,舍弟新及第进士羲叟处,伏见侍郎所制春闱放榜后寄呈在朝同年兼简新及第诸先辈五言四韵诗一首[②]。

① 侍郎钜鹿公:魏扶字相之,钜鹿是他的郡望。《旧唐书·宣宗纪》:"大

中元年三月，礼部侍郎魏扶奏所放进士三十三人。”因此知羲叟为大中元年中进士。

② 羲叟：字圣仆，商隐弟。大中元年进士，三年释褐，为秘书省校书郎，改授河南府参军。春闱：指三月进士考试。同年：指同一年考中进士的。新及第诸先辈：新考中的进士，这里把门生称为先辈，是当时的敬称。《国史补》：“互相推敬，谓之先辈。”

夫玄黄备采者绣之用，清越为乐者玉之奇③。固已虑合玄机，运清俗累；陟降于四始之际，优游于六义之中④。窃计前时，承荣内署⑤。柏台侍宴，熊馆从畋，式以风骚，仰陪天籁⑥。动沛中之旧老，骇汾水之佳人⑦。非首议于论思，实终篇于润色，光传乐录，道焕诗家⑧。况属词之工，言志为最⑨。

③《周礼・考工记》：“五色备谓之绣。”《礼・聘义》：“叩之，其声清越以长。”此指魏扶的诗有文采和音韵之美。

④ 玄机：玄妙的变化。俗累：世俗的牵累。陟降：升降。四始：《诗序》以风、小雅、大雅、颂为王道兴衰之所由始。六义：《周礼・大师》：“教六诗，曰风曰赋曰比曰兴曰雅曰颂。”指魏扶的诗思想高妙，可以同《诗经》比美。

⑤ 内署：指翰林院，魏扶曾兼翰林的职位。

⑥ 柏台：《汉书・武帝纪》：“元鼎元年，起柏梁台。”《三辅旧事》：“以香柏为梁也。帝尝置酒其上，诏群臣和诗，能七言诗者乃得上。”扬雄《长杨赋序》：“雄从至射熊馆，还上《长杨赋》以讽。”式：取法。天籁：自然界的音响，借指天子的诗。此指魏扶曾侍宴从猎，陪天子作诗。

⑦《汉书·高帝纪》:“上置酒沛宫,击筑自歌。”刘邦唱《大风歌》感动沛中父老。汉武帝《秋风辞》:“兰有秀兮菊有芳,怀佳人兮不能忘。”指魏扶的诗使当时的人激动。

⑧ 乐录:记录乐府诗。此指魏扶诗善于修辞,载在乐府,以诗家著名。

⑨《书·舜典》:“诗言志。”《诗序》:“诗者志之所之(向)也,在心为志,发言为诗。”

自鲁毛兆轨,苏李扬声⑩,代有遗音,时无绝响。虽古今异制,而律吕同归。我朝以来,此道尤盛,皆陷于偏巧,罕或兼材。枕石漱流,则尚于枯槁寂寞之句;攀鳞附翼,则先于骄奢艳佚之篇⑪。推李杜则怨刺居多,效沈宋则绮靡为甚⑫。至于秉无私之刀尺,立莫测之门墙,自非托于降神,安可定夫众制⑬。伏惟阁下,比其馀力,廓此大中,足使同僚尽怀博我,不知学者谁可起予⑭。

⑩《汉书·艺文志》:“《诗经》二十八卷,鲁、齐、韩三家。”“又有毛公之学。”指鲁诗、毛诗两家开始建立《诗》的轨范。苏李:汉朝有相传苏武和李陵的赠答诗。

⑪ 枕石漱流:指山水诗,偏向枯槁寂寞。攀鳞附翼:攀龙鳞,附凤翼,指宫廷诗,偏向骄奢艳丽。

⑫ 推李杜:推崇李白杜甫的,偏向写怨刺的诗。效沈宋:效法沈佺期、宋之问的,偏向绮丽柔靡。

⑬ 刀尺:裁衣具,比衡量文章的标准。门墙:比高要求。降神:《诗·大雅·崧高》:“维岳降神,生甫及申。”周甫侯、申侯是天降神灵。此指不是托于大臣,不能作出决定。

⑭ 阁下：对魏扶的尊称。比：及。大中：指正确。博我：《论语·子罕》："博我以文。"起予：《论语·八佾》："起予者商（子夏）也。"此指魏扶像孔子能以文辞教人，不知谁像子夏能启发他。

某比兴非工，专蒙有素[15]。然早闻长者之论，夙托词人之末。淹翔下位，欣托知音，抃贺之诚，翰墨无寄[16]。况乎仲氏，实预诸生，荣沾洙泗之风，高列偃商之位[17]。仰惟厚德，愿沐馀辉，辄罄鄙词，上攀清唱。闻郢中之白雪，愧列千人[18]；比齐日之黄门，惭非八米[19]。干冒尊重，伏用兢惶。其诗五言四首，谨封如右。

⑮ 比兴：指作诗。专蒙：愚蠢。

⑯ 夙：早。淹翔：淹集，犹留滞。抃（biàn）：鼓掌。翰墨：笔墨，指不能托文辞来表达。

⑰ 仲氏：指弟羲叟。诸生：指考生。洙泗之风：《礼·檀弓上》："吾与汝事夫子（孔子）于洙泗之间。"偃商：孔子弟子言偃，字子游；卜商，字子夏。当时考中的进士称主考为座主，自称门生。因此用孔子来比座主，自比孔子的学生。《论语·先进》："文学子游子夏。"把羲叟比作孔门的文学科学生。

⑱ 宋玉《对楚王问》："客有歌于郢中者，其始曰《下里巴人》，国中属而和者数千人；其为《阳春白雪》，属而和者不过数十人。是其曲弥高，其和弥寡。"此指魏扶的诗曲调高，自己的和诗曲调低。

⑲《北史·卢思道传》："（齐）文宣帝崩，当朝文士共作挽歌十首，择其善者而用之。魏收、阳休之、祖孝征不过得一二首，唯思道独有八首，故时称'八米卢郎'。后为给事黄门侍郎。"《西斋丛说》："关中岁以六米

七米八米为上中下，言在谷取八米，取数之多也。”言十成稻谷舂成米可得八成，出米多。指自己的和诗可取者少，他写了四首和诗。

这篇启是应酬文字，吹捧他弟弟羲叟的座主诗写得怎么好，本无可取。只是其中反映了商隐对诗歌的看法，可供研究商隐诗论的参考。他提出“属词之工，言志为最”。即诗以情意为主，跟曹丕《典论·论文》提出“诗赋欲丽”，陆机《文赋》提出“诗缘情而绮靡，赋体物而浏亮”的不同。又提出“虽古今异制，而律吕同归”，注意讲究音律，这同李白的不愿受音律拘束，律诗写得少的不同，他对律诗写得极为精工。他对于唐代诗的评论，以为“皆陷于偏巧，罕或兼材”。认为偏于一方面的多，兼善各体的少。在这篇启里，不可能对当时的诗作全面论述，他只能核要地讲，在题材上提出山林和宫廷，认为写山林的偏于枯槁，写宫廷的偏于艳丽，都使他不满。对学习当代的作家说，推李杜则偏于怨刺，效沈宋则偏于绮靡。从这里看出商隐的诗论。他认为写山林的不应偏于枯槁寂寞，所以他写山林的诗，也写得清丽而富有情味。他认为写宫廷的诗，不应偏于骄奢艳佚，所以他写宫廷生活的诗，往往富有寓意，耐人寻味。他认为效李杜不应偏重怨刺，因此他效法杜甫的诗写得沉郁顿挫而健笔凌云。他认为效沈宋不应偏于绮靡，所以他的辞采华艳的诗往往富有情意。正像他提出“言志为最”那样，他要求以情意为主，辅以声律华采，把三者结合，成为兼材，避免偏巧的不足。他的诗确实做到了这点。这篇启的可取处在这里。

太尉卫公会昌一品集序[1]

唐叶十五帝谥昭肃，始以太弟，茂对天休[2]。遂临西宫，入高庙[③]。将以准则九土，指麾三灵[④]。乃顾左右曰："我祖宗并建豪英，范围古昔。史卜宵梦[⑤]，震嗟不宁。是用能文，惟睿掌武，以永大业[⑥]。今朕奉承天命，显登乃辟，庸不知帝赉朕者其谁氏子焉[⑦]。"左右惕兢威灵，迷挠章指，周讷扬吃[⑧]，不能仰酬。

① 李德裕见《李卫公》注①。此序是代桂管观察使郑亚写的。会昌四年，德裕因平定泽潞功兼守太尉，进封卫国公。大中元年二月，宣宗以德裕为太子少保分司东都，罢了他的相位，给事中郑亚外调为桂管观察使。九月，德裕编定《会昌一品集》，收集他在会昌一朝所作的册命、典诰、奏议、碑赞、檄文等。写信给郑亚请他作序，有《与桂州郑中丞书》说："某当先圣（武宗）御极，再参枢务，两度册文及《宣懿太后祔庙制》、《圣容赞》、《幽州纪圣功碑》、《讨回鹘制》、《讨刘稹制》五度、《黠戛斯书》两度、用兵诏敕及《先圣改名制》、《告昊天上帝文》并奏议等，勒成十五卷。贞观初有颜岑二中书（颜师古、岑文本），代宗朝常相（常衮），元和初某先太师忠公（李吉甫），一代盛事，皆所润色。小子词业浅近，获继家声，武宗一朝册命典诰军机羽檄皆受命撰述，偶副圣情。伏恐制序之时，要知此意。"此序即本德裕来信意而作。

② 叶：代。十五帝：高祖、太宗、高宗（不计武则天）、中宗、睿宗、玄宗、肃宗、代宗、德宗、顺宗、宪宗、穆宗、敬宗、文宗、武宗。武宗尊号至道昭肃孝皇帝。文宗暴疾，宰相李珏、知枢密刘宏逸奉密旨以皇太子监国。神策军中尉仇士良、鱼宏志矫诏废皇太子成美，迎颍王于十六宅为皇太弟。文宗崩，即皇帝位。茂：盛德。天休：天命。

③ 临：哭吊。西宫：文宗停灵处。高庙：高祖庙。

④ 九土：九州，指中国。《国语·鲁语上》："共工氏之伯（霸）九有也，其子曰后土，能平九土。"三灵：日、月、星。《汉书·扬雄传》："方将上猎

三灵之流。”

⑤ 史卜：《史记·周本纪》：“西伯将出猎，卜之曰：‘所获非龙非螭，非虎非罴，所获霸王之辅。’于是周西伯猎，果遇太公于渭之阳。”宵梦：又《殷本纪》：“武丁夜梦得圣人，名曰说（悦）。乃使百工营求之野，得说于傅险中，举以为相，殷国大治，故遂以傅险姓之，号曰傅说。”指择相。

⑥ 是用：是以，因此。睿：圣智。此句互文，即是用惟睿，能文掌武。择相只求圣哲，能文武。大业：指帝业。

⑦ 显登乃辟：光荣地作你们的君主。登，登位。乃：汝。辟：君。庸：乃。赉：赐。此言不知用谁作相。

⑧ 迷挠：犹迷惑。章指：意旨。周讷扬吃：《汉书·周昌传》：“昌为人（口）吃。”又《扬雄传》：“雄口吃，不能剧谈。”指左右像口吃那样不能回答。

既三四日，乃诏曰：淮海伯父[⑨]，汝来辅予。霞披雾消，六合快望[⑩]。四月某日入觐，是月某日登庸[⑪]。渊角奇姿，山庭异表，为九流之华盖，作百度之司南[⑫]。帝由是尽付玄机，允厌神度[⑬]，左右者咸不知其梦耶卜耶？金门朝罢，玉殿宴馀，独衔日光，静与天语。帝亦幽阐，征《召诰》《说命》之旨，定元首股肱之契[⑭]，曰：“我将俾尔以大手笔，居第一功[⑮]。麒麟阁中，霍光且图于勋伐，玄洲苑上，魏收别议于文章[⑯]。光映前修，允兼具美。我意属此，尔无让焉。”

⑨ 淮海：德裕时为淮海军节度使。伯父：《仪礼·觐礼》：“同姓大国则曰伯父。”德裕是唐朝宗室，故武宗称他“伯父”。

⑩ 霞：指祥云。雾：指昏暗。六合：上下四方。

⑪ 觐：见帝。登庸：进用。按《通鉴》开成五年：李德裕"九月甲戌朔（初一）至京师，丁丑（初四），以德裕为门下侍郎同平章事"。新、旧《唐书》同。此作四月，当误。

⑫ 渊角：颜回额角似月形，月是水精，故称渊。见《论语撰考谶》。山庭：指鼻梁高，见《论语摘象辅》。华盖：张衡《西京赋》："华盖承辰。"薛综注："华盖星覆北斗，王者法而作之。"指统率者。百度：各种法度。司南：指南车。

⑬ 玄机：变化不测的政事，犹万机，都交德裕处理。厌：同餍，满足。神度：神的测度，指应验。

⑭ 幽阐：阐幽，发明深隐的旨趣。《召诰》，《书》篇名，是召公告诫成王的话。《说命》：武丁命傅说的话。《书·益稷》："（舜）乃歌曰：'股肱（指大臣）喜哉！元首起哉！'"此言武宗与德裕君臣契合。

⑮ 俾：给。《晋书·王珣传》："珣梦人以大笔如椽与之，既觉，语人云：'此当有大手笔事。'"《汉书·萧何传》："位为相国，功第一。"

⑯ 麒麟阁：《汉书·苏武传》："宣帝思股肱之美，乃图画其人于麒麟阁。"有霍光等十一人。玄洲苑：《北史·魏收传》："（齐武成）帝于华林别起玄洲苑，诏于阁上画（魏）收，其见重如此。自武定二年以后，国家大事诏命、军国文词，皆收所作。"此言德裕掌管军国文书，功第一。

公拜稽首曰："臣某何敢以当之。在昔太宗，有臣曰师古，曰文本⑰高宗有臣曰峤，曰融⑱，玄宗有臣曰说，曰瑰⑲，代宗有臣曰衮⑳，至于宪祖，则有臣祢庙曰忠公㉑，并禀太白，以傅精神，纳非烟而敷藻思㉒。才可以浅深魏邴，道可以升降伊皋㉓。而又富僧孺之新事，识庾持之奇字㉔。清风濯热，白雪生春㉕。淮南王食时之工，裴子野昧爽之献㉖。疑王粲之夙构，无祢衡之加点㉗。然后可以宏宣王略，辉润天文，岂伊乏贤，可纂旧服㉘。”

⑰ 颜籀字师古，高祖朝迁中书舍人，专掌制诰。太宗擢拜中书侍郎。岑文本字景仁，贞观元年拜中书舍人。所草诏诰，殆尽其妙。各见《旧唐书》本传。

⑱ 李峤字巨山，高宗时为凤阁舍人。朝廷每有大手笔，皆持令峤为之。崔融字安成，迁凤阁舍人。为文典丽，朝廷所须诸大手笔，并付融。各见《旧唐书》本传。

⑲ 张说字道济，开元时为尚书左丞相、集贤院学士，封燕国公。掌文学之任凡三十年。苏瓌字昌容，中宗时封许国公，不及事玄宗，此当作颋。颋，瓌子，袭爵许国公。玄宗以为中书侍郎，掌文诰。各见《旧唐书》本传。

⑳ 常衮，代宗选为翰林学士、知制诰。后拜门下侍郎、同平章事。见《旧唐书》本传。

㉑ 祢庙：亲庙。李吉甫是德裕的父亲，所以不称名，称亲庙曰忠公。李吉甫字弘宪，宪宗任为考功郎中，知制诰。擢为中书侍郎、平章事。卒谥忠懿。见《旧唐书》本传。

㉒《史记·天官书》："察日行以处位太白。"太白晨出东方，察日行以处太白之位。又："若烟非烟，若云非云，郁郁纷纷，萧索轮囷，是谓卿云。"此指以上大臣都禀有太白星的精神，有庆云的才华。

㉓ 魏相字弱翁，汉宣帝时为丞相。丙吉字少卿，代魏相为丞相。各见《汉书》本传。伊尹，辅汤伐桀有天下。皋陶，虞舜时执法平正。见《史记》的《殷本纪》、《五帝本纪》。此言以上大臣才比魏邴有馀，道比伊皋不足。浅深犹深，升降犹降，是偏义复辞。

㉔ 王僧孺字僧孺，聚书至万馀卷，无所不睹。其文丽逸，多用新事。庾持

字允德，善字书，每属辞，好为奇字。并见《南史》本传。

㉕ 清风：指节操清高，不热中。白雪：指文辞格调高，有如《阳春》《白雪》之歌。

㉖ 淮南王（刘）安入朝，上使为《离骚传》，旦受诏，日食时上。见《汉书》本传。梁武帝命裴子野为书喻魏相元乂，夜受旨，及五鼓，子野徐起操笔，昧爽便就。见《南史》本传。

㉗ 王粲善属文，举笔便成，无所改定，时人常以为宿构。然正复精意覃思，亦不能加也。见《三国志·魏书》本传。祢衡《鹦鹉赋序》："衡因为赋，笔不停缀，文不加点。"

㉘ 纂：继承。旧服：指前人的事业。

帝又曰："舜何人也，回何人哉㉙？朕思丕承，汝勉善继，无忝乎尔之先㉚！"公复拜稽首曰："《易》曰'中心愿也'，《诗》曰'何日忘之'，臣敢不夙夜在公，以扬鸿烈㉛。"

㉙《孟子·滕文公上》："颜渊曰：'舜何人也？予何人也？有为者亦若是。'"回：即颜渊，孔子弟子。

㉚ 丕承：很好继承。丕，大。忝：辱。先：先人。

㉛《易·泰》："中心愿也。"《诗·小雅·隰桑》："何日忘之。"夙夜：朝夜。鸿烈：大业。

会一日，上明发于法宫之中，念兆人之众，顾九州之广，永怀不待之痛，式重如存之敬㉜。公伏奏曰："惟先后懋守丕基，允资内助㉝。秀南顿嘉禾之瑞，开烈山神井之祥㉞。德驾河洲,淑肩沙麓㉟。将显降妫之配,未宏褒纪之恩㊱。沦美椒涂,掩华兰掖㊲。缘山破葕,夙闻齐主之悲;采石传形,早降汉皇之恸㊳。绕枢有庆,鸣社承辉㊴。而懿号未彰,贞魂莫祔㊵。恐无以懋遵圣绪,光慰孝思。"公于是承命有宣懿祔庙之制。

㉜ 明发:天亮。法宫:正殿。《汉书·晁错传》:"处于法宫之中,明堂之上。"《韩诗外传》九:"树欲静而风不止,子欲养而亲不待也。"式重:敬重。《论语·八佾》:"祭如在。"

㉝ 先后:先帝,指穆宗。懋:勉力。丕基:大业。允资:确实依靠。内助:指穆宗宣懿皇后。

㉞《后汉书·光武纪》:"南顿令钦,生光武。论曰:是岁县界有嘉禾生,一茎九穗,因名光武曰秀。"神农氏一称烈山氏。《荆州记》:"随郡北界有厉乡村,村南有重山,山下一穴,相传云神农所生,周围一顷二十亩,有九井。神农既育,九井自穿。"此言武宗诞生。

㉟《诗序》:"《关雎》,后妃之德也。"诗称:"关关雎鸠,在河之洲。"《汉书·元后传》:"元城郭东有五鹿之虚,即沙鹿地也。后八十年,当有贵女兴天下云。"此言宣懿皇后德胜周后,淑比元后(汉成帝后)。

㊱《书·尧典》:"釐降二女于沩汭。"尧把二女下嫁给舜,在沩水北。《春秋》桓公二年:"秋七月,纪侯来朝。"纪本称子,因天子将娶纪女,故褒称为侯。此言宣懿皇后嫁与穆宗,未受褒扬。

㊲ 椒涂:皇后房墙上涂椒,称椒房。兰掖:兰殿,正殿两旁称掖。此言宣懿皇后的美德被掩盖。

㊳《乐府诗集·读曲歌》:"南齐时,朱硕仙善歌吴声《读曲》。武帝出游钟山,幸何美人墓。硕仙歌曰:'一忆所欢时,缘山破葕(réng)荏(rěn)。'"葕:草。《拾遗记》:"汉武帝思李夫人,李少君曰:'暗海有潜

英之石，其色青，刻之为人像，神悟不异真人。'乃使人得此石，刻作夫人形，宛若生时。"此言穆宗悼念宣懿皇后。

㊴《帝王世纪》："少典氏娶附宝，见大电光绕北斗枢星，照郊野，感附宝，孕二十月生黄帝于寿丘。"《艺文类聚·符命》："《春秋潜潭巴》曰：里社鸣，此里有圣人，其呴（鸣声）则百姓归之。"此言宣懿皇后诞生武宗。

㊵ 懿号：指当时未有谥号。莫祔：指神主没有附祭在穆宗庙。宣懿皇后韦氏，穆宗为太子时，得侍，生武宗。穆宗立，册为妃。武宗立，妃已死，追册为皇太后，上尊谥宣懿，奉神主附祭于穆宗庙。德裕作《宣懿太后祔庙制》。

初，文宗皇帝思宗社之灵，祧祖之重，传于夏启，既不克终，归于与夷，又未能立[41]。乃推帝尧，敦叙九族之道，宏魏文荣乐诸弟之志[42]。常曰："颍邸，吾宁忘耶[43]？"及武宗让逾三四，位当九五，出潜离隐，跃泉在天[44]。扬八采于尧眉，挺四肘于汤臂，故外则上公列辟，内则常侍贵人[45]，咸愿拟议形容，依稀彩饰。公搢圭归美，吮墨摛词，咏日月之光华，知天者之务也，赞乾坤之易简，作《易》者之事乎[46]？公于是有圣容之赞。

㊶ 宗社：宗庙社稷，宗族和国家。祧祖：曾祖庙。夏启：禹传子启。此指文宗立子永为太子，太和六年立，开成三年废，暴死。与夷：春秋宋穆公侄，穆公临死，传位于与夷，不传子。见《左传》隐公三年。此指文宗病重时，立敬宗第五子成美为皇太子，文宗死，仇士良立颍王为武宗，成美不得立。

㊷《书·尧典》："克明俊德，以亲九族。"敦：厚。九族：指同姓亲族。魏

文帝曹丕为太子后，猜忌诸弟，并无与诸弟共荣乐事。曹丕《玄武陂》："兄弟共行游，驱车出西城。忘忧共容与，畅此千秋情。"或指未为太子时事。

㊸ 颍邸：武宗未接位前封颍王。按文宗以成美为皇太子，无传位颍王意。颍王得位，由太监仇士良拥立，此是替武宗掩饰的话。

㊹《汉书·文帝纪》："代王（文帝原封代王）西向让者三，南向让者再。"《易·乾》："九五，飞龙在天。"指即位。又："初九，潜龙勿用。文言曰：'潜之为言也，隐而未见。'"此言颍王离开王位。又："九四，或跃在渊。"渊字避讳作泉。此言颍王离王位升入帝位。

㊺《帝王世纪》：尧"眉有八采"。又汤"臂四肘"。列辟：列侯。常侍贵人：指宦官。《后汉书·宦者传》："汉兴，仍袭秦制，置中常侍官。"《汉书·李广传》："上使中贵人从广。"此指武宗的异表和得内外官员拥戴。

㊻ 搢圭：插朝版于腰带上。圭，上尖下方的玉器，指朝版。《尚书大传·虞夏》引《卿云歌》："日月光华，旦复旦兮。"《易·系辞上》："乾以易知，坤以简能，易简而天下之事得矣。"此指德裕所作《真容赞》。

天宝季年，物丰时泰，骨骾者慕周偃武，肉食者效晋清谈[47]。豕不豮牙，虿因摇尾，氛兴燕易，驾狩巴梁[48]。九十年銮辂不东，三千里华戎遂隔[49]。日者上玄降鉴，元圣恢奇，遂于首乱之邦，先有纳忠之帅[50]。复我疆理，平我仇雠。负羽蒙轮，已闻于深入，赤茀邪幅，将事于骏奔[51]。陈万贿以展仪，备四旗而告捷[52]。仍愿于箕星之分，巫闾之旁，追琢贞珉，彰灼来叶[53]；以文上请，属意宗臣[54]。

㊼ 骨鲠：指忠直。《书·武成》："乃偃武修文。"肉食者：指庸俗官吏。《左传》庄公十年："肉食者鄙，未能远谋。"清谈：玄谈。魏晋时何晏王衍等崇尚老庄学派，谈玄理，尚浮虚，不务实。见《世说新语·言语》。

㊽《易·大畜》："豮(bēn)豕之牙，吉。"豮，防止，防止豕牙损物。不豮牙，指不加防止。虿(chài)：蝎子类，尾有毒钩。氛：战氛。燕易：燕州、易州，指安禄山在范阳叛乱。驾：车驾。巴梁：巴州、梁州，指玄宗逃奔入蜀。

㊾ 銮辂：有铃的车子。不东：指安史乱后，车驾不再到洛阳。华戎遂隔：指陇右诸郡为吐蕃占领。

㊿ 上玄：指天。玄字原脱，据《全唐诗》补。元圣：大圣，指武宗。《书·汤诰》："事求元圣。"首乱之邦：指范阳一带。纳忠之帅：指雄武军使(治在河北)张仲武。会昌二年，回鹘部将那颉啜南下雄武军，仲武把它击败。见《新唐书》本传。

51 负羽：掮旗。《后汉书·贾复传》："被羽先登。"注："被犹负也。析羽为旌旗。"蒙轮：用大盾掩护。《左传》襄公十年："狄虒弥建(立起)大车之轮，而蒙以之甲以为橹(大盾牌)。"《诗·小雅·采菽》："赤芾(fú)在股，邪幅在下。"赤芾，赤色的蔽膝，这里指在股，即帮腿。骏奔：指快跑。

52 万贿：多种财币。展仪：陈列礼品。四旗：《隋书·礼仪志》："有继旗四以施军旅。"军中有四种不同的旗帜。

53 箕星：《史记·天官书》："尾箕幽州。"箕星的分野是幽州。巫闾：《周礼·夏官·职方氏》："东北曰幽州，其山镇曰医无闾。"一称广宁山，在辽宁北镇西北。贞珉：指碑石。

54 宗臣：与君同宗的大臣，指德裕。此指请德裕作幽州纪功碑文。

公乃更梦江毫，重吞罗鸟[55]。町畦河济，呼啸神祇，述烈圣之英猷，答大藩之深恳(56)。既事包理乱，思属安危，不惟嵩岳降神，固亦文星助彩(57)。螭蟠龟戴，虫篆鸟章(58)。构思而君苗砚焚，洒翰而元常笔阁，公于是有幽州纪圣功之碑(59)。

(55) 江毫：见《上兵部杨公启》④。《艺文类聚·鸟》引《罗含传》："含少时昼卧，忽梦一鸟，文色异常，飞来入口。含于是才藻日新。"

(56) 町畦(qí)：田界，引申为规划。河济：黄河济水。当时朝廷不能控制河北，此指用河济来规划河北。呼啸神祇：使神道呼啸赞助。大藩深恳：指张仲武恳请立碑纪功。

(57)《诗·大雅·崧高》："崧(嵩)高维岳，骏极于天。维岳降神，生甫(甫侯)及申(申伯)。"文星：文昌星助文彩。

(58) 螭蟠：碑上刻盘龙。龟戴：龟戴碑石。虫篆鸟章：指碑上刻的篆字。许慎《说文序》："及亡新(王莽)居摄，使大司空甄丰等校文书之部，自以为应制作，颇改定古文。时有六书，六曰鸟虫书，所以书幡信也。"字体像鸟或虫。

(59)《晋书·陆机传》："弟云尝与书曰：'君苗见兄文，辄欲烧其笔砚。'"《三国志·魏书·王粲传》注引《典略》："粲才既高，辩论应机。锺繇(字元常)、王朗等虽各为魏卿相，至于朝廷议奏，皆阁笔不能措手。"指德裕作《纪圣功铭》。见《旧唐书·张仲武传》。

天街之北，獯鬻攸居，结以阏氏，降我皇女(60)。奉春君娄敬尝为远使，下杜人杨望长作画工(61)。乘以无年，遂忘旧好(62)。分侦逻于瓯脱，遗祭酹于蹛林，俾我刁斗晨惊，兜零夜设(63)。

⑥⓪《史记·天官书》:"昴、毕间为天街。"《正义》:"街南为华夏之国,街北为夷狄之国。"獯鬻:商周时北方少数民族,借指回纥。攸居:所居。阏氏(yān zhī):匈奴君主的正妻。皇女:汉以皇女嫁匈奴君主为阏氏,此指唐以公主嫁回纥。

⑥①《汉书·娄敬传》:"赐姓刘,号曰奉春君。"又《匈奴传》:"使刘敬奉宗室女翁主为单于阏氏。"《西京杂记》:"元帝后宫既多,不得常见,乃使画工图形,案图召幸之。诸宫人皆赂画工,独王嫱不肯。匈奴入朝,求美人为阏氏,于是上案图,以昭君行。及去召见,貌为后宫第一。乃穷案其事,画工有杜陵毛延寿,安陵陈敞,新丰刘白、龚宽,下杜阳望樊育,同日弃市。"

⑥② 乘:四,屡。无年:荒年。即《为李贻孙上李相公启》:"屡缘丧荒,亟致携贰。"

⑥③ 瓯脱:《汉书·苏武传》注:"区脱,匈奴边境为候望之室也。区读与瓯同。"酹:浇酒祭。《史记·匈奴传》:"秋,马肥,大会蹛林。"《汉书音义》:"蹛音带。蹛林,地名。"指秋高马肥,准备南下。刁斗:军中用具。兜零:笼子。《史记·魏公子传》:"而北境传举烽。"《集解》:"作高木橹,橹上作桔槔,桔槔头兜零,以薪置其中,谓之烽。"指告警的烽火。

公乃上资宸断,旁耀军谋,心作灵台,手为天马[64]。充国四夷之学,此日方知,薛公三策之征,他时未爽[65]。既而鬼箝飞辨,邳石降筹[66]。不使郭闳,仍谗于段颎;宁教李邑,更毁于班超[67]。势协声同,火熸水灌[68]。遂得朝还贵主,暮遁名王[69]。辖柳塞之归车,复梅妆而向阙[70]。

⑥④ 宸断:帝的决断。宸,帝居。灵台:观察天文气象的台,见《三辅黄

图》，指观察一切。天马：天马行空，比起草各种文件的才气奔放。

(65) 充国、薛公：并见《为李贻孙上李相公启》第二段注⑪。

(66) 鬼箝：苏秦、张仪的老师鬼谷先生，著《鬼谷子》，有《飞箝篇》，指游说时如何像用飞钳箝住对方。邳石：下邳圯（桥）上黄石公传兵书与张良，后化为黄石。张良后作刘邦谋臣，运筹划策。见《汉书·张良传》。

(67)《后汉书·段颎（jiǒng）传》："诸种羌共寇并凉二州，颎将湟中义从讨之。凉州刺史郭闳稽固颎军，使不得进。义从役久恋乡旧，皆悉反叛。郭闳归罪于颎，颎坐征下狱。于是吏人守阙讼颎以千数。"《后汉书·班超传》："李邑始到于阗，而值龟兹攻疏勒，恐惧不敢前。因上书陈西域之功不可成。又盛毁超拥爱妻，抱爱子，安乐外国，无内顾心。帝知超忠，乃切责邑。"此言德裕力破谬论。

(68) 火熸水灌：水浇火灭，指平息叛乱。

(69) 朝还贵主，暮遁名王：迎还穆宗妹太和公主嫁回纥者，回纥乌介可汗遁走，见《为李贻孙上李相公启》。

(70) 柳塞：高柳塞，在山西阳高县北。归车：即太和公主归朝之车。梅妆：南朝宋武帝女寿阳公主卧含章殿檐下，有梅花落额上成五出花，因有梅花妆。见《御览》九七〇引《宋书》。

及晋城赤狄，丧帅归珪(71)。有阏伯之弟兄，诞景升之儿子(72)。将凭蜀阁，欲恃吴钱，姑务连鸡，靡思缚虎(73)。既垂文诰，尚有群疑(74)。公乃挺身而进曰："重耳在丧，不闻利父；卫朔受贬，只以拒君(75)。今天井雄藩，金桥故地(76)，跨摇河北，胁倚山东。岂可使明皇旧宫，坐为污俗，文宗外相，行有匪人(77)？"忠谋既陈，上意旋定。

(71)《春秋》宣公十五年:“晋师灭赤狄潞氏。”赤狄,在潞州,今山西长治地。此指唐建潞州。《白虎通·崩薨》:“诸侯薨,使臣归瑞珪于天子。”此指泽潞帅刘从谏死。

(72)《左传》昭公元年:“昔高辛氏有二子,伯曰阏伯,季曰实沉,居于旷林,不相能也,日寻干戈,以相征讨。”《后汉书·刘表传》:“表字景升。在荆州几二十年,家无馀积。二子琦、琮。会曹操军至新野,琦走江南,琮举州请降。”按刘从谏死,其侄稹抗拒朝命,此借兄弟相争来作比,用典不切。

(73) 蜀阁:四川栈道,指凭借险要。吴钱:吴王濞煮钱,指依靠财富。连鸡:指连合河北三镇。并见《为李贻孙上李相公启》。《后汉书·吕布传》:“操笑曰:‘缚虎不得不急。’”指把吕布捆得紧。

(74)《通鉴》会昌三年:“上以泽潞事谋于宰相,宰相多以为回鹘馀烬未灭,复讨泽潞,国力不支,请以刘稹权知军事,谏官及群臣上言者亦然。”

(75)《礼·檀弓下》:“晋献公之丧,秦穆公使人吊公子重耳,且曰:亡国(失去晋国)恒于斯,得国恒于斯。舅犯曰:父死之谓何?又因以为利,孺子其辞焉。”卫朔:见《为李贻孙上李相公启》第四段注②。

(76) 天井:《宋史·地理志》:“泽州雄定关,旧名天井。”指泽潞。金桥:在潞州,即在山西上治西南关。景龙三年,唐玄宗经此桥至京师。

(77) 旧宫:《旧唐书·玄宗纪》:“景龙二年兼潞州别驾。开元十一年正月,幸并州潞州,别改其旧宅为飞龙宫。”外相:刘从谏在文宗太和时加同平章事,为外相。

俄又埃昏晋水,雾塞唐郊(78)。殊懿公之东徙渡河,若纪侯之大去其国(79)。稽于时议,惮在宿兵(80)。公又扬笏而言曰:“彼地则义师,帅惟宗室(81)。乃玄王勤商之邑,后稷造周之邦(82)。瓜瓞具存,堂构斯在(83)。苟亏策划,不袭仇雠,则是奖夙沙缚主之风,长冒顿射亲之俗(84)。昔武安君用钺,坑卒四十一万;齐桓公受胙,立功一十二国(85)。今真将军为时而出,贤诸侯代不乏人(86)。况其俗产代地之名驹,富管涔之良璞(87);有抱树辞荣之节,有漆身报德之风耶(88)? 蹑足以谋,屈指而定(89)。谢安之围棋尚劫,曹参之饮酒正酣(90)。适有军书,果闻戎捷(91)。邯午谢众,丕豹出奔,乐毅不归,邹阳已去(92)。砥磨周钺,水淬郑刀(93)。万里来袁尚之头颅,二冢葬蚩尤之肩髀(94)。何其纂立大效(95),树建嘉绩,若是之速欤?"

(78) 晋水、唐郊:晋水源出山西太原市西南悬瓮山,山麓有晋祠,祀唐叔虞,因称唐郊。此指太原杨弁作乱,见下注。

(79)《左传》闵公二年:"卫懿公及狄人战于荥泽,卫师败绩。狄入卫,又败诸(卫于)河。(卫人)宵济。"按懿公战死,卫人渡河。《左传》庄公四年:"纪侯大去其国,违齐难也。"纪侯避齐国入侵逃走。此指李石出奔。会昌三年讨泽潞,命河东节度使李石以太原兵助王逢军,李石使杨弁将兵助逢,弁见太原空虚,遂作乱,李石奔汾州。

(80) 时议:《通鉴》会昌四年,杨弁作乱,"朝议喧然,或言两地皆应罢兵"。惮在宿兵:怕驻军,即主张罢兵。

(81) 义师:指唐高祖在太原起义之地。宗室:李石是唐代宗室。

(82)《国语·周语下》:"玄王勤商。"殷商尊始祖契为玄王,封于商。《史记·周本纪》:"后稷母有邰氏女曰姜原,生后稷,封于邰。"后稷为周始祖。这是借商周的始封,比唐高祖起自太原,太原是唐的始封地。

(83)《诗·大雅·绵》:"绵绵瓜瓞。"瓜蔓不断,由小到大,瓜大瓞小。指唐始封之迹都保存着。《书·大诰》:“若考(父)作室,厥(其)子弗肯堂(作堂),矧(况)肯构(作屋)。”指唐始封营建都。

(84) 夙沙:见《为濮阳公与刘稹书》第五段注⑥。冒顿:匈奴冒顿射死其父,见《史记·匈奴传》。此指刘稹部下将起来背叛。

(85)《史记·白起传》:“赵括军败,卒四十万人降,武安君(白起)乃挟诈而尽坑杀之。”用钺(大斧):指用兵。《左传》僖公九年:“会于葵丘,王使宰孔赐齐侯胙(祭肉)。”《史记·十二诸侯年表》列十三国,因吴在夷狄不计数。

(86) 汉文帝称周亚夫为“真将军”,后为汉平吴楚七国之乱。见《史记·绛侯周勃世家》。

(87)《史记·苏秦传》:“苏厉遗赵王书:代马胡犬不东下,昆山之玉不出,此三宝者亦非王有。”《山海经·北次二经》:“管涔之山,其下多玉。”山在山西宁武西南。

(88) 介子推随晋文公流亡,文公回国,子推隐居绵山,文公烧山求子推,子推抱树,被烧死。见《史记·晋世家》。赵襄子灭智伯,豫让为智伯报仇,漆身为厉,吞炭为哑,使人不识。见《战国策·赵策》。

(89)《汉书·陈平传》:“淮阴侯(韩)信破齐,自立为假齐王,使使言之。汉王怒而骂。平蹑汉王,汉王寤,乃厚遇齐使。”《三国志·吴书·顾谭传》:“徒屈指心计,尽发疑谬。”此指德裕算无遗策。

(90)《晋书·谢安传》:“(谢)玄等既破(苻)坚,有驿书至,安方对客围棋。”围棋对杀,有打劫。《史记·曹相国世家》:“来者皆欲有言,参辄饮以醇酒,醉而后去。”此言德裕早操胜算,处乱不惊。

(91)《春秋》庄公三十一年:“齐侯来献戎捷。”指河东兵取太原,平定杨弁之乱。

(92)《左传》定公十年:“初,卫侯伐邯郸午于寒氏,城其西北而守之,宵熸。”注:“午众宵散。”又僖公十年:“(晋)丕豹奔秦。”因其父丕郑被杀而出奔。乐毅为燕昭王攻齐,下七十馀城。昭王死,惠王疑乐毅,乐毅奔赵。邹阳仕吴，吴王濞阴有邪谋，邹阳去之梁。见《为濮阳公与刘稹书》第四段注③。此指刘稹叛乱，必使部下众叛亲离。

(93)《书·牧誓》："（武）王左杖黄钺。"《周礼·考工记》："郑之刀。"

(94)《后汉书·袁绍传》："（袁）尚（袁）熙与乌桓逆操军，战败走，奔公孙康于辽东。康曰：'卿头颅方行万里。'遂斩首送之。"《史记·五帝本纪》："蚩尤作乱，于是黄帝乃征师诸侯，与蚩尤战于涿鹿之野，遂禽杀蚩尤。"《集解》有蚩尤冢与肩髀冢。

(95) 纂：继。立大效：指稹部下郭谊杀稹，泽潞乱平。

宗英可汗既畏王威，遂闻请吏[96]。留犁径路，对湩酪以知羞，毳幕毡裘，望衣冠而有慕[97]。大毕伯士之胤，呼韩单于之师[98]。或执玉而朝灵囿，或解辫而拜甘泉[99]。并垂于册书，光彼明命，百王共贯，三代同规。

(96) 宗英可汗：《通鉴》会昌五年："册黠戛斯可汗为宗英雄武诚明可汗。"黠戛斯原出突厥。三年二月，遣使献名马。四年三月，遣将军入贡，请与唐兵联合攻回纥。

(97)《汉书·匈奴传下》："单于以径路刀、金留犁挠酒。"应劭曰："径路，匈奴宝刀也。留犁，饭匕也。挠，和也。"湩酪：乳制品。此指黠戛斯来附。

(98)《国语·周语上》："今自大毕、伯氏之终也，犬戎氏以其职来王（见王）。"大毕、伯氏，犬戎氏二君。胤：后嗣。呼韩单于：匈奴呼韩邪单于，甘露二年正月谒见汉宣帝。见《汉书·匈奴传下》。此指回纥将嗢没斯率众内附。

(99)《后汉书·明帝纪》："永平二年，宗祀光武皇帝于明堂，礼毕登灵台。

乌桓濊貊，咸来助祭，单于侍子，亦皆陪位。”灵囿：此指灵台，即天象台。《汉书·匈奴传》：“呼韩邪单于正月朝天子于甘泉宫，汉宠以殊礼，赐以冠带衣裳。”加冠就要解辫。

公于是奉命有讨北狄之诏，伐上党之制，谕回鹘之命五，慰坚昆之书四[100]。每牙管既拔，芝泥将熟，上辄曰：“尔有独断，朕无疑谋，固俟沃心，不可假手[101]。”公亦分阴可就[102]，落简如飞。故每有急宣，关于密画，内庭外制，皆不与闻[103]。此又岂可与美洞箫而讽于后庭，闻子虚而嗟不同世者[104]，论功而校德耶？其有势切疾雷，机难终日[105]。属宣室未召，武帐不开，公莫暇昌言[106]，且陈密疏。贾太傅之忧国，故动深诚，山吏部之论兵，讵因夙习[107]。凡所奏御，罕或依违。

[100] 讨北狄：讨伐回纥乌介可汗。伐上党：讨刘稹。谕回鹘：晓喻回纥嗢没斯。慰坚昆：坚昆，古部落名，唐称黠戛斯，即安慰黠戛斯。

[101] 牙管：饰象牙的笔管。芝泥：印泥。熟：成熟，制成。沃心：《书·说命上》：“启乃(汝)心，沃朕心。”沃，犹丰富。假手：指诏敕皆由德裕起草，不可请别人。

[102] 分阴：《晋书·陶侃传》：“侃曰：‘大禹圣者，乃惜寸阴，至于众人，当惜分阴。’”

[103] 内庭：指翰林学士所掌制诰。外制：指中书舍人、知制诰所掌制诰。此指不归内庭、外制，都归德裕。

[104]《汉书·王褒传》：“太子(元帝)喜褒所为《甘泉》及《洞箫颂》，令后宫贵人左右皆诵读之。”又《司马相如传》：“蜀人杨得意为狗监，侍上。上读

《子虚赋》而善之，曰：'朕独不得与此人同时哉！'得意曰：'臣邑人司马相如，自言为此赋。'"

⑮《六韬·龙韬·军势》："故疾雷不及掩耳。"《易·系辞下》："君子见几而作，不俟终日。"

⑯宣室：汉未央宫中宣室殿，是汉文帝召见贾谊处，见《史记·贾生传》。武帐：帝王用的帷幄：《史记·武帝纪》："上尝坐武帐中。"指武宗没有召见德裕时。昌言：正论。

⑰《汉书·贾谊传》上治安策，表达忧国深心。《晋书·山涛传》："因与卢钦论用兵之本，以为不宜去州郡武备，其论甚精。于时咸以涛不学孙吴，而暗与之合。"

及武宗下武重光，崇名再易[108]。公又观图东序，按谍西昆[109]，率亿兆同心，列公卿定议，以一十四字，垂百千万年。藻缛辞华，铺舒名实。秦晋于玉检瑶绳之内，平勃于绿畴谗鼎之间[110]。方将命礼官，召儒者，访匡衡后土之议，采公玉明堂之图[111]；考肆觐之礼于梁生，取封禅之书于犬子[112]。尽皇王之盛事，极臣子之殊功。而轩鼎将成，禹书就掩[113]。然犹进先尝之药，献高手之医，藏周旦请代之书，追汉宣易名之义[114]。作为大诰，祈于昊天[115]。始终一朝，绍续九德[116]。其功伐也既如彼，其制作也又如此。故合诏诰奏议碑赞等凡一帙一十五卷，辄署曰《会昌一品集》云。纪年，追圣德也；书位，旌官业也；不言制禁，崇论道也[117]。

⑱《诗·大雅·下武序》："下武，继文也。"武王继承文王。指武宗继承文

宗。《书·顾命》:“昔君文王武王宣重光。”指双重光耀。崇名：会昌二年,群臣上武宗尊号曰“仁圣文武至神大孝皇帝”,五年复上尊号曰“仁圣文武章天成功神德明道大孝皇帝”。即下一十四字。此指两次上尊号,为双重光耀。

⑽《书·顾命》:“天球、河图在东序(东厢房)。”按谍：按照谱牒。西昆：《穆天子传》:“天子西登昆仑。”此指李德裕观察各种祥瑞。

⑾秦晋：国势相等。玉检瑶绳：封禅大典用玉匣盖宝绳。平勃：陈平、周勃,地位相类。绿畴谗鼎：《书·洪范·传》:“神龟负文而出,列于背有数至于九。”禹因作九畴。龟色绿,因称绿畴。《左传》昭公三年有“谗鼎之铭”,谗鼎是宝鼎。此指上尊号跟封禅大典与得宝书宝鼎相似。

⑿《汉书·郊祀志》:“匡衡以甘泉泰畤、河东后土之祠宜可徙置长安。”又:“济南人公玉带上黄帝时明堂图。”

⒀《书·舜典》:“肆觐(遂朝见)东后。”《后汉书·祭祀志》:“乃诏梁松等按索河(图)洛(书)谶文言九世封禅事者。”犬子：司马相如别号。《汉书·司马相如传》:“其妻曰:‘长卿未死时,为一卷书,曰:“有使来求书,奏之。”其遗札书言封禅事。’”此言考求上尊号的礼制。

⒁《汉书·郊祀志》:“黄帝采首山铜铸鼎于荆山,鼎既成,有龙垂胡髯下迎黄帝。”黄帝轩辕氏,故称轩鼎。孔灵符《会稽记》:“昔禹治洪水,厥功未就。乃跻于此山(宛委山),发石匮,得金简玉字,以知山河体势,于是疏导百川,各尽其宜。”轩鼎成,禹书掩：暗指武宗将死。

⒂《礼·曲礼下》:“君有疾饮药,臣先尝之。”《书·金縢》:“王有疾,弗豫。周公乃告太王、王季、文王,史乃册,祝曰:‘以旦代某之身。’”《汉书·宣帝纪》:“(初名病已)今百姓多上书触讳以犯罪者,朕甚怜之,其更讳询。”《旧唐书·武宗纪》:“本名瀍,(会昌)六年,上不豫,制改御名炎。”

⒃大诰：《书·大诰》:周公作。又《召诰》:“用供王能祈天永命。”此指武宗改名,德裕作《告天地文》。

⑯ 绍续：继承。九德：多种品德。《书·皋陶谟》："九德咸事。"
⑰ 纪年：称会昌年号。书位：即写明一品。制禁：指书名不称制，推崇"论道经邦"，不光代皇言。

惟公字文饶，姓李氏，赵郡人。盖大昴中丘，有风雨翕张之气；丛台高邑，有山河隐轸之灵[118]。萃于直躬，庆是全德。许靖廊庙之器，黄宪师表之姿，何晏神仙，叔夜龙凤，宋玉闲丽，王衍白皙，马援之眉宇，卢植之音声，此其妙水镜而为言，托丹青而为裕[119]。

⑱《汉书·地理志》："赵地，昴毕之分野。"属二十八宿中的昴宿区域。又："常山郡，领中丘县。"中丘，在今河北内丘西。丛台：在河北邯郸东北，相传赵武灵王作。高邑：在今河北柏乡北。隐轸：富盛。此指赵郡山川钟秀之气，诞生德裕。
⑲《三国志·蜀书·许靖传》："评曰：'蒋济以为大较廊庙器也。'"指朝廷上的人才。《后汉书·黄宪传》："荀淑谓宪曰：'子，吾之师表也。'"《初学记》引《何晏别传》："形貌绝美，咸谓神仙之类。"《嵇康别传》："而龙章凤姿，天质自然。"宋玉《登徒子好色赋》："玉为人体貌闲丽。"《世说新语·容止》："王夷甫容貌整丽，恒捉玉白柄麈尾，与手都无分别。"衍字夷甫。《后汉书·马援传》："援为人明须眉，眉目如画。"又《卢植传》："卢植字子干，音声如钟。"《三国志·蜀书·李严传》注："夫水至平而邪者取法，镜至明而丑者亡怒，水镜之能穷物而无怨者，以其无私也。"《汉书·苏武传》："虽古竹帛所载，丹青所画，何以过子卿（苏武字）？"以上指德裕的品貌。

至于好礼不倦，用和为贵；敬一人而取悦，谦六位而无咎[120]。意以默识，确乎寡辞[121]。车匠胡奴，罔迷于半面；背碑覆局，无俟于专心[122]。聿成俭训，不有长物[123]。昔犹卑官，端坐心斋[124]。江革分谢朓之旧襦，便为卧具；周正得袁宪之谈柄，常在讲筵[125]。五车自娱，三箧能识[126]。丽则孔门之赋，清新邺下之诗[127]。重以多能，推于小学，王子敬之隶法遒媚，皇休明之草书沉着[128]。异时相逼，当代罕俦。不妄过人[129]，慎于取友。与李杜齐名者少，愿侨札交觌者稀[130]。故能应是昌时，媚于天子，宪章皇极，燮理玄穹[131]。烛耀家声，粉饰国史。侔帝典之灏灏噩噩，尊王道之荡荡平平[132]。而又不节怨嗟，知进忧亢[133]。张良竟称多病，王充方务颐神[134]。无颍阳之善田，乏好畤之巨产[135]。何曾之食既去，虞悰之鲊方尝[136]。忧其厚味，有爽和气，肴蔌无佐，琴鹤有馀[137]。成万古之良相，为一代之高士。繄尔来者，景山仰之[138]。

[120]《论语·学而》："礼之用，和为贵。"《孝经·广要道》："敬一人(帝)而千万人悦。"《易·谦卦》有初六、六二、六四、六五、上六都是无咎吉利。此指德裕的德性。

[121] 孔融《荐祢衡表》："安世默识。"张安世能暗记书中文字。《易·系辞下》："吉人之辞寡。"

[122]《后汉书·应奉传》注引《谢承书》："奉少为上计吏，许训为计掾，俱到京师。在路所见长吏宾客吏卒奴仆，训皆密疏姓名。还郡，出疏示奉。奉云：'前食颍川纶氏都亭，亭长胡奴名禄，以饮浆来，何不在疏？'坐中皆惊。"又："(奉)尝诣彭城相袁贺，造车匠于内开扇出半面视奉。后数

十年，于路见车匠，识而呼之。”《三国志·魏书·王粲传》：“粲与人共行，读道边碑，因使背而诵之，不失一字。观人围棋，局坏，粲为覆之，不误一道。”此指德裕记性好。

⑫③ 聿：语助词。《晋书·王恭传》：“恭曰：‘吾平生无长物（多馀物）。’”

⑫④ 心斋：心无思虑，保持安静。《庄子·人间世》：“唯道集虚，虚者心斋也。”

⑫⑤《南史·江革传》：“时大寒雪，（谢朓）见（江）革敝絮单席而耽学不倦，嗟叹久之，乃脱其所著襦并手割半毡与革。”又《袁宪传》：“门客岑文豪与宪候（周）弘正，会弘正将升讲座，乃延宪入室，授以麈尾，令宪竖义。弘正亦起数难，终不能屈。”“得”当作“授”。

⑫⑥《庄子·天下》：“惠施多方，其书五车。”《汉书·张安世传》：“上行幸河东，尝亡书三箧，诏问莫能知，惟安世识之。”

⑫⑦《法言·吾子》：“诗人之赋丽以则，词人之赋丽以淫。如孔氏之门用赋也，则贾谊登堂，相如入室矣。”邺：在今河南临漳西南。曹操置邺都，邺下为建安七子所聚。

⑫⑧ 小学：指六书训诂，这里兼指书法。《晋书·王羲之传》：“子献之，工草隶。”献之字子敬。王僧虔《名书录》：“吴人皇象能草，世称沉着痛快。”象字休明。

⑫⑨《后汉书·第五伦传》：“不敢妄过人食。”

⑬⓪《后汉书·范滂传》：“滂母曰：‘汝今得与李（膺）杜（密）齐名，死亦何恨?!’”《左传》襄公二十九年：“吴季札聘于郑，见子产如旧相识，与之缟带，子产献纻衣焉。”子产名公孙侨。

⑬①《诗·大雅·假乐》：“媚于天子。”《礼·中庸》：“宪章文武。”《书·洪范》：“皇建其有极。”宪章皇极：指建立帝王的正道。燮理玄穹：指调和阴阳。

⑬②《法言·问神》：“《商书》灏灏（浩浩，广大）尔，《周书》噩噩（状严正）尔。”《书·洪范》：“无偏无党，王道荡荡（广远）；无党无偏，王道平平。”

⑬③《易·节》："不节若，则嗟若。"不节俭，引起嗟怨。又《易·乾·文言》："亢之为言也，知进而不知退。"此指忧过于高亢。

⑬④《史记·留侯世家》："留侯（张良）性多病，即道引不食谷。"《后汉书·王充传》："肃宗特诏公车征，病不行。乃造养性书十六篇，裁节嗜欲，颐神自守。"此指宣宗即位，德裕已为东都留守，是清闲职务。

⑬⑤ 颍阳：在河南。当指鸿隙。《汉书·翟方进传》："汝南旧有鸿隙大陂，郡以为饶。"大陂可以溉田，故有善田。又《陆贾传》："贾，楚人也，以好畤田地善，往家焉。"

⑬⑥《晋书·何曾传》："然性奢豪，厨膳滋味，过于王者。日食万钱，犹曰无下箸处。"《南史·虞悰传》："上（武帝）就悰求诸饮食方，悰乃献醒酒鲭鲊一方而已。"

⑬⑦ 爽：乖违。肴：鱼肉。蔌：蔬菜。

⑬⑧ 繄：惟。《诗·小雅·车辖》："高山仰止，景（明）行行止。"景山，大山。

某昔在左曹，实事先帝[139]。虽诡词望利，不接于话言，而申义约文，庶窥于风采。代天之言既集，蟠地之乐难忘[140]。盖属才华，用为序引。以驺衍之迂怪，将颍严之浅近[141]。忽焉承命，何所措辞。五岭幽遐，八桂森爽[142]。莫逢博约，宁遇切磋。处无价之场，率然占玉，登不枯之岸，粗尔论珠[143]。虽尝有意焉，亦不知量也。某叩头再拜上。

⑬⑨ 左曹：左面部曹，指给事中，此代郑亚说。先帝：武宗。

⑭⓪ 代天：制书是代天子说话。《礼·乐记》："及夫礼乐之极乎天而蟠乎地。"礼乐有祭天地的。

⑭① 《史记·孟子荀卿传》："驺衍深观阴阳消息而作怪迂之变，终始大圣之

篇，十馀万言。”杜预《春秋左传序》：“末有颖子严者，虽浅近亦复名家。”

⑭² 八桂：《山海经·海内南经》：“桂林八树，在番隅东。”借指桂州。

⑭³《尹文子·大道上》：“魏田父有耕于野者，得宝玉径尺，邻人取之以献魏王。魏王召玉工相之。玉工曰：‘此玉无价以当之。’”不枯岸：见《为李贻孙上李相公启》第七段注⑧。

这篇《会昌一品集序》是大中元年桂管观察使郑亚请商隐代作的，是商隐四六文中极为用力之作。商隐对李德裕的事功是极为推重的，在《为李贻孙上李相公启》里，推重李德裕是“命代先觉”，“动著嘉猷”。历举他的功勋，一是击破回纥的南下，二是平定太原杨弁的作乱，三是平定泽潞刘稹的叛乱；再指出他的体恤人民，崇尚节俭，任用贤能。这里，实际上已经接触到他在开创唐朝中兴的局面。《旧唐书》传赞，称他与武宗“言行计从，功成事遂，君臣之分，千载一时”。又称他“料敌制胜，襟灵独断”。《新唐书》传赞称他“身为名宰相”，可惜在党派斗争中没有处理好，以致“贤知播奔而王室亦衰”，“不然，功烈光明，佐武中兴，与姚宋等矣”。指出他可以辅佐武宗完成中兴的大业，可惜武宗一死，他被排挤掉，唐朝亦衰落，他在唐朝是中兴还是衰败的关键人物，所以商隐替《会昌一品集》写序，确是当时的大文章。在李德裕时代，唐朝存在着几个大问题：一是宦官专权。武宗前一代文宗受制家奴，宦官仇士良手握兵权，在甘露之变中杀死宰相大臣，又亲自拥立武宗。但德裕击破了仇士良的排挤，使仇罢职闲居，又使宦官监军不得干军政。在他掌权时，宦官已不能干政。二是藩镇跋扈，军人骄横。他平定太原杨弁之乱，平定泽潞刘稹之乱，使朝廷的声威重振。只要假以时日，就可以使河北三镇收归朝廷，藩镇的问题就可解决。可惜武宗只做了六年皇帝，死后宣宗即位，就把德裕赶走，使大功不成。三是回纥等的侵扰。当时回纥已衰，乌介可汗南下，被德裕决策击败。还有河湟一带的收复指日可待。四是官吏聚敛无度，人民穷困。他崇尚俭约，简冗官，罢额外贡献，减轻剥削。他确实已经开创了唐朝中兴的局面，功败垂成，更为可惜。这篇序写在他被罢相闲居的时候，在对他的赞美里，更含有这种惋惜大功不成的感情。

这篇序是商隐代郑亚写的，郑亚对这篇序作了不少改动。把商隐原作同郑亚改本对照起来，可以帮助我们看到从构思到用词造句中的问题。德裕请郑亚作序，提出了集中的重点文章，如《宣懿太后祔庙制》、《圣容赞》、《幽州纪圣功碑》、《讨回鹘制》、《讨刘稹制》、《与黠戛斯书》、《先圣改名制》、《告昊天上帝文》。这些是他提出来的文章，要分别讲一下。还有，他指出贞观初、代宗朝、元和初几朝掌制诰大臣的事，可以相比。序自当按照来信的要求写，那末在构思上还需要作什么改动呢？商隐原作和郑亚改作开头就很不同。

商隐原作的开头，从武宗以太弟即位讲起，讲到择相，任用德裕。即转到德裕来信指出要讲贞观初、代宗朝、元和初几朝掌制诰大臣的事。商隐为什么要从武宗即位任用德裕开头呢？因为这是篇大文章，会昌之治，主要是武宗和德裕君臣一心取得的，没有武宗的信任，德裕的政绩是不可能取得的。看商隐写的《韩碑》，即记平淮西吴元济事。韩愈写的《平淮西碑》，是一篇大文章，是从宪宗写起，写宪宗和相臣裴度的决策，把李愬雪夜袭蔡州擒吴元济的事写得很简单。愬不平，愬妻唐安公主女入宫诉碑文不实，诏令磨韩愈文，命翰林学士段文昌重写刻石。商隐写《韩碑》，赞美韩愈的写法，认为应该强调宪宗与裴度的君相决策。这篇序是赞美李德裕在会昌年间所作的制诰的，是赞美会昌年间的功绩的，那末强调武宗德裕的君相同心，更是切合。这个开头是符合实际的，是无可疵议的。郑亚为什么要改写呢？

先看郑亚改写的开头：

> 纶綍之兴，载籍之始，先王发号施令，明罚敕法，盖本于此也。唐虞之盛，二典存焉，夏殷之隆，厥有训诰，自《胤征》《甘誓》，乃有誓令之书，皆三代之文，一王之法也。虞夏之际，代祀绵远，其代工掌制之名氏，莫得而知。至于成汤太甲，则有仲虺伊尹，为之训诰，高宗得傅说，则有《说命》之篇，周公召公相成王，则有《洛诰》《酒诰》《周官》《顾命》。秦始皇帝并一区宇，丞相李斯实掌其言。汉兴，当秦焚书之后，侍从之臣皆不习文史，萧曹之辈，又乏儒墨之用，每封功臣，建子弟，其辞多天子为之，纵委于执翰者，亦非彰灼知名之士。武帝使司马相如视草，率皆文章之流，以相如非将相器也。厥后寖微寖长，下于魏晋，亦代有其人。我高祖革隋，文物大备。

这个开头只从《会昌一品集》是制诰这一点着眼，讲制诰的起源，历代制诰的演变，历代写作制诰的重要人物，一直讲到唐朝。郑亚为什么这样改呢？原来会昌六年三月武宗死，宣宗即位。四月，就罢李德裕的相位，出为荆南节度使；九月，以李德裕为东都留守，投置闲散。大中元年二月，德裕再降级，以太子少保分司东都。给事中郑亚外调为桂州刺史、桂管防御观察使。对李德裕和他信用的人的打击已经开始，这种打击有进一步加重之势。在这个时候写这篇序，一开头就强调武宗即位择相，推重德裕，用史卜的姜太公、宵梦的傅说来比，郑亚大概认为在当时的政治气氛中似不合适，所以他要把这些赞美的话移到结尾，不用商隐的开头，另从制诰这一角度说。现在看来，写这篇序，对德裕的赞美是符合实际的，是不能不说的。在开头说，强调武宗和德裕的君臣同心，赞美武宗的择相得人，比起把这些话放在结尾说更为有力。至于宣宗等人对德裕这一派人的打击，即使不写这篇序，还是要继续下去的。因此，郑亚改写这个开头，倘真是从政治上考虑是没有用处的。再说从制诰开头，写了这样多似无必要。比较两个开头，还是以商隐的开头写得简括有力。

郑亚把赞美德裕的话移入结尾，这样，他改本的结尾不得不写过。看改本结尾：

> 夫全功难持，大名难兼：日赫于昼而乏清媚，月皎于夜而无温煦；冬之为候也，则雪霜飘暴，冻入肌发，夏之为用也，则金流石烁，火走肤脉，如阳春高秋者稀焉；南则瘴风毒虺之为厉也，北则獯戎黠虏之为患也，如洛邑咸秦者几焉；雕鹫不傅之以驰骋，骅骝不授之以骞翥，如应龙者鲜焉；仲尼圣贤之宗也，位止于司寇，师聃道德之祖也，官不过柱史，如姬旦者几焉。是以保衡傅说，佐佑殷宗，召公毕公，寅亮周室，咸著大训，克为元龟，书契以来，未之多有。李斯以刻石纪号之文胜，而不在休明之运，又何足数哉？周勃霍光，虽有勋伐而不知儒术，枚皋严忌善为文华而不至岩廊。自是已降，其类实繁。惟公蕴开物致君之才，居元弼上公之位，建靖难平戎之业，垂经天纬地之文，萃于直躬，庆是全德，盖四序之阳春，九州之咸洛，品汇之应龙，人伦之姬旦。后之学者，其景行之云尔。

这个改写的结尾，看来有两个缺点：一是专门推重德裕，不提武宗。其实，德裕的建立功业，完全依靠武宗的信任和君臣一心，没有这点，德裕的建立功业是不可能的。二是推崇他有才德而居相位，有武功而擅文章，擅全功，具全德，比于周公。但正如“全功难持”，他已被罢去相位，不能竟全功了。即就会昌之政来说，如王涯贾竦，在甘露之变中被宦官所杀，其子王羽贾庠投奔泽潞，平刘稹时被杀。德裕称："'逆贼王涯贾竦等，已就昭义诛其子孙。'宣告中外，识者非之。"(《通鉴》会昌四年)。德裕又怨牛僧孺、李宗闵，叠加贬斥，贬僧孺循州长史，宗闵长流封州。那末所谓阳春，具全德，未免有愧了。这是赞誉未免稍过。这个结尾，转不如商隐的开头结尾的妥贴了。

当然改本也有胜过原本的。如讲到《宣懿祔庙制》，改本作："会宣太后懿号未立，帝明发有永怀之痛。公述沙麓神井之瑞，赞绕枢怀日之庆，懋遵圣绪，光慰孝思，于是承命有宣懿祔庙之制。"这比原作写得扼要而明白。接下来改本讲到上武宗尊号，作："及武宗郊昊天，拜清庙，文物胥备，朝廷有礼，华夷述职，河朔修贡。乃显神庥，荐徽号，奉扬一德，以示万方，于是撰《仁圣文武至神大孝之册》。"这段也比原作写得简要确切。原作在讲了《宣懿祔庙制》后，有一段追叙，讲文宗传子不终，传侄未立，"乃推帝尧"，即推颍王，要传位武宗。这几句是虚构的。文宗立成美为皇太子，典礼未具而死。武宗之立，是宦官仇士良拥戴，非文宗意，这段弥缝，反落痕迹，改本全删是好的。讲到上武宗尊号，用了铺张扬厉的写法，什么明堂图、封禅书都用上了，未免夸张过度，显得失实了。原本和改本可资比较的地方还很多，这里就不一一列举了。总之，原本的构思胜于改本，个别地方的叙述，改本有更简练确切的。原本是商隐四六中的大文章，研究商隐四六，是值得加以探讨的。

樊南甲集序[①]

樊南生十六，能著《才论》、《圣论》，以古文出诸公间[②]。后联为郓相国、华太守所怜[③]，居门下时，敕定奏记，始通今体[④]。后又两为秘省房中官[⑤]，恣展古集，往往咽噱于任、范、徐、庾之间[⑥]。有请作文，或时得好对切事，声势物景，哀上浮壮[⑦]，能感动人。十年京师寒且饿，人或目曰：韩文杜诗，彭阳章檄[⑧]，樊南穷冻，人或知之。仲弟圣仆，特善古文，居会昌中，进士为第一二[⑨]，常以今体规我，而未为能休。

① 樊南：樊川之南，在今陕西长安南。商隐在开成中住在樊南，本文称“十年京师寒且饿，樊南穷冻，人或知之”。商隐自编文集称甲集二十卷，乙集二十卷。

② 樊南生：商隐自称。商隐约于九岁时归郑州，曾从从叔处士李某学古文，所以十六岁即以古文著名。

③ 郓相国：令狐楚，敬宗时为尚书仆射，相当于宰相。大和三年任天平军节度使，驻郓州，因称郓相国。华太守：崔戎，字可大，博陵（今河北定州）人。宪宗时为华州刺史。

④ 居门下：在令狐楚幕府，从楚学今体文，即四六文，作奏记。敕定：告诫写定。大和七年，商隐往华州依崔戎。

⑤ 开成四年，商隐为秘书省校书郎，会昌二年，入为秘书省正字。

⑥ 咽噱：即嗢噱（wà xué），大笑。任范徐庾：梁代任昉、范云，陈代徐陵，北周庾信，指四家诗文有可笑处。

⑦ 好对切事：好的对句，贴切于事理。声势物景：调谐声律，有气势，善写景物。哀上浮壮：感情激切昂扬，动荡强烈。

⑧ 韩文：韩愈的古文。杜诗：杜甫的诗。彭阳章檄：令狐楚的章奏檄文。彭阳，在今甘肃镇原东，楚为彭阳人。

⑨ 圣仆：商隐弟李羲叟字，见《献侍郎钜鹿公启》注②。居会昌中：处在

会昌年间。进士为第一二：当时进士为他评定甲乙。

大中元年，被奏入岭当表记[⑩]，所为亦多。冬如南郡[⑪]，舟中忽复括其所藏，火燹墨污，半有坠落[⑫]。因削笔衡山，洗砚湘江，以类相等色[⑬]，得四百三十三件，作二十卷，唤曰樊南四六。四六之名，六博、格五、四数、六甲之取也，未足矜[⑭]。十月十二日夜月明序。

⑩ 当表记：商隐在桂管观察使郑亚幕作掌书记。

⑪ 如：往。南郡：今湖北江陵。

⑫ 燹(xiǎn)：烧坏。坠落：失掉。

⑬ 削笔：指改定。衡山：在湖南，指在湘江中过衡山处。以类相等色：分类编排。

⑭ 四六：格律文，主要用四字六字句，讲究平仄对偶。六博：用十二棋，六黑六白，两人对博，每人六棋，取"六"字。格五：一种棋，走棋碰到五即不能前进，格即阻塞，指不用"五"字句。四数：古代教六岁孩子东西南北四方，取"四"字。六甲：教九岁孩子六十甲子，古人用干支记日，干支有六十个，中有六个甲字，取"六"字。即指取四字六字句，不用五字句。矜：夸耀。

本文是商隐在大中元年十月十二日夜写的，他编定甲集四三三篇，分二十卷。这个集子早已失传。今本《樊南文集》，是朱长孺从《文苑英华》、《唐文粹》两书中辑出，冯浩又加补辑而成，分八卷，得文一五〇篇。钱振伦又辑《樊南文集补编》，分十一卷，得文二〇二篇，两共三五二篇。商隐又有乙集四百篇，两共八三三篇，则亡失已多。

商隐十六岁时以古文著名，十七岁时从令狐楚学四六文，他的四六文有古文作基础，所以有他的特点。他不是向六朝骈文家学习，对于任昉、范云、徐陵、庾信的骈文，要加以嘲笑，说明他看到其中的可笑处。因此，他的四六文，特点是："得好对切事，声势物景，哀上浮壮，能感动人。"四六文讲对偶，要贴切，好对切事是它的要求。但讲声势，能哀上浮壮，即感情昂扬，动荡而壮盛，能感动人，这才是他的四六文的特色。本文即以古文为主，间有对句，不全是四六了。

上兵部相公启①

商隐启：伏奉指命，令书元和中太清宫寄张相公旧诗上石者②，昨一日书讫。伏以赋旷代之清词③，宣当时之重德。昔以道均契稷，始染江毫④；今幸庆袭韦平，仍镌宋石⑤。依于桧井，陷彼椒墙⑥。扶持固在于神明，悠久必同于天地。况惟菲陋，早预生徒，仰夫子之文章，曾无具体；辱郎君之谦下，尚遣濡翰⑦。空尘寡和之音，素乏入神之妙⑧。恩长感集，格钝惭深，但恐涕洟，终斑琬琰⑨。下情无任战汗之至。

① 大中四年十一月，令狐绹以兵部侍郎同中书门下平章事。五年，商隐由徐州入朝，作此启。

② 太清宫：长安老子庙。唐制，宰相兼太清宫使。元和九年，张弘靖为相，兼太清宫使。十四年，张镇汴，令狐楚为相兼太清宫使，寄诗与张。

上石：刻石。

③ 旷代：绝代，当世无比。清词：清新的词，指赞美老子庙的诗。

④ 契(xiè)稷：两位尧舜时的大臣，比张宏靖和令狐楚。江毫：江淹梦中有五色笔，见《南史·江淹传》。指楚作诗寄张。

⑤ 韦平：汉代韦贤、韦玄成，平当、平晏都是父子宰相，这里比张嘉贞、延赏、弘靖三代做宰相，令狐楚、绹两代做宰相，故称"庆袭"。宋石：《元和郡县志》："宋州本周之宋国，砀山县出文石，故名县。"

⑥ 桧井：伏滔《北征记》："有老子庙，庙中有九井，水相通。"《太清记》："亳州太清宫有八桧。"椒墙：用花椒和泥涂墙。此指把碑石嵌在老子庙壁上。

⑦ 菲陋：浅薄鄙陋，商隐谦称。生徒：是令狐楚的学生。夫子：指楚。具体：《孟子·公孙丑》："具体而微。"有其全体而小。此指不及老师的全才。郎君：指令狐绹。门生故吏，同对方的先代有恩谊的，称对方为郎君。濡翰：笔蘸墨，指写字。

⑧ 尘：辱。寡和：有曲高和寡意，指原诗写得高。入神：指书法极妙，此句谦称不妙。

⑨ 格钝：字的体式呆板。洟：鼻液。斑琬琰：涕洟沾湿碑石。琬琰本指珪玉，借指碑石。斑，斑点。

商隐工于书法，他在大中五年入朝，令狐绹还请他写碑。商隐《无题》"来是空言去绝踪"首，称"书被催成墨未浓"，亦是绹请他写字，这个启可作旁证。商隐工于四六文，用典贴切，如用"契稷"来比，既切张和令狐的为相，用"韦平"来比，更切两家的世代为相；一称"道均"，说明有道，一称"庆袭"，说明沿袭。用"桧井"切合老子庙的典故，用"椒墙"切合宫殿，老子庙正称太清宫。再像"夫子之文章"，照用《论语·公冶长》："夫子之文章可得而闻也。""郎君之谦下"，暗用应璩《与满公琰书》："外嘉郎君谦下之德。"满炳父宠，为太尉，应璩是他的故吏。像这样用典更是融化无迹。再像“恩长感集”，用“长”字“集”字都包括两代在内，“格钝惭深”，用“深”字既谦称字写得不好而惭愧，又感到不能取得绚的信任而惭愧，那末所谓“感集”里面既感楚的恩德，又感绚的为德不终；“涕洟”中既有感恩之泪，又有自伤之泪，所以不胜“战汗”，既是谦辞，又对绚的相国之尊，不胜战栗汗下了。

上河东公启[①]

商隐启：两日前，于张评事处伏睹手笔[②]，兼评事传指意，于乐籍中赐一人以备纫补[③]。某悼伤以来，光阴未几[④]。梧桐半死，才有述哀[⑤]；灵光独存，且兼多病[⑥]。眷言息胤，不暇提携[⑦]，或小于叔夜之男，或幼于伯喈之女[⑧]。检庾信荀娘之启，常有酸辛[⑨]；咏陶潜通子之诗，每嗟漂泊[⑩]。所赖因依德宇，驰骤府庭[⑪]，方思效命旌旄，不敢载怀乡土[⑫]。锦茵象榻，石馆金台[⑬]，入则陪奉光尘，出则揣摩铅钝[⑭]。兼之早岁，志在玄门[⑮]，及到此都，更敦夙契[⑯]，自安衰薄，微得端倪[⑰]。

① 河东公：柳仲郢，华原（今陕西耀州东南）人，字谕蒙。累升刑部尚书，封河东县男，尊称为公。大中五年，任东川节度使，聘商隐为节度书记。

② 评事：管狱讼的官。

③ 乐籍：古时官家有歌舞女，属于乐户的名册。备纫补：备缝补衣裳，是

嫁给的谦称。

④ 悼伤：商隐妻王氏约在夏秋间病死，离这时不久。

⑤ 枚乘《七发》："龙门之桐，高百尺而无枝，其根半死半生。"《文选》江淹《杂体诗》有潘岳《述哀》，指悼亡妻的诗。两句指妻死己存如梧桐半死，才有悼妻诗。

⑥ 王延寿《鲁灵光殿赋序》："自西京未央建章之殿，皆见隳坏，而灵光岿然独存。"比自己活着。

⑦ 眷言：顾恋，怀念。息胤：子女。

⑧《晋书·嵇康传》："康字叔夜。""男年八岁，未及成人。"《后汉书·蔡邕传》："蔡邕字伯喈。"《蔡琰别传》："琰字文姬，邕之女，少聪慧秀异。年六岁，邕鼓琴弦绝，琰曰第二弦，邕故断一弦，琰曰第四弦。"

⑨ 庾信有《又谢赵王赉(赐)息(子)丝布启》，称"某息荀娘"，又称"稚子胜衣"，即荀娘是子而不是女，或子取女名作小名。指柳仲郢给他子女的东西。

⑩ 陶潜《责子诗》："通子年九龄，但觅梨与栗。"嗟漂泊：感叹自己在外，不能照顾子女。

⑪ 因依：指依靠。德宇：恩德的庇护，指府主。驰骤：奔走效力。府庭：指幕府。

⑫ 旌旄：旗子，指节度使。这句指为柳仲郢效力。载怀：指还念；载，助词。

⑬ 锦茵象榻：饰有象牙的床榻，铺有锦绣的褥子。石馆金台：即有藏书的石室和接待贤才的黄金台。两句指府主招贤，给与厚待。

⑭ 光尘：称人的风采，指陪府主。揣摩铅钝：磨炼钝的铅刀，指磨炼自己。

⑮ 玄门：指道教。《老子》："玄之又玄，众妙之门。"

⑯ 敦：厚。夙契：早所契合的。指加强这种信念。

⑰ 衰薄：指禄命的微薄。端倪：头绪，指得到学道的头绪。

至于南国妖姬，丛台妙妓[18]，虽有涉于篇什，实不接于风流[19]。况张懿仙本自无双，曾来独立[20]，既从上将，又托英僚[21]。汲县勒铭，方依崔瑗[22]；汉庭曳履，犹忆郑崇[23]。宁复河里飞星，云间堕月[24]，窥西家之宋玉，恨东舍之王昌[25]。诚出恩私，非所宜称。伏惟克从至愿，赐寝前言，使国人尽保展禽，酒肆不疑阮籍[26]。则恩优之理，何以加焉。干冒尊严，伏用惶灼[27]。谨启。

⑱ 妖姬：指美女；妖指美艳迷人。丛台：张衡《东京赋》："赵建丛台于后。"战国赵有丛台。妙妓：美好的歌舞女。

⑲ 有涉于篇什：指诗中曾经写到她们。不接于风流：跟她们没有关系。

⑳ 无双：美貌和技艺都一时无两。独立：《汉书·外戚传》："李延年歌曰：'北方有佳人，绝世而独立。'"指世上没有的。

㉑ 从上将：即跟随柳仲郢。托英僚：托庇于幕府中英俊的僚属。

㉒《后汉书·崔瑗传》："迁汲令。开稻田数百顷，百姓歌之。迁济北相。"《崔氏家传》："迁济北率(帅)，官吏男女号泣，共垒作坛，立碑颂德而祠之。"此句指英僚。

㉓《汉书·郑崇传》："哀帝擢为尚书仆射，数求见谏争，上初纳用之。每见，曳革履。上笑曰：'我识郑尚书履声。'"此句指柳仲郢官刑部尚书。

㉔ 河里飞星：指七夕渡河的织女星飞来。云间堕月：云间的月亮掉下来，指张懿仙下嫁。

㉕ 宋玉《登徒子好色赋》："臣东家之子(女)，登墙窥臣三年，至今未许也。"梁武帝《河中之水歌》："人生富贵何所望，恨不早嫁东家王。"一说指王昌。两句指张虽有情，己实无意。

㉖ 展禽：即柳下惠。《荀子·大略》："柳下惠与后门者同衣而不见疑。"后门者即无宿处之女；同衣而抱于怀中，用衣裹住，一夜不发生非礼行

为。《世说·任诞》:“阮公邻家妇有美色,当垆沽酒。阮常从妇饮酒,醉便眠其妇侧。夫始殊疑之,伺察终无他意。”指保证张与己无关。

㉗ 伏:表敬语。惶灼:惶恐焦灼,灼指忧虑。

这篇启事,是商隐在大中五年三十九岁时写的,当时他正在壮年,妻已死去。府主柳仲郢托人致意,要把能歌善舞的张懿仙嫁给他。张的容貌和技艺,在当时是第一流的。可是他感念亡妻,婉言辞谢。他说早年就志在学道,到这时这种心思更加契合。他对于妖姬妙妓,“虽有涉于篇什,实不接于风流”。他写的艳情诗,包括《柳枝诗》、《燕台诗》、《河阳诗》,写的虽是妖姬妙妓,“实不接于风流”;至于早年志在学道,更谈不上什么玉阳学仙的艳迹了。他过去倘确有风流艳迹,那末在这里无用表白,对一时无双的张懿仙,在他方当壮年,也无用辞谢。把这件事跟他的《李夫人三首》结合起来看,那末他们伉俪之情非常深厚,真是生死不变。他在这里的表白应该是真诚的,有助于我们去理解他的艳情诗的。

就这篇文章看,也可以看到他工于四六文。四六文用对偶句来叙事是不合适的,所以他的四六文在开头的叙事部分是用散文的,文字简练,叙述清楚。“赐一人以备纫补”,这样说,既符合府主的地位,张懿仙的身份,措辞是得体的。再看他的四六文,写得比较灵活。如“梧桐半死,才有述哀;灵光独存,且兼多病”,是四字句两两相对,“梧桐”与“灵光”是用典,“多病”与“述哀”,一不用典,一用典而融化无迹。接下来“眷言息胤,不暇提携”,似对非对。“或小于叔夜之男,或幼于伯喈之女”,用七字句。这些都显得灵活多变。再像“至于南国妖姬,丛台妙妓,虽有涉于篇什,实不接于风流”。上面既有“至于”,下面又用了“虽”和“实”来表转折和承接。显得他虽用四六文,在表情达意方面,仍自然流畅。至于用典贴切,更不用说了。

谢河东公和诗启[①]

商隐启：某前因暇日，出次西溪，既惜斜阳，聊裁短什[②]。盖以徘徊胜境，顾慕佳辰，为芳草以怨王孙，借美人以喻君子[③]。思将玳瑁，为逸少装书，愿把珊瑚，与徐陵架笔[④]。斐然而作，曾无足观，不知谁何，仰达尊重，果烦属和，弥复兢惶。某曾读《隋书》，见杨越公地处亲贤，才兼文武，每舒锦绣，必播管弦[⑤]。当时与之握手言情、披襟得侣者，惟薛道衡一人而已。及观其唱和，乃数百篇，力钧声同，德邻义比。彼若陈葛天氏之舞，此必引穆天子之歌，彼若言太华三峰，此必曰浔阳九派[⑥]。神功古迹，皆应物无疲，地理人名，亦争承不缺，后来酬唱，罕继声尘[⑦]。常以斯风，望于哲匠，岂知今日，属在所天[⑧]。坐席行衣，分为七覆，烟花鱼鸟，置作五衡[⑨]。讵能狎晋之盟，实见取鄗之易[⑩]。不以衅鼓，惠莫大焉[⑪]。恐惧交萦，投错无地[⑫]，来日专冀谒谢，伏惟鉴察。谨启。

① 商隐在梓州河东公柳仲郢幕府里作了《西溪》诗，仲郢作了和诗，他写了这个谢启。

② 次：留驻。西溪：见《西溪》诗注。惜斜阳：《西溪》："不惊春物少，只觉夕阳多。"短什：《西溪》为五言排律。

③ 刘安《招隐士》："王孙游兮不归，春草生兮萋萋。"张衡《四愁诗序》："依屈原以美人为君子。"这里指他的诗有寓意。

④ 玳瑁：似龟，甲有斑点，可作装饰。逸少：王羲之字。《法书要录》："梁虞龢《论书表》曰：'二王（王羲之、王献之）缣素书珊瑚轴二帙，纸书金轴二帙，又纸书玳瑁轴五帙。'"珊瑚：生海中，红润似玉。徐陵：陈代著名作家，他的《玉台新咏序》称"玉树以珊瑚作枝"，又称"翡翠笔床"，是用翡翠架笔。这里作珊瑚架笔，当是平仄关系。这是说，这首《西溪》，字写得不如王羲之，不值得裱起来用珊瑚作轴；诗写得不如徐陵，不值得用珊瑚作笔架。

⑤ 杨越公：杨素，封越国公，与皇族同姓，掌朝政，故称"亲贤"。善属文，厚待薛道衡，尝以五言诗七百字赠薛，为一时名作。见《隋书·杨素传》。薛道衡，隋代著名诗人，声名显著，一时无比，见《隋书·薛道衡传》。舒锦绣：指作诗。播管弦：指配乐演奏。

⑥《吕氏春秋·古乐》："昔葛天氏之乐，三人操牛尾投足以歌八阕（曲）。"周穆王有答西王母谣、黄泽谣、黄竹歌，见《穆天子传》。太华山在陕西，有三峰，中为莲花峰，东为仙人掌，南为落雁峰。浔阳：在今江西九江。长江在这里分为九派。

⑦ 神功古迹：《初学记·华山》："河神巨灵以手掌擘开其上，以足蹈离其下，中分为两，以通河流。今睹手迹于华岳上，指掌之形具在。"应物无疲：应对不穷。地理人名：如太华、浔阳，葛天氏、穆天子。争承：争着先后承接。声尘：声韵事迹。

⑧ 哲匠：哲人比大匠。所天：所仰望依靠的人，指仲郢。

⑨ 坐席行衣：坐在席上，走时衣动，指坐或走。分为七覆：分作七处埋伏。烟花鱼鸟：欣赏烟花鱼鸟。置作五衡：布置五个阵地。阵作衡，当因平仄关系。这里指或坐或走，或观赏景物，作诗争胜，像作战的设埋伏，布阵地。指仲郢和诗要胜过自己。七覆见《左传》宣公十二年，五阵见《左传》昭公元年。

⑩ 讵：岂。狎晋盟：晋楚争做盟主，"楚人曰：'晋楚狎（轮流）主诸侯之盟也久矣，岂专在晋？'"见《左传》襄公二十八年。这是说楚岂能代晋作

盟主，即自己不能胜过对方。取鄫易：《左传》昭公五年："取鄫，言易也。"鲁国取得鄫国非常容易。这是指仲郢胜过自己很容易。

⑪ 衅鼓：杀俘虏用血涂鼓坼裂处。这句说，自己败了，仲郢不加惩罚。

⑫ 投错无地：投置无地，无地自容。

这篇启，是谢柳仲郢和他的《西溪》诗而作。它的意义在于说明作者的用意，他不在于写胜境佳辰，在于"为芳草以怨王孙，借美人以喻君子"，是有寄托的。因此，只着眼于诗中所写的芳草美人，忽略了他的"怨王孙""喻君子"，就没有懂得他的用心，没有读懂他的诗。因此，这篇谢启对怎样读他的诗有启发。

这篇谢启，一方面推重府主，一方面也自占身份。他用杨素来比府主，只取杨素的才兼文武，工于作诗。杨素同杨广勾结，施展阴谋，陷害太子勇、蜀王秀，不是正人。商隐用他来比柳仲郢，这说明唐人用典，没有这些顾忌的。他自比薛道衡，薛一时无两，这是自占身份。最后把和诗跟原作争胜，比做战争，看得特别郑重。

献相国京兆公启[①]

某启。昔师旷荐音，玄鹤下舞，后夔作乐，丹凤来仪；是则师旷之丝桐，以玄鹤知妙，后夔之金石，以丹凤彰能[②]。然而师旷之前，抚徽轸者不少[③]，后夔之后，谐律吕者至多，曾不闻玄鹤每来，丹凤常至，岂鸣皋藻质，或有所私，巢阁灵心，不能无党[④]？以今虑古，愚窃疑焉。

① 相国京兆公：杜悰字永裕，万年（在今陕西长安）人。万年属京兆，故称京兆公。悰于会昌四年由淮南节度使入为尚书右仆射兼门下侍郎同平章事，故称“出持戎律，入践台司”，称为相国。五年，出为剑南东川节度使。大中三年奏取维州，故称“详观天意，取在坤维”。六年，商隐奉东川节度使柳仲郢命，往西川推狱，本篇当作于此时。

② 师旷：春秋时晋音乐师。《韩非子·十过》：“平公问师旷曰：‘清商固最悲乎？’师旷曰：‘不如清徵。’师旷援琴而鼓，一奏之，有玄（黑）鹤二八，道南方来，集于郎门之垝；再奏之而列；三奏之延颈而鸣，舒翼而舞，音中宫商之声，声闻于天。”《书·益稷》：“夔（kuí，即后夔，舜时主管音乐的官）曰：‘戛击鸣球，搏拊琴瑟。箫韶（舜乐）九成，凤凰来仪。’”丝桐：指琴。金石：指钟磬，同戛击相应。

③ 徽：琴上系弦的绳。轸：系徽的短柱。

④《诗·小雅·鹤鸣》：“鹤鸣于九皋（沼泽地），声闻于天。”鲍昭《舞鹤赋》：“钟浮旷之藻质。”聚浮于空旷沼泽的藻类，指鹤以藻为食。《尚书中候》：“凤凰巢阿阁。”

伏惟相公正始敦风，中和执德[5]。卫玠谈道，当海内之风流；张华聚书，见天下之奇秘[6]。自顷出持戎律，入践台司[7]。暗合孙吴，乃山涛馀力；自比管乐，亦孔明戏言[8]。斯皆尽纪朝经，全操乐职[9]；虽鲁庭更仆，魏馆易衣，欲尽揄扬[10]，终成漏略。而复调元气之暇，居外相之馀，偃仰缣缃[11]，留连章句，亦师旷之玄鹤，后夔之丹凤不疑矣。

⑤《诗·周南·关雎序》：“《周南》、《召南》正始之道，王化之基。”正始指

正夫妇。敦风：厚风俗。中和：中正和平。

⑥《晋书·卫玠传》："（玠）风神秀异，好言玄理。琅邪王澄有高名，少所推服，每闻玠言，辄叹息绝倒（倾倒）。故时人为之语曰：'卫玠谈道，平子绝倒。'"又《张华传》："（华）雅爱书籍。天下奇秘、世所希有者，悉在华所。"

⑦ 会昌四年，杜悰由淮南节度使守尚书右仆射兼门下侍郎同平章事。出持戎律，指镇淮南，入践台司，指同平章事。台司：三公府，指为相国。

⑧《晋书·山涛传》："吴平之后，帝诏天下罢军役，州郡悉去兵。涛论用兵之本，以为不宜去州郡武备，其论甚精。于时咸以为不学孙吴，而暗与之合。"《三国志·蜀书·诸葛亮传》："诸葛亮字孔明。亮躬耕陇亩，每自比于管仲、乐毅。"

⑨ 朝经：朝廷上经国大事。乐职：《汉书·王褒传》："益州刺史王襄，欲宣风化于众庶，闻王褒有俊才，使作《中和乐职宣布诗》。"乐职是可以演奏的赞美诗。

⑩《礼·儒行》："（鲁）哀公曰：'敢问儒行。'孔子对曰：'遽（匆忙）数之不能终其物（事），悉数之乃留（久留），更仆未可终也。'"久则疲倦，虽使臣仆更换来讲，也未可尽言，极言其多。《三国志·魏志·荀彧传》注引《文士传》："时鼓吏击鼓过，皆当脱其故服，易着新衣。次（祢）衡，衡击为渔阳三挝，容态不常，音节殊妙。过不易衣，吏呵之，衡乃当太祖前，以次脱衣，裸身而立，徐徐乃着裈帽毕，复击鼓三挝。"原文本指曹操要侮辱祢衡，这里指先击鼓，再换衣后击鼓，要休息一下。揄扬：宣扬赞美。

⑪ 调元气：《书·周官》："论道经邦，燮理阴阳。"调和阴阳，即调元气，为三公或宰相之职。居外相：会昌五年，杜悰罢知政事，出为剑南东川节度使。原为宰相，调外任，因称外相。偃仰：俯仰。缣缃：用丝织品写书，故书卷称缣缃。

若某者幼常刻苦，长实流离。乡举三年，才沾下第；宦游十载，未过上农⑫。顾筐箧以生尘，念机关而将蠹⑬。其或绮霞牵思，珪月当情，乌鹊绕枝，芙蓉出水，平子四愁之日，休文八咏之辰，纵时有斐然，终乖作者⑭。去前月二十四日误干英眄，辄露微才⑮。八十首之寓怀，幽情罕备；三十篇之拟古，商较全疏⑯。过丰隆以操槌，对西子以窥镜⑰，比其阔略，仍未等伦。然犹斧藻是思，丹青不足，亟挥柔翰，屡赞神锋，讵成褒德之词，自是抒情之日⑱。言无万一，渎有再三，不谓恕以萧稂，加之金臒⑲。频开庄驿，累泛融尊⑳。揖西园之上宾，必称佳句；携东山之妙妓，或配新声㉑。是以疑玄鹤之有私，意丹凤之犹党者，盖在此也。

⑫ 商隐于开成二年(837)中进士第，到四年为秘书省校书郎，正三年。下第：指品级低。他在开成四年(839)为弘农尉，到大中五年(851)在东川柳仲郢幕，柳派他去西川推狱，在成都遇杜悰，已宦游十三年，举成数称十载。上农：上等农民。

⑬ 筐箧：箱子。生尘，指久已不动。机关：可转动，如户枢等。《意林》二："户枢不蠹。"此指妻死后，房子空关，户枢将蠹。

⑭ 谢朓《晚登三山还望京邑》："馀霞散成绮。"江淹《别赋》："秋月如珪。"曹操《短歌行》："月明星稀，乌鹊南飞。绕树三匝，无枝可依。"锺嵘《诗品》："汤惠休曰：'谢诗如芙蓉出水。'"张衡《四愁诗序》："阳嘉中出为河间相，郁郁不得志，为《四愁诗》。"张衡字平子。沈约字休文。《金华志》："《八咏诗》，南齐隆昌元年太守沈约所作，题于玄畅楼。"诗共八首。斐然：状文采。此言情景相生，虽有诗思，终不合作者。

⑮ 干英眄：触犯英明盼览，指谒见。露才：显露诗才。

⑯《晋书·阮籍传》："作《咏怀》诗八十馀篇，为时所重。"江淹《杂体诗序》："今作三十首诗，效其文体。"此言写了一些诗送给杜悰，抒情拟古，颇多疏略。

⑰ 丰隆：雷神。在雷神前操槌击鼓，在西子前窥镜自照，极言班门弄斧之可笑。

⑱ 斧藻：指修饰文词。丹青：指文采。《法言·学行》："吾未见好斧藻其德，若斧藻其楶(柱头斗栱)者也。"原指品德的进修。柔翰：毛笔。神锋：精神所显示的锋芒，指杜悰。《晋书·王澄传》："尝谓衍曰：兄形似道而神峰太隽。"峰，通锋。讵：岂。褒德抒情：指五言《述德抒情诗献上杜七兄仆射相公》。

⑲ 万一：指无万一得当。再三：指再三渎辱。萧稂：蒿草和莠草。《诗·曹风·下泉》："浸彼苞(草丛生)稂""浸彼苞萧"。金雘(huò获)：朱红色。此言自己诗不好，得杜悰夸奖。

⑳ 庄驿：指客馆。《史记·郑当时传》："当时字庄。常置驿马长安诸郊，存诸故人，请谢宾客。"融尊：指宴席。《后汉书·孔融传》："常叹曰：'坐上客常满，尊中酒不空，吾无忧矣。'"

㉑ 西园：指杜悰的园林。曹植《公宴诗》："清夜游西园。"是曹丕的园林。东山：谢安隐居处。他早年隐居在浙江上虞东山，后又在金陵东山。《晋书·谢安传》："中丞高崧戏之曰：'卿累违朝旨(不出仕)，高卧东山。'"

始荣攀奉，俄叹艰屯。以乐广之清羸，披扬雄之颠眩，遥烦攻疗[22]，旋旷趋承。游梁苑以无期，窜漳滨而有日[23]。矧以游丁鳏子，不忍羁孤，期既迫于从公，力遂乖于携幼[24]。安仁挥涕,奉倩伤神[25]。男小于嵇康之男,女幼于蔡邕之女[26],每蒙顾问,必降咨嗟。抚身世以知归,望门墙而益恳。

㉒ 乐广当作卫玠。《晋书·卫玠传》:“其后多病,体羸(瘦)。”扬雄《剧秦美新》:“臣尝有颠眩病。”攻疗:治疗。

㉓ 梁苑:《史记·梁孝王世家》:“于是孝王筑东苑,方三百馀里。招延四方豪杰。”窜漳滨:刘桢《赠五官中郎将》:“余婴沉痼疾,窜身清漳滨。”此言未能入杜悰幕,只能抱病归隐。

㉔ 游丁:游子。鳏子:无妻的人。羁孤:指无母的儿女。迫于从公:为公家办事有程期,指为柳仲郢办事。乖于携幼:不能携儿女来。

㉕ 潘岳妻死作《悼亡》诗:“抚衿长叹息,不觉泪沾襟。”《三国志·魏书·荀彧传》注引《晋阳秋》:“荀粲字奉倩。妇病亡,未殡。傅嘏往唁粲,粲不哭而神伤。”

㉖ 男年小于八岁,女年小于六岁,见《上河东公启》注⑧。

当今允推常武,将庆休辰,轩后之忆先、鸿,殷帝之思盘、说[27]。详观天意,取在坤维,弼光宅之功,议置器之所,载求列辟,谁敢抗衡[28]。愚此际倘必辨杯蛇,不惊床蚁,尚冀从下执事,为太平民[29]。望谢傅之蒲葵,咏召公之棠树[30]。恭惟慎调寝膳,克副人祇[31]。伏恐本府已有追符,即日径须上路[32]。倚大夏之节杖,入彭泽之篮舆[33],不复拾级宾阶,致辞公府。故欲仰青田之叙感,瞻丹穴以兴怀[34]。秃逸少之鹿毛,书情莫竭;尽休明之茧纸,写恋难穷[35]。企望旌幢[36]，无任陨泪感激之至。谨启。

㉗ 常武：《诗·大雅·常武》："王命卿士，整我六军，以修我戎。"指经常整军讨叛。休辰：美好时日。先、鸿：《史记·五帝纪》："黄帝者，姓公孙，名曰轩辕。举风后、力牧、常先、大鸿以治民。"盘、说：《书》有《盘庚》《说命》，盘庚为商的贤君，傅说为商的贤相。此言皇帝当怀念杜悰，加以进用。

㉘ 坤维：地维，古称地是方的，四角有大绳系住称地维。《列子·汤问》："折天柱，绝地维。"此指杜悰奏取维州（在今四川理番西）。弼：辅佐。光宅：《书·尧典·序》："光宅天下。"光照宇内。置器：指拜相。《汉书·贾谊传》："今人之置器，置诸安处则安，置诸危处则危。"列辟：列侯，指各地大臣。抗衡：对抗。此指唐帝求相，当用杜悰。

㉙《风俗通义》九："予之祖父（应）郴为汲令，（赐）主簿杜宣酒。时北壁上有悬赤弩，照于杯，形如蛇，宣畏恶之，然不敢不饮，其日便得胸腹痛切。郴还听事，顾见悬弩。使宣于故处设酒，杯中故复有蛇。宣遂解。"《晋书·殷仲堪传》："仲堪父师。尝患耳聪，闻床下蚁动，谓之牛斗。"下执事：下面办事员，借指杜悰。此言心无惊疑，愿在杜悰治下为民，即愿入杜悰幕府。

㉚《晋书·谢安传》："安少有盛名，时多爱慕。乡人有罢中宿县者，还诣安。安问其归资，答曰：'有蒲葵扇五万。'安乃取其中者捉之。京师士庶竞市（买），价增数倍。"《诗·召南·甘棠》："蔽芾（盛貌）甘棠，勿剪勿败，召伯所憩。"此言望杜悰帮助，当歌咏他。

㉛ 人祇：指能够符合人和神的期望，都希望他康强。

㉜ 本府：指柳仲郢幕府催他回去。

㉝《史记·大宛传》："张骞曰：'臣在大夏时见邛竹杖。'"《晋书·陶潜传》："素有脚疾，向乘篮舆，亦足自反。乃令一门生、二儿共举之。"此言扶杖坐轿回去。

㉞《初学记·鹤》:“《永嘉郡记》曰:‘有洙沐溪,去青田九里。此中有一双白鹤,年年生子,长大便去,只惟馀父母一双在耳。’”《山海经·南山经》:“丹穴之山,有鸟名曰凤皇。”此联系开头的鹤与凤而生感。

㉟《晋书·王羲之传》:“羲之字逸少。”崔豹《古今注》:“蒙恬始造,即秦笔耳。以枯木为管,鹿毛为柱,羊毛为被,所谓苍毫,非兔毫竹管也。”《三国志·吴书·赵达传》注引《吴录》:“皇象字休明,幼工书。”《法书要录》三:“(王羲之)挥毫制(兰亭)序,兴乐而书,用蚕茧纸、鼠须笔,遒媚劲健,绝代更无。”

㊱ 幢:旗类。旌幢:指杜悰,节度使有旌幢。

商隐在柳仲郢幕府,奉柳命去西川推狱。他到了成都,写自己的诗送给西川节度使杜悰,得到杜的赞美,还把他的诗配乐演奏,还问他的健康情况,关心他妻死的家计。这使他感激不尽,很想投到杜的幕府里去,写了这篇启。从这里可以看到当时文人,对封疆大吏往往献谀。《新唐书·杜悰传》称:“悰于大议论往往有所合,然才不周用,虽出入将相,而厚自奉养,未尝荐进幽隐,故时号秃角鹰。”商隐对他的推崇,未免溢美。有关这方面的文章,就选这一篇以见一斑。

就修辞看,这篇还有它的特点。开头用了两个比喻:“师旷荐音,玄鹤下舞;后夔作乐,丹凤来仪。”这两个比喻比什么不说出来,引起读者看下文。下文还是不说,只说玄鹤、丹凤飞来,说明师旷、后夔的音乐奏得好。但对别的奏乐者,不论奏得怎么好,却没有听说有玄鹤丹凤飞来,难道玄鹤丹凤只是对师旷后夔有偏爱吗?这就从两个比喻里引出“或有所私”,“不能无党”的怀疑。这两个比喻比什么还是不说,造成悬念。用比喻来引起疑问,造成悬念,这是本篇的特点。接下去指出杜悰爱赏诗篇,“亦师旷之玄鹤,后夔之丹凤不疑矣”。这才点明所谓师旷后夔是比喻诗篇的作者,玄鹤丹凤是比赏识诗篇的杜悰，从而消释了上面提出的疑问。这里对于开头所引两个比喻比什么是说明了，但对全篇来说，究竟说什么还不清楚。因此，对这两个比喻比什么，实际上只说明了一半，还有更重要的意思还未说明。

下面讲到自己写诗，有寓怀的，有拟古的，送给杜悰看，未免班门弄斧。可是杜悰大加称赏，还把他的诗配乐演奏。“是以疑玄鹤之有私，意丹凤之犹党者，盖在此也。”自己的诗写得不好，杜悰那样赞美，所以疑心他“有私”“犹党”。这不仅呼应上文的“或有所私”“不能无党”的疑问，更进一步指出师旷后夔的奏乐，比自己的作诗，玄鹤丹凤的飞舞，比杜悰的赞赏，这才把开头这两个比喻比什么的意思说出来了。到结尾，指出“故欲仰青田之叙感，瞻丹穴以兴怀”，还是呼应玄鹤丹凤，表示对杜悰的感激。这样，这篇文章的主旨，就是把自己的诗篇比作师旷后夔的奏乐，把杜悰的赞赏，比作玄鹤丹凤的飞舞，最后表达对玄鹤丹凤，也即对杜悰的感激之情。这样，这两个比喻贯彻全篇，使得比喻和全篇结构密切结合，这样运用比喻是很少见的。用玄鹤丹凤来比杜悰，是对杜悰的推重；把师旷后夔来比自己，是给自占身份。虽称美封疆大吏，但绝无卑躬屈节之意，这是可取的。

樊南乙集序

余为桂林从事日，尝使南郡，舟中序所为四六，作二十编[①]。明年正月，自南郡归。二月府贬；选为盩厔尉[②]。与班县令武公刘官人同见尹[③]。尹即留假参军事[④]，专章奏。属天子事边，康季荣首得七关，数月，李玭得秦州，月馀，朱叔明又得长乐州，而益丞相亦寻取维州[⑤]，联为章贺。时同僚有京兆韦观文、河南房鲁、乐安孙朴、京兆韦峤、天水赵璜、长乐冯颛、彭城刘允章[⑥]，是数辈者皆能文字，每著一篇，则取本去。

① 见上《樊南甲集序》。

② 大中二年二月，桂管观察使郑亚贬循州，商隐于三四月间离桂州北归。五月至潭州，冬初返长安，选为盩厔（今陕西周至）尉。

③ 冯浩注："班县令，或班姓而即令盩厔者。武公，疑作武功（在今陕西），属京兆府。刘官人似官于武功者。"尹：京兆尹。

④ 假参军事：代理法曹参军。

⑤《通鉴》大中三年二月，"吐蕃秦、原、安乐三州及石门等七关来降。六月戊申（二十六日）泾原节度使康季荣取原州（治所在今甘肃固原）及石门、驿藏、木峡、制胜、六盘、石硖六关（另有木靖，共七关）。秋七月丁巳（初六日），灵武节度使朱叔明取长乐州（治所在今甘肃狄道）。甲戌（二十三日），凤翔节度使李玭取秦州（治所在今甘肃天水）。冬十月，西川节度使杜悰奏取维州（治所在今四川理番西）。"益丞相：益州的丞相，即杜悰以丞相出为西川节度使。

⑥ 京兆：唐京城所辖地。河南：府名，治洛阳。乐安：郡名，治所在今山东惠民南。天水：治所在今甘肃。长乐：在今福建。彭城：今山东铜山。

是岁，葬牛太尉，天下设祭者百数[⑦]。他日，尹言："吾太尉之薨，有杜司勋之志与子之奠文[⑧]，二事为不朽。"

⑦ 牛僧孺（779—848），字思黯，狄道（在今甘肃）人。穆宗时同平章事，武

宗时累贬循州长史，宣宗立，还朝为太子太师，卒，赠太尉。

⑧ 吾太尉：尹当姓牛，故称吾。杜司勋：杜牧，见《杜司勋》注①。志文见《唐文粹》。奠文：失传。

十月，尚书范阳公以徐戎凶悍，节度阙判官，奏入幕[⑨]。故事，军中移檄牒刺皆不关决记室，判官专掌之[⑩]；其关记室者，记室假，故余亦参杂应用[⑪]。明年府薨；选为博士，在国子监太学，始主事讲经[⑫]，申诵古道，教太学生为文章。七月，尚书河东公守蜀东川，奏为记室[⑬]。十月，得见吴郡张黯见代，改判上军；时公始陈兵，新作教场，阅数军实[⑭]。判官务检举条理，不暇笔砚。明年，记室请如京师，复摄其事[⑮]。自桂林至是，所为已五六百篇，其间可取者四百而已。

⑨ 大中三年，以义成军节度使范阳（治所在今北京大兴）卢弘止为武宁军节度使，治徐州。徐州骄兵屡逐主帅，弘止至，都虞候胡庆方复谋作乱，弘止诛之，军府获安。弘止聘商隐入幕为判官。

⑩ 移：有对人民的告示，有告文官的，要对方改变看法。檄：出兵时誓师宣言。牒：较短的文书。刺：陈述不同意见的文书。关决：关照决定，即不由记室处理。

⑪ 假：记室请假，也由判官办理文书，当时幕府中不止一人，所以商隐也参与办理。

⑫ 大中五年春，卢弘止卒。商隐由徐州入朝，补太学博士。国子监：唐代的最高学府，统辖国子学、太学、四国学。

⑬ 大中五年七月，柳仲郢任东川节度使，请商隐为节度书记。

⑭ 吴郡：治所在今江苏吴县。张黯代为书记，商隐改为上军判官。教场：练兵场。阅数军实：检阅军队，检点器械粮饷。

⑮ 如：往。摄：代理。

三年以来，丧失家道，平居忽忽不乐，始克意事佛，方愿打钟扫地，为清凉山行者[16]。于文墨意绪阔略，为置大箧，涂逭破裂，不复条贯[17]。十月，弘农杨本胜始来军中[18]。本胜贤而文，尤乐收聚笺刺，因恳索其素所有。会前四六置京师，不可取者，乃强联桂林至是所可取者，以时以类，亦为二十编，名之曰四六乙。此事非平生所尊尚，应求备卒，不足以为名，直欲以塞本胜多爱我之意，遂书其首。是夕大中七年十一月十日夜，火尽灯暗，前无鬼鸟[19]一如大中元年十月十二日夜时，书罢永叹，际明而不成寐。

⑯ 丧失家道：大中五年(851)夏秋间，商隐妻王氏卒。清凉山：即山西五台山。行者：修行佛道者，实际是在家修行。

⑰ 涂逭(huàn)：道路转运。条贯：整理。

⑱ 弘农：在今河南灵宝南。杨筹，字本胜，官至监察御史。

⑲ 鬼鸟：《岭表录异》："有如鸺留(猫头鹰)，名鬼车，生秦中，而岭外尤多。"

这篇乙集序，可以考见他从桂林回长安以后的一段经历，也可看到他的文章散失不少，像被京兆尹称为可以不朽的祭牛僧孺文也失传了。京兆尹称杜牧的牛僧孺志也可以不朽。从这里可以看出杜牧和李商隐对牛李党争的态度。杜牧写的志文是赞美牛僧孺的，但杜牧几次上书给李德裕，给他提供用兵策略，得到李德裕的采纳。可见他并没有牛李党派之见。商隐在《会昌一品集序》等文里面，极推重李德裕，他的祭牛僧孺文得到京兆尹的赞赏，当也是赞美牛僧孺的，可见他也没有牛李党派之见。从这篇序里，也可见他妻死以后，意志消沉，转而信佛。

容州经略使元结文集后序①

次山有《文编》，有《诗集》，有《元子》②，三书皆自为之序。次山见誉于弱夫苏氏，始有名③；见取于公浚阳公，始得进士第④；见憎于第五琦元载⑤，故其将兵不得授，作官不至达，母老不得尽其养，母丧不得终其哀⑥，间二十年⑦。其文危苦激切，悲忧酸伤于性命之际，自《占心经》以下若干篇⑧，是外曾孙辽东李恽辞收得之，聚为《元文后编》。

① 元结(719—772)，字次山，河南鲁山(今属河南)人。官至容管经略使，治容州，在今广西容县。《元结文集后》即《元文后编》，是元结外曾孙李恽辞编。

② 《元结文编》十卷，《元子》十卷，见《新唐书·艺文志》。《元结诗集》，《艺文志》不载。三书皆元结自编，皆不传。今本《次山集》，为后人所编。

③ 苏源明，字弱夫，武功（在今陕西）人。为国子司业。肃宗向苏源明问天下人才，苏推荐元结，用为右金吾兵曹参军，摄监察御史。

④ 阳公：阳浚，官礼部侍郎。《文编序》："阳公见《文编》，叹曰：'以上第污元子耳，有司得元子是赖。'明年，都堂策问群士，竟在上第。"

⑤ 第五琦：字禹珪，长安（在今陕西）人。以善理财著名，官至同中书门下平章事。元载：字公辅，岐山（在陕西）人。代宗时累官中书侍郎，纵诸子通贿赂。第五琦讲理财，元结体恤民困，主张免赋，又拒绝行贿，当因此被憎。

⑥ 肃宗时，元结摄领山南东道府，治襄州。代宗立，固辞归去。此即将兵不得授，作官不得达。元结任容管经略使时，遭母丧，民诣府请留，立石颂德。此即不能奉养老母，母丧不能守丧。

⑦ 元结于肃宗至德初出仕，至代宗大历时去职，约十馀年，举成数称二十年。

⑧《占心经》：《占心经》以下的文章，为李恽辞所收集。

次山之作，其绵远长大，以自然为祖，元气为根，变化移易之[⑨]。太虚无状，大贲无色，寒暑攸出，鬼神有职[⑩]。南斗北斗，东龙西虎[⑪]。方向物色，欻何从生，哑钟复鸣，黄雉变雄[⑫]。山相朝捧，水信潮汐[⑬]。若大压然，不觉其兴，若大醉然，不觉其醒[⑭]。其疾怒急击，快利劲果，出行万里，不见其敌[⑮]。高歌酣颜，入饮于朝[⑯]。断章摘句，如娠始生狼子豽孙，竞于跳走，剪馀斩残，程露血脉[⑰]。其详缓柔润，压抑趋儒，如以一国买人一笑，如以万世换人一朝[⑱]。重屋深宫，但见其脊，牵繂长河，不知其载[⑲]。死而更生，夜而更明[⑳]。衣裳钟石，雅在宫藏[㉑]。其正听严毅，不滓不浊，如坐正人，照彼佞者，子从其翁，妇从其姑[22]。竖麾为门，悬木为牙，张盖乘车，屹不敢入[23]。将刑断死，帝不得赦[24]。其碎细分擘，切截纤颗，如坠地碎，若大嚥馀[25]。锯取朽蠹，栎蟒出毒，刺眼楚齿，不见可视，顾颠踣错杂，污瀦伤损，如在危处，如出梦中[26]。其总旨会源条纲正目，若国大治，若年大熟，君君尧舜，人人羲皇，上之视下，不知有尊，下之望上，不知有篡[27]。辫头凿齿，扶服臣仆，融风彩露，飘零委落，耋老者在，童龀者蕃，邪人佞夫，指之触之，薰薰熙熙，不识其故[28]。吁，不得尽其极也[29]。

⑨ 自然为祖：效法自然。元气为根：元气是化生万物的，即以按照事物自然的变化为主。

⑩ 太虚：太空中有气，没有一定的形状。大贲无色：《易·杂卦》："贲，无色也。"贲是装饰，大的装饰聚集各种色彩，没有一定的色彩。寒暑攸出：寒暑从太空气温变化所造成。鬼神有职：这种变化像鬼神所管。这是指他的文章没有一定的形象色彩，随着形势而变化，像鬼斧神工那样变化不测。

⑪ 南斗北斗：天文称中宫北斗星，北宫南斗星。东龙西虎：东宫苍龙星，西宫白虎星。见《史记·天官书》。这里讲天象的变化，指文章的变化。

⑫ 方向：乐器名，磬类，铜铁制，打击发声。向，通"响"。物色：物品。歘(xū)：忽然。哑钟：《旧唐书·张文瓘传》："太乐有古钟十二，近代惟用其七，馀有五，俗号哑钟，莫能通者。(文瓘从父弟)文收吹律调之，声皆响彻。"黄雉变雄：《旧唐书·五行志》："高宗文明后，天下频奏：雌雉化为雄。"这是指元结的文章像方响忽生，哑钟复鸣，黄雉变雄，即这种拙朴的文章忽然复鸣变雄，成为一时的雄文了。

⑬ 山相朝捧：山的形状像众峰朝见拥护主峰。水信潮汐：潮水有信，分早潮晚潮。这是指他的文章像山的主峰，水的潮信，为众所拥护信从。

⑭ 大压、大醉：在六朝文风的大压力下不觉得元结质朴文风的兴起，在众人大醉下不觉得他的清醒，指出他的文章纠正文风，保持清醒，出于自然。

⑮ 疾怒急击：他的文章情绪愤怒，对敌急击，风格快利坚劲果敢，一时无敌。

⑯ 高歌入朝：比文章对敌急击的胜利凯旋。

⑰ 娠：怀孕。豽(duō)：似狗，豹文，有角。剪馀斩残：即除去狼子豽孙。此指删改，删去多馀残剩的，使文章脉络露出来。删去的像断章摘句，好比狼子豽孙，争着跑跳，加以删除。

⑱ 详缓压抑：详尽、柔缓、滋润，抑制自己使趋于和缓。儒指柔缓。买一笑：以一国之大换人一笑之微，以万世之久换人一朝之短促。指一种柔婉的风格，力求能打动人心。

⑲ 见脊：重屋深宫的内容看不见，只看到屋脊。繂(lǜ)：大绳。在长河里拉纤，看不见船里载的东西。这里指文章内容的含蓄深沉。

⑳ 死而更生，夜而更明：指文章写到绝处逢生，暗处转明，善于转折。

㉑ 钟石：指粮食，六斛四斗为一钟，百斤为一石。雅在宫藏：常藏在宫内，指含蓄。

㉒ 正听：端正视听。严毅：严肃刚毅。滓浊：污秽。这里指他的文章严正澄洁，能够照见不正者，使人信从，像子从父，妇从姑。

㉓ 麾：旗类。牙：衙门。屹：像山竖立。竖一旗作军门，挂一木作衙门，大官坐车张盖不敢进去。指文章立论虽简，贵人不敢反对。

㉔ 断死：判处死刑。指他的结论，皇帝不敢动摇。

㉕ 擘：分开。纤颗：细粒。指文章分析得细致。

㉖ 栎：同擽(lì)：击。楚齿：牙齿酸痛。颠踣：跌倒。污潴(zhū)：污水积聚。指除去坏的有毒的，防止跌倒、杂乱、污秽、伤损。如在〔出〕危

处：如脱离危处。"在"当作"出"。如梦中得醒。指文章除去种种弊害。

㉗ 总旨：总的宗旨。会源：总的源头。条纲正目：犹纲举目张。君君尧舜：每个君都像尧舜。人人羲皇：每个人都像伏羲，指道德高尚的人。上不知尊，下不知篡：没有贵贱，没有篡夺，即至德之世。指元结文中的理想境界。

㉘ 辫头：头上梳辫子。凿齿：齿长。扶服：伏地爬。融风：和风。彩露：《洞冥记》："（武）帝曰：'何谓吉云？'（东方）朔曰：'其国俗以云气占吉凶，若吉事则满室云起，五色照人，著于草树，皆成五色露珠，甚甘。'"飘零委落：指彩露随风飘落。耋（dié）：老人。龀（chèn）：小孩换牙。蕃：生长。熙熙：和乐。指少数民族前来归附。天降祥瑞。老人长寿，儿童成长。邪人碰到了，也变得好了。这里指按照他的文章做去，可以使国泰民安，少数民族归化，坏人变好。

㉙ 尽其极：不能使他的文章的作用发挥到极点，指朝廷不能用他。

而论者徒曰：次山不师孔氏为非[30]。呜呼！孔氏于道德仁义外有何物？百千万年，圣贤相随于涂中耳。次山之书曰："三皇用真而耻圣，五帝用圣而耻明，三王用明而耻察[31]。"嗟嗟此书，可以无书[32]。孔氏固圣矣，次山安在其必师之耶！

㉚ 徒：空，枉自。师：效法。孔氏：孔子。

㉛ 用真而耻圣：三皇讲真淳，以圣德为耻，因为有了圣德的人，即有不道德的人，故以为耻。用圣而耻明：五帝讲圣德，以英明为耻，圣德是讲道德，英明是讲智慧，道德高于智慧。用明而耻察：三王讲究英明，以

察察为耻。英明是智慧，察察是弄小聪明和权术。权术不如智慧。
㉜ 可以无书：即有了此书，可以不必再有他书了。

唐朝讲古文的，首推韩愈、柳宗元。韩柳以前提倡古文的，有萧颖士、李华、元结等人。韩愈的提倡古文，主张提倡儒家之道，主要是孔子之道。元结的古文却不师法孔子。孔子以圣为最高道德，元结认为五帝用圣，但三皇用真比五帝更高，这就背离了孔子，接近于道家学说了。因此，元结在古文上地位，还不如李华、萧颖士。商隐替《元文后编》作序，却特别推崇元结的古文，这是很难得的。他的推崇元结古文，先要破除"次山不师孔氏为非"这种思想。他认为孔子不过提倡道德仁义，元结所提倡的三皇用真，已经超过道德仁义。这实际上是《老子》"失道而后德，失德而后仁，失仁而后义，失义而后礼"的思想。"三皇用真"即得道，"五帝用圣"即失道而后德，"三王用明"即失德而后义、而后礼，"耻察"以察察为明为耻，即以法家用法为耻。老子的这种思想其实是不正确的。商隐推崇元结的这种思想，它的意义不在于这种思想本身，在于他敢于破除孔子思想的束缚上。

这篇文章的价值还在于论文，他从多方面来立论，既指出其文的危苦激切悲忧酸伤，又指出其文的疾怒急击快利劲果，又指出其文的详缓柔润压抑趋儒。更突出的是通过多种比喻来作说明，如天文的南斗、东龙，音乐的方响哑钟，自然界的山相水信，人事的大压大醉；更用复杂的事物来比，如"竖麾为门，悬木为牙，张盖乘车，屹不敢入"等。全文用主要篇幅来论文，这是较为罕见的。元结的古文不谐于当世，商隐能够赏识他的成就，这是很难得的。

商隐这篇序从多方面来赞美元结的古文，共分六个方面，每一方面用"其"字来标明。试对这六个方面作些说明。

（一）"其绵远长大"，指出元结的文章是按照自然变化来写的，他不追求形状和色彩。这种变化像寒暑，像鬼神，像星象。由于不讲形象和色彩，比较质朴，所以它像哑钟，但在他手里，这种质朴的文章发挥了大作用，又雄飞了，成为众所尊奉的山，众所尊信的潮信。在华靡文风的压力下它自然兴起，在众人皆醉中他保持清醒。这是指元结质朴的文章，是崇尚自然，有改变华靡文风的作用。

（二）“其疾怒急击”，指出元结文章的坚劲严密。就坚劲说，它的所击，所向无前，得到凯旋。就严密说，他剪馀斩残，除去断章摘句，扫却狼子貙孙，使得文章脉络显露。

（三）“其详缓柔润”，指出元结文章柔婉含蓄，它详细柔缓润泽，抑止自己使趋向柔和，以求得读者的欢欣。又像衣裳粮食都藏在宫内，长河拉纤看不见其中的所载。文章写的，有绝处逢生的妙处。

（四）“其正听严毅”，指出他立论的严正，判断的不可动摇。像正人对着小人，有清澄同滓浊的分别。像军门那样威严，贵人不敢入。像决狱已定，帝不得赦。

（五）“其碎细分擘”，讲他剖析的细微，像切碎颗粒，锯取朽蠹。通过剖析，能除去种种病毒，除去杂污、伤损，使危处得安，梦中得醒。

（六）“其总旨会源”，指他的文章的主旨纲要，纲举目张。内容有益于治道，可以改正风俗，提倡德化，使外族归化，佞人服善。

从这六方面看来，商隐认为元结的文章崇尚自然，归于德化，偏向道家，所以同孔子的道不合。他的文章质朴，反对华藻，有纠正文风的作用。风格严劲，立论严正，一时无敌。也有婉转柔润，能吸引人。是有益于治道的。他是在韩愈前提倡古文的。他的成就虽不如韩愈，却也是提倡古文的杰出者。商隐对他的赞誉不免稍过，但也指出他为文的特点。

蝎　　赋[1]

夜风索索，缘隙凭壁。弗声弗鸣，潜此毒螫。厥虎不翅，厥牛不齿[2]，尔兮何功，既角而尾。

① 蝎：头部前端下腮为两钳，似蟹螯，后腹狭长如尾，末端有毒钩，可螫。

②《汉书·董仲舒传》："夫天亦有所分予，予之齿者去其角，傅（附）其翼者两其足，是所受大者不得取小也。"有利齿的没有角，如虎；有角的没有利齿，如牛。

这首赋借蝎子来讥刺阴毒的小人，"夜风"指在暗中活动，从隙缝中出来，它又是没有声音，使人无法防备，暗中用毒钩螫人。它既用两钳夹人，又用毒钩螫人，有了双重的毒害。最后用了问天的写法，天对于生物，像虎有利齿，就不给它翅膀，像牛有角，就不给他利齿，蝎子为什么既有两钳，又有毒钩呢？这两钳和毒钩是天生的，所以问蝎子有何功而得此，实际是问天。小人能够暗中害人，一定取得在上者的信任，赋予他害人的权力，所以提出这样的疑问。

虱　　赋

亦气而孕，亦卵而成[1]。晨鹭露鹤，不如其生[2]。汝职惟啮而不善啮，回臭而多，跖香而绝[3]。

① 气：气味，太脏而有气味处易生虱。卵：一雌虱可产卵六七十。
② 鹥(yī)：水鸟名。露鹤：周处《风土记》："鸣鹤戒露，此鸟性警，至八月，白露降，流于草上，滴滴有声，则高鸣相警，徙所宿处。"《禽经》："鹤以声交而孕。"张华注："雄鸣上风，雌鸣下风则孕。"按鹤的鸣声嘹亮，因此产生这种说法。此言鹥鹤的生子不如虱的容易而繁多。
③《梦溪笔谈》："芸，香草，今谓之七里香。南人采置席下，能去蚤虱。"

这篇是借虱来讥刺欺贫怕富、欺弱怕强的人。"回臭而多"，孔子学生颜回很穷，穷就脏，有臭气，所以虱子生得多。"跖香而绝"，盗跖富，富了就薰香，薰香了虱就绝迹。说"回臭""跖香"只是推想，古代只说回贫，与盗跖徒众九千人横行天下。这里只是借指有道德而贫穷的人，与有财有势的人，虱只咬前一种人，怕后一种人。又指出像虱那样的人"亦气而孕"是风气所造成的，是很多的。把这种人比做虱，有鄙视憎恶的含意，是可取的。

陆龟蒙做了《后虱赋》说："余读玉溪生《虱赋》，有就颜避跖之叹，似未知虱，作《后虱赋》以矫之。"赋说："衣缁守白，发华守黑。不为物迁，是有恒德。小人趋时，必变颜色。弃瘠逐腴，乃虱之贼。"这是说，衣虱是白的，即使穿黑衣也是白的。头虱是黑的，即使头发变了花白，还是黑的。它不跟着环境的变化而变，具有恒久不变的德性。不像小人，跟着风气转变。至于抛弃瘦的，追逐肥的，这是虱中的败类。即认为虱像君子，有不变的德性，不是趋炎附势的。陆龟蒙的《后虱赋》是借虱来讽刺那些嫌贫趋富的人，借虱来赞有不变的德性的君子。他同商隐的一篇用意相反。

这两篇哪一篇写得好呢？既然称为"虱赋"，看哪一篇写得符合虱的实际。商隐指"汝职惟啮"，虱是咬人的，这是符合实际的。陆说"弃瘠逐肥"，即嫌贫趋富，按趋富是趋附、迎合富人，不是吸富人的血,所以"逐肥"的说法不符合虱的实际,是不正确的。再说,虱是咬人的,人们对虱是憎恶的,不是赞美的。因此,商隐用虱来比欺贫怕富的小人,是符合人们的感情的;龟蒙用虱来比有恒德的君子,是不符合人们的感情的。因此,商隐的赋是好的,龟蒙的赋是不好的。

太仓箴①

险者太仓,险若太行②。彼悬车束马③,为陟高冈。此祸胎怨府④,起自斗量。无小无大,不可不防。澄陂万顷,不废汪汪⑤。火烈人畏,不废刚肠⑥。曷若宽猛,处于中央⑦。泉谷之地⑧,勿言容易。贪夫徇财,有死无二⑨。御黠马衔,不得不利⑩。

①《金石录》:"唐《太仓箴》,太和七年十月李商隐撰,行书,无姓名。"《金石略》:"李商隐文并书,出京兆府。"

② 曹操《苦寒行》:"北上太行山,艰哉何巍巍! 羊肠坂诘曲,车轮为之摧。"

③《国语·齐语》:"悬车束马逾太行。"车过不去,用绳吊上去;马上不去,用绳索捆着上。

④ 祸胎怨府:酿祸积怨。

⑤《世说新语·德行》:"(郭)林宗曰:'叔度(黄宪字)汪汪(状深广)若千顷陂(湖塘)。'"

⑥《左传》昭公二十年:"郑子产有疾,谓子太叔曰:'我死,子必为政。惟有德者能以宽服民,其次莫如猛。夫火烈,民望而畏之,故鲜死焉;水

懦弱，民狎而玩之，则多死焉，故宽难。’”刚肠：指疾恶。

⑦《左传》昭公二〇年：“仲尼曰：‘宽以济猛，猛以济宽，政是以和。’”

⑧ 泉谷：钱和粮。《周礼·地官》有“泉府”，泉即钱，指钱在各地流通如泉水。

⑨ 贾谊《鹏鸟赋》：“贪夫徇财兮烈士徇名。”徇财，为财而死。

⑩《汉书·张敞传》：“驭黠马（不驯服的马）者利其衔（马口勒）策。”

下或谀我，过人之聪，是人甘言，将欲相聋。下或夸我，秋毫必睹，是人甘言，将欲相瞽。长如欲战，莫舍强弩；长如获禽，莫忘缚虎。众人之言，有讹有真，如彼五味，有甘有辛，口自尝取，无信他人。天生五色，有白有黑，目自别取，无为人惑。而况乎九门崇崇，近在墙东，天视天听，惟明惟聪[11]。问龠合斗斛何以用铜？取寒暑暴露不改其容，亦像君子，介然居中[12]。终日战栗，犹惧或失。衔用何利，锻之以清；虎用何缚，挼之以明；弩用何射，发之以诚[13]。俾后来居上[14]，无由以生，有馀不足，无由以争。心为准概，何忧乎不直不平[15]。

⑪ 九门：皇宫有九重门，亦指天宫有九重门。见《礼·月令》：“毋出九门。”李白《梁甫吟》：“阊阖九门不可通。”崇崇：状高。天视天听：承上九门，既指朝廷，亦指上天。与《书·泰誓中》的“天视”“天听”指“民视”“民听”的稍有不同。

⑫ 龠：重半两。《汉书·律历志》：“凡律度量衡用铜者，名自名也，所以同天下齐风俗也。铜为物之至精，不为燥湿寒暑变其节，不为风雨暴

露改其形。介然有常,有似于士君子之行,是以用铜也。”介然,状独特不变。

⑬ 挼:用手摩抚。此言用清廉英明真诚来对待各种贪污者,有的如黠马,有的如老虎。

⑭《史记·汲黯传》:“陛下用人如积薪耳,后来者居上。”

⑮《汉书·律历志》:“以井水准其概。”用井水作为水平仪。准,作为标准。概,水平仪。

各敬尔职,一乃心力[16]。仓中水外,人马勿食[17]。陶母返鱼,以之叹息[18]。岂无他粟,岂无他刍,薏苡似珠[19],不可不虞。仓中役夫,千径万涂,桀黠为炭,畦盱为炉[20]。应事成象,无有定模。缘私指使,慎勿以呼[21]。宾朋姻娅,或来宴话,食中酒醴,慎勿以贳[22]。海翁无机,鸥故不飞,海翁易虑,鸥乃飞去[23]。是以圣人,从微至著,不遗忠恕。借借贷贷,此门先塞。须防苍蝇,变白为黑[24]。呜呼,孰虑孰图。昔在汉家,仓令淳于,致令少女,上诉无辜[25]。陷身至是,不亦悲乎?敢告君子,身可杀道不可渝。

⑯ 一乃心力:一汝心,一汝力,即齐心协力。

⑰ 人马勿食:官吃仓米,马饮水,是分内事。勿食:勿贪污分外的财物。

⑱《世说新语·贤媛》:“陶公(侃)少时作鱼梁吏,尝以坩鲊(腌鱼)饷母。母封鲊付使,反书责侃曰:‘汝为吏以官物见饷,非唯不益,乃增吾忧也。’”

⑲《后汉书·马援传》:“初,援在交阯,常饵薏苡实。南方薏苡实大,援欲以为种,军还,载之一车。及卒后,有上书谮之者,目为前所载还,皆明

珠文犀。”

⑳ 役夫：工役。桀黠：不驯顺而狡猾。眭盱：跋扈。炭、炉：生火，指生事。

㉑ 指使：使唤，指不要为了私事使唤工役，要公私分明。

㉒ 姻娅：指亲戚。贳：赊。

㉓《列子·黄帝》："海上之人有好沤（鸥）者，每旦之（往）海上，从沤鸟游，沤鸟至者百住而不止。其父曰：'吾闻沤鸟皆从汝游，汝取来吾玩之。'明日之海上，沤鸟舞而不下也。"

㉔《诗·小雅·青蝇》："营营青蝇止于樊。"笺曰："蝇之为虫，污白使黑，污黑使白，喻佞人变乱善恶也。"

㉕《史记·扁鹊仓公列传》："太仓公者，姓淳于氏，名意。为人治病。中人（宦官）上书，言意以刑罪，当传（驿车），西之长安。少女缇萦乃随父西上书曰：'妾父为吏，齐中称其廉平。今坐法当刑。妾切痛死者不可复生，而刑者不可复续。愿入身为官婢，以赎父刑罚。'书闻，上悲其意，此岁中亦除肉刑法。"

这篇《太仓箴》，冯浩在文末注："刺贪也。"从京城的粮仓太仓开头，到汉朝太仓令被逮捕止，都讲太仓的事。归结到"身可杀，道不可渝"，前者指无辜陷身，可能被杀；下句指道不可变，保持廉洁，所以是警戒贪污。开头用"险若太行"来比，因太仓是粮仓，做太仓令的容易结怨。对粮食的出纳，不论小数大数，都要谨慎，积小的漏洞，可以变大，管理从严，像火烈，待人要宽严相济。管理属下，不听阿谀的话，用清廉、明察、真诚来对待，防有失误。这里用了"御黠马衔"，"莫忘缚虎"，把手下作弊的人比做黠马和老虎，要驾御和缚虎，比喻生动有力。要自己廉平，像铜斗斛，不因气候变化而有涨缩，像水平仪，没有一点不平，比喻极为确切。对阿谀的话，指出要"相聋""相瞽"，使我受到蒙蔽，蔽明塞聪，由他作弊，也说得极为痛切。这些都是极强调的说法。

下面举出具体的例子，对于公家的东西，虽小也不可取。像陶侃的母亲不取鲊鱼，还要防备嫌疑，有人把薏苡说成明珠。对工役，不可因私事差遣，对公物不可借贷，要防坏人的中伤。最后用淳于意的事来作戒。这篇的特点，就是善于用比喻，像开头的“险若太行”，“澄陂万顷”，中间的“御黠马”“缚虎”，“心为准概”，后面的“鸥乃飞去”，“苍蝇变白为黑”等都是，其中有的比喻是新创的，具有惊心动魄的力量。

齐鲁二生

程骧

右一人字蟠之，其父少良，本郓盗人也①。晚更与其徒畜牝马草骡一②，私作弓矢刀杖，学发冢抄道③。常就迥远坑谷无庐徼处④，依大林木，早夜侦候作奸。李师古贪诸土货，下令恤商⑤。郓与淮海近⑥，出入天下珍宝，日日不绝。少良致赀以万数。每旬时归，妻子辄置食饮劳其党。

① 郓：州名，治须昌，在今山东东平西北。

② 原作“草一羸”，据徐刊本改。草即雌的，骡为驴与马交所生，比驴大，体健力强。

③ 发冢：掘坟盗宝。抄道：打劫路上商旅。

④ 迥(jiǒng):状远。徼:游徼,军警巡查。

⑤ 李师古:祖正己,为高丽人。师古署青州刺史,本军节度使,累加检校司徒,兼侍中。恤商:体恤商人。

⑥ 淮海:《书·禹贡》:"淮海维扬州。"指扬州,为唐代最富庶的大都市之一。

后少良老,前所置食,有大脔连骨,以牙齿稍脱落,不能食。其妻辄起,请党中少年曰:"公子与此老父椎埋剽夺十数年,竟不计天下有活人,今其尚不能食,况能在公子叔行耶[⑦]!公子此去,必杀之草间,毋为铁门外老捕盗所狙快[⑧]。"少良默惮之,出百馀万谢其党曰[⑨]:"老妪真解事,敢以此为诸君别。"众许之,与盟曰:"事后败出[⑩],约不相引。"

⑦ 椎埋:掘坟。剽夺:打劫。意不计:意想不到。天下有活人:在天下还能活着,即认为定会被捕处死的。叔行:叔父辈,即比少年长一辈。

⑧ 铁门:当指牢狱。老捕盗:老资格的捕快,抓盗贼的官吏。狙:袭击。快:快意。毋为句,指不要被捕快抓住。

⑨ 惮之:怕被抓住,不敢再作案。百馀万:指钱。

⑩ 败出:败露,案发被捕。

少良由是以其赀废举贸转[⑪];与邻伍重信义,恤死丧,断鱼肉葱薤,礼拜画佛,读佛书,不复出里闬[⑫],竟若大君子能悔咎前恶者。十五年死。

⑪ 废举：废，卖出货物，物贵卖出；举，收进货物，物贱收进。贸转：贸易转运，把产地货物运销各地。
⑫ 薤（xiè）：地下有鳞茎，可食，叶细长。闬（hàn）：里巷的门。

子骧率不知[13]。后一日，有过其母，骂之曰："此种不良，庸有好事耶[14]？"骧泣问其语，母尽以少良时事告之。骧号哭数日，不食，乃悉散其财。逾年，骧甚苦贫，就里中举负，给薪水洒扫之事[15]，读书日数千言。里先生贤之，时与饘糗布帛[16]，使供养其母。后渐通《五经》、历代史、诸子杂家，往往同学人去其师，从骧讲授[17]。又其为人宽厚滋茂，动静有绳墨[18]，人不敢犯。

⑬ 率：大率，大概。
⑭ 后一日：后来有一天。庸：岂。
⑮ 举负：举债，借债。给薪水洒扫：替人做砍柴挑水洒水扫地来抵偿债务。
⑯ 饘糗：饘，厚曰饘，薄曰粥。糗：炒米粉、炒面粉。
⑰ 同学人去其师：他的同学离开他们的老师，跟他学习，认为他已超过老师。
⑱ 滋茂：滋润茂盛，指能帮助人，有生气。绳墨：规矩，标准。

乌重胤为郓帅[19]，喜闻骧，与之钱数十万，令市书籍。

骧复以其馀赉诸生。其里闾故德少良者，亦尝来与骧孳息其货[20]，数年复致万金。骧固不以为己有，绳契管楗，杂付比近，用度费耗，了不勘诘[21]，道益高。开成初，相国彭城公遣其客张谷聘之，骧不起[22]。

⑲ 乌重胤，字保君，张掖（在今甘肃武威南）人。官河阳节度使，后徙天平军节度使，治郓州，即郓帅。

⑳ 德少良：感激少良，受少良恩德。孳息：用他的钱来生利息。

㉑ 绳契：绳，绳墨，正曲直具，指检核。契，契约。管楗：锁钥。比近：靠近的人。勘诘：查问。

㉒ 开成初：文宗开成元年（836）。彭城公：刘悟封彭城郡王，因称子刘从谏为彭城公。张谷，从谏部下。从谏死，侄稹抗拒朝命，部下郭谊杀稹并杀张谷。

这篇《程骧》，前一部分写了骧父程少良的故事，读了这个故事就使人想起法国著名作家维克多·雨果的名著《悲惨世界》，里面写一个在逃的苦役犯冉·阿让的故事。冉·阿让从小在姊姊抚养下长大，长大后他要挣钱来抚养姊姊和她的七个孩子。一个冬天，他找不到工作，为了姊姊和七个孩子不挨饿，他打破面包店的玻璃去偷了一块面包，被抓住了，又因他藏有一支猎枪，被判为苦役犯。后来他越狱逃跑，在社会上做了很多好事，有了地位和名誉，可是他还是苦役犯，被追捕，受迫害，只是为了打破一块玻璃、偷了一块面包，他无论做了多少好事也无法自赎，这是揭露资本主义社会中劳动人民所遭受的苦难。拿程少良同冉·阿让比，那末冉·阿让的罪行真是微不足道，程少良掘坟的罪姑且不说，他在路上结伙打劫，谋财免不了要害命，“竟不计天下有活人”，犯了死罪。可是他却一点没有事，到老了洗手不干，拿出一点钱来做点好事，就骗取了一个像大君子的好名声。这里显示两个社会的不同。

在资本主义社会里，冉·阿让被错判为苦役犯后，即使后来做了多少好事，还是逃不了被追捕，陷在悲惨的命运中。在封建社会里，由于唐朝藩镇的封建割据，在被割据的地区，更为黑暗，人民的冤屈无法申诉，得不到昭雪，这从程少良故事的背面可以看到。程少良结帮打劫行旅，他一个人积资以万数，一帮人所积的就更多了，那不知要伤了多少人命！可是他们却完全没有事，这些被害死的人不正是冤沉海底，说明封建社会更为黑暗吗？程少良洗手不干，就没有事，这正说明封建社会的控制比较宽，也说明作为郓帅的李师古，是藩镇之一，是比程少良更大的掠夺者，这也说明封建统治的更为黑暗，因此，这个故事的背后更可以使人体味。

这个故事的后半部讲程骧，当他知道他父亲做了那么多的坏事，积了那样大的资产时，他号哭数日，把这些不义之财全部散光，靠自己的劳动来过活，这说明他是真正的觉悟。后来他做了同学的老师，可以靠讲学来为生了。郓帅乌重胤送了他数十万钱，他不爱钱，把钱都交给附近的人去经管代用。泽潞帅刘从谏聘他去，他不去，这更说明他无意功名，这更显出他的品格来，不跟那些藩镇合作。

刘　叉①

右一人字叉，不知其所来。在魏，与焦蒙、閰冰、田濛善。任气重义，大躯，有膂力。常出入市井，杀牛击犬豕，罗网鸟雀。亦或时因酒杀人，变姓名遁去，会赦得出。后流入齐鲁，始读书，能为歌诗，然恃其故时所为，辄不能俯仰贵人②。穿屐破衣，从寻常人乞丐酒食为活。

① 刘叉，唐代元和时河北人。卢仝著述《春秋》之学，时人不得见，只有刘叉得读。

② 故时所为：旧时的任侠行为。俯仰贵人：迎合贵人意志。

闻韩愈善接天下士，步行归之。既至，赋《冰柱》、《雪车》二诗③。一旦居卢仝、孟郊之上，樊宗师以文自任，见叉拜之④。后以争语不能下诸公，因持愈金数斤去，曰："此谀墓中人所得耳⑤，不若与刘君为寿。"愈不能止，复归齐鲁。叉之行固不在圣贤中庸之列⑥，然其能面道人短长，不畏卒祸，及得其服义，则又弥缝劝谏，有若骨肉，此其过人无限。

③《冰柱》：写屋檐下结成的冰凌，结语称："我愿天子回造化，藏之韫椟，玩之生光华。"希望天子能使大地回春，即政治清明，藏好冰柱。《雪车》：写宫中命百姓运雪的车，运来备夏天用。他感叹："官家不知民馁寒，尽驱牛车盈道载屑玉（雪）。"

④ 卢仝：济源（在河南）人，隐少室山，号玉川子。尝为《月蚀》诗，韩愈称其工。好饮茶，为《茶歌》。诗句以奇警著称。孟郊（751—814）字东野，武康（在浙江）人。他的诗感情真实，写出独特感受，极为韩愈所推重。樊宗师：字绍述，南阳（在今河南邓州）人。为文奇涩，所著《绛守居园池记》，至不可断句。韩愈称他文章词句不袭用前人。

⑤ 谀墓中人：韩愈的墓碑、墓志铭极有名，所得润笔之资很多。

⑥ 圣贤中庸：《论语·雍也》："子曰：'中庸之为德也，其至矣乎，民鲜久矣。'"中庸是无过头无不及，意指刘叉取韩愈金的做法是过分了。

这篇写刘叉，指出他先是任侠，讲义气，甚至因酒醉杀人。后来折节读书，但还是不肯迎合贵人，有气节。他的《冰柱》、《雪车》二诗，关心民瘼，是有内容的，得到韩愈等人的赞美。同时也指出他仗气，敢于当面指斥别人的过错，不怕得祸；倘对方服义，又亲若骨肉，替他补救缺失，加意劝谏。他指责韩愈的阿谀死人得到很多润笔，这是极有名的故事，也正指出韩文的缺点，不过拿了韩的润笔金数斤去，未免有些过分了。

让非贤人事

世以为能让其国，能让其天下者为贤，此绝不知贤人事者。能让其国，能让其天下，是不苟取者耳。汤故时非无臣也，然其卒佐汤，有升陑之役，鸣条之战[①]，竟何人哉？非伊尹不可也[②]。武故时非无臣也，然其卒佐武有牧野之誓，白旗之悬[③]，果何人哉？非太公望不可也[④]。苟伊尹之让汝鸠仲虺[⑤]，太公望之让太颠闳夭，则商周之命，其集乎[⑥]？故伊尹之丑夏复归，太公望之发扬蹈厉[⑦]，当此时，虽百汝鸠、百仲虺，伊尹不让也；百太颠、百闳夭，太公望亦不让也。故曰：让非贤人事。

①《书·汤誓·序》："伊尹相汤伐桀，升自陑，遂与桀战于鸣条之野，作《汤誓》。"陑(ér)：山名，《太平寰宇记》谓即雷首山，在今山西永济南。鸣条：在山西安邑北。

② 伊尹：一名挚，相汤伐桀，建立殷朝，汤尊他为阿衡。汤死，其孙太甲无道，伊尹把他流放到桐地。三年，太甲悔过，复迎归，归政于太甲。
③《史记·周本纪》："武王朝至于商郊牧野，乃誓（师）。武王乃左杖黄钺（大斧），右秉白旄（旄牛尾做的旗）以麾（挥）。"
④ 太公望：吕尚，本姓姜，字子牙。文王出猎见到他，说："吾太公望子久矣！"号曰太公望。武王尊为师尚父。佐武王灭纣，有天下，封于齐。
⑤《史记·殷本纪》："伊尹去汤适夏（观察桀），既丑有夏（看到桀的丑恶），复归于亳（汤都城）。入自北门，遇女（汝）鸠、女（汝）房，作《女鸠》、《女房》。"汝鸠汝房是殷的贤臣。《书·仲虺之诰·序》："汤归自夏（伐桀归来），至于大坰（回亳路上地名）。仲虺作诰。"仲虺，汤的贤臣。
⑥ 太颠、闳夭：文王时贤臣之二。纣王囚文王于羑里，闳夭求有莘氏美女、骊戎文马、有熊氏九驷献给纣，纣乃赦文王。其集：岂集，天命岂聚集在商朝或周朝，指商朝周朝可能得不到天下。
⑦《礼·乐记》："发扬蹈厉，太公之志也。"指太公望的奋发有为。

《论语·里仁》："子曰：能以礼让为国乎？何有（有何难）？不能以礼让为国，如礼何？"又《泰伯》："子曰：泰伯其可谓至德也已矣，三以天下让，民无得而称焉。"伯夷、叔齐是孤竹国君的二子，他们把国位让掉，孔子称赞他们"求仁得仁"；泰伯是周太王的长子，他三次把天下让掉，孔子赞美他为至德。孔子又提倡"礼让为国"。因此，商隐这篇是针对孔子的话而发。孔子在当时被尊为圣人，商隐敢于针对孔子的话提出反对，这在当时是极大胆的想法。其实孔子的话有两方面，一方面主张"礼让为国"，要讲让；一方面，《论语·卫灵公》："子曰：当仁，不让于师。"应当行仁的时候，对老师也不让，主张不让。

商隐在这里主张不让，即认为伊尹在相汤伐桀这事上不能让给汝鸠仲虺，姜太公在辅武王伐纣这件事上，不能让给太颠、闳夭。一让，放桀伐纣，建立商朝和周朝的事就不可能实现了。其实伊尹的地位高于汝鸠、仲虺，姜太公的地位高于太颠、闳夭，自然不必让。即使是老师，应当行仁的时候也不让，更不必说地位低于自己的人了。所以商隐的话是符合孔子主张不让的精神的，因此他没有驳倒孔子。孔子是讲两方面，商隐只驳一方面，所以驳不倒孔子。

那末孔子主张礼让又是什么意思呢？原来孔子生在春秋时代，那时各国发生不少争夺君位的事，《春秋》隐公元年，“郑伯克段于鄢”，就是哥哥做了国君，弟弟公叔段要夺君位发生战事。再像五霸之首的齐桓公，在即位前是公子小白，就同公子纠争夺君位，鲁国帮公子纠，因而发生齐鲁长勺之战。晋献公宠爱骊姬，要把君位传给她生的奚齐，骊姬害死了太子申生，又要害公子夷吾、公子重耳。献公死，奚齐即位，大臣里克杀了奚齐，奚齐弟卓子即位，里克又杀了卓子。这些都是由于争夺君位引起内乱。因此孔子提出“礼让为国”，主张让来反对争。为什么称“礼让”呢？不是无原则的让，是按照礼来让，即按照当时的规定，该由谁来当国君的，就由谁来当，其他的人都不争。对于该当国君的，是当仁不让，孔子又是主张不让的；对于不该当国君的就不该争，要礼让。孔子是对这两面都讲到的。

孔子为什么又赞美泰伯的“三以天下让”呢？泰伯是周太王的长子，按照周代的规定，应该由长子继承王位，可是太王要把位子传给小儿子季历，因为季历的儿子昌有圣德，可以光大周室。泰伯的让位，是按照父亲的意思要把位子传给昌，即让贤。泰伯的让更难，所以孔子称赞他有至德。那末孔子的主张“礼让”与“当仁不让”，即按规定办，按规定应该即位的不让，按规定不该即位的不争，即礼让；按规定应该即位，而自认为才德不如人，因而让给人，这是让贤，更难得。礼让、当仁不让、让贤这三者结合才是孔子对让的看法。

商隐为什么提出“让非贤人事”呢？大概当时发生牛李两派之

争，一派上台就把另一派挤走，另一派也这样。可能有人提出“礼让为国”，要一派让给另一派，也可能要李派让给牛派，商隐写这篇，可能认为不该让。当时李德裕当政，很有作为，唐朝有中兴的希望，朝廷的威信在提高，宦官的权力在削弱，政治也比较上轨道，所以商隐认为一让，“则商周之命其集乎?”即唐朝的中兴就难以实现了，所以不能让。可惜武宗一死，李德裕就被排挤掉，唐朝中兴之业也就完了。这样看来，商隐的文章该是有为而发，是符合孔子说的“当仁不让”的。从理论上说，要是把题目改为“当仁不让”，指出伊尹、太公望之当仁不让，不要反对让国、让天下，那就既有针对性，在理论上也比较圆满了。

书　　目

阴铿何逊选集　庾信选集　谭正璧、纪馥华选注

王维孟浩然选集　王达津选注

李白选集　郁贤皓选注

杜甫选集　聂石樵、邓魁英选注

韩愈选集　孙昌武选注

李商隐选集　周振甫选注

苏轼选集　王水照选注

陆游选集　朱东润选注

杨万里选集　周汝昌选注

沈曾植选集　钱仲联、钱学增选注